KB052410

미스터
메르세데스

스티븐 킹 장편소설 | 이은선 옮김

미스터
메르세데스
MR MERCEDES

황금가지

STEPHEN KING

MR. MERCEDES

by Stephen King

차례

제임스 M. 케인을 그리며

그들은 정오 무렵에 나를 건초 트럭 밖으로 내던졌다.*

---

* 제임스 M. 케인의 작품 『포스트맨은 벨을 두 번 울린다』의 유명한 첫 문장.

회색 메르세데스

2009년 4월 9-10일

오기 오든커크가 모는 1997년형 닷선은 엄청난 주행 거리에도 불구하고 여전히 잘 달렸지만, 특히 실업자의 기준에서 따졌을 때 기름값이 많이 들었고 시티 센터가 그의 집과 정반대편에 있었기에 막차를 타기로 했다. 그는 배낭을 짊어지고 둘둘 만 침낭을 한쪽 겨드랑이춤에 차고서 11시 20분에 버스에서 내렸다. 새벽 3시쯤 되면 오리털 침낭이 고마워질 것이었다. 밤공기가 축축하고 쌀쌀했다.

"행운을 빕니다." 버스에서 내리는 그의 등에 대고 기사가 말했다. "맨 먼저 도착했다는 것만으로도 뭔가 얻을 수 있을 거예요."

하지만 기사의 짐작은 틀렸다. 대형 강당으로 향하는 넓고 가파른 진입로의 꼭대기에 도착해 보니 아무리 못해도 스물네댓은 됨직한 사람들이 줄줄이 이어지는 문 앞에 몇 명은 서서, 대부분은 앉아서 기다리고 있었다. '건너지 마시오'라고 적힌 노란색 테이프 기둥이 설치돼서 미로처럼 복잡한 이중, 삼중의 통로를 만들었다. 오기는 당좌대출을 받은 은행과 극장에서 익히 보았던 풍경이라 이런 통로의 목적을 알고 있었다. 좁은 공간에 최대한 많은 인원을 구겨 넣기 위한 장치였다.

그는 조만간 구직자들로 콩가 춤 행렬이 이어질 법한 줄의 맨 끝으로 다가가다 잠이 든 아이를 아기띠로 안고 있는 여자를 보고 놀라움과 실망감을 동시에 느꼈다. 아이는 추위로 뺨이 벌겠다. 숨을 내쉴 때마다 희미한 쇳소리가 났다.

여자는 오기가 살짝 숨을 헉헉거리며 다가오는 소리를 듣고 고개를 돌렸다. 젊었고 눈 아래에 다크서클이 있긴 해도 예뻤다. 발치에 놓인 조그만 누비 가방에는 아이용품이 들어 있지 않을까 싶었다.

"안녕하세요." 그녀가 말했다. "종달새 클럽에 오신 것을 환영합니다."

"벌레를 잡을 수 있으면 좋겠는데 말이죠." 그는 고민하다 에라 모르겠다고 생각하며 손을 내밀었다. "오거스트 오든커크라고 합니다. 줄여서 오기. 얼마 전에 인원 감축 대상이 되었어요. 잘렸다는 걸 21세기 식으로 그렇게 표현하죠."

그녀는 그의 손을 마주잡았다. 손을 잡는 느낌이 단단하고 전혀 소심하지 않았다.

"저는 재니스 크레이고 이 핏덩이는 패티예요. 저도 인원 감축 대상이 되었다고 해야겠네요. 슈거 하이츠의 번듯한 집에서 가정부로 일했거든요. 주인아저씨가 음, 자동차 대리점을 하는 집에서요."

오기는 움찔했지만 재니스는 고개를 끄덕였다.

"저도 알아요. 아저씨도 절 내보내면서 미안하다고 하셨지만 그 집도 허리띠를 졸라매야 하는 상황이었어요."

"그런 집이 한둘이 아니죠."

오기는 이렇게 대꾸하며 생각했다. *그런데 아이를 맡길 사람이 없었나? 아무도?*

"아이를 데려오는 수밖에 없었어요." 독심술사가 아니라도 그가 무슨 생각을 하고 있는지 알 수 있었을 것이다. "맡아 줄 사람이 아무도 없거든요. 진짜 한 명도. 한 동네에 사는 아가씨는 돈을 준대도 밤새 봐주지는 못한다고 하고, 줄 돈도 없고요. 일자리를 구하지 못하면 무슨 수로 먹고 살아야 할지 모르겠어요."

"부모님한테 맡길 수는 없었어요?"

"버몬트에 사세요. 만약 제가 눈치가 없었다면 패티를 데리고 거기로 내려갔겠죠. 살기 좋거든요. 그런데 부모님한테도 나름대로 문제가 있어서요. 아빠가 그러는데 집이 침몰 상태래요. 강가나 그런 데 살아서 진짜 물속으로 가라앉고 있다는 게 아니라 경제적으로 어렵다고요."

오기는 고개를 끄덕였다. 그런 집도 한둘이 아니었다.

오기가 버스에서 내린 말버러 가에서 자동차 몇 대가 가파른 비탈길을 올라오더니 어마어마하게 넓은 주차장이 있는 왼쪽으로 방향을 틀었다. 지금은 텅 비었지만 내일 새벽이면 자리가 없을 것이다. 제1차 연례 채용박람회가 시작되려면 아직 몇 시간이나 남았다. 새로 산 것처럼 보이는 차는 없었다. 운전자가 차를 세우자 서너 명씩 내려서 강당 입구 쪽으로 걸어왔다. 이제는 오기가 맨 끝이 아니었다. 행렬이 거의 둘째 줄로 넘어가는 모퉁이에 닿았다.

"취직하면 아이를 맡아 줄 사람을 구할 수 있겠죠." 그녀가 말했다. "하지만 오늘 밤은 우리 둘이서 견디는 수밖에 없어요."

아이가 불길한 기침 소리를 내며 아기띠 안에서 꿈틀거리더니 다시 잠잠해졌다. 그래도 아이는 꽁꽁 싸매어져 있었다. 심지어 앙증맞은 장갑까지 끼고 있었다.

아이들이 잘 못 버티는 법인데. 오기는 걱정스러운 마음에 속으로 중얼거렸다. 더스트볼(미국 중남부의 건조한 평원지대. 1930년대에 극심한 가뭄으로 불모지가 되었다 ― 옮긴이)과 대공황이 생각났다. 지금이 그에게는 대공황이나 다름없었다. 2년 전만 해도 아무 문제없었다. 떵떵거리지는 못했지만 그래도 먹고 살 수 있었고 매월 말이면 조금이나마 남는 돈이 있었다. 그런데 이제는 모든 게 엉망진창이 되어버렸다. 정부에서 그의 돈에 무슨 짓인가를 저질렀다. 자세한 내막은 알 수 없었다. 그는 그레이트 레이크 트랜스포트 해운부서의 단순 사무직이었고 그가 아는 것이라고는 송장과 컴퓨터를 써서 선박, 열차, 항공편으로 상품을 운송하는 방법뿐이었다.

"아이를 데리고 나온 저를 보고 다들 무책임하다고 하겠죠." 재니스 크레인은 조바심을 냈다. "저도 알아요, 이미 표정에 적혀 있어요. 아저씨도 마찬가지고요. 하지만 방법이 없는걸요. 한 동네에 사는 아가씨가 밤새 맡아주겠다고 해도 비용이 84달러예요. *84달러!* 다음 달 월세를 떼어놓고 났더니 수중에 땡전 한 푼 없는걸요." 그녀는 미소를 지었고, 그녀의 눈썹에 맺힌 눈물방울이 주차장의 고성능 아크 나트륨 불빛에 비쳐 보였다. "제가 쓸데없는 소리를 늘어놓고 있네요."

"사과할 필요 없어요, 사과를 하는 건지 모르겠지만."

이제 행렬이 첫 번째 모퉁이를 돌아서 오기가 서 있는 지점에 닿았다. 이 아가씨 말이 맞았다. 많은 사람들이 아기띠 안에서 잠든 갓난아이를 빤히 쳐다보았다.

"아, 그래요, 맞아요. 저는 일자리가 없는 미혼모예요. 이 모든 사태에 대해서 모든 분께 사과하고 싶네요."

그녀는 고개를 돌려서 줄줄이 이어지는 문 위에 달린 현수막을 쳐다보았다. 1000개의 일자리 보장! 그리고 그 아래에. '시민들과 함께하는 랠프 킨슬러 시장.'

"가끔 컬럼바인 총기 난사 사건과 9·11 사태, 스테로이드를 복용한 배리 본즈에 대해서 사과하고 싶을 때도 있어요." 그녀는 히스테리 환자처럼 키득거렸다. "심지어 폭발한 우주 왕복선에 대해서 사과하고 싶을 때도 있어요. 그 사건이 벌어졌을 때 저는 걸음마를 배우고 있었는데 말이죠."

"걱정 마요. 잘될 거예요."

하지만 그것은 입버릇처럼 하는 말에 불과했다.

"그저 날이 눅눅하지만 않았으면 좋겠어요. 정말 추울까 봐서 아이를 꽁꽁 싸맸는데 이렇게 눅눅하니……." 그녀는 고개를 저었다. "그래도 우리는 끝까지 버틸 거야. 그렇지, 패티?" 그녀는 오기를 보며 하릴없이 살짝 웃었다. "비가 오지 말아야 할 텐데."

비는 내리지 않았지만 습도가 점점 높아져서 허공을 떠다니는 고운 물방울이 아크 나트륨 불빛에 비쳐 보일 지경에 이르렀다. 오기는 재니스 크레이가 선 채로 잠이 들었다는 것을 알아차렸다. 엉덩이를 빼고 어깨를 늘어뜨려서 머리카락이 검은 날개처럼 얼굴을 덮었고 턱이 흉골에 거의 닿을 듯했다. 오기가 손목시계를 확인해 보니 2시 45분이었다.

10분 뒤에 패티 크레이가 깨서 울음을 터뜨렸다. 아이 엄마(*싱글맘*이라고 해야겠지, 하고 오기는 생각했다.)는 움찔하며 말처럼 콧방귀를 한 번 뀌더니 고개를 들고 젖먹이를 아기띠에서 꺼내려고 했다. 아이가 한 방에 나오지 않았다. 다리가 걸렸다. 오기가 지원병으로 나서서 아기띠 양옆을 잡아주었다. 울부짖으며 빠져나온 패티를 보니 손바닥만 한 분홍색 재킷과 분홍색 모자 곳곳에 물방울이 맺혀 있었다.

"배가 고파서 그래요." 재니스가 말했다. "젖을 물리면 되는데 기저귀도 갈아줘야겠어요. 다 젖은 게 바지 사이로 느껴져요. 그런데 여기서 기저귀를 갈아줄 수도 없고…… 안개가 낀 것 좀 보세요!"

오기는 무슨 운명의 장난으로 그녀의 바로 뒤에 서게 되었을까 하는 생각이 들었다. 이 여자가 도대체 무슨 수로 평생을 — 아이가 성인이 될 때까지 앞으로 18년뿐만이 아니라 *평생*을 — 살아나갈 수 있을까 하는 생각도 들었다. 이런 날 밤에 기저귀 가방 하나 달랑 들고 나오다니! 그렇게 아무 대책이 없다니!

그의 침낭이 패티의 기저귀 가방 옆에 놓여 있었다. 그는 쭈그리고 앉아서 끈을 풀고 침낭을 펴서 지퍼를 열었다.

"이 안으로 들어가요. 몸 좀 데워요. *아이랑 같이*. 필요한 물건이 있으면 내가 건네줄게요."

그녀는 울며 꿈틀거리는 아이를 안고 그를 물끄러미 바라보았다.

"결혼하셨어요?"

"이혼남이에요."

"아이는 있고요?"

그는 고개를 저었다.

"왜 그렇게 우리한테 잘해 주세요?"

"옆에 있으니까요." 그는 대답하고 어깨를 으쓱했다.

그녀는 고민하는 얼굴로 그를 잠깐 더 쳐다보다 아이를 건넸다. 오기는 아이를 멀찌감치 들고서 화가 나서 벌게진 얼굴, 위로 들린 조그만 코에 맺힌 콧물, 플란넬로 된 우주복을 입고 버둥거리는 다리를 넋을 잃고 쳐다보았다. 재니스는 꿈틀거리며 침낭 안으로 들어가서 손을 내밀었다.

"아이 주세요."

오기가 아이를 건네자 그녀는 좀 더 깊숙이 침낭 속으로 파고들었다. 두 번째 줄에 서 있던 젊은 남자 둘이 그들 옆에서 멀뚱멀뚱 쳐다보았다.

"신경 끄시지, 젊은 양반들."

오기가 말하자 그들은 시선을 돌렸다.

"기저귀 좀 주실래요? 기저귀부터 갈고 젖을 물려야겠어요."

그는 축축한 인도 위에 한쪽 무릎을 꿇고 앉아서 누비 가방 지퍼를 열었다. 그는 팸퍼스가 아닌 천기저귀를 보고 잠깐 놀랐다가 이

내 이해했다. 천기저귀는 여러 번 재활용할 수 있다. 어쩌면 이 여자는 아예 대책 없는 수준이 아닐 수도 있었다.

"베이비 매직이라고 적힌 통도 보이는데. 그것도 필요해요?"

침낭 밖으로 갈색 머리채만 내놓은 채 그녀가 말했다.

"네, 주세요."

그는 기저귀와 로션을 안에 넣어주었다. 침낭이 씰룩이며 꿈틀거리기 시작했다. 울음소리가 더 커졌다. 지그재그로 이어지는 행렬 저편에서 점점 짙어져가는 안개 속에 몸을 감춘 채로 누군가가 외쳤다. "그 아기 조용히 좀 시켜요!" 또 다른 누군가가 거들었다. "사회복지과에 연락해야겠네."

오기는 침낭을 지켜보며 기다렸다. 마침내 침낭이 잠잠해졌고 기저귀를 쥔 손 하나가 밖으로 나왔다.

"이것 좀 가방 안에 넣어주실래요? 젖은 기저귀 담는 비닐봉지가 있어요." 그녀는 구멍 속에 숨은 두더지처럼 그를 내다보았다. "걱정 마세요. 똥 기저귀가 아니라 오줌 기저귀니까."

오기는 기저귀를 받아서 비닐봉지(옆면에 '코스트코'라고 찍혀 있었다.)에 넣고 가방 지퍼를 닫았다. 침낭(여기저기 가방 투성이로군. 오기는 이렇게 생각했다.) 안에서 우는 소리가 1분 정도 이어졌지만 패티가 시티 센터 주차장에서 젖을 먹기 시작하면서 뚝 그쳤다. 앞으로 여섯 시간은 기다려야 열릴 문 위에서 현수막이 나른하게 한 번 펄럭였다. 1000개의 일자리 보장!

여부가 있겠어. 오기는 생각했다. *어디 그뿐이야? 비타민 C를 많이 먹으면 에이즈에 안 걸린다고도 하잖아.*

20분이 지났다. 말버러 가에서 차들이 계속 올라왔다. 행렬이 계속 늘어났다. 오기의 계산에 따르면 기다리는 인원이 벌써 400명이었다. 이 속도라면 9시에 문이 열렸을 때 2000명은 될 텐데 적게 잡았을 때 그 정도였다.

맥도널드에서 프라이를 튀기겠느냐고 하면 좋다고 할 거야?

아마도.

월마트에서 손님을 맞이하는 일은?

아, 당연하지. 함박웃음을 지으면서 안녕하세요? 오기는 손님을 맞이하는 일이라면 자신 있다는 생각을 했다.

내가 워낙 사교적인 성격이잖아. 그는 이런 생각이 들자 웃음이 터졌다.

침낭 안에서 그녀가 물었다.

"뭐가 그렇게 재미있어요?"

"아무것도 아니에요. 애나 잘 챙겨요."

"잘 챙기고 있어요." 웃음기가 어린 목소리였다.

3시 30분이 되자 그는 침낭 덮개를 들추고 안을 들여다보았다. 재니스 크레이는 몸을 웅크려서 아이에게 젖을 물린 채 쿨쿨 자고 있었다. 그 모습에 그는 『분노의 포도』가 생각났다. 거기 나왔던 그 여자 이름이 뭐였더라? 남자에게 젖을 물린 여자. 꽃 이름이었는데. 릴리였나? 아닌데. 팬지였나? 절대 아닌데. 그는 입가에 손을 모으고 사람들에게 큰소리로 묻고 싶어졌다. **분노의 포도 읽은 사람 있나요?** 다시 일어서는데(엉뚱한 상상에 미소를 지으며) 이름이 생각났다. 로즈. 『분노의 포도』에 나오는 그 여자 이름이었다. 하지만 그냥 로즈가 아니었다. 로즈오브샤런이었다. 성서에 나오는 이름 같지만 단언할 수는 없었다. 그는 평생 성서를 열심히 읽어 본 적이 없었다.

그는 새벽에 신세를 지려고 들고 온 침낭을 내려다보며 컬럼바인 총기 난사 사건과 9·11 사태와 배리 본즈에 대해서 사과하고 싶다고 했던 재니스 크레이를 떠올렸다. 어쩌면 그녀는 지구 온난화까지 책임지려고 할 수도 있었다. 그는 이 과정이 지나고 일자리를 얻으면— 아니면 일자리를 얻지 못하더라도. 얻지 못할 가능성이 컸으니까— 그녀에게 아침을 사야겠다는 생각이 들었다. 데이트나 뭐 그런 게 아니라 간단하게 스크램블드에그와 베이컨으로. 그러고 나면 평생 두 번 다시 만날 일이 없을 것이다.

사람들이 점점 늘었다. 이제 지그재그 행렬이 거만한 건너지 마시오 테이프 기둥 끝에 다다랐다. 거기까지 채워지면 주차장으로 이어지기 시작할 것이다. 오기가 느끼기에 놀라운 부분— 그리고 불안한 부분— 은 무엇인가 하면 그들의 침묵이었다. 이번 일이 실패로 돌아가리라는 것을 알기라도 하는 듯이, 공식 선언만을 기다리고 있는 듯이 다들 아무 말이 없었다.

현수막이 다시 한 번 나른하게 펄럭였다.

안개는 계속 짙어졌다.

5시 직전에 반쯤 졸다가 깬 오기는 발을 굴러서 감각을 되살리다 공기 중에 스며든 칙칙한 쇳빛을 감지했다. 그 옛날 총천연색 영화와 시에서 장밋빛 손가락이 달렸다고 묘사된 새벽과 이보다 더 다르려야 다를 수가 없었다. 하루 묵은 시체의 뺨처럼 축축하고 창백한 새벽 같지 않은 새벽이었다.

19세기의 조잡한 건축양식에 따라 지어진 시티 센터 강당이 천천히 위용을 드러내기 시작했다. 지그재그로 스물 몇 줄씩 서서 침착하게 기다리는 사람들과 안개 속으로 사라진 꼬리가 보였다. 이제 나지막한 대화 소리가 들렸고 회색 작업복을 입은 수위가 안쪽 로비를 가로지르자 몇몇 사람들이 빈정거림의 의미가 담긴 환호성을 질렀다.

"다른 별에서 생명체가 발견됐네요!"

이렇게 외친 사람은 좀 전에 재니스 크레이를 빤히 쳐다보았던 두 청년 가운데 한 명으로, 조만간 왼팔이 뜯겨 나갈 키스 프라이어스였다.

실없는 농담에 다들 가볍게 웃음을 터뜨리고 서로 대화를 나누기 시작했다. 밤이 끝났다. 스며드는 새벽빛이 별로 희망적이지는 않았지만, 지나온 기나긴 새벽에 비하면 아주 조금 나았다.

오기는 침낭 옆에 다시 무릎을 꿇고 앉아서 귀를 기울였다. 규칙적으로 조그맣게 이어지는 코 고는 소리에 미소가 지어졌다. 그가 괜한 걱정을 했을지 모른다. 타인의 호의 속에 살아 나가는—심지어 아주 잘 지내는—사람들도 있을 수 있었다. 지금 그의 침낭 안에서 코를 골며 아이와 함께 자고 있는 젊은 여자도 그런 부류에 속할지 모른다.

그와 재니스 크레이가 커플 행세를 하며 이 테이블, 저 테이블을 찾아다닐 수도 있겠다는 생각이 들었다. 그러면 아이가 무책임의 발로가 아니라 공동 육아의 증거처럼 보일 수 있었다. 그에게는 인간의 본성이라는 것이 대부분 수수께끼였기 때문에 장담할 수는 없었지만 가능성 있는 이야기처럼 느껴졌다. 그는 재니스가 일어나면 이 이야기를 꺼내 보기로 마음먹었다. 그녀의 생각을 알아보는 거다. 부부인 척할 수는 없었다. 그녀에게는 결혼반지가 없었고 그도 결혼반지를 빼고 다닌 지 3년이 지났다. 하지만…… 요즘 사람들은 그걸 뭐라고 하더라? 파트너. 그렇다, 파트너인 척할 수는 있었다.

차량들이 간격을 두고 꾸준히 말버러 가에서 가파른 비탈길을 올라왔다. 조금 있으면 첫차에서 내려서 걸어오는 사람들도 등장할 것이다. 오기는 버스가 6시부터 다니기 시작한다고 자신 있게 말할 수 있었다. 차량들이 도착하더라도 짙은 안개 때문에 전조등을 밝힌 앞유리창 너머로 시커멓고 희미한 무언가가 보이고 그만이었다. 몇몇은 이미 기다리고 있는 인파를 보고 기가 꺾여서 차를 돌렸지만, 대부분은 점점 작아져 가는 미등과 함께 몇 개 안 남은 주차 공간을 향해 움직였다.

바로 그때, 방향을 돌리지도 않고 주차장 저쪽으로 움직이지도 않는 자동차 모양의 무언가가 오기의 눈에 들어왔다. 전조등이 유난히 밝고 양옆으로 노란색 안개등까지 켜고 있었다.

HD 헤드라이트로군. 오기는 생각했다. *그럼 메르세데스벤츠인데. 벤츠가 채용박람회에는 어쩐 일이지?*

그는 킨슬러 시장이 종달새 클럽 회원들에게 연설을 하러 왔나 보다고 생각했다. 그들의 진취적인 기상과 미국인다운 패기를 찬양하기 위해서. 만약 그런 거라면 벤츠를 타고 오다니 — 아무리 낡은 거라 해도 — 잘못된 선택이었다.

오기 앞에 서 있던 나이 많은 양반(이제 살날이 얼마 남지 않은 웨인 웰랜드였다.)이 말했다.

"저거 벤츠 아니야? 벤츠 같은데."

오기가 두말하면 잔소리라고, 누가 봐도 메르세데스의 HD 전조등 아니냐고 대답하려는 찰나, 그 바로 뒤에 서 있던 차가 경적을 울렸다. 길고 성마르게 빵 소리를 냈다. HD 전조등이 좀 전보다 환하게 빛나며 허공에 매달린 안개 방울을 눈부시게 하얀 고깔 모양으로 가르는가 싶더니 성마른 경적 소리에 엉덩이라도 걷어 차인 것처럼 앞으로 튀어나왔다.

"이봐요!"

웨인 웰랜드가 놀란 목소리로 외쳤다. 그것이 그가 마지막으로 내뱉은 단어였다.

자동차는 구직자들이 건너지 마시오 테이프에 갇혀서 가장 빽빽하게 모여 있는 곳으로 돌진했다. 그중 일부는 도망치려고 했지만 맨 끝에 서 있던 사람들만 피할 수 있었다. 문에서 더 가까운 곳에 있었던 사람들 — 진정한 종달새 클럽 — 은 가망이 없었다. 그들은 테이프 기둥에 부딪쳐서 기둥을 쓰러뜨렸고 테이프에 휘감겼고 서로 부딪쳐서 튕겨져 나왔다. 성난 파도처럼 앞뒤로 흔들렸다. 나이가 많고 키가 작은 사람들은 넘어져서 짓밟혔다.

오기는 왼쪽으로 세게 떠밀려서 비틀거리다 자세를 바로잡자 이번에는 앞으로 밀쳐졌다. 어디에선가 날아온 팔꿈치에 오른쪽 눈 바로 아래를 얻어맞는 바람에 독립기념일 때나 볼 수 있음직한 폭죽이 오른쪽 눈앞에서 어른거렸다. 다른 쪽 눈으로 쳐다보니 메르세데스가 안개 속에서 등장하는 게 아니라 그 속에서 자체 *탄생하는* 것처럼 느껴졌다. SL500일까, 12기통이 달린 회색의 큼직한 세단인데 그 12개의 기통이 일제히 비명을 지르고 있었다.

오기는 침낭 옆으로 무릎을 꿇으며 쓰러졌다. 일어서려고 할 때마다 계속 팔 아니면 어깨 아니면 목을 걷어차였다. 사람들이 비명을 지르고 있었다. 이렇게 외치는 어떤 여자의 목소리가 들렸다.

"조심해요, 조심해요, 차가 멈추질 않아요!"

재니스 크레이가 놀란 눈을 깜빡이며 침낭 밖으로 고개를 내밀었다. 이번에도 구멍 밖을 내다보는 수줍은 두더지가 떠올랐다. 자면서 머리에 까치집을 지은 암컷 두더지.

그는 엉금엉금 기어가서 여자와 아이가 들어 있는 침낭을 몸으로 덮었다. 그러면 독일의 공학기술이 빚은 2톤짜리 작품으로부터 그들을 보호할 수 있기라도 한 것처럼. 사람들의 고함이 들렸지만 점점 다가오는 세단의 엔진 소리에 묻혀 버렸다. 누군가가 그의 뒤통수를 강타했지만 그는 거의 느끼지도 못했다.

그 찰나에 그는 이런 생각을 했다. *로즈오브샤런한테 아침을 사려고 했는데.*

그 찰나에 그는 이런 생각도 했다. *어쩌면 차가 방향을 틀지 몰라.*

그것이 그들에게는 가장 승산 있는 기회였고 어쩌면 유일한 기회였다. 혹시 그럴까 싶어서 고개를 들고 확인하려는 순간 시커먼 타이어가 그의 시야를 가렸다. 그의 팔을 붙잡는 여자의 손이 느껴졌다. 그 찰나에 그는 아이가 깨지 않았으면 좋겠다는 생각을 했다. 그리고 잠시 후, 시간이 다 됐다.

퇴직 형사

호지스는 맥주 캔을 들고 부엌에서 나와 레이지보이에 앉고는 왼쪽의 조그만 테이블 위, 권총 바로 옆에 맥주 캔을 내려놓는다. 권총은 스미스 & 웨슨 M&P 리볼버로 38구경인데, M&P는 군경용이라는 뜻이다. 그는 늙은 개를 쓰다듬듯 멍하니 권총을 쓰다듬다 리모컨을 집어서 7번 채널을 튼다. 조금 늦게 틀어서 방청객들이 이미 박수를 치고 있다.

그는 80년대 후반에 이 도시를 잠깐 물들였던 퇴폐적인 유행을 떠올린다. 그가 내심 쓰고 싶은 단어는 어쩌면 '전염병'일지 모른다. 일시적인 열병과도 같았으니까. 그해 여름에 이 도시의 3개 일간지 사설란은 그 기사로 도배가 되다시피 했다. 이제는 그 3개 일간지 중에서 2개가 사라졌고 나머지 1개는 인공호흡기를 달고 있다.

멋들어진 양복을 차려입은 사회자가 방청석을 향해 손을 흔들며 뚜벅뚜벅 걸어 나온다. 호지스는 경찰에서 은퇴한 이래 평일이면 거의 날마다 이 프로그램을 시청하고 있는데, 잠수복 없이 시궁창 속을 헤집고 다니는 거나 다름없이 이런 프로그램을 진행하기에는 남자가 너무 멀끔하다는 생각이 든다. 이 사회자는 자살을 하면 친구와 가까운 친척들이 전부 다 이상한 조짐을 전혀 느끼지 못했다고, 마지막으로 만났을 때 얼마나 유쾌했는지 모른다고 증언하는 그런 부류처럼 생겼다.

이런 생각이 들자 호지스는 또다시 권총을 멍하니 쓰다듬는다. 빅토리 모델이다. 오래됐지만 훌륭하다. 그가 현역 시절에 들고 다녔던 권총은 40구경 글록이었다. 그가 자비로 구입한 것이었고 — 이 도시의 경관들은 무기를 자비로 마련해야 한다. — 지금은 침실 금고에 안전하게 들어 있다. 퇴임식 이후에 총알을 빼서 금고에 넣었고 그 뒤로 한번도 꺼내 보지 않았다. 꺼내 보고 싶은 마음이 생기지도 않는다. 하지만 38구경은 좋다. 감정적인 애착이 느껴지기도 하고 그 이상의 무언가도 있다. 리볼버는 불발이 나지 않는다.

첫 번째 초대 손님이 등장한다. 파란색의 짧은 원피스를 입은 젊은 여자다. 얼굴은 살짝 맹하게 생겼지만 몸매가 끝내준다. 호지스도 알다시피 그 원피스 안 어딘가에 트램프 스탬프(짧은 상의와 밑위가 짧은 바지를 입으면 드러나 보이는 위치에 한 문신 — 옮긴이)라고 불리는 문신이 있을 것이다. 두 개 아니면 세 개가 있을 수도 있다. 남자 방청객들이 휘파람을 부르며 발을 구른다. 여자 방청객들은 좀 전보다 약하게 박수를 친다. 몇몇은 눈을 부라린다. 남편이 쳐다보지 말아 주었으면 하는 부류의 여자인 것이다.

26

여자는 초장부터 씩씩댄다. 남자친구가 다른 여자와의 사이에서 낳은 아이가 있는데 그 둘을 보러 뻔질나게 들락거린다는 것이다. 그녀는 아직도 남자친구를 사랑하지만 그……

그 다음 몇 마디가 삐 ― 소리로 덮이지만 입 모양으로 판단하건 대 *걸레 같은 년*이다. 방청객들이 환호성을 지른다. 호지스는 맥주를 한 모금 마신다. 그는 앞으로 어떤 상황이 벌어질지 알고 있다. 이 프로그램은 금요일 오후의 멜로드라마처럼 전개가 빠르다.

사회자가 그녀의 넋두리를 좀 더 들어주다 누군가를 소개하는 데…… 바로 그 **다른 여자**다. 그녀도 몸매가 끝내주고 풍성한 금발을 길게 길렀다. 한쪽 발목에 트램프 스탬프를 새겼다. 그녀가 다른 여자 쪽으로 걸어가며 말한다.

"당신 심정은 이해하지만 나도 그이를 사랑해."

그녀는 좀 더 이성적이지만 그것도 끝내주는 몸매 1번이 전투를 개시하기 이전의 이야기다. 상금을 놓고 벌이는 무슨 시합이라도 시작되는 것처럼 무대 밖에서 누군가가 종을 울린다. 호지스는 정말 그런 시합일지 모른다는 생각을 한다. 이 프로그램에 출연하는 초대손님들은 전부 다 돈을 받을 것이다. 그러지 않고서야 왜 이런 짓을 하겠는가? 두 여자가 몇 초 동안 주먹질을 하고 서로 할퀴면 '보안'이라고 적힌 티셔츠를 입고 뒤에서 지켜보고 있던 덩치 둘이 등장해서 떼어 놓는다.

두 여자는 잠깐 동안 서로 고함을 지르며 서로에 대한 생각을 충분히, 정확하게 주고받고(대부분 삐 ― 소리로 덮인다.) 그러고 나면 이번에는 사회자가 점잖게 지켜보는 가운데 끝내주는 몸매 2번이 싸움을 걸어서 끝내주는 몸매 1번의 고개가 돌아갈 정도로 있는 힘껏 뺨을 때린다. 다시 종이 울린다. 두 여자는 쭈글쭈글해진 원피스 차림으로 무대에 올라가서 서로 할퀴고 주먹을 날리고 뺨을 때린다. 방청석은 난리가 난다. 근육질의 보안요원들이 둘을 갈라 놓고 사회자가 둘 사이로 들어가서 언뜻 듣기에는 달래는 듯하지만 사실은 싸움을 조장하는 말투로 이야기를 한다. 두 여자는 남자를 한량없이 사랑한다고 선포하며 상대방의 얼굴에 침을 뱉는다. 이쯤에서 사회자가 잠깐 휴식을 선포하고 C급 여배우가 다이어트 약을 판다.

호지스는 맥주를 한 모금 더 마시지만 반 캔도 마시지 않을 것임을 안다. 우스운 것이, 경찰로 근무했을 때만 해도 그는 알코올중독자에 가까웠다. 술 때문에 결혼생활이 파경에 이르렀을 때는 분명 알코올중독자였을 것이다. 그는 모든 의지를 동원해서 알코올을 조절했고 근속 연수가 40년에 다다르는 순간부터 마음껏 마시고야 말겠다고 다짐했다. 도시 경찰의 50퍼센트가 25년 만에, 75퍼센트가 30년 만에 은퇴하는 마당에 40년이라니 경이로운 숫자였다. 그런데 40년이 되고 보니 더 이상 술이 당기지 않는다. 주량이 여전한지 알아보려고 몇 번 억지로 술을 마셔 보았고 주량이 여전한 것으로 밝혀졌지만, 술에 취했을 때의 기분이 술에 취하지 않았을 때에 비해서 그리 좋지 않았다. 솔직히 말해서 오히려 살짝 더 안 좋았다.

토크쇼가 다시 시작된다. 사회자가 초대 손님이 한 명 더 있다고 하는데 호지스는 누구인지 알고 있다. 방청객들도 알고 있다. 그들은 기대감에 요란하게 웅성거린다. 호지스는 아버지의 총을 들어서 총신을 들여다본 뒤 다이렉 TV 가이드 위에 다시 내려놓는다.

끝내주는 몸매 1번과 끝내주는 몸매 2번이 격렬한 몸싸움을 벌이게 만든 남자가 무대 오른쪽에서 등장한다. 으스대며 걸어 나오기 전부터 어떻게 생긴 남자일지 여러분도 알고 있었을 것이다. 그렇다. 그는 주유소 직원 아니면 타깃 할인점 창고에서 상자를 정리하는 직원 아니면 미스터 스피디에서 여러분의 차를 (엉망으로) 세차해 주었던 그 친구다. 비쩍 마른 몸에 얼굴은 새하얗고 까만 머리가 덤불처럼 이마를 덮고 있다. 치노 바지를 입었고 초록색과 노란색이 섞인 어이없는 넥타이가 툭 튀어나온 울대뼈 바로 아래를 꽉 죄고 있다. 뾰족한 스웨이드 부츠 앞코가 바짓단 아래로 고개를 내밀고 있다. 여자들은 트램프 스탬프를 새겼고, 이 남자는 말만큼이나 큰 물건으로 기관차보다 더 강력하고 날아가는 총알보다 더 빠르게 정자를 분출한다. 이 남자가 마스터베이션을 하는 데 썼던 변기에 처녀가 앉으면 아이가 생길 것이다. 쌍둥이가 생길지도 모른다. 남자는 나사가 살짝 풀린 멋진 사내의 상징인 얼빠진 미소를 머금고 있다. 몽정: 죽을 때까지 해결되지 않을 장애다. 이내 종이 울리고 여자들은 다시 상대방을 향해 달려들 것이다. 그러다 남자의 헛소리가 지겨워지면 그들은 서로를 쳐다보며 고개를 살짝 끄덕이고 힘을 합쳐서 남자를 공격할 것이다. 이번에는 보안요원들이 좀 더 오랫동안 기다릴 것이다. 방청객과 시청자들이 정말로 보고 싶어 하는 것이 이 최후의 일전이기 때문이다. 수탉을 쫓는 암탉들.

80년대 후반에 잠깐 떠돌았던 그 퇴폐적인 유행 — 전염병 — 은 '떠돌이 매치'라고 불렸다. 시궁창 세계의 천재 아니면 다른 누군가가 맨 처음 고안해서 돈이 되는 것으로 밝혀지자 서너 개의 다른 업체들이 뛰어들어서 형식을 세련되게 다듬었다. 서너 명의 떠돌이들에게 30달러씩 주고 정해진 시각, 정해진 장소에서 서로 싸움을 붙이는 것이었다. 호지스가 기억하는 최적의 장소는 밤바람이라는 도시 동쪽의 지저분한 스트립클럽 뒤편의 휴게소였다. 대진표가 만들어지면 선전을 하고(인터넷이 통용되기 한참 전이었기 때문에 입소문을 냈다.) 관객들에게 일인당 20달러씩 받았다. 호지스와 피트 헌틀리가 현장을 급습했을 때는 관객이 200명이 넘었고 대부분 판돈을 걸고 미친놈들처럼 서로 으르렁거렸다. 여자들도 있어서 몇몇은 이브닝드레스에 보석을 잔뜩 걸치고, 술에 취한 무뢰한들이 팔다리를 마구 휘젓고 발로 차고 쓰러졌다가 다시 일어나고 헛소리를 고래고래 지르는 광경을 구경했다. 관객들은 웃고 환호성을 지르며 싸움꾼들을 계속 부추겼다.

이 프로그램은 다이어트 약과 보험 광고로 수위를 낮추었을 뿐 그 싸움판과 비슷해서 호지스가 추정컨대 출전 선수들(사회자는 그들을 '초대 손님'이라고 하지만 사실 출전 선수다.)에게 30달러와 나이트트레인(저렴한 주정강화와인 — 옮긴이) 한 병을 조금 능가하는 보상이 주어지지 않을까 싶다. 게다가 복권처럼 합법적이라 경찰들이 들이닥쳐서 판을 깨지도 않는다.

쇼가 끝나면 타협이라고는 모르는 여판사가 특유의 참을성 없는 정의의 여신 분위기를 풍기며 나타나서 부글대는 속을 거의 고스란히 드러내며 개소리나 다름없는 그들의 하소연을 들을 것이다. 그런 다음에는 뒤룩뒤룩한 가족 심리학자가 등장해 초대 손님들을 울리고(자칭 '부정(否定)의 벽을 무너뜨리는' 과정이다.) 자신의 방식에 감히 의문을 제기하는 사람이 있으면 나가달라고 한다. 호지스는 뒤룩뒤룩한 가족 심리학자가 KGB의 과거 훈련 영상을 보고 그런 수법을 터득하지 않았을까 생각한다.

호지스는 평일 오후마다 아버지의 총 ─ 아버지가 순찰경관 시절에 들고 다녔던 총 ─ 을 옆 테이블에 올려놓고 레이지보이에 앉아서 이 총천연색의 똥을 먹는다. 그럴 때마다 항상 총을 몇 번씩 들어서 총신을 들여다본다. 둥글고 까만 그것을 유심히 쳐다본다. 가끔 장전된 총을 혓바닥 위에 올려놓고 입천장을 겨누면 어떤 기분일지 궁금해서 입속으로 넣어 볼 때도 있다. 아마 그 기분에 익숙해지기 위해서일 것이다.

술을 제대로 마실 수 있게 되면 미룰 수 있을 텐데. 그는 생각한다. 적어도 1년은 미룰 수 있을 텐데. 2년 동안 미루면 충동이 가라앉을 수도 있는데. 정원 가꾸기나 새 관찰하기, 심지어 그림 그리기에 재미를 붙일 수도 있는데. 팀 퀴글리는 플로리다에서 그림을 그리기 시작했다. 나이 많은 경찰들이 득시글거리는 은퇴촌에서. 다른 사람들의 증언에 따르면 퀴글리는 정말로 그림 그리기를 좋아했고 심지어 베니스 아트 페스티벌에서 작품을 몇 점 판매까지 했다. 뇌졸중을 일으키기 전까지. 뇌졸중 이후에는 몸의 오른쪽이 완전히 마비된 상태로 8~9개월 동안 침대 신세를 졌다. 팀 퀴글리의 그림 인생은 그것으로 끝이었다. 그러다 저세상으로 떠났다. 만세!

종이 울리자 아니나 다를까, 두 여자 모두 매니큐어를 칠한 손톱을 번뜩이고 풍성한 머리를 휘날리며 황당한 넥타이를 맨 말라깽이 남자를 향해 달려간다. 호지스는 다시 총을 향해 손을 뻗지만 총신에 손끝이 닿는 순간 현관문에 달린 구멍이 덜커덩 열리고 우편물이 털썩 하고 바닥으로 떨어지는 소리가 들린다.

요즘 같은 이메일과 페이스북의 시대에 중요한 우편물이 있을 리 없지만 그래도 그는 자리에서 일어난다. 우편물을 살피면 아버지의 38구경 M&P 곁을 또 하루 동안 떠날 수 있을 것이다.

호지스가 조그만 우편물 꾸러미를 들고 의자로 돌아와 보니 격투 쇼 사회자가 작별 인사를 하면서 TV 나라 시청자들에게 내일은 난쟁이들이 출연할 예정이라고 알린다. 육체적인 난쟁이인지 정신적인 난쟁이인지는 구체적으로 밝히지 않는다.

레이지보이 뒤에 조그만 플라스틱 휴지통이 두 개 있다. 하나는 환불받을 유리병과 캔을 넣는 곳이고, 다른 하나는 쓰레기용이다. 가격을 몇 년 전 수준으로 인하했다는 월마트 전단지는 쓰레기통으로 직행한다. 사랑하는 이웃 앞으로 배달된 상조보험 광고, 딱 1주일 동안 모든 DVD를 50퍼센트 할인된 가격에 판매한다는 디스카운트 일렉트로닉스 광고, '소중한 한 표를 행사해 달라.'며 공석이 된 시의원 입후보자가 보낸 엽서 크기의 호소문도 마찬가지다. 후보자 사진이 실렸는데 호지스가 보기에는 어렸을 때 무서워했던 치과의사 오벌린 선생을 닮았다. 앨버트선스 슈퍼마켓에서 보낸 전단지도 있다. 쿠폰이 잔뜩 달려 있기 때문에 이건 따로 치워 둔다(당분간 이것으로 아버지의 총을 가린다.).

마지막 우편물은 상업용 봉투에 든 진짜 편지처럼 — 만져 보니 제법 두툼하다. — 보인다. 수신인이 하퍼 가 63번지 K. 윌리엄 호지스 (퇴직) 형사로 되어 있다. 발신인 주소는 없다. 보통 발신인 주소를 쓰는 왼쪽 위 모서리에 오늘 들어 우편물에서 두 번째로 보는 스마일 마크가 붙어 있다. 그런데 이번에는 월마트의 가격 인하를 알리는 스마일 마크가 아니라 선글라스를 끼고 이를 드러내며 웃고 있는 이메일 이모티콘이다.

문득 떠오르는 기억이 하나 있는데 좋은 기억이 아니다.

'안 돼. 안 돼.'

하지만 그가 하도 서둘러서 힘껏 편지를 개봉하는 바람에 봉투가 뜯기면서 활자가 적힌 네 장짜리 편지가 쏟아진다. 진짜 타자기로 친 편지가 아니라 컴퓨터 폰트를 타자체로 설정해서 출력한 편지다.

친애하는 호지스 형사에게. 제목에 이렇게 적혀 있다.

그는 쳐다보지도 않은 채로 손을 뻗어서 앨버트선스 전단지를 바닥으로 떨어뜨리고 자기도 모르는 새 리볼버를 지나서 텔레비전 리모컨을 집는다. 꺼짐 버튼을 눌러서 한참 야단을 치고 있던 타협이라고는 모르는 여판사의 입을 다물게 만들고 편지로 온 신경을 집중한다.

친애하는 호지스 형사에게

6개월 전에 은퇴했지만 형사라는 호칭을 불쾌하게 받아들이지 않았으면 좋겠어. 무능한 판사, 부패한 정치인, 멍청한 군 장교들도 은퇴 후에 자기 직함을 유지하는데 이 도시 역사상 가장 많은 훈장을 받은 형사도 그래야 하지 않을까?

그러니까 호지스 형사라고 부르겠어!

호지스 경(당신이야말로 진정한 배지와 권총 기사단이라고 할 수 있으니 경이라는 직함도 어울리지.), 내가 이 편지를 보내는 데에는 여러 가지 이유가 있지만 형사로 27년, 모두 합해서 40년이라는 근속 연수에 먼저 찬사를 보낼게. 나는 텔레비전으로 퇴임식을 일부 시청하다(아는 사람이 별로 없는 2번 공용 채널로) 다음 날 저녁에 공항 근처의 레인트리 인에서 파티가 열렸다는 사실을 알게 됐어.

그 파티가 진정한 의미의 퇴임식이었겠지!

나는 그런 성대한 '연회'에 참석한 적 없지만 경찰이 나오는 텔레비전 드라마의 애청자야. 대다수가 '경찰이라는 직종'을 아주 비현실적으로 그리겠지만, 퇴임 파티를 다룬 몇몇 프로그램(「NYPD 블루」, 「하머사이드」, 「와이어」, 기타 등등, 기타 등등)에서는 배지와 권총 기사단이 동지에게 어떤 식으로 '작별 인사'를 하는지 정확하게 그렸을 거라고 믿고 싶어. 그도 그럴 것이, 조지프 웜보가 쓴 책에서도 두 번 이상 '퇴임 파티 장면'을 접했는데 비슷했거든. 그 작가도 당신처럼 '퇴직 형사'니까 잘 알겠지.

천장에는 풍선이 매달려 있고, 주거니 받거니 술을 마시고, 음담패설이 오가고, 그때 그 시절과 그 시절의 사건들을 추억하고 그러겠지. 행복한 음악들이 쿵쾅거리고 스트리퍼 한둘이 '둔부'를 흔들겠지. 연설은 '격식을 갖춘 퇴임식' 때보다 훨씬 재미있고 훨씬 진솔할 테고.

내 짐작이 어떤가?

'나쁘지 않아. 전혀 나쁘지 않아.'

내가 조사한 바에 따르면 당신은 형사로 재직하는 동안 말 그대로 수백 건의 사건을 해결했는데 (테드 윌리엄스는 키보드 기사단이라고 불렀던) 대부분의 언론에서 '세간의 이목이 집중됐다'고 소개한 사건들이더군. 당신은 살인범과 절도조직과 방화범과 강간범을 체포했지. (퇴임식에 딱 맞춰서 출간된) 어느 기사에서 오랜 파트너(1급 수사관 피터 헌틀리)는 당신을 가리켜서 '정석과 직관이 조화를 이룬 인물'이라고 했지.

이 얼마나 근사한 칭찬인가!

만약 그게 사실이라면, 내 생각에는 사실일 것 같지만, 지금쯤 당신은 내가 당신에게 체포당하지 않은 몇 안 되는 인물 가운데 한 명이라는 것을 알아차렸겠지. 나는 사실 언론에서

a) 조커

b) 피에로

아니면

c) 메르세데스 살인마

로 불렸던 인물이야.

나는 맨 마지막 별명이 가장 마음에 들지만!

당신은 '최선'을 다했지만 안타깝게도(내 입장이 아니라 당신 입장에서) 실패했지. 호지스 형사가 정말로 체포하고 싶었던 '대어'가 있다면 작년에 시티 센터 채용박람회 참석자들 사이로 차를 몰고 돌진해서 여덟 명의 사망자와 수많은 부상자를 남긴(솔직히 내 예상을 훨씬 웃도는 성적이었어.) 범인이었을 텐데. 정식 퇴임식에서 그 훈장을 받았을 때 내 생각이 나던가? 배지와 권총 기사단 동지들이 말 그대로 바지를 내린 상태로 체포된 범인들이나 그 옛날 집합실에서 저질렀던 짓궂은 장난 얘기를 했을 때(그냥 넘

거짓는 거야.) 내 생각이 나던가?

당연히 났겠지!

이 자리에서 밝히지만 그때 얼마나 재미있었는지 몰라(솔직히 공개하는 거야.). 가엾은 올리비아 트릴로니 부인의 메르세데스로 '액셀을 끝까지 밟고' 그들을 향해 돌진했을 때 내 평생 그렇게 어마어마하게 '발기'한 적은 처음이었어! 그리고 심장은 분당 200번쯤 뛰었을걸? '정확하게는 모르겠지만!'

또다시 선글라스를 쓴 스마일 마크가 등장한다.

내가 진짜 '내부 정보'를 알려 줄게. 웃고 싶으면 웃어도 좋아. 좀 웃기기도 하니까(사실은 내가 얼마나 용의주도했는지 알려 주는 단서이기도 하지만.). 나는 그때 콘돔을 끼고 있었어! '고무장갑'을 말이야! 자연 사정을 하는 바람에 DNA 정보를 남길까 봐 걱정이 됐거든. 그런 일은 벌어지지 않았지만 그 뒤로 도망치려고 했으나 그러지 못했던 그들의 모습(정어리처럼 옹기종기 모여 있더란 말이지.), 하나같이 겁에 질렸던 그들의 얼굴(정말 우스웠어.), 차가 그들을 '들이받았을' 때 내 몸이 어떤 식으로 앞으로 쏠렸는지 떠올리면서 몇 번이나 마스터베이션을 했는지 몰라. 심하게 쏠려서 좌석벨트가 맞물릴 정도였거든. 아, 얼마나 짜릿했다고.

솔직히 나는 그 뒤로 어떻게 될지 잘 몰랐어. 잡힐 확률이 50퍼센트라고 생각했거든. 하지만 나는 '대책 없는 낙관주의자'이기 때문에 실패보다는 성공에 대비했지. 콘돔은 '내부 정보'이긴 하지만 피에로 가면에서 어떤 DNA도 검출되지 않았을 때 당신네 법의학부서에서(나는 CSI도 보거든.) 얼마나 실망했을까? 이렇게 외쳤겠지. '망할! 그 여우 같은 놈이 머리에 망을 쓰고 있었던 게 분명해!'

그런데 정말 그랬어! 그걸 표백제로 세탁까지 했지!

나는 요즘도 그 사람들을 쳤을 때 전해지던 쿵 하는 느낌, 우드득 소리, 그들을 타고 넘었을 때 출렁이던 차의 느낌을 곱씹곤 해. 파워하고 제동하면 메르세데스 12기통이 최고지! 피해자 중에 갓난아이도 있었다는 신문기사를 읽었을 때 나는 희열을 느꼈어! 그 어린것의 목숨줄을 끊다니! 그 아이가 누리지 못할 것들을 생각해 보라고. 퍼트리셔 크레이어, 편히 잠들라! 아이 엄마까지 처리했잖아! 딸기잼 범벅이 된 침낭! 짜릿하지 않아? 나는 한쪽 팔이 날아간 남자와 마비 환자가 된 다른 두 남자 생각도 자주 해. 한 명은 단순히 하반신 마비지만 마틴 스토버는 '막대기에 머리가 달린' 꼴이 되었지! 그 둘은 죽지 않았지만 차라리 죽었길 바랄 거야! 멍지지, 호지스 형사?

지금쯤 당신은 이런 생각을 하겠지. '뭐 이렇게 배배 꼬인 역겨운 변태가 다 있나?' 그렇게 생각할 만도 하지만, 나도 할 말이 있다고! 나처럼 하고 싶어 하는 사람들이 얼마나 많은지 알아? 사람들이 고문과 사지 절단, 기타 등등이 등장하는 책과 영화(요즘은 텔레비전에서도 그런 게 나오더군.)를 좋아하는 이유가 그 때문이야. 그들과 나 사이에 딱 한 가지 차이점이 있다면 나는 실행에 옮겼다는 것일 뿐. 하지만 내가 정신병자라서 그런 건 아니야(어느 모로 보나 그래.). 어떤 경험일지 정확히 모르고, '평생 기억에 남을 만한' 짜릿한 경험이 될 거라는 것만 알았을 뿐. 대부분의 사람들은 어렸을 때 납으로 된 신발을 맞추고 평생 그 신발을 신고 다니지. 납으로 된 그 신발의 이름은 양심이야. 나는 그런 신발이 없기 때문에 평

범한 사람들 머리 위로 날아오를 수 있는 거야. 그 사람들 손에 내가 붙잡

혔더라면 어떻게 됐겠느냐고? 트릴로니 부인의 메르세데스의 시동이 꺼

지거나 뭐 그래서(관리를 아주 잘한 것 같아서 그럴 가능성은 별로 없었지만) 바

로 그 자리에서 붙잡혔더라면 나는 그들 손에 갈기갈기 찢겼겠지. 나도 그

런 가능성이 있다는 걸 알았고 그래서 짜릿함이 배가됐지만 그들이 정말

로 그럴 거라고 생각하지는 않았어. 왜냐하면 대부분의 인간들은 양이고

양들은 고기를 먹지 않거든.(몇 대 맞을 수는 있었겠지만 그 정도는 견딜 수 있어.)

체포돼서 재판을 받을 수도 있었겠지만 그러면 정신이상을 이유로 들어서

무죄를 주장했겠지. 내가 진짜로 정신병자일 수도 있지만(그런 생각이 들더

군.) 특이한 종류의 정신병이야. 아무튼 동전은 앞면이 나왔고 나는 무사히

도망쳤지.

안개 덕분에!

내가 본 게 또 하나 있는데 이번에는 영화야(제목은 기억을 못하겠군.). 아

주 똑똑한 연쇄살인범이 등장하는 영화인데 처음에는 경찰들(그중 한 명이

아직 머리칼이 남아 있던 시절의 브루스 윌리스야.)이 그를 잡지 못하지. 그래서

브루스 윌리스가 이런 말을 해. '녀석은 참지 못하고 또 범행을 저지를 테

고 조만간 실수를 할 테니 잡을 수 있을 거야.'

정말로 그렇게 되었지!

나는 그렇지가 않아, 호지스 형사. 그럴 생각이 절대 없거든. 나는 한

번이면 충분해. 아주 선명한 기억이 있으니까. 그리고 그 이후에 사람들

이 내가 똑같은 범행을 저지를 게 분명하다고 철석같이 믿는 바람에 공포

분위기가 조성되기도 했고. 대중 행사들이 취소됐던 거 기억하지? 그 정

도로 재미있지는 않았지만 그래도 '트레 아뮈장(프랑스어로 아주 재미있다는

뜻 — 옮긴이)'하더군.

그러니까 우리 둘 다 '퇴직자'인 셈이야.

말을 해놓고 보니 레인트리 인에서 열린 당신의 퇴임식에 참석해서 친애하는 형사님을 위해 건배를 하지 못한 게 아쉬워지는군. 당신은 정말로 최선을 다했는데 말이지. 물론 헌틀리 형사도 그렇기는 했지만 신문과 인터넷에 실린 두 사람의 소개가 맞다면 당신은 메이저리그고 그 자는 트리플 A잖아. 이 사건은 계속 미결 파일로 분류되어 있을 테고 그 자가 어쩌다 한 번씩 묵은 보고서를 꺼내서 연구하겠지만 아무 소득도 얻지 못할 거야. 우리 둘 다 알잖아.

내가 우려의 말씀을 한마디만 해도 될까?

그 텔레비전 드라마를 보면(웜보의 작품에서도 그랬던 것 같은데, 제임스 패터슨의 작품이었을 수도 있고.) 풍선과 술과 음악이 있는 파티 이후에 슬픈 마지막 장면이 등장하지. 집으로 돌아간 형사가 권총과 배지가 없으면 그의 인생은 무의미하다는 것을 알아차리는 거야. 나도 그 심정, 이해가 돼. 생각해 보면 나이가 들어서 은퇴한 기사보다 더 슬픈 존재가 어디 있겠나. 아무튼 형사는 결국 총으로(현역 시절에 썼던 리볼버로) 자살을 하지. 인터넷에서 찾아보았더니 이런 상황이 허구가 아니더군. 실제로 벌어지는 일이야!

퇴직 경찰들은 자살률이 극도로 높아!

이렇게 슬픈 짓을 저지르는 경찰들에게는 대부분 경고의 징후를 감지할 만한 가까운 가족이 없어. 대다수가 당신처럼 이혼을 했지. 대다수가 멀리 떨어져 사는 장성한 자식들을 두고 있고. 하퍼 가에서 혼자 지내는 호지스 형사, 당신을 생각하니 걱정이 되지 뭐야. '사냥의 전율'이 옛이야기가 된 지금, 어떻게 지내고 있나? 주야장천 텔레비전을 보고 있나? 그렇겠지. 전보다 주량이 늘었나? 그렇겠지. 인생이 워낙 허무하다보니 시간이 전보다 천천히 흘러가나? 불면증으로 고생하고 있나? 쩝, 그러지는 않았으면 좋겠는데.

하지만 그럴지 모르겠다는 생각이 드는군!

어쩌면 취미가 필요할 수도 있겠어. '유유히 도망친 범인', 나를 절대 못 잡을 거라는 생각에서 벗어날 수 있게. 그 무고한 사람들을 죽이고도 '네 손아귀에서 빠져나간' 녀석 때문에 네 직업 인생이 헛수고였다는 생각이 들기 시작하면 너무 안타깝잖아.

네 총에 대해서도 생각하지 말았으면 좋겠어.

하지만 지금 생각하고 있지, 그렇지?

'유유히 도망친 범인'이 무슨 생각을 하고 있는지 공개하는 것으로 이 편지를 마무리할까 해. 그 자가 무슨 생각을 하고 있느냐면.

뒈져라, 이 찐따야.

농담이야!

메르세데스 킬러

그 아래에 또 스마일 마크가 있다. 그리고 그 아래에.

추신! 트릴로니 부인에 대해서는 유감스럽게 생각해. 하지만 이 편지를 헌틀리 형사에게 넘기더라도 그녀의 장례식 때 촬영한 사진을 뒤질 생각은 하지 말라고 전해 줘. 내가 참석을 하긴 했지만 내 상상 속에서 참석한 거니까. (나는 상상력이 아주 어마어마하거든.)

또 추신: 나랑 연락하고 싶어? 네 '피드백'을 들려주고 싶어? 그럼 언더데비스 블루 엄브렐라로 접속해 봐. 심지어 네 아이디도 만들어 놓았어. 'kermitfrog19'로. 내가 대답을 하지 않을 수도 있지만 '혹시 모르잖아?'

또또 추신: 이 편지를 읽고 네 기분이 좋아졌으면 좋겠네!

호지스는 그 자리에 2분, 4분, 6분, 8분 동안 앉아 있다. 꼼짝 않고 앉아 있다. 편지를 손에 든 채 벽에 걸린 앤드루 와이어스의 복제화를 쳐다본다. 그러다 마침내 편지를 의자 옆 테이블에 내려놓고 봉투를 집는다. 이 도시의 소인이 찍혀 있는데 놀랄 일은 아니다. 편지를 보낸 사람은 자신이 가까이에 있음을 알리고 싶은 것이다. 그런 식으로 그를 조롱하고 싶은 것이다. 편지를 보낸 사람의 표현을 빌자면 그런 식으로……

장난을 치고 싶은 것이다!

새로운 화학물질과 컴퓨터 스캔 프로그램 덕분에 이제는 종이에서 아주 제대로 된 지문을 채취할 수 있게 되었지만 호지스도 알다시피 이 편지를 감식반에 넘긴들 *자신의* 지문만 나올 것이다. 이 녀석은 제정신이 아니지만 자기 평가 — perp(범인이라는 뜻의 속어 — 옮긴이)라는 — 가 백 퍼센트 정확하다. perp라는 단어 대신 perk(특전이라는 뜻 — 옮긴이)를, 그것도 두 번이나 썼지만. 그리고…….

잠깐만, 잠깐만.

이 편지를 넘긴들, 이라니 그게 무슨 소리야?

호지스는 의자에서 일어나 편지를 들고 창가로 다가가서 하퍼 가를 내다본다. 해리슨네 딸이 모터 달린 자전거를 타고 부르릉거리며 지나간다. 법적으로 어디까지 허용될지 몰라도 그런 자전거를 타기에는 너무 어린 나이인데 그래도 헬멧은 쓰고 있다. 미스터 테이스티 트럭이 종소리를 내며 지나간다. 날이 따뜻해지면 학교가 파하는 시간부터 해가 질 때까지 이 도시의 동쪽을 돌아다니는 트럭이다. 까만색의 말끔한 소형 세단이 느릿느릿 지나간다. 운전석에 앉은 여자가 희끗희끗한 머리에 롤러를 감고 있다. 그런데 정말 여자일까? 가발을 쓰고 원피스를 입은 남자일 수도 있다. 롤러는 마지막 소품으로서 완벽하지 않은가.

그 자가 바라는 게 너의 그런 생각이야.

아니다. 그게 아니다.

그런 생각이 아니다. 자칭 메르세데스 킬러(사실 자칭이랄 것도 없는 것이 신문과 TV에서 실제로 그를 그렇게 불렀다.)가 바라는 것은 *그런 식의 사고방식*이다.

아이스크림 장수야!

아니야, 말끔한 차를 타고 다니는 여자로 분장한 남자야!

천만에, LPG 트럭 운전수 아니면 조수야!

어떻게 그런 식의 망상증을 조장할 수 있을까? 전직 형사의 주소지뿐 아니라 더 많은 것을 알고 있다고 아무렇지도 않은 듯이 흘리면 돼. 이혼한 것도 알고 있다고, 따로 사는 아이 아니면 아이들이 있지 않으냐고 은연중에 암시하는 거지.

잔디밭을 내다보니 깎을 때가 지났다.

'제롬이 조만간 들르지 않으면 내 쪽에서 연락을 해야겠어.'

'아이 아니면 아이들이라고? 웃기지 마. 그 자는 내 전처 이름이 코린이고 우리 사이에 앨리슨이라는 다 큰 딸이 하나 있다는 걸 알아. 앨리가 서른 살이고 샌프란시스코에서 산다는 걸 알아. 키가 165센티미터고 테니스를 좋아한다는 것도 알지 몰라. 그런 거야 인터넷을 뒤지면 금세 알아낼 수 있지. 요즘은 뭔들 안 그렇겠어.'

이 편지를 피트와 피트의 새로운 파트너인 이사벨 제인스에게 넘기는 것이 그의 다음 행보가 되어야 할 것이다. 호지스가 은퇴할 때 그들이 다른 미결건 몇 개와 더불어 메르세데스 사건을 넘겨받았다. 그 가운데 몇 가지 사건들은 켜 놓기만 한 컴퓨터와 상태가 비슷하다. 그렇게 잠이 든 것이다. 메르세데스 사건은 이 편지로 인해 화들짝 깨어나게 될 것이다.

그는 편지의 이동 경로를 머릿속으로 더듬는다.

우편함에서 현관으로. 현관에서 레이지보이로. 레이지보이에서 여기 이 창가로. 왔던 길을 되짚어 가는 우편배달차가 보인다. 앤디 펜스터의 하루 일과가 끝난 것이다. 여기 이곳에서 부엌으로. 그곳에서 편지는 위를 잠글 수 있는 지퍼락 비닐봉투 안으로 들어갈 것이다. 전혀 불필요한 조치지만 묵은 습관은 잘 없어지지 않는 법이다. 그 다음은 피트와 이사벨에게로. 피트에게서 감식반으로 넘어가 완벽한 자궁 경관 확장 소파술을 거치고 나면 글래드 비닐봉투가 왜 불필요한 조치였는지 밝혀질 것이다. 지문도 털도 그 어떤 DNA도 검출되지 않고, 편지지는 이 도시의 모든 문구점에 상자째 쌓여 있는 종이이며, 마지막으로 평범한 레이저 프린터를 쓴 것으로 밝혀질 테니 말이다. 어떤 컴퓨터로 편지를 작성했는지 알아낼 수 있을지 몰라도(이 부분에 대해서는 딱 잘라 말할 수가 없다. 그는 컴퓨터에 대해 아는 게 거의 없고 그의 컴퓨터에 문제가 생기면 근처에 사는 제롬에게 도움을 청한다.) 알아낸다 한들 맥 아니면 PC 아니겠는가. 와우.

편지가 감식반에서 다시 넘어오면 피트와 이사벨은 분명 「루터」나 「프라임 서스펙트」(편지를 보낸 사이코도 좋아하는 프로그램일지 모르겠다.)와 같은 BBC 범죄 드라마에 나오는 바보 같은 회의를 소집할 것이다. 화이트보드와 확대 복사한 편지, 심지어 레이저 포인터까지 완벽하게 갖추어진 회의가 될 것이다. 호지스도 영국의 그런 범죄 드라마를 몇 번 본 적 있어서 런던 경시청은 사공이 많으면 배가 산으로 간다는 속담의 뜻을 모르는가 보다고 생각한다.

회의의 성과는 딱 하나뿐일 테고 호지스가 보기에는 그것이 사이코가 노리는 바다. 열 명 아니면 그 이상의 형사들이 참석할 테니 편지의 존재가 언론에 새어 나갈 수밖에 없을 것이다. 똑같은 범행을 반복할 생각이 없다는 사이코의 말은 거짓말일지 몰라도 한 가지 사실만큼은 분명하다. 그 자는 자기가 뉴스에 오르내리던 시절을 그리워하고 있다.

잔디밭에서 민들레가 자라고 있다. 제롬에게 연락을 해야 할 때다. 잔디밭은 그렇다 치고 그의 얼굴이 보고 싶다. 괜찮은 녀석이다.

그리고 또 하나. 또다시 대량학살을 저지를 생각이 없다는 사이코의 말이 진실일지 몰라도(가능성은 낮지만 일말의 여지는 있다.) 그 자는 여전히 죽음에 대한 관심이 하늘을 찌른다. 편지의 숨은 뜻이 이보다 더 분명할 수가 없다. *자살해. 이미 그럴까 궁리 중이잖아. 그러니까 다음 단계로 건너가라고. 다음 단계가 마지막 단계가 되겠지만.*

내가 아버지의 38구경을 만지작거리는 것을 본 걸까?

그걸 내 입에 집어넣는 것을 본 걸까?

그랬을 가능성도 있다고 인정하는 수밖에 없다. 그는 블라인드를 칠 생각조차 한 적이 없으니까. 망원경만 있으면 아무라도 들여다볼 수 있는 거실에서 바보처럼 마음을 놓고 있었다. 아니면 제롬이 보았을 수도 있다. 시킬 일 없는지 물어보려고 까딱거리며 걸어오다가.

하지만 그가 그 묵은 리볼버를 만지작거리는 것을 보았더라면 제롬은 기겁했을 것이다. 뭐라고 한소리 했을 것이다.

미스터 메르세데스는 그들을 들이받던 순간을 떠올리면서 정말 마스터베이션을 할까?

호지스는 경찰로 근무하는 동안, 제삼자에게는 절대로 언급하지 못할 광경들을 목격하곤 했다. 그런 독한 기억들이 있기에 그 순간을 떠올리면서 마스터베이션을 한다는 말이, 자기에게는 양심이 없다는 말이 사실일지 모른다고 믿게 되었다. 호지스는 아이슬란드에는 돌을 떨어뜨려도 첨벙 하는 소리가 들리지 않을 만큼 깊은 우물이 있다는 글을 읽은 적이 있다. 영혼이 그와 비슷한 인간도 있지 않을까? 그런 우물에 비하면 떠돌이 매치는 깊이가 절반밖에 안 된다.

그는 다시 레이지보이로 돌아가서 테이블에 달린 서랍을 열고 휴대전화를 꺼낸다. 휴대전화를 꺼낸 자리에 38구경을 넣고 서랍을 닫는다. 단축번호로 경찰서에 전화를 걸지만 교환원이 어디로 연결을 원하느냐고 묻자 호지스는 이렇게 대답한다.

"아이고, 이런. 번호를 잘못 눌렀네. 미안해요."

"괜찮습니다." 교환원이 웃음기를 머금은 목소리로 대답한다.

아직은 전화할 때가 아니다. 아무 조치도 취할 때가 아니다. 이 일에 대해서 생각해 볼 필요가 있다.

이 일에 대해서 신중하게, 신중하게 생각해 볼 필요가 있다.

호지스는 몇 개월 만에 처음으로 평일 오후에 꺼져 있는 텔레비전을 쳐다본다.

그날 저녁에 그는 차를 몰고 뉴마켓 플라자로 가서 타이 음식점에서 식사를 한다. 뷰러먹 부인이 직접 서빙을 한다.

"오랜만이네요, 호지스 경관님."

발음이 '허치스 경간님'에 가깝다.

"퇴직한 뒤에는 직접 해먹었어요."

"요리는 나한테 맡겨요. 훨씬 나아요."

그는 뷰러먹 부인의 똠얌꿍을 다시 맛보고, 설익은 햄버거와 뉴먼스 오운 소스를 부은 스파게티에 얼마나 질렸는지 깨닫는다. 그리고 쌍카야팍통(단호박 속에 코코넛 밀크를 넣은 태국식 커스터드 — 옮긴이)을 먹고 나서 페퍼리지 팜의 코코넛 케이크에 얼마나 질렸는지 깨닫는다. 앞으로 코코넛 케이크를 두 번 다시 먹지 못한대도 행복하게 눈을 감을 수 있겠다는 생각이 든다. 반주로 싱하 두 캔을 마시는데, 레인트리에서 열렸던 퇴임식 이래 이렇게 맛있는 맥주는 처음이다. 퇴임식 풍경은 미스터 메르세데스의 짐작과 거의 일치했다. '둔부'를 흔드는 스트리퍼도 있었고 다른 부분들도 전부 다 맞아떨어졌다.

미스터 메르세데스가 파티장 뒤편에 숨어 있었던 걸까? 만화 캐릭터로 유명한 주머니쥐(「데퓨티 도그」라는 TV 만화 시리즈에 등장하는 주머니쥐를 두고 하는 말이다. ─옮긴이)가 입버릇처럼 하는 말을 빌자면 "그럴 수도 있지, 머스키. 그럴 수도 있지."

집으로 돌아온 그는 레이지보이에 앉아서 편지를 집는다. 앞으로 어떻게 해야 하는지 알지만 ─ 그러니까 피트 헌틀리에게 넘기지 않는다면 말이다. ─ 맥주 몇 캔을 건너뛰고 일에 착수할 만큼 어리석지는 않다. 그래서 그는 편지를 서랍 속 38구경 위에 집어넣고(귀찮게 지퍼락에 넣지도 않는다.) 맥주를 한 캔 가지고 온다. 냉장고에서 꺼내 온 맥주는 이 지역에서 생산되는 아이보리 스페셜이지만 어느 모로 보나 싱하에 견주어도 손색이 없다.

맥주가 바닥을 드러내자 호지스는 컴퓨터를 켜고 파이어폭스를 열어서 언더 데비스 블루 엄브렐라를 입력한다. 아래 달린 설명이 별 도움이 안 된다. 흥미로운 사람들이 흥미로운 의견을 주고받는 소셜 사이트. 그는 좀 더 알아볼까 생각하다 컴퓨터를 끈다. 아직은 시기상조다. 오늘 밤은 때가 아니다.

그는 이리저리 뒤척이며 옛 사건과 옛 실수를 곱씹는 시간을 줄이기 위해서 요즘 들어 늦게 잠을 청하고 있었는데, 오늘 밤에는 거의 눕자마자 잠이 올 것임을 알기에 일찌감치 잠자리에 든다. 참으로 기분 좋은 일이다.

그가 잠이 들기 전에 마지막으로 한 생각은 미스터 메르세데스의 악랄한 편지가 어떤 식으로 끝났는가 하는 것이다. 미스터 메르세데스는 그가 자살해 주길 바란다. 호지스는 배지와 권총 기사단 소속의 전직 기사가 자기 덕분에 살아야 할 이유를 얻었다면, 적어도 당분간은 그렇다면 그 자가 무슨 생각을 할지 궁금해진다.

그때 잠귀신이 그를 데려간다. 그는 꼬박 6시간 동안 푹 자고 나서 소변이 마려워서 눈을 뜬다. 그는 더듬더듬 화장실로 건너가 방광을 비우고 다시 침대로 돌아가서 3시간을 더 잔다. 그러고 눈을 떠 보니 햇빛이 창문 사이로 비스듬히 비추고 새들이 지저귀고 있다. 그는 부엌으로 직행해서 푸짐한 아침상을 차린다. 그는 이미 베이컨과 토스트로 가득한 접시에 달걀 프라이 몇 개를 얹다 말고 놀라서 멈춘다.

누군가가 노래를 부르고 있다.

그가 노래를 부르고 있다.

그는 아침 설거지를 마친 뒤 편지를 분석하러 서재로 들어간다. 지금까지 적어도 이십 몇 번은 했던 일이지만 혼자 하는 것은 처음이다. 형사 시절에는 늘 피트 헌틀리의 도움을 받았고 피트 이전에는 두 파트너의 도움을 받았다. 그의 분석 대상은 대부분 전남편(아니면 전처)이 보낸 협박 편지였다. 갈취가 목적인 편지도 있었다. 공갈—사실은 또 다른 형태의 갈취일 따름이지만—편지도 있었다. 쥐꼬리만 한 금액의 몸값을 요구하는 납치범의 편지도 한 통 있었다. 자칭 살인범이 보낸 편지는 모두 합해서 세 통—미스터 메르세데스의 편지를 포함하면 네 통—이었다. 그 중에서 두 통은 분명 상상의 소산이었다. 한 통은 그들 사이에서 고속도로 살인마라고 불린 연쇄 살인범이 보낸 것일 수도 있고 아닐 수도 있었다.

이 편지는 어떨까? 사실일까, 거짓일까? 진짜일까, 상상일까?

호지스는 서랍을 열어서 노란색 메모지를 꺼내고 1주일 전에 장

볼 목록을 적어놓은 맨 윗장을 뜯어낸다. 그런 다음 컴퓨터 옆에 놓인 컵에서 볼펜을 하나 꺼낸다. 그는 맨 먼저 콘돔에 대해 짚어 본다. 그 자가 정말로 콘돔을 하고 있었다면 들고 내렸다는 건데……당연한 이야기다. 콘돔에는 정액뿐 아니라 지문까지 남을 수 있지 않은가. 호지스는 다른 부분에 대해서도 생각해 본다. 그 자가 인파를 들이받았을 때 좌석벨트가 어떤 식으로 맞물렸을지, 시신을 타고 넘었을 때 메르세데스가 어떤 식으로 덜컹거렸을지. 그 어떤 신문에도 소개된 적 없지만 그가 지어냈을 수도 있는 이야기들. 그는 심지어 뭐라고 했는가 하면…….

호지스는 편지를 훑어보고 찾아낸다. *나는 상상력이 아주 어마어마하거든.*

하지만 그가 지어냈을 리 없는 부분이 두 군데 있었다. 언론에 공개되지 않은 부분이었다.

호지스는 '**진짜일까?**'라고 적은 메모지 아래에 이렇게 적는다. **머리 망. 표백제.**

메르세데스는 콘돔처럼 머리 망도 현장에 남기지 않았지만(정말로 콘돔을 하고 있었다면 거시기에 대롱대롱 매단 채로 갔을 것이다.) 감식반의 깁슨 말로는 현장에 두고 간 피에로 가면의 고무줄에 머리카락이 한 올도 없었던 것으로 볼 때 머리 망을 쓰고 있었던 게 분명하다고 했다. 수영장 냄새가 나는, DNA를 지우는 표백제의 사용 여부에 대해서도 의심의 여지가 없었다. 표백제를 아주 듬뿍 쓴 게 분명했다.

하지만 이뿐만이 아니다. 모든 면에서 그렇다. 그 *뻔뻔함.* 이 편지에는 조심스러워 하는 기미가 전혀 없다.

그는 망설이다 대문자로 적는다. **이 자가 범인이다.**

그는 다시 망설인다. '**자가**'를 지우고 '**놈이**'라고 적는다.

형사처럼 생각해 본 지도 어느 정도 지났고 이런 식의 수사 — 카메라도 현미경도 특수 화학물질도 필요 없는 특이한 법의학 수사 — 를 진행한 것은 더 오래 전 이야기지만 일단 달려들자 금세 몸이 풀린다. 그는 각 항목의 제목부터 하나씩 적기 시작한다.

문장 하나짜리 문단.

대문자로 적은 구절.

따옴표를 쓴 구절.

멋을 부린 구절.

특이한 단어.

느낌표.

이쯤에서 그는 멈추고 볼펜으로 아랫입술을 두드리며 '친애하는 호지스 형사에게'에서부터 '이 편지를 읽고 네 기분이 좋아졌으면 좋겠네!'까지 편지를 다시 읽는다. 그런 다음 점점 더 빽빽해져 가는 종이 위에 항목을 두 개 추가한다.

야구를 비유로 듦, 팬일지도.

컴퓨터를 잘 다룸(50세 이하?).

이 마지막 두 부분에 대해서는 전혀 자신이 없다. 스포츠에 빗대어 말하는 것은 특히 정계 권위자들 사이에서 흔한 현상이 되었고 요즘은 페이스북과 트위터를 하는 팔십 대도 있다. 호지스의 맥 컴퓨터 활용률은 12퍼센트밖에 안 되지만(제롬의 주장에 따르면 그렇다.) 그렇다고 그를 주류라고 볼 수는 없다. 하지만 수사를 시작할 단초를 찾아야 하는 데다 편지에서 젊은 분위기가 느껴진다.

그는 전부터 이런 분야에 소질이 있었고 소질의 12퍼센트 이상이 직감으로 이루어져 있다.

그는 특이한 단어 항목 아래로 거의 열댓 개에 달하는 사례를 적어 놓았는데 이제 두 단어에 동그라미를 친다. 동지와 자연 사정. 그 옆에 이름을 하나 추가한다. 웜보. 미스터 메르세데스는 또라이라도 똑똑하고 책을 좋아하는 또라이다. 아는 단어가 많고 맞춤법을 틀리지 않는다. 호지스는 이렇게 말하는 제롬 로빈슨의 모습을 상상할 수 있다. "맞춤법 검사기를 돌렸겠죠. 당연한 거 아니에요?"

물론 요즘은 문서 작성 프로그램만 있으면 누구든 맞춤법의 대가처럼 글을 쓸 수 있지만 미스터 메르세데스는 웜보를 Wombough나 소리 나는 대로 Wombow라고 쓰지 않고 Wambaugh라고 제대로 썼다. gh 묵음을 빠뜨리지 않았다는 것만으로도 지적 수준이 상당히 높다는 것을 알 수 있다. 미스터 메르세데스의 편지가 고품격 문학은 아닐지 몰라도 「NCIS」나 「본스」에 나오는 대화보다는 훨씬 낫다.

홈스쿨링으로 배웠을까, 학교에서 배웠을까 아니면 독학일까? 그게 중요한 문제일까? 아닐 수도 있지만 그럴 수도 있다.

호지스가 보기에 독학은 아니다. 그렇다고 하기에는 문체가 너무…… 뭐라고 해야 할까?

"자유롭지." 그는 빈 방에 대고 말하지만 그게 전부는 아니다. "개방적이야. 이 녀석은 문체가 개방적이야. 다른 사람들과 함께 배운 문체야. 남을 대신해서 글을 써 본 적도 있고."

불확실한 추론이지만 화려한 수사 — 멋 부린 문구 — 가 증거다. 먼저 축하부터 하는 게 도리겠지. 이런 문구가 있다. 그야말로 수백 건의 사건. 이런 문구도 있다. 그리고 뇌리에 내가 떠오르던가? 이 문구는 두 번 쓰였다. 호지스는 고등학생 때는 영어수업에서 줄기차게 A를, 대학생 때는 B를 받았기에 그런 것을 뭐라고 부르는지 기억한다. 점증 반복이라고 한다. 미스터 메르세데스는 자기 편지가 신문에 실리고 인터넷에 유포되고 「4번 채널 여섯 시 뉴스」에 (마지못하게나마 조금 경건하게) 소개되길 기대하는 걸까?

"그렇겠지." 호지스는 말한다. "옛날 옛적에는 수업시간에 네가 쓴 작문을 낭송했으니까. 그게 좋았지? 스포트라이트를 받는 게 좋았지? 안 그래? 널 잡고 보면 — 만약 잡을 수 있다면 — 너도 나처럼 영어 성적이 좋았던 걸로 밝혀질 거야."

어쩌면 그보다 더 좋았을 수도 있다. 호지스는 점증 반복을 의도적으로 쓴 적이 있는지 기억이 나지 않는다.

그런데 이 도시에는 공립고등학교가 네 군데 있고 사립은 몇 개나 될지 아무도 모른다. 거기다 기숙학교, 2년제 대학, 시립대학, 성 유다 가톨릭대학까지 있다. 독침이 숨을 만한 건초더미가 무궁무진하다. 그가 마이애미나 피닉스가 아니라 여기서 학교를 다녔을지 그것도 모를 일이다.

게다가 그는 교활한 녀석이다. 이 편지는 가짜 지문들로 가득하다. 납으로 된 신발이나 우려의 말씀처럼 대문자로 쓴 문구, 따옴표를 단 문구, 남발된 느낌표, 간결하면서도 효과적인 한 문장짜리 문단들이 다 가짜 지문이다. 만약 작문 샘플을 써야 하는 상황이었다면 미스터 메르세데스는 이런 식의 기교를 전혀 부리지 않았을 것이다. 호지스가 유감스러운 그의 이름 — kermitfrog19의 커밋이다. — 이 무엇인지 아는 것만큼 분명하게 장담할 수 있는 부분이다.

하지만.

이 머저리는 스스로 생각하는 것만큼 똑똑하지는 않다. 이 편지에는 거의 백 퍼센트의 확률로 *진짜* 지문이 두 개 묻어 있는데 하나는 뭉개졌을지 몰라도 나머지 하나는 선명하다.

뭉개진 지문은 뭔가 하면 그가 아라비아 숫자를 고집한다는 것이다. 이십칠이 아니라 27. 마흔이 아니라 40. 일급 수사관이 아니라 1급 수사관. 몇 군데 예외가 있기는 하지만(*1가지 아쉬운 부분이 아니라 한 가지 아쉬운 부분*이라고 했다.) 호지스가 보기에는 통칙을 따른 사례일 뿐이다. 아라비아 숫자가 고도의 위장전술에 불과할 수도 있다는 것을 그도 알지만 미스터 메르세데스가 사실 눈치 채지 못했을 가능성이 크다.

녀석을 4번 취조실에 잡아다가 *마흔 명의 도둑이 팔십 개의 결혼반지를 훔쳤다고* 써 보라고 한다면……?

하지만 K. 윌리엄 호지스는 두 번 다시 취조실을 드나들 일이 없다. 그가 행운의 방이라고 가장 좋아했던 4번 취조실도 마찬가지다. 이 똥을 집적거리다 들통 나면 이야기가 달라지겠지만 그렇더라도 철제 테이블의 이편이 아니라 저편에 앉게 될 것이다.

좋았어. 그럼 피트가 녀석을 잡아서 취조실로 데려가는 거야. 피트 아니면 이사벨 아니면 둘이서 같이. 녀석에게 *40명의 도둑이 80개의 결혼반지를 훔쳤다*고 쓰게 만드는 거야. 그런 다음에는?

그런 다음에는 경찰이 골목에 숨어 있는 *perp*를 잡았다고 써 보라고 하는 거지. 하지만 perp를 발음할 때는 얼버무려야 해. 미스터 메르세데스는 글재주가 그렇게 훌륭한데도 범인이라는 뜻으로 쓰이는 단어가 perk인 줄 아니까. 어쩌면 특권이라는 뜻으로 쓰이는 단어가 perp인 줄 알 수도 있어. *1등석을 타고 여행하는 것이야말로 CEO의 perp다*, 이런 식으로.

그렇다 한들 놀랄 일은 아니다. 호지스도 대학교에 다닐 때까지 야구에서 공을 던지는 사람, 물을 담는 주전자, 아파트 장식용으로 벽에 거는 그림의 철자가 다 같은 줄 알았으니까.(투수와 주전자는 pitcher, 그림은 picture다 — 옮긴이) picture라는 단어를 온갖 책에서 접했지만 그의 머리가 기록하길 거부했다. 그의 어머니는 *커밋, 저 pitcher 좀 똑바로 고쳐 줄래? 삐딱해졌어*, 라고 했고 그의 아버지는 가끔 *pitcher show*를 보라고 돈을 주었던 것이 그냥 뇌리에 박혀 버렸다.

'아가, 너를 찾으면 나는 알아볼 수 있을 거야.'

그는 대문자로 그 단어를 적어 놓고 동그라미를 치고 또 친다. 너는 perp를 perk라고 쓰는 머저리일 테니까.

그는 머리를 비우려고 동네를 산책하며 오랫동안 못 본 체하고 지냈던 사람들에게 인사를 건넨다. 심한 경우, 몇 주 동안 못 본 체하

고 지낸 사람도 있다. 정원을 손질하고 있던 멜번 부인이 그를 보더
니 안으로 들어가서 자기가 만든 커피케이크를 먹자고 한다.

"그동안 걱정했잖아요."

부엌에 자리를 잡고 앉자 그녀가 말한다. 그녀는 방금 전에 넙치
가 된 얼룩다람쥐를 발견한 까마귀처럼 호기심으로 눈을 반짝인다.

"퇴직 생활에 적응하느라 힘드네요."

그는 커피를 한 모금 홀짝인다. 맛이 형편없지만 그래도 충분히
뜨겁다.

"끝까지 적응 못하는 사람도 있어요." 그녀가 그 반짝이는 눈으로
그를 가늠하며 말한다. 그녀는 4번 취조실에 가더라도 비루하게 굴지
않을 것이다. "스트레스가 많은 일을 했던 사람들은 특히 그렇죠."

"처음에는 조금 어리둥절했었는데 점점 좋아지고 있어요."

"다행이네요. 그 착한 흑인 아이가 계속 도와주고 있나요?"

"제롬이요? 네."

호지스는 동네 주민 누군가가 자기를 그 착한 흑인 아이로 간주한
다는 것을 알면 제롬이 어떤 반응을 보일까 생각하며 미소를 짓는
다. 아마 이를 드러내고 씩 웃으며 맞는 말씀입죠! 하고 외칠 것이
다. 집 안의 잡일을 도와주는 제롬. 목표는 벌써부터 하버드. 프린스
턴은 대안.

"그 아이가 요즘 게으름을 부리고 있나 봐요. 호지스 씨 집 잔디밭
이 조금 지저분하던데. 커피 좀 더 드실래요?"

호지스는 미소와 함께 사양한다.

맛없는 커피는 그 정도면 충분하다.

다시 집. 다리는 쿡쿡 쑤시고 머리는 상쾌한 공기로 가득하며 입 안에서는 새장에 깐 신문지 맛이 나지만 뇌는 카페인 때문에 부산하다.

그는 이 지역 신문사 홈페이지에 접속해서 시티 센터 살육사건을 다룬 기사를 몇 개 소환한다. 그가 원하는 정보는 2009년 4월 11일에 섬뜩한 헤드라인 아래 게재된 첫 번째 기사나 4월 12일 일요일판에 실린 훨씬 긴 기사가 아니라 월요일자 신문에 실려 있다. 버려진 가해 자동차의 핸들 사진이다. 분노에 찬 설명이 달려 있다. **범인은 재미있는 장난이라고 생각했다.** 핸들 한가운데, 메르세데스의 로고 위에 노란색 스마일 스티커가 붙어 있다. 선글라스를 끼고 이를 활짝 드러낸 그런 얼굴이다.

담당 형사들 — 호지스와 헌틀리 — 이 언론에 그 스마일 스티커는 공개하지 말아 달라고 부탁했었기 때문에 그 사진을 보고 경찰 측에서는 분개했다. 호지스가 기억하기로 편집장은 굽실거리며 미안해했다. 커뮤니케이션 상에 착오가 생겼다고 했다. 다시는 그런 일이 없을 거라고 했다. 약속한다고. 정말이라고.

"실수는 무슨 얼어 죽을." 그는 씩씩대던 피트의 모습을 떠올린다. "궁뎅이 축 늘어진 신문에 스테로이드 주사가 될 만한 사진이 있으니까 쓴 거면서."

호지스는 씩 웃는 얼굴의 노란색 스티커가 컴퓨터 화면을 가득 채울 때까지 확대한다. 21세기 식 짐승의 표라는 생각이 든다.

이번에는 경찰서가 아니라 피트의 휴대전화 단축번호를 누른다. 예전 파트너는 신호음 두 번 만에 전화를 받는다.

"오, 이게 누구세요? 퇴직 생활 어때요?"

진짜로 좋아하는 목소리라 호지스는 미소가 절로 지어진다. 동시에 죄책감이 느껴지지만 수사를 관둘 생각은 절대 나지 않는다.

"좋아. 하지만 자네의 그 투실투실한 고혈압 환자 얼굴이 그리워."

"당연히 그러시겠죠. 게다가 우리가 이라크에서 이겼잖아요."

"두말하면 잔소리지. 같이 점심 먹으면서 근황이나 파악할까? 자네가 장소를 정하면 내가 살게."

"좋죠. 그런데 오늘은 벌써 점심 먹었어요. 내일 어때요?"

"오바마 대통령이 예산 문제로 조언을 청하러 오겠다고 해서 스케줄이 빡빡하지만 몇 개 조정하면 될 것 같아. 자네를 만나는 거고 하니까."

"심심하면 딸딸이나 치세요, 커밋 선배."

"그건 자네 전공이잖아." 역사와 전통을 자랑하는 농담이다.

"디마지오스 어때요? 전부터 거기 좋아했잖아요."

"디마지오스 괜찮지. 12시?"

"좋아요."

"나처럼 한물 간 논다니한테 내줄 시간 있는 거 맞아?"

"선배, 물어보면 입만 아프죠. 이사벨도 데리고 갈까요?"

그는 마뜩잖지만 그래도 "자네가 원하면."이라고 대답한다.

예전의 텔레파시가 지금도 여전히 작동하는지 잠깐의 침묵 끝에 피트가 말한다.

"이번에는 그냥 남자들끼리 만날까 봐요."

"좋을 대로 해." 호지스는 안심한다. "내일이 기다려지는군."

"저도요. 목소리 들으니까 좋네요, 선배."

호지스는 전화를 끊고, 이를 드러내고 웃는 얼굴을 조금 더 들여다본다. 그 얼굴이 컴퓨터 화면을 가득 채운다.

그는 그날 밤, 레이지보이에 앉아서 11시 뉴스를 본다. 흰색 잠옷을 입고 있어서 살찐 유령처럼 보인다. 점점 성기어져 가는 머리카락 틈새로 두피가 부드럽게 반짝인다. 멕시코 만의 딥워터 호라이즌에서 원유가 계속 유출되고 있다는 소식이 주요 뉴스다. 앵커 말로는 참다랑어가 위기에 처했고 루이지애나 조개 산업이 한 세대 동안문을 닫을지 모른다고 한다. 아이슬란드에서 연기를 뿜어내는 화산(앵커는 화산 이름을 소개하면서 *이야-필-쿨* 이런 식으로 대충 얼버무린다.)때문에 대서양을 오가는 여객기의 운항이 계속 어려움을 겪고 있다. 캘리포니아 경찰은 드디어 그림 슬리퍼 연쇄 살인 사건 수사의 물꼬가 트였다고 한다. 정체는 밝혀지지 않았지만 '용모 반듯하고 언변이 뛰어난 아프리카계 미국인'이 용의자(그런 자가 perk란 말이지, 하고 호지스는 생각한다.)라고 한다. 호지스는 이제 누가 고속도로 살인마만 잡아 주면 되겠다는 생각을 한다. 오사마 빈 라덴은 말할 나위도 없고.

일기예보가 나온다. 기상캐스터가 기온은 따뜻하고 하늘은 화창할 거라고 장담한다. 수영복을 준비해야 할 때라고 한다.

"나는 아가씨가 수영복을 입은 모습을 보고 싶구먼."

호지스는 이렇게 말하고 리모컨을 눌러서 텔레비전을 끈다.

그는 아버지의 38구경을 서랍에서 꺼내 침실로 걸어가며 총알을 빼서 그의 글록과 함께 금고에 넣는다. 지난 2~3개월 동안 빅토리 38구경에 넋을 잃고 보낸 시간이 많았는데 오늘 밤에는 금고에 넣는 동안에도 거의 생각이 나지 않는다. 고속도로 살인마 생각을 하는가 하면 또 그것도 아닌 것이 그 자는 다른 사람이 해결해야 할 문제다. 언변이 뛰어난 아프리카계 미국인이라는 그림 슬리퍼처럼.

미스터 메르세데스도 아프리카계 미국인일까? 이론상으로는 그럴 수도 있지만 ─ 뒤집어쓴 피에로 가면, 긴팔 셔츠, 핸들 위에 놓인 노란색 장갑 말고는 아무도 본 게 없었다. ─ 호지스는 아닐 거라고 생각한다. 이 도시에 살인을 저지를 수 있는 흑인이 이루 헤아릴 수 없을 만큼 많다는 거야 누구나 아는 바지만 동원된 무기를 고려해야 한다. 트릴로니 부인의 어머니가 살았던 동네 주민들은 대부분 부유하고 대부분 백인이다. 주차된 메르세데스 SL500 근처를 어슬렁거리는 흑인이 있었다면 눈에 띄었을 것이다.

뭐. 아마 그랬을 것이다. 사람들은 놀라우리만치 주변에 관심을 보이지 않을 때가 있다. 하지만 호지스의 경험상 부자들은 미국의 일반층보다 아주 조금 더 관찰력이 있고, 가뜩이나 비싼 장난감이 걸린 경우라면 더더욱 그렇다. 그들이 *편집증 환자*라는 말은 아니지만 그래도…….

그래도는 무슨 얼어 죽을. 부자들도 인심이 후할 수 있고 심지어 간담이 서늘한 정치관의 소유자도 인심이 후할 수 있지만, 대다수는 넉넉한 인심을 자의적으로 해석하고 누군가가 그들의 선물을 슬쩍하고 생일 케이크를 먹어 버리지 않을까 속으로(아주 깊은 무의식도 아니다.) 항상 두려워한다.

그렇다면 용모 단정하고 말투가 점잖은 자일까?

그럴 거라고 호지스는 결론을 내린다. 구체적인 증거는 없지만 편지를 보면 그런 것 같다. 미스터 메르세데스는 양복을 입고 다니는 회사원일 수도 있고 청바지에 저렴한 셔츠를 입고 타이어 밸런스를 맞추는 차량 정비원일 수도 있지만 게으름뱅이는 아니다. 말수가 많지 않겠지만 ─ 그런 종족들은 모든 면에서 신중한데 쓸데없는 수다도 거기에 포함된다. ─ 일단 말을 시작하면 직선적이고 분명할 것이다. 길을 잃었을 때 물어보면 제대로 가르쳐 줄 만한 사람일 것이다.

호지스는 이를 닦으며 생각한다. '디마지오스라. 피트가 디마지오스에서 점심을 먹자고 하다니.'

아직까지 배지와 권총을 들고 다니는 피트한테는 괜찮을 테고 통화 중이었을 때는 호지스도 표준체중을 13.5킬로그램 초과한 퇴직자가 아니라 경찰처럼 *생각하고* 있었기 때문에 괜찮게 느껴졌었다. 별일 없을지 모르지만 ─ 백주대낮이고 하니 ─ 디마지오스는 휴가지라 할 수 없는 로타운 끝에 있다. 거기에서 고속도로 지선이 지나는 고가도로를 지나 서쪽으로 한 블록만 가면 공터와 버려진 다세대 주택들로 이루어진 불모지가 시작된다. 길모퉁이에서 공공연하게 약물이 판매되고, 불법 무기 거래가 급성장 사업이며, 방화가 온 동네 주민이 즐기는 스포츠다. 로타운을 동네라고 부를 수 있을지 모르겠지만. 그래도 디마지오스 ─ 정말 환상적인 이탈리안 음식점이다. ─ 자체는 안전하다. 사장이 연줄이 있기 때문에 모노폴리 게임의 무료 주차 칸과 비슷하다고 볼 수 있다.

호지스는 입을 헹구고 다시 침실로 돌아가서 ─ 계속 디마지오스 생각을 하며 ― 걸려 있는 바지와 셔츠, 더 이상 입지 않는 스포츠 코트(너무 살이 쪄서 입을 수 있는 스포츠 코트가 두 벌밖에 없다.) 뒤로 금고가 숨겨져 있는 벽장을 미심쩍은 눈빛으로 쳐다본다.

글록을 들고 갈까? 아니면 빅토리를? 빅토리가 더 작긴 한데.

둘 다 안 될 말씀이다. 그의 총기 비밀 소지 허가증은 여전히 유효하지만 예전의 파트너와 점심을 먹는 자리에 견대를 차고 갈 수는 없다. 안 그래도 지금 시도하려는 정보 캐내기 작업 때문에 남의 시선에 신경이 쓰이는데 그랬다가는 더욱 신경이 쓰일 것이다. 그는 대신 서랍장으로 가서 속옷 더미를 들고 그 아래를 들여다본다. 그의 은퇴식 이래 줄곧 그 자리를 지키고 있었던 '해피 슬래퍼'가 보인다.

이거면 될 것이다. 다분히 위험한 지역에 대비하는 조그만 보험 차원에서.

그는 만족스러워하며 다시 침대로 가서 불을 끈다. 그는 희한하게 항상 시원한 베개 아래에 두 손을 집어넣고 고속도로 살인마에 대해 생각한다. 살인마는 지금까지 운이 좋았지만 결국에는 잡힐 것이다. 계속 고속도로 휴게소를 들러서라기보다 살인을 멈출 수 없기 때문에. 그는 미스터 메르세데스가 쓴 이 구절에 대해 생각한다. *나는 그렇지가 않아, 그럴 생각이 절대 없거든.*

진심일까 아니면 **대문자로 적은 구절**과 **숱한 느낌표**와 **문장 하나짜리 문단**을 동원해서 거짓말을 한 것처럼 거짓말일까?

호지스는 거짓말이라고 생각하지만 ― 퇴직 형사인 윌리엄 호지스뿐 아니라 자기 자신에게도 거짓말을 한 거라고 ― 졸음이 슬슬 밀려오는 가운데 누워 있는 지금은 그러거나 말거나 상관없다는 심정이다. 중요한 점은 무엇인가 하면 이 자는 자신이 안전하다고 생각한다는 것이다. 그는 그 부분에 대해서 상당히 우쭐거리고 있다. 퇴직 전까지 시티 센터 사건을 담당했던 전직 형사에게 편지를 보낸 덕분에 얼마나 위험해졌는지 모르는 눈치다.

그 이야기를 하고 싶어서 입이 근질거리는 거지, 그렇지? 당연히 그렇겠지, 귀여운 녀석. 이 삼촌한테 거짓말할 생각은 하지 마. 데비스 블루 엄브렐라가 따옴표처럼 나를 헷갈리게 만들려는 함정이 아닌 이상 너와 연결되는 통로까지 개설한 셈이잖아. 너는 이야기를 하고 싶은 거야. 이야기를 해야겠는 거야. 나를 자극해서 움직이게 만들 수 있다면 금상첨화고, 안 그래?

호지스는 어둠 속에서 중얼거린다.

"나는 얼마든지 네 이야기를 들을 용의가 있어. 시간이 많거든. 이러니저러니 해도 퇴직을 했으니 말이지."

그는 미소를 머금고 잠이 든다.

다음 날 아침, 프레디 링크래터는 하역장 끝에 앉아서 말보로를 피우고 있다. 디스카운트 일렉트로닉스 재킷은 곱게 접어서 옆에 두고 그 위에 DE 마크가 새겨진 모자를 얹었다. 그녀는 자기를 귀찮게 괴롭혔던 어떤 예수쟁이 이야기를 하고 있다. 어딜 가나 자기를 귀찮게 괴롭히는 인간들이 있다며 쉬는 시간에 브래디를 붙잡고 열변을 토한다. 브래디가 남의 이야기를 잘 들어주는 친구라 고주알미주알 늘어놓는다.

"그 남자가 나한테 이러는 거야. 호모들은 전부 다 지옥에 갈 거라고. 그 소리만 늘어도 빤하지, 안 그래? 앞에 궁둥이 좁은 호모 둘 — 하늘에 맹세코 평상복을 입고 있었어 — 이 손을 잡고 불길로 가득한 동굴을 들여다보는 사진을 걸고 있더라고. 거기에 쇠스랑을 든 악마까지! 뻥이 *아니야*. 그래도 나는 이 남자하고 의견을 주고받아 보려고 했어. 그 자가 대화를 하고 싶어 하는 듯한 느낌을 받았거든. 그래서 나는 이렇게 말했지. 레비기인가 뭔가 하는 것에만 얼굴을 박고 있지 말고 과학적인 연구 결과들도 좀 보라고. 게이들은 게이로 *태어나는* 거라고, 그것도 모르냐고. 그랬더니 그 남자가 그렇지 않다는 거야. 동성애는 학습된 행동이라 고칠 수 있다는 거지. 내가 그 말을 믿을 수 있겠어? 지금 *장난*하냐고. 하지만 나는 그렇게 말하지 않았어. 대신 뭐라고 그랬느냐면 어이, 나를 봐요. 나를 찬찬히 뜯어봐요. *부끄러워하지 말고 머리끝에서부터 발끝까지 잘 봐요. 뭐가 보여요?* 그런 다음 그 자가 또 헛소리를 늘어놓기 전에 얼른 말했지. *남자가 보이죠, 그렇죠?* 그런데 하느님이 내 몸에 고추를 달고 다음 단계로 넘어가기 전에 딴 데 정신을 판 거예요. *그랬더니 그 자가 뭐라고 했느냐면……"*

브래디는 가만히 듣고 있다가 프레디의 이야기가 레비기에 다다르자 — 레위기를 말하는 거지만 굳이 고쳐 주지도 않는다 — 가끔 으흠 하고 맞장구만 쳐 주면서 딴 데 정신을 판다. 그는 사실 독백이 이어져도 신경 쓰지 않는다. 잠을 청할 때 가끔 아이팟으로 듣는 LCD 사운드시스템과 비슷해서 들으면 마음이 차분해진다. 프레디는 185센티미터 아니면 187센티미터로 여자치고 키가 커서 브래디를 내려다볼 지경이고 그녀의 말이 맞다. 그녀가 여자처럼 보일 확률은 브래디 하츠필드가 빈 디젤(미국의 영화배우 — 옮긴이)처럼 보일 확률과 비슷하다. 그녀는 501 스트레이트 청바지와 일자로 떨어지는 흰색의 무지 티셔츠를 입었는데 젖무덤의 흔적조차 없다. 짙은 금발은 0.5센티미터 길이로 쳤다. 귀걸이도 화장도 하지 않는다. 맥스 팩터(미국의 유명한 화장품 브랜드 — 옮긴이)라는 단어를 들으면 낡은 헛간 뒤에서 남자가 여자한테 하는 짓을 말하는 단어인가 보다고 생각할 것이다.

그는 계속 그렇지, 으흠, 맞아 하고 추임새를 넣으며 늙은 경찰은 그의 편지를 읽고 무슨 생각을 했을까, 블루 엄브렐라로 접속을 시도할까 궁금해한다. 그는 편지를 보낸 것이 위험한 일인 줄은 알지만 아주 크게 위험한 일은 아니라고 생각한다. 그는 자신의 평소 문체와 전혀 다른 문체로 편지를 썼다. 늙은 경찰이 그 편지에서 뭔가 유용한 정보를 포착했을 가능성은 제로에 가깝다.

데비스 블루 엄브렐라는 그보다 위험성이 살짝 더 크긴 하지만 늙은 경찰이 그런 식으로 그를 추적할 수 있을 거라고 생각했다가는 큰코다칠 것이다. 데비스의 서버는 동유럽에 있고 동유럽의 컴퓨터 보안지수는 미국의 청결지수에 버금간다. 신의 경지에 가깝다는 뜻이다.

"그랬더니 그 자가 뭐라고 했느냐면 진짜로 이렇게 말했어. 자기 교회에 나를 어떻게 고치면 될지 가르쳐 줄 만한 젊은 여신도들이 많다고, 머리를 기르면 제법 예뻐 보일 거라는 거야. 믿겨져? 그래서 내가 이렇게 말했지. 당신도 살짝 찍어 바르면 우라지게 예뻐 보일 거라고. 가죽 재킷 입고 개목걸이 걸면 코럴에서 뜨거운 데이트를 할 수 있을지 모른다고. 다른 남자 허리를 붙잡고 난생처음 분출해 보라고. 내 말에 그 자는 발끈하면서 그렇게 개인적으로 모욕하면……"

아무튼 늙은 경찰이 컴퓨터로 추적하려면 과학기술 담당 분과에 그 편지를 넘겨야 할 텐데 브래디가 생각하기에 그가 그럴 것 같지는 않다. 적어도 지금 당장은 아닐 것이다. 그는 텔레비전 하나만을 상대하며 앉아서 지내느라 무료했을 것이다. 물론 맥주, 잡지와 함께 곁에 놓아두는 리볼버도 있긴 하다. 리볼버를 깜빡하면 안 된다. 브래디는 그가 실제로 총구를 입 안에 쑤셔넣는 것은 본 적이 없지만 총을 들고 있는 것은 여러 번 보았다. 빛나도록 행복한 사람들은 그런 식으로 총을 무릎 위에 올려놓고 있지 않는다.

"그래서 내가 말했어, 화내지 말라고. 당신 같은 족속들은 그 소중한 의견에 아무라도 딴죽을 걸면 늘 화를 내더라고. 교회쟁이들이 그러는 거 못 느꼈어?"

그는 못 느꼈지만 느꼈다고 대답한다.

"그런데 이 작자는 내 말을 듣더라고. 정말로 귀담아 듣더라고. 그래서 결국에는 둘이 호세이니스 빵집에 가서 커피를 마시게 됐지. 믿기지 않지만 거기서 실제로 대화 비슷한 것을 나누었고. 나는 인간에 대해서 기대하는 게 별로 없는데 가끔은……."

브래디도 장담하건대 늙은 경찰은 그 편지를 읽고 흥분했을 것이다. 적어도 처음에는 그랬을 것이다. 그는 멍청하다 보니 그 많은 인용문의 정체를 알아차리지 못했을 테고 그가 트릴로니 부인처럼 자살하고 말 거라는 은밀한 암시를 간파할 것이다. 은밀하다고? 사실 그렇지는 않다. 상당히 노골적인 암시다. 늙은 경찰은 적어도 당분간은 엄청난 투지를 발휘할 것이다. 하지만 아무 결과도 얻지 못하면 한층 심각한 나락으로 떨어질 것이다. 늙은 경찰이 블루 엄브렐라라는 미끼를 문다면 그때 브래디가 작업에 착수할 수 있다.

늙은 경찰은 이렇게 생각하고 있다. *네 입을 열게 만들 수만 있다면 따라다니면서 들볶을 수 있어.*

하지만 짐작컨대 늙은 경찰은 니체를 읽은 적이 없을 것이다. 짐작건대 늙은 경찰은 취향이 존 그리샴에 가까울 것이다. 책을 읽는다면 말이다. 니체는 이렇게 썼다. *심연을 들여다보면 심연도 우리를 들여다본다.*

어이, 내가 그 심연이야. 내가.

늙은 경찰은 죄책감에 사로잡힌 가엾은 올리비아 트릴로니보다 분명 어려운 과제지만…… 브래디는 그녀를 괴롭히면서 워낙 엄청난 전율을 경험했기 때문에 다시 한 번 느끼고 싶은 마음이 생길 수밖에 없다. 어떻게 보면 귀여운 올리비아를 쿡쿡 찔러서 절벽 아래로 떨어지게 만든 것이 일자리를 구하러 시티 센터에 모여 있던 그 병신들을 한바탕 훑고 지나간 것보다 훨씬 더 짜릿했다. 그러자면 머리를 써야 했으니까. 온 신경을 집중해야 했으니까. 계획을 세워야 했으니까. 경찰의 도움을 살짝 받은 것도 나쁘지 않았다. 그들은 자기들의 애먼 추론이 귀여운 올리비아의 자살에 일조했다는 것을 알기나 했을까? 헌틀리는 몰랐을 것이다. 그 소 같은 인간은 그랬을 가능성을 단 한 번도 생각해 본 적이 없었을 것이다. 아, 하지만 호지스는 아니다. 그라면 의심을 품고 있을 것이다. 영리한 경찰다운 그의 머릿속에서 생쥐 몇 마리가 전선을 갉아 먹고 있을 것이다. 브래디의 바람은 그렇다. 만약 그렇지 않다면 그가 기회를 봐서 직접 얘기할 수도 있다. 블루 엄브렐라에서.

하지만 일등 공신은 그였다. 브래디 하츠필드. 인정할 부분은 인정해야 한다. 시티 센터는 대형 해머였다. 올리비아 트릴로니에게는 메스를 썼다.

"내 말 듣고 있는 거야?"

프레디의 질문에 그가 미소를 짓는다.

"내가 잠깐 딴생각을 했나 봐."

진실을 말할 수 있을 때는 절대 거짓말을 하지 말 것. 진실이 항상 가장 안전하지는 않지만 대부분의 경우에는 그렇다. 그는 그가 프레디, 내가 메르세데스 살인범이야, 라고 하면 그녀가 뭐라고 할지 하릴없이 상상해 본다. 아니면 프레디, 내 집 지하실 벽장에 사제 플라스틱 폭탄이 4킬로그램 들어 있어, 라고 하면 뭐라고 할지.

그녀가 그의 생각을 읽기라도 한 것처럼 그를 쳐다보자 브래디는 잠깐 불안해진다. 잠시 후에 그녀가 말한다.

"투잡을 뛰어서 그래. 그러다 나가떨어질 거야."

"맞아. 하지만 대학 공부를 다시 시작하고 싶은데 학비를 대줄 사람이 없잖아. 게다가 어머니도 계시고."

"알코올중독자."

그는 미소를 짓는다.

"우리 어머니는 사실 보드카 중독자에 가깝지."

"나를 집으로 불러." 프레디가 심각한 목소리로 말한다. "내가 어머니를 빌어먹을 알코올중독자 모임에 끌고 갈게."

"소용없을 거야. 도로시 파커가 뭐라 그랬는지 알지? 매춘부를 문명으로 인도할 수는 있지만 생각하게 만들 수는 없다고 했잖아."

프레디는 이 말에 대해서 잠깐 생각해 보더니 고개를 뒤로 젖히고 말보로 때문에 쉰 웃음소리를 낸다.

"도로시 파커가 누군지는 모르겠지만 그 말은 외워 둬야겠다." 그녀는 다시 진지해진다. "프로비셔한테 근무시간을 늘려 달라고 부탁하지그래? 퇴근하고 시답잖은 일을 하고 있던데."

"그 친구가 프로비셔한테 근무시간을 늘려 달라고 부탁하지 않는 이유를 내가 알려 주지."

프로비셔가 하역대 위로 올라오며 말한다. 앤서니 프로비셔는 젊고 괴상한 안경을 쓴 친구다. 그런 면에서 디스카운트 일렉트로닉스의 다른 직원들과 비슷하다고 할 수 있다. 브래디도 젊지만 톤스 프로비셔보다 생김새가 준수하다. 그렇다고 해서 잘생긴 것은 아니다. 그래도 상관없다. 브래디는 별 특징 없는 외모에 만족하니까.

"얘기해 봐."

프레디는 말하면서 담배를 비벼 끈다. 버치힐 몰의 남쪽 끝에 해당하는 대형 할인점 뒤편의 하역장 맞은편에 직원들의 자동차(대부분 고물차다.)와 밝은 초록색으로 칠한 폭스바겐 비틀 세 대가 세워져 있다. 늘 티끌 하나 없이 유지되는 그 차량들의 앞 유리창 위에서 늦봄 햇살이 반짝인다. 옆면에 파란색으로 이렇게 적혀 있다. 컴퓨터에 문제가 있습니까? 디스카운트 일렉트로닉스 사이버 순찰대로 연락하세요!

"서킷 시티는 문을 닫았고 베스트 바이는 위태롭지." 프로비셔가 학교 선생님 같은 목소리로 이야기한다. "디스카운트 일렉트로닉스도 위태롭고 컴퓨터 혁명 덕분에 인공호흡기를 달게 된 다른 업계도 마찬가지야. 신문사, 출판사, 레코드점 그리고 우체국. 몇 개만 나열해도 그 정도지."

"레코드점?" 프레디가 새 담배에 불을 붙이며 묻는다. "레코드점이 뭔데?"

"그것 참 배꼽 빼는 유머일세." 프로비셔가 말한다. "내 주변에 레즈비언들은 유머감각이 달린다고 주장하는 친구가 있는데……"

"너한테 친구도 있어?" 프레디가 묻는다. "와우. 어느 누가 상상이나 했을까."

"……너로 인해 그 친구의 생각이 틀렸다는 게 입증됐어. 너희들이 추가 근무를 하지 않는 이유는 이 회사가 이제는 컴퓨터 하나로 먹고살기 때문이야. 대부분 중국과 필리핀에서 생산된 싸구려 컴퓨터로. 대다수의 고객들은 이제 우리가 파는 다른 쓰레기에 관심이 없어." 브래디는 *대다수*라는 단어를 쓸 사람은 톤스 프로비셔밖에 없을 거라는 생각을 한다. "부분적으로는 기술 혁명 때문이지만 또한 가지 이유를 들자면……"

프레디와 브래디가 입을 모아서 합창한다.

"……*버락 오바마야말로 이 나라가 저지른 최대의 실수이기 때문이지!*"

프로비셔는 언짢은 표정으로 그들을 잠깐 쳐다보다 이렇게 말한다.

"적어도 내 말을 귀담아서 듣고 있군. 브래디, 퇴근 시각이 2시지,

맞지?"

"응. 3시부터 다른 일을 시작하고."

프로비셔는 브래디의 다른 일을 어떻게 생각하는지 표현하느라 얼굴 한가운데 달린 초대형 후각기관을 찡그린다.

"공부를 다시 시작할 생각이라고 하는 걸 들은 것 같은데?"

브래디는 그 말에 아무 대꾸도 하지 않는다. 뭐라고 하건 실수가 될 수 있기 때문이다. 앤서니 '톤스' 프로비셔는 브래디가 자기를 싫어한다는 것을 몰라야 한다. 자기를 우라지게 혐오한다는 것을 몰라야 한다. 브래디는 주정뱅이 어머니를 비롯해서 모든 사람을 싫어하지만 흘러간 컨트리 송에도 그런 가사가 있지 않던가. 지금 당장 아무라도 알 필요는 없다고.

"지금 네 나이가 스물여덟이지, 브래디. 이제는 개 같은 집단보상 자동차 보험을 들지 않아도 될 만큼 나이를 먹었지만 — 다행스러운 일이지. — 전기공학 쪽으로 정규 교육을 받기에는 조금 많은 나이일 수 있어. 컴퓨터 프로그래밍도 마찬가지고."

"개떡 같은 소리하지 마. 개떡 톤스 같은 소리하지 마."

"진실을 말했을 때 개떡 소리를 들어야 한다면 기꺼이 개떡이 될게."

"그래. 너는 이제 역사에 기록될 거야. 진실을 말하는 개떡 톤스. 아이들은 학교에서 너에 대해서 배울 거야."

"일말의 진실은 들어도 상관없어." 브래디가 조용히 말한다.

"좋아. DVD 목록을 만들고 스티커를 붙이면서 상관하지 않을 수 있지? 당장 시작해."

브래디는 사람 좋게 고개를 끄덕이며 일어나서 바지 엉덩이를 턴다. 디스카운트 일렉트로닉스의 50퍼센트 세일이 다음 주부터 시작된다. 뉴저지 경영진에서 2011년 1월까지 디지털 다기능 디스크 사업을 정리하라는 명령을 내렸다. 한때 짭짤했던 라인이지만 넷플릭스와 레드박스의 손에 목이 졸렸다. 조만간 이 회사에는 (중국과 필리핀에서 생산된) 가정용 컴퓨터와 이 심한 불경기에 몇 명이나 살 수 있을까 싶은 평면 TV밖에 남지 않을 것이다.

"그리고 너." 프로비셔가 프레디 쪽으로 고개를 돌리며 말한다. "너는 출장 나갈 일이 생겼어." 그는 분홍색 작업 의뢰서를 내민다. "화면이 멈추었다는 어떤 할머니네 집이야. 아무튼 그 할머니 표현에 따르면 그렇대."

"알겠습니다, *대장님.* 봉사가 제 삶의 목적이죠."

그녀는 일어나서 경례하고 그가 내민 콜 시트를 받는다.

"셔츠단 안으로 집어넣어. 고객이 그 해괴망측한 헤어스타일을 보고 혐오감을 느낄 필요 없게 모자 쓰고. 과속하지 마. 딱지 한 번 더 끊으면 사이버 순찰대 인생도 끝날 줄 알아. 그리고 가기 전에 빌어먹을 담배꽁초도 치우고."

그는 그녀가 받아칠 틈도 없이 안으로 사라진다.

"너는 DVD에 스티커 붙이고 나는 CPU가 통밀 크래커 부스러기로 가득 찼을 할머니네 집으로 달려가게 생겼네." 프레디가 모자를 쓰고 펄쩍 뛰어내리면서 말한다. 그녀는 의뢰서를 배배 꼬며 담배꽁초는 쳐다보지도 않은 채 폭스바겐 쪽으로 걸어가기 시작한다. 하지만 그러다 잠깐 걸음을 멈추고 있지도 않은 골반 위에 손을 얹고 브

래디를 돌아본다. "내가 5학년 때 꿈꾸었던 인생은 이런 게 *아니었
는데*."

"나도." 브래디가 조용히 말한다.

그는 좋아하는 모크 애플파이 만드는 법을 다운받지 못해서 머리
끝까지 화가 났을지 모르는 할머니를 구조하러 가볍게 걸어가는 그
녀를 바라본다. 이번에는 어렸을 때 그가 어떤 인생을 살았는지 이
야기하면 프레디가 뭐라고 할지 궁금해진다. 그가 남동생을 죽였을
때, 어머니가 그걸 은폐했을 때 말이다.

왜 아니겠는가?

어떻게 보면 그것은 어머니의 생각이기도 했다.

브래디는 묵은 쿠엔틴 타란티노 영화에 노란색 50% 할인 스티커
를 붙이고 프레디는 웨스트 사이드에서 베라 윌킨스 할머니를 돕
고 있을 무렵(알고 보니 부스러기가 잔뜩 낀 쪽은 키보드였다.), 빌 호지
스는 그 도시를 둘로 나누고 로타운이라는 이름의 유래가 된 4차선
의 로브라리어 대로에서 벗어나 디마지오스 이탈리안 리스토란테
옆 주차장으로 들어선다. 셜록 홈즈가 아니라도 피트가 먼저 도착했
음을 알 수 있다. 호지스는 경찰이 타고 다니는 차라고 큰 소리로 광
고하는 것이나 다름없는, 블랙월 타이어가 달린 회색의 평범한 쉐보
레 세단 옆에 차를 세우고 나이 든 퇴직자의 차라고 큰 소리로 광고
하는 것이나 다름없는 낡은 도요타에서 내린다. 쉐보레 보닛을 만져
본다. 따뜻하다. 피트에게 한참 뒤진 것은 아니다.

그는 잠깐 걸음을 멈추고 햇빛은 눈부시고 그림자는 선명한, 거의

정오에 가까운 오전을 만끽하며 한 블록 멀리 있는 고가도로를 바라본다. 조직 폭력배들의 본거지가 되어 버린 곳이라 지금은 아무도 없지만(로타운의 젊은 주민들에게 정오는 아침을 먹는 시간이다.) 그 아래로 걸어가면 싸구려 와인과 위스키의 시큼한 냄새를 맡을 수 있을 것이다. 깨진 병 조각이 발에 밟힐 것이다. 하수구에서는 다른 병들이 보일 것이다. 갈색의 작은 병이.

이제는 그가 걱정할 문제가 아니다. 게다가 고가도로 아래의 어두운 공간에는 아무도 없고 피트가 그를 기다리고 있다. 호지스가 안으로 들어가자 점장석에 서 있던 일레인이 고맙게도 미소를 짓더니 몇 달 동안 발길을 끊었던 그의 이름을 부르며 맞이한다. 어쩌면 발길을 끊은 지 1년은 되었을 수도 있는데 말이다. 물론 피트가 칸막이 자리에서 일찌감치 손을 들고 있고, 변호사들이 자주 쓰는 표현을 빌자면 피트가 그녀의 기억을 환기했을 수도 있지만.

그도 답례로 손을 드는데 그가 자리에 도착했을 무렵에는 피트가 옆에 서서 그를 힘차게 끌어안으려고 팔을 들고 있다. 그들은 필요한 횟수만큼 서로의 등을 두드리고 피트는 그에게 얼굴이 좋아 보인다고 한다.

"나이의 3단계가 뭔지 알지?" 호지스가 묻는다.

피트는 씩 웃으며 고개를 젓는다.

"청춘, 중년 그리고 얼굴이 우라지게 좋아 보이시네요."

피트는 껄껄대며 웃고, 금발이 치리오스(시리얼의 일종 — 옮긴이) 상자를 열었을 때 뭐라고 했는지 아느냐고 묻는다. 호지스는 모른다고 한다. 피트는 눈을 휘둥그레 뜨고 말한다.

"어머나! 이 귀여운 도넛 모양 씨앗 좀 봐!"

호지스는 의무적으로 너털웃음을 짓고(재치 넘치는 금발 종족 사례담이라고 생각하지는 않지만) 이로써 인사가 끝났으니 두 사람은 자리에 앉는다. 웨이터가 다가오자 — 디마지오스에 웨이트리스는 없다. 좁은 새가슴 위로 얼룩 한 점 없는 앞치마를 높게 동여맨 나이 많은 남자들만 있을 따름이다 — 피트가 맥주 피처를 주문한다. 아이보리 스페셜 말고 버드 라이트로. 맥주가 나오자 피트가 잔을 든다.

"선배님을 위하여 그리고 은퇴 이후의 인생을 위하여."

"고마워."

그들은 잔을 부딪치고 맥주를 마신다. 피트는 앨리에 대해서 묻고 호지스는 피트의 아들과 딸에 대해서 묻는다. 양쪽 모두 과거지사가 된 부인들도 잠깐 등장하지만 이내 대화에서 사라진다. 그들은 음식을 주문한다. 호지스의 손자 두 명의 안부를 확인하고 어쩌다 보니 거리상 가장 가까운 메이저리그 팀이 된 클리블랜드 인디언스의 우승 가능성에 대한 분석까지 마쳤을 때 주문한 음식이 나온다. 피트는 라비올리, 호지스는 여기에서 늘 주문하는 마늘과 오일 스파게티다.

이 칼로리 폭탄을 반쯤 먹었을 때 피트가 가슴 주머니에서 접은 종이를 꺼내더니 살짝 격식을 차리며 자기 접시 옆에 내려놓는다.

"그게 뭔가?" 호지스가 묻는다.

"형사로서의 제 능력이 그 어느 때보다 날카롭게 갈고 닦아졌다는 증거요. 레인트리 인에서 벌어졌던 그 호러쇼 — 그나저나 그 뒤로 3일 동안 후유증에 시달렸어요. — 이래 선배님을 뵌 적이 없고 통화는 두 번 했던가요, 세 번 했던가요? 그러다 두둥, 선배님이 점심을 같이 먹자고 하셨죠. 제가 놀랐을까요? 아뇨. 숨은 속셈을 감지했을까요? 네. 그러니까 제 짐작이 맞았는지 봅시다."

호지스는 어깨를 으쓱한다.

"나는 호기심 많은 고양이하고 비슷해. 사람들이 뭐라고 하는지 알잖아. 만족감을 느끼면 고양이가 되살아난다고들 하지."

피트 헌틀리는 환하게 웃고, 호지스가 접힌 종이 쪽으로 손을 내밀자 자기 손으로 종이를 덮는다.

"안 돼요, 안 돼요, 안 돼요, 안 돼요. 솔직하게 말씀하세요. 내숭떨지 말고요, *커밋 선배*."

호지스는 한숨을 쉬고 손가락으로 네 가지 사건을 꼽는다. 이 절차가 끝나자 피트가 접은 종이를 그 쪽으로 민다. 호지스는 종이를 펼쳐서 읽어 본다.

1. 데이비스

2. 공원 강간범

3. 전당포

4. 메르세데스 킬러

호지스는 당황한 척한다.

"내가 졌네, 보안관. 아무 말도 하고 싶지 않으면 하지 않아도 돼."

피트의 표정이 점점 심각해진다.

"나 원 참, 선배님이 퇴직 당시 미결로 남은 사건에 관심을 보이지 않았더라면 오히려 실망스러웠을 거예요. 사실…… 선배님이 조금 걱정스러웠거든요."

"나는 참견하거나 그러고 싶지 않아."

이 엄청난 거짓말이 술술 흘러나오자 호지스는 살짝 경악한다.

"코가 점점 길어지고 있어요, 피노키오."

"아니, 정말로. 새로운 소식이 있는지 듣고 싶을 뿐이야."

"기꺼이 알려 드리죠. 먼저 도널드 데이비스. 뻔한 대본이에요. 손대는 사업마다 말아먹었죠. 가장 최근에는 데이비스 클래식 자동차였고. 워낙 빚이 많아서 이름까지 캡틴 니모로 바꿔야 했어요. 예쁘장한 새끼고양이 두셋을 옆에 거느리고 있고."

"내가 그만두었을 때는 세 명이었는데."

호지스가 파스타를 다시 먹기 시작하면서 말한다. 그가 이 식당을 찾은 목적은 도널드 데이비스나 시립 공원 강간범이나 4년째 전당포와 주류 판매점을 털고 있는 절도범이 아니다. 그들은 위장이다. 그래도 관심이 동하는 것은 어쩔 수가 없다.

"아내가 빚과 새끼고양이들에게 점점 신물을 내기 시작해요. 그러다 이혼 서류를 준비하는 도중에 사라지죠. 지구상에서 가장 오래된 스토리예요. 그는 같은 날에 아내의 실종신고를 접수하고 파산선고를 하죠. 텔레비전 인터뷰를 하면서 악어의 눈물을 한 바가지 흘리고요. 그가 범인이라는 걸 알지만 시신이 없으니……." 그는 어깨를 으쓱한다. "선배님도 바보천치 다이애나를 같이 만나셨잖아요."

이 도시의 지방검사 이야기다.

"아직도 그녀를 설득해서 그를 기소하지 못한 건가?"

"범죄의 증거가 없으면 기소 불가랍니다. 모데스토의 경찰들도 스코트 피터슨이 범인이라는 걸 알았지만 아내와 아이의 시신을 찾을 때까지 기소하지 않았잖아요. 선배님도 아시다시피."

호지스도 안다. 그와 피트는 실라 데이비스의 실종사건을 수사하는 동안 스코트와 래시 피터슨에 대해서 숱하게 의견을 주고받았다.

"그런데 말이죠, 호숫가 여름 별장에서 혈흔이 발견됐어요." 피트는 극적 효과를 위해서 잠깐 말을 멈추었다가 마무리를 지었다. "부인의 혈흔이었죠."

호지스는 파스타를 잠깐 잊고 앞으로 몸을 기울인다.

"그게 언젯적 이야기야?"

"지난달이에요."

"그런데 나한테 알리지 않았다고?"

"지금 말씀드리고 있잖아요. 이제 물어보셔서. 수사가 진행 중이에요. 빅터 군 경찰이 수사를 담당하고 있고요."

"실라가 실종되기 전에 그 일대에서 그를 목격한 사람이 있나?"

"아, 그럼요. 어린애 둘이요. 데이비스는 버섯을 따러 간 거라고 주장했어요. 빌어먹을 유엘 기번스(미국의 자연 건강식 전도사 — 옮긴이) 같으니라고. 시신이 발견되면 — 찾을 수 있을지 모르겠지만 — 도니 데이비스는 사망 선고를 신청하고 보험금을 받을 때까지 7년 동안 기다릴 필요가 없어지는 거예요." 피트는 함박웃음을 짓는다. "얼마나 시간 절약이 될지 생각해 보세요."

"공원 강간범은?"

"시간문제예요. 범인이 백인이고, 십 대 아니면 이십 대이며, 잘 꾸민 아주머니라면 사족을 못 쓴다는 것을 아니까요."

"덫을 설치했군그래? 녀석은 따뜻한 날씨를 좋아하니까."

"네. 녀석을 잡고 말 겁니다."

"퇴근하던 오십 대 여성이 또다시 강간을 당하기 전에 녀석을 잡을 수 있으면 좋을 텐데."

"저희도 최선을 다하고 있어요."

피트는 살짝 짜증이 난 표정을 짓고, 웨이터가 다가와서 식사 괜찮으냐고 묻자 손사래를 쳐서 내쫓는다.

"알지." 호지스가 말한다. 달래는 투로. "전당포 절도범은?"

피트는 씩 웃는다.

"영 애런 제퍼슨이었어요."

"응?"

"그게 본명이에요. 시티 고등학교에서 미식축구 선수로 활약했을 때는 YA라는 별명을 썼지만요. YA 티틀(미국의 유명한 미식축구 선수 — 옮긴이)처럼 말이죠. 그런데 녀석의 여자친구의 말에 따르면 — 둘 사이에서 낳은 세 살배기의 엄마이기도 해요. — 녀석은 그를 YA 티티스라고 부른대요(티티가 속어로 젖꼭지라는 뜻이다. — 옮긴이). 녀석이 장난 삼아서 그런 거냐고 아니면 진짜로 그런 줄 알았던 거냐고 여자친구에게 물었더니 전혀 모르겠다고 하더군요."

이것 역시 호지스가 익히 아는 스토리다. 출처가 성서가 아닐까 싶을 만큼 케케묵은 이야기다. 어쩌면 성서 안에 이 비슷한 내용이 들어 있을지 모른다.

"내가 한번 알아맞혀 볼까? 녀석은 열댓 개의 직업을 전전했고……"

"이번이 열네 번째예요. 「와이어」(미국의 범죄드라마 — 옮긴이)에서 오마르가 그랬던 것처럼 총신을 짧게 자른 총을 휘두른 게."

"……겁나게 운이 좋아서 계속 도망칠 수 있었어. 그러다 아이 엄마를 두고 바람을 피웠지. 그러니까 여자가 열 받아서 경찰에 찌른 거야."

피트는 손가락으로 총 모양을 만들어서 예전의 파트너를 겨눈다.

"홀인원. 이 다음에 영 애런이 총을 들고 전당포나 수표현금교환소를 털러 나서면 사전에 알 수 있을 테니 아가, 아가, 같이 가자, 그러면 돼요."

"그때까지 기다리는 이유가 뭐야?"

"이번에도 지방검사 때문이죠. 바보천치 다이애나한테 스테이크를 갖다 주면 이러잖아요. *구워 와, 그런데 미디엄 레어가 아니면 돌려보낼 거야.*"

"그래도 녀석을 잡은 셈인데."

"화이트월 타이어 세트를 걸고 맹세할게요. YA 티티스가 7월 4일즘이면 군 교도소에, 크리스마스 즘이면 주 교도소에 갇히게 될 거라고. 데이비스와 공원 강간범은 시간이 좀 더 걸리겠지만 그래도 잡을 테고요. 디저트 드실래요?"

"아니. 응." 그는 그러고 웨이터에게 묻는다. "그 럼(Rum) 케이크 아직도 있나요? 다크 초콜릿으로 만든 그거."

웨이터는 기분 나빠하는 얼굴이다.

"네. 늘 있죠."

"난 그거 한 조각 먹을게. 커피하고. 자네는?"

"저는 맥주 남은 걸로 충분합니다." 그는 이렇게 말하면서 피처에 담긴 맥주를 따른다. "그 케이크 드셔도 되겠어요? 마지막으로 뵌 뒤로 살이 몇 킬로그램은 찌신 것 같은데요."

맞는 말이다. 호지스는 은퇴한 뒤로 실컷 먹고 있지만 입맛이 좋게 느껴진 것은 지난 2~3일뿐이다.

"웨이트 와처스 다이어트 프로그램에 등록할까 생각중이야."

피트는 고개를 끄덕인다.

"그러세요? 저는 신부가 될까 생각중인데."

"헛소리하시네. 메르세데스 킬러는 어때?"

"트릴로니가 살았던 동네를 계속 수사하고 있지만 — 사실 이사벨이 지금 거기 가 있어요. — 이사벨이나 다른 누가 단서를 찾았다고 하면 이게 웬일이야 할 거예요. 이사벨이 어딜 뒤지건 예전에 대여섯 번은 뒤졌던 곳들이니까요. 범인은 트릴로니의 럭셔리 승용차를 훔쳐서 안개를 헤치며 몰고 나가 범행을 저지르고 안개를 헤치며 다시 몰고 와서 버렸다…… 그것으로 끝이에요. 거기에 비하면 YA 티티스는 댈 것도 아니에요. *진짜로* 억세게 재수가 좋은 녀석은 미스터 메르세데스니까요. 녀석이 한 시간만 늦게 그 묘기를 부렸어도 현장에 경찰이 있었을 텐데. 군중 통제 차원에서."

"그러게."

"*녀석도 그걸 알았을까요?*"

호지스는 잘 모르겠다는 뜻에서 고개를 앞뒤로 갸웃거린다. 블루 엄브렐라 사이트에서 미스터 메르세데스와 대화를 나누게 된다면 물어볼 수도 있을 것이다.

"사람들을 치고 뭉개기 시작했을 때 살인 무기가 말썽을 부릴 수도 있었을 텐데 그러지 않았어요. 이사벨 말로는 독일의 공학기술이 세계 최고라고 하더군요. 아무라도 보닛 위로 올라가서 녀석의 시야를 가릴 수도 있었는데 그러지 않았어요. '건너지 마시오'라고 적힌 테이프 기둥이 차 아래로 들어가서 끼었을 수도 있는데 그러지도 않았어요. 녀석이 그 창고 뒤에 차를 세우고 나와서 가면을 벗었을 때 본 사람이 있을 수도 있는데 없었고요."

"새벽 5시 20분이었잖아." 호지스가 지적한다. "그리고 그 일대는 낮 12시라 해도 사람이 거의 없는 동네고."

"불황 때문에 말이죠." 피트 헌틀리는 침울한 목소리로 말한다. "네, 맞아요. 그 창고에서 일하던 사람들 절반이 시티 센터에서 얼어 죽을 취업박람회가 시작되길 기다리고 있었을 거예요. 일말의 아이러니를 즐겨야죠. 혈액 건강에 좋다니까."

"그러니까 지금까지 소득이 아무것도 없었던 거로군."

"가망이 없네요."

호지스의 케이크가 나온다. 냄새가 좋고 맛은 더 좋다.

웨이터가 사라지자 피트가 테이블 위로 몸을 기울인다.

"녀석이 그 짓을 반복할지 모른다는 게 가장 끔찍해요. 호수에서 또다시 안개가 밀려오면 녀석이 그 짓을 반복할지 모른다는 게요."

호지스는 맛있는 케이크를 한 포크 떼어서 입으로 가져가며 녀석은 그러지 않을 거라고 했는데, 라고 생각한다. 그는 그럴 생각이 절대 없다고 했다. 한 번이면 충분하다고 했다.

"안개 아니면 다른 기회를 노려서 말이지." 호지스가 말한다.

"지난 3월에 딸아이하고 대판 싸웠어요. 진짜 심각하게요. 4월 내내 딸애 얼굴을 못 봤어요. 주말에 한 번도 만나 주지 않아서."

"그래?"

"네. 아이가 치어리딩 대회를 구경하러 가고 싶어 했거든요. 브링 더 펑크인가, 뭐 그런 대회였어요. 사실상 이 주의 모든 학교가 참가하는. 캔디가 전부터 치어리더라면 얼마나 사족을 못 썼는지 아시죠?"

"알지." 호지스는 대답한다. 사실은 모르지만.

"네 살인가 여섯 살 때 짧은 주름치마를 사 줬더니 그것만 입고 다녔을 정도예요. 다른 엄마 둘이 아이들을 데리고 가겠다고 했어요. 그런데 저는 캔디한테 안 된다고 했죠. 왜 그랬는지 아세요?"

알다마다.

"대회가 열리는 곳이 시티 센터였거든요. 1000명쯤 되는 어린 여자애와 엄마들이 이번에는 새벽이 아니라 해 질 녘에 밖에서 서성거리며 문이 열리길 기다리는데 호숫가에서 안개가 밀려오는 광경이 눈에 보이는 듯했어요. 그 개새끼가 또다시 훔친 메르세데스를 몰고 ― 이번에는 빌어먹을 허머일지도 모르죠. ― 달려드는데 아이와 엄마들은 헤드라이트에 비친 사슴처럼 가만히 서 있는 광경도 눈에 보이는 듯했고요. 그래서 안 된다고 했어요. 아이가 저한테 뭐라고 악을 썼는지 선배님도 들었어야 하는데. 그래도 안 된다고 했어요. 아이는 한 달 동안 나하고 말도 섞지 않으려고 했고 모린이 데려오지 않았더라면 지금까지도 나하고 말을 섞지 않으려고 했을 거예요. 모린한테 절대 안 된다고, 꿈도 꾸지 말라고 그랬더니 이러더라고요. 내가 그래서 당신이랑 이혼한 거야. 절대 안 돼, 꿈도 꾸지 마, 그 소리 듣기 지긋지긋해서. 물론 아무 일도 벌어지지 않았지만."

그는 남은 맥주를 마시고 또다시 몸을 앞으로 숙인다.

"녀석을 체포할 때 주변에 사람들이 많았으면 좋겠어요. 저 혼자 잡으면 딸아이와 제 사이를 갈라 놓았다는 이유만으로 녀석을 죽여 버릴 수도 있거든요."

"그런데 왜 사람들이 많았으면 좋겠다는 거야?"

피트는 잠깐 의아해하더니 천천히 미소를 짓는다.

"일리 있는 말씀이네요."

"트릴로니 부인에 대해서 생각해 본 적 있나?"

호지스는 지나가는 말처럼 묻지만 사실은 우편함에서 익명의 편지를 발견한 이래 올리비아 트릴로니 생각을 많이 하고 있다. 심지어 그전부터 그랬다. 은퇴하고 우울한 시간을 보냈을 때는 몇 번인가 실제로 꿈도 꾼 적 있었다. 그 기다란 얼굴─우수에 젖은 말을 닮았던 얼굴. 아무도 모를 거라고, 온 세상이 나를 증오한다고 말하는 얼굴. 돈이 그렇게 많은데도, 월급으로부터의 자유를 비롯해서 자기에게 주어진 축복이 몇 가지나 되는지 알지 못했던 사람. T 부인은 통장 잔고를 확인하거나 추심원들이 전화한 적은 없는지 자동응답기를 돌려볼 필요성을 못 느끼며 지낸 지 몇 년이나 되었지만 그래도 엉망으로 잘린 머리와 불친절한 서비스 직원에 이르기까지 인생의 저주만 끝도 없이 늘어놓았다. 볼품없는 보트넥 원피스를 입고, 배는 항상 좌현 아니면 우현으로 기운다고 투덜거렸던 올리비아 트릴로니 부인. 금방이라도 울음을 터뜨릴 것처럼 늘 촉촉했던 두 눈. 그녀를 좋아하는 사람은 아무도 없었고 커밋 윌리엄 호지스 형사반장도 예외는 아니었다. 그녀가 자살을 했을 때 놀란 사람은 아무도 없었고 앞서 언급된 호지스 형사도 예외는 아니었다. 여덟 명의 사망자 — 수많은 부상자는 말할 것도 없고 — 는 양심에 엄청난 부담일 수밖에 없었다.

"어떤 걸요?" 피트가 묻는다.

"부인이 사실대로 진술했는지, 그런 거. 열쇠에 대해서 말이야."

피트는 눈썹을 추켜세운다.

"부인은 자기가 사실대로 진술하고 있다고 생각했잖아요. 선배님도 아시면서. 어찌나 지독하게 자기 최면을 걸었는지 거짓말 탐지기 테스트까지 통과할 정도였잖아요."

맞는 말이고 올리비아 트릴로니는 두 사람 모두에게 놀라운 존재가 아니었다. 하늘도 알고 땅도 알다시피 그들은 그 비슷한 위인들을 전에도 본 적이 있었다. 전문 범죄자들은 뭔가 켕기는 구석이 있기 때문에 자기가 저지르지 않은 범행의 참고인으로 소환되어도 죄를 지은 사람처럼 굴었다. 성실한 시민들은 믿기지 않아 했고, 기소에 앞서 심문을 받더라도 총기 때문에 심문 받는 경우는 거의 없었다. 대개는 이유가 교통사고였다. *개를 친 줄 알았어요.* 그들은 보통 그렇게 말하고, 끔찍한 이중 충돌 이후에 룸미러로 무엇을 보았건 간에 그렇게 믿는다.

개였다고.

"하지만 궁금해."

호지스는 지나치게 밀어붙인다기보다 생각에 잠긴 투로 들리길 바라며 이렇게 말한다.

"왜 이러세요, 선배님. 제가 본 걸 선배님도 보셨잖아요. 단기 재교육이 필요하면 언제든 서에 와서 사진을 보세요."

"그러게."

피트가 입은 멘즈 웨어하우스 스포츠코트 주머니에서 '나이트 온 볼드 마운틴' 도입부가 흘러나온다. 그는 전화기를 꺼내서 쳐다보더니 "받아야겠는데요." 하고 말한다.

호지스는 어서 받으라고 손짓한다.

"여보세요?" 피트는 귀를 기울인다. 눈이 점점 휘둥그레지더니 벌떡 일어나는 바람에 하마터면 의자가 뒤집힐 뻔했다. *뭐라고?*

다른 손님들이 점심을 먹다 말고 고개를 돌린다. 호지스는 관심어린 눈빛으로 지켜본다.

"응…… 응! 당장 갈게. 뭐라고? 응, 응, 알았어. 기다리지 말고 먼저 가."

그는 전화기를 탁 소리 나게 닫고 다시 자리에 앉는다. 그의 머릿속 전등이 갑자기 전부 다 켜졌다. 호지스는 그런 순간마다 그가 격하게 부러워진다.

"선배랑 점심을 좀 더 자주 먹어야겠어요. 선배가 행운의 부적이라니까요, 예전에도 그랬지만. 선배를 만나니까 일이 터지네요."

"뭐가?"

'미스터 메르세데스로구나.' 그 뒤를 이어 말도 안 되는 한편으로 쓸쓸한 생각이 들었다. '내 것이었는데.'

"이사벨이었어요. 방금 전에 빅토리 군에 있는 주 경찰총경의 전화를 받았대요. 수렵지 관리인이 1시간쯤 전에 오래된 자갈 채굴장에서 뼛조각을 몇 개 발견했다고요. 도니 데이비스의 호숫가 여름

별장에서 3킬로미터도 안 되는 거리에 있는 채굴장인데 그거 아세요? 뼛조각에 원피스 자락이 붙어 있는 것 같대요."

그가 테이블 너머로 손을 내민다. 호지스는 하이파이브를 한다.

피트는 축 늘어진 주머니에 다시 전화기를 넣고 지갑을 꺼낸다.

호지스는 속마음을 숨기려는 시도조차 하지 않은 채 고개를 젓는다. 안도감. 엄청난 안도감.

"아니, 이번은 내가 사는 거야. 거기서 이사벨을 만나기로 했지?"

"네."

"그럼 얼른 가."

"알았어요. 점심 잘 먹었어요."

"하나만 더—고속도로 살인마 소식은 없나?"

"주 경찰로 넘어갔잖아요. 그 한심한 인간들 손에. 좋아하던데요. 듣기로는 아무 소득이 없대요. 녀석이 다시 한 번 범행을 저지르길 기다리면서 운이 따라 주기만을 바라고 있대요."

그는 손목시계를 흘끗 확인한다.

"가, 어서 가."

피트는 걸음을 옮기려다 말고 테이블로 돌아가서 호지스의 이마에 힘껏 입을 맞춘다.

"저리 가. 남들이 보면 사랑에 빠진 줄 알겠네."

피트는 함박웃음을 머금은 채 총총히 사라지고 호지스는 그들이 가끔 자청 뭐라고 했는지 생각한다. 천국의 사냥개.

요즘은 그의 후각이 얼마만큼 예민할까.

웨이터가 다시 와서 더 필요한 게 없느냐고 묻는다. 호지스는 없다고 대답하려다 커피를 한 잔 더 주문한다. 잠깐 여기 앉아서 이중의 행복을 만끽하고 싶기 때문이다. 미스터 메르세데스가 아니라 아내를 살해해 놓고 변호사를 통해서 그녀의 행방을 알려주는 사람에게 제공할 보상금을 마련하도록 조치를 취한 간교한 개새끼 도니 데이비스였다. 아내를 워낙 사랑하기 때문에 아내가 돌아오면 처음으로 돌아가서 다시 시작하고 싶은 마음뿐이라나?

그리고 올리비아 트릴로니와 올리비아 트릴로니의 도난당한 메르세데스에 대해서 생각하고 싶은 마음도 있다. 그 차가 도난 차량이라는 점에 대해서는 의심의 여지가 없다. 하지만 그녀가 아무리 아니라고 해도 그녀가 절도를 방조했다는 점에 대해서도 의심의 여지가 없다.

호지스는 트릴로니 부인이 시티 센터 대학살 사건에서 의도치 않게 어떤 역할을 했는지 간략하게 설명했을 때 그 당시 샌디에이고에서 갓 건너온 신참이었던 이사벨 제인스가 어떤 사건을 들려주었는지 기억한다. 이사벨의 이야기에서 문제가 된 물건은 총이었다. 그녀와 파트너는 아홉 살 난 남자아이가 네 살 난 여동생을 총으로 쏴서 죽인 집에 출동한 적이 있었다. 아버지가 서랍장 위에 놔둔 자동 권총을 둘이서 가지고 놀다가 벌어진 사건이었다.

"그 아버지는 기소되지는 않았지만 평생 죄책감에서 벗어날 수 없겠죠." 그녀가 말했다. "이 사건도 그 비슷한 부류로 밝혀질 테니 두고 보세요."

트릴로니라는 여자가 약을 먹기 한 달 전인가 그보다 조금 뒤에 나눈 대화였는데, 메르세데스 킬러 사건 담당자들은 그녀의 자살 소식에 별로 아랑곳하지 않았다. 그들이 보기에 — 그가 보기에 — T 부인은 그 사건에서 자기가 어떤 역할을 했는지 인정하길 거부하는, 자기 연민에 빠진 부잣집 사모님에 불과했다.

메르세데스 SL은 시내에서 도난당했지만 돈 많은 남편을 암으로 잃은 트릴로니 부인은 슈거 하이츠에 살았다. 방 14개 아니면 20개짜리 대저택으로 향하는 대문 달린 진입로가 숱하게 이어지는, 그 이름만큼이나 으리으리한 동네였다. 호지스는 애틀랜타에서 어린 시절을 보냈는데, 차를 몰고 슈거 하이츠를 지날 때마다 벅헤드라는 애틀랜타의 휘황찬란한 동네가 생각난다.

T 부인의 나이 많은 어머니 엘리자베스 워튼은 레이크 가에 있는 고급 아파트(방들이 선거 입후보자의 공약만큼이나 어마어마한 아주 근사한 아파트였다.)에서 살았다. 집은 입주 가정부를 두어도 충분할 만큼 넓었고 1주일에 세 번씩 사설 간병인이 다녀갔다. 워튼 부인은 척추 측만증이 있었는데, 딸이 세상과 하직하기로 결심했을 때 그 아파트 약장에서 슬쩍한 것이 그녀의 옥시콘틴(효과가 모르핀과 비슷한 진통제 — 옮긴이)이었다.

자살은 유죄의 증거다. 호지스는 모리시 부서장이 그렇게 말한 것을 기억하지만, 전부터 품고 있었던 의구심이 요즘 들어 한층 심해졌다. 이제 그는 사람들이 오로지 죄책감 때문에 자살하는 것은 아님을 안다.

가끔은 오후 TV 토크쇼가 지겨울 때도 있다.

순찰 경관 두 명이 살인 사건 1시간 뒤에 메르세데스를 발견했다. 호숫가에 옹기종기 모여 있는 창고 뒤에서.

포장된 널찍한 마당은 이스터 섬의 거석마냥 우두커니 서 있는 녹슨 컨테이너 상자들로 가득했다. 회색 메르세데스는 두 컨테이너 상자 사이에 아무렇게나 삐딱하니 주차돼 있었다. 호지스와 헌틀리가 도착했을 무렵에는 다섯 대의 경찰차가 마당에 서 있었는데, 그 중 두 대는 그 큼직한 회색 세단이 공포영화 속의 낡은 플리머스처럼 저절로 시동이 걸려서 달아나기라도 할 것 같은지 뒤 범퍼에 바짝 붙여져 있었다. 안개가 짙어져서 이슬비가 내렸다. 여러 순찰차 지붕에 달린 경광등이 서로 번갈아 가며 빗방울을 파란색으로 물들였다.

호지스와 헌틀리는 옹기종기 모여 있는 순찰 경관들에게 다가갔다. 피트 헌틀리가 차를 발견한 두 명과 이야기를 나누는 동안 호지스는 주변을 돌아보았다. SL500은 앞 범퍼가 살짝 찌그러지고 그만이었지만 ― 그 유명한 독일의 공학기술 덕분이었다. ― 보닛과 앞 유리창에 핏방울이 잔뜩 튀었다. 피가 묻어서 뻣뻣하게 굳어 가는 셔츠 소매가 라디에이터 그릴에 걸려 있었다. 셔츠 소매의 주인은 나중에 희생자 가운데 한 명인 오거스트 오든커크로 밝혀졌다. 다른 것도 있었다. 무언가가 그 새벽의 미명 속에서 번뜩였다. 호지스는 한쪽 무릎을 꿇고 앉아서 자세히 들여다보았다. 그가 그렇게 앉아 있었을 때 헌틀리가 합류했다.

"그게 도대체 뭐예요?" 피트가 물었다.

"결혼반지 같아." 호지스가 말했다.

그의 짐작이 맞는 것으로 밝혀졌다. 스퀴럴리지 가에 사는 서른 아홉 살의 프랜신 라이스가 끼고 있었던 소박한 금반지였고 결국에는 그녀의 가족에게 반환되었다. 그녀는 왼손 검지, 중지, 약지가 절단되었기 때문에 오른손 약지에 그 반지를 끼고 묻히는 수밖에 없었다. 검시관의 말로는 메르세데스가 덮쳤을 때 본능적으로 막으려고 그쪽 손을 들었기 때문에 그렇게 됐을 거라고 했다. 손가락 두 개는 4월 10일 정오 직전에 범행 현장에서 발견되었다. 집게손가락은 영영 찾지 못했다. 호지스는 갈매기 — 호숫가를 순찰하던 덩치 큰 녀석들 가운데 한 마리 — 가 물어갔을지 모르겠다고 생각했다. 소름끼치는 제2의 가능성보다는 그게 나았다. 다치지 않은 시티 센터 생존자가 기념품으로 가져갔을지 모른다는 것보다는.

호지스는 일어나서 순찰 경관 한 명을 손짓으로 불렀다.

"비 때문에 증거가 씻겨 나가기 전에 이 위에다 방수포를 씌워야겠는데……"

"이미 주문했어요." 순경은 그렇게 말하고 엄지손가락으로 피트를 가리켰다. "저 분이 맨 먼저 그것부터 말씀하시더라고요."

"오호, 제법인데?"

호지스는 교회 여집사를 그럴 듯하게 흉내 낸 목소리로 이렇게 말했지만 이에 대한 화답으로 지은 파트너의 미소는 그날의 날씨처럼 흐릿했다. 피트는 핏방울로 얼룩진 뭉툭한 메르세데스의 코와 라디에이터 그릴에 낀 반지를 쳐다보고 있었다.

습기 때문에 펼쳐 놓은 페이지가 벌써부터 동그랗게 말린 수첩을 손에 들고 다른 경찰이 다가왔다. 신분증에 적힌 이름을 보니 F. 새밍턴이었다.

"라일락 드라이브 729번지에 사는 올리비아 앤 트릴로니 부인의 이름으로 등록된 차예요. 슈거 하이츠요."

"긴 하루 일과를 마친 고급 메르세데스들이 대부분 그곳에서 잠을 청하지." 호지스가 말했다. "부인이 집에 있는지 확인하게, 섀밍턴 경관. 집에 없으면 어디 있는지 알아보고. 할 수 있겠나?"

"네, 반장님. 물론이죠."

"그냥 일상적인 심문이야, 알지? 도난 차량 조사."

"암요."

호지스는 피트를 돌아보았다.

"실내 전면. 뭐 눈에 띄는 거 없나?"

"에어백이 터지지 않았네요. 범인이 작동이 안 되게 한 거예요. 범행을 사전에 모의했다는 증거죠."

"녀석이 어떻게 하면 에어백 작동을 멈출 수 있는지 알았다는 증거이기도 하고. 가면에 대해서는 어떻게 생각하나?"

피트는 유리를 건드리지 않도록 조심하면서 빗방울 사이로 운전석 차창 너머를 들여다보았다. 운전석 가죽 시트 위에 머리 꼭대기에서부터 뒤집어쓰는 고무 가면이 있었다. 보조(1960년대를 풍미했던 미국의 유명한 피에로 ─ 옮긴이) 스타일의 주황색 머리다발이 관자놀이 위에 뿔처럼 달려 있었다. 코는 빨간색 고무 패킹이었다. 써서 늘리지 않아도 이미 빨간색 입술이 비웃음을 짓고 있었다.

"오싹하네요. 하수구에 사는 피에로가 나오는 텔레비전 영화(스티븐 킹 원작의 미니시리즈 「그것」을 두고 하는 말이다 ─ 옮긴이) 보신 적 어요?"

호지스는 고개를 저었다. 나중에 — 은퇴하기 고작 1주일 전에 — DVD를 사서 보니 피트의 말이 맞았다. 가면의 얼굴이 영화에 나오는 페니와이즈라는 피에로의 얼굴과 아주 비슷했다.

두 사람은 차 주변을 다시 한 번 돌아보았다. 이번에는 타이어와 로커패널에 묻은 핏자국이 눈에 띄었다. 방수포와 전문가들이 도착하기 전에 상당 부분이 씻겨 나가게 생겼다. 오전 7시가 되려면 아직 40분이 남았다.

"경관들!" 호지스는 외쳤고 그들이 한자리에 모이자 이렇게 말했다. "카메라 달린 휴대전화 가지고 있는 사람 있나?"

모두 그런 휴대전화를 가지고 있었다. 호지스는 그때부터 이미 영구차 — 영구차, 그 한 단어면 충분했다. — 라고 생각했던 차량 주변에 그들을 동그랗게 세우고 사진을 찍게 했다.

새밍턴 경관은 조금 멀찌감치 서서 휴대전화로 통화를 하고 있었다. 피트가 그를 손짓해서 불렀다.

"트릴로니 부인이라는 여자의 나이 파악했나?"

새밍턴은 수첩을 확인했다.

"운전 면허증에 적힌 생년월일이 1957년 2월 3일입니다. 그러니까…… 음……"

"쉰둘이지." 호지스가 말했다.

그와 피트 헌틀리는 함께 일한 지 십여 년이 되었기 때문에 굳이 말로 설명할 필요가 없는 일들이 많았다. 올리비아 트릴로니는 공원 강간범의 상대로 딱 맞는 성별과 나이였지만 살인마 역할에는 전혀 어울리지 않았다. 그들도 사람들이 운전을 하다 제어를 못 하는 바람에 뜻하지 않게 군중을 덮치는 경우가 있다는 건 알았지만 — 불과 5년 전에도 바로 이 도시에서 노망의 경계선상에 있던 팔십 대 할아버지가 뷰익 일렉트라로 노천카페를 들이받아서 한 명의 사망자와 대여섯 명의 부상자가 생긴 적이 있었다. — 올리비아 트릴로니는 그 범주에도 들지 않았다. 그러기에는 너무 젊었다.

게다가 가면도 있었다.

하지만……

하지만.

계산서가 은색 쟁반에 담겨서 나온다. 호지스는 그 위에 플라스틱 카드를 얹고 카드를 돌려받을 때까지 커피를 홀짝이며 기다린다. 그는 기분 좋게 배가 불렀고 보통은 한낮에 그런 상태면 두 시간 동안 낮잠을 잘 태세가 갖추어진다. 하지만 오늘 오후에는 아니다. 오늘 오후에는 그보다 더 정신이 말짱할 수가 없다.

*하지만*의 가능성이 워낙 확연해서 두 사람 모두 순찰 경관들(점점 더 많아지고 있는데 빌어먹을 방수포는 7시 15분이 되어서야 도착했다.)이나 서로에게 굳이 말로 표현할 필요조차 없었다. SL500의 문은 잠겨 있었고 열쇠 구멍에 아무것도 꽂혀 있지 않았다. 파손의 흔적은 두 사람 모두 찾을 수 없었고, 나중에 그 도시의 메르세데스 대리점에서 파견된 수석 정비사도 그렇다고 했다.

"창문 사이로 뭔가 얇은 것을 밀어 넣기가 많이 힘든가요?" 호지스는 그 정비사에게 물었다. "그런 식으로 문을 열기가요."

"거의 불가능하죠." 정비사는 그렇게 대답했다. "이 메르세데스들은 튼튼하거든요. 누군가가 그랬다면 흔적이 남았을 겁니다." 그는 모자를 뒤로 움직였다. "어떻게 된 일인지 빤해요, 경관님. 부인이 열쇠를 꽂은 채로 경고음을 무시하고 그냥 내린 겁니다. 딴 데 정신이 팔려 있었겠죠. 절도범이 열쇠를 보고 차를 끌고 갔어요. 그러니까 범인이 반드시 열쇠를 가지고 있었을 거란 말입니다. 그렇지 않고서야 여기 두고 가면서 무슨 수로 문을 잠갔겠어요?"

"계속 부인이라고 하네요." 피트가 말했다.

그들은 차주의 이름을 알리지 않았다.

"어휴, 왜 이러세요." 정비사는 살짝 미소를 지었다. "트릴로니 부인의 메르세데스잖아요. 올리비아 트릴로니 부인. 저희 대리점에서 구매하셔서 넉 달에 한 번씩 꼬박꼬박 상태를 점검해 드리고 있는걸요. 점검하는 12기통이 몇 대 안 돼서 전부 다 알아요." 그러더니 소름 끼치는 진실을 밝혔다. "이 녀석은 탱크예요."

범인은 두 컨테이너 박스 사이로 벤츠를 몰고 와서 시동을 끄고 가면을 벗어서 표백제에 담근 뒤 차에서 내렸다(장갑과 머리 망은 재킷 속에 쑤셔 넣었을 것이다.). 그런 다음 안개 속으로 유유히 사라지며 마지막 빽큐를 날렸다. 올리비아 앤 트릴로니의 스마트키로 차 문을 잠근 것이다.

거기에 바로 *하지만*의 가능성이 있었다.

호지스는 기억을 더듬는다. 그녀는 어머니가 주무시고 있으니까 조용히 해 달라고 했지. 그런 다음 커피와 쿠키를 주었지. 그는 디마지오스에 앉아서 마지막 커피를 홀짝이며 신용카드를 돌려받을 때까지 기다린다. 호수 전망이 끝내주었던 그 어마어마하게 넓은 아파트의 거실을 떠올린다.

그녀는 커피와 쿠키를 대접하면서 눈을 휘둥그레 뜨고 *당연히 그랬을 리 없죠,* 하는 표정을 지어 보였다. 경찰과 마찰을 빚어 본 적 없는, 경찰과의 마찰을 상상할 수도 없는 성실한 시민들의 고유 자산이라 할 수 있는 그 표정을 지어 보였다. 피트가 혹시 어머니의 아파트에서 몇 집 지나면 나오는 레이크 가에 주차하면서 열쇠를 두고 내렸을 수도 있지 않으냐고 물었을 때 그녀는 심지어 그 표정을 말로 표현하기까지 했다.

"당연히 그랬을 리 없죠."

그녀는 *그것 참 어이없고 상당히 모욕적인 말씀이네요*의 의미가 담긴 뻣뻣한 미소와 함께 그렇게 말했다.

마침내 웨이터가 돌아온다. 그가 조그만 은색 쟁반을 내려놓자 호지스는 그가 허리를 펴기도 전에 10달러와 5달러짜리 지폐를 한 장씩 손에 쥐여 준다. 디마지오스에서는 웨이터들끼리 팁을 나누어 가지는데 호지스가 보기에는 아주 탐탁찮은 관행이다. 구닥다리 같은 발상이라 해도 어쩔 수 없다.

"고맙습니다. *부온 포메리지오*(이탈리아어로 오후 인사 — 옮긴이)."

"그쪽도요." 호지스는 말한다.

그는 영수증과 아멕스 카드를 집어넣지만 곧바로 일어나지는 않는다. 디저트 접시에 부스러기가 몇 개 남아 있어서 어렸을 때 어머니의 케이크를 두고 그랬던 것처럼 포크로 건진다. 포크 사이로 떨어져 그의 혀 속으로 천천히 스며드는 그 마지막 몇 개의 부스러기야말로 가장 맛있는 부분이었다.

범행이 벌어지고 겨우 몇 시간 뒤에 이루어졌던 그 결정적인 1차 면담. 짓이겨진 시신들의 신원 파악 작업이 여전히 진행되는 와중에 나온 커피와 쿠키. 어딘가에서는 가족들이 옷을 잡아 뜯으며 흐느껴 울고 있었다.

예비 테이블 위에 핸드백을 놓아둔 현관의 홀로 나간 트릴로니 부인. 그녀는 핸드백을 뒤지다 미간을 찌푸리더니 계속 핸드백을 뒤지며 살짝 걱정하는 표정을 짓기 시작했다. 그러다 미소를 지었다.

"여기 있네요." 그녀가 말하면서 손을 내밀었다.

두 형사는 스마트키를 바라보았고, 호지스는 그렇게 비싼 자동차의 열쇠치고 정말 평범해 보인다는 생각을 했다. 기본적으로 끝에 혹이 달린 까만색 플라스틱 막대에 불과했다. 그 혹의 한 면에는 메르세데스 로고가 찍혀 있었다. 다른 면에는 버튼이 세 개 달려 있었다. 한 버튼 위에는 걸쇠가 풀린 자물쇠가 그려져 있었다. 그 옆 버튼에는 걸쇠가 잠긴 자물쇠가 그려져 있었다. 세 번째 버튼에는 '위급 상황'이라는 문구가 적혀 있었다. 문을 열려는 순간 강도의 습격을 받았을 때 그 버튼을 누르면 차에서 도움을 청하는 경보음이 울리는 모양이었다.

"핸드백 안에서 열쇠를 찾느라 왜 그렇게 애를 먹었는지 알 것 같네요." 피트가 그냥 안부를 묻는 투로 이렇게 말했다. "대부분의 사람들은 열쇠에 장식품을 달죠. 제 아내는 큼지막한 플라스틱 데이지를 달고 다녀요."

그는 모린과 아직도 부부로 지내는 것처럼, 그 잘 차려입는 유행의 선구자가 핸드백에서 플라스틱 데이지를 꺼내다 들킨 적이라도 있는 것처럼 다정하게 미소를 지었다.

"부인이 참 현명하시네요." 트릴로니 부인은 이렇게 말했다. "제 차를 언제쯤 돌려받을 수 있을까요?"

"그건 저희 소관이 아닙니다, 부인." 호지스가 말했다.

그녀는 한숨을 쉬며 원피스의 보트넥을 바로잡았다. 그녀는 그 뒤로 그들이 보는 앞에서 똑같은 행동을 수십 번 반복했다.

"그 차를 당연히 팔아야겠죠? 이런 일이 있은 뒤에 그 차를 몰고 다닐 수는 없을 테니까요. 정말 심란하네요. *내* 차가……" 그녀는 들고 있던 핸드백을 또다시 뒤져서 파스텔 색상의 화장지를 꺼냈다. 그러고는 화장지로 눈가를 토닥였다. "*정말 심란하네요.*"

"다시 한 번 찬찬히 설명을 듣고 싶은데요." 피트가 말했다.

그녀는 빨갛게 충혈이 된 눈을 부라렸다.

"꼭 그러셔야겠어요? 피곤한데. 어머니와 함께 밤새 잠을 설쳤거든요. 어머니가 4시까지 잠을 이루시지 못했어요. 너무 편찮으셔서. 간병인 그린 부인이 오기 전까지 잠깐 눈 좀 붙였으면 좋겠는데요."

호지스는 생각했다. '당신 차가 여덟 명을 죽이는 데 쓰였는데, 다른 부상자들이 목숨을 부지하지 못하면 그 숫자가 늘어날 텐데 눈을 붙이고 싶다고?' 그는 그 순간부터 트릴로니 부인이 싫어지기 시작했는지 장담할 수는 없지만 아마 그랬을 것이다. 괴로워하는 모습을 보이면 끌어안고 등을 토닥여 주면서 *괜찮아, 괜찮아* 하고 달래 주고 싶은 사람이 있었다. 그런가 하면 뺨을 세게 한 대 때리면서 남자

답게 정신 차리라고 말해 주고 싶은 사람도 있었다. T 부인의 경우
에는 여자답게 정신 차리라고 해야겠지만.

"가능한 한 빨리 끝내겠습니다." 피트가 약속했다.

이번이 수많은 면담의 시작에 불과하다는 말은 하지 않았다. 면담
을 모두 마치면 그녀는 잠결에 진술하는 자기 소리를 듣게 될 것이
었다.

"아, 알겠어요. 그럼. 저는 목요일 저녁 7시가 조금 지났을 때 여기
이 어머니의 집에 도착했고……."

그녀는 매주 적어도 네 번씩 들르지만 하룻밤 자고 가는 날이 목
요일이었다. 늘 버치힐 몰에 있는 아주 훌륭한 채식 전문점 비하이
에서 저녁을 포장해 가지고 와서 오븐에 데워 먹었다. ("물론 어머니
는 요즘 드시는 양이 아주 적어요. 통증 때문에 말이죠.") 그녀는 야간 주
차가 시작되는 시간이면 노면 주차 공간이 텅 비다시피 하기 때문에
목요일마다 늘 7시 이후에 도착할 수 있도록 스케줄을 짠다고 했다.

"일렬주차는 하지 않아요. 못하겠더라고요."

"한 블록만 더 가면 주차장이 있잖습니까?" 호지스가 물었다.

그녀는 제정신이냐고 묻는 듯한 눈빛으로 그를 쳐다보았다.

"거기는 하룻밤 주차 요금이 16달러예요. 노면 주차장은 무료고."

피트는 열쇠를 계속 쥐고 있었지만 열쇠를 가지고 가야겠다는 이
야기는 아직 하지 않았다.

"버치힐에 들러서 부인과 부인의 어머니께서 드실 음식을 포장 주
문하셨단 말이죠?" 그는 수첩을 확인했다. "비하이에서요."

"아뇨, 미리 주문해 놨어요. 라일락 드라이브에 있는 내 집에서.

식당 직원들이 내 전화를 받으면 늘 반가워해요. 내가 귀한 단골 손님이라. 어제 저녁에 어머니가 드신 건 쿠쿠 사브지 — 시금치와 고수를 넣은 허브 오믈렛이에요. — 내가 먹은 건 기메였어요. 기메는 완두콩, 감자, 버섯을 넣어서 끓인 맛있는 스튜예요. 소화가 아주 잘 되죠." 그녀는 보트넥을 바로잡았다. "내가 어렸을 때부터 위산 역류를 심하게 앓고 있거든요. 그걸 달래면서 사는 법을 터득하게 됐어요."

"주문하신 음식을……" 호지스가 운을 뗐다.

"그리고 디저트로 숄레 자드." 그녀가 덧붙였다. "계피를 넣은 라이스 푸딩이에요. 그리고 사프란." 그녀는 이상하게 불안하게 느껴지는 미소를 내비쳤다. 보트넥을 강박적으로 바로잡는 것처럼 그 미소 역시 아주 인이 박히게 될 트릴로니 부인의 습관이었다. "사프란 덕분에 그게 특별해지는 거예요. 어머니도 숄레 자드는 늘 즐겨 드세요."

"맛있을 것 같네요." 호지스가 말했다. "식당에 도착해 보니 주문하신 음식이 포장돼 있던가요?"

"네."

"한 상자로요?"

"어머, 아뇨. 세 상자로요."

"봉투에 넣어서요?"

"아뇨, 그냥 상자뿐이었어요."

"그걸 다 들고 차에서 내리려니 상당히 힘드셨겠네요." 피트가 말했다. "포장한 음식 세 상자에 핸드백에……"

"그리고 열쇠." 호지스가 말했다. "그걸 까먹으면 안 되지, 피트."

"게다가 얼른 올라가고 싶으셨을 거 아닙니까." 피트가 말했다. "음식이 식으면 맛이 없으니까요."

"무슨 의도로 그런 말씀을 하시는지 알겠어요. 하지만 장담하건 대……" 잠깐의 침묵. "……두 분은 헛다리를 짚고 있어요. 나는 시동을 끄자마자 핸드백에 열쇠를 넣었어요. 늘 맨 먼저 그것부터 챙기거든요. 그리고 상자로 말할 것 같으면 한데 묶여 있어서……" 부인은 두 손을 45센티미터쯤 벌려서 어떤 식이었는지 보여 주었다. "……들고 내리기 아주 쉬웠어요. 핸드백은 팔에 걸쳤고요. 이렇게요." 그녀는 팔을 구부려서 핸드백을 걸고 보이지 않는 비하이 상자를 들고 넓은 거실을 행진했다. "아시겠어요?"

"네, 알겠습니다." 호지스가 말했다.

그의 눈에 들어온 것이 또 한 가지 있는 듯이 느껴졌다.

"그리고 마음이 급했느냐 하면…… 그것도 아니에요. 그럴 필요가 없었죠. 어차피 데워먹을 거였으니까요." 그녀는 말을 잠깐 멈추었다. "물론 숄레 자드는 아니죠. 라이스 푸딩은 데울 필요가 없으니까요." 그녀는 살짝 웃음을 터뜨렸다.

호지스가 보기에는 피식 웃었다기보다 키득거림에 가까웠다. 남편과 사별했다는 점을 감안했을 때 과부의 키득거림이라고 해도 무방했다. 그의 혐오감이 한 겹 더 늘었다. 투명할 정도로 얇은 한 겹이었지만 완전히 투명하지는 않았다. 어림없었다.

"이 레이크 가에 도착하신 이후의 행보를 하나씩 되짚어 보겠습니다." 호지스가 말했다. "7시 조금 지나서 도착했다고 하셨죠?"

"네. 7시 5분, 아니면 그보다 조금 더 늦게요."

"네. 그리고 주차한 곳은…… 어디였죠? 서너 집 지나서였나요?"

"기껏해야 네 집 정도였어요. 후진을 하지 않아도 차를 댈 수 있게 빈 자리가 두 개 연달아 있는 곳이면 됐어요. 나는 후진을 싫어하거든요. 늘 반대 방향으로 핸들을 돌려서."

"네, 그러시군요. 제 아내도 똑같습니다. 그런 다음 시동을 끄고 열쇠를 뽑아서 핸드백에 넣으셨죠. 그런 다음 핸드백을 팔에 걸고 음식이 담긴 상자를 집어서……"

"상자 *더미*라고 하셔야죠. 튼튼한 끈으로 묶은 상자 더미."

"맞습니다, 상자 더미. 그런 다음 어떻게 하셨습니까?"

그녀는 대체로 바보 같은 세상에 사는 그 모든 바보들 중에서 최악의 바보를 대하는 듯한 눈빛으로 그를 쳐다보았다.

"그런 다음 어머니의 집으로 갔죠. 해리스 부인 ― 가정부예요. ― 이 문을 열어 주었어요. 부인이 목요일에는 내가 오자마자 퇴근해요. 엘리베이터를 타고 19층까지 올라왔죠. 지금 두 분이 내 차를, 내 *도난당한* 차를 언제쯤이면 돌려받을 수 있을지 알려 주기보다 온갖 질문을 하고 있는 이곳으로요."

호지스는 퇴근하는 길에 T 부인의 메르세데스를 보았는지 가정부에게 물어보아야겠다고 머릿속에 새겨 두었다.

피트가 물었다.

"어느 시점에서 핸드백에 넣어 두었던 열쇠를 다시 꺼내셨나요, 트릴로니 부인?"

"다시 꺼내다니요? 뭐 하러……"

그는 열쇠 — 증거 제1호 — 를 들어보였다.

"아파트로 들어오기 전에 문을 잠그셨어야 했을 것 아닙니까. 문은 확실히 잠그셨죠?"

반신반의하는 눈빛이 그녀의 두 눈을 스치고 지나갔다. 두 형사 모두 똑똑히 목격했다. 하지만 그 눈빛은 잠시 후에 사라졌다.

"그럼요, 당연하죠."

호지스는 그녀의 눈을 똑바로 쳐다보았다. 그녀는 큼지막한 전망창 너머로 보이는 호수 쪽으로 시선을 돌렸다가 다시 그를 보았다.

"잘 생각해 보세요, 트릴로니 부인. 사람들이 죽었고 중요한 문제입니다. 음식 상자를 대롱거려 가며 핸드백에 넣었던 열쇠를 꺼내서 잠금 버튼을 누른 기억이 분명하게 납니까? 문이 잠겼다는 뜻에서 전조등이 깜빡거리는 걸 보신 기억은요? 아시다시피 문이 잠기면 전조등이 깜빡거리잖습니까."

"그야 당연히 저도 알죠."

그녀는 아랫입술을 깨물었다가 뒤늦게 알아차리고는 멈추었다.

"분명하게 기억이 납니까?"

순간 그녀의 얼굴에서 모든 표정이 사라졌다. 그러다 잠시 후 특유의 잘난 체하는 미소가 짜증나는 후광을 내뿜으며 고개를 내밀었다.

"잠깐만요. 이제 생각이 나네요. 상자를 들고 차에서 내린 *다음*에 열쇠를 핸드백에 넣었어요. 버튼을 눌러서 차 문을 잠근 다음에요."

"확실한 거죠?" 피트가 물었다.

"네."

그녀는 장담했고, 앞으로도 계속 그렇게 장담할 게 분명했다. 두 사람은 알고 있었다. 성실한 시민이 사람을 치고 뺑소니 쳤다가 마침내 붙잡히면 당연히 개를 친 줄 알았다고 하듯이 그녀도 그럴 것임을 알고 있었다.

피트가 수첩을 덮고 자리에서 일어섰다. 호지스도 따라서 일어섰다. 트릴로니 부인은 냉큼 문 앞까지 배웅했다.

"한 가지만 더 여쭤 보겠습니다."

문 앞에 다다르자 호지스가 말했다.

그녀는 꼼꼼하게 손질한 눈썹을 추켜세웠다.

"뭐죠?"

"보조키는 어디 있습니까? 그것도 가지고 가야 하는데요."

이번에 그녀는 멍한 표정을 짓지도, 시선을 돌리지도, 머뭇거리지도 않고 말했다.

"보조키는 없어요, 필요하지도 않고요. 저는 소지품 단속을 아주 철저하게 하는 사람이에요, 경관님. 그레이 레이디 ─ 제가 부르는 별명이에요. ─ 를 구입한 지 이제 5년이 되었는데, 그동안 경관님의 파트너의 주머니에 들어 있는 그 열쇠 말고 다른 열쇠는 쓴 적이 없어요."

피트와 함께 점심을 먹었던 테이블이 이제는 반쯤 마시다 만 물잔만 남고 깨끗하게 치워졌지만 그래도 호지스는 그 자리에 앉아서 창밖으로 주차장과, 로타운의 비공식 경계선 역할을 하는 고가도로를 내다본다. 이제는 고인이 된 올리비아 트릴로니와 같은 슈거 하이츠 주민들은 로타운에 발을 들여놓을 일이 없을 것이다. 그럴 일이 뭐가 있겠는가? 마약을 사러 갈 리도 없고. 하이츠에도 마약쟁이들이 한둘이 아니겠지만 그런 데 사는 사람이면 업자들이 찾아갈 것이다.

T 부인은 거짓말을 했다. 거짓말을 할 수밖에 없었다. 그러지 않으면 한순간의 건망증이 끔찍한 결과로 이어진 현실을 직면하는 수밖에 없었다.

하지만 그녀의 말이 사실이었다고 — 논의상 — 가정해 본다면?

좋다, 그렇다고 치자. 하지만 그녀가 메르세데스의 문을 잠그지 않고 열쇠를 꽂아 두었을 거라는 그들의 짐작이 틀렸다면 어떤 식으로 틀린 거였을까? 실제로는 어떤 상황이 벌어졌을까?

그는 창밖을 내다보며 앉아서 기억을 더듬는다. 웨이터 몇 명이 그 — 배터리가 나간 로봇처럼 고꾸라져 있는 뚱뚱한 퇴직자 — 를 불안한 눈빛으로 쳐다보기 시작했다는 것은 의식하지 못한다.

영구차는 문이 잠긴 채 운송트럭에 실려서 경찰 압수계로 옮겨졌다. 호지스와 헌틀리는 타고 온 차에 다시 올라탔을 때 이 소식을 들었다. 로스 메르세데스의 수석 정비사가 방금 전에 도착했는데 그 빌어먹을 녀석의 문을 열 수 있다고 장담했다고 했다. 드디어.

"그럴 필요 없다고 하세요." 호지스가 말했다. "열쇠 받았으니까."

모리시 부서장은 잠깐 침묵하다가 이렇게 말했다.

"그래? 설마하니 부인이……"

"아뇨, 아뇨, 그런 거 아닙니다. 정비사가 옆에 있나요, 부서장님?"

"마당에서 손상된 부분을 살피고 있어. 울음을 터뜨리기 직전이라고 하더군."

"죽은 사람들을 위해서 한두 방울은 남겨 두라고 하세요." 피트가 말했다. 그가 운전을 하고 있었다. 와이퍼가 좌우로 움직였다. 빗줄기가 점점 거세어지고 있었다. "농담입니다."

"대리점에 연락해서 뭐 좀 알아봐 달라고 하세요." 호지스가 말했다. "그런 다음 제 휴대전화로 연락해 달라고요."

시내는 교통이 혼잡했다. 비 때문이기도 했고 말버러 가의 시티 센터 주변이 통제되었기 때문이기도 했다. 겨우 네 블록을 갔을 때 호지스의 휴대전화가 울렸다. 정비사 하워드 맥그로리였다.

"대리점에 연락해서 내가 궁금해 하는 부분 알아봤어요?"

호지스가 물었다.

"연락할 필요도 없어요." 맥그로리가 대답했다. "제가 1987년부터 로스에서 근무했거든요. 그때부터 팔려나간 메르세데스를 1000대쯤 봤을 텐데 전부 다 열쇠가 두 개씩 딸려 나갔어요."

"고맙습니다." 호지스가 말했다. "잠시 후면 저희가 도착할 텐데 물어볼 게 몇 가지 더 있어요."

"여기서 기다릴게요. 이것 참 끔찍하네요. *끔찍해요*."

호지스는 통화를 끝내고 맥그로리에게 들은 이야기를 전했다.

"놀라셨어요?" 피트가 물었다.

우회라고 적힌 주황색 표지판이 전면에 보였다. 시티 센터를 돌아서 가라는 뜻이었다. 경광등을 켜면 그럴 필요가 없겠지만…… 둘 다 그럴 마음이 없었다. 그들에게 필요한 것은 대화였다.

"아니. 그게 정석이지. 영국인들이 쓰는 표현에도 후계자와 예비자라는 말이 있잖아. 새 차를 사면 자동차 회사에서는 열쇠를 두 개

주면서······."

"······들고 다니던 걸 잃어버리면 쓸 수 있게 한 개는 안전한 곳에 보관하라고 하죠. 1~2년이 지나서 보조키가 필요하게 되었을 때 어디 두었는지 잊어버리는 사람들도 있고요. 큼지막한 핸드백 — 트릴로니 부인의 그 여행가방처럼 — 을 들고 다니는 여자들은 열쇠 두 개를 다 그 안에 처박아 놓고 보조키의 존재를 까맣게 잊어버리곤 하죠. 장식품을 달지 않았다는 부인의 말이 사실이라면 열쇠 두 개를 번갈아 썼을 거예요."

"맞아. 어머니의 집에 도착했을 때 아파하는 어머니를 달래며 또 하룻밤을 보낼 생각을 하니 정신이 없었을 텐데 상자며 핸드백이며······."

"그러느라 열쇠를 꽂아 둔 거죠. 부인은 인정하고 싶지 않겠지만 — 우리한테든 자기 자신한테든 — 그랬을 거예요."

"하지만 경고음이······." 호지스는 미심쩍은 투로 말했다.

"차에서 내리는 동안 대형 트럭이 요란한 소리를 내며 지나가서 경고음을 못 들었나 보죠. 아니면 경찰차가 사이렌을 울리면서 지나갔든지. 아니면 워낙 골똘히 딴 생각을 하느라 그냥 무시했을 수도 있고요."

그럴듯한 설명이었고, 나중에 맥그로리가 쇠지렛대로 영구차의 문을 따고 들어갔거나 철사로 시동을 건 흔적이 없다고 하자 훨씬 더 그럴듯한 설명이 되었다. 한 가지 불안한 부분이 있다면 — 사실상 그거 하나였다. — 그것이 그럴듯한 설명이길 *바라는* 호지스의 마음이 워낙 간절했다는 것이었다. 두 형사 모두 트릴로니 부인을, 보트넥 상의와 완벽하게 정리한 눈썹과 귀에 거슬리는 과부의 키득거림이 특징인 그녀를 좋아하지 않았다. 사망자와 부상자의 소식은커녕 일말의 정보조차 묻지 않았던 트릴로니 부인. 그녀가 범인은 아니었지만 — 그럴 리는 절대 없었다. — 그녀에게 약간의 책임을 전가하는 것도 괜찮은 발상이었다. 비하이에서 산 채식주의 저녁 말고 다른 생각도 할 수 있도록.

"단순한 문제를 복잡하게 만들지 마세요." 그의 파트너는 같은 말을 반복했다. 정체가 풀리자 그는 페달을 밟았다. "부인은 열쇠를 두 개 받았어요. 열쇠가 하나뿐이라고 주장하지만. 사실 맞는 말이죠. 그 사람들을 죽인 개자식이 구멍에 꽂혀 있었던 열쇠를 들고 걸어가다 하수구에 버렸을 테니까요. 부인이 보여준 건 보조키예요."

그게 정답일 수밖에 없었다. 발굽 소리가 들렸을 때 얼룩말인가 보다고 생각하는 사람은 없지 않은가.

깊이 잠든 사람을 깨우듯 누군가가 그를 살짝 흔들고 있다. 정신을 차리고 보니 그가 거의 졸고 있었다. 아니, 추억에 넋을 잃었다고 할까.

디마지오스의 여주인 일레인이 걱정스러워하는 눈빛으로 그를 바라보고 있다.

"호지스 형사님? 괜찮으세요?"

"아무 문제없어요. 그런데 이제는 그냥 호지스 씨예요. 은퇴했으니까."

그녀의 눈빛에는 걱정과 또 다른 무언가가 담겨져 있다. 그보다 더 심각한 무언가가. 식당에 남은 손님이 그 한 명뿐이다. 그는 주방으로 가는 입구에 옹기종기 모여 있는 웨이터들을 본 순간, 그들 눈에 그가 어떤 식으로 비쳤을지 깨닫는다. 점심 동무(그리고 다른 손님들까지)가 떠난 뒤에도 한참 동안 그 자리에 앉아 있는 노인네. 어린 애가 막대사탕을 빨아먹듯 남은 케이크 부스러기를 포크로 떠서 빨아먹고는 창밖을 멍하니 내다보는 뚱뚱한 노인네.

'내가 알츠하이머 특급열차를 타고 치매의 왕국으로 달리는 건 아닌지 궁금해하고 있겠군.'

그는 일레인을 보며 웃는다. 가장 근사하고 매력적인 함박웃음을 짓는다.

"피트하고 둘이서 과거의 사건들을 이야기했거든요. 그 중 하나를 생각하고 있었어요. 다시보기를 했달까? 미안해요. 이제 나갈게요."

하지만 그는 자리에서 일어나다 비틀거리며 테이블에 부딪쳐서 반쯤 남은 물잔을 쓰러뜨린다. 넘어지지 않도록 그의 어깨를 잡아주는 일레인의 표정이 그 어느 때보다 걱정스러워 보인다.

"호지스 형사…… 아니, 호지스 씨, 운전하실 수 있겠어요?"

"그럼요." 그는 너무 열띤 목소리로 대답한다. 핀과 바늘로 찌르는 듯한 느낌이 그의 발목에서 사타구니로 단거리 경주하듯 올라왔다가 다시 발목으로 내려간다. "맥주 두 잔밖에 안 마셨어요. 나머지는 피트가 다 마셨고. 다리가 저려서 그런 거예요."

"아. 이젠 괜찮으세요?"

"괜찮아요."

다리가 실제로 괜찮아지고 있다. 정말 다행이다. 그는 나이 많은 사람, 특히 체중이 많이 나가는 나이 많은 사람들은 너무 오랫동안 앉아 있으면 안 된다고 했던 기사를 떠올린다. 무릎 뒤에서 혈전이 만들어질 수 있다나? 그 상태에서 일어나면 풀려난 혈전이 심장을 향해 죽음의 달리기 경주를 하고 그러면 이승에서 저승으로 건너가게 되는 거다.

그녀가 문까지 바래다 준다. 호지스는 T 부인의 어머니를 돌보았던 사설 간병인을 생각한다. 이름이 뭐였더라? 해리스? 아니, 해리스는 가정부였다. 간병인은 그린이었다. 워튼 부인이 거실로 건너가거나 화장실에 가고 싶어 했을 때 그린 부인이 지금 일레인처럼 그녀를 에스코트했을까? 당연히 그랬을 것이다.

"일레인, 나 괜찮아요. 진짜예요. 정신 말짱해요. 몸은 튼튼하고."

그는 보란 듯이 두 팔을 내민다.

"알았어요. 또 뵈어요. 다음에는 너무 오랫동안 앉아 있지 마세요."

"약속할게요."

그는 눈부신 햇살 속으로 나가며 시계를 확인한다. 2시가 넘었다. 오후 프로그램을 놓쳤는데 전혀 아쉽지가 않다. 여판사와 나치 스타일의 심리학자는 딸딸이나 치라지. 아니면 서로 대주던가.

그는 주차장 안으로 천천히 걸어 들어간다. 그의 차를 제외하면 음식점 직원들이 타고 온 차밖에 남지 않은 듯하다. 그는 열쇠를 꺼내서 손바닥 위에 올려놓고 짤랑거린다. T 부인과 달리 그의 도요타 열쇠에는 고리가 달려 있다. 그리고 장식품도 있다. 그의 딸 사진이 든 정사각형의 플라스틱. 시티 고등학교 라크로스팀 유니폼을 입고 웃고 있는 열일곱 살의 앨리다.

메르세데스 열쇠에 대해서 이야기하자면 트릴로니 부인은 절대 고집을 꺾지 않았다. 면담을 할 때마다 끝까지 열쇠가 그것 하나뿐이었다고 주장했다. 피트 헌틀리가 2004년 구입 당시 새 차와 함께 인수한 물품 목록에 열쇠(2)라고 적힌 계약서를 보여 주어도 꿈쩍하지 않았다. 계약서가 잘못됐다고 했다. 호지스는 망설임이라고는 없었던 그녀의 목소리를 기억한다.

피트는 그녀가 결국에는 인정한 셈이라고 했다. 진술서도 필요 없었다. 자살 그 자체가 자백이니까. 부정의 벽이 마침내 무너졌다. 뺑소니 사고를 낸 사람이 마침내 실토하듯이. 그래요, 알았어요, 개가 아니라 어린애였어요. 어린애였고 내가 누구 전화를 못 받았는지 확인하려고 휴대전화를 들여다보다 아이를 죽인 거예요.

호지스는 그 뒤로 T 부인과 면담을 할 때마다 어떤 식으로 묘한 증폭 효과가 야기되었는지 기억한다. 그녀가 아니라고 하면 할수록 그들은 점점 더 그녀가 싫어졌다. 호지스와 헌틀리뿐 아니라 수사반 전체가 그랬다. 그리고 그들이 싫어하면 할수록 그녀는 점점 더 단호하게 아니라고 했다. 그들의 속마음을 알기 때문이었다. 알다마다. 그녀가 자기밖에 모르기는 해도 멍청하지는……

호지스는 햇볕을 받고 따뜻해진 자동차 문손잡이 위에 한 손을 얹고 다른 손으로는 햇볕을 가리며 걸음을 멈춘다. 그는 고가 고속도로 아래 그늘진 곳을 보고 있다. 오후도 거의 중반으로 접어들어서 로타운 서식자들이 묘지에서 일어나기 시작했다. 그 중 네 명이 그 그늘 속에 있다. 덩치가 큰 녀석 셋과 덩치가 작은 녀석 하나. 덩치 큰 녀석들이 덩치 작은 녀석을 을러대는 모양이다. 덩치가 작은 녀석은 배낭을 메고 있는데 호지스가 보는 앞에서 덩치 큰 녀석 하나가 배낭을 잡아챈다. 그러자 다른 녀석들이 트롤처럼 웃음을 터뜨린다.

호지스는 깨진 인도를 지나서 고가도로 쪽으로 다가간다. 어떻게 할지 고민하지도 않고 서두르지도 않는다. 두 손은 스포츠코트 주머니에 쑤셔 넣는다. 자동차와 트럭들이 고속도로 확장구간을 웅웅거리며 지나가자 아래편 도로 위로 그들 모양의 그림자가 블라인드처럼 드리워진다. 트롤 중 한 명이 작은 아이에게 돈이 얼마나 있느냐고 묻는 소리가 들린다.

"하나도 없어." 작은 아이가 대답한다. "나 그냥 보내 줘."

"주머니 뒤집어서 보여 줘." 2번 트롤이 말한다.

아이는 그러는 대신 도망치려고 한다. 3번 트롤이 아이의 앙상한 가슴을 뒤에서 끌어안는다. 1번 트롤이 아이의 주머니를 잡고 비튼다.

"야, 야, 돈 구겨지는 소리가 들리잖아."

그가 말하자 울음을 참느라 아이의 얼굴이 일그러진다.

"너희들이 누군지 우리 형이 알아내면 너희들을 다 쏴서 죽여 버릴 거야."

"아이고, 무서워라." 1번 트롤이 말한다. "무서워서 하마터면 오줌을 쌀……"

그때 녀석이 배를 내밀고 그들이 있는 그늘 쪽으로 어슬렁어슬렁 걸어오는 호지스를 본다. 그의 손은 낡고 볼품없는 새발 격자무늬 코트 주머니 깊숙이 들어 있다. 팔꿈치를 덧댔고 얼마나 너덜너덜한지 알아도 차마 버리지 못하는 코트 주머니에.

"뭐야?"

3번 트롤이 묻는다. 아이를 계속 뒤에서 끌어안고 있다.

호지스는 존 웨인처럼 뒤를 길게 늘여 가며 느릿느릿 말할까 하다 관두기로 한다. 이 너절한 녀석들은 웨인이라고 하면 릴 웨인(미국의 랩가수 ─ 옮긴이)밖에 모를 것이다.

"그 꼬마 신사를 보내 줘라. 그리고 꺼져. 지금 당장."

1번 트롤이 아이의 주머니를 잡았던 손을 놓는다. 그는 후드 스웨터와 필수 장착품인 양키스 모자를 쓰고 있다. 그는 날씬한 골반에 두 손을 얹고 재미있어하는 표정을 지으며 고개를 모로 꼰다.

"좆까, 이 뚱땡아."

호지스는 뜸을 들이지 않는다. 어쨌거나 저들은 세 명이다. 그는 낯익은 무게감을 음미하며 오른쪽 코트 주머니에서 해피 슬래퍼를 꺼낸다. 슬래퍼는 아가일 무늬 양말이다. 발 쪽에 볼 베어링이 잔뜩 들어 있다. 그는 짧고 납작한 포물선을 그리며 1번 트롤의 측면을 향해 해피 슬래퍼를 휘두르되 후골을 건드리지 않도록 신경 쓴다. 거기를 때리면 상대가 죽을 수도 있고 그러면 영락없이 번거로운 절차를 거쳐야 한다.

턱 하는 금속성 소음이 들린다. 1번 트롤이 옆으로 휘청하는데, 재미있어하는 표정 대신 아프고 놀란 표정을 짓고 있다. 그는 갓돌에 발이 걸려서 도로 위로 쓰러진다. 그러더니 몸을 굴리고 똑바로 누워서 고가도로 아랫면을 멍하니 올려다보며 목을 붙잡고 켁켁거린다.

3번 트롤이 앞으로 나선다.

"씨발⋯⋯"

그가 말문을 열자 호지스는 다리를 들어서(다행히 핀과 바늘로 쿡쿡 찌르는 듯한 느낌이 말짱히 사라졌다.) 상대의 사타구니를 잽싸게 걷어 찬다. 바지 엉덩이 부분이 찢어지는 소리가 들리자 그는 생각한다. 이런 우라질 돼지 같으니라고. 3번 트롤은 고통에 울부짖는다. 머리 위로 자동차와 트럭들이 지나가는 이곳에서 들어서 그런지 소리가 이상하게 밋밋하게 느껴진다. 그는 몸을 반으로 접는다.

호지스의 왼손은 아직 주머니 안에 들어 있다. 그는 집게손가락을 내밀어 주머니를 불룩하게 만들고 2번 트롤을 겨눈다.

"야, 이 등신아. 이 아이의 형을 기다릴 필요도 없어. 내가 쏴 줄 테니까. 3대 1로 싸우려니까 열 받네."

"안 돼요, 아저씨, 안 돼요!" 2번 트롤은 키가 크고 체격이 좋으며 열다섯 살쯤 되어 보이지만 공포로 인해 많아봐야 열두 살로 퇴행했다. "제발 쏘지 마세요. 우리 그냥 장난친 거예요!"

"그럼 얼른 꺼져라, 이 망나니야. 얼른."

2번 트롤은 도망친다.

그새 1번 트롤이 무릎을 꿇고 일어난다.

"오늘 일을 후회하게 될 거야, 이 뚱땡……"

호지스는 슬래퍼를 들고 그에게로 한 걸음 다가간다. 1번 트롤은 그걸 보더니 계집애처럼 비명을 지르며 목을 감싼다.

"너도 꺼지는 게 좋을 거다. 안 그러면 이 뚱땡이가 네 얼굴에 한 방 먹여 줄 테니까. 그러면 너희 엄마가 응급실로 달려오더라도 널 못 알아보고 그냥 지나갈걸?"

아드레날린이 분출하고 혈압이 아마도 200을 넘겼을 그 순간에 그가 내뱉은 그 말은 진심이다.

1번 트롤이 일어선다. 호지스가 달려들려는 시늉을 하자 1번 트롤은 아주 우스꽝스럽게 뒤로 움찔한다.

"네 친구도 데리고 가서 불알에 얼음찜질 좀 해 줘. 부을 테니까."

1번 트롤이 3번 트롤을 부축하고 그렇게 둘은 고가도로 저편의 로타운 쪽으로 절뚝절뚝 걸어간다. 1번 트롤은 이제 안전하다는 생각이 들자 뒤를 돌아보며 이렇게 말한다.

"또 보자, 뚱땡아."

"다시 만날 일이 없길 비는 게 좋을 거다, 등신아."

그는 배낭을 집어서 눈을 휘둥그레 뜨고 미심쩍어하는 눈빛으로 그를 쳐다보고 있는 아이에게 건넨다. 열 살쯤 됐을까? 호지스는 슬래퍼를 다시 주머니에 넣는다.

"왜 학교에 안 갔니?"

"엄마가 아파요. 약 사러 가는 길이에요."

너무 빤한 거짓말이라 호지스는 웃음이 절로 나온다.

"에이, 설마. 학교 빼먹은 거잖아."

아이는 아무 말도 하지 않는다. 이 아저씨는 짭새다. 짭새가 아닌 이상 이런 식으로 끼어들 리가 없다. 주머니에 뭘 잔뜩 넣은 양말을 넣고 다닐 리도 없다. 그러니 입을 다무는 게 상책이다.

"좀 안전한 데서 학교를 빼먹어라. 8번 가에 놀이터 있잖아. 거길 가든지."

"거기는 사람들이 코카인을 파는 곳인데요?"

"나도 알아." 호지스는 거의 다정하달 수 있는 목소리로 말한다.

"그런다고 꼭 사야 하는 건 아니잖아."

그 심부름을 꼭 해야 하는 것도 아니라고 덧붙일 수도 있었지만 그건 세상물정 모르는 소리다. 로타운에서는 대부분의 꼬맹이들이 심부름을 한다. 불시 단속을 벌이면 코카인을 들고 있으면서 마리화나를 넣은 담배인 척하는 열 살짜리가 잡히기도 한다.

그는 고속도로 이편의 안전한 쪽에 있는 주차장으로 돌아간다. 흘끗 뒤를 돌아보니 아이가 그 자리에 서서 그를 쳐다보고 있다. 한 손으로 배낭을 대롱대롱 붙잡고서.

"얘야." 호지스가 말한다.

아이는 그를 쳐다보기만 할 뿐, 아무 말도 하지 않는다.

호지스는 한 손을 들어서 그를 가리킨다.

"내가 방금 전에 너를 위해서 좋은 일을 했지? 이제 네가 오늘 저녁에 해가 지기 전에 그걸 베풀었으면 좋겠다. 남한테 전달했으면 좋겠다고."

이제 아이의 얼굴이 호지스가 외국어라도 한 것처럼 무슨 말인지 전혀 모르겠다는 표정으로 바뀌지만 그래도 상관없다. 가끔은 그냥 스며들 때도 있는 법이다. 특히 어린아이들한테는.

'그러면 다들 놀라겠지. 깜짝 놀라겠지.'

브래디 하츠필드는 다른 유니폼 — 흰색이다. — 으로 갈아입고 로브 씨의 마음에 쏙 들도록 재고 목록을 잽싸게 훑어보면서 트럭을 확인한다. 빠진 물건이 없다. 그는 사무실 안으로 고개를 들이밀고 셜리 오턴에게 인사한다. 셜리는 이 회사 제품을 너무 사랑하는 살찐 돼지지만 그는 그래도 그녀와 좋은 관계를 유지하고 싶다. 모든 사람들과 좋은 관계를 유지하고 싶다. 그래야 훨씬 안전하다. 그녀가 그를 짝사랑하는 것도 도움이 된다.

"셜리, 예쁜이!"

그가 외치자 그녀의 얼굴이 여드름 박힌 이마까지 빨개진다. 새끼 돼지, 꿀-꿀-꿀. 브래디는 생각한다. '살이 너무 많아서 앉으면 보지가 뒤집어지지?'

"안녕, 브래디. 또 웨스트 사이드예요?"

"1주일 내내 그래요. 별일 없죠?"

"아무 일 없어요." 얼굴이 한층 빨개진다.

"다행이다. 인사하려고 들렀어요."

그는 출발하고, 그 속도로 운전하면 그가 맡은 구역까지 40분이나 걸리지만 그래도 철저하게 규정 속도를 준수한다. 그래야 한다. 학교가 파한 시각에 회사 트럭을 몰고 가다 과속으로 걸리면 잘린다. 국물도 없다. 하지만 웨스트 사이드로 건너가면 — 이게 좋은 점이다. — 아무 의심도 받지 않고 호지스의 동네로 잠입할 수 있다. 등잔 밑이 어둡다는 옛날 속담이 있는데 그가 보기에는 일리 있는 속담이다.

그는 스프루스 가를 빠져나와서 늙은 퇴직 형사의 집 앞을 지나 하퍼 대로를 천천히 달린다. '아니, 저것 좀 보게. 깜둥이가 웃통을 벗고 나와서(전업주부들에게 땀으로 번들거리는 식스팩을 보여주려는 속셈인 게 분명하다.) 잔디 깎는 기계를 밀고 있네? 네가 나설 때도 됐지. 엄청나게 텁수룩했잖아. 늙은 퇴직 형사는 거의 신경도 쓰지 않

왔지. 텔레비전 보고, 팝콘 먹고, 의자 옆 테이블 위에 놓아두는 그 총을 만지작거리느라 바빠서.'

잔디 깎는 기계가 웅웅거리는데도 깜둥이는 그가 다가오는 소리를 듣고 돌아본다. '나는 네 이름을 알아, 깜둥아. 제롬 로빈슨이잖아. 나는 늙은 퇴직 형사의 거의 모든 것을 알아. 그 자가 너한테 반했는지 어쨌는지 그건 잘 모르겠지만 그렇다고 한들 그러려니 할 거야. 그래서 그 자가 너를 계속 부르는 것일 수도 있으니까.'

브래디는 행복한 아이의 사진으로 뒤덮여 있고 녹음된 종소리를 내는 조그만 미스터 테이스티 트럭의 운전석에서 손을 흔든다. 깜둥이도 손을 흔들며 미소를 짓는다. 당연히 그럴 수밖에 없다.

아이스크림 장수를 싫어하는 사람은 없으니까.

언더 데비스 블루 엄브렐라

브래디 하츠필드는 어스름이 늦봄 하늘에서 파란 물을 빨아들이는 7시 30분까지 복잡하게 얽힌 웨스트 사이드의 길거리를 누빈다. 3시와 6시 사이에 맨 처음 밀려드는 손님 일당은 배낭을 메고 꾸깃꾸깃한 1달러짜리 지폐를 흔드는 하굣길 학생들이다. 그들은 대부분 그를 쳐다보지도 않는다. 친구들과 조잘거리거나 보조용품이 아니라 음식이나 공기처럼 없어서는 안 될 필수용품이 되어 버린 휴대전화에 대고 이야기를 하느라 바쁘다. 고맙다고 인사하는 아이들도 몇 명 있지만 대부분은 신경도 쓰지 않는다. 브래디는 그래도 상관없다. 그는 자신을 쳐다보거나 기억하는 사람이 생기는 것을 원치않는다. 이 버르장머리 없는 녀석들에게 그는 흰색 유니폼을 입은 달다구리 장수일 뿐이고 그거면 충분하다.

6시부터 7시까지는 애새끼들이 저녁을 먹으러 들어가서 파리 날리는 시간이다. 어쩌면 그 중 몇 명 — 고맙다고 인사한 아이들 — 은 부모님과 대화를 나눌지 모른다. 하지만 대부분은 부모님이 일 문제를 놓고 서로 종알대거나 유명인사들이 사실상 저지레를 치고 있는 바깥세상은 어떻게 돌아가고 있나 알아보려고 저녁 뉴스를 보는 동안 휴대전화 버튼을 눌러 댄다.

마지막 30분 동안 장사가 다시 활기를 띤다. 이번에는 아이들뿐 아니라 부모들까지 딸랑거리는 미스터 테이스티 트럭으로 다가와서 뒷마당의 접이식 의자에 몸을 파묻고 있는 자식들(대부분 뚱뚱하다.) 먹일 아이스크림을 사 간다. 그는 그들이 가엾게 느껴진다. 꿈도 없고 자기 집 주변을 기어 다니는 개미들만큼이나 한심하다. 살인마가 아이스크림을 퍼 주고 있는데 전혀 그런 줄도 모른다.

브래디는 가끔 한 트럭 분량의 아이스크림에 독극물을 넣는 것이 아주 어려운 일일까 궁금해진다. 바닐라, 초콜릿, 베리 굿, 오늘의 추천, 테이스티 프로스티, 브라우니 딜라이트 심지어 프리즈 스틱스와 위슬 팝스까지. 심지어 인터넷에서 찾아보기까지 한다. 디스카운트 일렉트로닉스의 상사 앤서니 '톤스' 프로비셔 같으면 '사전 조사'라고 부를 만한 과정을 거친 끝에, 가능하기는 하지만 어리석은 짓이라는 결론을 내린다. 그가 모험을 꺼리는 성격이라 그런 것은 아니다. 그는 완벽하게 도망칠 수 있는 가능성보다 체포될 가능성이 높았을 때도 메르세데스 대학살을 해치우지 않았던가. 지금은 해야 할 일이 있다. 올해 늦봄과 초여름의 숙제는 뒤룩뒤룩한 전직 경찰관 K. 윌리엄 호지스다.

전직 경찰관이 거실에서 늘 곁에 두는 총을 가지고 놀다 싫증나서 실제로 써 버리면 독극물을 넣은 아이스크림을 트럭 가득 싣고 웨스트 사이드를 누빌 수도 있겠다. 하지만 아직은 아니다. 뒤룩뒤룩한 전직 경찰관이 브래디 하츠필드의 신경을 긁고 있다. 그것도 아주 심하게 긁고 있다. 호지스는 명예롭게 은퇴했고 심지어 경찰에서 *파티*까지 열어주었다. 이 도시 역사상 가장 엄청난 흉악범을 잡지도 못했는데 그것이 과연 올바른 처사였을까?

그는 마지막으로 한 바퀴 돌러 나선 길에 호지스의 집안일을 돕는 제롬 로빈슨이 아버지, 어머니, 어린 여동생과 함께 사는 집 앞을 지난다. 제롬 로빈슨도 그의 신경을 긁는다. 로빈슨은 잘생긴 데다 전직 경찰관 밑에서 일을 하고 주말마다 다른 여자를 만난다. 여자들은 하나같이 예쁘다. 심지어 몇 명은 백인이다. 그건 잘못된 일이다. 자연의 섭리를 거스르는 일이다.

"저기요!" 로빈슨이 외친다. "아이스크림 아저씨! 잠깐만요!"

그는 집에서 키우는 큼지막한 아이리시세터를 발치에 거느리고 앞마당을 가볍게 달려온다. 아홉 살쯤 된 여동생이 그 뒤를 따라온다.

"나는 초콜릿 사줘, 제리 오빠! *부탁할게에에에.*"

심지어 이름마저 백인 아이 이름이다. 제롬. *제리.* 기분 나쁘다. 왜 트레이모어면 안 되는 걸까? 데번이면? 르로이면? 빌어먹을 쿤타킨테(아프리카에서 붙잡혀 미국에 노예로 팔려 간 흑인의 이야기를 그린 소설 『뿌리』의 주인공 ─ 옮긴이)면 왜 안 되는 걸까?

제롬은 맨발로 모카신을 신었고 전직 경찰관의 잔디를 깎은 뒤라 발목에 파란 잔디를 묻히고 있다. 누가 봐도 잘생긴 얼굴로 함박웃음을 짓고 있는데, 주말에 만났을 때 그 미소를 지어보이면 어느 여자든 바지를 내리고 두 팔을 내밀 것이다. 들어와, *제리*.

브래디는 여자를 만난 적이 한 번도 없다.

"안녕하세요." 제롬이 인사한다.

운전석에서 내려 아이스크림 판매대 앞에 서 있던 브래디는 활짝 웃는다.

"안녕. 퇴근할 시간이 얼마 안 남으니까 기분이 좋네."

"초콜릿 남았어요? 저기 저 인어공주가 초콜릿을 먹고 싶다는데."

브래디는 계속 웃는 얼굴로 엄지손가락을 들어 보인다. 그는 액셀러레이터를 끝까지 밟고 일자리를 구하러 시티 센터에 나온 불쌍한 족속들을 향해 달려들었을 때도 피에로 가면 아래로 그 비슷한 미소를 짓고 있었다.

"초콜릿. 알았다, 오버."

여동생이 눈을 반짝이고 땋은 머리를 찰랑이며 온다.

"나더러 인어공주라고 하지 마. 싫단 말이야!"

그녀는 아홉 살 정도 되었고, 제 오빠처럼 이름이 어이없으리만치 백인 스타일이다. 바브라. 바브라라고 불리는 흑인 아이라니 워낙 비현실적이라 기분이 나쁘지도 않다. 이 집에서 유일하게 흑인 같은 이름으로 불리는 녀석은 뒷다리로 서서 트럭 옆면에 앞발을 딛고 꼬리를 흔들고 있는 애완견뿐이다.

"앉아, 오델!"

제롬이 말하자 애완견은 재미있어하는 얼굴로 숨을 헐떡이며 앉는다.

"너는?" 브래디는 제롬에게 묻는다. "너도 하나 줄까?"

"바닐라 소프트 아이스크림으로 주세요."

'바닐라가 되고 싶은 모양이로군.' 브래디는 이렇게 생각하며 그들에게 주문한 아이스크림을 준다.

그는 제롬을 지켜보고 제롬에 대해서 *파악하는* 것을 좋아한다. 요즘 들어 퇴직 형사와 대화를 나누는 사람이 제롬밖에 없는 것처럼 보이기 때문인데, 지난 두 달 동안 두 사람이 함께 보낸 시간이 얼마나 많았던지 호지스가 이 아이를 파트타임 고용인 겸 친구로 대한다는 사실을 알아차릴 수 있을 정도였다. 브래디는 친구라는 위험한 존재를 사귄 적이 없지만 그들이 어떤 존재인지는 안다. 자기에게 주는 선물. 감정의 안전그물. 기분이 우울할 때 누굴 의지하면 될까? 당연히 친구들이지. 친구들이 *에이 왜 그래, 기운 내, 우리가 있잖아, 나가서 술 한잔하자,* 이 비슷한 소리를 해 줄 거야. 제롬은 아직 열일곱 살이라 호지스와 나가서 술 한잔할 수 있는 나이는 못 되지만 (음료수 한 잔이면 모를까.) 기운 내라거나 내가 있지 않으냐는 말은 할 수 있다. 그래서 그는 참고 지켜본다.

트릴로니 부인에게는 친구가 없었다. 남편도 없었다. 늙고 병 든 엄마밖에 없었다. 그래서 쉬운 먹잇감이었고 경찰이 그녀를 난도질하기 시작한 이후에는 더욱 그랬다. 그들이 브래디의 수고를 반으로 덜어 주었다. 나머지는 그가 자력으로 처리했다. 뼈만 앙상한 계집의 눈앞에서.

"여기 있다."

브래디는 이렇게 말하면서, 비소가 뿌려져 있으면 얼마나 좋을까 싶은 아이스크림을 제롬에게 건넨다. 아니면 와파린도 괜찮을 텐데. 그걸 잔뜩 뿌리면 눈과 귀와 입으로 피를 흘릴 텐데. 똥구멍은 말할 필요도 없고. 그는 웨스트 사이드의 아이들이 온몸의 모든 구멍에서 피를 흘리며 배낭과 그 소중한 휴대전화를 떨어뜨리는 광경을 상상한다. 얼마나 엄청난 재난 영화가 될까!

제롬이 10달러를 주자 그는 잔돈과 함께 도그 비스킷을 건넨다.

"오델 줘."

"고맙습니다, 아저씨!" 바브라가 외치며 초콜릿 콘을 핥는다. "맛있어요!"

"맛있게 먹어라, 아가."

그는 미스터 테이스티 트럭을 운전하고 또 종종 사이버 순찰대용 폭스바겐을 몰고 출장을 다니지만, 이번 여름의 진짜 임무는 (퇴직) 형사 K. 윌리엄 호지스다. (퇴직) 형사 호지스가 그 총을 쓰게 만드는 것이다.

브래디는 트럭을 반납하고 평상복으로 갈아입으러 로브스 아이스크림 팩토리로 돌아간다. 가는 내내 제한 속도를 엄수한다.

조심하면 나중에 후회할 일이 없다.

디마지오스를 나선 호지스는 — 고가 고속도로 아래에서 어린 아이를 괴롭히는 불량배들을 처리하느라 잠깐 딴전을 부린 이후에 — 도요타를 몰고 이 도로, 저 도로를 정처 없이 헤맨다. 뚜렷한 목적지가 없는 줄 알았는데 정신을 차리고 보니 슈거 하이츠라는 호숫가 부촌의 라일락 드라이브에 와 있다. 그는 자연석으로 만든 기둥에 729라는 팻말이 달려 있고 대문으로 막힌 진입로 건너편에 차를 댄다.

아스팔트 진입로 꼭대기에 자리 잡은 올리비아 트릴로니의 집은 마주 보고 있는 도로만큼이나 넓다. 대문에 관심이 있는 매수자는 마이클 재프런 부동산으로 연락해 달라는 매물 팻말이 걸려 있다. 호지스는 서기 2010년의 부동산 시장을 감안했을 때 그 팻말이 한참 동안 걸려 있기 십상이겠다는 생각을 한다. 하지만 누군가가 잔디를 관리하고 있고, 앞마당의 크기로 보건대 호지스가 쓰는 론보이보다 훨씬 큰 기계로 다듬는 게 분명하다.

관리비를 누가 내고 있을까? T 부인의 유산으로 부담하고 있겠지. 부인의 재산이 많았던가 보다. 공증 액수가 대략 700만 달러였던 게 기억이 나는 듯도 하다. 호지스는 미결로 남은 시티 센터 대학살 사건을 피트 헌틀리와 이사벨 제인스에게 넘기고 은퇴한 이래 처음으로 T 부인의 어머니가 아직 살아 있을지 궁금해진다. 척추측만증 때문에 그 가엾은 노부인이 몸을 거의 반으로 접다시피 하고 끔찍하게 아파했던 게 기억나지만…… 척추측만증이 생명을 위협하는 질병은 아니다. 게다가 올리비아 트릴로니에게 서부 어디에서 사는 여동생이 있다고 하지 않았나?

그는 여동생의 이름을 떠올려 보려 하지만 생각이 나지 않는다. 계속 옷을 매만지고, 단단히 틀어서 빗을 필요가 없는 머리를 계속 쓸어 넘기고, 파텍 필립 손목시계에 달린 금색 밴드를 그 뼈만 남은 손목에 대고 자꾸 돌린다고 피트가 트릴로니 부인을 실룩실룩 부인이라고 불렀던 것만 생각난다. 호지스가 부인을 싫어했다면 피트는 거의 혐오하는 수준이었다. 그래서 시티 센터 참극의 책임을 그녀에게 일부 전가하며 뿌듯해했다. 어쨌거나 그녀가 범인에게 날개를 달아 준 것 아닌가. 거기에 무슨 의심의 여지가 있을까. 그녀는 메르세데스를 구입했을 때 열쇠를 두 개 받아 놓고 한 개밖에 내놓지 못했다.

그러더니 추수감사절 직전에 스스로 목숨을 끊었다.

호지스는 그 소식을 들었을 때 피트가 뭐라고 했는지 똑똑히 기억한다.

"저승에서 죽은 사람들을 만나면 ─ 특히 크레이라는 여자와 갓난애 ─ 심각한 질문에 대답해야 할 거예요."

피트가 보기에 그녀의 자살은 결정타였다. T 부인은 자기가 그레이 레이디라고 부른 그 차에 열쇠를 꽂아 두고 내린 것을 처음부터 알고 있었다는 증거였다.

호지스도 그렇게 믿었다. 문제는 지금도 그렇게 믿고 있느냐는 것이다. 아니면 어제 메르세데스 킬러를 자칭하는 인간이 보낸 기분 나쁜 편지를 읽고 생각이 바뀌었을까?

아닐지도 모르지만 그 편지로 인해 의문점이 생긴다. 미스터 메르세데스가 그 비슷한 편지를 트릴로니 부인에게도 보냈다면 어떻게 되는 걸까? 겉으로는 반항했지만 얇은 껍질 하나만 걷으면 온갖 틱 증상과 불안감이 도사리고 있었던 부인에게 그랬다면? 그럴 수도 있지 않을까? 미스터 메르세데스는 살인 사건 이후에 사람들이 얼마나 분노하고 그녀를 경멸했는지 분명히 알았을 것이다. 지역 일간지의 사설란을 읽어 보기만 해도 알 수 있었을 것이다.

혹시……

하지만 그때 뒤에서 다가온 누군가가 도요타 범퍼에 거의 닿을 정도로 차를 바짝 대는 바람에 생각의 흐름이 끊긴다. 지붕에 슬롯머신 분위기의 등을 달지는 않았지만 연한 파란색의 신형 크라운 빅토리아다. 운전석에서 내린 남자는 체격이 건장하고 머리는 짧게 깎았다. 견대에 넣은 권총을 스포츠코트로 가리고 있는 것이 분명하다. 시경 소속이라면 호지스가 집 안 금고에 보관한 40구경 글록을 차고 있을 것이다. 하지만 그는 시경 소속이 아니다. 아직 호지스가 모르는 시경 소속 형사는 없다.

그는 차창을 내린다.

"안녕하십니까." 짧은 머리가 인사를 건넨다. "무슨 용무로 오셨는지 여쭤 봐도 될까요? 한참 동안 여기 계셨거든요."

호지스가 손목시계를 흘끗 확인해 보니 과연 그렇다. 4시 30분이 거의 다 됐다. 퇴근 차량으로 혼잡할 시내 교통 상황을 감안할 때 스코트 펠리가 진행하는 CBS 「이브닝 뉴스」가 시작하기 전에 집에 도착할 수 있으면 다행이다. 그는 예전에는 NBC를 보았지만 브라이언 윌리엄스가 유튜브 비디오를 지나치게 좋아하는 사람 좋은 바보라는 결론을 내렸다. 온 세상이 무너져 가는 마당에 그런 아나운서는……

"선생님? 대답해 주시죠."

짧은 머리가 허리를 숙인다. 스포츠코트 자락이 벌어진다. 글록이 아니라 루거다. 호지스는 카우보이용으로 간주하는 총이다.

"당신에게 그런 질문을 할 권리가 있길 진심으로 바라마지 않소만."

상대방은 미간을 찌푸린다.

"네?"

"아무래도 사설경비업체 소속인 것 같은데." 호지스는 차분하게 설명한다. "신분증을 보여 달라는 거요. 그리고 또 하나. 코트 안에 차고 있는 그 기관포의 비밀 소지 허가증도 보여 주고. 지갑 속에 들어 있어야지, 글로브 박스 안에 들어 있다거나 하면 재미없을 거요. 그럼 이 시의 총기 관련법 제19조를 어긴 게 될 테니까. 간단히 요약해서 '총기를 비밀리에 소지할 경우 허가증도 소지하고 있어야 한다'는 조항을 말이오. 어디, 서류를 봅시다."

짧은 머리의 미간에 파인 골이 더 깊어진다.

"경찰이십니까?"

"지금은 퇴직했지. 그래도 나의 권리와 당신의 의무는 기억하고 있어요. 신분증하고 소지 허가증 봅시다. 나한테 넘길 필요는 없지만⋯⋯"

"⋯⋯그야 당연하죠."

"⋯⋯그래도 확인은 해야겠소. 그런 다음 내가 여기 이 라일락 드라이브에 있는 이유에 대해서 이야기하도록 합시다."

짧은 머리는 고민하지만 잠깐이다. 몇 초 만에 지갑을 꺼내서 펼친다. 이 도시의 — 아마 대부분의 도시가 그럴 것이다. — 사설경비들은 퇴직 형사도 현직 형사와 똑같이 간주한다. 퇴직을 하더라도 현직에 있는 친구들이 많아서 마음만 먹으면 얼마든지 그들을 괴롭힐 수 있기 때문이다. 남자의 이름은 래드니 피플스이고 신분증에 따르면 비질런트 경비업체 소속이다. 그는 유효기간이 2012년 6월까지인 총기 비밀 소지 허가증도 보여 준다.

"로드니가 아니라 래드니란 말이죠. 컨트리 가수 래드니 포스터처럼."

포스터는 만면에 함박웃음을 짓는다.

"맞습니다."

"피플스 씨, 내 이름은 빌 호지스예요. 형사반장으로 은퇴했고 맨 마지막으로 맡은 대형 사건이 메르세데스 킬러였죠. 그러면 내가 이 곳에 무슨 일로 왔는지 알 수 있지 않을까 싶은데요."

"트릴로니 부인." 포스터는 이렇게 말하고, 호지스가 차 문을 열고 내려서 기지개를 켜자 존경의 뜻에서 뒤로 한 걸음 물러선다. "추억 여행을 오신 거로군요, 형사님?"

"이제는 그냥 일반인이올시다." 호지스는 손을 내민다. 피플스가 그 손을 마주 잡는다. "하지만 다른 부분들은 맞았어요. 트릴로니 부 인이 삶을 접었을 무렵에 나도 경찰 생활을 접었지."

"슬픈 일이었죠. 아이들이 부인의 집 대문에 달걀을 던진 거 아세 요? 핼러윈 때만 그런 게 아니에요. 서너 번 그랬어요. 한 패거리는 잡았지만 나머지는……." 그는 고개를 젓는다. "거기다 휴지까지."

"아이들이 휴지를 좋아하죠."

"어느 날 밤에 누군가가 왼쪽 문기둥에 욕을 써 놓은 적도 있어요. 부인이 보기 전에 저희가 처리했기 망정이지. 거기에 뭐라고 적혀 있었는지 아세요?"

호지스는 고개를 젓는다.

피플스는 언성을 낮춘다.

"**사람 죽인 쌍년**이라고 적혀 있었어요. 페인트가 줄줄 흘러내리는 대문자로. 너무한 거죠. 부인은 실수를 저질렀을 뿐인데. 세상에 실

수 한번 하지 않는 사람이 어디 있답니까?"

"나는 거기에 해당 안 되는 거 확실해요."

"그러니까요. 성서에서도 죄 없는 자는 돌을 던지라고 하지 않습니까."

'그럴 날은 절대 없겠지.' 호지스는 생각하고 (솔직히 궁금한 마음에) 이렇게 묻는다.

"부인을 좋아했나 봐요?"

피플스의 눈이 왼쪽 위로 움직인다. 호지스가 오랜 세월 동안 심문실에서 숱하게 목격했던 무의식적인 반응이다. 피플스가 대답을 교묘하게 피하거나 거짓말을 하려고 한다는 뜻이다.

그의 선택은 교묘하게 피하는 쪽이다.

"뭐, 크리스마스 때가 되면 부인이 선심을 제대로 썼어요. 가끔 이름을 헷갈리기는 했지만 우리들을 일일이 기억했고 일인당 40달러와 위스키를 한 병씩 선물했죠. 고급 위스키를요. 부인의 남편은 어떤 선물을 주었는지 아세요?" 그는 콧방귀를 뀐다. "그 구두쇠가 돈줄을 쥐고 있었을 때는 홀마크 카드 안에 넣은 10달러가 고작이었다고요."

"비질런트는 정확히 누구 밑에서 일을 하는 업체인가요?"

"슈거 하이츠 조합이라고 있어요. 동네 주민들끼리 만든 단체에요. 마음에 안 드는 토지 용도 규정이 있으면 싸우고, 동네 주민들 모두 그러니까…… 일정 수준을 유지하도록 관리하고 그러죠. 규정이 한두 가지가 아니에요. 크리스마스 때 흰색 등은 괜찮지만 색깔 있는 등은 안 된다, 전등이 깜빡이면 안 된다, 이런 식으로."

호지스는 눈을 부라린다. 피플스는 씩 웃는다. 그들이 이렇게 잠
재적인 적대자에서 동료—거의 그렇다고 볼 수 있다.—로 발전할
수 있었던 이유는 뭘까? 호지스가 살짝 특이한 그의 이름을 알아주
었기 때문이다. 운이라고 볼 수도 있지만 심문을 하다보면 상대방의
공감을 유발할 수 있는 부분이 단 *한 가지*라도 있기 마련이고, 호지
스는 대개의 경우 어떤 부분을 건드리면 되는지 알아차렸기 때문에
경찰로 성공할 수 있었다. 피트 헌틀리에게는 전혀 없는 재능인데,
호지스는 그의 재능이 아직도 살아 있다는 데 행복해진다.

"여동생이 있었던 걸로 아는데. 그러니까 트릴로니 부인한테 말이
에요. 하지만 만난 적도 없고 이름도 생각이 나지 않네요."

"저넬 패터슨이에요." 피플스가 얼른 대답한다.

"여동생을 만난 적이 있는 모양이로군요?"

"네. 좋은 분이에요. 트릴로니 부인하고 닮았지만 더 어리고 예뻐
요." 그는 두 손으로 허공에 모래시계를 그린다. "좀 더 살집이 있고
요. 그나저나 메르세데스 사건에 진척이 있는지 소식 들으셨나요,
호지스 씨?"

평소 같으면 호지스는 이런 질문에 대답하지 않겠지만 정보를 얻
고 싶으면 주기도 해야 하는 법이다. 게다가 말하려고 하는 것이 정
보라고 할 수도 없기에 안전하다. 그는 몇 시간 전에 피트 헌틀리가
점심을 먹는 자리에서 썼던 표현을 동원한다.

"가망이 없네요."

피플스는 예상했던 바라는 듯이 고개를 끄덕인다.

"충동적인 범죄. 희생자들과 아무 관계도 없고 동기도 없고 빌어

먹을 살인의 짜릿함만. 범인이 똑같은 범행을 반복해야 절호의 기회가 생길 텐데 말이죠."

미스터 메르세데스는 그럴 생각이 없다는데. 호지스는 이런 생각을 하지만 이것이야말로 *절대* 밝히고 싶지 않은 정보이기에 맞장구를 친다. 맞장구는 늘 효과 만점이다.

"T 부인이 남긴 재산이 많죠? 이 집뿐 아니라 다른 것도요. 여동생이 물려받았는지 궁금하네요."

"아, 그럼요." 그는 잠깐 멈추었다가 멀지 않은 미래에 호지스가 다른 누군가에게 하게 될 질문을 한다. "호지스 씨를 믿어도 되겠죠?"

"그럼요."

그런 질문을 받았을 때는 간단하게 대답하는 것이 상책이다. 거두절미하고.

"패터슨 여사는 로스앤젤레스에 살고 있었어요. 그때, 그러니까그 언니가…… 아시죠? 약을 먹은 거." 호지스는 고개를 끄덕인다. "결혼은 했지만 아이는 없었어요. 행복한 결혼생활은 아니었죠. 그녀는 막대한 거금과 슈거 하이츠의 집을 물려받게 되었다는 소식을들었을 때 당장 이혼하고 동부로 건너왔어요." 피플스는 대문과 넓은 진입로와 거대한 집을 엄지손가락으로 가리킨다. "유언장 공증을받을 때까지 두세 달 동안 저기서 살았어요. 그러면서 640번지에 사는 윌콕스 부인과 가까워졌죠. 윌콕스 부인은 수다를 좋아하고 저를친구처럼 생각하는 분이에요."

그 단어의 의미는 커피를 같이 마시는 친구에서부터 한낮의 잠자리 파트너까지 뭐든 될 수 있다.

"패터슨 여사는 언니를 대신해서 시내 아파트에 사는 어머니도 병문안 갔어요. 그 어머니는 아시죠?"

"엘리자베스 워튼. 아직 살아 있는지 모르겠네요."

"살아 있을 겁니다."

"심각한 척추측만증을 앓고 있었거든요."

호지스는 살짝 허리를 구부리고 걸어 보인다. 얻고 싶은 게 있으면 주는 것도 있어야 하는 법이다.

"그래요? 안됐네요. 아무튼 헬렌 — 그러니까 윌콕스 부인 — 말로는 패터슨 여사가 트릴로니 부인이 그랬던 것처럼 시계처럼 규칙적으로 찾아갔다고 해요. 한 달 전까지는요. 그러다 병세가 악화됐는지 노부인은 지금 워소 카운티의 요양원에 있어요. 패터슨 여사가 그 아파트로 이사했고요. 지금도 거기서 살고 있죠. 그래도 가끔 만나요. 마지막으로 1주일 전에도 부동산 업자가 집을 보여 주었을 때 만났죠."

호지스는 래드니 피플스에게서 기대할 수 있는 정보는 이게 전부일 거라고 결론을 내린다.

"새로운 소식 알려 줘서 고마워요. 이제 갈게요. 나 때문에 우리둘이 첫 단추를 잘못 끼우게 돼서 미안하게 됐네요."

"별말씀을요." 피플스는 이렇게 말하면서 호지스가 내민 손을 잡고 두 번 힘차게 흔든다. "프로처럼 대처 잘 하시던데요. 저는 아무 말하지 않은 겁니다. 저넬 패터슨이 시내에 살고 있을지 몰라도 아직까지 조합 회원이라 저희 고객인 셈이거든요."

"당신은 아무 말하지 않았어요."

호지스는 말하면서 차에 오른다. 헬렌 윌콕스와 이 근육덩어리가 정말 그런 사이라면 둘이 한 침대에 누워 있다가 그녀의 남편에게 들키는 일은 없었으면 좋겠다는 생각이 든다. 그랬다가는 비질런트 경비업체와 슈거 하이츠 주민들 간의 계약이 종료될 테고, 피플스는 원인 제공자로 당장 잘릴 것이다. 그것만큼은 분명하다.

'어쩌면 부인은 갓 구운 쿠키를 들고 그의 차로 종종걸음을 치는 그런 사이에 불과할지도 모르지.' 호지스는 멀어져 가면서 이런 생각을 한다. '내가 나치 커플의 치료법을 들려주는 오후 TV 토크쇼를 너무 많이 본 거야.'

래드니 피플스의 애정생활이 중요한 대목은 아니다. 호지스가 웨스트 사이드에 있는 훨씬 누추한 집으로 돌아가고 있는 이 시점에서 중요한 대목은 저넬 패터슨이 언니의 재산을 물려받았다는 것, 저넬 패터슨이 (적어도 당분간은) 지금 여기 시내에서 살고 있다는 것 그리고 저넬 패터슨이 고인이 된 올리비아 트릴로니의 유품을 처분했을 게 분명하다는 것이다. 그녀의 개인적인 서류가 그 유품에 해당되는데 그 안에 호지스에게도 연락한 사이코가 보낸 편지가 한 통 — 어쩌면 한 통 이상 — 들어 있을지 모른다. 만약 그런 편지가 있다면 보고 싶은 것이 그의 마음이다.

물론 이것은 경찰의 업무이고 K. 윌리엄 호지스는 이제 경찰이 아니다. 그는 경찰 행세를 하느라 합법의 경계선을 훌쩍 뛰어넘었고 스스로도 그랬다는 것을 알지만 — 일례로 증거를 알리지 않고 있다. — 아직은 그만둘 생각이 없다. 시건방진 사이코의 편지 때문에 열이 받았다. 하지만 솔직히 말해서 좋은 방향으로 열이 받았다. 덕분에 목적의식이 생겼는데, 몇 개월을 그런 식으로 보내고 났더니 목적의식이 상당히 신나게 느껴진다.

'약간이라도 진척이 생기면 전부 다 피트한테 넘겨야지.'

그는 이 생각이 머릿속을 스치고 지나갈 때 백미러를 쳐다보지 않지만 백미러를 쳐다보았다면 그의 눈이 왼쪽 위로 잽싸게 움직이는 것을 보았을 것이다.

호지스는 차고 역할을 하는 그의 집 왼편의 처마 달린 돌출부에 도요타를 세우고 갓 깎은 잔디밭을 잠깐 감상한 뒤 문 쪽으로 걸어간다. 우편함에 쪽지가 꽂혀 있다. 맨 처음 떠오른 사람은 미스터 메르세데스지만 아무리 그 녀석이라도 그건 무모한 짓이다.

제롬이 남긴 쪽지다. 깔끔한 글씨가 미친 듯이 널을 뛰는 맞춤법과 선명하게 대조를 이룬다.

> 호지스 주인님께
>
> 잔디 다 깍고 기계는 다시 간이 차고에 너났어요. 들어오다 걸려서 넘어젓으면 안대는데! 이 흑인 소년에게 시킬 일 더 잇으면 전화 때리세요. 다른 집 알바 안하면 언제든 가치 얘기해요. 아시겟지만 다른 집 일 많고 가끔 비우도 마처조야 해요. 특히 얼굴색 누런 흑인들 잘난 척 장열하거든요. 아무때나 부르면 올께요!
>
> 제롬

호지스는 넌더리를 내며 고개를 젓지만 미소가 절로 지어진다. 그

134

가 부리는 아이는 고등수학에서 계속 A를 받고, 쓰러진 홈통도 다른 걸로 바꿔 주며, 호지스의 이메일이 먹통이 되면 고쳐 주고(그의 실수로 종종 먹통이 된다.), 기본적인 배관 작업도 가능하며, 프랑스어도 제법 할 줄 알고, 무슨 책을 읽고 있느냐고 물으면 30분 동안 D. H. 로렌스의 얼어 죽을 상징주의에 대해 일장연설을 늘어놓아서 사람 진을 빼놓기 일쑤다. 백인이 되고 싶어 하지는 않지만 중상류층 집안의 재능 있는 흑인 남자아이로 살다 보니 스스로 '정체성의 혼란'이라고 칭하는 현상을 겪고 있다. 그는 농담처럼 그런 말을 하지만 호지스는 그게 농담이라고 생각하지 않는다. 농담이 아니다.

대학교수인 제롬의 아버지와 공인회계사인 어머니 — 호지스가 보기에는 둘 다 유머 장애가 있다. — 는 이 편지를 보면 분명 경악할 것이다. 아들에게 정신 상담이 필요한 게 아닌가 하고 생각할 수도 있다. 하지만 그들이 호지스를 통해서 이 편지를 입수할 가능성은 없다.

"제롬, 제롬, 제롬."

그는 중얼거리며 안으로 들어간다. 제롬과 그의 알바. 어느 아이비리그 대학에 진학할지 아직 결정을 하지 못한 제롬. 어느 대학에 지원하건 합격은 떼놓은 당상이지만. 호지스가 그 동네에서 친구로 여기는 사람은 제롬뿐이고 사실상 필요한 사람도 제롬뿐이다. 호지스는 우정이라는 개념이 과대평가된다고 생각하는데, 다른 부분은 몰라도 그런 점에서 브래디 하츠필드와 닮았다.

그는 저녁 뉴스를 거의 다 볼 수 있을 만한 시각에 도착했지만 보지 않기로 한다. 멕시코 만 원유 유출 사건과 티파티 정치라면 이제

신물이 난다. 그는 대신에 컴퓨터를 켜고 파이어폭스를 띄워서 검색창에 언더 데비스 블루 엄브렐라를 입력한다. 검색 결과가 여섯 개밖에 안 된다. 인터넷이라는 광활한 바다에서 여섯 개라니 정말 적은 숫자인 데다 그나마 정확히 일치하는 결과도 한 개뿐이다. 호지스가 클릭하자 사진이 뜬다.

먹구름이 잔뜩 낀 하늘 아래로 시골 언덕길이 보인다. 은색 빗줄기가 기운차게 내리고 있다(호지스가 보기에는 단순한 반복 루프 같다.). 하지만 파란색의 큼지막한 우산을 받치고 앉아 있는 남자와 여자는 안전하고 젖지 않았다. 두 사람은 입을 맞추지는 않지만 머리를 맞대고 있다. 열띤 대화를 나누고 있는 듯한 분위기다.

사진 아래에 블루 엄브렐라의 존재 이유가 간략하게 적혀 있다.

페이스북이나 링크드인과 같은 사이트와 달리 언더 데비스 블루 엄브렐라는 예전 친구들과 만나고 새로운 친구들과 **철저하게 익명으로** 서로 알아 나갈 수 있는 채팅 사이트입니다. 사진이나 음란물이나 140자로 제한되는 트위터는 말고 **옛날식의 훈훈한 대화**만 권장합니다.

이 아래에 지금 바로 시작하세요! 라고 된 버튼이 있다. 호지스는 그 위에 커서를 올려놓고 머뭇거린다. 한 6개월쯤 전에 제롬이 그의 이메일 계정을 삭제하고 새 계정을 만들어 준 적이 있었다. 호지스의 주소록에 있는 사람들 모두에게 그가 뉴욕에서 신용카드가 전부 든 지갑을 도난당하는 바람에 오도 가도 못하는 신세가 돼서 집으로 돌아갈 차비가 필요하다는 이메일이 전송되었기 때문이었다. 트라이베카에 있는 메일 박시즈 Etc로 50달러 — 여유가 되면 그보다 많이 — 를 보내 달라는 것이 주요 골자였다. "이 사태가 해결되면 당장 갚을게." 맨 마지막은 이렇게 끝이 났다.

이런 구걸 편지가 헤어진 아내, 톨레도에 사는 남동생, 오랫동안 함께 근무했던 40여 명의 경찰들에게 날아갔으니 호지스로서는 무척 당황스러울 수밖에 없었다. 거기다 딸에게까지. 그는 이후 48시간 동안 전화기 — 유선전화와 휴대전화 양쪽 모두 — 에 불이 날 것으로 예상했지만 전화한 사람은 거의 없었고, 진심으로 걱정하는 기미를 보인 사람도 앨리슨뿐이었다. 뜻밖의 일은 아니었다. 천성이 비관론자인 앨리는 자기 아버지가 쉰다섯 살로 접어든 순간부터 언제 심신불안을 일으킬지 모른다고 생각했다.

호지스는 제롬에게 도움을 청했고 제롬의 설명에 따르면 그가 피싱에 당한 거라고 했다.

"대부분의 피싱 메일은 비아그라나 가짜 보석을 파는 게 목적이지만 이런 종류도 예전에 본 적 있어요. 제 환경교육 선생님이 당해서 결국 거의 1000달러를 물어줬대요. 물론 그때는 사람들이 아무것도 모르던 오래전이라……"

"오래전이라면 언제를 말하는 거냐, 제롬?"

제롬은 어깨를 으쓱했다.

"2~3년 전이요. 지금 우리는 새로운 세상에 살고 있어요, 호지스 씨. 피싱 이메일 때문에 파일이랑 응용 프로그램들이 전부 다 바이러스에 감염될 수도 있었는데 그렇지 않은 게 다행인 줄 아세요."

"날아갈 만한 것도 몇 개 없었을 거야." 호지스는 이렇게 말했다.

"대부분 인터넷 검색밖에 안 하니까. 솔리테어 게임이 날아갔으면 아쉬웠겠다만. 내가 이기면 「해피 데이스 아 히어 어게인」 노래가 나오거든."

제롬은 특유의 '예의 바른 제가 아저씨더러 바보라고 하면 안 되겠죠' 표정을 지었다.

"납세 신고서는 어쩌고요. 작년에 온라인으로 할 수 있게 도와드린 그거요. 아저씨가 세금으로 얼마나 납부했는지 남들이 봐도 괜찮아요? 저 말고 다른 사람이 봐도요?"

호지스는 아니라고 시인했다.

제롬은, 똑똑한 젊은이가 아무것도 모르는 노인네를 어떻게든 가르쳐 보려고 할 때 항상 동원하는 그 낯선 (그러면서도 왠지 모르게 귀여운) 선생 말투로 이렇게 말했다.

"컴퓨터는 신식 텔레비전이 아니에요. 그런 발상을 지우세요. 컴퓨터를 켤 때마다 아저씨는 아저씨의 삶이 들여다보이는 창문을 여는 거예요. 그러니까 누구든 마음만 먹으면 언제든지 들여다볼 수 있다고요."

파란색 우산과 끝없이 내리는 빗줄기를 쳐다보는 동안 이런 옛 기억들이 머릿속을 스치고 지나간다. 잠들어 있다가 이제 완전히 깨어난 경찰식 사고방식의 부산물들도 머릿속을 스치고 지나간다.

미스터 메르세데스가 대화를 원하는 것일지 몰라. 아니면 제롬이 말한 그 창문 속을 들여다보고 싶은 것일 수도 있고.

호지스는 지금 바로 시작하세요! 버튼을 클릭하지 않고 사이트를 빠져나와서 전화기를 들고 몇 개 안 되는 단축번호 중에서 하나를 누른다. 제롬의 어머니가 전화를 받더니 그와 짧고 유쾌한 잡담을 나눈 뒤 어린 알바생에게 수화기를 넘겨준다.

호지스는 그가 아는 한도 내에서 가장 지독한 흑인 영어를 쓴다.

"요, 친구. 요즘도 여자들 줄 세워 놓고 있어? 여자들 돈 벌고. 너는 얼굴 마담?"

"어. 안녕하세요, 호지스 씨. 네, 잘 지내요."

"내가 전화 때려서 이런 식으로 말하는 거 마음에 안 드는 모양이지, 꼬맹이?"

"음……."

제롬이 진심으로 당황스러워하자 호지스는 봐주기로 한다.

"잔디 아주 잘 깎았더라."

"아. 다행이네요. 고맙습니다. 뭐 도와드릴 일 또 있어요?"

"아마도. 내일 학교 끝나고 들러 줄 수 있니? 컴퓨터 문젠데."

"그럼요. 이번에는 뭐가 문젠데요?"

"전화로 얘기할 건 아니고. 하지만 보면 재미있을 거야. 4시 어때?"

"괜찮아요."

"좋아. 부탁인데 타이런 필굿 딜라이트는 집에 두고 와라."

"알겠어요, 호지스 씨. 그럴게요."

"언제면 격식 벗어던지고 나를 빌이라고 부를래? 자꾸 호지스 씨라고 하니까 네 역사 선생님이 된 것 같잖아."

"고등학교 졸업하면 생각해 볼게요."

제롬은 아주 진지한 목소리로 대답한다.

"버틸 수 있을 때까지 버티겠다 이거로군."

제롬은 웃음을 터뜨린다. 이 아이는 큰소리로 목청껏 웃는다. 호지스는 그 소리를 들으면 늘 기분이 좋아진다.

그는 작업실로 쓰는 작은 방의 컴퓨터 책상 앞에 앉아서 손가락으로 책상을 두드리며 이런저런 생각을 한다. 문득 저녁에는 이 방을 쓴 적이 거의 없다는 생각이 든다. 새벽 2시에 깼는데 다시 잠이 오지 않을 때, 그럴 때는 맞다. 이 방에 들어와서 한 시간 정도 솔리테어를 하다가 다시 침대에 눕곤 한다. 하지만 7시부터 12시까지는 대개 레이지보이에 앉아서 기름과 설탕으로 입 안을 채우며 AMC나 TCM에서 틀어주는 옛날 영화를 본다.

그는 다시 전화기를 집고 전화번호 안내 서비스에 전화를 걸어서 전화를 받은 기계에 대고 혹시 저넬 패터슨의 번호를 아느냐고 묻는다. 별 기대는 없다. 트릴로니 부인의 동생은 이제 700만 달러의 주인이 된 데다 얼마 전에 이혼까지 했으니 전화번호를 공개하지 않았을 것이다.

그런데 기계가 번호를 토한다. 호지스는 깜짝 놀라서 더듬더듬 연필을 찾은 다음 2번을 눌러서 다시 듣는다. 그는 다시 손가락으로 책상을 두드리며 어떤 식으로 그녀에게 접근할지 고민한다. 아마도 아무 소득 없겠지만 그가 경찰이었다면 바로 그녀를 만나러 갔을 것이다. 하지만 이제는 경찰이 아니기 때문에 조금 더 머리를 써야 한다.

그는 자신이 이번 도전 과제를 얼마나 열렬하게 환영하는지 깨닫고 즐거워한다.

브래디는 집으로 가는 길에 새미스 피자에 미리 주문해 놓은 페퍼로니 앤드 머슈룸 피자 스몰 사이즈를 찾는다. 어머니가 두세 조각 먹을 거라고 생각했다면 좀 더 큰 것으로 주문했겠지만 그는 어머니를 잘 안다.

'이게 페퍼로니 앤드 포포프(미국에서 판매되는 싸구려 보드카 ─ 옮긴이) 피자면 어떨까? 그런 피자를 팔면 미디엄을 건너뛰고 바로 라지를 주문해야 할 거야.'

이 도시의 북쪽에는 공공주택단지가 있다. 한국 전쟁과 베트남 전쟁 사이에 지어진 집들이라 전부 다 똑같이 생겼고 전부 다 개떡이 되어 가고 있다. 완벽하게 어둠이 깔린 이 시각에도 잡초로 덮인 대부분의 집 잔디 위에서 플라스틱 장난감들이 나뒹군다. 하츠필드의 집은 엘름 가 49번지지만 느릅나무도 없고 예전에도 절대 없었을 것이다(엘름이 영어로 느릅나무라는 뜻이다 ─ 옮긴이). 이 동네 ─ 이름도 딱 어울리게 노스필드다. ─ 의 모든 거리에는 나무 이름이 붙어 있어서 그런 것이다.

브래디는 엄마의 녹슨 혼다 뒤에 차를 세운다. 이 차는 배기 장치와 엔진 포인트와 플러그를 갈아야 한다. 검사필증은 말할 필요도 없다.

'엄마더러 알아서 처리하라고 해야지.' 브래디는 생각하지만 엄마가 처리할 리 없다. 그가 하게 될 것이다. 그가 해야 할 것이다. 그가 모든 일을 처리하듯이.

'내가 프랭키를 처리했던 것처럼. 지하실이 내 통제 센터가 아니라 그냥 지하실이었던 시절에 말이지.'

브래디와 데보라 앤 하츠필드는 프랭키 이야기를 하지 않는다.

문이 잠겨 있다. 그가 그 정도는 가르쳐 놓았다. 얼마나 쉽지 않은 여정이었는지 하늘도 알고 땅도 알겠지만. 그녀는 알았다고 하면 인생의 모든 문제를 해결할 수 있다고 생각하는 부류의 인간이다. 크림 섞은 우유 쓴 다음에 냉장고에 넣으라고 하면 그녀는 알았다고 한다. 그런 다음 퇴근해 보면 우유가 싱크대 위에서 상해 가고 있다. 내일 아이스크림 트럭 운전할 때 깨끗한 유니폼을 입을 수 있게 빨아 달라고 하면 그녀는 알았다고 한다. 하지만 세탁실에 고개를 들이밀고 확인해 보면 모든 빨랫감이 바구니 안에 그대로 들어 있다.

종알거리는 텔레비전 소리가 그를 맞는다. 면제권이 주어지는 도전 과제 어쩌고 하는 것을 보니 「서바이버」다. 그는 그녀에게 전부 다 가짜라고, 설정이라고 누누이 이야기한다. 그녀는 그렇다고, 알았다고, 자기도 안다고 하지만 그래도 꼬박꼬박 챙겨 본다.

"저 왔어요, 엄마!"

"왔니, 아들?"

적당히 웅얼거리는 수준이다. 저녁 이 시간치고는 양호한 셈이다.

'내가 엄마의 간이라면 어느 날 밤에 엄마가 코를 고면서 자는 동안 입 밖으로 튀어나와서 열라 도망칠 거야.'

그래도 그는 깜빡이는 일말의 기대감을 느끼며, 질색하는 그 깜빡임을 느끼며 거실로 들어간다. 그녀는 그가 크리스마스 선물로 사준 하얀색 실크 가운을 입고 있는데, 앞섶이 벌어진 허벅지 저 윗부분에서 또 다른 하얀색이 보인다. 속옷이다. 그는 너무 도발적이기 때문에 어머니와 팬티라는 단어를 연결 짓고 싶지 않지만 그래도 그의 머릿속 저 깊은 곳에 그 단어가 들어 있다. 독이 있는 옻나무 속에 숨어 있는 뱀처럼. 작고 동그랗고 거무스름한 그녀의 젖꼭지도 보인다. 그런 것들을 보고 흥분하면 안 되지만—그녀는 오십 대가 다 되어서 배에 군살이 붙기 시작했고 그의 *어머니다*, 젠장.—하지만…….

하지만.

"피자 사 왔어요."

그는 상자를 들어 보이며 생각한다. '나는 먼저 먹었어.'

"나는 먼저 먹었어." 그녀가 말한다.

어쩌면 정말 그랬을지 모른다. 상추 몇 장과 코딱지만 한 요거트 한 통. 그녀는 그런 식으로 남은 몸매를 유지한다.

"엄마가 좋아하는 건데."

그는 말하면서 생각한다. '네가 맛있게 먹어 줘.'

"네가 맛있게 먹어 줘." 그녀는 잔을 들고 숙녀처럼 홀짝인다. 꿀꺽꿀꺽 들이켜는 것은 그가 침대에 누운 뒤, 아들이 이제는 잠이 들었겠거니 하고 넘겨짚은 다음의 일이다. "콜라 가지고 이리 와서 앉아."

그녀는 소파를 토닥인다. 가운이 좀 더 벌어진다. 하얀 가운, 하얀 팬티.

'속옷이야.' 그는 다시 새긴다. '속옷이야, 그뿐이야, 엄마잖아, 네 엄마일 때는 그냥 속옷이라고 하는 거야.'

그녀는 쳐다보는 그를 보고 미소를 짓는다.

가운은 추스르지 않는다.

"서바이버들이 올해는 피지에 갔어." 그녀는 미간을 찌푸린다.

"피지 맞는 것 같은데. 아무튼 섬이야. 와서 같이 보자."

"아뇨. 내려가서 잠깐 일 좀 할래요."

"이번에는 뭘 만드는데?"

"신형 라우터요."

그녀는 라우터가 뭔지 모를 테니 아무 걱정할 필요가 없다.

"네 발명품으로 우리가 부자가 되는 날이 올 거야. 나는 알아. 그럼 전자제품 가게는 안녕이야. 그 아이스크림 트럭도 안녕이고."

그녀는 보드카 때문에 살짝 촉촉해진 눈을 동그랗게 뜨고 그를 쳐다본다. 그는 그녀가 하루에 보통 얼마나 마시는지 알 도리가 없고 그녀가 어딘가에 숨기기 때문에 빈 병이 몇 개나 되는지 세어 봐야 소용없지만, 주량이 위태로워지고 있는 것만큼은 분명하다.

"고마워요."

자기 뜻과 상관없이 우쭐해진다. 신체적인 변화도 느껴진다. 그의 뜻과 상관없이 아주 강력하게 느껴진다.

"와서 엄마한테 뽀뽀해 줘, 허니 보이."

그는 벌어진 가운 앞섶을 보지 않으려고 애를 쓰는 한편, 허리띠 버클 바로 아래에서 스멀스멀 기어 올라오는 느낌을 애써 무시하며 소파 쪽으로 다가간다. 그녀는 얼굴을 저쪽으로 돌리지만 그가 뺨에 입을 맞추려고 허리를 숙이자 고개를 다시 돌려서 반쯤 벌린 축축한 입술을 그에게 꼭 갖다 댄다. 술 냄새와 그녀가 늘 귀 뒤에 대고 토닥이는 향수 냄새가 난다. 그녀는 그 향수를 다른 곳에도 바른다.

그녀가 손바닥을 그의 목덜미에 얹고 손끝으로 머리카락을 헝클어뜨리자 그의 허리춤까지 전율이 전해진다. 그녀는 혀끝으로 그의 윗입술을 전광석화처럼 살짝 건드린 다음 몸을 뒤로 빼서 신인 여배우처럼 눈을 동그랗게 뜨고 그를 쳐다본다.

"내 허니 보이."

그녀가 여자들이 좋아하는 무슨 로맨스 영화─남자들은 칼을 휘두르고 여자들은 네크라인이 깊게 파인 드레스를 입어서 투실투실한 궁둥이만 한 젖무덤을 은은하게 반짝이며 드러내는 그런 영화─의 주인공처럼 내뱉는다.

그는 얼른 몸을 뒤로 뺀다. 그녀는 그를 향해 웃어 보이고, 잘생긴 젊은이들이 수영복 차림으로 바닷가를 달리는 텔레비전 화면 쪽으로 다시 시선을 돌린다. 그는 살짝 떨리는 손으로 피자 상자를 열고 한 조각 꺼내서 그녀의 샐러드 접시에 담는다.

"그거 드세요. 알코올을 흡수할 수 있게. 조금이라도 드세요."

"엄마한테 못되게 그러지 마." 그녀는 이렇게 말하지만 원망스러워하는 목소리도 아니고 상처받은 목소리도 분명 아니다. 그녀는 다시 서바이버들의 세계에 흠뻑 빠져서 이번 주에는 누가 투표로 섬에서 쫓겨날지 열심히 알아내느라 멍하니 가운 앞섶을 여민다. "그리고 내 차 잊지 마, 브래디. 검사필증 받아야 해."

"필요한 게 어디 그뿐이겠어요?"

그는 이렇게 말하고 부엌으로 들어간다. 그는 냉장고에서 콜라를 꺼낸 다음 지하실로 내려가는 문을 연다. 그 어두컴컴한 데 잠깐 서 있다 한마디를 내뱉는다.

"통제."

그러자 아래에서 형광등(지하실을 직접 개조했듯이 형광등도 직접 달았다.)이 켜진다.

그는 계단 발치에서 프랭키를 생각한다. 프랭키가 죽은 곳에 설 때마다 거의 항상 그렇다. 시티 센터 돌격 작전을 준비했을 때만 유일하게 프랭키 생각을 하지 않았다. 그 몇 주 동안 모든 게 그의 머리를 떠났고 그래서 얼마나 기분 전환이 됐는지 모른다.

"브래디." 프랭키가 말했다. 그가 이 지구상에 마지막으로 남긴 말. 꾸르륵거리는 소리와 숨을 헐떡이는 소리는 열외였다.

그는 지하실 한가운데 있는 작업 테이블에 피자와 콜라를 내려놓고 벽장 크기의 화장실로 들어가서 바지를 내린다. 시급한 문제를 처리하지 않으면 먹을 수도 없고, 새로운 작품(물론 라우터는 아니다.)을 만들 수도 없고, *생각할* 수도 없을 것이다.

뒤룩뒤룩한 전직 경찰관에게 보낸 편지에서 그는 일자리를 찾으러 시티 센터에 모인 사람들을 들이받았을 때 워낙 흥분해서 콘돔을 끼고 있었다고 했다. 거기에서 한 걸음 더 나아가, 그 사건을 다시 떠올리며 마스터베이션을 한다고 했다. 그게 사실이라면 자기 발정이라는 단어의 의미가 전혀 달라지겠지만 사실은 그렇지가 않다. 그는 호지스를 점점 더 자극하겠다는 고도의 계산 아래 여러 거짓말을 했고 날조된 성적 판타지가 그 중에서 가장 엄청난 거짓말도 아니었다.

그는 사실 여자들에게 별 관심이 없고 여자들도 그걸 안다. 디스카운트 일렉트로닉스에서 같이 일하는 사이버 레즈비언 프레디 링크래터와 그렇게 죽이 잘 맞는 이유도 그 때문인지 모른다. 어쩌면 그녀는 그가 게이라고 생각할 수도 있다. 하지만 그는 게이가 아니다. 그라는 존재는 그 자신에게도 수수께끼지만 — 폐색전선이라고 할까― 분명한 사실이 한 가지 있다면 그가 성에 전혀 관심이 없지는 않다는 것이다. 그와 그의 어머니는 꼭 필요한 경우가 아닌 이상 절대 떠올리면 안 되는 다채롭고 음울한 비밀을 공유하고 있다. 꼭 필요한 경우가 닥치더라도 처리해서 지워 버려야 한다.

'엄마, 엄마 팬티가 보여요.' 그는 생각하며 해야 할 일을 최대한 빨리 해치운다. 수납장에 바셀린이 있지만 쓰지 않는다. 그는 화끈한 느낌을 원한다.

브래디는 널찍한 지하 작업실로 다시 돌아가서 다른 단어를 말한다. 이번에는 혼돈이다.

통제 센터 저쪽, 바닥에서 약 90센티미터 높이에 긴 선반이 달려 있다. 거기에 일렬로 놓여 있는 일곱 대의 노트북 화면이 탁 하고 켜진다. 여기서 저기로 잽싸게 이동할 수 있도록 바퀴 달린 의자도 있다. 브래디가 주문을 외자 일곱 대가 일제히 눈을 뜬다. 20이라는 숫자가 모든 화면 위로 뜨더니 19, 그 다음에는 18로 이어진다. 이 숫자가 0으로 변할 때까지 가만히 내버려 두면 자살 프로그램이 발동돼서 하드디스크를 깨끗이 지우고 허섭스레기로 덮어 버린다.

"어둠."

그가 말하자 큼지막한 카운트다운 숫자가 사라지고, 그가 좋아하는 영화 「와일드 번치」의 그 쇼 장면이 바탕화면 위로 등장한다.

그는 최후의 이미지를 강력하게 풍기는 종말이나 아마겟돈을 쓰고 싶었지만 단어 인식 프로그램이 그 단어들을 제대로 인식하지 못했고, 어이없고 사소한 문제 때문에 파일을 모두 날리는 것이야말로 가장 피하고 싶은 일이다. 2음절 단어들이 좀 더 안전하다. 일곱 대의 노트북 중에서 여섯 대에는 별 게 없다. 뒤룩뒤룩한 전직 경찰관이 '유죄를 입증하는 정보'라고 부를 만한 것이 들어 있는 곳은 3번 노트북뿐이지만, 그는 지금처럼 일제히 불이 들어온 컴퓨터의 황홀한 대형을 바라보는 것을 좋아한다. 그것이 있기에 지하실이 진정한 통제 센터처럼 느껴진다.

브래디는 자칭 파괴자 겸 창조자지만 지금까지 세상을 떠들썩하게 만들 만한 무언가를 창조한 적이 없고, 평생 그런 물건을 만들지 못하고 죽을 수도 있다는 생각에 괴로워하고 있다. 그의 창의력이 기껏해야 이류밖에 안 될지 모른다는 생각에 괴로워하고 있다.

롤라만 해도 그렇다. 그가 어느 날 저녁에 거실을 청소기로 밀고 있었을 때(그의 어머니는 식기세척기 돌리기와 마찬가지로 그런 허드렛일에 신경 쓸 위인이 아니다.) 퍼뜩 영감이 떠올랐다. 이 영감을 바탕으로 베어링 위에 발 받침대 비슷한 게 얹혀 있고, 그 아래에 모터와 짧은 호스가 달린 기계를 설계했다. 여기에 간단한 컴퓨터 프로그램을 추가하면 방 안을 이리저리 돌아다니면서 청소를 하지 않을까 싶었다. 장애물―예컨대 의자나 벽 같은 곳―에 부딪치면 스스로 방향을 바꿔서 다시 움직이는 것이다.

그는 실제로 시제품을 만들기 시작했을 때 시내의 고급 가전제품 대리점 쇼윈도 안에서 분주하게 움직이는 롤라 비슷한 기계를 목격했다. 심지어 이름까지 비슷해서 룸바였다. 누군가가 선수를 쳐서 떼돈을 벌고 있었다. 말도 안 되는 일이었지만 뭔들 안 그렇겠는가. 인생이 원래 뭣 같은 상품을 놓고 벌이는 시답잖은 축제다.

브래디는 집에서 보는 텔레비전에 블루박스를 설치해 놓았다. 그러니까 그와 그의 엄마가 기본적인 유선방송뿐 아니라 프리미엄 채널까지(알자지라와 같은 이국적인 부속 채널까지) 볼 수 있다는 뜻인데, 그렇다 한들 타임워너나 컴캐스트나 엑스피니트에서는 어쩔 도리가 없다. 그는 DVD 플레이어도 해킹해서 미국뿐 아니라 세계 각국의 DVD를 시청할 수 있게 만들어 놓았다. 간단하다. 리모컨을 이렇게 저렇게 서너 번 누른 다음 여섯 자리의 비밀번호를 누르기만 하면 된다. 이론상으로는 훌륭하지만 실제로 쓸모가 있을까? 엘름 가 49번지에서는 그렇지 않다. 그의 엄마는 4대 메이저 방송사에서 떡하니 차려 주는 프로그램이 아니면 보질 않고, 브래디는 거의 하루 종일 근무를 하거나 아니면 여기 이 통제 센터에서 *실질적인* 작업을 한다.

블루박스는 훌륭하지만 불법이기도 하다. 그가 알기로 DVD 해킹도 불법이다. 레드박스와 넷플릭스 해킹도 마찬가지다. 그가 생각해 낸 최고의 아이디어들은 *전부 다* 불법이다. 1번 발명품과 2번 발명품만 해도 그렇다.

그가 지난 4월의 그 안개 자욱하던 날 새벽에 시티 센터를 떠났을 때 구부러진 라디에이터 그릴에서는 핏물이, 앞 유리창에서는 살점들이 뚝뚝 떨어지던 트릴로니 부인의 메르세데스 조수석에 놓여 있었던 물건이 1번 발명품이었다. 1번 발명품은 3년 전, 그가 사람들을 떼로 죽이기로 마음먹었지만 무슨 수로, 언제, 어디서 그럴지 정하지는 못해서 아직 미래가 불투명했던 시절에 착안한 물건이었다. 그는 그 당시에 이런저런 아이디어들로 머릿속이 가득해서 초조했고 잠을 잘 자지 못했다. 그 무렵에는 항상 암페타민을 섞은 블랙커피를 방금 전에 보온병째 들이마신 듯한 기분이었다.

1번 발명품은 뇌 역할을 하는 마이크로 칩과 전지를 넣어서 작동되는 범위를 늘린 텔레비전 리모컨이었다. 그래도 거리가 상당히 짧긴 했지만 20~30미터 멀리 있는 신호등에 대고 한 번 누르면 빨간불이 노란색으로 바뀌었고, 두 번 누르면 빨간 불이 노란색으로 깜빡였고, 세 번 누르면 빨간 불이 녹색으로 바뀌었다.

브래디는 1번 발명품을 만들었다는 데 뿌듯했고 혼잡한 교차로에서 몇 번 사용한 적도 있었다(아이스크림 트럭은 너무 눈에 띄었기 때문에 낡은 스바루에 얌전하게 타고 있을 때만 그랬다.). 그리고 몇 번의 아슬아슬한 실패 끝에 드디어 교통사고를 유발하는 데 성공했다. 펜더가 휜 수준의 사고였지만 네 탓이네 내 탓이네 하며 옥신각신하는 두 운전자를 구경하는 것이 재미있었다. 잠깐 동안 저러다 몸싸움을 벌이겠다 싶을 만큼 분위기가 후끈했다.

그 바로 직후에 2번 발명품이 탄생되었지만, 브래디가 표적을 정할 수 있었던 것은 무사히 도망칠 수 있는 가능성을 획기적으로 끌어올린 1번 발명품 덕분이었다. 시티 센터에서, 그가 트릴로니 부인의 회색 메르세데스를 버리는 곳으로 낙점한 폐기 창고까지는 정확히 3킬로미터였다. 그가 선택한 경로상에 신호등이 8개 있었지만 그에게는 놀라운 장치가 있었으니 전혀 걱정할 필요가 없었다. 그런데 그날 새벽에는 — 젠장, 그럴 줄이야! — 모든 신호등이 초록색이었다. 새벽이라 그런가 보다 했지만 그래도 화가 났다.

그는 지하실 저쪽에 달린 벽장 쪽으로 걸어가며 생각한다. '내가 1번을 들고 나가지 않았다면 최소한 네 개가 빨간색이었을 거야. 내 인

생은 워낙 그런 식이니까.'

그의 발명품 중에서 유일하게 돈벌이가 된 것이 2번 발명품이었다. 액수가 많지는 않았지만 누구나 알다시피 돈이 전부는 아니지 않은가. 게다가 2번 발명품이 없었다면 메르세데스도 없었다. 그리고 메르세데스가 없었다면 시티 센터 대학살도 없었다.

고마운 2번 발명품.

벽장 걸쇠에는 큼지막한 예일 자물쇠가 걸려 있다. 브래디는 반지에 달린 열쇠로 자물쇠를 연다. 안에 불이 — 역시 새로 단 형광등이다. — 이미 켜져 있다. 벽장은 좁고 널빤지로 만든 선반들 때문에 더 좁아졌다. 한 선반 위에 9개의 신발상자가 놓여 있다. 상자마다 수제 플라스틱 폭탄이 1.6킬로그램씩 들어 있다. 브래디가 먼 시골의 버려진 자갈 채취장에서 실험해 보았는데 잘 터졌다.

'내가 저기 아프가니스탄에 있다면 머리에 수건 둘둘 말고 그 웃긴 목욕 가운 입고 군대 수송차를 폭발해서 이름 좀 날릴 수 있을 텐데.'

다른 선반에 놓인 신발상자에는 휴대전화가 몇 개 들어 있다. 로타운의 마약 밀매업자들은 버너라고 부르는 일회용 전화기다. 아무 드러그스토어나 편의점에서 살 수 있는 그 전화기들이 브래디의 오늘 저녁 숙제다. 신발상자에 든 폭탄을 동시에 터뜨릴 만한 스파크가 일 수 있게 어떤 번호를 누르면 전화기들이 전부 다 울리도록 개조하는 것이다. 그 플라스틱 폭탄을 쓰기로 결정한 것은 아니지만 그러고 싶은 마음이 있긴 하다. 정말이다. 뒤룩뒤룩한 전직 경찰관에게는 그의 걸작을 복제할 생각이 없다고 했지만 그것 역시 거짓말이었다. 뒤룩뒤룩한 전직 경찰관에 의해 결정되는 부분들이 많다.

만약 그가 브래디가 원하는 대로 해 준다면 ─ 트릴로니 부인이 브래디가 원하는 대로 해 주었던 것처럼 ─ 욕구가 당분간 사라질 것이다.

만약 그렇지 않다면…… 음…….

그는 전화기가 든 상자를 집어서 벽장을 나오려다 잠깐 걸음을 멈추고 뒤를 돌아본다. 다른 선반에 L. L. 빈에서 산 산지기 스타일의 누빔 조끼가 있다. 브래디가 산에 갈 때 입을 거라면 미디엄이 딱 맞았을 텐데 ─ 그는 날씬하다. ─ 이 조끼는 XL이다. 가슴에 선글라스를 쓰고 이를 드러낸 스마일 마크가 달려 있다. 그 조끼의 바깥 주머니에 2개, 안주머니에 2개, 이렇게 1.6킬로그램짜리 플라스틱 폭탄이 4개 들어 있다. 몸통에는 (호지스의 해피 슬래퍼처럼) 볼 베어링이 가득 들어서 불룩하다. 브래디가 안감을 잘라서 볼 베어링을 넣었다. 엄마한테 자른 부분을 꿰매 달라고 할까 하는 생각이 들기도 했는데, 강력 접착테이프로 붙이는 와중에 그 생각이 떠올라서 배를 잡고 웃었다.

'나만의 자살 조끼.' 그는 다정하게 속으로 속삭인다.

그 조끼를 쓸 일은 없겠지만…… *아마 없겠지만*…… 유혹이 없지는 않다. 그거 하나면 모든 게 끝날 것 아닌가. 더 이상 디스카운트 일렉트로닉스에서 근무할 일도 없고, 사이버 순찰차를 몰고 가서 바보 같은 노인네의 CPU에서 피넛버터나 크래커 부스러기를 꺼낼 일도 없고, 아이스크림 트럭을 몰고 다닐 일도 없지 않은가. 그의 머릿속 한 구석 아니면 허리띠 버클 아래를 기어 다니는 뱀들도 사라질 것 아닌가.

그는 록 콘서트장에서 일을 저지르는 광경을 상상한다. 그도 알다시피 스프링스틴이 이번 6월에 레이크프런트 아레나에서 공연을 할 예정이다. 이 도시의 최대 행사라 할 수 있는 독립기념일 가두 행진은 어떨까? 아니면 해마다 8월 첫째 주 토요일에 열리는 하계 노천예술제 및 가두 축제는 어떨까? 그것도 좋겠지만 뜨거운 8월의 오후에 누빔 조끼를 입고 있으면 우스워 보이지 않을까?

그는 맞는 말이지만 창의력을 발휘하면 얼마든지 해결할 수 있는 문제라고 생각하며 일회용 전화기들을 작업 테이블 위에 펼쳐 놓고 유심 칩을 꺼내기 시작한다. 게다가 자살 조끼는 그 뭐냐, 최후의 시나리오다. 아마 절대 쓸 일이 없겠지만 그래도 준비해 놓으면 좋다.

그는 올라가기 전에 3번 노트북 앞에 앉아서 인터넷에 접속해 블루 엄브렐라를 체크한다. 뒤룩뒤룩한 전직 경찰관한테서는 소식이 없다.

아직까지는.

다음 날 아침 10시에 레이크 가에 있는 워튼 부인의 아파트 앞에서 인터컴을 누를 때 호지스는 은퇴하고 두 번째인가 세 번째로 양복을 입고 있다. 허리와 겨드랑이가 끼긴 하지만 다시 양복을 입으니 기분이 좋다. 남자는 양복을 입으면 일하는 사람이 된 것처럼 느껴진다.

어떤 여자의 목소리가 스피커에서 흘러나온다.

"누구세요?"

"빌 호지스입니다. 어제 저녁에 통화한."

"아, 네. 시간 딱 맞춰서 오셨네요. 19-C호예요, 호지스 형사님."

그는 이제 형사가 아니라고 말하려다 윙하는 소리와 함께 문이 열리자 관둔다. 게다가 통화하면서 은퇴했다는 이야기를 했다.

시티 센터 대학살 사건이 있었던 그날, 호지스와 피트 헌틀리가 1차 면담을 하러 찾아갔을 때 그녀의 언니가 그랬던 것처럼 저널 패터슨이 문 앞에서 기다리고 있다. 두 여인이 워낙 닮아서 호지스가 강렬한 기시감을 느끼기에 충분하다. 하지만 엘리베이터에서 (어슬렁거리지 말고 제대로 걸으려고 애를 써 가며) 짧은 복도를 지나 아파트 문 앞에 다다라 보니 닮은 구석보다 다른 구석이 많다는 것을 알 수 있다. 패터슨도 눈이 옅은 파란색이고 광대뼈가 불룩하지만, 올리비아 트릴로니가 스트레스와 짜증의 조합으로 입술이 종종 하얘질 정도로 입을 굳게 다물었다면 저널 패터슨은 당장이라도 미소를 지을 것처럼 아니면 입맞춤을 하사할 것처럼 표정이 온화하다. 입술은 촉촉한 립글로스를 발라서 반짝이고 먹음직스러워 보인다. 그리고 이 여인은 보트넥을 입지 않았다. 완벽하게 동그란 젖가슴을 감싸는 포근한 터틀넥을 입었다. 젖가슴이 크지는 않지만 친애하는 호지스의 아버지도 입버릇처럼 말했다시피 한 손 밖으로 넘치는 젖가슴은 낭비다. 훌륭한 보정 속옷을 입은 걸까, 이혼 후에 확대 수술을 한 걸까? 호지스가 보기에는 확대 수술일 가능성이 크다. 언니 덕분에 몸을 마음껏 가꿀 수 있게 된 것이다.

그녀는 손을 내밀어 그와 정식으로 악수를 한다.

"와 주셔서 감사해요."

그녀는 본인이 와 달라고 부르기라도 한 것처럼 그렇게 말한다.

"만날 수 있어서 다행입니다."

그는 말하면서 그녀를 따라 들어간다.

예전에 보았던 그 숨 막히는 호수의 전경이 그를 정면으로 강타한다. 그는 이 전경을 생생히 기억하지만, T 부인을 이 집에서 만난 적은 한 번뿐이었다. 다른 때는 슈거 하이츠의 대저택 아니면 서에서 만났다. 그녀는 서를 방문했을 때 한 번 히스테리를 부린 적이 있었다. 모두들 *나를 욕해요,* 라고 했다. 그러고는 얼마 안 있어서, 겨우 몇 주 뒤에 스스로 목숨을 끊었다.

"커피 드실래요, 형사님? 자메이카 커피예요. 맛이 아주 좋아요."

호지스는 오전 중에 커피를 마시면 잔탁을 먹어도 심하게 속이 쓰려서 되도록 자제한다. 하지만 달라고 한다.

그는 넓은 거실 창가에 놓인 슬링 체어에 앉아서 부엌으로 들어간 그녀를 기다린다. 날은 따뜻하고 맑다. 요트들이 스케이트 선수처럼 호수 위를 쌩하니 가로지르고 원을 그린다. 그녀가 돌아오자 그가 들고 있는 은 쟁반을 받으려고 일어나지만, 저넬은 웃으며 됐다고 고개를 젓고 무릎을 우아하게 꺾어서 나지막한 커피 테이블에 내려놓는다. 거의 절을 하는 자세다.

호지스는 그들의 대화가 어떤 식으로 흘러갈지 계산해 놓았는데 허튼 짓이었다. 이건 마치 기껏 유혹할 방법을 생각해 놨더니 욕정의 상대가 짧은 나이트가운에 '나를 잡쳐 주세요' 구두를 신고 문 앞에서 그를 맞이한 것이나 다름없는 형국이다.

"우리 언니를 자살하게 만든 사람이 누군지 알아내고 싶어요." 그녀는 튼튼한 사기 머그에 커피를 따르며 이렇게 말한다. "그런데 지금까지는 어떻게 하면 되는지 몰랐어요. 형사님의 전화가 신의 계시나 다름없었어요. 통화를 하고 보니 형사님이 적임자라는 생각이 들더군요."

호지스는 어안이 벙벙해서 할 말을 잃는다.

그녀가 그에게 머그를 건넨다.

"크림 넣고 싶으시면 직접 넣으셔야 해요. 저는 첨가물에 대해서는 절대 책임을 안 지거든요."

"블랙 좋습니다."

그녀는 미소를 짓는다. 치열이 완벽하거나 아니면 완벽해 보이도록 씌웠다.

"마음에 드네요."

그는 시간을 벌 요량으로 커피를 한 모금 마시는데 맛이 훌륭하다. 그는 헛기침을 하고 말문을 연다.

"패터슨 부인, 어제 저녁에 말씀드렸다시피 저는 이제 형사가 아닙니다. 작년 11월 12일자로 일개 시민이 됐어요. 그것부터 분명히 짚고 넘어가야겠네요."

그녀는 머그 너머로 그를 물끄러미 쳐다본다. 호지스는 그녀의 입술에 바른 촉촉한 립글로스도 자국이 남는지 아니면 립스틱 기술이 고도로 발전해서 자국은 옛날이야기가 됐는지 궁금해한다. 그런 것을 궁금해하다니 정신 나간 짓이지만 그녀가 워낙 미인이다. 게다가 그는 요즘 외출을 별로 하지 않는다.

"제 생각을 말씀드리자면," 저넬 패터슨이 말한다. "방금 전에 하신 말씀 중에서 중요한 단어는 딱 두 개뿐이네요. 하나는 일개, 나머지 하나는 형사(일개에 해당하는 private이라는 단어와 형사에 해당하는 detective라는 단어를 합하면 사립탐정이 된다 — 옮긴이). 저는 언니를 건드린 사람이 누군지, 자살할 때까지 언니를 *가지고* 논 사람이 누군지 알아내고 싶은데 경찰서에서는 어느 누구도 관심을 보이지 않아요. 다들 언니의 차로 사람들을 죽인 범인만 찾고 싶어 하고, 우리 언니에 대해서는 — 좀 상스러운 단어를 쓸게요. — 발톱의 때만큼도 신경 쓰지 않죠."

호지스는 은퇴했을지 몰라도 충성심은 여전하다.

"그건 사실이 아닌데요."

"형사님은 왜 그렇게 말씀하시는지 이해하지만……"

"형사라고 하지 마시고 그냥 호지스 씨라고 불러 주세요. 아니면 빌이라고 하시든지요."

"그럼 빌이라고 할게요. 그리고 *사실이* 그래요. 그 살인 사건과 언니의 자살에는 연관성이 있어요. 차를 쏜 사람이 편지를 보낸 사람이니까요. 그리고 또 다른 증거도 있어요. 블루 엄브렐라 어쩌고 하는 거."

'진정해.' 호지스는 스스로 단속한다. '실수하지 말고.'

"무슨 편지 말씀인가요, 패터슨 부인?"

"제이니. 빌이라고 불러달라고 하실 거면 저는 제이니라고 부르세요. 잠깐 기다리세요. 보여 드릴 테니까."

그녀는 자리에서 일어나 거실 밖으로 나간다.

호지스는 심장이 쿵쾅거리지만 — 고가도로 아래에서 트롤들과 대전을 벌였을 때보다 더 심하게 쿵쾅거리지만 — 제이니 패터슨의 뒷모습이 앞모습 못지않게 아름답다는 것을 알아차리지 못할 정도는 아니다.

'제발 진정해.' 그는 다시 한 번 속으로 중얼거리고 커피를 한 모금 더 마신다. '네가 필립 말로도 아니잖아.' 머그가 벌써 반이나 비었는데 속이 쓰리지 않다. 쓰린 기미조차 없다. '기적의 커피로군.'

그녀는 종이 두 장의 모서리를 잡고 역겨워하는 표정을 지으며 돌아온다.

"올리 책상에 있는 서류를 정리하다 이걸 발견했어요. 같이 있던 슈론 변호사 ─ 언니가 유언장 집행인으로 지목했기 때문에 같이 있을 수밖에 없었죠. ─ 가 물을 마시러 부엌에 간 사이예요. 슈론 씨는 이걸 본 적 없어요. 내가 숨겼거든요." 그녀는 부끄러워하거나 반항하는 기미 없이 담담하게 이야기한다. "나는 이게 뭔지 한눈에 알아차렸어요. *저것* 때문에요. 범인이 언니의 자동차 핸들에도 똑같은 걸 남겼거든요. 그 자의 명함이라고 할까요."

그녀는 첫 장 중간쯤에 있는, 선글라스를 쓰고 있는 스마일 마크를 톡톡 두드린다.

호지스는 그 마크의 존재를 이미 알아차렸다. 그의 워드 프로그램을 통해 아메리칸 타이프라이터라고 이름을 알아낸 서체도 알아차렸다.

"이 편지를 찾으신 게 언제죠?"

그녀는 기억을 더듬으며 흘러간 시간을 계산한다.

"제가 장례식 때문에 건너온 게 11월 말께였어요. 유언장 공개 결과 올리의 유산 수령인이 저 하나로 밝혀진 게 12월 첫 주였고요. 저는 슈론 씨에게 올리의 자산과 유품 목록 작성을 1월로 미루어달라고 했어요. LA에서 처리해야 할 일이 있었거든요. 그랬더니 슈론 씨가 알았다고 했죠." 그녀는 환하게 반짝이는 파란색 눈으로 호지스를 침착하게 응시한다. "처리해야 할 일이 뭐였는가 하면 이혼 수속이었어요. 남편이 — 다시 좀 상스러운 단어를 쓸게요. — 바람둥이에 마약을 하는 등신이었거든요."

호지스는 곁길로 샐 마음이 없다.

"그럼 1월에 슈거 하이츠로 돌아오신 겁니까?"

"네."

"그리고 그때 편지를 발견하셨고요?"

"네."

"경찰에 보여 주셨나요?"

1월이면 4개월 전이라 그는 답을 알고 있지만 그래도 확인해야 한다.

"아뇨."

"왜요?"

"말씀드렸잖아요! 경찰은 못 믿겠으니까 그렇죠!"

그녀가 울음을 터뜨리자 눈 속에서 반짝이던 빛이 쏟아져 나온다.

그녀가 잠깐 실례해도 되겠느냐고 묻는다. 호지스는 물론이라고 대답한다. 그녀는 어딘가로 사라진다. 아마 진정하고 화장을 고치려는 모양이다. 호지스는 편지를 집어서 읽으며 커피를 홀짝인다. 커피가 정말 맛있다. 이제 같이 먹을 쿠키만 한두 개 있으면 딱 좋겠는데……

올리비아 트릴로니에게

버리거나 태우지 말고 이 편지를 끝까지 읽어 줬으면 합니다. 내가 당신의 관심을 받을 자격이 없다는 걸 알지만 그래도 간청할게요. 저로 말할 것 같으면 당신의 메르세데스를 훔쳐서 그 사람들 속으로 몰고 간 사람입니다. 그런데 지금 수치심과 후회와 슬픔으로 온몸이 화끈거리고 있어요. 당신이 태우면 이 편지도 그런 꼴이 되겠죠.

제발, 제발, 제발 해명할 기회를 주세요! 당신에게 절대 용서받을 수 없다는 건 알고 있고 기대도 하지 않아요. 하지만 당신을 이해시킬 수 있다면 그것만으로도 충분할 거예요. 저에게 그럴 기회를 주지 않으시렵니까? 네? 일반인의 입장에서 보자면 저는 괴물이고, 텔레비전 뉴스의 입장에서 보자면 광고를 파는 데 도움이 되는 또 하나의 유혈이 낭자한 기사일 뿐이고, 경찰의 입장에서 보자면 잡아서 철창에 넣고 싶은 또 한 명의 또라이일 뿐이지만, 저도 당신과 같은 인간이에요. 제 사연을 소개하자면 이렇답니다.

나는 육체적으로 성적으로 학대를 당하면서 자랐어요. 새아버지가 첫 타자였는데 그걸 알아차렸을 때 어머니가 어떻게 했는지 알아요? 같이 거들었답니다! 아직 편지를 접은 거 아니죠? 접었더라도 이해해요, 역겨운 이야기니까요. 하지만 그래도 계속 읽어 주었으면 좋겠어요. 마음의 짐을 덜고 싶거든요. 내가 조만간 '산 자의 땅'을 떠날지 모르지만, 그래도 내가 왜 그런 짓을 저질렀는지 알아주는 사람 하나 없이 생을 마감하고 싶지는 않아요. 나는 왜 그랬는지 백 퍼센트 이해하지 못하겠지만 '제3자'인 당신은 이해할지 모르잖아요.

여기에 스마일 마크가 있었다.

　성적 학대는 내 나이 열두 살에 새아버지가 심장마비로 죽었을 때까지 계속 이어졌어요. 어머니는 남들한테 얘기하면 내가 욕을 먹을 거라고 했어요. 팔과 다리와 그곳을 담배로 지진 자국을 남들한테 보여 주면 내가 한 짓이라고 말하고 다닐 거라고 했고요. 어렸을 때라서 나는 정말 그런 줄 알았어요. 그리고 또 어머니가 뭐라고 했냐면 사람들이 내 말을 믿으면 어머니는 감옥에 가고 나는 고아원으로 보내질 거라고 했어요(아마 그건 사실이었겠죠.).

　나는 아무한테도 말하지 않았어요. 가끔은 '모르는 어려움보다 아는 어려움이 더 나을 때도 있다'잖아요!

　나는 불안해서 잘 먹지 못했고 먹더라도 자주 토했기 때문에(거식증) 키도 작았고 아주 말랐어요. 그래서 학교에서 괴롭힘을 당했죠. 나는 옷을 잡아당기고 머리카락을 쥐어뜯는(가끔 한 움큼씩 뜯을 때도 있었어요.) 신경성 틱 증상도 생겼어요. 그래서 친구들뿐 아니라 선생님들 사이에서도 놀림감이었죠.

돌아온 제이니 패터슨이 다시 그의 맞은편에 앉아서 커피를 마시지만, 호지스는 처음에는 알아차리지도 못한다. 그는 피트와 함께 네댓 번 T 부인을 만났던 것에 대해 생각하고 있다. 그녀가 보트넥을 계속 바로잡았던 것을 떠올리고 있다. 아니면 치맛자락을 잡아당겼던 것을. 아니면 립스틱 자국을 닦기라도 하는 것처럼 꾹 다문 입가를 만지작거렸던 것을. 아니면 손가락에 머리카락을 감고 잡아당겼던 것을.

그는 다시 편지를 읽는다.

나는 절대 못된 아이가 아니었어요, 트릴로니 부인. 정말이에요. 동물을 괴롭힌 적도 없고 나보다 작은 애들을 때린 적도 없어요. 나는 그냥 놀림이나 창피 당하지 않으려고 이리저리 도망다니는 조그만 생쥐에 불과했는데 그마저도 성공하지 못했죠.

나는 대학에 가고 싶었지만 가지 못했어요. 나를 학대한 여자를 돌보게 되었거든요! 웃기죠? 엄마가 뇌졸중을 일으킨 건 아마 술 때문일 거예요. 네, 엄마는 알코올중독자랍니다. 아니, 가게에 가서 술을 살 수 있던 시절에는 알코올중독자였다고 해야겠네요. 지금은 살짝 걸을 수 있긴 하지만 많이 걷지는 못해요. 내가 엄마를 화장실에 모시고 가고 '볼일을 보고 나면' 닦아 드려야 하죠. 나는 월급이 쥐꼬리만 한 회사에서 하루 종일 일을 하고(이런 불경기에 취직을 했다는 것 자체가 다행이라는 건 알아요.) 퇴근하면 엄마를 돌봐야 해요. 간병인을 평-일에 몇 시간 부르는 것 이상은 감당이 안 되거든요. 형편없고 한심한 인생이죠. 나는 친구도 없고 회사에서 승진할 가능성도 없어요. 이 사회가 벌-집이라면 나는 한 마리의 수벌에 불과해요.

그래서 화가 나기 시작했어요. 누군가에게 대가를 치르게 하고 싶었어요. 이 세상에 반격을 가해서 내가 살아 있다는 걸 알리고 싶었어요. 부인은 그런 기분을 느껴 본 적 있나요? 부인은 돈이 많고 돈으로 살 수 있는 좋은 친구들이 있을 테니 그런 적 없겠죠.

이 비꼬는 듯한 발언에 이어서 농담이라는 듯이 또다시 선글라스를 낀 스마일 마크가 등장한다.

그러던 어느 날, 너무 감당하기 힘들어서 그런 짓을 저질렀어요. 사전에 계획한 건 아니었고……

'지랄하시네.'

……잡힐 가능성이 최소한 50대 50은 된다고 생각했죠. 하지만 상관없었어요. 그 뒤로 이 일 때문에 얼마나 괴로워하게 될지도 **정말** 몰랐어요. 지금도 그 사람들과 부딪쳤을 때 났던 쿵 소리가 생생하고 그 사람들의 비명이 들려요. 뉴스를 보고 심지어 <u>젖먹이까지 죽었다</u>는 사실을 알게 됐을 때는 내가 얼마나 끔찍한 짓을 저질렀는지 실감이 나더군요. 앞으로 무슨 수로 얼굴을 들고 살아갈 수 있을지 모르겠어요.

트릴로니 부인, 도대체 왜, 왜, 왜 열쇠를 꽂은 채로 내리셨나요? 내가 잠이 오지 않아서 새벽에 산책을 나간 길에 그걸 보지 않았더라면 이런 일은 벌어지지 않았을 텐데. 부인이 열쇠를 꽂은 채로 내리지 않았더라면 그 꼬맹이와 아이 엄마는 죽지 않았을 텐데. 부인을 탓하는 건 아니에요. 부인도 고민과 걱정거리들로 정신이 없었을 테니까요. 하지만 이런 일이 없었더라면 얼마나 좋았을까요. 부인이 열쇠를 챙겼더라면 이런 일은 없었을 텐데. 내가 이 죄책감과 후회의 불길 속에서 괴로워하는 일은 없었을 텐데.

부인도 죄책감과 후회를 느낄지 모르겠네요. 미안해요, 가뜩이나 사람들이 얼마나 못됐는지 조만간 알게 될 텐데. 텔레비전 뉴스와 신문에서는 부인이 칠칠치 못해서 내가 그렇게 끔찍한 짓을 저지를 수 있었던 거라고 떠들어 대겠죠. 친구들은 연락을 끊겠죠. 경찰에서는 부인을 들들 볶겠죠. 슈퍼마켓에 가면 사람들이 부인을 보고 자기들끼리 수군거리겠죠. 그냥 수군거리는 데 만족하지 않고 '대놓고 뭐라고 하는' 사람들도 있을 거예요. 부인의 집이 테러를 당할 수도 있을 테니 보안업체 직원들한테 '조심하라'고 일러 주세요.

부인은 저와 대화할 마음이 없겠죠? 아, 직접 만나자는 게 아니고 안전한 공간이 있어요. 우리 두 사람 모두에게 안전한 공간이. 언더 데비스 블루 엄브렐라라고 컴퓨터로 이야기를 나눌 수 있는 곳이에요. 부인이 혹시 관심 있을 경우에 대비해서 아이디도 만들어놓았어요. 'otrelaw19'예요.

평범한 사람이라면 어떻게 할지 알아요. 평범한 사람이라면 이 편지를 들고 당장 경찰서로 찾아가겠죠. 하지만 하나만 물을게요. 부인을 들들 볶아서 불면의 밤을 유도한 것 말고 경찰에서 한 일이 뭐가 있나요? 만약 내가 죽길 바란다면 이 편지를 경찰한테 넘기세요. 그게 총으로 내 머리를 겨누고 방아쇠를 당기는 것만큼이나 확실한 방법일 테니까. 그러면 내가 자살해 버릴 생각이거든요.

정신 나간 소리처럼 들릴지 몰라도 내가 살아 있는 단 한 가지 이유가 부인이에요. 나와 대화를 나눌 사람이 부인밖에 없거든요. 지옥에서 산다는 게 어떤 심정인지 이해하는 사람이 부인밖에 없거든요.

그러니까 기다릴게요.

트릴로니 부인, 정말 정말 정말 **미안합니다.**

호지스는 커피테이블에 편지를 내려놓고 중얼거린다.

"이런 망할."

제이니 피터슨은 고개를 끄덕인다.

"내 느낌도 비슷했어요."

"자기한테 연락하도록 유도하고……"

제이니는 의아한 눈빛으로 그를 쳐다본다.

"유도라고요? 협박한 거죠! '시키는 대로 해. 안 그러면 나, 자살
해 버린다.'"

"아까 말씀하신 걸 들어 보니 부인이 그의 제안을 받아들였던 모
양인데, 두 사람이 나눈 대화의 흔적을 보신 적 있습니까? 이 편지
옆에 출력물 같은 거라도 있었는지."

그녀는 고개를 젓는다.

"올리는 어머니한테 '정신적으로 아주 괴로워하는 남자'와 채팅을
하고 있다고, 끔찍한 짓을 저지른 그 남자에게 주변에 도움을 청해
보라고 설득하는 중이라고 했대요. 어머니는 불안해했죠. 올리가 그
괴로워하는 남자와 공원이나 커피숍이나 뭐 그런 데서 만나서 얘기
하는 줄 알고요. 어머니의 나이가 팔십 대 후반이잖아요. 컴퓨터라
는 물건에 대해서는 알지만 실질적인 사용법에 대해서는 잘 모를 수
밖에요. 올리가 채팅방에 대해서 설명했지만 — 아니면 설명해 보려
고 애를 썼지만 — 엄마가 알아들었을지 의문이에요. 엄마가 기억하
는 건, 언니가 파란 우산 아래서 정신적으로 아주 괴로워하는 남자
와 이야기를 나누었다는 것뿐이에요."

"어머님께서 그 남자를 메르세데스를 훔쳐서 시티 센터에서 살인

을 저지른 범인과 연관지으시던가요?"

"그렇게 생각할 만한 말씀은 하신 적이 없어요. 엄마의 단기 기억력이 아주 흐릿해졌거든요. 일본군의 진주만 공습에 대해서 물으면 정확히 언제 그 뉴스를 들었고 어쩌면 뉴스 진행자가 누구였는지까지 기억하세요. 하지만 아침으로 뭘 드셨고 지금 계신 곳이 어딘지 아느냐고 물으면⋯⋯." 제이니는 어깨를 으쓱한다. "기억하실 때도 있고 못하실 때도 있어요."

"그나저나 정확히 어디 계신 겁니까?"

"서니 에이커스라고 여기서 한 50킬로미터 가면 나오는 곳이에요." 그녀는 웃음을 터뜨리지만 유쾌한 기미라고는 느껴지지 않는 쓸쓸한 웃음이다. "그 이름을 들을 때마다 터너 클래식 무비 채널에서 틀어 주는 오래된 멜로드라마가 생각나요. 여주인공이 정신병자 판정을 받고 춥고 끔찍한 정신병원으로 보내지는 그런 영화 말이에요."

그녀는 고개를 돌려서 호수를 내다본다. 조금은 생각에 잠긴 듯하면서도 조금은 방어적인, 흥미로운 표정을 짓고 있다. 호지스는 그녀를 보면 볼수록 생김새에 호감을 느낀다. 눈가의 잔주름은 잘 웃는 성격이라는 증거다.

"나는 그런 영화에서 누구에 해당하는지 알아요." 그녀가 호수 위에서 노니는 요트들에게 시선을 고정한 채 말한다. "거금과 함께 노부모 봉양을 떠맡은 음흉한 동생. 돈만 챙기고 나이 든 부모님은 저녁으로 앨포(애완견 사료 — 옮긴이)가 나오고 누운 채로 오줌을 싸도 밤새도록 방치되는 그런 섬뜩한 시설로 보내는 잔인한 동생. 하지만 서니는 그런 곳이 아니에요. 사실 아주 쾌적해요. 싸구려도 아니고

166

요. 그리고 엄마가 보내 달라고 했어요."

"그래요?"

"그래요." 그녀는 콧잔등을 살짝 찡그리며 그의 말을 따라 한다.

"혹시 어머니 간병인 기억하세요? 그린 부인. 앨시어 그린 부인이요."

호지스는 사건 수첩을 찾으려고 재킷 안쪽으로 손을 넣지만 사건 수첩은 없다. 하지만 잠깐 생각해 본 끝에 수첩 없이 그녀의 기억을 떠올린다. 하얀 옷을 입고 걷는다기보다 미끄러지듯 움직였던, 키가 크고 위풍당당한 여자였다. 숱 많은 회색 머리칼이 물결 모양으로 구불구불해서 「프랑켄슈타인의 신부」에 나온 엘자 란체스터를 닮은 것처럼 보였다. 그와 피트는 그녀에게 목요일 저녁 퇴근길에 길가에 주차된 트릴로니 부인의 메르세데스를 보았느냐고 물은 적이 있었다. 그녀는 분명히 보았다고 했는데, 호지스와 헌틀리 팀이 해석하기에 그 말은 잘 모르겠다는 뜻이었다.

"네, 기억납니다."

"제가 로스앤젤레스에서 돌아오자마자 부인이 일을 그만두겠다고 선포했어요. 나이가 예순넷이나 돼서 그렇게 심각한 장애 환자를 제대로 돌보지 못하겠다면서 제가 조무사를 붙이겠다고, 필요하면 두 명을 붙이겠다고 해도 고집을 꺾지 않았죠. 시티 센터 대학살 사건으로 언론의 주목을 받아서 경악한 것도 있지만 그 이유 하나뿐이었다면 일을 그만두지 않았을 거예요."

"언니의 자살이 결정타였다는 건가요?"

"확실해요. 부인과 올리가 절친한 친구라거나 뭐 그런 사이는 아니었지만 잘 지냈고, 엄마를 간병하는 부분에 있어서 생각이 같았거든요. 그렇게 되고 보니 서니가 최선의 대안이 되었고 엄마는 거기서 지내니까 안심이 된다고 해요. 적어도 컨디션이 좋은 날만큼은. 저도 마찬가지예요. 최소한 통증 관리는 더 잘 되니까요."

"제가 찾아가서 이야기를 나누어보면……."

"몇 가지를 기억하실 수도 있고 못하실 수도 있어요."그녀는 시선을 돌려서 그를 똑바로 쳐다본다. "이 일을 맡아 주시겠어요? 사립탐정 수임료는 인터넷에서 확인했고 그보다 훨씬 더 많이 드릴 용의가 있어요. 1주일에 경비 제외하고 5000달러. 근무 기간은 최소 8주."

8주 일하고 4만 5000달러라니. 호지스는 감탄한다. 결국 필립 말로가 될 수 있을지도 모르겠다. 그는 문을 열면 싸구려 사무용 건물 3층 복도가 나오는, 추레한 방 두 개짜리 사무실을 상상해 본다. 이름이 롤라 아니면 벨마, 뭐 이런 섹시한 접수 담당자도 두는 거다. 두말하면 잔소리지만 입이 거친 금발이어야 한다. 그는 비가 오는 날이면 트렌치코트를 입고 갈색 페도라를 한쪽 눈썹까지 눌러쓸 것이다.

웃기는 상상이다. 하지만 진지하게 구미가 당긴다. 레이지보이에 앉아서 과자를 우적우적 먹으며 여판사를 보지 않아도 된다는 데 구미가 당긴다. 양복을 입는 것도 좋다. 하지만 그뿐만이 아니다. 그는 깔끔하지 못하게 경찰 생활을 접었다. 피트는 전당포 절도범의 신원을 파악했고, 아내를 살해하고 텔레비전에 나와서 근사한 미소를 뽐내던 도널드 데이비스를 이사벨 제인스와 함께 체포할 것으로 보인다. 피트와 이사벨에게는 잘된 일이지만 데이비스나 전당포 절도범은 대어가 아니다.

'그리고 미스터 메르세데스는 나를 건드리지 말았어야 했어. 그리고 T 부인도.'

그는 T 부인도 건드리지 말았어야 했다.

"빌?" 제이니는 무대 위에서 상대의 최면을 깨우는 최면술사처럼 손가락을 퉁긴다. "제 말 듣고 계신 거예요?"

그는 햇빛이 환하게 비치는 곳에 거리낌 없이 앉아 있는 사십 대 중반의 여성에게로 다시 관심을 돌린다.

"수락하더라도 보안 컨설턴트로 일을 하는 겁니다."

그녀는 재미있어하는 표정을 짓는다.

"하이츠에서 일하는 그 비질런트 경비업체 소속 직원들처럼 말인 가요?"

"아뇨, 그건 아니죠. 그들은 매인 몸이잖습니까. 저는 아니고요." '나는 한 번도 어딘가에 매인 적이 없었지.' "시내 나이트클럽에서 일하는 그런 치들처럼 그냥 개인 경호를 하는 거예요. 그래서 세금 공제는 전혀 못 받으시겠네요."

재미있어하는 표정이 함박웃음으로 활짝 번지고 그녀는 다시 콧잔등을 찡그린다. 호지스가 판단하기에는 상당히 매력적인 습관이다.

"상관없어요. 아실지 모르겠지만 제가 돈은 넘쳐나거든요."

"내가 원하는 것은 전면 폭로예요, 제이니. 사립탐정 면허가 없어도 여기저기 물어보고 다니는 데에는 아무 문제없겠지만 경찰 배지나 사립탐정 면허증 없이 얼마나 잘할 수 있을지는 두고 봐야 알 수 있겠죠. 시각장애인에게 안내견 없이 마을을 한 바퀴 돌아보라고 하는 거나 마찬가지니까요."

"경찰에서 오랫동안 함께 근무했던 동료들과의 인맥이 있지 않나요?"

"있지만 그걸 활용하려 들면 나도 그렇고 동료들도 그렇고 입장이 난처해져요."

벌써 인맥을 활용해서 피트에게서 정보를 빼냈다는 이야기를 만난 지 얼마 되지도 않은 사람에게 할 수는 없다.

그는 제이니가 보여 준 편지를 든다.

"일례로 이걸 우리 둘 사이의 비밀로 한다는 데 동의하면 나는 증거 은닉죄를 짓는 게 됩니다." 그가 이미 이 비슷한 편지를 은닉하고 있다는 것도 그녀에게 알릴 필요 없는 이야기다. "엄밀히 따지면요. 그리고 증거 은닉은 중죄예요."

그녀는 당황스러워한다.

"맙소사, 그건 생각 못했네요."

"하지만 감식반에서 이 편지를 보고 알아낼 수 있는 정보가 뭐가 있을까 싶긴 합니다. 말버러 가나 로브라이어 가의 어느 우편함에 배달된 편지로 말할 것 같으면 이 세상에 그보다 더 익명일 수 없으니까요. 예전에는 — 저는 기억이 생생합니다만 — 서체를 보고 그 편지를 쓰는 데 동원된 타자기를 서로 짝지을 수 있었죠. 그 타자기를 찾아내기만 하면요. 지문 못지않게 훌륭했어요."

"하지만 이건 타자기로 친 게 아니죠."

"네. 레이저 프린터로 뽑았죠. 이 말은 곧, 위로 솟은 A나 삐딱한 T, 그런 게 없다는 뜻이 됩니다. 그러니까 나는 은닉한 증거가 딱히 없는 거죠."

물론 그래도 은닉은 은닉이지만.

"이 일을 맡을게요, 제이니. 하지만 1주일에 5000달러는 말도 안
돼요. 수표로 지급하겠다면 2000달러짜리 수표는 받을게요. 그리고
경비도 청구하고요."

"그건 한참 부족한 것 같은데요."

"성과가 있으면 보너스를 논의해 보죠."

하지만 그가 미스터 메르세데스를 찾아낸다 하더라도 보너스는
아마 받지 않을 것이다. 그는 이미 그 자식에 대해서 조사하기로 결
심하고 그녀를 살살 달래서 협조를 얻어내기 위해 이 집을 찾지 않
았던가.

"알겠어요. 좋아요. 고맙습니다."

"별말씀을요. 이제 언니와의 관계에 대해서 들어 볼까요? 올리라
고 부를 만큼 좋았다는 거야 알겠지만 더 많은 정보가 필요한데요."

"그 얘기를 하려면 시간이 좀 걸리겠네요. 커피 한 잔 더 하실래
요? 쿠키도 같이 내올까요? 레몬 스냅스가 있는데."

호지스는 커피와 쿠키 모두 달라고 한다.

"올리."

제이니는 이렇게 중얼거리고는 호지스가 새로 나온 커피를 홀짝
이고 쿠키를 먹도록 한참 동안 침묵을 지킨다. 그러더니 창문 쪽으
로 고개를 돌려서 다시 요트들을 바라보며 다리를 꼬고 그를 외면한
채 이야기를 시작한다.

"좋아하지 않는 사람을 사랑해 본 적 있으세요?"

호지스는 코린과, 서로 갈라서기 전까지 그 파란만장했던 18개월을 떠올린다.

"네."

"그럼 이해하시겠네요. 올리는 저보다 여덟 살 많은 언니였어요. 언니를 사랑했지만 언니가 대학생이 돼서 떠났을 때 저는 이 나라를 통틀어서 가장 행복한 아이가 되었죠. 언니가 3개월 만에 중퇴하고 집으로 허겁지겁 돌아왔을 때는 잠깐 내려놓았던 큼지막한 벽돌 자루를 다시 짊어지게 된 아이처럼 피곤했고요. 언니는 저한테 못되게 굴지 않았고 욕을 하거나 내 머리꼬랑지를 잡아당긴 적도 없었고 제가 중학생 때 마키 설리번과 손을 잡고 집까지 걸어왔을 때도 놀리지 않았지만 언니가 집에 있으면 늘 비상경계 태세였어요. 그게 어떤 건지 아시겠어요?"

호지스는 감이 잘 안 잡히지만 그래도 고개를 끄덕인다.

"언니는 뭘 먹으면 속이 메슥거린다고 했어요. 뭐라도 스트레스 받는 일이 있으면 두드러기가 났고요. 면접이 최악이었지만, 결국 비서로 취직이 되긴 했어요. 워낙 능력 있고 예뻤거든요. 그거 아셨어요?"

호지스는 애매한 소리를 낸다. 솔직한 대답을 강요받았다면 당신을 보니 믿겨진다고 했을 것이다.

"한번은 언니가 저를 콘서트에 데려가 주겠다고 한 적이 있었어요. U2 콘서트였고 얼마나 미친 듯이 기다렸는지 몰라요. 올리도 U2를 좋아했는데 콘서트가 열리는 날 저녁에 토를 하기 시작한 거예

172

요. 하도 심해서 부모님이 응급실로 데리고 가야 할 정도였고 저는 보노를 보고 펄쩍펄쩍 뛰면서 비명을 지르기는커녕 집에 남아서 텔레비전이나 보고 있어야 했죠. 올리는 식중독이 분명하다고 했지만 온 식구가 똑같은 음식을 먹었는데 아무도 탈이 나지 않았어요. 스트레스가 원인이었던 거예요. 순전히 그거였어요. 심기증이라고 있죠? 언니는 머리가 아프면 죄다 뇌종양이었고 뾰루지가 나면 죄다 피부암이었어요. 유행성 결막염에 걸리더니 실명할 거라고 1주일 내내 굳게 믿은 적도 있어요. 월경은 공포 드라마였죠. 시작되면 끝날 때까지 침대에 누워 지냈어요."

"그런데도 회사에서 잘리지는 않았고요?"

제이니의 대답은 죽음의 계곡만큼이나 건조하다.

"올리의 월경 기간은 항상 정확히 48시간이었고 항상 주말에 시작됐어요. 놀라운 일이었죠."

"아."

호지스는 달리 뭐라고 대답하면 좋을지 생각이 나지 않는다.

제이니는 커피테이블 위에 놓인 편지를 손끝으로 몇 번 돌리더니 그 밝은 파란색의 눈을 들어서 호지스를 쳐다본다.

"여기에 그런 대목이 있어요. 신경성 틱 어쩌고저쩌고. 보셨어요?"

"네."

호지스는 이 편지에 대해서 많은 것을 알아차렸는데, 여러 모로 그가 받은 편지의 판박이였다.

"언니도 그런 게 있었어요. 몇 개 알아차리셨겠지만."

호지스는 넥타이를 이쪽으로 당겼다가 다시 저쪽으로 당긴다.

제이니는 씩 웃는다.

"네, 그것도 그 중 하나였죠. 그것 말고도 많았어요. 스위치 쓰다 들어서 불이 제대로 꺼졌는지 확인하기. 아침을 먹고 나면 토스터기 코드 뽑기. 언니는 외출하기 전에 늘 버터 바른 빵이라고 중얼거렸어요. 그러면 깜빡했던 게 생각난다면서. 하루는 내가 스쿨버스를 놓치는 바람에 언니가 학교까지 태워다 준 적이 있었어요. 엄마, 아빠는 이미 출근하고 안 계셔서. 그런데 반쯤 갔을 때 언니가 오븐을 켜 놓고 온 게 분명하다는 거예요. 결국 돌아가서 확인하는 수밖에 없었죠. 그것 말고는 달리 방법이 없었으니까요. 오븐은 당연히 꺼져 있었어요. 저는 2교시가 돼서야 학교가 도착했고 난생처음이자 마지막으로 방과 후에 교실에 남는 벌을 받았어요. 어찌나 화가 나던지. 저는 언니 때문에 화가 날 때가 많았지만 사랑하기도 했어요. 엄마, 아빠, 우리 모두 그랬죠. 하드웨어에 입력이 되어 있기라도 한 것처럼. 하지만 어휴, 정말이지 벽돌 자루였어요."

"긴장해서 외출도 못 할 정도였는데 결혼을 하셨단 말이죠, 그것도 부자하고."

"실은 근무하던 투자 회사에서 일찍부터 머리가 벗어져 가던 직원을 만나서 결혼한 거예요. 켄트 트릴로니. 비디오 게임을 좋아했던 범생이. 좋은 뜻에서 하는 말이에요, 형부는 아주 괜찮은 사람이었거든요. 형부가 비디오 게임을 만드는 몇 개 회사에 투자를 했는데 그게 성공했어요. 어머니는 형부한테 신기한 재주가 있다고 했고, 아버지는 어처구니없게 운이 좋았다고 했지만 둘 다 아니에요. 형부는 그 분야에 대해서 잘 알았을 뿐이에요. 모르는 게 있으면 일을 하면서 배웠고요. 70년대 말에 두 사람이 결혼했을 때는 그냥 돈이 많은 정도였어요. 그러다 형부가 마이크로소프트를 발견했죠."

제이니는 고개를 뒤로 젖히고 깔깔 웃음을 터뜨려서 그를 놀라게 한다.

"죄송해요. 전형적인 미국식 아이러니를 생각하니까 우스워서요. 저는 예쁜 데다 적응도 잘하고 사교적이었어요. 미인 대회 — 제 생각을 궁금해하지는 않으시겠지만 제가 보기에 미인 대회는 남자들을 위한 플로어 쇼예요. — 에 나갔다면 우정상은 거저먹었을 거예요. 여자친구들도 많고 남자친구들도 많고 전화도 많고 데이트도 많았죠. 캐솔릭 고등학교 2학년 때는 신입생 오리엔테이션을 주관해서 성황리에 마친 적도 있어요. 많은 신입생들의 긴장을 풀어 주었죠. 언니도 예뻤지만 노이로제 환자였어요. 강박증 환자였어요. 만약 미인 대회에 나갔다면 수영복 위에다 토를 했겠죠."

제이니는 다시 웃음을 터뜨린다. 그러자 눈물이 또 한 줄기 뺨을 타고 흘러내린다. 그녀는 손등으로 눈물을 닦는다.

"그게 아이러니예요. 미스 우정상은 마약이나 하는 멍청이에게 발목 잡히고, 미스 노이로제는 돈 잘 벌고 거짓말이라고는 모르는 착한 남자와 결혼하고. 아시겠어요?"

"네. 알겠습니다."

"올리비아 워튼과 켄트 트릴로니. 잘될 확률이 임신 7개월 만에 태어난 미숙아 정도였던 구애 작전. 형부는 계속 데이트 신청을 하고 언니는 계속 딱지를 놓고. 그러다 결국 언니는 그와 저녁을 먹기로 했는데 ― 그만 시달리고 싶어서라고 했어요. ― 식당에 도착한 순간 얼어붙었죠. 차에서 내릴 수가 없었어요. 몸은 사시나무처럼 떨렸고. 그 자리에서 당장 포기할 남자도 있을 텐데 형부는 그러지 않았어요. 차를 돌려서 맥도날드 드라이브스루 매장에서 밸류밀 세트를 샀죠. 그런 다음 주차장에서 먹었어요. 두 사람은 아마 숱하게 그랬을 거예요. 언니는 영화를 보러 가더라도 꼭 통로 옆자리에 앉아야 했어요. 중간에 앉으면 숨이 막힌다면서."

"아주 까다로운 분이었군요."

"어머니와 아버지는 언니를 병원에 데려가려고 몇 년 동안 애를 썼어요. 두 분은 실패했지만 형부는 성공했죠. 정신과 약을 처방 받고 상태가 좋아졌어요. 결혼식 날에도 전매특허인 불안발작이 일어났지만 ― 언니가 교회 화장실에서 토하는 동안 내가 면사포를 잡아줬어요. ― 이겨냈죠." 제이니는 회한의 미소를 지으며 이렇게 덧붙인다. "얼마나 아름다운 신부였는지 몰라요."

호지스는 아무 말 없이 앉아서 보트넥의 여인이 되기 이전의 올리비아 트릴로니의 면모에 넋을 잃는다.

"언니의 결혼 이후에 우리 사이는 멀어졌어요. 자매들이 가끔 그렇잖아요. 1년에 대여섯 번씩 만나다 아버지가 돌아가신 뒤에는 그마저도 줄었어요."

"추수감사절, 크리스마스 그리고 독립기념일?"

"거의 그렇죠. 예전 증상이 조금씩 돌아오는 게 보이더니 형부가 죽고 난 다음에는 ― 심장마비였어요. ― 전부 다 돌아오더라고요. 살이 엄청 빠졌어요. 고등학교와 회사 다닐 때 입었던 그 끔찍한 옷을 다시 입기 시작했고요. 언니랑 엄마를 보러 왔을 때 본 것도 있고 스카이프를 하면서 본 것도 있어요."

그는 알겠다는 듯이 고개를 끄덕인다.

"나한테도 계속 그걸 설치하라고 하는 친구가 있는데 말이죠."

그녀는 미소를 지으며 그를 쳐다본다.

"원래 구식이시죠? 정말로요." 그녀의 미소가 희미해진다. "올리를 마지막으로 만난 건 작년 5월, 시티 센터에서. 그 일이 벌어지고 얼마 안 됐을 때였어요." 제이니는 머뭇거리다 제대로 부른다. "그 대학살 사건요. 언니는 꼴이 말이 아니었어요. 경찰들이 계속 못살게 군다고 했고요. 정말 그랬나요?"

"아뇨, 하지만 부인은 그렇게 생각했을 겁니다. 부인이 열쇠를 빼서 메르세데스를 잠갔다고 계속 고집을 부렸으니 여러 번 심문한 건 사실이었죠. 차의 문을 따고 철사로 시동을 건 흔적이 없었기 때문에 그 점이 우리로서는 골치 아픈 문제였거든요. 결국 어떤 결론을 내렸는가 하면……."

호지스는 평일 4시마다 방송에 나오는 뚱뚱한 가족심리학자를 떠올린다. 전공이 부정의 벽 무너뜨리기인 그 사람을.

"어떤 결론을 내리셨는데요?"

"부인이 진실을 직면하지 못하는 거라는 결론을 내렸죠. 언니가 그럴 만한 성격인가요?"

"네." 제이니는 편지를 가리킨다. "언니가 이 남자한테 진실을 이야기했을까요? 데비스 블루 엄브렐라에서? 그래서 언니가 엄마의 약을 먹은 걸까요?"

"확실히 장담할 수는 없죠."

하지만 호지스는 그럴 가능성이 크다고 생각한다.

"언니는 우울증 약을 끊었어요." 제이니는 다시 창밖을 내다본다. "내가 물어봤을 때 아니라고 했지만 알겠더라고요. 언니는 전부터 우울증 약을 싫어했어요, 먹으면 멍해진다고. 형부를 생각해서 먹다가 형부가 죽으니까 어머니를 생각해서 먹었는데 그 시티 센터 이후에…….." 그녀는 고개를 젓고 심호흡을 한다. "이 정도면 언니의 정신 상태에 대한 설명으로 충분한가요? 원하시면 훨씬 더 많이 들려드릴 수도 있어요."

"대충 감이 잡히는 것 같습니다."

그녀는 멍하니 고개를 젓는다.

"그 남자는 언니를 아는 사람인 것 같았어요."

호지스는 아무 대답도 하지 않지만 그가 보기에는 분명 그렇다. 그가 받은 편지와 비교해 보면 알 수 있다. 그 자는 부인을 알았다. 어떻게 알았는지 모르겠지만 그랬다.

"언니가 강박증 환자였다고 했죠? 오븐이 켜졌는지 돌아가서 확인해야 할 정도로."

"네."

"그런 분이 차에 열쇠를 꽂은 채로 내릴 수도 있을까요?"

제이니는 한참 동안 아무 대답도 하지 않는다. 그러더니 이렇게 말한다.

"아뇨."

호지스가 보기에도 아니다. 무슨 일이든 처음이 있기 마련이라지만…… 그와 피트는 이런 측면에 대해서 논의한 적이 있었던가? 확실하지는 않지만 있었던 것 같다. 다만 그들은 T 부인의 정신적인 문제가 얼마나 심각한지 알지 못했다.

그가 묻는다.

"혹시 이 블루 엄브렐라 사이트에 들어가 보셨나요? 언니가 받은 ID로?"

그녀는 깜짝 놀란 얼굴로 그를 빤히 쳐다본다.

"그럴 생각은 절대 하지 못했고 생각했다 하더라도 어떤 걸 발견하게 될지 무서워서 못 그랬을 거예요. 그래서 당신이 탐정이고 제가 의뢰인인 거겠죠. 한번 들어가 보시겠어요?"

"아직은 잘 모르겠네요. 고민해 봐야겠고, 나보다 컴퓨터를 훨씬 잘 아는 친구한테 물어도 봐야겠어요."

"상담료 적어 두세요."

호지스는 어떤 식으로 결론이 나건 최소한 제롬 로빈슨은 혜택을 받을 수 있겠다는 생각을 하며 알겠다고 한다. 받으면 안 될 이유도 없다. 시티 센터에서 8명이 죽고 3명이 영구 장애인이 되었지만 제롬은 그래도 대학에 가야 한다. 호지스는 옛날 속담을 떠올린다. 어두컴컴한 날에도 어떤 개의 궁둥이에는 햇볕이 쪼인다고 하지 않던가.

"이제 어떻게 하죠?"

호지스는 편지를 집고 자리에서 일어선다.

"이걸 가까운 복사집으로 들고 가야죠. 복사하고 원본은 돌려드리겠습니다."

"그러실 필요 없어요. 컴퓨터로 스캔해서 인쇄하면 되니까요. 주세요."

"정말요? 그런 걸 할 줄 아신다고요?"

그녀는 우는 바람에 아직까지 눈이 빨갛지만 그를 흘끗 쳐다보는 눈빛은 그래도 명랑하다.

"부르면 언제든 달려와 주는 컴퓨터 전문가가 있어서 다행이네요. 금방 올게요. 그동안 쿠키 하나 더 드세요."

호지스는 세 개를 먹는다.

그녀가 복사한 편지를 들고 오자 그는 접어서 재킷 안주머니에 넣는다.

"금고가 있으면 원본은 거기다 보관하세요."

"슈거 하이츠 집에는 있는데 ─ 거기 넣으면 될까요?"

호지스는 왠지 탐탁치가 않다. 집을 사겠다는 사람들이 너무 많이 드나들지 모른다. 바보 같은 생각일지 몰라도 그렇다.

"대여 금고 쓰시나요?"

"아뇨, 하지만 하나 빌리면 돼요. 두 블록 멀리 있는 아메리카 은행에 가서요."

"그게 낫겠네요." 호지스는 말하고 현관 쪽으로 걸어간다.

"이 일을 맡아 주셔서 감사해요." 그녀는 말하면서 양손을 내민다. 그가 춤이라도 청한 것처럼. "얼마나 마음이 놓이는지 모르실 거예요."

그는 내민 손을 잡고 살짝 쥐었다가 놓는다. 더 오랫동안 잡고 있으면 좋겠지만.

"두 가지 더 있습니다. 먼저 어머님. 얼마나 자주 어머니를 뵈러 가시나요?"

"이틀에 한 번 꼴로요. 어머니와 올리가 좋아했던 이란 식당에서 먹을 것을 포장해 가기도 하고 — 그러면 서니 에이커스 직원이 기꺼이 데워 줘요. — DVD를 한두 장 들고 가기도 해요. 어머니는 프레드 아스테어와 진저 로저스의 작품 같은 옛날 영화들을 좋아하세요. 저는 늘 뭔가를 들고 가고 어머니는 늘 저를 보고 반가워하시죠. 컨디션이 좋은 날에는 어머니가 저를 알아보세요. 컨디션이 안 좋은 날에는 저를 올리비아라고 부르고요. 아니면 샬럿. 샬럿은 이모 이름이에요. 이모 말고 외삼촌도 있어요."

"이 다음에 컨디션이 좋은 날에 꼭 연락 주십시오. 가서 만나 뵙도록 하지요."

"알았어요. 모시고 갈게요. 그리고 또 하나는 뭐죠?"

"말씀하신 변호사 말입니다. 슈론이라고 했나요? 능력 있는 변호사 같던가요?"

"아주 예리하던데요, 제 느낌에는."

"내가 뭔가를 발견하거나 범인의 정체를 알아내면 그런 인물이 필요하게 될 겁니다. 찾아가서 만나고 편지들을 넘기고……"

"편지들요? 제가 발견한 건 한 통뿐인데요."

호지스는 '이런, 젠장' 하고 생각한 뒤 정신을 가다듬는다.

"편지하고 복사본 말입니다."

"아, 그렇죠."

"내가 범인을 찾더라도 그를 체포하고 기소하는 것은 경찰의 몫이에요. 우리가 제멋대로 수사한 죄로 체포되지 않도록 막는 것이 슈론의 몫이고요."

"그건 형법이죠? 그런 쪽 일까지 할까 싶은데요."

"아마 아니겠죠. 하지만 실력 있는 변호사라면 맡아 줄 만한 사람을 알 겁니다. 자기만큼 실력 있는 사람을요. 그 부분에 대해서는 동의하시죠? 그래야만 해요. 여기저기 쑤시고 다닐 용의는 있지만 경찰의 업무가 되면 경찰한테 넘겨야죠."

"좋아요." 제이니가 말한다. 그러더니 그녀는 까치발을 하고 너무 꼭 끼는 그의 코트 어깨에 손을 얹고는 그의 뺨에 입을 맞춘다. "당신은 좋은 분인 것 같아요, 빌. 그리고 이 일의 적임자인 것 같고요."

그는 엘리베이터를 타고 내려가는 내내 그 입맞춤을 음미한다. 한 지점이 기분 좋게 따뜻하다. 집을 나서기 전에 시간을 내서 면도를 한 게 다행이다.

은색 비가 끝없이 내리지만, 이야기 속 주인공 같은 데비라는 인물의 파란 우산을 쓰고 있는 젊은 커플은 — 연인일까? 친구일까? — 안전하고 비에 젖지 않는다. 이제 보니 말을 하고 있는 것처럼 보이는 쪽은 남자고 여자는 놀란 것처럼 눈을 살짝 휘둥그레 뜨고 있다. 그가 방금 전에 프러포즈라도 한 걸까?

제롬이 이 로맨틱한 상상을 풍선처럼 터뜨린다.

"포르노 사이트처럼 보이는데요?"

"너 같은 아이비리그 진학 예정자가 포르노 사이트에 대해서 뭘 안다고?"

두 사람은 호지스의 서재에 나란히 앉아서 블루 엄브렐라의 초기 화면을 보고 있다. 그들 뒤에서는 제롬의 아이리시세터 오델이 뒷다리를 벌리고 한쪽 입가로 혀를 늘어뜨린 채 똑바로 누워서 기분 좋은 명상에 잠긴 표정으로 천장을 빤히 쳐다보고 있다. 제롬이 목줄에 묶어서 데려오기는 했지만 시내에서는 그것이 정해진 법이기 때문에 그런 거다. 오델은 똑똑해서 도로로 뛰어들지 않았고 행인 앞에서 그보다 더 얌전한 개는 없었다.

"아저씨뿐 아니라 컴퓨터를 쓰는 다른 모든 사람들이 아는 만큼은 알아요." 제롬이 말한다. 카키색 바지와 버튼다운 아이비리그 셔츠를 입고 곱슬머리는 바짝 깎아서 호지스의 눈에는 젊은 시절의 버락 오바마처럼 보인다. 193센티미터라 그보다 키는 더 크지만. 그리고 기분 좋은 향수를 불러일으키는 올드 스파이스 애프터셰이브 향기가 은은하게 풍긴다. "포르노 사이트는 차에 치여 죽는 파리들보다 더 자주 출몰하잖아요. 인터넷 서핑을 하다 보면 안 마주칠 수가 없어요. 그리고 멀쩡해 보이는 이름이 달린 것들일수록 함정일 가능성이 커요."

"함정이라니?"

"경찰에 잡혀갈 만한 내용이라는 거죠."

"어린애가 나오는 포르노라는 거로구나."

"아니면 잔인한 포르노든지요. 채찍과 쇠사슬의 99퍼센트는 설정이에요. 하지만 나머지 1퍼센트는……."

제롬은 어깨를 으쓱한다.

"그걸 다 무슨 수로 알았니?"

제롬은 그를 쳐다본다. 솔직하고 숨김없는 표정으로 똑바로 쳐다본다. 가식 없이 본모습을 고스란히 드러내는 것, 그것이 호지스가 이 아이에게서 가장 좋아하는 부분이다. 그의 어머니와 아버지도 그렇다. 심지어 여동생까지 그렇다.

"호지스 씨, 누구든지 알아요. 서른 살 이하는 전부 다요."

"예전에는 서른 살 넘은 사람은 아무도 믿지 말라고들 했지."

제롬은 웃는다.

"저는 믿지만 컴퓨터에 관한 한 대부분 대책 없어요. 기계를 때려 놓고 제대로 돌아가길 기대하고. 아무 안전 조치 없이 이메일 첨부 파일을 열고. 이런 웹사이트에 들어가서 컴퓨터가 할 9000(「2001 스페이스 오디세이」에 나오는 가상의 인공지능 컴퓨터 ─ 옮긴이)으로 변해서 십 대 도우미 사진이나 포로 참수 광경을 보여 주는 테러리스트 비디오를 다운받게 만들고."

호지스는 할 9000이 누구냐고 물으려다가 ─ 비행 청소년 조직 이름처럼 들린다. ─ 테러리스트 비디오라는 단어에 정신이 팔린다.

"정말 그런 일이 벌어지고 있는 거냐?"

"그렇대요. 그러면……." 제롬은 주먹을 쥐고 손마디로 정수리를 툭툭 두드린다. "똑-똑-똑. 국토안보부에서 나왔습니다." 그는 주먹을 풀고 파란 우산을 쓰고 있는 커플을 손가락으로 가리킨다. "그런데 여긴 진짜로 낯을 가리는 사람들이 온라인 펜팔을 사귀는 채팅 사이트일 수도 있겠어요. 외로운 사람들끼리 은밀하게 만나는 곳 말이에요. 사랑을 찾는 사람들이 워낙 많잖아요. 어디 한번 확인해 볼까요?"

그가 마우스 쪽으로 손을 내밀자 호지스가 그의 손목을 잡는다. 제롬은 묻는 듯한 눈빛으로 그를 쳐다본다.

"내 컴퓨터에서 보지는 마." 호지스가 말한다. "네 컴퓨터로 봐."

"노트북을 들고 오라고 하셨더라면 —"

"오늘 밤에 확인해도 된다. 그리고 만약 바이러스가 풀려나서 네 컴퓨터를 통째로 아작아작 삼키면 내가 새 컴퓨터 살 돈을 주마."

제롬은 우습다는 표정으로 그를 쳐다본다.

"호지스 씨, 저는 돈을 주고 살 수 있는 중에서 가장 훌륭한 바이러스 감지 및 예방 프로그램을 쓰고 있고 두 번째로 훌륭한 프로그램으로 백업하고 있어요. 제 컴퓨터로 기어들어 오려는 바이러스가 있으면 당장 찰싹 얻어맞을 거예요."

"그 바이러스의 목적이 컴퓨터를 잡아먹으려는 게 아닐 수도 있어." 호지스가 말한다. 그는 T 부인의 동생이 한 말을 생각하고 있다. *그 남자는 언니를 아는 사람인 것 같았어요.* "감시하려는 것일 수도 있어."

제롬은 걱정하는 표정을 짓지 않는다. 흥분한 표정을 짓는다.

"이 사이트를 어디서 알아내셨어요, 호지스 씨? 이제 은퇴생활을 끝내시는 거예요? 사건을 맡으신 거예요?"

호지스는 지금 이 순간만큼 피트 헌틀리가 그리운 적이 없었다. 복슬복슬한 초록색 공이 아니라 이론과 추정을 가지고 랠리를 주고받을 수 있는 테니스 파트너. 제롬도 머리가 좋고 올바른 추론의 재능을 갖추고 있어서 그런 역할을 할 수 있겠지만…… 투표를 하려면 1년, 합법적으로 술을 사려면 4년을 기다려야 하는 나이인 데다 이

일은 위험할 수 있다.

"내 대신 사이트나 살짝 들여다 봐. 하지만 먼저 인터넷을 뒤져 봐라. 그 사이트에 대해서 무슨 정보라도 있는지. 내가 가장 알고 싶은 건 뭔가 하면……"

"히스토리가 있는지 여부겠죠." 제롬이 그 훌륭한 추론 능력을 드러내며 말허리를 자른다. "그 뭣이냐, 백스토리가 있는지 여부요. 호지스 씨만을 겨냥해서 만들어진 허수아비인지 궁금하신 거잖아요."

"너 있잖니. 내 심부름 그만하고 컴퓨터 고쳐 주는 회사에 취직하는 게 좋겠다. 그러면 아마 돈을 훨씬 더 많이 벌 수 있을 거야. 그러고 보니 생각나네. 이 일의 대가로 얼마를 받고 싶은지 알려 주라."

제롬은 기분 나빠하는 표정을 짓지만 보수 이야기가 나와서 그런 것은 아니다.

"그런 회사는 사회적 능력이 떨어지는 괴짜들이나 다니는 곳이에요." 그는 뒤로 손을 뻗어서 오델의 짙은 빨간색 털을 긁어 준다. 오델은 고맙다는 듯이 꼬리를 흔들지만 그보다 스테이크 샌드위치가 더 좋을 것이다. "사실 폭스바겐 비틀을 타고 돌아다니는 사람들도 있어요. 그보다 더 엽기적일 수 있을까. 디스카운트 일렉트로닉스라고 하는데…… 아세요?"

"그럼."

호지스는 대답하고 익명의 악랄한 편지와 함께 배달되었던 전단지를 떠올린다.

"똑같이 하고 다니는 걸 보면 그 아이디어가 마음에 들었나 봐요. 그 차를 사이버 순찰대라고 부르고 폭스바겐이 검은색이 아니라 초록색이긴 하지만요. 게다가 독자 업체들도 많아요. 인터넷에서 찾아보면 이 도시에만 200군데가 있어요. 저는 심부름에 만족하겠습니다, 호지스 주인님.”

제롬이 언더 데비스 블루 엄브렐라 사이트를 클릭해서 없애자 호지스의 화면보호기가 다시 등장한다. 아직까지 자기 아버지가 신인 줄 알았던 다섯 살 무렵 앨리의 사진이다.

“하지만 걱정하시니까 조심할게요. 아타리 아케이드 게임하고 케케묵은 옛날 프로그램 몇 개만 깔려 있는 오래된 아이맥이 벽장에 있거든요. 그걸로 사이트 체크할게요.”

“좋은 생각이다.”

“오늘 또 도와드릴 거 없어요?”

호지스는 됐다고 하려는데 도난당한 T 부인의 메르세데스가 계속 그를 괴롭힌다. 뭔가가 아주 이상하다. 전에도 느꼈지만 요즘 들어 더 강하게 느껴져서 거의 눈에 보일 지경이다. 하지만 *거의*로는 시골 장터에서 큐피 인형을 딸 수 없다. 그가 공을 쳐서 넘기면 상대방이 다시 넘겨주는 식으로 어디가 이상한지 알아냈으면 좋겠다.

“이야기를 하나 들어줬으면 하는데.” 그는 머릿속으로 이미 가장 중요한 요소들을 모두 담은 이야기를 하나 만들고 있다. 누가 알겠는가, 제롬이 신선한 시각으로 그가 놓쳤던 부분을 집어낼지? 그럴 가능성은 낮지만 아예 불가능한 건 아니다. “그래 주겠니?”

“좋아요.”

“그럼 오델 목줄 매라. 빅 릭스까지 걸어가자. 딸기 아이스크림이 먹고 싶네.”

"거기 도착하기 전에 미스터 테이스티 트럭을 만날 수도 있어요. 1주일 내내 이 동네를 돌아다니는데 맛있는 게 몇 가지 있더라고요."

"그럼 더 좋고." 호지스는 말하면서 일어선다. "가자."

그들은 느슨한 목줄을 매고 터벅터벅 걷는 오델을 사이에 두고 하퍼 가와 하노버 가 네거리에 있는 조그만 쇼핑센터를 향해 언덕을 걸어 내려간다. 3킬로미터 멀리에서 옹기종기 모여 있는 고층건물들을 압도하는 시티 센터와 중서부 문화 예술 센터가 보인다. 호지스가 보기에 문화 예술 센터는 I. M. 페이(중국 출신의 미국 건축가—옮긴이)의 걸작이라고 할 수 없다. 누가 그의 의견을 물은 적은 없지만.

"무슨 이야기인데요?" 제롬이 묻는다.

"음. 시내에 사는 어떤 여자와 오래 전부터 사귄 남자가 있다고 하자. 남자는 파슨빌에 살고."

파슨빌은 슈거 하이츠 바로 옆에 있는 행정구역인데 그만큼 으리으리하지는 않지만 그렇다고 추레하지도 않다.

"제 친구들은 거길 파슨빌 화이티빌이라고 부르는데. 아버지가 한번 그렇게 부르니까 어머니가 인종차별적인 발언은 집어치우라고 했어요."

"오호."

흑인인 제롬의 친구들은 슈거 하이츠도 화이티빌이라고 부를 텐데, 아직까지는 그가 별 무리 없이 이야기를 잘하고 있는 듯하다.

오델이 걸음을 멈추고 멜번 부인의 꽃을 조사하러 나섰다. 거기다

견공의 흔적을 남기기 전에 제롬이 목줄을 잡아당긴다.

"아무튼." 호지스는 하던 이야기를 계속한다. "그 오랜 여자친구는 브랜슨 공원 근처에 아파트를 한 채 가지고 있어. 빌란트 가, 브랜슨 가, 레이크 가가 있는 그 일대에 말이다."

"거기도 잘사는 동네죠."

"그렇지. 남자는 1주일에 서너 번씩 그곳으로 여자친구를 만나러 가. 1주일에 한두 번은 그녀와 함께 저녁을 먹거나 영화를 본 다음 자고 오고. 그럴 때면 차 — 고급 차야, BMW — 를 길가에 세워 두는데, 왜냐하면 잘사는 동네라 치안이 훌륭하고 고압 아크 나트륨 가로등도 많거든. 게다가 저녁 7시부터 아침 8시까지 주차비도 무료고."

"제가 만약 BMW를 몰고 다닌다면 멀리 주차장에 세우고 무료 주차는 거들떠보지도 않겠어요." 제롬은 이렇게 말하고 목줄을 다시 잡아당긴다. "그만, 오델. 착한 개는 하수구 뒤지지 않는 거야."

오델은 어깨 너머를 돌아보며 착한 개들이 어떻게 사는지 모르지 않으냐고 말하는 듯이 눈을 부라린다.

"뭐, 돈 많은 사람들도 경제관념이 특이할 수 있으니까."

호지스는 T 부인이 차를 거기다 세운 이유를 뭐라고 설명했는지 떠올리며 이렇게 말한다.

"그렇게 말씀하신다면야."

그들은 쇼핑센터에 거의 다다랐다. 언덕을 내려오는 길에 아이스크림 트럭의 종소리가 한 번 아주 가까이서 들리지만, 미스터 테이스티 장수가 하퍼 가 북쪽의 주택 단지 쪽으로 방향을 틀자 소리가 다시 멀어진다.

"그래서 어느 목요일 저녁에 이 남자는 평소처럼 여자친구를 만나러 가. 평소처럼 차를 세우고— 퇴근시간이 지나면 빈자리가 여기저기 아주 많아.— 평소처럼 문을 잠그지. 남자와 여자친구는 가까운 음식점에 가서 맛있는 저녁을 먹고 다시 걸어서 돌아와. 남자는 집 안으로 들어가기 전에 거기 세워져 있는 자기 차를 확인하지. 남자가 여자친구와 밤을 보내고 아침에 밖으로 나와 보니……"

"BMW가 없어졌군요."

그들은 이제 아이스크림 가게 앞에 서 있다. 근처에 자전거 거치대가 있다. 제롬은 오델의 목줄을 거기에 묶는다. 오델은 주저앉아서 주둥이를 한쪽 앞발 위에 올려놓는다.

"아니. 있어." 그는 실제 벌어졌던 상황을 아주 그럴듯하게 변형해서 잘 이야기하고 있다는 생각이 든다. 그조차도 거의 속아 넘어갈 지경이다. "그런데 반대편을 보고 있는 거야. 반대편에 주차가 돼서."

제롬은 눈썹을 추켜세운다.

"그래, 알아. 희한하지? 그래서 남자는 길을 건너가. 차에는 아무 문제없어 보이고, 문도 전날 저녁처럼 제대로 잠겨 있어. 주차된 자리만 달라졌을 뿐이야. 그래서 맨 먼저 열쇠가 있는지 확인해 보니까 응, 주머니 안에 들어 있어. 그렇다면 도대체 어떻게 된 걸까, 제롬?"

"글쎄요, 호지스 씨. 무슨 셜록 홈즈 이야기 같은데요? 진짜 파이프 세 개짜리 문제네요."

제롬은 희미한 미소를 짓고 있는데, 호지스는 그 미소의 의미를 모르겠지만 영 마음에 들지 않는다. 알 만하다는 미소다.

호지스는 리바이스 주머니에서 지갑을 꺼낸다(양복도 좋지만 청바

190

지와 인디언스 풀오버로 돌아올 수 있어서 얼마나 다행인지 모른다.). 그는 5달러짜리를 꺼내서 제롬에게 건넨다.

"가서 아이스크림 사 와라. 내가 오델을 지키고 있을게."

"지키지 않으셔도 돼요. 괜찮아요."

"그렇겠지만 줄 서서 기다리는 동안 내가 낸 문제에 대해 고민해 볼 시간이 생길 것 아니냐. 셜록이 됐다고 생각해 봐, 그럼 도움이 될지 몰라."

"그럽죠." 타이런 필굿 딜라이트가 불쑥 튀어나온다. "하지만 주인님이 셜록입죠! 제가 왓슨 박사고!"

하노버 저쪽에 작은 공원이 있다. 그들은 횡단보도를 건너서 벤치를 하나 차지하고는 움푹 들어간 콘크리트 스케이트보드 장에서 목숨을 걸고 묘기를 부리는 더벅머리 남자 중학생들을 구경한다. 오델은 그들을 구경하다 아이스크림콘을 먹다 한다.

"너도 타 봤니?"

호지스는 무모한 학생들을 턱으로 가리키며 묻는다.

"아뇨!" 제롬은 눈을 휘둥그레 뜨고 그를 쳐다본다. "저 흑인이에요. 남는 시간 농구하고 학교 운동장 달려요. 우리 흑인들 엄청 빨라요. 온 세상이 알아요."

"타이런은 집에 두고 오라고 한 걸로 아는데."

호지스가 손가락으로 아이스크림을 떠서 오델에게 내밀자 녀석은 게 눈 감추듯 깨끗하게 해치운다.

"가끔 그 녀석 막 튀어나와요!" 제롬이 선언한다. 하지만 잠시 후에 타이런이 갑자기 사라진다. "그 남자도 여자친구도 BMW도 만들어 내신 거잖아요. 사실은 메르세데스 킬러 이야기하시는 거 아니에요?"

이야기를 잘하고 있기는 개뿔.

"만약 그렇다면?"

"혼자서 그 사건 수사하고 있는 거예요, 호지스 씨?"

호지스는 아주 신중하게 고민한 뒤 똑같은 말을 반복한다.

"만약 그렇다면?"

"데비스 블루 엄브렐라 사이트도 그 사건이랑 연관 있나요?"

"만약 그렇다면?"

한 남학생이 스케이트보드에서 떨어지는 바람에 양쪽 무릎이 바닥에 쓸린 채로 일어난다. 친구 하나가 요란하게 야유를 퍼붓는다. 무릎이 빨개진 아이가 한손으로 피가 밴 무릎을 쓱 닦아서 야유하던 아이를 향해 빨간 핏방울을 튀긴 다음 도망치며 외친다. "에이즈 걸려라! 에이즈 걸려라!" 야유하던 아이가 그 뒤를 쫓아가는데 이제는 야유하던 아이가 아니라 웃는 아이다.

"무식한 것들." 제롬은 중얼거린다. 그는 허리를 숙여서 오델의 귀 뒤를 긁어 주고는 다시 허리를 편다. "그 사건 이야기를 하고 싶으시다면……"

호지스는 당황스러운 마음에 이렇게 말한다.

"지금 이 시점에서는……"

"이해해요. 하지만 줄 서서 기다리는 동안 아저씨가 낸 문제를 생각해 봤는데 궁금한 게 한 가지 있었어요."

"뭔데?"

"아저씨가 말한 그 BMW 남자 말이에요, 보조키는 어디 있었나요?"

호지스는 꼼짝 않고 앉아서 이 아이의 두뇌 회전 속도에 감탄한다. 그러다 분홍색 아이스크림 줄기가 와플 콘을 타고 흘러내리는 것을 보고 얼른 핥아먹는다.

"처음부터 보조키는 없었다고 주장한다 치자."

"그 메르세데스 주인처럼요?"

"응. 바로 그렇게."

"저희 아빠가 파슨빌을 화이티빌이라고 불렀을 때 엄마가 어떤 식으로 아빠한테 화를 냈는지 기억하세요?"

"응."

"이번에는 저희 아빠가 엄마한테 화낸 이야기를 들어 보실래요? 아빠가 여자들은 어쩔 수 없다고 말하는 걸 들은 게 그때 딱 한 번이었는데."

"내가 낸 문제하고 연관성이 있으면 이야기해 봐."

"엄마한테 셰비 말리부가 생겼을 때 이야기예요. 사과 같은 빨간색. 우리 집 앞 진입로에 세워진 거 아저씨도 보셨죠?"

"물론이지."

"아빠가 3년 전에 새 차를 사서 엄마 생일에 선물했어요. 엄마는 좋아서 비명을 지르고 난리도 아니었죠."

'그래.' 호지스는 생각한다. '타이런 필굿이 확실히 꺼졌군.'

"엄마는 1년 동안 그 차를 몰고 다녔어요. 아무 문제 없었죠. 그러다 재등록을 해야 할 때가 됐어요. 아빠가 퇴근길에 대신 해 주겠다고 했어요. 그러면서 서류를 챙기러 나갔다가 열쇠를 하나 들고 돌아왔어요. 화를 내지는 않고 짜증을 냈죠. 아빠가 엄마한테 그랬어요, 보조키를 차 안에 두면 누가 보고 차를 몰고 가 버릴 수 있다고. 엄마는 열쇠가 어디 있었느냐고 물었죠. 아빠는 등록증, 보험증, 설명서와 함께 엄마가 아예 열어 보지도 않은 비닐봉투 안에 들어 있었다고 했어요. 레이크 쉐보레 지점에서 신차를 구입해 주셔서 감사하다는 뜻이 담긴 종이끈으로 둘둘 말린 채로."

호지스의 아이스크림이 또 한 줄기 흘러내린다. 하지만 그는 손에 닿아서 고일 때까지 알아차리지 못한다.

"그러니까⋯⋯."

"네, 글로브 박스 안에 있었대요. 아빠는 조심성이 없다 그랬고 엄마는⋯⋯." 제롬은 몸을 앞으로 기울여서 갈색 눈으로 호지스의 회색 눈을 똑바로 쳐다본다. "엄마는 열쇠가 거기 있는 줄도 몰랐다고 했어요. 그때 아빠가 여자들은 어쩔 수 없다고 했죠. 그 소리를 듣고 엄마는 좋아하지 않았고요."

"그랬겠지."

호지스의 머릿속에서 온갖 장비들이 열심히 움직인다.

"아빠가 그랬죠. '여보, 한 번 깜빡해서 문 열고 내리면 그걸로 끝장이야. 마약중독자가 지나가다가 문 꼭지가 안 눌러져 있는 걸 보고 뭐 훔칠 게 없는지 들어가 보자고 마음먹으면 어쩔 거야? 돈이 없나 글로브 박스를 열었다가 비닐봉투 안에 든 열쇠가 보이면 얼마 타지 않은 말리부를 현금으로 살 사람을 찾아 나서겠지.'"

"그 말에 어머니는 뭐라고 하셨니?"

제롬은 씩 웃는다.

"당장 상황을 역전시켰죠. 이 세상에 우리 엄마보다 그걸 더 잘하는 사람은 없거든요. 엄마는 이랬어요. '당신이 그 차를 사서 당신이 집까지 몰고 왔잖아. 그러니까 당신이 알려 줬었어야지.' 두 분이 이런 대화를 나누고 있었을 때 저는 아침을 먹고 있었는데, 엄마한테 계기판에 달린 그 조그맣고 깜찍한 등들이 다 뭔지 설명서를 찾아보았더라면 알았을 거 아니냐고 말하고 싶었지만 입 꾹 다물고 있었어요. 엄마하고 아빠가 자주 싸우지는 않지만 싸우면 피하는 게 상책이거든요. 심지어 여동생도 알아요, 아홉 살밖에 안 됐는데도."

호지스는 그와 코린이 이혼하기 전에 앨리슨도 그걸 알았을 거라는 생각이 든다.

"그리고 엄마가 한 말이 또 뭐가 있었냐면, 엄마는 차 문 잠그는 걸 *절대* 깜빡하지 않는다는 거였어요. 제가 아는 한 그건 맞는 말이에요. 아무튼 그 열쇠는 이제 우리 부엌의 갈고리에 걸려 있어요. 기본 열쇠를 잃어버리면 언제든지 쓸 수 있도록 안전하고 튼튼하게 보관하고 있죠."

호지스는 스케이트보더들을 바라보며 앉아 있지만 그들이 눈에 들어오지는 않는다. 남편에게 보조키를 챙겨 주거나 최소한 그 존재를 알려 줬어야 하는 게 아니냐고 했던 제롬의 엄마 말에 일리가 있다는 생각이 든다. 남들도 뭐가 있는지 스스로 찾아볼 거라고 넘겨짚으면 안 되는 거다. 하지만 올리비아 트릴로니의 경우는 달랐다. 그녀는 직접 차를 구입했으니 알았을 것이다.

하지만 영업사원이 값비싼 새 차에 대해서 너무 많은 정보를 주입

했을 수도 있다. 영업사원들은 그런 성향이 있다. 오일은 언제 갈면 되고, 정속 주행 장치는 어떤 식으로 쓰면 되며, GPS는 어떤 식으로 쓰면 되고, 보조키는 꼭 안전한 곳에 보관하시고, 휴대전화는 여기 꽂아서 충전하시면 되고, 긴급 출동 서비스가 필요한 경우에는 여기 이 번호로 연락하시고, 전조등 스위치를 왼쪽 끝까지 돌리면 안개등 이 켜지고……

호지스도 새 차를 처음 샀을 때 영업사원의 설명을 건성으로 들으며 ─ 으흠, 네, 그렇죠, 알겠어요. ─ 얼른 끌고 나가서 주인에게는 돈 냄새와 다름없는 새 차 냄새를 들이마시며 덜컹거림 없이 질주하고 싶어서 안달을 냈던 기억이 난다. 하지만 T 부인은 강박증 환자였다. 그녀가 보조키를 못 보고 글로브 박스에 방치했을 수는 있지만, 목요일 저녁에 열쇠를 빼서 내렸다면 문도 잠그지 않았을까? 그녀는 그랬다고 했고, 끝까지 그랬다고 주장했는데, 정말이지 생각해보면……

"호지스 씨?"

"새로 나온 스마트키가 있으면 3단계로 간단하게 끝나지, 안 그러니? 1단계, 시동을 끈다. 2단계, 열쇠를 뺀다. 만약 딴생각을 하느라 2단계를 깜빡하면 알람이 울린다. 3단계, 문을 닫고 자물쇠가 그려진 버튼을 누른다. 열쇠를 손에 쥐고서 그걸 깜빡할 이유가 없잖아? 바보들도 따라할 수 있는 도난 방지 시스템인데."

"그렇긴 하지만 그래도 깜빡하는 바보들이 있어요, 호지스 씨."

호지스는 생각에 푹 빠져서 입을 다물고 있지 못한다.

"부인은 바보가 아니었어. 예민하고 손을 가만히 두지 못했지만 멍청하지는 않았어. 만약 부인이 열쇠를 뺐다면 문을 잠갔을 가능성이 99퍼센트야. 그런데 차에는 무단 침입의 흔적이 없었지. 그러니까 부인이 보조키를 글로브 박스에 방치했다한들 범인이 무슨 수로 그걸 손에 넣었을까?"

"밀실이 아니라 밀차 사건이로군요. 이건 파이프 네 개짜리 문제겠는뎁쇼!"

호지스는 아무 대꾸도 하지 않는다. 몇 번씩 기억을 더듬고 또 더듬는다. 이제 보니 보조키가 글로브 박스 안에 들어 있었던 모양인데 그나 피트가 그럴 가능성을 제기한 적이 있었던가? 분명 없었다. 그들이 남자의 시각에서 생각했기 때문일까? 아니면 조심하지 않은 T 부인에게 화가 나서 그녀를 비난하고 싶었던 걸까? 그리고 그녀는 비난 받아 *마땅*하지 않았던가.

'차 문을 잠갔다면 아니지.'

"호지스 씨, 블루 엄브렐러 웹사이트가 메르세데스 킬러하고 무슨 상관이에요?"

호지스는 생각에서 깨어난다. 그는 한참 동안 터벅터벅 머릿속 깊은 곳을 헤집고 있었다.

"지금 당장은 비밀로 하고 싶다, 제롬."

"하지만 제가 도움을 드릴 수도 있을지 모르잖아요!"

이렇게 흥분한 제롬의 얼굴을 본 적이 있던가? 2학년 때 그가 조장을 맡은 토론 팀이 시 통합 우승을 거머쥐었을 때, 그때 한 번 본 것 같기도 하다.

"그 웹사이트가 어떤 곳인지 알아내면 도움이 될 거야."

"제가 아이라서 이야기하지 않으시려는 거죠? 그렇죠?"

그것도 한 가지 이유지만 호지스는 시인하지 않을 작정이다. 게다가 다른 이유도 있다.

"그보다 훨씬 복잡한 문제야. 나는 이제 경찰이 아닌데 시티 센터 사건을 수사하면 합법과 불법의 경계선까지 치닫게 돼. 뭔가를 알아냈는데 이제 메르세데스 킬러 사건의 지휘를 맡은 예전의 파트너에게 알려 주지 않으면 그 경계선을 넘는 게 되지. 너는 앞길이 창창하잖니. 아무 대학이나 마음대로 고를 수 있고. 네가 만에 하나 공범으로 수사를 받게 되면 너의 어머니, 아버지에게 내가 뭐라고 할 수 있겠어?"

제롬은 아무 말 없이 가만히 앉아서 그의 말을 곱씹는다. 잠시 후에 그가 아이스크림 콘 끄트머리를 건네자 오델은 신이 나서 받아먹는다.

"알겠어요."

"진짜지?"

"네."

제롬이 일어서자 호지스도 따라서 일어선다.

"그래도 우린 친구인 거지?"

"그럼요. 하지만 만약 제 도움이 필요하면 도움을 청하겠다고 약속해 주세요. 백지장도 맞들면 낫다고들 하잖아요."

"알았다."

그들은 언덕을 되짚어 올라가기 시작한다. 오델은 내려왔을 때처럼 두 사람 사이에서 걷다가 호지스의 걸음이 느려지자 앞장서기 시작한다. 호지스는 숨도 가빠진다.

"아무래도 살을 좀 빼야겠다." 그가 제롬에게 이야기한다. "그거 아니? 요전 날에 자리에서 일어나다가 멀쩡한 바지를 찢어 먹었지 뭐냐."

"5킬로그램 정도만 빼세요." 제롬이 완곡하게 말한다.

"그 두 배는 빼야 될걸?"

"잠깐 쉬었다 갈까요?"

"아니야."

호지스 스스로가 듣기에도 어린애 같은 반응이다. 하지만 살을 빼야겠다고 한 것은 진심이다. 집에 가면 찬장과 냉장고에 넣어 두었던 빌어먹을 군것질 거리들을 모조리 쓰레기통에 버릴 것이다. 그러다 그는 생각한다. '재활용 수거함에 버려야지. 안 그러면 의지가 약해져서 쓰레기통을 뒤지기 십상이야.'

"제롬, 내 수사 이야기는 너만 알고 있는 게 좋아. 널 믿어도 되겠지?"

제롬은 망설임 없이 대답한다.

"그럼요. 아무한테도 얘기하지 않을게요."

"그래."

한 블록 앞에서 미스터 테이스티 트럭이 종소리를 내며 하퍼 가를 가로질러서 빈슨 가로 향한다. 제롬이 손을 살짝 흔든다. 아이스크림 장수도 손을 흔들었는지 호지스의 눈에는 보이지 않는다.

"*이제야* 보이다니." 호지스가 말한다.

제롬은 고개를 돌리고 그를 보며 씩 웃는다.

"아이스크림 장수는 경찰하고 비슷하네요."

"응?"

"필요할 때는 절대 없잖아요."

브래디는 제한 속도(여기 빈슨 가는 30킬로미터다.)를 지켜 가며 길을 따라 달린다. 머리 위의 스피커에서 쨍그랑쨍그랑 흘러나오는 「버펄로 걸스」 노랫소리는 그의 귀에 거의 들어오지도 않는다. 뒷칸에 차가운 아이스크림이 실려 있기 때문에 그는 미스터 테이스티 재킷 안에 스웨터를 입고 있다.

'이 트럭은 내 머리하고 똑같아. 다만 아이스크림은 *차갑기만* 하지만, 내 머리는 분석적이기까지 하지. 기계거든. 프로그램이 구골플렉스(1뒤에 0이 10의 100승 개 달린 숫자. 엄청나게 많은 숫자를 뜻할 때 쓴다 — 옮긴이)만큼 깔린 맥 컴퓨터.'

뒤룩뒤룩한 전직 경찰관이 제롬 로빈슨과 흑인 이름으로 불리는 아이리시세터와 함께 하퍼 가의 언덕을 올라오는 모습이 보이자 그는 그 기계를 가동한다. 제롬이 손을 흔들자 브래디도 손을 흔들었다. 그래야 사람들과 어우러질 수 있다. 프레드 링크래터가 이성애자들의 세상에서 레즈비언으로 사는 게 얼마나 힘든지 아느냐며 끝없이 넋두리를 늘어놓으면 들어주어야 하는 것처럼.

커밋 윌리엄 '젊었으면 좋겠네' 호지스와 제롬 '백인이면 좋겠네' 로빈슨. 이 희한한 커플은 무슨 이야기를 하고 있었을까? 브래디 하츠필드는 궁금해진다. 경찰이 미끼를 물어서 데비스 블루 엄브렐라에서 그에게 대화를 시도하면 알아낼 수 있을지 모른다. 그 돈 많은 여자한테는 이 방법이 효과가 있었다. 그녀는 일단 이야기를 시작하자 멈출 줄 몰랐다.

　퇴직 형사와 그의 검둥이 하인.

　그리고 오델. 오델도 빼먹으면 안 된다. 제롬과 여동생은 그 개를 사랑한다. 녀석에게 무슨 일이 생기면 둘 다 억장이 무너질 것이다. 아마 아무 일 없겠지만, 오늘 저녁에 퇴근하면 인터넷에서 독극물을 좀 더 검색해 보아야 할지도 모르겠다.

　그런 생각들이 늘 브래디의 머릿속을 휙휙 스치고 지나간다. 그래서 어지럽다. 오늘 아침에 디스카운트 일렉트로닉스에서 또다시 싸구려 DVD 재고 조사를 했을 때도(재고를 처분하려고 노력하는 이 와중에 그보다 더 많은 분량이 반입되는 이유는 끝까지 알 수 없을 것이다.) 그의 자살 조끼로 벼락 '백인이면 좋겠네' 오바마 대통령을 암살할 수 있겠다는 생각이 들었다. 그러고는 영광의 빛 속으로 사라지는 것이다. 벼락은 이 주를 자주 찾는다. 재선 전략의 요충지이기 때문이다. 그리고 이 주를 찾으면 이 도시에 들른다. 여기서 집회를 연다. 희망을 이야기한다. 변화를 이야기한다. 만세 만세, 어쩌고저쩌고. 브래디가 금속 탐지기와 무작위 수색을 피할 방법을 고민하고 있었을 때 톤스 프로비셔가 그를 호출해서 서비스 의뢰가 들어왔다고 알렸다. 초록색 폭스바겐의 사이버 순찰차를 타고 길을 나섰을 무렵에는 다른 생각을 했다. 딱 꼬집어서 밝히자면 브래드 피트 생각을 했다. 여자들에게 인기가 많은 그 염병할 배우 생각을.

　하지만 어떤 생각이 머리에 박혀서 떠나지 않을 때도 있다.

　통통한 남자아이가 돈을 흔들며 인도를 달려온다. 브래디는 차를 세운다.

"초오오-클릿 주세요!" 아이는 듣기 싫게 앵앵거린다. "*위에다 초코 시럽 뿌려서!*"

'알았다, 이 재수 없는 뚱땡아.' 브래디는 이런 생각을 하며 가장 매력적인 미소를 활짝 짓는다. '마흔 살이 될 때까지 있는 콜레스테롤, 없는 콜레스테롤 다 처먹어라. 혹시 아니? 심장마비 한 번쯤은 무사히 넘길지. 그래도 넌 조심하지 않을 거야. 온 세상이 맥주와 와퍼와 초콜릿 아이스크림 천지인걸.'

"알았다, 꼬마야. 초코 시럽 뿌린 초콜릿 줄게. 학교 수업은 어땠어? A 받은 과목 있니?"

그날 저녁에 하퍼 가 63번지의 텔레비전은 심지어 「이브닝 뉴스」 시간에도 켜지지 않는다. 컴퓨터도 마찬가지다. 호지스는 대신 믿음직한 노란색 메모지를 꺼낸다. 저널 패터슨은 그에게 구식이라고 했다. 그는 구식이고 구식이라는 데 변명하지 않는다. 그는 늘 이런 방식으로 일해 왔고 이런 방식이 가장 편하다.

그는 텔레비전 소음 없는 근사한 정적 속에 앉아서 미스터 메르세데스가 보낸 편지를 찬찬히 읽는다. 그런 다음 T 부인이 받은 편지를 읽는다. 한 시간 정도 두 편지를 왔다 갔다 하면서 한 줄씩 살핀다. T 부인의 편지는 복사본이니까 마음대로 가장자리에 끼적이고 몇몇 단어에 동그라미를 친다.

그는 마지막으로 두 편지를 큰소리로 낭독한다. 미스터 메르세데스가 서로 다른 가면을 썼기에 그도 목소리를 다르게 해서 읽는다. 호지스에게 보낸 편지에서는 득의양양하고 잘난 척이다. *하하, 이*

완전히 망가진 머저리야. 거기에서는 이런 식이다. 너는 이제 살 이유가 없고 너도 그걸 알고 있으니 죽어 버리지 그러냐? 반면에 올리비아 트릴로니에게 보낸 편지에서는 위축된 채 우울해하고, 후회막급이라며 어린 시절에 학대당한 이야기를 하고, 역시 자살을 운운하지만 여기에서는 연민으로 포장한다. *이해해요. 나도 똑같은 심정이기 때문에 십분 공감해요.*

마침내 그는 라벨에 메르세데스 킬러라고 적은 서류철에 편지들을 넣는다. 안에 아무것도 없어서 어마어마하게 얇지만 솜씨가 녹슬지 않았다면 그의 일지로 두툼해질 것이다.

그는 묵상하는 부처처럼 너무 불룩한 배 위에 포갠 손을 올려놓고 15분 동안 앉아 있다. 그런 다음 메모지를 당겨서 적기 시작한다.

헷갈리게 하려고 나에게 보낸 편지를 그런 식으로 썼을 거라는 내 짐작은 대부분 맞은 것 같다. T 부인에게 보낸 편지에서는 느낌표나 대문자를 쓰지 않고 한 문장짜리 문단도 많지 않다(맨 마지막 문장은 극적 효과를 노린 것이다.). 따옴표에 대한 짐작은 틀렸다. 범인은 따옴표를 좋아한다. 밑줄 긋기도 좋아한다. 어쩌면 나이가 젊지 않을 수도 있다. 내 생각이 틀렸을 수도 있지만……

하지만 호지스는 컴퓨터나 인터넷과 관련해서 그가 아는 것보다 더 많은 것을 이미 까먹은 제롬을 떠올린다. 그리고 언니가 받은 편지를 스캔해서 복사본을 만들 줄 알고 스카이프를 쓰는 제이니 패터슨을 떠올린다. 제이니 패터슨은 그보다 거의 스무 살은 어릴 것이다.

그는 다시 펜을 집는다.

……맞다고 본다. 십 대는 아닐지 몰라도(그럴 가능성을 완전히 배제

할 수는 없지만) *20~35살 사이로 볼 수 있다. 범인은 똑똑하다. 어휘력이 풍부하고 문장력이 좋다.*

그는 다시 한 번 편지를 뒤져서 잘 쓴 문구를 몇 개 적는다. *딸기 잼 범벅이 된 침낭, 이리저리 도망 다니는 조그만 생쥐, 대부분의 인간들은 양이고 양들은 고기를 먹지 않거든.*

필립 로스를 잊게 만들 만한 문구들은 아니지만 호지스 생각에는 어느 정도 재능이 있어 보인다. 그는 한 문장을 더 찾아서 다른 구절들 아래에 적는다. *부인을 들들 볶아서 불면의 밤을 유도한 것 말고 경찰에서 한 일이 뭐가 있나요?*

그는 이 문장에 대고 펜 끝을 두드려서 짙은 파란색 점 무더기를 만든다. 다른 사람들 같으면 불면의 밤을 선물했다고 썼을 텐데 미스터 메르세데스는 의혹과 피해망상의 씨를 뿌리는 정원사이기에 그 정도로는 성에 차지 않는다. *저들이 당신을 잡으러 나섰어요, T 부인. 그런데 저들이 그럴 만하지 않나요? 왜냐하면 당신이 열쇠를 두고 내렸으니까요. 경찰에서 그렇게 말하고 나도 그렇게 말하잖아요. 나는 그 현장에 있었고. 어떻게 우리 둘 다 틀렸을 수 있겠어요?*

그는 이런 추측들을 적어서 서류철에 넣고 새 종이 쪽으로 시선을 돌린다.

식별의 최적 포인트는 양쪽 편지 모두에서 PERP 대신 PERK를 쓰고 있다는 것. 하지만 트릴로니에게 보낸 편지의 하이픈도 주목할 것. 벌집이 아니라 벌-집. 평일이 아니라 평-일. 이 자의 신원을 파악해서 작문 샘플을 받아내면 검거할 수 있다.

그런 식의 문체적인 특징으로 배심원단을 설득하기에는 부족할지 몰라도 호지스가 보기에는 충분하다.

그는 다시금 뒤로 기대고 앉아서 고개를 젖히고 아무것도 응시하지 않는다. 시간의 흐름을 의식하지 않는다. 은퇴한 이래 묵직하게 걸려 있었던 시간이 삭제되었다. 그러다 잠시 후 사무용 의자가 전례 없이 악을 쓸 정도로 벌떡 일어나 앉아서 큼지막하게 대문자로 적는다. **미스터 메르세데스가 지켜보고 있을까?**

호지스가 느끼기에는 그럴 가능성이 99퍼센트다. 그것이 그의 수법이다.

그는 트릴로니 부인에 대한 비난을 신문에서 접했고, 텔레비전 뉴스에서 두세 번 그녀의 얼굴을 보았다(그녀는 퉁명스럽고 호감이 가지 않게 비쳐져서 안 그래도 없던 인기가 바닥으로 추락했다.). 차를 몰고 그녀의 집 근처를 서성거렸을 수도 있다. 다시 래드니 피플스를 붙잡고, 트릴로니 부인이 자살하기 전 몇 주 동안 슈거 하이츠 집 근처를 돌아다니는 차를 피플스나 비질런트의 다른 직원이 본 적 있는지 물어보아야겠다. 그리고 그녀의 집 기둥에 누군가가 스프레이로 **사람 죽인 쌍년**이라고 적어 놓은 적도 있다고 했다. 그게 그녀가 자살하기 얼마 전의 일이었을까? 어쩌면 미스터 메르세데스가 한 짓일지 모른다. 게다가 그녀가 블루 엄브렐라에서 만나자는 그의 초대에 응했다면 그는 그녀에서 대해서 훨씬 더 많이 파악할 수 있었을 것이다.

'그리고 이번에는 내가 있지.' 그는 생각하며 그의 편지 마지막 부분을 확인한다. 그는 *네 총에 대해서도 생각하지 말았으면 좋겠어,* 라고 한 다음 이렇게 묻는다. *하지만 지금 생각하고 있지, 그렇지?* 미스터 메르세데스는 호지스가 재직 당시 들고 다녔던 총을 이야기하는 걸까 아니면 호지스가 가끔 만지작거리는 38구경을 본 걸까? 장담할 수는 없지만…….

하지만 녀석이 본 것 같아. 녀석은 내가 어디 사는지 알고 있고, 길가에서 이 집 거실이 훤히 들여다보이니까 그 총을 본 거야.

호지스는 자신이 감시당하고 있다는 사실이 끔찍하거나 당황스럽게 느껴지기보다 짜릿하다. 비질런트 직원들이 하퍼 가를 터무니없이 오랫동안 배회하는 것을 보았다는 차량과 똑같은 차량을 찾아낼 수만 있다면…….

그때 전화벨이 울린다.

"저예요, 호지스 씨."

"무슨 일이냐, 제롬?"

"저 지금 엄브렐라에 들어왔어요."

호지스는 메모지를 옆으로 치운다. 예전처럼 처음 네 페이지는 두서없는 메모들로 가득하고, 그 다음 세 페이지는 꼼꼼하게 적은 사건 요약으로 가득하다. 그는 의자에 기대고 앉는다.

"네 컴퓨터를 잡아먹지는 않은 모양이로구나?"

"네. 아무 웜도 아무 바이러스도 없었어요. 그리고 벌써 네 명의 새로운 친구들에게 대화 신청을 받았어요. 한 명은 텍사스 주 애빌린에 산대요. 이름은 버니스인데 버니라고 부르면 된대요. 말투가 엄청 귀여워서 혹하지 않은 건 아니지만, 아마 보스턴에서 어머니랑 같이 살면서 신발을 파는 복장 도착증 환자일 거예요. 인터넷이잖아요. 뭐든 있는 곳이죠."

호지스는 씩 웃는다.

"맨 먼저 배후 정보. 일부분은 그 사이트를 뒤져서 알아냈고, 대부분은 대학교에서 컴퓨터공학을 공부하는 몇 명의 괴짜들한테 들었어요. 준비되셨어요?"

호지는 다시 메모지를 집어서 깨끗한 페이지로 넘긴다.

"던져."

피트 헌틀리가 사건과 관련해서 새로운 정보를 알아냈을 때 그가 피트에게 했던 말이 정확히 "던져."였다.

"좋아요. 하지만 먼저…… 인터넷에서 가장 귀한 상품이 뭔지 아세요?"

"아니." 그는 제이니 패터슨을 떠올리며 이렇게 덧붙인다. "나는 구식이잖니."

제롬은 웃는다.

"맞아요, 호지스 씨. 그게 아저씨의 매력이죠."

그는 건조한 말투로 대답한다.

"고맙다, 제롬."

"인터넷에서 가장 귀한 상품이 프라이버시고 데비스 블루 엄브렐라 같은 사이트에서 제공하는 게 그런 프라이버시예요. 거기에 비하면 페이스북은 1950년대에 썼던 공용전화처럼 느껴지죠. 9·11 사태 이후에 그런 비밀 사이트들이 우후죽순처럼 생겨났어요. 제1세계의 여러 정부들이 작정하고 기웃거리기 시작했을 때 말이에요. 권력층은 인터넷을 두려워하는데 그럴 만도 하죠. 아무튼 이런 극비 사이트 — 극단적인 프라이버시를 추구하는 사이트 말이에요. — 들은 대부분 중유럽에 서버를 두고 있어요. 그들과 인터넷의 관계는 스위스와 비밀계좌의 관계라고 보면 돼요. 아시겠어요?"

"응."

"블루 엄브렐라 서버는 2005년인가까지 투우로 유명했던 보스니아의 올로보라는 마을에 있어요. 서버는 암호화됐고요. 나사 수준이에요. 나사나 캉성 ― 중국의 국가안보국이에요. ― 이 아무도 모르는 초특급 소프트웨어를 갖추고 있으면 모를까, 그렇지 않은 한 역추적이 불가능하죠."

'그런 소프트웨어를 갖추고 있다 한들 메르세데스 킬러 사건에는 절대 쓰지 않겠지.'

"음란 채팅 스캔들의 시대에 아주 유용한 또 한 가지 특징이 있어요. 호지스 씨, 인터넷에서 인쇄하고 싶은 게 생겼는데 ― 예를 들면 사진이나 신문기사 같은 거요. ― 인쇄가 안 됐던 적이 있나요?"

"응, 몇 번. 인쇄를 클릭하면 미리보기 페이지에 아무것도 없는 화면이 뜨더라고. 짜증나지."

"데비스 블루 엄브렐라도 그래요." 제롬은 짜증난 목소리가 아니다. 감탄하는 목소리다. "새로 사귄 친구 버니하고 잠깐 이야기를 나누었는데 ― 거기 날씨는 어떻고, 좋아하는 그룹은 뭐고, 그런 것들 말이에요. ― 대화 내용을 인쇄하려고 했더니 손가락을 갖다 댄 입술과 함께 쉬이잇 이런 메시지가 뜨는 거예요." 제롬은 호지스가 분명히 알아들을 수 있도록 쉬이잇의 철자를 알려 준다. "대화 기록을 남길 수는 있지만……."

그렇겠지. 호지스는 이렇게 생각하며 메모지에 끼적인 내용들을 애정 어린 눈빛으로 내려다본다.

"……그러려면 화면 저장이나 그런 걸 해야 해서 골치가 아파지죠. 프라이버시가 어떤 수준인지 이해가 되시죠? 장난 아니에요."

호지스는 이해가 된다. 그는 메모지를 맨 앞 장으로 넘겨서 맨 처음에 남긴 여러 메모들 가운데 한 곳에 동그라미를 친다. **컴퓨터에 능함(50세 이하?).**

"들어가면 평범한 선택지가 떠요. 아이디 입력 아니면 회원 가입. 아이디가 없으니까 회원 가입을 클릭해서 아이디를 만들었어요. 블루 엄브렐라에서 저랑 채팅하고 싶으실까봐 말씀드리자면 아이디가 tyrone40이에요. 그리고 나면 질문지를 채워야 하고 — 나이, 성별, 관심사, 그런 것들요. — 그리고 나면 신용카드 번호를 입력해야 해요. 한 달에 30달러예요. 아저씨의 변제 능력을 믿기 때문에 번호를 입력했어요."

"너의 믿음은 보상을 받을 거다."

"그러면 컴퓨터가 90초 정도 동안 심사숙고해요. 파란 우산이 돌아가면서 화면에 선별 중이라는 메시지가 떠요. 그런 다음 저랑 관심사가 비슷한 사람들의 명단을 보여 줘요. 몇 마디만 하면 눈 깜짝할 새 채팅이 폭풍처럼 이어지죠."

"여기서 포르노를 주고받을 수도 있을까? 사이트 상에서는 안 된다고 하겠지만……"

"*상상*은 서로 주고받을 수 있을지 몰라도 동영상은 안 돼요. 변태 — 어린애를 좋아하거나 크러시 페티시(음식이나 작은 곤충, 더 나아가서는 동물을 짓밟고 으깨는 데서 성적 쾌감을 느끼는 성 도착증 — 옮긴이)가 있는 그런 작자들 말이에요. ― 들이 블루 엄브렐라 같은 사이트를 어떤 식으로 이용해서 불법 동영상을 볼 수 있는 사이트로 비슷한 부류들을 유인하는지는 알겠지만요."

호지스는 크러시 페티시가 뭐냐고 물으려다 알고 싶지 않다는 결론을 내린다.

"그럼 순수한 채팅 사이트라고 볼 수 있겠구나."

"음······."

"왜?"

"정신병자들이 거기서 악질 정보를 어떤 식으로 주고받을 수 있겠는지 알겠더라고요. 예를 들면 폭탄 만드는 법 같은 거 말이에요."

"내가 만약 아이디가 있다고 치자. 그럼 어떻게 되는 거냐?"

"있어요?" 제롬은 다시 흥분한 목소리다.

"있다고 치면."

"아저씨가 직접 만들었는지 아니면 아저씨랑 채팅하고 싶어 하는 다른 사람이 만들어 줬는지에 따라서 얘기가 달라지죠. 다른 사람이 전화나 이메일로 아이디를 알려 줬는지에 따라서요."

호지스는 씩 웃는다. 제롬은 진정한 이 시대의 아이라 할 수 있기 때문에 그런 정보가 편지라는 19세기 통신 수단에 담겨서 전달될 수 있다는 생각조차 하지 않는다.

"다른 사람이 만들어 줬다고 쳐요." 제롬은 하던 이야기를 계속한다. "예를 들어서 그 아주머니의 차를 훔친 범인이요. 자기가 저지른 짓에 대해서 아저씨하고 이야기를 나누고 싶어서 그랬다고요."

그는 기다린다. 호지스는 아무 말도 하지 않지만 감탄을 금할 수가 없다.

몇 초의 정적이 흐른 뒤에 제롬이 말한다.

"그냥 찔러본 거예요. 아무튼 그러면 사이트에 접속해서 아이디를 입력하면 돼요."

"30달러는 언제 내고?"

"안 내도 돼요."

"어째서?"

"그 사람이 이미 냈으니까요." 이제 제롬의 목소리는 진지하다. 아주 심각하다. "조심하라는 말씀을 드릴 필요는 없겠지만 그래도 조심하라고 말씀드릴게요. 이미 아이디가 있다면 그 자가 아저씨를 기다리고 있다는 뜻이거든요."

브래디가 퇴근길에 저녁을 사 가지만(오늘 저녁은 리틀 셰프의 큼지막한 샌드위치다.) 어머니는 소파 위에 널브러져 있다. 텔레비전에서는 또 다른 리얼리티 프로그램이 흘러나오고 있다. 이번에는 젊고 예쁜 아가씨와 아이큐가 전기 스탠드에 버금가게 생긴 섹시한 독신남 사이에서 매춘을 알선하는 프로그램이다. 보아하니 어머니는 저녁을 대충 해결한 모양이다. 커피 테이블 위에 반쯤 남은 스미르노프 보드카 병과 뉴트라슬림 두 캔이 놓여 있다. 지옥에서나 즐길 법한 하이 티(늦은 오후나 이른 저녁에 간단한 요깃거리와 함께 마시는 차 — 옮긴이)지만 그래도 옷은 제대로 챙겨 입었다. 청바지에 시티대학 스웨트셔츠.

그는 혹시나 하는 마음에 샌드위치 포장을 벗겨서 그녀의 코 아래에 대고 냄새를 풍기지만 그녀는 콧방귀를 뀌며 고개를 돌리고 그만이다. 그는 그 샌드위치를 먹어 버리기로 하고 나머지 한 개는 전용 냉장고에 넣는다. 차고에 갔다 와 보니 섹시한 독신남이 섹스 토이 지망생(두말하면 잔소리지만 금발이다.) 가운데 한 명에게 아침에 요리하는 것을 좋아하느냐고 묻고 있다. 그러자 금발이 싱글싱글 웃으면서 대답한다.

"아침에 뜨거운 걸 좋아하나 봐요?"

그는 샌드위치가 담긴 접시를 들고 어머니를 들여다본다. 그는 어느 날 저녁에 퇴근해 보면 어머니가 죽어 있을 수도 있다는 것을 안다. 심지어 그가 장식용 쿠션을 집어서 얼굴 위에 얹는 식으로 거들어 줄 수도 있다. 이 집에서 처음으로 저질러지는 살인도 아니다. 그러면 그의 인생이 더 좋아질까 아니면 더 나빠질까?

그의 두려움 — 의식은 인식하지 못하지만 의식의 수면 아래를 빙글빙글 헤엄치는 — 은 무엇인가 하면 그래 봐야 달라지는 게 아무것도 없으면 어쩌나 하는 것이다.

그는 지하로 내려가서 음성으로 전등과 컴퓨터를 켠다. 그러고는 3번 컴퓨터 앞에 앉아서 지금쯤은 뒤룩뒤룩한 전직 경찰관이 미끼를 물었겠거니 생각하며 데비스 블루 엄브렐라에 접속한다.

아무것도 없다.

그는 무지근하게 욱신거리는 관자놀이를 느끼며 주먹으로 손바닥을 내리친다. 그를 새벽까지 잠 못 들게 만드는 편두통의 전조인 게 분명하다. 이렇게 머리가 아프기 시작하면 아스피린도 아무 소용없다. 그는 이런 두통을 '꼬맹이 마녀'라고 부르는데, 꼬맹이 마녀가 가끔 엄청나질 때가 있다. 이런 두통에 효과적인 약이 있다는 것을 알지만 — 인터넷에서 찾아보았다. — 처방전이 있어야 살 수 있고 그는 병원이라면 질색이다. 그가 뇌종양에 걸렸다고 하면 어쩔 것인가. 위키피디아에서 최악이라고 하는 교모세포종에 걸렸다고 하면? 그래서 직업 박람회장에 나온 사람들을 죽인 거라고 하면?

'바보 같은 소리하지 마. 교모세포종에 걸렸다면 진작 죽었을걸.'

좋다. 하지만 편두통이 정신병의 징후라고 하면 어쩔 것인가? 망상형 정신분열증이나 뭐 그런 병의 징후라고 하면? 브래디는 자기에게 정신적으로 문제가 있다는 것을 인정한다. 당연히 문제가 있다. 정상적인 인간들은 여러 사람이 모인 한복판으로 차를 몰거나 자살 공격으로 미국 대통령을 제거할 생각을 하지 않는다. 정상적인 인간들은 동생을 죽이지 않는다. 정상적인 인간들은 어머니의 방문 앞에서 걸음을 멈추고 어머니가 알몸일지 궁금해 하지 않는다.

하지만 비정상적인 인간들은 자기가 비정상적이라는 사실을 남들이 *알아차리는* 것을 좋아하지 않는다.

그는 컴퓨터를 끄고 통제 센터를 이리저리 배회한다. 2번 발명품을 집었다가 내려놓는다. 생각해 보면 2번 발명품마저 독창적이라고 할 수 없다. 차량 절도범들은 몇 년 전부터 이 비슷한 도구를 썼다. 트릴로니 부인의 메르세데스를 슬쩍할 때 마지막으로 쓰고 나서 그 뒤로 감히 써보질 못했는데 이제 묵혀 두었던 2번 발명품을 꺼낼 때가 됐을지 모른다. 사람들이 차 안에다 뭘 두고 다니는지 알고 보면 놀랍기 그지없다. 2번 발명품은 조금 위험하기는 하지만 아주 위험하지는 않다. 조심하면 그렇다. 그리고 브래디는 신중에 신중을 기하는 성격이다.

염병할 전직 경찰관은 왜 미끼를 물지 않는 거야?

브래디는 관자놀이를 문지른다.

호지스가 미끼를 물지 않는 이유는 이 도박의 성격을 알기 때문이다. 이 도박은 풀 베팅이다. 만약 그가 엉뚱한 메시지를 입력하면 미스터 메르세데스는 영영 연락을 끊을 것이다. 반면에 미스터 메르세데스의 예상대로 움직이면 — 그의 정체를 밝히겠답시고 쭈뼛쭈뼛 어설프게 굴면 — 이 음흉한 개자식에게 못 당할 것이다.

시작하기에 앞서 짚고 넘어가야 할 문제는 간단하다. 이 관계에서 누가 물고기가 될 것이고 누가 어부가 될 것인가.

그는 무슨 메시지든 입력해야 한다. 가진 게 블루 엄브렐러밖에 없지 않은가. 과거 형사 시절에 알고 지냈던 정보원들에게 연락할 수는 없다. 미스터 메르세데스가 올리비아 트릴로니와 호지스에게 보낸 편지는 용의자가 없으면 아무 짝에도 쓸모가 없다. 게다가 편지는 편지일 뿐이지만 컴퓨터 채팅은…….

"대화지." 그가 말한다.

그에게 필요한 것은 미끼 하나뿐이다. 이 세상에서 가장 맛있는 미끼만 있으면 된다. 그는 자살할 마음이 있는 척할 수 있다. 바로 얼마 전까지만 해도 그랬기 때문에 식은 죽 먹기다. 죽음의 매력에 대해 묵상하면 미스터 메르세데스를 잠깐 동안 떠들게 만들 수 있다. 하지만 어느 정도 시간이 지나면 그가 속았다는 사실을 알아차릴까? 이 자는 경찰 측에서 정말로 100만 달러와 엘살바도르까지 타고 갈 747기를 제공할 거라고 착각하는 마약에 취한 바보가 아니다. 미스터 메르세데스는 어쩌다 보니 정신이 이상해진, 아주 똑똑한 인간이다.

호지스는 메모지를 무릎에 얹고 새로운 페이지로 넘긴다. 중간쯤에 네댓 단어를 대문자로 적는다.

그를 말려들게 만들어야 한다.

그는 이 주변에 박스를 치고 만들어 놓은 사건 파일에 메모지를 넣은 다음 점점 두꺼워져 가는 서류철을 닫는다. 그러고는 잠깐 앉아서 이제는 다섯 살이 아니고 이제는 그를 신이라고 생각하지 않는 딸아이의 화면보호기 사진을 쳐다본다.

"잘 자라, 앨리."

그는 컴퓨터를 끄고 자리에 눕는다. 잠이 오지 않을 줄 알았는데 온다.

협탁 시계가 새벽 2시 19분을 가리킬 때 그는 네온등처럼 환하게 밝아오는 해결책을 느끼며 눈을 뜬다. 위험하지만 그게 정답이다. 지체 없이 실행에 옮기든지 아예 시도조차 하지 않든지, 둘 중 하나를 선택해야 하는 그런 해결책이다. 그는 사각팬티를 입은 덩치 크고 창백한 유령처럼 작업실로 들어간다. 컴퓨터를 켠다. 데비스 블루 엄브렐라로 들어가서 지금 바로 시작하세요! 버튼을 누른다.

새로운 이미지가 뜬다. 이번에는 젊은 커플이 마법의 양탄자 같은 것을 타고 끝없는 바다 위에 떠 있다. 은색 비가 내리지만 파란 우산이 그들을 안전하고 보송보송하게 지켜 준다. 카펫 아래에 버튼이 두 개 있다. 왼쪽은 회원 가입이고 오른쪽은 아이디 입력이다. 호지스는 아이디 입력을 클릭하고 네모 칸이 뜨자 kermitfrog19라고 친다. 엔터를 누르자 새로운 화면이 등장한다. 그 위에 이런 메시지가 적혀 있다.

merckill이 채팅을 원합니다!
merckill과 채팅하시겠습니까?
예 아니요

그는 커서를 예로 옮기고 마우스를 클릭한다. 그가 메시지를 입력할 수 있는 네모 칸이 뜬다. 호지스는 망설임 없이 빠르게 자판을 두드린다.

5킬로미터 거리의 노스필드의 엘름 가 49번지에서 브래디 하츠필드는 잠을 이루지 못한다. 머리가 지끈거린다. 그는 생각한다. '프랭키. 그 사과 조각이 목에 걸렸을 때 죽었어야 하는 내 동생. 그때 죽었더라면 사는 게 이렇게 복잡하지 않았을 텐데.'

그는 가끔 잠옷을 깜빡하고 알몸으로 자는 어머니를 생각한다.

무엇보다도 뒤룩뒤룩한 전직 경찰관을 생각한다.

그러다 결국 방 밖으로 나가서 어머니의 방문 앞에서 잠깐 걸음을 멈추고 그녀가 코를 고는 소리를 듣는다. 온 우주를 통틀어 가장 에

로틱하지 않은 소리라고 속으로 중얼거리면서도 발걸음을 옮기지 않는다. 그러다 지하로 내려가서 지하실 문을 열고 등 뒤로 문을 닫는다. 그는 어둠 속에 서서 중얼거린다.

"통제." 하지만 너무 쉰 목소리라 어둠이 걷히지 않는다. 그는 헛기침을 하고 다시 한 번 시도한다. "통제!"

불이 켜진다. 혼돈이라는 단어에 컴퓨터가 켜지고 어둠이라는 단어에 일곱 개의 화면 위에서 카운트다운이 멈춘다. 그는 3번 컴퓨터 앞에 앉는다. 이리저리 흩어져 있는 아이콘들 사이에 파란색의 조그만 우산이 있다. 그는 그 아이콘을 클릭하고, 길고 거친 헉 소리를 터뜨린 다음에서야 그때까지 자기가 숨을 참고 있었다는 사실을 알아차렸다.

kermitfrog19가 채팅을 원합니다!
kermitfrog19와 채팅하시겠습니까?
예 아니요

브래디는 예를 클릭하고 몸을 앞으로 기울인다. 잠깐 등장했던 열띤 표정이 당혹스러운 표정으로 서서히 바뀐다. 간단한 메시지를 몇 번씩 읽는 동안 당혹감은 노여움으로, 노여움은 적나라한 분노로 바뀐다.

지금까지 거짓 자백을 숱하게 접했지만 이번만큼은 어처구니가 없군.
내 비록 은퇴는 했지만 바보는 아니야.

공개되지 않은 증거에 따르면 너는 메르세데스 킬러가 아니다.

꺼져라, 등신아.

브래디는 화면을 주먹으로 부수고 싶은 어마어마한 충동을 느끼지만 참는다. 그는 의자에 앉은 채로 온몸을 부들부들 떤다. 휘둥그레 뜬 눈은 믿지지 않는다는 표정을 짓고 있다. 1분이 지난다. 2분, 3분이 지난다.

'곧 일어날 거야. 일어나서 다시 침대에 누울 거야.'

하지만 그런들 무슨 소용 있을까? 잠을 자지도 못할 텐데.

"우라질 뚱땡아." 그는 뜨거운 눈물이 흘러내리기 시작한 것도 알아차리지도 못한 채 중얼거린다. "천하에 쓸모없는 우라질 머저리 뚱땡아. 나였단 말이다! 나였다고! *나였다고!*"

공개되지 않은 증거에 따르면.

그럴 리 없다.

뒤룩뒤룩한 전직 경찰관을 해코지할 필요성을 느끼자 그의 사고 능력이 되살아난다. 어떻게 하면 해코지할 수 있을까? 그는 몇 가지 시나리오를 돌려보고 폐기하며 거의 30분 동안 고민한다. 드디어 생각한 해결책은 우아하리만치 간단하다. 뒤룩뒤룩한 전직 경찰관의 친구 — 브래디가 확인한 바에 따르면 유일한 친구이기도 하다. — 가 백인 이름을 쓰는 검둥이 아이다. 그 검둥이 아이가 끔찍이 아끼는 게 뭘까? 그의 온 가족이 끔찍이 아끼는 게 뭘까? 두말하면 잔소리지만 아이리시세터다. 오델.

　브래디는 미스터 테이스티의 가장 맛있는 아이스크림 몇 통에 독극물을 넣는 상상을 했던 것을 떠올리며 웃음을 터뜨린다. 그는 인터넷에 접속해서 검색을 하기 시작한다.

　사전 조사라고 할까. 그는 생각하며 미소를 짓는다.

　어느 시점에 이르렀을 때 그는 두통이 사라졌음을 깨닫는다.

독극물이라는 미끼

브래디 하츠필드는 제롬 로빈슨의 견공 친구 오델을 어떤 식으로 독살할지 오랫동안 고민할 필요가 없다. 브래디는 아마존이나 이베이 같은 곳에서 이것저것 주문할 수 있는 신분을 갖춘 — 거기다 한도액이 얼마 안 되는 비자 카드까지 갖춘 — 가상의 인물 랠프 존스이기도 하기 때문에 더욱 그렇다. 대부분의 사람들은 인터넷 친화적인 가짜 신분증을 뚝딱 만들어 내기가 얼마나 쉬운지 알지 못한다. 돈만 내면 된다. 돈을 내지 않으면 모든 게 순식간에 들통날 수 있지만.

그는 랠프 존스의 이름으로 900그램들이 고퍼-고(땅다람쥐 퇴치제 — 옮긴이) 한 캔을 주문하고 랠프의 우편함 주소를 적는다. 디스카운트 일렉트로닉스에서 가까운 스피디 포스탈이다.

고퍼-고의 주요 성분이 스트리크닌이다. 브래디는 스트리크닌 중독의 증상을 인터넷에서 검색해 보고 오델이 고역을 치를 거라는 데

즐거워한다. 섭취 후 20분 정도가 지나면 목과 머리에서 근육 경련이 시작된다. 그 증상이 금세 온몸으로 번진다. 입가가 웃는 것처럼 양옆으로 늘어난다(적어도 인간의 경우에는 그렇다. 개는 어떨지 잘 모르겠지만.). 구토 증상이 나타날 수도 있지만 그렇다 하더라도 너무 많은 독극물이 흡수된 이후이기 때문에 엎질러진 물이다. 일단 시작된 경련이 점점 심해지면 척추가 심하게 휜다. 등뼈가 실제로 부러지는 경우도 있다. 그러다 결국 숨을 거두는데 — 분명 차라리 죽는 게 나을 것이다. — 이때 사인은 질식이다. 외부에서 폐로 공기를 전달하는 신경 통로가 마비되기 때문이다.

브래디는 좀이 쑤실 지경이다.

'그리 오래 기다리지 않아도 돼.' 그는 속으로 중얼거리며 일곱 대의 컴퓨터를 끄고 계단을 오른다. 다음 주면 물건이 배달될 것이다. 그걸 개에게 먹이기에 가장 좋은 방법은 육즙이 줄줄 흐르는 맛있는 햄버거 덩어리에 넣는 것이다. 개들은 모두 햄버거를 좋아한다. 브래디는 오델의 간식을 어떤 식으로 배달하면 좋을지 정확히 알고 있다.

제롬의 여동생 바브라 로빈슨에게는 힐다라는 친구가 있다. 두 아이는 로빈슨의 집에서 두세 블록 가면 나오는 조니스 고마트라는 편의점을 애용한다. 포도 맛 아이시스를 좋아하기 때문이라지만 사실은 거기서 다른 친구들과 만나는 것을 좋아하기 때문이다. 그들은 차를 네 대 세울 수 있는 편의점 뒤편의 주차장 낮은 돌담에 앉아서 박새처럼 조잘거리고 키득거리며 간식을 나누어 먹는다. 브래디는 미스터 테이스티 트럭을 몰고 지나갈 때 그 아이들과 자주 마주친다. 그가 손을 흔들면 아이들도 손을 흔든다.

아이스크림 장수를 싫어하는 사람은 없으니까.

로빈슨 부인은 1주일에 한두 번 조니스행을 허락하지만(조니스가 마약중독자들의 소굴은 아니다. 그녀도 나름대로 알아보았겠지만.) 조건을 단다. 어떤 조건일지 빤하다. 절대 혼자 가지 말 것, 반드시 한 시간 안에 돌아올 것, 반드시 오델을 데리고 갈 것. 고마트는 애완견 출입금지 구역이기 때문에 바브라는 오델을 야외 화장실 문손잡이에 묶어 놓고 힐다와 함께 안으로 들어가서 포도 맛 얼음을 산다.

바로 그때 브래디가 — 아무 특징 없는 자기 차를 몰고 지나가면서 — 오델에게 죽음의 햄버거 덩어리를 던질 것이다. 그 개는 덩치가 커서 24시간 동안 버틸지도 모른다. 브래디는 그래 주길 바란다. 똥은 아래로 구른다는 명언도 있다시피 슬픔은 전염성이 있다. 오델이 괴로워할수록 검둥이 여자애와 그 오빠도 괴로워할 것이다. 제롬의 괴로움은 뒤룩뒤룩한 전직 경찰관, 즉 커밋 윌리엄 호지스에게 전달될 테고 그러면 뒤룩뒤룩한 전직 경찰관은 개의 죽음이 *자기* 탓이라는 것을, 브래디에게 그 짜증나고 불손한 메시지를 보낸 대가라는 것을 알게 될 것이다. 오델이 죽으면 뒤룩뒤룩한 전직 경찰관이 알게 될 텐데……

브래디는 어머니가 코고는 소리를 들으며 2층으로 절반쯤 올라가다 말고, 고개를 내민 깨달음에 눈을 휘둥그레 뜬다.

뒤룩뒤룩한 전직 경찰관이 알게 될 텐데.

그러면 곤란하지 않을까? 행동은 결과를 낳기 마련이다. 브래디가 아이들에게 파는 아이스크림에 독극물을 넣는 *상상*을 할지 몰라도 실제로 행동에 옮기지는 않는 이유도 그 때문이다. 레이더를 계속 피하고 싶은 이상 그러면 안 되고 당분간은 레이더를 피하고 싶기 때문이다.

아직까지 호지스는 브래디가 보낸 편지를 들고 경찰 친구들을 찾아가지 않았다. 처음에 브래디는 호지스가 메르세데스 킬러를 직접 찾아내서 은퇴 이후의 영광을 누려 보려고 남들에게 비밀로 하는 줄 알았지만, 이제는 그런 착각을 하지 않는다. 브래디가 이상한 녀석인 줄 알고 있는데 빌어먹을 퇴직 형사가 뭐 하러 그를 찾아 나서겠는가?

언론에 공개된 적 없는 표백제와 머리 망에 대해서까지 이야기했는데 호지스가 어쩌다 그런 결론을 내리게 되었는지 브래디로서는 이해할 수가 없지만 아무튼 상황이 그렇다. 브래디가 오델을 독살하면 호지스가 경찰 친구들을 호출할 것이다. 맨 먼저 예전의 파트너인 헌틀리부터 부를 것이다.

그러면 자살을 부추기고 싶은 사람에게 살아가야 할 새로운 이유를 선물할 수도 있으니 기발하게 구성한 편지를 보낸 것 자체가 헛수고가 되어 버린다. 그건 정말이지 너무한 일이다. 트릴로니 그년을 절벽 아래로 밀친 것이야말로 그의 인생사상 가장 엄청난 스릴이었다. (이유를 알 수도 없고 알고 싶지도 않지만) 그녀의 차로 그 많은 사람들을 쳐서 죽인 것보다 훨씬 스릴이 넘쳐서 또 하고 싶었다. 사건의 수사를 지휘한 형사를 처치한다면…… 얼마나 위대한 업적이 될 것인가!

브래디는 계단 중간에 서서 열심히 머리를 굴린다.

'어쩌면 그 뚱보 자식이 내가 원하는 대로 할지 몰라.' 그는 속으

로 중얼거린다. '개를 죽이는 게 필요한 마지막 자극이 될지 몰라.'

하지만 그는 설득되지 않고 머리만 위험하게 지끈거린다.

그는 문득 지하실로 달려 내려가서 블루 엄브렐라에 접속해 뒤룩뒤룩한 전직 경찰관에게 자기가 깨부숴 줄 테니 '공개되지 않은 증거'라는 개소리가 뭔지 말해 보라고 따지고 싶은 충동을 느낀다. 하지만 그건 엄청난 실수가 될 것이다. 궁지에 몰린 사람처럼, 어쩌면 절박한 사람처럼 보일 것이다.

공개되지 않은 증거.

꺼져라, 등신아.

하지만 내가 했다고! 자유를 걸고 목숨을 걸고 내가 했다고! 인정할 건 인정해야지! 너무하잖아!

그의 머리가 다시 지끈거린다.

'이 바보 같은 씨방새야. 이렇게든 저렇게든 너는 대가를 치르게 될 거야. 하지만 개부터 죽이고 나서. 어쩌면 네 검둥이 친구도 죽을지 몰라. 어쩌면 그 검둥이 가족 전체가 죽을지 몰라. 그런 다음에는 다른 사람들이 엄청 많이 죽을지 몰라. 시티 센터에서 벌어졌던 사건은 소풍처럼 보일 만큼.'

그는 자기 방으로 올라가서 속옷 차림으로 침대에 눕는다. (그가 스트리크닌을 먹기라도 한 것처럼) 머리가 다시 쿵쾅거리고 팔이 떨린다. 이러다 새벽까지 이렇게 누워서 괴로워하게 생겼는데……

그는 일어나서 다시 복도로 나간다. 어머니의 열린 방문 앞에 거의 4분 동안 서 있다 포기하고 안으로 들어간다. 어머니가 누워 있는 침대 속으로 들어가자 두통이 금세 잦아든다. 아마 따뜻해서 그럴 것이다. 아마 어머니한테서 나는 냄새 때문일 것이다…… 샴푸 냄새, 바디 로션 냄새, 술 냄새. 아마 양쪽 모두 때문일 것이다.

그녀가 돌아눕는다. 어둠 속에서 눈을 휘둥그레 뜨고 있다.

"아, 허니 보이. 또 그러니?"

"네." 그는 눈 속에 맺힌 따뜻한 눈물이 느껴진다.

"꼬맹이 마녀?"

"이번에는 큰 마녀예요."

"내가 도와줄까?" 그녀는 이미 대답을 알고 있다. 대답이 그녀의 뱃속에서 고동친다. "네가 날 위해서 해 주는 게 워낙 많잖아." 그녀가 다정한 목소리로 말한다. "내가 보답할게."

그는 눈을 감는다. 그녀의 입에서 지독한 술 냄새가 풍긴다. 평소에는 싫어하지만 지금은 상관없다.

"좋아요."

그녀는 잽싸고 능숙하게 그를 다룬다. 오래 걸리지 않는다. 늘 그렇다.

"자, 자. 이제 그만 자야지, 허니 보이."

그는 그 말이 떨어지기가 무섭게 잠이 든다.

새벽 햇살에 눈을 떠 보니 그녀는 침 묻은 머리다발을 입가에 붙인 채 다시 코를 골고 있다. 그는 침대 밖으로 나와서 그의 방으로 돌아간다. 머릿속이 맑다. 스트리크닌이 들어 있는 땅다람쥐 퇴치제가 배송되고 있다. 그 물건이 도착하면 개를 독살할 것이다. 결과는

될대로 되라지. *젠장맞을, 될대로 되라지.* 백인 이름을 쓰는 그 교외에 사는 검둥이들은? 그들도 어떻게 되건 상관없다. 그 다음 차례는 뒤룩뒤룩한 전직 경찰관이다. 제롬 로빈슨의 고통과 바브라 로빈슨의 슬픔을 충분히 느낀 뒤가 될 테고 사인이 자살이건 아니건 무슨 상관일까? 중요한 건 그가 저세상으로 떠난다는 것이다. 그러고 난 다음에는…….

"큰일을 벌이자." 그는 청바지와 아무 무늬 없는 흰 티를 입으면서 말한다. "영광의 빛을 위해."

어떤 빛이 될지 아직은 알 수 없지만 그래도 괜찮다. 아직 시간이 있고 먼저 해치워야 할 일이 있다. 그는 호지스가 말한 '공개되지 않은 증거'를 박살내고, 그가 진짜 메르세데스 킬러, 호지스가 잡지 못한 그 괴물이라고 설득해야 한다. 귀에 딱지가 앉을 때까지 가르쳐야 한다. 호지스가 이 '공개하지 않은 가짜 증거'를 믿는다면 다른 경찰들 — *진짜* 경찰들 — 도 분명 믿을 것이다. 그건 용납할 수 없다. 그는…….

"인정을 받아야 해!" 브래디는 아무도 없는 부엌에 대고 외친다. "나는 인정을 받아야 한다고!"

그는 아침을 만들기 시작한다. 베이컨과 달걀이다. 냄새가 2층으로까지 올라가서 어머니를 유혹할지 모른다. 아니라도 상관없다. 그가 어머니의 몫까지 먹으면 되니까. 그는 상당히 배가 고프다.

이번에는 음식 냄새가 효과를 발휘하지만, 드보라 앤은 가운 허리띠를 매며 비몽사몽 등장한다. 눈은 빨갛고 뺨은 창백하며 머리는 사방으로 뻗쳤다. 솔직히 이제 그녀는 뇌와 머리가 술에 워낙 인이 박여서 숙취로 고생하지 않지만, 그래도 아침에는 게임 쇼를 보고 제산제를 먹으면서 몽롱하게 시간을 보낸다. 오후 2시쯤 돼서 세상이 선명해지기 시작하면 그날의 첫 술을 따른다.

그녀는 간밤에 있었던 일을 기억할지 몰라도 입 밖으로 꺼내지 않는다. 하긴 원래부터 그렇다. 두 사람 모두 그렇다.

'우리는 프랭키 이야기도 하지 않지. 만약 그 이야기를 하게 된다면 무슨 말을 할까? 그렇게 굴러 떨어져서 참 가슴이 아프다고?'

"냄새 좋네. 내 것도 있니?"

"드실 만큼 드세요. 커피는요?"

"줘. 설탕 잔뜩 넣어서."

그녀는 식탁에 앉아서 싱크대에 달린 텔레비전을 멍하니 바라본다. 켜져 있지 않은데도 멍하니 바라본다. 브래디도 알다시피 그녀는 켜져 있다고 생각할 수도 있다.

"유니폼 안 입고 있네?"

주머니에 디스카운트 일렉트로닉스라고 적힌 파란색 버튼업 셔츠를 안 입고 있다는 말이다. 그의 옷장에는 그 옷이 세 벌 걸려 있다. 그는 그 옷들을 직접 다려서 입는다. 청소기 돌리기나 세탁처럼 다림질 역시 엄마의 레퍼토리에는 없다.

"10시까지 출근하면 돼요."

그가 이야기하자 그 말이 무슨 주문이라도 되는 것처럼 그의 전화기가 깨어나 싱크대 위에서 웅웅거리기 시작한다. 전화기가 바닥으로 떨어지기 직전에 그가 잡는다.

"받지 마, 아들. 아침 먹으러 나간 척하자."

솔깃하지만, 브래디는 두서도 없고 내용도 번번이 바뀌는 엄청난 파괴 공작을 포기하지 못하고 계속 상상하는 것처럼 전화벨이 울리도록 내버려 두지 못하는 성격이다. 그는 발신자 창에 톤스라고 뜨는 것을 보고 놀라지 않는다. 앤서니 '톤스' 프로비셔, 디스카운트 일레트로닉스(버치힐 몰 지점)의 위대한 고위직 어르신.

그는 전화를 받는다.

"나 오늘 출근 늦게 하는 날인데."

"알아, 하지만 출장 서비스를 좀 나가 줘야겠어. 정말, 정말 급해서 그래." 브래디가 싫다고 하면 늦게 출근하는 날에 출장을 보낼 수가 없기 때문에 톤스는 살살 달래는 투다. "게다가 롤린스 부인이야. 롤린스 부인은 팁을 주는 거 알지?"

당연히 그녀는 팁을 주고, 그녀는 슈거 하이츠에 산다. 사이버 순찰대는 슈거 하이츠로 출장을 자주 나가는데 그들의 고객 중 한 명이 ─ *브래디의 고객 중 한 명이* ─ 지금은 세상을 떠난 올리비아 트릴로니였다. 그는 데비스 블루 엄브렐라에서 대화를 시작한 이후에 그 집으로 출장을 두 번 나갔는데 얼마나 짜릿했는지 모른다. 그녀가 얼마나 살이 빠졌는지 볼 수 있어서. 그녀가 어떤 식으로 손을 떨기 시작했는지 볼 수 있어서. 그리고 그녀의 컴퓨터에 손을 댄 순간 온갖 가능성이 열렸다.

"글쎄……."

하지만 그는 당연히 출동할 테고 그 이유는 롤린스 부인이 팁을 주기 때문만은 아니다. *나 때문에 저 문들이 닫혀 있는 거야*, 이런 생각을 하면서 라일락 드라이브 729번지 앞을 지나면 재미있기 때문이다. 마지막 격려 삼아 그녀의 컴퓨터에 조그만 프로그램을 깔아 주는 것으로 충분했지.

컴퓨터는 대단하다.

"있잖아, 브래디, 이번 출장 서비스 맡아 주면 오늘 하루 종일 출근 안 해도 돼. 어때? 비틀만 반납하고 그 한심한 아이스크림 트럭에 시동 걸어야 하는 시간이 될 때까지 빈둥거려도 돼."

"프레디는? 프레디 보내면 되잖아."

그는 이제 대놓고 놀려먹는다. 톤스가 프레디를 보낼 수 있는 상황이었다면 벌써 보냈을 것이다.

"전화로 병가를 냈어. 생리통 때문에 죽겠대. 물론 말도 안 되는 개소리지. 나도 알고 프레디도 알고 프레디는 나도 안다는 걸 알아. 하지만 프레디한테 출장 서비스 가라고 하면 성희롱 소송을 제기할 거야. 프레디는 내가 그걸 안다는 것도 알아."

엄마가 브래디의 웃는 얼굴을 보고 따라서 웃는다. 그녀는 한 손을 들어서 주먹을 쥐더니 왔다 갔다 돌린다. *그 자식 불알을 비틀어 버려, 허니 보이.* 브래디의 미소가 함박웃음으로 번진다. 엄마는 알코올중독자이고 요리는 1주일에 한두 번이 고작이며 우라지게 부아를 돋울지 몰라도 가끔 책을 들여다보듯 그의 속을 읽을 때가 있다.

"알았어." 브래디가 말한다. "내 차를 몰고 가면 어때?"

"개인 차량에는 내가 기름 값을 정산해 줄 수 없는 거 알잖아."

"그게 회사 방침이기도 하고. 그렇지?"

"음…… 그렇지."

디스카운트 일렉트로닉스의 모회사인 독일의 쉰 주식회사는 폭스바겐 사이버 순찰대가 홍보에 좋다고 생각한다. 프레디 링크래터는 콧물 같은 초록색 비틀을 몰고 다니는 직원에게 자기 컴퓨터를 맡기고 싶어 하는 사람이 있다면 정신병자라고 하는데, 그 점에 대해서는 브래디도 동의하는 바이다. 그래도 출장 요청이 끊이지 않는 것을 보면 세상에 정신병자들이 많은 모양이다.

폴라 롤린스처럼 팁이 후한 사람은 거의 없지만.

"알았어. 하지만 나한테 신세 한 번 지는 거야."

"고마워, 친구."

브래디는 너는 내 친구가 아니고 우리 둘 다 그걸 알지 않으냐고 대꾸하기도 귀찮아서 그냥 전화를 끊는다.

폴라 롤린스는 풍만한 금발머리이며 이제는 고인이 된 T 부인의 아방궁에서 세 블록 가면 나오는, 가짜 튜더 양식으로 만들어진 방 열여섯 개짜리 대저택에서 산다. 브래디는 그녀의 정체를 정확히 모르지만, 돈 많은 남자의 두 번째 아니면 세 번째 부인으로 지내다 갈라서면서 한몫 단단히 챙긴 게 아닐까 싶다. 어쩌면 남자가 그녀의 젖통이에 홀딱 반해서 혼전 계약 따위는 신경 쓰지 않았을지 모른다. 그러거나 말거나 브래디로서는 아무 상관없다. 팁을 많이 주고 그를 유혹하려고 한 적이 한 번도 없으니 그거면 됐다. 그는 롤린스 부인의 풍만한 몸매에 전혀 관심이 없다.

하지만 그녀는 그의 손을 잡고 문 안으로 끌어당기다시피 한다.

"오…… 브래디! 하나님 감사합니다!"

그녀는 3일 동안 물도 식량도 없이 무인도에서 지내다 구조된 여자처럼 굴지만, 브래디는 지금까지 대여섯 번이나 출장을 나왔음에도 불구하고 그녀가 그의 이름을 부르기 전에 잠깐 멈추고 셔츠에 달린 이름표를 읽는 것을 알아차린다. (출장 회수는 프레디도 비슷하다. 폴라 롤린스는 연쇄 컴퓨터 학대범이다.) 그녀가 그를 기억하지 못한대도 상관없다. 브래디는 잊히는 것을 좋아한다.

"그냥…… 뭐가 잘못됐는지 모르겠어!"

이 멍청한 년이 언제 한 번이라도 알았던 적이 있던가. 지난번, 그러니까 6주 전에 그가 왔을 때도 커널 패닉(운영 체제의 커널에 문제가 생겨서 제대로 작동이 안 되는 상태 — 옮긴이)이었는데 그녀는 컴퓨터 바이러스에 걸려서 모든 파일이 날아갔을 게 분명하다고 했다. 브래디는 작업실에서 그녀를 차분하게 달래고 고쳐 보겠노라고 약속했다(지나치게 희망적인 분위기를 풍기지는 않았다.). 그런 다음 자리에 앉아서 컴퓨터를 다시 시작하고 잠깐 인터넷 서핑을 한 다음 그녀를 불러서 마침맞게 문제를 고칠 수 있었다고 했다. 30분만 늦었더라면 정말로 파일이 날아가 버릴 뻔했다고 했다. 그녀는 팁으로 80달러를 주었다. 그와 엄마는 그날 저녁에 외식을 했고 나쁘지 않은 샴페인을 한 병 나누어 마셨다.

"어떻게 된 건지 말씀해 보세요."

브래디가 신경외과 의사처럼 심각한 목소리로 말한다.

"나는 *아무 짓도* 하지 않았어."

그녀가 울부짖는다. 그녀는 항상 울부짖는다. 출장 서비스를 요청하는 고객들 대다수가 그렇다. 여자들만 그러는 것도 아니다. 고위

간부가 가장 남자답지 못한 모습을 보이는 때가 언제인가 하면 맥북에 든 모든 것이 데이터의 천국으로 사라졌을지 모른다는 가능성이 보이는 때다.

그녀는 그를 데리고 응접실(전미 철도 여객 공사의 식당차만큼 길다.)을 지나서 작업실로 들어간다.

"이 방 청소는 가정부한테 맡기지도 않고 내가 직접 해. 창문도 닦고 청소기도 밀고. 그런데 이메일을 확인하려고 앉았더니 컴퓨터가 아예 *켜지지도* 않는 거야!"

"흠. 이상하군요."

브래디도 알다시피 롤린스 부인은 남미 출신의 가정부에게 집안일을 맡기는데 이 작업실은 가정부 출입 금지 구역인 모양이다. 가정부로서는 다행이다. 브래디가 이미 문제점을 알아냈는데 그것이 가정부의 잘못이라면 아마 잘릴 테니 말이다.

"고칠 수 있겠어, 브래디?"

안에 고인 눈물 덕분에 롤린스 부인의 파란 눈이 그 어느 때보다 커다래진다. 브래디는 문득 유튜브를 돌아다니는 옛날 만화 주인공 베티 붑과 *풉-풉-피-둡!*이 생각나는 바람에 애써 웃음을 참는다.

"고쳐 볼게요." 그는 씩씩하게 대답한다.

"나는 건너편 헬렌 윌콕스네 집에 볼일이 있어. 하지만 얼른 다녀올게. 부엌에 방금 전에 내린 커피 있으니까 마시고 싶으면 마셔."

그녀는 이렇게 말한 뒤, 2층 곳곳에 얼마나 많은 귀금속이 산재해 있을지 모르는 이 넓고 으리으리한 집에 그를 혼자 남겨 두고 간다. 하지만 그녀는 안심해도 된다. 브래디는 출장 서비스를 요청한 고객의 집에서 뭐든 훔칠 생각이 없다. 그랬다가는 현행범으로 잡힐 수 있다. 현행범으로 잡히지 않더라도 앞뒤 정황상 누가 의심을 받겠는 가. 두말하면 잔소리다. 그는 일자리를 찾으러 시티 센터에 몰려든 바보들을 싹 밀어 버리고도 무사히 빠져나왔는데 처분할 방법도 없 는 다이아몬드 귀걸이를 훔쳤다가 잡힐 수는 없다.

그는 뒷문이 닫힐 때까지 기다린 다음 응접실로 들어가서 그녀가 세계 정상급 젖가슴을 내밀고 길을 건너는 모습을 지켜본다. 그녀가 시야에서 사라지자 그는 다시 작업실로 들어가서 책상 아래로 기어 들어가 컴퓨터 전원을 꽂는다. 그녀가 청소기를 돌리려고 플러그를 빼놓고 다시 꽂는 걸 깜빡한 모양이다.

암호 입력 화면이 뜬다. 그가 시간이나 때울 속셈으로 PAULA라고 입력하자 온갖 파일들로 가득한 그녀의 컴퓨터가 열린다. 맙소사, 인간들이 어찌나 바보 같은지.

그는 데비스 블루 엄브렐라에 접속해서 뒤룩뒤룩한 전직 경찰관 이 새로 보낸 메시지가 있는지 알아본다. 없다. 브래디는 퇴직 형사 에게 메시지를 보내자고 충동적인 결정을 내린다. 안 될 것도 없지 않은가.

그는 너무 고민하면 글이 잘 써지지 않는다는 것을 고등학생 때 배웠다. 머릿속에 생각이 너무 많으면 서로 겹쳐지기 시작한다. 그 냥 단숨에 써 내려가는 게 좋다. 그는 올리비아 트릴로니에게 편지 를 쓰거나 — 감정의 백열 상태에서 — 호지스에게 편지를 썼을 때도 그렇게 단숨에 써 내려갔지만, 뒤룩뒤룩한 전직 경찰관에게 보내는 편지는 두세 번 다시 읽어서 문체의 일관성을 유지하고 있는지 확인했다.

그는 간단하게 끝내야 한다고 마음을 다잡으며 그때와 똑같은 문체로 메시지를 쓴다.

내가 머리 망과 표백제에 대해서 무슨 수로 알았을까, 호지스 형사? 그게 공개되지 않은 증거였잖아. 신문이나 텔레비전에 보도된 적이 없으니까. 너는 네가 바보가 아니라고 하지만 내가 보기에는 바보 맞아. 텔레비전을 하도 열심히 봐서 뇌가 썩은 모양이로군.

공개되지 않은 증거가 뭔데?

어디 한번 대답해 보시지.

브래디는 다시 한 번 읽어 보고 한군데를 바꾼다. *머리 망* 사이에 하이픈을 넣는다. 그가 용의자로 지목될 리 없겠지만 용의자로 지목되면 경찰 측에서 작문 샘플을 써 보라고 할 것이다. 그는 작문 샘플을 써 주고 싶어서 거의 좀이 쑤실 지경이다. 그는 사람들 사이로 돌진했을 때 가면을 썼고, 메르세데스 킬러로 글을 쓸 때 또 다른 가면을 쓴다.

그는 전송 버튼을 누른 다음 롤린스 부인의 열어 본 페이지 목록을 띄운다. 거기서 여러 차례 입력된 화이트 타이 앤드 테일스를 발견하고는 잠깐 멍하니 시선을 멈춘다. 그는 프레디 링크래터에게 들어서 그곳의 정체를 안다. 남성 접대부 서비스 업체다. 폴라 롤린스에게 은밀한 사생활이 있는 모양이다.

하지만 어느 누군들 그렇지 않을까?

그가 상관할 바가 아니다. 그는 언더 데비스 블루 엄브렐라 방문 기록을 지운 다음 서비스 상자를 열어서 잡동사니들을 마구잡이로 꺼낸다. 유틸리티 디스크, 모뎀(고장난 거지만 그녀는 모를 것이다.), 여러 종류의 썸드라이브 그리고 컴퓨터 수리와 전혀 아무 상관없지만 그럴듯한 기계처럼 보이는 전압 조정기. 리 차일드 책도 꺼내서 고객이 20분 뒤에 뒷문으로 들어올 때까지 읽는다.

롤린스 부인이 서재 안으로 고개를 들이민 순간 책은 사라지고 없고 브래디는 잡동사니를 챙기고 있다. 그녀는 걱정스러운 미소를 짓는다.

"잘 됐어?"

"처음에는 상황이 안 좋아 보였어요. 하지만 문제점을 찾아냈어요. 트리머 스위치가 고장 나서 데이너스 회로가 먹통이 됐더라고요. 그런 경우에는 컴퓨터가 켜지지 않도록 프로그램되어 있어요. 함부로 켰다가는 데이터가 전부 다 날아갈 수 있거든요." 그는 심각한 눈빛으로 그녀를 쳐다본다. "심지어 망할 컴퓨터에 불이 날 수도 있어요. 실제로 그런 적이 있었다고 하거든요."

"어머나…… 세상에…… 하나님…… 맙소사." 그녀는 한 손을 가슴 위에 얹고 한 마디씩 또박또박 호들갑스럽게 강조한다. "확실히 다 고쳐진 거야?"

"아주 멀쩡해요. 확인해 보세요."

그는 컴퓨터를 켜고 그녀가 바보 같은 암호를 입력하는 동안 예의 바르게 시선을 돌린다. 그녀는 파일을 몇 개 열어 보더니 웃는 얼굴로 그를 돌아본다.

"브래디, 당신은 하늘이 내린 선물이야."

"제가 맥주를 사 마실 수 있는 나이가 되기 전에는 저희 엄마도 저를 그렇게 부르셨죠."

그녀는 평생 그렇게 재미있는 농담은 처음 들어 본다는 듯이 웃는다. 브래디도 따라서 웃는다. 문득 떠오른 상상이 있기 때문이다. 그녀의 어깨를 무릎으로 누르고 그녀의 부엌에서 꺼낸 고기 써는 칼을 비명을 지르는 그녀의 입 속 깊숙이 쑤셔 넣는 상상이다.

썰리는 연골이 거의 느껴지는 듯하다.

호지스는 블루 엄브렐라 사이트를 주기적으로 드나들고 있었기에 브래디가 전송 버튼을 누른 지 겨우 몇 분 만에 메르세데스 킬러가 보낸 새 메시지를 읽는다.

호지스가 함박웃음을 짓자 주름살이 퍼지면서 미남에 가까워진다. 그들의 관계가 공식적으로 확정됐다. 호지스가 어부고 미스터 메르세데스가 물고기다. 하지만 교활한 물고기지. 그는 상기한다. 갑자기 달려들어서 낚싯줄을 끊을 수도 있는 물고기. 낚싯줄을 천천히 잡아당겨 가며 조심스럽게 다루어야 한다. 호지스가 그럴 수 있다면, 인내심을 발휘한다면 미스터 메르세데스는 조만간 그와 만나겠다고 할 것이다. 장담할 수 있다.

'자살을 선택하도록 나를 몰고 가지 못하면 죽여버리는 수밖에 없을 테니까.'

미스터 메르세데스 쪽에서는 발을 빼는 것이 상책이다. 그러면 게임이 끝난다. 하지만 그는 그러지 않을 것이다. 약이 올라서 그렇기도 하지만 그건 기껏해야 사소한 이유에 불과하다. 호지스는 궁금해진다. 미스터 메르세데스는 자기가 얼마나 제정신이 아닌지 알고 있을까? 그가 보낸 메시지 안에 확실한 정보가 한 조각 들어 있다는 것을 알고 있을까?

텔레비전을 하도 열심히 봐서 뇌가 썩은 모양이로군.

오늘 아침까지만 해도 호지스는 미스터 메르세데스가 그의 집을 예의 주시하지 않았을까 의심하는 수준이었지만 이제는 확실히 안다. 그 씨방새가 길가에서 한 번 이상 들여다보았다는 것을.

그는 메모지를 집어서 뭐라고 답장을 보내면 좋을지 써 내려가기 시작한다. 물고기가 낚싯바늘을 감지했으니 잘 써야 한다. 그게 뭔지 아직 알지도 못하면서 아프다고 화를 내고 있다. 낚싯바늘의 정체를 파악하기 전에 더 화를 돋우어야 하는데 그러자면 모험을 감수해야 한다. 그러다 끊어질 수도 있지만 바늘이 좀 더 깊숙이 박히도록 낚싯줄을 획획 당겨야 한다. 그러자면……?

점심을 먹으면서 피트 헌틀리가 지나가듯이 했던 말이 떠오르자 좋은 수가 생각난다. 호지스는 메모지에 일단 적은 다음 고쳐 쓰고 다듬는다. 완성된 메시지를 읽어 보고 그거면 됐다고 결론을 내린다. 짧고 비열하다. '네가 깜빡한 게 있다, 병신아. 범인을 사칭하는 작자는 모르는 게 있어. 만약 진짜 범인이라면……' 미스터 메르세데스가 굴러다니는 살인 무기를 앞 범퍼에서 뒤 범퍼까지 샅샅이 훑어보고 올라탔다면 이야기가 달라지겠지만 호지스는 그가 그러지 않았을 거라고 확신한다.

만약 그의 짐작이 틀렸다면 낚싯줄이 끊기고 물고기는 도망칠 것
이다. 하지만 이런 명언도 있지 않은가. 위험을 감수하지 않으면 얻
는 것도 없는 법이라고.

그는 메시지를 당장 보내고 싶지만 그러면 안 된다는 것을 안다.
물고기가 그 고약한 바늘을 물고 좀 더 빙글빙글 헤엄치도록 내버려
두어야 한다. 문제는 그동안 뭘 하면 좋으냐는 거다. 텔레비전이 이
보다 더 심드렁하게 느껴질 수가 없다.

그는 좋은 생각이 나서 — 오늘 아침에는 좋은 생각들이 무더기로
떠오르고 있다. — 책상 맨 아래 서랍을 연다. 거기에 그가 피트와 함
께 호별 방문에 나섰을 때 들고 다녔던 조그만 수첩들이 가득 담긴
상자가 있다. 그는 두 번 다시 쓸 일이 없을 줄 알았던 그 수첩을 하
나 집어서 치노 바지 뒷주머니에 넣는다.

딱 맞는다.

호지스는 하퍼 가를 반쯤 걸어가서 예전에 그랬던 것처럼 이 집,
저 집 문을 두드리기 시작한다. 한 집도 놓치지 않도록 길을 왔다갔
다 건너면서 거꾸로 거슬러 올라온다. 주중인데도 놀라우리만치 많
은 사람들이 그의 노크나 초인종 소리에 대답한다. 전업주부도 있지
만 대다수가 그와 같은 퇴직자들이다. 경제가 무너져도 주택 융자금
을 꼬박꼬박 낼 수 있었던 행운아들이지만 형편이 아주 좋지는 않
다. 당장 내일이나 다음 주의 끼니 걱정을 할 정도는 아니지만 월말
이 다가올 때마다 식비와 약값의 균형을 도모해야 한다.

그의 이야기는 간단하다. 늘 간단한 게 최고다. 그는 몇 블록 옆
동네에서 도둑을 맞았다고 해서 — 아마 아이들 소행이겠지만 — 이
일대에 한 번 이상 출몰한 수상한 차량을 본 사람이 있는지 알아보
고 있다고 이야기한다. 시속 40킬로미터라는 제한 속도보다 훨씬 천
천히 돌아다니고 있었을지 모른다고 한다. 그는 그 이상 이야기할
필요가 없다. 모두들 경찰 드라마를 보기 때문에 '탐문 수사'의 의미
를 안다.

그는 이름 위로 빨간색 퇴직 도장이 찍혀 있고 사진 아래에 인적
사항이 적힌 신분증을 보여 준다. 그러면서 아니라고, 경찰의 의뢰
를 받은 게 아니라 자발적으로 나선 거라고 매번 밝힌다(이웃 사람들
가운데 아무라도 시내의 머로 빌딩에 전화를 걸어서 그의 신원을 확인하는
것이야말로 가장 피하고 싶은 일이다.). 그도 한 동네에 살기 때문에 보
안에 개인적으로 신경 쓸 이유가 있다.

멜번 부인은 들어와서 커피와 쿠키를 들지 않겠느냐고 한다. 그녀
는 오델의 혼을 쏙 빼놓은 적이 있는 꽃밭을 가꾸는 미망인이다. 호
지스가 초대를 받아들인 이유는 그녀가 외로워 보이기 때문이다. 그
녀와 대화다운 대화를 나누는 것이 이번이 처음인데, 그는 그녀가
좋게 말하면 특이하고 나쁘게 말하면 제정신이 아니라는 것을 금세
알아차린다. 하지만 논리 정연하게 말을 할 줄 안다. 그것만큼은 인
정해야 한다. 그녀는 전에 보았던 까만색 SUV에 대해서 설명하고
("「24」에 나오는 자동차처럼 안이 들여다보이지 않도록 선팅을 했어요.") 거
기 달려 있었던 특수 안테나에 대해 이야기한다. 거품기라고 표현하
며 손을 이리저리 흔들어서 어떤 식이었는지 보여 준다.

"흐음." 호지스는 말한다. "적어 둬야겠군요."

그는 수첩을 한 장 넘겨서 새 페이지에 *이제 그만 나가야겠음*이라고 적는다.

"좋은 생각이에요." 그녀가 눈을 반짝이며 말한다. "부인께서 결혼생활을 정리하기로 했을 때 얼마나 안타까웠는지 몰라요, 호지스 형사님. 부인 쪽에서 정리한 거 맞죠?"

"서로 잘 안 맞는다고 양쪽에서 합의한 거죠."

호지스는 속내와 다르게 사근사근하게 대답한다.

"형사님을 직접 만나 뵈니까 좋네요. 계속 살펴보고 계시다는 걸 알게 돼서 좋고요. 쿠키 하나 더 드세요."

호지스는 손목시계를 흘끗 확인하고는 수첩을 닫으며 일어선다.

"그러고 싶지만 이제 그만 가 봐야겠습니다. 12시에 예약이 되어 있어서요."

그녀는 그의 육중한 몸을 훑어보고 묻는다.

"병원이요?"

"척추 지압원입니다."

그녀가 얼굴을 찡그리자 얼굴이 눈 달린 호두 껍질로 변한다.

"다시 한 번 생각해 보세요, 호지스 형사님. 척추를 꺾는 건 위험해요. 그 침대에 누웠다가 두 번 다시 걷지 못하게 된 사람들도 있어요."

그녀는 문 앞까지 그를 배웅한다. 그가 문 밖으로 나서는 순간 그녀가 말한다.

"저라면 그 아이스크림 장수에 대해서도 알아보겠어요. 올봄에는 이 동네를 *계속* 돌아다니고 있는 것 같거든요. 로브스 아이스크림 회사에서 그 트럭 몰고 다니는 직원들 신원 조회를 할까요? 그랬으면 좋겠는데. 그 남자는 의심스러운 구석이 있거든요. 소아 성애증 환자일 수도 있어요."

"신원 보증을 받았겠죠. 그렇지만 알아보겠습니다."

"그것도 좋은 생각이네요!" 그녀는 외친다.

호지스는 만약 그녀가 그 옛날 보드빌 공연 때 쓰였던 기다란 갈고리를 꺼내서 그를 다시 안으로 잡아당기려고 했다면 그가 어떻게 했을지 궁금해진다. 어렸을 때 기억이 떠오른다. 『헨젤과 그레텔』의 마녀.

"그리고 — 방금 전에 생각이 났는데 — 요즘 들어서 밴이 몇 대 보이더라고요. 배달차처럼 *보이기*는 하지만 — 회사 이름도 적혀 있어요. — 회사 이름은 아무라도 만들어 낼 수 있지 않겠어요?"

"그렇죠." 호지스는 이렇게 대답하며 계단을 내려간다.

"17호도 찾아가 보세요." 그녀가 언덕 아래를 가리키며 말한다. "거의 하노버 가까지 가면 나오는 집이에요. 그 집 사람들은 퇴근이 늦고 음악을 시끄럽게 틀어 놔요." 그녀는 문 앞에서 거의 절을 하듯이 몸을 앞으로 숙인다. "마약 소굴일 수 있어요. 마약 밀매소 말이에요."

호지스는 귀띔해 줘서 고맙다고 인사하고 터벅터벅 길을 건넌다. '까만색 SUV와 미스터 테이스티 장수.' 그는 생각한다. '거기다 알카에다 테러리스트들을 잔뜩 태운 배달차.'

길 건너편에서 그는 재택 근무자를 만난다. 이름이 앨런 보우핑거라고 한다.

"골드핑거랑 헷갈리시면 안 돼요."

그는 이렇게 말하면서 그늘이 진 집 왼편에 놓인 접이식 의자를 권한다. 호지스는 기꺼이 그가 권하는 자리에 앉는다.

보우핑거는 카드 문구 작성이 직업이라고 말한다.

"살짝 짓궂은 카드가 제 전공이에요. 겉에는 '해피 버스데이! 이 세상에서 제일 예쁜 사람은 누구게?' 이렇게 적혀 있지만 열어 보면 한가운데에 금이 간 포일 조각이 들어 있는 그런 카드요."

"네? 그런 카드로 전하려는 메시지가 뭔가요?"

보우핑거는 양손을 들어서 틀을 만든다.

"'너는 아니야. 하지만 그래도 우리는 너를 사랑해.' 이거죠."

"좀 얄궂네요." 호지스는 조심스럽게 자기 의견을 밝힌다.

"그렇죠. 하지만 사랑의 표현으로 끝나요. 그런 식이라야 카드가 잘 팔려요. 쿡 찌른 다음에 안아 주는 거죠. 그나저나 오늘 찾아오신 목적에 대해서 말씀드리자면 호지스 씨…… 아니, 형사님이라고 부를까요?"

"요즘은 그냥 씨로 불립니다."

"특이한 차는 본 적 없어요. 집을 찾는 사람들과 하교 후에 아이스 크림 트럭 말고는 천천히 돌아다니는 차도 본 적 없고요." 보우핑거는 눈을 부라린다. "멜번 부인이 헛소리를 늘어놓지 않던가요?"

"글쎄요……."

"부인은 NICAP 회원이에요. 전미 대기현상 조사 위원회(National Investigations Committee on Aerial Phenomena)요."

"날씨를 연구하는 모임인가요? 토네이도나 구름층, 그런 걸?"

"비행접시요." 보우핑거는 하늘을 향해 두 손을 든다. "부인은 외계인들이 우리 사이를 돌아다닌다고 생각해요."

호지스는 현직 형사로서 정식으로 수사를 진행하고 있었다면 절대 하지 않았을 말을 한다.

"부인은 미스터 테이스티가 소아 성애증 환자일지 모른다고 하던데요."

보우핑거는 눈물이 뿜어져 나올 때까지 배꼽을 잡고 웃는다.

"종을 울리면서 조그만 트럭을 몰고 다닌 지 5, 6년 되었는걸요? 그동안 어린애들한테 몇 번이나 집적거렸을까요?"

"글쎄요." 호지스는 이렇게 말하면서 일어선다. "수십 번 집적거렸겠죠."

그가 손을 내밀자 보우핑거가 그의 손을 맞잡는다. 호지스는 은퇴 생활과 관련해서 새로운 사실을 한 가지 발견하는 중이다. 이웃 주민들에게 저마다의 사연과 개성이 있다는 것. 몇몇은 심지어 재미있기까지 하다.

그가 수첩을 치우자 보우핑거가 놀라는 표정을 짓는다.

"왜요?" 호지스는 당장 경계 태세를 갖춘다.

보우핑거는 길 건너편을 가리킨다.

"설마 부인의 집에서 쿠키를 먹지는 않았겠죠?"

"먹었는데요. 왜요?"

"나라면 앞으로 몇 시간 동안 화장실 근처를 떠나지 않겠어요."

집으로 돌아가 보니 발바닥은 욱신거리고, 발목은 높은 도로 노래를 부르며, 자동응답기는 깜빡이고 있다. 피트 헌틀리이고 흥분한 목소리다.

"전화 주세요. 믿기지 않는 일이 벌어졌어요. 우라지게 비현실적인 일이."

호지스는 순간 피트와 예쁘장한 새 파트너 이사벨이 결국 미스터 메르세데스를 잡은 모양이라고 얼토당토않은 결론을 내린다. 질투심에 가슴 속 깊은 곳이 쓰라리고 화가 난다. 말도 안 되는 소리지만 진짜다. 그는 쿵쾅거리는 심장을 달래며 피트의 단축번호를 누르지만 곧장 음성사서함으로 연결된다.

"메시지 받았어. 시간 나면 전화해 줘."

그는 전화를 끄고 가만히 앉아서 손가락으로 책상 가장자리를 두드린다. 그 우라질 사이코를 누가 잡든 상관없다고 자신을 달래지만 사실은 상관이 있다. 무엇보다 그가 그 perk(perk라는 단어가 이런 식으로 머릿속에 박히다니 우스운 일이다.)와 연락을 주고받았다는 사실이 분명 공개될 테니 그러면 그의 입장이 상당히 난처해질 수 있다. 하지만 그건 중요한 문제가 아니다. 중요한 문제는 뭔가 하면 미스터 메르세데스가 사라지면 예전의 일상으로 돌아가야 한다는 것이다. 오후 내내 텔레비전을 보며 아버지의 총을 만지작거렸던 날들로.

그는 메모지를 꺼내서 탐문 내역을 기록하기 시작한다. 1~2분 정도 그러다가 메모지를 다시 넣고 서류철을 탁 소리 나게 닫는다. 피트와 이지 제인스가 녀석을 잡았다면 멜번 부인에게 들은 배달차와 불길해 보이는 까만색 SUV가 아무 의미 없어진다.

그는 데비스 블루 엄브렐라에 접속해서 merckill에게 메시지를 보낼까 생각한다. *경찰에 잡혔나?*

말도 안 되는 소리지만 이상하게 구미가 당긴다.

전화벨이 울리기에 낚아채지만 피트가 아니다. 올리비아 트릴로니의 동생이다.

"아. 안녕하세요, 패터슨 부인. 어떻게 지내세요?"

"좋아요. 그리고 제이니예요. 기억 안 나세요? 저는 제이니, 당신은 빌."

"제이니, 맞아요."

"제 목소리가 별로 반갑지 않은 모양이네요."

그녀가 느껴질락 말락 하게 추파를 던지는 걸까? 그렇다면 기분이 좋을 텐데.

"아뇨, 아뇨, 반갑죠. 다만 보고할 게 아무것도 없어서 그래요."

"보고 들으려고 전화한 거 아니에요. 엄마 문제로 전화한 거지. 서니 에이커스에서 맡은 환자들을 가장 잘 아는 간호사가 낮에는 우리 어머니의 방이 있는 맥도널드 건물을 돌아요. 엄마가 정신을 좀 차리면 전화해 달라고 부탁해 놨거든요. 엄마가 요즘도 정신을 차릴 때가 있어서요."

"그렇다고 하셨죠."

"좀 전에 그 간호사의 전화를 받았는데 엄마가 반짝 정신을 차렸대요. 아마 하루 이틀 동안 정신이 맑아졌다가 다시 구름이 낄 거예요. 그래도 가서 만나 보시겠어요?"

"만나 보는 게 좋지 않을까 싶은데요." 호지스는 조심스럽게 대답한다. "하지만 오늘 오후라야 합니다. 기다리는 전화가 있어서요."

"언니의 차를 훔친 그 남자 건으로요?"

제이니는 흥분한 목소리다. '나도 흥분해야 하는데.' 호지스는 속으로 중얼거린다.

"그게 아직 정확하지가 않아요. 내가 이따 연락하면 안 될까요?"

"물론 되죠. 제 휴대전화 번호 아시죠?"

"그럼요."

"그럼요." 그녀는 살짝 놀리는 투로 따라 한다. 그러자 그는 불안한 심리상태에도 불구하고 다시 미소가 지어진다. "최대한 빨리 전화 주세요."

"그럴게요."

그가 전화를 끊자 그의 손에 전화기가 쥐어진 상태에서 벨이 울린다. 이번에는 피트이고 그 어느 때보다 흥분한 목소리다.

"선배! 통화 길게 못 해요, 녀석이 지금 취조실에 있거든요. 4번 취조실. 선배가 항상 행운의 취조실이라고 했던 거기요. 하지만 전화를 하지 않을 수가 없었어요. 우리가 잡았어요, 선배. 우리가 씨발, 녀석을 잡았다고요!"

"누굴 잡았다는 거야?"

호지스는 차분한 목소리로 묻는다. 이제는 심장박동이 안정을 되찾았지만 관자놀이를 통해서 느껴질 만큼 세게 뛰고 있다. 쿵 쿵 쿵.

"데이비스요!" 피트가 고함을 지른다. "그 새끼가 아니면 누구겠어요?"

데이비스. 미스터 메르세데스가 아니라 카메라를 잘 받는 아내 살인범 도니 데이비스다. 빌 호지스는 안도감에 눈을 감는다. 그런 감정을 느끼면 안 되는 거지만 그래도 어쩔 수 없다.

"그의 별장 근처에서 수렵지 관리인이 발견한 시신이 실리 데이비스의 시신으로 밝혀졌구만? 확실해?"

"확실해요."

"누굴 구워삶았길래 DNA 검사 결과가 이렇게 빨리 나왔어?"

호지스의 현역 시절에는 DNA 검사 결과가 샘플을 제출한 그 달에 나오면 다행이고 평균 6주가 걸렸다.

"DNA 검사를 할 필요도 없었어요! 물론 재판 때 필요하겠지만……"

"그게 무슨 소리야, 검사를 할 필요가……"

"가만히 듣고만 있어 주실래요? 이 자가 제 발로 찾아와서 실토했어요. 변호사도 없이, 허튼 변명도 없이. 미란다 원칙을 듣더니 변호사 필요 없다고, 마음의 짐을 덜고 싶을 뿐이라고 하는 거예요."

"맙소사. 우리가 몇 번을 취조했을 때도 그렇게 나긋나긋하게 나오더니 그때랑 똑같구만. 엿 먹이려는 수작 아닌 거 확실해? 장기전으로 가려는 거 아니야?"

체포되면 미스터 메르세데스가 그럴 거라는 생각이 든다. 그냥 게임이 아니라 *장기전*을 벌일 거라는 생각이. 악랄한 편지를 보내면서 서로 다른 문체를 쓴 것도 그런 이유 아닐까?

"선배, 이 자의 부인에 국한된 문제가 아니에요. 이 자가 곁에 두었던 인형들 기억하죠? 머리 숱 많고 젖가슴 빵빵하고 이름이 바비수, 이랬던 인형들 말이에요."

"응. 그게 뭐?"

"이 자의 체포 소식이 전해지면 젊은 아가씨들은 무릎을 꿇고 아직 목숨을 부지하고 있다는 데 감사 기도를 드리게 될 거예요."

"무슨 소린지 이해가 안 되네."

"고속도로 살인마요! 1994년에서부터 2008년까지 여기서 펜실베이니아 사이의 여러 고속도로 휴게소에서 다섯 명의 여자들이 강간후 살해당했잖아요! 도니 데이비스가 말하길 자기 짓이래요. *데이비스가 고속도로 살인마예요!* 이 자가 시간과 장소와 인상착의를 댔어요. 전부 다 일치해요. 정말이지…… 흥분이 돼서 미치겠어요!"

"나도." 호지스가 말한다. 진심이다. "축하해."

"감사하지만 저는 오늘 아침에 거길 찾아간 것 말고는 한 게 아무것도 없어요." 피트는 미친 듯이 웃는다. "로또 맞은 기분이네요."

호지스는 그런 기분은 아니지만 적어도 그의 로또가 휴지조각으로 밝혀지지는 않았다. 아직 그가 조사해야 할 사건이 남아 있다.

"선배, 이제 다시 들어가 봐야겠어요. 이 자의 마음이 바뀌기 전에."

"그래, 그래. 하지만 피트, 끊기 전에 한 가지만."

"뭔데요?"

"국선 변호인을 대 줘."

"아, 선배……"

"농담이 아니야. 오줌을 지리도록 심문하되 시작하기 전에 — 기록에 남도록 — 변호사를 부르겠다고 선포해. 아무 변호사라도 머로빌딩으로 찾아오기 전에 그를 비틀어 짜도 상관없지만 이것만큼은 제대로 처리해야 해. 알아들었지?"

"네, 알았어요. 맞는 말씀이네요. 이지한테 처리하라고 할게요."

"그래. 이제 다시 들어가 봐. 그 자식을 아주 탈탈 털어 버려."

피트가 수탉 우는 소리를 낸다. 호지스는 수탉이 아니라 인간이 그런 소리를 낼 때도 있다고 들어 봤지만, 실제로 인간이 내는 소리는 처음 듣는다.

"고속도로 살인마예요, 선배! *우라질 고속도로 살인마라고요!* 믿겨져요?"

그는 예전 파트너가 뭐라고 대꾸도 하기 전에 전화를 끊는다. 호지스는 거의 5분 동안 그 자리에 가만히 앉아서 뒤늦게 찾아온 떨림이 잦아들 때까지 기다린다. 그런 다음 제이니 패터슨에게 전화한다.

"우리가 찾는 남자에 대한 정보였어요?"

"아뇨. 다른 사건이었어요."

"이런. 아쉽네요."

"그러게요. 그래도 저와 같이 요양원에 찾아갈 생각에는 변함이 없는 거죠?"

"그럼요. 집 앞에서 기다릴게요."

그는 떠나기 전에 블루 엄브렐라 사이트를 마지막으로 확인한다. 아무것도 없고 그는 조심스럽게 작성한 메시지를 오늘 발송할 생각이 없다. 오늘 저녁은 너무 이르다. 물고기가 바늘을 좀 더 오랫동안 감지하도록 내버려 두자.

그는 집을 나서지만 오늘 밤에 외박을 할지 모른다는 예감은 느끼지 못한다.

서니 에이커스는 근사하다. 하지만 엘리자베스 워튼은 그렇지가 않다.

그녀는 로댕의 '생각하는 사람'을 연상시키는 웅크린 자세로 휠체어에 앉아 있다. 오후 햇살이 창문 사이로 비스듬히 들어와서 그녀의 머리를 은색 구름으로 바꾸어 놓는데 머리카락이 워낙 얇아서 후광처럼 보인다. 완만하게 경사가 지고 완벽하게 손질이 된 창밖의 잔디밭에서는 노익장을 과시하는 몇 명이 슬로 모션으로 크로켓을 치고 있다. 워튼 부인이 크로켓을 칠 수 있는 날은 끝났다. 그녀가 설 수 있는 날도 끝났다. 호지스가 마지막으로 보았을 때 — 그의 옆에는 피트 헌틀리가, 그녀의 옆에는 올리비아 트릴로니가 앉아 있었다. — 그녀는 구부정했다. 그런데 지금은 아예 꺾였다.

끝으로 갈수록 점점 좁아지는 하얀색 바지에 파란색과 하얀색의 줄무늬 세일러 셔츠를 화사하게 걸친 제이니가 옆에 무릎을 꿇고 앉아서 심하게 뒤틀린 워튼 부인의 손을 어루만진다.

"좀 어때요? 오늘은 얼굴이 좀 더 좋아 보이는데."

그 말이 진짜라면 호지스로서는 경악할 일이다.

워튼 부인은 아무 표정도 없는, 심지어 어리둥절해하지도 않는 옅은 파란색 눈으로 딸을 빤히 쳐다본다. 호지스의 심장이 철렁 내려앉는다. 그는 제이니와 함께 여기까지 오는 길이 즐거웠고, 그녀를 쳐다보는 것이 즐거웠고, 그녀를 좀 더 알아 가는 과정이 즐거웠다. 그랬으니 순전히 시간 낭비는 아니다.

그런데 바로 그때 조그만 기적이 벌어진다. 백내장 기미가 있는 노부인의 눈이 맑아진다. 립스틱도 바르지 않은 튼 입술이 옆으로 벌어지며 미소를 짓는다.

"안녕, 제이니." 그녀는 고개를 아주 조금밖에 들지 못하지만 시선을 호지스 쪽으로 옮긴다. 그를 쳐다보는 눈빛이 차갑다. "크레이그."

오는 차 안에서 나눈 대화 덕분에 호지스는 그게 누군지 안다.

"크레이그 아니에요, 엄마. 제 친구예요. 이름은 빌 호지스고요. 엄마도 전에 만난 적 있어요."

"아냐. 그럴 리가……." 그녀는 말끝을 흐리더니 ― 이제 얼굴을 찡그린다. ― 다시 "혹시…… 형사양반이신가?" 하고 묻는다.

"맞습니다, 부인."

그는 은퇴했다고 알릴까 고민조차 하지 않는다. 그녀의 머릿속에서 작동하는 회로가 아직 몇 개 남아 있는 동안 옆에서 쓸데없는 소리를 하지 않는 것이 상책이다.

그녀가 얼굴을 더 심하게 찡그리자 온 얼굴이 강줄기 같은 주름살로 뒤덮인다.

"리비가 차에 열쇠를 꽂아 두고 내리는 바람에 그 남자가 차를 훔쳤다고 했지. 리비가 몇 번씩 아니라고 했는데도 믿지 않았어."

호지스는 제이니처럼 휠체어 옆에 한쪽 무릎을 꿇고 앉는다.

"워튼 부인, 이제는 저희가 잘못 생각했을 수도 있겠다는 느낌이 드네요."

"당연히 잘못 생각했지." 그녀는 하나밖에 남지 않은 딸에게로 시선을 옮겨 눈썹 뼈 아래에서 올려다본다. 뭘 보려면 그러는 수밖에 없다. "크레이그는 어디 있니?"

"작년에 이혼했잖아요, 엄마."

그녀는 뭔가를 곰곰이 생각하더니 이렇게 말한다.

"쓰레기 같은 녀석이 없어져서 속이 다 시원하네."

"그러니까요. 빌이 몇 가지 여쭤 봐도 되겠어요?"

"안 될 게 뭐 있겠니. 그런데 오렌지주스 좀 마시고 싶구나. 진통제도."

"간호사실에 내려가서 드실 시간이 됐는지 확인해 볼게요. 빌, 제가 없어도……?"

그는 고개를 끄덕이고 얼른 가라는 뜻에서 손가락을 퉁긴다. 그녀가 나가자마자 호지스는 일어나서 손님용 의자를 그대로 지나치고, 엘리자베스 워튼의 침대에 앉아서 깍지 낀 손을 무릎 사이에 넣는다. 수첩을 들고 왔지만 메모를 하면 그녀의 주의가 산만해질지 모른다. 두 사람은 말없이 서로를 바라본다. 호지스는 노부인의 머리를 둘러싼 은색 비구름에 넋을 잃는다. 직원이 그날 아침에 머리를 빗긴 흔적이 있지만 몇 시간 새 제멋대로 뻗쳤다. 호지스는 기분이 좋다. 그녀의 몸은 척추측만증으로 보기 싫게 뒤틀렸을지 몰라도 머리는 예쁘다. 정신 사납고 예쁘다.

"저희가 따님을 잘못 대했습니다, 워튼 부인."

맞는 말이다. 호지스는 T 부인이 열쇠를 꽂아 두고 내렸을 가능성을 아직 완전히 배제하지 않았지만, 그녀가 자기도 모르는 새 공범 역할을 했다 하더라도 그와 피트의 대응이 형편없었다. 싫어하는 인간의 말은 안 믿거나 무시하기가 쉽다. 너무 쉽다.

"저희가 선입견에 눈이 멀었어요. 그 점에 대해서 사과드립니다."

"제이니 얘기하는 거요? 제이니하고 크레이그? 크레이그가 때렸어. 자기가 좋아하는 약을 제이니가 끊게 만들려고 한다면서 크레이 그가 때렸어. 제이니 말로는 딱 한 번이라고 하지만 그보다 여러 번이었을 거야." 그녀는 천천히 손을 들어서 핏기 없는 손가락으로 자기 코를 두드린다. "엄마는 알 수 있거든."

"제이니가 아니라 올리비아 얘기를 하는 겁니다."

"그 녀석 때문에 리비가 약을 끊었어. 크레이그 같은 약물중독자가 되기 싫다면서. 사실은 다른 건데. 리비한테는 그 약이 필요했는데."

"우울증 치료제 말씀인가요?"

"먹으면 외출할 수 있게 되는 약이 있었어." 그녀는 잠깐 말을 멈추고 기억을 더듬는다. "뭘 자꾸 만지작거리지 않게 만들어 주는 약도 있었고. 우리 리비는 희한한 생각들을 하긴 했지만 그래도 착한 아이였어. 속을 들여다보면 아주 착한 아이였지."

워튼 부인은 울음을 터뜨린다.

탁자 위에 크리넥스가 있다. 호지스는 몇 장을 뽑아서 건넸다가 그녀가 손을 오므리는 것이 얼마나 힘든 일인지 깨닫고 직접 눈물을 닦아준다.

"고마워요. 이름이 헤지스라고?"

"호지스입니다."

"자네는 좋은 형사였구먼. 다른 한 사람은 리비한테 아주 못되게 굴었어. 리비가 그러는데 자기를 비웃는대. 계속 비웃는대. 눈빛을 보면 알 수 있다고 했어."

정말일까? 만약 그게 사실이라면 피트가 부끄러워진다. 알아차리지 못한 자신도 부끄러워진다.

"누가 따님더러 약을 끊으라고 했나요? 기억하십니까?"

제이니가 오렌지주스와 어머니의 진통제가 담겨 있음직한 조그만 종이컵을 들고 돌아온다. 호지스는 곁눈으로 그녀를 확인하고 아까처럼 손가락을 퉁겨서 멀찌감치 있으라는 신호를 보낸다. 워튼 부인의 주의가 산만해지거나 약을 먹어서 안 그래도 뒤죽박죽인 기억을 더욱 헝클어뜨리는 것을 바라지 않기 때문이다.

워튼 부인은 아무 말도 하지 않는다. 그러다 호지스가 끝까지 대답을 듣지 못하면 어쩌나 걱정이 되려는 찰나에 입을 연다.

"펜팔이."

"블루 엄브렐라에서 만난 사람 말이죠? 데비스 블루 엄브렐라."

"만난 적은 없어. 직접 만난 적은."

"제 말씀은……"

"블루 엄브렐라는 가짜야." 하얀 속눈썹 아래로 보이는 그녀의 눈빛은 그를 세상에 둘도 없는 바보 취급하고 있다. "컴퓨터 안에 있는 거. 프랭키는 컴퓨터로 만난 펜팔이었어."

그는 새로운 정보를 들으면 항상 복부에 전기 충격 비슷한 것을 느낀다. 프랭키. 분명 본명은 아니겠지만 이름에는 힘이 부여되고 가명에는 의미가 있는 경우가 많다. 프랭키.

"그 사람이 따님에게 약을 끊으라고 했나요?"

"응. 중독되고 있다면서. 제이니 어디 있지? 약 먹어야겠는데."

"곧 올 겁니다."

워튼 부인은 잠깐 자기 무릎을 곰곰이 쳐다본다.

"프랭키는 자기도 똑같은 약을 먹었다고, 자기가…… 그런 짓을 저지른 이유가 그 때문이라고 했어. 약을 끊으니까 상태가 좋아졌다고. 약을 끊고 나서 자기가 저지른 짓이 잘못이라는 것을 알았다고. 하지만 돌이킬 수 없어서 슬펐대. 그 사람 말로는 그랬대. 그러면서 자기는 살아있을 자격이 없다고. 나는 리비한테 그 남자랑 그만 얘기하라고 했어. 나쁜 놈이라고. 그랬더니 리비가……."

다시 눈물이 고인다.

"자기가 그 사람을 살려야 된다고 했어."

다시 제이니가 문가로 다가오자 호지스는 고개를 끄덕인다. 제이니는 앞으로 오므린 어머니의 입에 파란색 알약을 두 개 넣어주고 주스를 건넨다.

"고맙다, 리비."

호지스는 제이니가 움찔했다가 웃는 모습을 지켜본다.

"별말씀을요." 그녀는 호지스를 돌아본다. "이제 그만 가야겠어요. 엄마가 무척 피곤해하시네요."

그도 봐서 그런 줄 알지만 나서기가 싫다. 심문이 미진하면 감이 온다. 나무에 매달린 사과가 최소한 한 개 이상 남아 있으면 감이 온다.

"워튼 부인, 올리비아가 프랭키에 대해서 또 한 말이 없습니까? 왜냐하면 부인 말씀이 맞거든요. 그 녀석은 나쁜 놈이에요. 그 녀석이 다른 사람을 해치지 못하도록 제가 잡고 싶은데요."

"리비는 차에 열쇠를 꽂아 놓고 내리지 않았을 거야. 절대로." 엘리자베스 워튼은 은빛 가제가 머리 위에 내려앉은 줄도 모르고 파란색의 복슬복슬한 가운을 입은 채 햇볕을 쪼이며 괄호 모양으로 웅크리고 앉아 있다. 손가락 하나가 다시 올라온다. 꾸짖음의 뜻이다. 그녀가 말한다. "우리가 키운 개는 두 번 다시 카펫에 토하지 않았어.

그때 딱 한 번이었지."

제이니가 호지스의 손을 잡고 입 모양으로 말한다. *가요.*

습관은 쉽게 없어지지 않는 법이라, 제이니가 허리를 숙여서 어머니의 뺨과 마른 입가에 차례대로 입을 맞추는 동안 호지스는 판에 박힌 인사를 한다.

"시간을 내주셔서 감사합니다, 워튼 부인. 도움이 아주 많이 됐습니다."

두 사람이 문 앞에 다다랐을 때 워튼 부인이 또렷한 목소리로 이야기한다.

"귀신이 아니었다면 딸아이가 *자살까지* 하지는 않았을 거야."

호지스는 고개를 돌린다. 제이니 패터슨은 그 옆에서 눈을 휘둥그레 뜬다.

"귀신이라니요, 워튼 부인?"

"하나는 아기였어. 다른 사람들과 함께 죽은 딱한 아기. 리비는 그 아기가 밤새도록 우는 소리를 들었지. 리비 말로는 이름이 퍼트리셔였다고 하던데."

"자기 집에서 말입니까? 올리비아가 자기 집에서 그 소리를 들었다고요?"

엘리자베스 워튼은 간신히 고개를 끄덕인다. 뺨을 보일락 말락 하게 아래로 내리는 수준이다.

"그리고 가끔은 아이 엄마도. 아이 엄마가 자기를 욕하더래."

그녀는 휠체어에 앉아서 웅크린 채 그들을 올려다본다.

"이렇게 소리를 지르더래. '왜 그 자식더러 내 아이를 죽이게 만들었어?' 리비가 자살한 건 그 때문이야."

금요일 오후이고 교외의 길거리는 학교 수업이 끝난 아이들로 왁 자지껄하다. 하퍼 가에는 많지 않지만 그래도 몇 명 있기에 브래디 는 63번지 앞을 천천히 지나며 창문 너머를 들여다볼 수 있는 완벽 한 이유가 생긴다. 그런데 커튼이 쳐져 있어서 안이 들여다보이지 않는다. 그리고 집 왼편의 처마 달린 돌출부에는 잔디 깎는 기계밖 에 없다. 퇴직 형사가 집에서 텔레비전이나 볼 일이지, 그 형편없이 낡은 도요타를 몰고 싸돌아다니고 있는 것이다.

어딜 싸돌아다니고 있을까? 어디든 상관없지만 호지스의 부재에 브래디는 살짝 불안해진다.

여자아이 둘이 돈을 꼭 쥐고 터벅터벅 길가로 걸어온다. 낯선 사 람, 특히 낯선 남자 옆에는 가지 말라고 집과 학교에서 분명 교육을 받았겠지만, 반가운 미스터 테이스티보다 믿음직한 사람이 어디 있 을까?

그는 아이스크림 콘을 두 개 판다. 초콜릿 하나, 바닐라 하나. 그러 면서 어떻게 그렇게 예쁠 수가 있느냐며 놀린다. 아이들은 키득키득 웃는다. 솔직히 말하면 한 명은 못생겼고 나머지 한 명은 그보다 더 못생겼다. 그는 아이스크림을 건네고 잔돈을 거슬러 주면서 사라진 코롤라에 대해 생각하고, 호지스의 오후 일과가 깨진 것이 자기와 상관 있는 일일지 궁금해한다. 호지스가 블루 엄브렐라에서 메시지 를 한 통 더 보내면 전직 경찰관이 무슨 생각을 하고 있는지 감을 잡 을 수 있을 텐데.

브래디는 감을 잡지 못하더라도 그의 메시지를 받아 보고 싶다.

"나를 감히 무시할 생각은 하지 마."

그는 머리 위에서 땡그랑거리는 종소리가 울려 퍼지는 가운데 이렇게 중얼거린다.

그는 하노버 가를 건너서 세로로 길쭉한 쇼핑몰에 트럭을 세운 다음 시동을 끄고(짜증나는 종소리도 덕분에 잠잠해진다.) 운전석 아래에서 노트북을 꺼낸다. 트럭 안이 늘 우라지게 춥기 때문에 단열 케이스에 넣어서 보관한다. 그는 부팅을 하고 근처 커피숍의 와이파이를 빌려서 데비스 블루 엄브렐라에 접속한다.

아무것도 없다.

"이 개새끼야." 브래디는 속삭인다. "나를 *감히* 무시할 생각은 하지도 마라, 이 개새끼야."

노트북을 다시 케이스에 넣고 지퍼를 잠그는데, 만화책방 앞에서 남자아이 둘이 이야기를 하다 말고 그를 쳐다보며 씩 웃는다. 5년의 경력을 동원해서 추측하건대 둘의 아이큐를 합하면 120정도 되고 앞으로 한참 동안 실직 수당만 챙기게 생긴 6학년 아니면 7학년생이다. 아니면 앞으로 사막의 어느 나라에서 짧은 생을 마감할 수도 있겠다.

더 바보 같아 보이는 아이가 친구를 데리고 앞장서서 다가온다. 브래디는 웃으며 창 밖으로 고개를 내민다.

"뭐 줄까?"

"제리 가르시아가 그 안에 있어요?" 바보가 묻는다.

"아니." 브래디는 전보다 더 활짝 웃는 얼굴로 대답한다. "하지만 찾아보고 있으면 당장 내보낼게."

아이들의 실망한 표정이 어쩌나 우스꽝스럽던지 브래디는 웃음보가 터질 지경이다. 그는 웃는 대신 바보의 바지를 가리킨다.

"남대문이 열렸네."

그 소리에 바보가 아래를 내려다보자 브래디는 아이의 말랑말랑한 턱 아랫살을 손가락으로 튕긴다. 애초 생각했던 것보다 조금 세게—사실은 훨씬 더 세게—튕겨졌지만 그러거나 말거나.

"속았지." 브래디가 명랑하게 말한다.

바보는 속았다는 뜻에서 미소를 짓지만 울대뼈 바로 위에 빨간 자국이 남고 놀랍게도 두 눈에 눈물이 글썽글썽 맺힌다.

바보와 살짝 바보는 뒷걸음질을 친다. 바보가 어깨너머를 돌아본다. 아랫입술을 삐죽 내밀고 있어서 올해 9월부터 빌 중학교 복도를 개판으로 만들 사춘기 직전의 따라지가 아니라 3학년으로 보인다.

"진짜 아팠어요." 녀석이 놀란 목소리로 말한다.

브래디는 자기 자신에게 화가 난다. 아이의 눈에 눈물이 맺힐 정도로 손가락을 세게 튕기다니 본심을 감추지 못했다는 뜻이다. 그뿐 아니라 바보와 살짝 바보가 그를 기억하게 될 거라는 뜻도 된다. 브래디는 사과할 수도 있고 공짜 아이스크림으로 성의를 보일 수도 있지만 두 아이는 그것도 기억할 것이다. 사소한 일이지만 사소한 일들이 쌓이다 보면 커지는 법이다.

"미안." 진심이다. "그냥 장난으로 그런 거였어."

바보가 가운뎃손가락을 들어 보이자 살짝 바보도 자기 가운뎃손가락을 들어서 의리를 과시한다. 두 아이는 만화책방으로 들어가는

데 ─ 브래디가 이런 아이들에 대해서 잘 아느냐면 잘 안다. ─ 5분 동안 훑어본 다음에 만화책을 사든지 아니면 밖으로 나올 것이다.

두 아이는 그를 기억할 것이다. 심지어 바보가 부모에게 이르면 부모가 로브 사에 불만을 접수할 수도 있다. 가능성이 많지는 않지만 아예 없지도 않다. 그가 원래는 무방비 상태인 바보의 목을 그냥 가볍게 튕길 생각이었는데 그 대신 자국이 남을 정도로 세게 친 것이 누구 탓이었을까? 전직 경찰관 때문에 브래디의 평정심이 흔들렸다. 그 때문에 일들이 꼬이고 있어서 브래디는 심기가 불편하다.

그는 아이스크림 트럭의 시동을 건다. 지붕에 달린 확성기에서 종소리가 울려퍼진다. 브래디는 하노버 가에서 좌회전을 해서 아이스크림 콘과 해피 보이와 폴라 바를 판다. 오후의 길거리에 달콤함을 전하고 모든 제한속도를 준수하며 일과를 재개한다.

저녁 7시 이후에는 ─ 올리비아 트릴로니도 익히 알았다시피 ─ 레이크 가에 주차공간이 많이 생기지만 호지스와 제이니 패터슨이 서니 에이커스에 다녀온 오후 5시에는 어쩌다 한 개씩뿐이다. 그래도 호지스는 서너 건물 옆에 빈 자리를 발견하고 공간이 좁긴 하지만(뒤에 세운 차가 선을 살짝 넘어왔다.) 도요타를 금세 능숙하게 집어넣는다. 제이니가 말을 건넨다.

"대단하시네요. 저라면 절대 못 했을 거예요. 운전면허증 시험을 봤을 때 1차, 2차, 두 번 다 일렬주차에서 떨어졌거든요."

"깐깐한 감독관을 만난 모양이죠."

그녀는 미소를 짓는다.

"3차 때 미니스커트를 입고 갔더니 효과가 있었어요."

호지스는 미니스커트 — 짧으면 짧을수록 좋다. — 를 입은 그녀의 모습을 간절하게 보고 싶다는 생각을 하며 이렇게 말한다.

"요령이랄 것도 없어요. 연석을 향해 45도 각도로 후진하면 돼요. 차가 너무 크면 안 되겠지만. 시내 주차에는 도요타가 딱이죠. 그 차하고는 달라서……"

그는 말을 하다 말고 멈춘다.

"메르세데스하고는 다르단 말씀이죠?" 그녀가 대신 말을 맺는다. "올라가서 커피 한 잔 해요, 빌. 요금기에 동전은 내가 넣을게요."

"내가 넣을게요. 최대 한도로 넣을게요. 할 이야기가 많으니까."

"엄마한테서 얻은 정보가 있나 봐요? 그래서 오는 내내 그렇게 말이 없었던 거예요?"

"있었어요. 좀 있다 알려 줄게요. 그보다 먼저 해야 할 이야기가 있어요." 그는 이제 그녀를 똑바로 쳐다본다. 들여다보고 있기에 편안한 얼굴이다. 맙소사, 내가 열다섯 살만 어리면 얼마나 좋을까. 안 되면 열 살만이라도. "단도직입적으로 얘기할게요. 당신은 내가 일거리를 얻으려고 당신을 찾아왔다고 생각하는 모양이지만 그게 아니에요."

"아니에요. 나는 당신이 우리 언니한테 벌어진 일에 죄책감을 느껴서 찾아왔다고 생각해요. 내가 당신을 이용한 거예요. 하지만 사과하지 않을래요. 우리 엄마한테 잘해 주었어요. 친절하게. 아주…… 아주 다정하게."

그녀가 다가오자 오후 햇살에 비친 그녀의 눈이 더 파랗고 아주 커다랗게 보인다. 그녀가 할 말이 남은 것처럼 입을 벌리지만 그가 기회를 주지 않는다. 그가 이게 얼마나 바보 같고 무모한 짓인지 생각할 겨를도 없이 입을 맞추자 놀랍게도 그녀는 단순히 입술을 맡기는 차원을 넘어 오른손을 그의 목덜미에 얹어서 두 사람의 몸이 조금 더 밀착될 수 있게 만든다. 기껏해야 5초지만 호지스는 이런 키스가 아주 오랜만이라 더 길게 느껴진다.

그녀는 몸을 떼고 그의 머리칼을 쓸어 넘긴다.

"오후 내내 이러고 싶었어요. 이제 올라가요. 나는 커피를 끓일 테니까 당신은 보고할 준비 해요."

하지만 보고는 한참 뒤에서야 이루어지고 커피는 아예 생략된다.

그는 엘리베이터 안에서 다시 입을 맞춘다. 이번에는 그녀가 깍지 낀 두 손으로 그의 목덜미를 잡고, 그녀의 등을 지나서 하얀색 바지 위로 내려간 그의 손은 그녀의 엉덩이 위에 안착한다. 그는 너무 불룩하게 나온 그의 배가 날씬한 그녀의 배를 누르는 게 느껴져서 그녀가 혐오감을 느낄 게 분명하다고 생각하지만, 엘리베이터 문이 열렸을 때 그녀는 발갛게 달아오른 뺨 위로 두 눈을 반짝이고 조그맣고 하얀 이를 드러내며 웃고 있다. 그녀가 그의 손을 잡고 엘리베이터에서 아파트 문까지 이어지는 짧은 복도 위에서 재촉한다.

"얼른 들어가요. 얼른요. 이왕 할 거면 서둘러요, 둘 중 아무라도 겁을 먹기 전에."

'나는 그럴 일 없을 거요.' 호지스는 생각한다. 그는 온몸 구석구석이 불타오르고 있다.

처음에 그녀는 열쇠를 잡고 있는 손이 너무 떨려서 문을 열지 못한다. 그래서 웃음을 터뜨린다. 그가 그녀의 손을 잡고 둘이서 같이 슐레이그 열쇠를 꽂는다.

그가 이 여인의 언니와 어머니를 처음 만났던 아파트는 어둑어둑하다. 해가 건물 저쪽으로 넘어갔기 때문이다. 어둠이 내려앉은 호수는 거의 보라색에 가까울 만큼 짙은 청색이다. 요트는 없고 화물선만 한 척 보이는데……

"얼른 들어가요." 그녀가 똑같은 말을 반복한다. "이제 와서 관두면 안 돼요, 빌."

이윽고 두 사람은 어느 방으로 들어간다. 제이니의 방인지 올리비아가 목요일 밤마다 자고 갔던 방인지 그로서는 알 길이 없고 상관도 없다. 지난 몇 달 동안 이어졌던 일상─오후 내내 텔레비전을 보고, 저녁은 전자레인지에 데워먹으며, 아버지가 남긴 스미스 & 웨슨 리볼버를 만지작거리던─이 워낙 아득하게 느껴져서 지루한 외국 영화 주인공의 일상 같다.

그녀는 줄무늬 세일러 셔츠를 머리 위로 벗으려다 머리핀에 걸리자 그 안에서 좌절의 웃음을 터뜨린다.

"이 망할 녀석 좀 어떻게 해 줄래요……"

그는 뒤집힌 셔츠에 닿을 때까지 손끝으로─그의 손이 닿자 그녀는 살짝 움찔한다.─그녀의 매끄러운 옆구리를 훑고 올라간다. 그런 다음 셔츠를 옆으로 당겨서 올린다. 그녀의 머리가 뿅 하고 빠진다. 그녀는 숨을 헐떡이며 웃고 있다. 브래지어는 아무 무늬 없는 하얀색이다. 그가 그녀의 허리를 잡고 가슴골에 입을 맞추는 동안 그녀는 그의 허리띠와 바지 단추를 푼다. 그는 생각한다. '이 나이에 이런 날이 올 줄 알았더라면 헬스클럽에 열심히 다니는 건데.'

"왜⋯⋯" 그가 운을 뗀다.

"아무 소리도 하지 마요." 그녀는 한손을 스르르 그의 앞섶에 갖다 대서 손바닥으로 지퍼를 내린다. 그의 바지가 구두 위로 떨어지자 쨍그랑하고 잔돈 부딪치는 소리가 난다. "이야기는 나중에 해요." 그녀가 단단해진 그의 물건을 속옷 위로 움켜쥐고 기어를 바꾸듯 씰룩씰룩 흔들자 그는 숨이 막힌다. "시작이 좋네. 힘 빼면 안 돼요, 빌. 절대 안 돼요."

호지스는 사각팬티를, 제이니는 브래지어처럼 아무 무늬 없는 면 팬티를 입은 채 두 사람은 침대 위로 쓰러진다. 그가 그녀를 똑바로 눕히려 하자 그녀가 거부한다.

"내 위로 올라가지 마요. 도중에 심장마비 걸리면 그 밑에 내가 깔리잖아."

"도중에 심장마비를 일으키면 이 세상에 나보다 더 실망스럽게 죽은 사람이 없을 거요."

"가만히 있어요. 꼼짝 말고 가만히 있어요."

그녀가 양쪽 엄지손가락을 그의 사각팬티 양옆에 넣어서 건다. 그는 그 사이 아래로 쏟아진 그녀의 젖가슴을 감싸 쥔다.

"이제 다리 들어요. 그리고 바쁘게 움직여요. 엄지손가락을 살짝 써서. 그러면 좋더라."

그는 아무 문제없이 그녀의 명령을 실행한다. 그는 원래 여러 가지 일을 한꺼번에 잘한다.

잠시 후에 그녀가 그를 내려다보자 머리카락이 한 움큼 쏟아져서 그녀의 한쪽 눈을 가린다. 그녀는 아랫입술을 내밀어서 후 하고 불어 넘긴다.

"가만히 있어요. 나한테 맡기고. 그리고 혼자 재미 보지 마요. 이래라저래라 하기 싫지만 2년 동안 섹스를 굶었고 마지막으로 했을 때도 형편없었다고요. 지금 이 순간을 충분히 누리고 싶어요. 나는 그럴 자격이 있어요."

그녀가 미끈미끈하고 따뜻하게 그를 조이자 그는 무의식적으로 엉덩이를 든다.

"가만히 있으라고 했잖아요. 다음번에는 당신 마음대로 움직여도 좋지만 이번에는 내 마음대로 할 거야."

어렵지만 그는 그녀가 시키는 대로 한다.

그녀의 눈 위로 머리카락이 다시 쏟아지지만 그녀는 아랫입술을 잘근잘근 씹고 있기 때문에 불어서 넘기지 못한다. 그녀는 두 손을 펴서 희끗희끗한 털로 덮인 그의 가슴을 거칠게 쓰다듬고 민망하리만치 불룩 나온 그의 배로 내려온다.

"살을…… 좀 빼야겠어." 그는 더듬더듬 중얼거린다.

"입이나 다물고 있어요." 그녀는 이렇게 말하고, 살짝 움직이며 눈을 감는다. "아, 깊어라. 느낌이 좋아. 다이어트는 나중에 걱정해요, 알았죠?"

그녀는 다시 움직이기 시작했다가 잠깐 멈추어서 각도를 바꾸고 리듬을 탄다.

"얼마나 버틸 수 있을지……."

"참아요." 그녀는 눈을 계속 감고 있다. "참는 게 좋을 거예요, 호지스 형사님. 소수를 하나씩 세요. 아니면 어렸을 때 좋아했던 책을 생각하든지. 아니면 실로폰 철자를 거꾸로 읊든지. 혼자 재미 보면 안 돼요. 오래 걸리지 않을 거예요."

그는 딱 알맞게 참는다.

브래디 하츠필드는 가끔 속이 뒤집히면 가장 뛰어난 업적을 거두었을 때 거쳤던 경로를 거꾸로 되짚는다. 그러면 진정이 된다. 이 금요일 저녁에 그는 아이스크림 트럭을 반납하고 사무실의 셜리 오턴에게 의무적으로 농담을 한두 마디 던진 다음 집으로 퇴근하지 않는다. 앞바퀴의 진동과 너무 시끄러운 엔진 소리에 못마땅해하며 그의 고물차를 몰고 시내로 간다. 조만간 수리비와 새 차(새 중고차) 구입비를 놓고 저울질을 해야 할 것이다. 어머니의 혼다는 그의 스바루보다 훨씬 더 수리가 시급하다. 요즘은 어머니가 그 차를 잘 몰고 다니지 않는데, 술에 취해 있는 시간이 얼마나 많은지 생각해 보면 다행스러운 일이다.

그의 추억 여행은 도심의 휘황찬란한 불빛에서 살짝 비껴난 레이크 가, 그러니까 트릴로니 부인이 목요일 저녁마다 메르세데스를 세워 두었던 곳에서부터 시작돼서 말버러 가를 거쳐 시티 센터로 이어진다. 하지만 오늘 저녁에는 아파트를 넘지 못한다. 그가 하도 갑작스럽게 브레이크를 밟는 바람에 하마터면 뒤차가 그의 차를 들이받을 뻔했다. 뒤차 운전자가 분노의 경적을 길게 울리지만 브래디의 귀에는 들리지 않는다. 호수 저쪽에서 뱃고동이 울리는 거나 마찬가지다.

뒤차 운전자가 그의 옆에 차를 세우고 조수석 창문을 내려서 목청껏 *미친놈*이라고 외친다. 브래디의 귀에는 그 소리도 들리지 않는다.

이 도시에만 도요타 코롤라가 수천 대는 되고 파란색 도요타 코롤라는 수백 대쯤 되겠지만 범퍼에 지역 경찰을 응원합시다 스티커가 붙은 파란색 도요타 코롤라는 과연 몇 대나 될까? 브래디는 한 대밖에 없을 거라고 장담할 수 있는데, 뒤룩뒤룩한 전직 경찰관이 노부인의 아파트에는 도대체 무슨 일일까? 지금 거기서 사는 트릴로니 부인의 동생을 찾아온 이유가 뭘까?

정답은 빤하다. (퇴직한) 호지스 형사가 수색에 나선 것이다.

브래디는 작년에 올린 업적을 되새길 마음이 사라진다. 그는 불법 유턴을 해서 (그의 성격과 전혀 안 어울리는 행동이다.) 노스 사이드로 향한다. 네온사인처럼 깜빡이는 한 가지 생각을 머릿속에 담고서 집으로 향한다.

나쁜 놈. 나쁜 놈. 나쁜 놈.

사태가 예상치 못했던 방향으로 흘러가고 있다. 그의 통제를 벗어나고 있다. 이러면 안 된다.

조치를 취해야 한다.

별들이 호수 위로 고개를 내밀 무렵, 호지스와 제이니 패터슨은 부엌 한구석에 앉아서 포장 주문한 중국 음식을 게걸스럽게 해치우며 우롱차를 마신다. 제이니는 하얀색의 복슬복슬한 목욕가운을 입고 있다. 호지스는 사각팬티에 티셔츠를 입고 있다. 그는 사랑을 나누고 화장실에 간 참에 (그녀는 침대 한가운데에 몸을 웅크리고 누워서 깜빡 잠이 들었다.) 체중계에 올라갔다가 지난번에 쟀을 때보다 몸무게가 2킬로그램 준 것을 보고 좋아했다. 이게 시작이다.

"왜 나를 선택한 거예요?" 호지스가 묻는다. "내 말을 오해하지는 말아 줘요. 나는 지금 엄청난 행운을 ─ 심지어 축복을 ─ 누린 기분이니까. 하지만 나는 예순두 살이고 비만이잖아요."

그녀는 차를 홀짝인다.

"흠, 한번 생각해 볼까요? 이게 어렸을 때 올리랑 자주 본 텔레비전 탐정 시리즈 속 상황이라면 나는 하얗고 매끈한 몸으로 무뚝뚝하고 시니컬한 사립탐정을 유혹하려는 욕심 많은 여우 아니면 나이트클럽의 담배 파는 아가씨겠죠. 차이가 있다면 나는 욕심 많은 성격이 아니고 ─ 얼마 전에 물려받은 몇백만 달러의 유산을 감안했을 때 욕심을 부릴 필요도 없어요. ─ 하얗고 매끈한 몸이 여기저기 처지기 시작했다는 거랄까요? 당신도 알아차렸을지 모르겠지만."

그는 알아차리지 못했다. 그가 알아차린 것이 있다면 그녀가 그의 질문에 아직 대답을 하지 않았다는 것뿐이다. 그래서 그는 기다린다.

"이걸로는 부족해요?"

"부족해요."

제이니는 눈을 부라린다.

"남자들은 바보천치라는 말보다 다정하게, 그리고 흥분해서 거미줄을 치우고 싶은 생각뿐이었다는 말보다 우아하게 대답할 방법이 있으면 좋겠네. 생각이 안 나니까 그걸로 만족하는 게 좋겠어요. 그리고 당신한테 끌렸어요. 나는 촉촉한 눈망울로 사교계에 데뷔한 지 30년이 지났고 섹스를 한 지 너무 오래됐어요. 마흔넷이면 원하는 것을 향해서 손을 뻗을 수 있는 나이 아니에요? 원하는 것을 늘 가질 수는 없겠지만 손을 뻗는 건 괜찮잖아요."

그는 깜짝 놀란 표정을 고스란히 드러내며 그녀를 빤히 쳐다본다. 마흔넷이라고?

그녀는 웃음을 터뜨린다.

"그거 알아요? 지금 그 표정이 아주, 아주 오랜만에 받아 보는 최고의 칭찬이라는 거? 그리고 가장 솔직한 칭찬이기도 하고요. 그렇게 빤히 쳐다보다니. 그런 의미에서 조금 더 용기를 내볼게요. 내가 몇 살인 줄 알았어요?"

"기껏해야 마흔? 그래서 내가 도둑놈이 되겠구나 했죠."

"말도 안 돼. 돈 많은 쪽이 내가 아니라 당신이었다면 모두들 젊은 여자 만나는 걸 당연하게 생각했을걸요? 스물다섯 살짜리랑 잔다 해도 다들 그러려니 했을 거예요." 그녀는 잠깐 말을 멈춘다. "그 정도면 내가 보기에 *진짜* 도둑놈이지만."

"그래도……"

"당신이 나이가 많긴 하지만 *그렇게* 많은 것도 아니고, 헤비급에 가깝긴 하지만 *그렇게* 심한 것도 아니에요. 계속 지금처럼 살면 그렇게 되겠지만요." 그녀는 포크를 들어서 그를 가리킨다. "여자는 어떤 남자랑 자고 났는데 저녁을 같이 먹을 만큼 그 남자가 좋을 때만 이 정도로 솔직해질 수 있어요. 내가 섹스를 한 지 2년 됐다고 했죠? 진짠데 내가 좋아하는 남자랑 마지막으로 잔 건 언제인지 알아요?"

그는 고개를 젓는다.

"전문대학생 시절이었어요. 상대는 코끝에 시뻘건 뽀루지가 난 미식축구 수비수 후보였고요. 서툴고 너무 금세 끝났지만 기분 좋았어요. 끝난 뒤에 내 어깨에 대고 울더라고요."

"그럼 이게 뭐랄까…… 그런 게 아니라……."

"고마워서 대준 거냐고요? 불쌍해서 대준 거냐고요? 이거 왜 이러세요. 그리고 내가 약속 하나 할게요." 그녀가 몸을 앞으로 숙이자 가운이 벌어지면서 어둑어둑한 가슴골이 드러난다. "10킬로그램만 빼면 위로 올라가게 해 줄게요."

그는 자기도 모르게 웃음을 터뜨린다.

"좋았어요, 빌. 후회 없고, 나는 원래 덩치 큰 남자를 좋아해요. 코에 뾰루지 난 그 수비수는 110킬로그램쯤 됐어요. 전 남편은 껑다리였지만. 처음 만났을 때 좋은 점 하나 없다는 걸 알아차렸어야 하는 건데. 설명은 이 정도면 되겠어요?"

"그래요."

"그래요." 그녀는 웃으면서 따라하고 자리에서 일어선다. "거실로 가요. 당신의 보고를 들을 때가 됐어요."

그는 저질 텔레비전을 보고 아버지가 남긴 리볼버를 만지작거리며 긴 오후를 보냈다는 이야기만 빼고 모든 것을 털어놓는다. 그녀는 말허리를 자르지 않고 그의 얼굴에 시선을 고정하다시피 한 채 진지한 표정으로 듣는다. 이야기가 끝나자 그녀는 냉장고에서 와인을 한 병 꺼내 와서 각자 한 잔씩 따른다. 잔이 큼지막해서 그는 미심쩍은 눈빛으로 자기 잔을 쳐다본다.

"이걸 마셔도 될지 모르겠네요, 제이니. 운전해야 하는데."

"오늘 밤은 운전 안 해요. 여기서 잘 거니까. 개나 고양이 없죠?"

호지스는 고개를 끄덕인다.

"앵무새도요? 이게 옛날 영화라면 사무실에서 의뢰인들이 찾아오면 못된 소리하는 앵무새라도 한 마리 길러야 하는데."

"여부가 있겠습니까. 그리고 당신이 접수 담당 직원일 테고요. 이름은 제이니가 아니라 롤라."

"아니면 벨마."

그는 씩 웃는다. 두 사람은 죽이 잘 맞는다.

그녀가 몸을 숙이자 또다시 매혹적인 장면이 연출된다.

"이 남자를 분석해 봐요."

"그건 내 소관이 아니었어요. 전문 인력이 따로 있었지. 지서에 한 명, 주립대학교 심리학과의 위탁 인력이 두 명."

"그래도 해봐요. 인터넷에서 당신을 검색해 봤는데 최고의 경찰관처럼 보이던데요? 칭찬이 자자하더라고요."

"몇 번 운이 따라 줬죠."

겸손한 척하는 것처럼 들리지만, 실제로 운이 무척 중요한 부분을 차지한다. 운과 준비 자세. 우디 앨런이 한 말이 맞다. 얼굴을 들이미는 것만으로도 성공의 80퍼센트가 보장된다.

"한번 해봐요, 응? 잘하면 다시 침실로 들어갈 수도 있어요." 그녀는 그를 향해 콧잔등을 찡그려 보인다. "당신 나이가 너무 많아서 하룻밤에 두 탕이 안 된다면 할 수 없지만."

지금 그의 기분상으로는 하룻밤에 세 탕도 가능할 것 같다. 금욕하며 보낸 밤이 많았기 때문에 잔고가 두둑하다. 어디까지나 그의 바람이지만. 아직도 그는 이것이 아주 현실처럼 느껴지는 꿈이 아닐까 싶어서 믿지 못하는 마음이 있다. 아니, 그런 마음이 크다.

그는 와인을 한 모금 머금고 입 안에서 굴리며 생각할 시간을 번다. 그녀의 가운 앞섶이 다시 닫혀서 집중하는 데 도움이 된다.

"알았어요. 첫째, 나이가 아마 젊을 거예요. 스무 살에서 서른다섯 살 사이라고 봐요. 컴퓨터를 잘 다뤄서 그렇게 추측하는 건데 그게 전부는 아니에요. 나이 많은 남자가 대량 살인을 감행하면 대상이 대부분 가족 아니면 직장동료 아니면 둘 다예요. 범인은 그리고 나면 총으로 자기 머리를 쏘고. 들여다보면 이유가 나와요. 동기가. 아내한테 쫓겨나고 접근금지 명령을 받았다든지. 상사가 회사에서 자르더니 책상을 정리하는 동안 옆에 경비들을 세워놓는 식으로 모욕을 주었다든지. 대출이 연체되었다든지. 신용카드 한도를 초과했다든지. 집이 침수됐다든지. 차를 압류당했다든지."

"하지만 연쇄 살인범들은요? 캔자스의 그 남자는 중년 아니었어요?"

"데니스 레이더요? 맞아요. 그런데 체포됐을 때 중년이었지 맨 처음 시작했을 때는 서른 살인가밖에 안 됐어요. 그리고 성범죄였고. 미스터 메르세데스는 성범죄자가 아니고 전통적인 의미의 연쇄 살인범도 아니에요. 대량 살인으로 시작했지만 그 이후에는 개인별로 공략하고 있어요. 먼저 당신의 언니를, 그 다음에는 나를. 그리고 총이나 훔친 차를 몰고 우리를 쫓아오지도 않았죠, 안 그래요?"

"아직까지는 그렇죠." 제이니가 말한다.

"우리 범인은 잡종이지만 젊은 살인범들과 몇 가지 공통점이 있어요. 레이더보다 리 말보 — 순환도로 저격범 말이에요. — 에 더 가까

272

위요. 말보와 공범은 하루에 백인 여섯 명씩 죽이기로 계획을 세웠죠. 누구든 재수 없게 그들의 사격 조준기에 잡히면 죽는 거예요. 성별과 나이는 상관없이. 그들은 결국 열 명을 살해했는데, 살인광 커플이 거둔 성적치고는 나쁘지 않았죠. 그들이 진술한 동기는 인종차별이었고 존 앨런 무하마드 — 말보의 공범인데 훨씬 나이가 많고 아버지 같은 존재예요. — 의 경우에는 진짜 그랬을 거예요. 적어도 어느 정도는. 말보의 동기는 훨씬 더 복잡해서 자기 자신도 이해 못하는 뒤죽박죽 잡탕이에요. 자세히 들여다보면 성적 혼란도 있고 양육 환경이 주요 요인이었죠. 우리 범인도 마찬가지일 거라고 봐요. 젊고. 똑똑하고. 대부분의 동료들이 그가 기본적으로는 폐인이라는 사실을 모를 만큼 사회성도 좋고. 그가 체포되면 다들 이렇게 말할 거예요. '아무개가 범인이었다니 믿기지가 않아요. 늘 그렇게 친절했는데.'"

"그 텔레비전 드라마의 덱스터 모건처럼 말이죠."

호지스는 그녀가 말하는 인물이 누군지 알기에 단호하게 고개를 젓는다. 드라마가 환상의 나라에서 펼쳐지는 헛소리이기 때문에 그런 것만은 아니다.

"덱스터는 자기가 왜 그런 짓을 하는지 알아요. 하지만 우리 범인은 그렇지 않아요. 그는 아마 결혼도 하지 않았을 거예요. 여자를 만나지도 않고요. 어쩌면 발기불능일 수도 있어요. 아직 집에서 독립하지 못했을 가능성도 다분해요. 만약 그렇다면 아버지나 어머니, 한쪽하고만 살고 있을 거예요. 만약 아버지라면 둘의 관계가 냉랭하고 아득할 거예요. 밤바다를 지나는 배처럼. 어머니라면 미스터 메르세데스가 남편 노릇을 대신하고 있을 가능성이 다분하고요." 그는 그녀가 뭐라고 말을 하려는 것을 보고 손을 든다. "그렇다고 둘이 그렇고 그런 사이라는 건 아니에요."

"그럴지도 모르지만 내가 한마디만 할게요, 빌. 남자랑 같이 자야 꼭 그렇고 그런 사이가 되는 건 아니에요. 서로 마주치는 시선 아니면 남자가 옆에 있을 거라는 사실을 알 때 입는 옷 아니면 손으로 할 수 있는 여러 가지 일들 — 만지기, 토닥이기, 쓰다듬기, 끌어안기. 이 사이 어딘가에 성적인 요소가 들어 있을 수밖에 없어요. 그가 당신에게 보낸 편지에서…… 콘돔을 끼고 범행을 저질렀다는 둥 하는 걸 보면……."

그녀는 하얀 목욕 가운 안에서 몸서리를 친다.

"그 편지에 적힌 내용의 90퍼센트가 헛소리예요. 하지만 그래요, 성적인 요소가 들어 있을 수밖에 없겠죠. 늘 그러니까. 그리고 분노, 공격성, 외로움, 부적응자가 된 듯한 느낌…… 하지만 그런 샛길로 빠지면 안 돼요. 그러면 범인 분석이 아니라 정신 분석이 되니까. 그건 내가 봉급을 받던 시절에도 내 능력 밖의 일이었어요."

"알았어요……."

"이 자는 망가졌어요." 호지스는 간단하게 요약한다. "그리고 사악하고. 겉보기에는 멀쩡하지만 갈라 보면 안이 시커멓고 벌레들이 우글거리는 사과하고 비슷하달까."

"사악하다." 그녀는 거의 한숨처럼 그 단어를 내뱉는다. 그러더니 혼잣말에 가깝게 중얼거린다. "당연히 그렇죠. 흡혈귀처럼 우리 언니의 피를 빨아먹었으니."

"겉보기에 상당히 매력적이어서 사람들을 상대하는 일을 할 수도 있어요. 그렇다고 하더라도 보수가 얼마 안 될 거예요. 지적 능력은 평균 이상이지만 장시간 집중할 수 있는 능력이 보태지지 않았기 때문에 승진을 못 하거든요. 행동을 보면 이 자는 충동과 기회의 노예예요. 시티 센터 살인 사건이 완벽한 증거죠. 전부터 당신 언니의 메르세데스에 눈독을 들였는데 그걸 가지고 뭘 할지는 직업 박람회 며칠 전에서야 결정을 내렸을 거예요. 어쩌면 불과 몇 시간 전에 결정을 내렸을 수도 있어요. 그가 무슨 수로 차를 훔쳤는지 그걸 알아낼 수 있으면 좋겠는데."

그는 잠깐 말을 멈추고 제롬 덕분에 절반은 알게 되었다는 생각을 한다. 보조키는 내내 글로브 박스 안에 들어 있었을 것이다.

"솜씨 좋은 딜러가 빠르게 섞는 카드처럼 살인 계획이 이 자의 머릿속에서 휙휙 지나갔을 거예요. 그는 비행기를 폭파하고, 불을 지르고, 스쿨버스를 쏘고, 상수도에 독극물을 투입하고, 어쩌면 주지사나 대통령을 암살할 생각을 했을지도 몰라요."

"맙소사, 빌!"

"지금은 나한테 꽂혔으니 다행이죠. 덕분에 잡기 쉬워졌으니까. 그리고 다행인 이유가 또 한 가지 있죠."

"뭔데요?"

"계속 그의 사고를 축소할 수 있다는 거. 계속 일대일로 생각하게 만들 수 있다는 거. 그러면 그럴수록 그가 시티 센터 사건 같은 아니, 그보다 더 스케일이 큰 호러 쇼를 시도하기 전까지 시간을 벌 수 있거든요. 내가 무슨 생각을 하면 소름이 끼치는지 알아요? 그가 이미 표적 명단을 만들어 놓았을지 모른다는 거예요."

"편지에서는 똑같은 범행을 반복할 생각이 없다고 했잖아요."

그는 씩 웃는다. 그러자 온 얼굴이 환해진다.

"그랬죠. 이런 작자들이 거짓말을 하면 어떻게 아는지 알아요? 입술이 움직여요. 미스터 메르세데스의 경우에는 편지를 쓰고요."

"아니면 블루 엄브렐라 사이트에서 표적과 대화를 나누든지. 올리하고 그랬던 것처럼."

"그렇죠."

"언니는 정신적으로 불안정했기 때문에 그가 성공을 거두었다고 가정한다면…… 미안하지만 빌, 그가 당신의 경우에도 똑같이 성공을 거둘 수 있을 거라고 믿을 만한 이유가 있나요?"

그는 와인 잔을 쳐다본다. 비어 있다. 그는 잔을 다시 반쯤 채우려다 그것이 침대에서 펼쳐질지 모르는 2차전의 성공 가능성에 어떤 영향을 미칠까 하는 생각이 들자 바닥에서 찰랑거리는 정도로만 따른다.

"빌?"

"어쩌면요. 은퇴한 뒤로 방황하고 있거든요. 하지만 당신 언니처럼 방향을 잃지는 않았고……" 최소한 이제는 그렇다. "……그리고 그건 중요한 문제가 아니에요. 편지나 블루 엄브렐라에서 주고받은 메시지를 통해서 얻을 수 있는 정보가 그게 아니거든요."

"그럼 뭔데요?"

"그가 *지켜보고 있다는* 것. 그게 그런 것들을 통해서 얻을 수 있는 정보예요. 덕분에 범인의 정체가 노출될 가능성이 커지죠. 안타깝게도 또 한편으로는 내 지인들이 위험해진다는 뜻도 돼요. 내가 당신과 대화를 나누고 있다는 사실을 범인이 알 것 같지는 않지만……"

"그냥 단순히 대화를 나누는 사이가 아니죠."

그녀는 이렇게 말하면서 눈썹을 그루초(미국의 코미디언 ― 옮긴이)처럼 꿈틀거린다.

"……하지만 올리비아에게 여동생이 있다는 것을 알고 당신이 여기 있다는 것도 아마 알 거예요. 그러니까 이제부터 각별히 조심해야 해요. 집에 있을 때는 꼭 문을 잠그고……"

"늘 그래요."

"……로비 인터컴을 통해서 들리는 소리도 믿지 마요. 아무나 택배 배달 왔다면서 사인해 달라고 할 수 있으니까요. 누가 오면 눈으로 확인한 뒤에 문을 열어줘요. 외출할 때는 주변을 의식하고요." 그는 몇 방울 따른 와인은 건드리지도 않은 채 몸을 앞으로 숙인다. 이제는 와인이 마시고 싶지 않다. "이 부분이 중요해요, 제이니. 외출할 때는 차량을 주시해요. 운전할 때는 물론이고 걸어 다닐 때도. BOLO라는 단어 알아요?"

"경찰 용어로 *경계태세를 갖추라*(Be on the lookout)는 뜻이죠."

"맞아요. 외출하면 당신 바로 옆에서 계속 왔다 갔다 하는 차가 있는지 BOLO해요."

"그 부인이 말한 까만색 SUV 같은 차가 없는지 살피란 말이죠." 그녀는 웃으며 말한다. "그 어쩌고저쩌고 부인이 말한."

멜번 부인. 그녀를 생각하자 호지스의 머릿속 깊은 곳에서 희미한 연상 작용이 일어나는데 정체를 파악하기는커녕 위치를 알아내기도 전에 사라져 버린다.

제롬도 경계태세를 갖추어야 할 것이다. 미스터 메르세데스가 호지스의 집 근처를 배회한다면 제롬이 잔디를 깎고 커튼을 달고 하수구를 청소하는 광경도 목격하게 될 것이다. 제롬과 제이니, 두 사람 모두 아마 별일 없겠지만 아마로는 부족하다. 미스터 메르세데스는 이런저런 특징이 마구잡이로 섞인 살인범이고 호지스는 교묘한 도발 작전을 감행했다.

제이니가 그의 생각을 읽는다.

"게다가 당신이…… 그걸 뭐라고 했죠? 그를 말려들게 했고요."

"맞아요. 좀 있다가 당신 컴퓨터를 빌려서 그를 좀 더 자극할 거예요. 어떤 메시지를 보낼지 생각해 놓았는데 한 가지를 더 추가해야겠어요. 내 파트너가 오늘 엄청난 사건을 해결했거든요. 그걸 활용할 좋은 방법이 있어요."

"어떤 사건이었는데요?"

그녀에게 비밀로 할 이유가 없다. 내일, 늦어도 일요일이면 신문에도 기사가 실릴 것이다.

"고속도로 살인마요."

"휴게소에서 여자들을 살해한 범인이요?" 그가 고개를 끄덕이자 그녀가 다시 묻는다. "당신이 분석한 미스터 메르세데스의 성향하고 그 범인의 성향이 비슷해요?"

"전혀. 하지만 우리 범인에게 그걸 알릴 이유가 없죠."

"어쩌려고요?"

호지스는 설명한다.

조간신문까지 기다릴 필요도 없다. 이미 아내 살해 혐의를 받고 있던 도널드 데이비스가 고속도로 살인마의 범행까지 시인했다는 소식이 11시 뉴스의 서두를 장식한다. 호지스와 제이니는 침대에서 그 뉴스를 본다. 호지스에게 2차전은 많이 힘들었지만 더할 나위 없이 만족스러웠다. 아직도 숨이 차고 땀이 나서 샤워를 해야 하지만 이렇게 행복한 느낌은, 이렇게 *완벽한* 느낌은 오랜만이다.

뉴스가 홈통에 낀 강아지 소식으로 넘어가자 제이니가 리모컨으로 텔레비전을 끈다.

"좋아요. 승산 있겠어요. 하지만 맙소사, 위험하지 않겠어요?"

그는 어깨를 으쓱한다.

"경찰에 도움을 요청할 수가 없으니 그게 수사를 진척할 수 있는 최선의 방법이에요."

게다가 그가 원하는 방식이기 때문에 위험해도 괜찮다.

그는 서랍장에 들어 있는, 임시변통이지만 효과 만점인 무기를 잠깐 떠올린다. 볼 베어링을 가득 넣은 아가일 무늬 양말을 말이다. 그는 세상에서 가장 묵직한 승용 세단으로 아무 대책 없는 사람들을 들이받은 개자식에게 해피 슬래퍼 맛을 보여 주면 얼마나 뿌듯할지 상상한다. 그럴 일은 아마 없겠지만 가능성이 아예 없지는 않다. 이 훌륭한(그리고 험악한) 세상에서는 대부분의 것들이 그렇다.

"우리 어머니가 마지막에 한 말을 듣고 무슨 생각이 들었어요? 올리비아가 귀신 소리를 들었다는 거 말이에요."

"좀 더 고민을 해 봐야겠어요."

호지스는 이렇게 말하지만 이미 고민을 해보았고 그의 짐작이 맞다면 미스터 메르세데스에게로 닿는 통로가 하나 더 늘었을지 모른다. 그의 성격대로라면 제롬 로빈슨을 더 이상 끌어들이지 않겠지만, 워튼 부인이 막판에 내뱉은 말을 좀 더 파헤치려면 그를 끌어들여야 할지 모른다. 그는 제롬만큼 컴퓨터를 잘 다루는 경찰을 대여섯 명 정도 알고 있지만 어느 누구의 도움도 받을 수 없다.

귀신. 그는 생각한다. 기계 안에 든 귀신.

그는 일어나 앉아서 침대 밖으로 발을 내린다.

"오늘 밤에 나를 이 집에서 재우겠다는 생각에 변함이 없다면 당장 샤워 좀 해야겠어요."

"변함없어요." 그녀는 몸을 기울여서 그의 옆 목에 대고 쿵쿵거린다. 그녀의 손이 그의 위 팔뚝을 살짝 꼬집자 기분 좋은 전율이 인다. "해야겠네요."

그는 샤워를 하고 다시 사각팬티를 입은 뒤 그녀에게 컴퓨터를 켜달라고 한다. 그런 다음 유심히 지켜보는 그녀를 곁에 두고 데비스 블루 엄브렐러로 들어가서 merckill에게 메시지를 남긴다. 15분 뒤에 그는 제이니 패터슨을 품에 안고 잠이 드는데…… 어린 시절부터 꼽아도 이런 단잠은 처음이다.

브래디가 몇 시간 동안 정처 없이 배회하다 늦은 시각에 집에 들어가 보니 뒷문에 쪽지가 붙어 있다. *어디 있니, 허니 보이? 라자냐 만들어서 오븐에 넣어 놨다.* 비뚤배뚤하고 자꾸 아래로 비스듬하게 기우는 글씨체만 봐도 그녀가 이 쪽지를 썼을 때 얼마나 만취했는지 알 수 있다. 그는 쪽지를 떼고 안으로 들어간다.

보통은 퇴근하면 어머니부터 살피는데 연기 냄새가 나서 부엌으로 달려가 보니 파란 불꽃이 허공에 걸려 있다. 다행히 부엌의 화재 경보기가 고장 났다(중요한 일들이 워낙 많다 보니 바꾼다, 바꾼다 하면서 계속 깜빡한다.). 다행히 강력한 레인지 후드가 연기를 빨아들여 주어서 다른 방의 화재경보기가 울리지 않았지만 환기를 하지 않으면 조만간 울릴 판국이다. 오븐 온도가 350도에 맞추어져 있다. 그는 오븐을 끈다. 싱크대 위에 달린 창문을 열고 뒷문도 연다. 청소용품을 넣어두는 다용도 벽장에 선풍기가 들어 있다. 그는 고삐 풀린 가스 레인지를 마주 보도록 선풍기를 놓고 제일 세게 튼다.

그 일까지 마친 뒤에서야 마침내 거실로 들어가서 어머니를 살핀다. 그녀는 위는 벌어져 있고 아래는 쭈글쭈글하게 허벅지를 덮는 홈드레스를 입고 소파에서 잠이 들었는데 어찌나 요란하고 일정하게 코를 고는지 켜 놓은 전기톱 같다. 그는 시선을 돌리고 *씨발-씨발-씨발-씨발*이라고 중얼거리며 다시 부엌으로 들어간다.

그는 고개를 숙이고 식탁에 앉아서 손바닥으로 관자놀이를 받치고 손가락을 머리칼 깊숙이 쑤셔 넣는다. 일이 잘못되면 왜 계속 잘못돼야 하는 걸까? 모턴 솔트(미국의 소금 회사 — 옮긴이)의 모토가 생각난다.

"비가 오면 꼭 퍼붓는다."

그는 5분 동안 환기를 한 뒤에 오븐을 열어 보는 모험을 감행한다. 안에서 연기를 피우는 시커먼 덩어리를 보는 순간, 집에 도착했을 때 느꼈을지 모르는 일말의 허기마저 싹 사라진다. 그 팬은 씻어도 깨끗해지지 않을 것이다. 공업용 레이저를 쏴도 깨끗해지지 않을 것이다. 그 팬은 못 쓰게 됐다. 집에 들어와 보니 우라질 소방관들이 출동해 있고 어머니가 그들에게 보드카 진을 권하는 광경을 맞닥뜨리지 않은 게 다행이다.

그는 오븐을 닫고 ― 녹아 버린 원자로는 더 이상 보고 싶지 않다. ― 다시 어머니를 보러 간다. 그녀의 맨 다리를 위아래로 훑어보는 동안에도 이런 생각이 든다. 어머니가 *죽어 버렸더라면* 좋았을 텐데. 어머니를 위해서도, 나를 위해서도.

그는 지하로 내려가서 음성 명령으로 전등과 줄줄이 늘어선 컴퓨터를 켠다. 그는 3번 컴퓨터 앞으로 가서 블루 엄브렐라 아이콘 위로 마우스 커서를 옮긴 뒤…… 망설인다. 뒤룩뒤룩한 전직 경찰관이 보낸 메시지가 없으면 어쩌나 두려워서가 아니라 메시지가 있으면 어쩌나 두려워서다. 메시지에 그가 읽고 싶은 내용이 적혀 있을 리 없다. 일이 돌아가는 상황으로 보면 그렇다. 머릿속이 이미 복잡한데 더 복잡하게 만들 이유가 뭐가 있을까?

하지만 레이크 가의 아파트에서 경찰관이 뭘 하고 있었는지 힌트를 얻을 수 있을지 모른다. 올리비아 트릴로니의 여동생을 심문하고 있었을까? 아마 그럴 것이다. 예순두 살에 그녀와 떡을 치지는 않았을 것이다.

브래디가 마우스를 클릭하자 아니나 다를까.

kermitfrog19가 채팅을 원합니다!
kermitfrog19와 채팅하시겠습니까?
예 아니요

브래디는 '아니요' 위에 커서를 올려놓고 둥그스름한 마우스 등을 집게손가락으로 빙글빙글 문지른다. '아니요'를 클릭해서 이쯤에서 당장 끝내라고 부추긴다. 뒤룩뒤룩한 전직 경찰관을 트릴로니 부인처럼 자극해서 자살하게 만들 수 없을 게 분명한데 그러는 게 좋지 않을까? 그러는 게 현명하지 않을까?

하지만 그는 알아야 한다.

그보다, 퇴직 형사를 이기게 할 수는 없다.

그가 커서를 '예' 쪽으로 옮겨서 클릭하자 메시지 — 이번에는 제법 길다. — 가 화면 위로 뜬다.

이거 또 거짓 자백한 친구로군. 너 같은 친구들이 워낙 많아서 답장을 하면 안 되는데, 너도 지적했다시피 내가 은퇴한 몸이라 「닥터 필」(심리학자인 필 맥그로가 다양한 주제로 진행하는 토크쇼—옮긴이)이나 심야 인포머셜을 보고 있으니 정신병자하고 대화를 하는 게 낫거든. 옥시클린 광고를 30분만 더 보면 나도 너처럼 살짝 맛이 가게 될 거야, 하하하. 그리고 네 덕분에 이 사이트를 알게 됐으니 고마운 마음도 있고. 나는 벌써 (정신이 멀쩡한) 친구를 세 명이나 사귀었어. 그 중 한 명은 음담패설을 재미있게 할 줄 아는 여자야. 그러니까 좋았어, '친구', 내가 알려 주지.

첫째, CSI를 본 사람이라면 누구나 메르세데스 킬러가 머리에 망을 쓰고 피로 가면을 표백제로 씻었다는 사실을 짐작할 수 있었을 거야. 두말하면 잔소리지.

둘째, 네가 만약 트릴로니 부인의 메르세데스를 훔친 범인이라면 발렛키 (차의 문을 열고 시동은 걸 수 있지만 트렁크나 글로브 박스는 열 수 없도록 만들

어진 열쇠. 주로 발렛 주차를 맡길 때 쓴다—옮긴이)에 대해 언급했을 거야. 그
건 CSI를 아무리 열심히 봐도 짐작할 수 없는 부분이거든. 아까 했던 말을 반
복하자면, 두말하면 잔소리지.

☺

셋째(받아 적어 주었으면 좋겠는데), 오늘 내가 예전 파트너의 전화를 받았
어. 전공이 진짜 자백인 악당을 잡았다고 하더군. 뉴스 확인해 봐, 친구. 그리
고 이 작자가 다음 주 정도에는 무슨 범행을 자백할지 짐작해 봐.

그럼 잘 자고 그나저나, 네 그 공상소설로 다른 사람이나 괴롭히지 그래?

브래디의 기억 속에서 어떤 만화 캐릭터 — 아마 「포그혼 레그혼」
에서 남부 억양을 쓰는 덩치 큰 수탉일 것이다. — 가 어렴풋이 떠오
른다. 너무너무 화가 나서 처음에는 목이, 그 다음에는 머리가 온도
계로 변하는데 온도가 굽기와 직화 구이를 지나서 핵폭탄으로 점점 올
라가는 캐릭터다. 브래디는 이 거만하고 모욕적이며 분통 터지는 메
시지를 읽는 동안 그 비슷한 심정을 느낀다.

발렛키?

발렛키?

"그게 무슨 소리야?" 그의 목소리는 속삭임과 으르렁거림의 중간
어디쯤이다. "그게 도대체 무슨 소리야?"

그는 일어나서 눈물이 날 정도로 세게 머리칼을 잡아당기고 죽마
를 탄 사람처럼 비뚤배뚤 원을 그리며 뚜벅뚜벅 걷는다. 어머니는
잊혔다. 숯덩이가 된 라자냐도 잊혔다. 이 가증스러운 메시지 말고
는 모든 게 잊혔다.

감히 스마일 마크를 넣다니!

스마일 마크를!

브래디가 발가락이 아프도록 의자를 걸어차자 지하실 저쪽까지 굴러가서 벽에 부딪친다. 그는 등을 돌리고 3번 컴퓨터 쪽으로 달려가서 콘도르처럼 그 위로 몸을 숙인다. 처음에는 당장 답장을 보내서 이 육시랄 경찰관에게 거짓말쟁이라고, 하도 뒤룩뒤룩 살이 찌는 바람에 치매에 걸려서 바보가 됐느냐고, 검둥이 잡일꾼 자지나 빠는 호모새끼라고 욕을 퍼붓고 싶은 충동을 느낀다. 하지만 이성 비슷한 것이 — 흔들흔들 위태롭게 — 다시금 고개를 든다. 그는 의자를 다시 끌고 와서 지역 일간지의 홈페이지에 접속한다. 호지스가 떠들어 댄 뉴스가 뭔지 확인하러 속보를 클릭할 필요도 없다. 내일 자 신문 1면에 떡 하니 떠 있다.

브래디는 일대에서 벌어진 범죄 소식을 열심히 챙겨 보기 때문에 도널드 데이비스의 이름과 조각 같은 외모를 알고 있다. 경찰에서 아내 살인범으로 데이비스를 추적하고 있다는 것도 알고 있고, 그의 소행이라는 데 의심의 여지가 없다고 생각한다. 그런데 이 바보가 이제 와서 자백을 했는데 아내 살인 사건에 대해서만 그런 게 아니다. 신문 기사에 따르면 다섯 명의 여자를 *추가로* 강간 살해했다고 자백했다고 한다. 한마디로 말해서 자기가 고속도로 살인마라고 주장하고 있다는 것이다.

처음에 브래디는 이 사실이 뒤룩뒤룩한 전직 경찰관의 협박조 메시지와 무슨 관계가 있는지 파악하지 못한다. 그러다 퍼뜩 몹쓸 영감이 떠오른다. 도니 데이비스가 속내를 털어놓는 김에 시티 센터 대학살의 범인도 자기라고 자백할 작정인 것이다. 어쩌면 이미 했을 지도 모를 일이다.

브래디는 데르비시(예배 때 빙글빙글 돌면서 춤을 추는 이슬람교의 수도승—옮긴이)처럼 빙글빙글 돈다. 한 번, 두 번, 세 번. 머리가 쪼개진다. 심장이 뛰면서 가슴과 목과 관자놀이를 두드린다. 잇몸과 혀에서마저 박동이 느껴진다.

데이비스가 발렛키에 대해서 뭐라고 했을까? 그래서 이런 이야기가 나온 걸까?

"발렛키는 *없었어*."

브래디는 중얼거리지만…… 장담할 방법이 없다. 있었다면 어쩐다? 정말로 있었다면…… 경찰 측에서 그걸 내세워서 도널드 데이비스에게 뒤집어씌우고 브래디 하츠필드의 위대한 업적을 가로채 간다면…… 그 엄청난 *위험 부담*을 감수했는데…….

더 이상 참을 수가 없다. 그는 다시 3번 컴퓨터 앞에 앉아서 kermitfrog19에게 보낼 메시지를 쓴다. 짧은 메시지인데도 손이 부들부들 떨려서 쓰는 데 거의 5분이 걸린다. 그는 쓰자마자 다시 읽어보지도 않고 전송한다.

무슨 헛소리냐, 이 또라이야. 그래, 차에 열쇠가 꽂혀 있지 않았지만 발렛키는 아니었어. 글로브 박스 안에 들어 있었던 보조키였지. 내가 무슨 수로 차 문을 열었는지는 너가 열심히 생각해 봐라, 이 등신아. 도널드 데이비스는 범인이 아니야. 다시 한 번 반복한다. 도널드 데이비스는 범인이 아니야. 네가 만약 그가 범인이라고 말하고 다니면 죽여 버릴 거야. 너 같이 가망 없는 인간은 죽여 봤자 별 의미도 없겠지만.

　내가

　진짜 메르세데스 킬러다.

　추신: 너희 엄마는 걸레였어. 뒤치기를 좋아했고 하수구에서 흘러나온 정액을 핥아먹었지.

　브래디는 컴퓨터를 끄고 위로 올라가서 어머니를 침대로 옮기지 않고 소파에서 코를 골며 자도록 내버려 둔다. 그는 아스피린을 세 알 먹고 한 알 더 먹은 다음 눈을 동그랗게 뜨고 부들부들 떨며 침대에 누운 채로 동쪽에서 밝아오는 새벽 첫 햇살을 맞는다. 그러다 마침내 두 시간 동안 졸지만 꿈자리가 사나운 선잠을 잔다.

　호지스가 스크램블드에그를 만들고 있을 때 제이니가 샤워를 해서 젖은 머리에 하얀색 샤워 가운을 입고 토요일 아침 부엌으로 들어온다. 머리를 뒤로 빗어 넘겨서 전에 없이 어려 보인다. 그는 다시 생각한다. 마흔넷이라고?

　"베이컨을 찾았지만 안 보이더군요. 물론 있는데 못 찾는 것일 수도 있어요. 전처 말로는 미국의 대다수 남성들이 냉장고만 열면 장님이 되는 병에 걸렸다고 하니까. 그게 변명이 될 수 있을지 모르겠지만."

　그녀는 그의 배를 가리킨다.

　"알았어요." 그는 말하고 나서 그녀가 좋아하는 것 같기에 덧붙인다. "그럼요."

"그나저나 콜레스테롤 수치는 어때요?"

그 소리에 그는 웃으며 묻는다.

"토스트 먹을래요? 통밀인데. 당신이 사 놓은 거니까 알고 있겠지만."

"한 조각만요. 버터는 말고 잼만 살짝 발라서. 오늘은 뭐 할 거예요?"

"아직 몰라요."

래드니 피플스가 비질런트 당번이면 슈거 하이츠에 가서 한번 만나 볼까 생각 중이기는 하다. 그리고 제롬에게 컴퓨터에 대해서 물어보기도 해야 한다. 그 분야에 있어서는 앞길이 구만리다.

"블루 엄브렐라 접속해 봤어요?"

"그 전에 당신한테 아침상 차려 주고 싶어서요. 나도 먹고." 진짜다. 눈을 떴을 때 머릿속의 빈 구멍에 플러그를 꽂기보다는 뱃속을 채우고 싶었다. "그리고 당신 컴퓨터 비밀번호도 모르고."

"Janey예요."

"내가 충고 한마디 할까요? 바꿔요. 사실 내 일을 도와주는 아이한테서 들은 충고이긴 하지만."

"제롬 맞죠?"

"맞아요."

그가 달걀 여섯 개로 스크램블드에그를 만들었는데, 두 사람은 정확히 반으로 나누어서 다 먹어 치운다. 그는 어젯밤 일을 후회하느냐고 물을까 하다가 그녀가 그런 식으로 아침을 해치운 것을 보면 대답을 들은 거나 마찬가지라고 결론을 내린다.

그들은 싱크대에 설거지를 방치한 채 컴퓨터로 가서 거의 4분 동안 아무 말 없이 앉아서 merckill이 보낸 메시지를 읽고 또 읽는다.

"맙소사." 마침내 그녀가 말한다. "그 사람을 약 올리고 싶다더니 완전히 뚜껑이 열리게 만들었네요. 맞춤법 틀린 거 보여요?" 그녀는 *꼿쳐*와 *열엇는지*를 가리킨다. "이것도 그 — 뭐라고 했더라? — 글 쓰는 스타일을 감추기 위한 연막 작전일까요?"

"아닐 거예요." 호지스는 죽여 *봐짜*를 보며 미소를 짓고 있다. 미소가 절로 지어진다. 물고기가 바늘을 감지하는데 깊숙이 박혀 있다. 아프다. *화끈거린다.* "뚜껑이 열리도록 화가 나면 그런 식으로 오타를 남발하지 않겠어요? 자기 말을 믿어 주지 않을 줄은 꿈에도 몰랐을 거예요. 그래서 미쳐 버린 거죠."

"*더*요." 그녀가 말한다.

"네?"

"*더* 미쳐 버린 거라고요. 메시지 또 보내요, 빌. 더 세게 쑤셔요. 그렇게 당해도 싼 인간이니까."

"알았어요."

그는 잠깐 생각하고 자판을 두드린다.

그가 옷을 입자 그녀가 복도까지 따라 나와 엘리베이터 앞에서 오래도록 입을 맞춘다.

"어젯밤에 그런 일이 있었다니 아직도 믿기지가 않네요."

"아, 진짜 있었던 일인걸요? 일처리를 잘하면 반복될 수도 있고요." 그녀는 그 파란 눈으로 그의 안색을 살핀다. "하지만 약속을 하거나 본격적으로 사귀거나 그러지는 마요, 알았죠? 그냥 흘러가는 대로 맡기자고요. 한 번에 하루씩만 생각하면서."

"내 나이가 되면 모든 일을 그렇게 받아들이게 돼요."

엘리베이터 문이 열린다. 그는 안으로 들어간다.

"연락 줘요, 카우보이."

"그럴게요." 엘리베이터 문이 닫히기 시작한다. 그는 손으로 문을 막는다. "BOLO하는 거 잊지 마요, 카우걸."

그녀는 엄숙하게 고개를 끄덕이지만 그는 그녀의 눈에서 반짝이는 장난기를 놓치지 않는다.

"제이니는 꽁지가 빠지도록 BOLO할게요."

"휴대전화를 항상 옆에 두고 911을 단축번호로 입력해 놓는 게 좋을 거예요."

그는 손을 뗀다. 그녀는 손 키스를 날린다. 그가 화답하기 전에 문이 닫힌다.

차가 어제 세워 둔 그 자리에 그대로 있지만 무료 주차 시간이 되기 전에 요금기에 넣은 동전이 다 떨어졌는지 와이퍼 아래에 딱지가 꽂혀 있다. 그는 글로브 박스를 열어서 딱지를 넣고 안에서 휴대전화를 꺼낸다. 그는 제이니에게 충고는 잘하면서 정작 자기는 잘 지키지 않는다. 일을 그만둔 뒤로 이제는 구석기 시대 유물이 된 그 망할 노키아 휴대전화를 늘 깜빡하고 챙기지 않는다. 어차피 요즘은 오는 전화도 거의 없는데 오늘은 웬일로 메시지가 세 개다. 전부 다 제롬이 보낸 것이다. 두 번째 메시지와 세 번째 메시지 — 각각 어젯밤 9시 45분과 10시 45분에 남긴 것이다. — 는 어디 있으며 왜 전화를 하지 않느냐고 다급하게 묻는 내용이다. 제롬의 평소 목소리다. 어제 저녁 6시 30분에 남긴 첫 번째 메시지는 활기 넘치는 타이런 필굿 딜라이트의 목소리로 시작된다.

"호지스 주인님, 어디 계신갑쇼? 할 얘기가 있습니다요." 그러고 나서 다시 제롬으로 돌아간다. "그 자가 어떻게 했는지 알아냈어요. 차를 어떤 식으로 훔쳤는지요. 전화 주세요."

호지스는 손목시계를 확인하고 제롬이 토요일 이 시각에 아직 일어나지 않았을 거라는 결론을 내린다. 그는 차를 몰고 먼저 집에 가서 메모를 챙기기로 한다. 그는 라디오를 틀고 밥 세거의 「올드 타임 로큰롤」이 흘러나오자 고래고래 따라 부른다. 책꽂이에 꽂아 둔 묵은 레코드를 꺼내자고.

앱과 아이패드와 삼성 갤럭시와 눈부시게 빠른 4G가 등장하기 이전, 지금보다 좀 더 단순했던 시절만 해도 디스카운트 일렉트로닉스는 1주일 중에서 주말이 제일 바빴다. 예전에는 CD를 사러 왔던 아이들이 지금은 아이튠스에서 뱀파이어 위크엔드의 노래를 내려받고 어른들은 이베이를 서핑하거나 훌루로 놓친 TV 프로그램을 본다.

이번 주 토요일 아침에 디스카운트 일렉트로닉스 버치힐 몰 지점은 황무지다.

톤스는 앞에서 노부인에게 이미 골동품이 된 HDTV를 팔려고 애를 쓰고 있다. 프레디 링크래터는 뒷문 밖으로 나가서 줄담배로 말보로 레드를 피우며 아마 동성애자 권리장전 읊는 연습을 하고 있을 것이다. 브래디는 열어 본 페이지 목록은 물론 키보드 입력 기록조차 남지 않도록 조작한 뒷줄의 비지오 컴퓨터 앞에 앉아 있다. 그는 호지스가 새로 보낸 메시지를 뚫어져라 쳐다보고 있다. 왼쪽 눈이 빠르고 불규칙적인 틱 증상을 보인다.

우리 어머니 욕은 그만해라, 알겠니?☺ 네가 한심한 거짓말을 늘어놓다 들킨 게 우리 어머니 탓은 아니잖아. 글로브 박스에 있던 열쇠를 꺼냈다고? 올리비아 트릴로니가 열쇠를 두 개 다 가지고 있었는데 대단한데? 없어진 건 발렛키였어. 부인이 뒷범퍼 아래 조그만 자석 상자 안에 넣어 두었던 거. 진짜 메르세데스 킬러가 거길 뒤진 게 분명해.

이제 너한테 메시지는 그만 보낼까 한다, 띨빵아. 네 재미 지수가 빵점 근처에서 헤매고 있는 데다 믿을 만한 소식통을 통해서 도널드 데이비스가 시티 센터 살인 사건에 대해 자백할 거라는 정보가 입수됐거든. 그럼 넌 어떻게 될까? 한심하고 재미없고 개떡 같은 인생을 계속 살아 나가야겠지. 이 매력적인 메시지를 마무리하기 전에 한 가지 더. 나를 죽여 버리겠다고? 그건 중범죄에 해당하는데 내가 뭐 하나 알려 줄까? 난 관심 없어. 어이, 너는 재수 없는 겁쟁이에 불과해. 인터넷은 너 같은 녀석들로 넘쳐나지. 내 집으로 찾아와서(내가 어디 사는지 알잖아.) 직접 협박해 보지그래? 싫다고? 그렇겠지. 너 같은 돌대가리도 알아들을 수 있는 간단한 두 글자로 마무리를 지어 주마.

꺼져.

브래디는 머리끝까지 화가 나서 그 자리에서 얼어붙는다. 하지만 이글이글 불타오르고 있기도 하다. 그는 동상에 걸려 죽거나 불길에 휩싸이거나 아니면 두 현상이 동시에 일어날 때까지 87달러 87센트라는 말도 안 되는 가격표가 달린 고물덩어리 비지오 앞에 이렇게 웅크린 채로 앉아 있을 수도 있겠다는 생각이 든다.

하지만 벽 위로 비치는 그림자가 점점 길어지자 브래디는 자기 몸을 움직일 수 있음을 깨닫는다. 그는 프레디가 허리를 숙이고 화면을 들여다보기 직전에 뒤룩뒤룩한 전직 경찰관의 메시지를 클릭해서 없앤다.

"뭐 보고 있어, 브래디스? 뭔지 몰라도 엄청 빨리 닫는다?"

"*내셔널 지오그래픽* 다큐멘터리. 제목이 *레즈비언들이 공격할 때*야."

"네 유머 지수가 정자 수보다 낮을 수도 있겠다. 나는 아니라고 믿고 싶지만."

톤스 프로비서가 합류한다.

"에지몬트에서 출장 요청이 들어왔어. 누가 갈래?"

프레디가 말한다.

"나는 누가 마약 동산으로 출장 나갈래 아니면 야생 족제비한테 엉덩이를 물릴래, 하고 물으면 족제비를 선택할 거야."

"내가 갈게." 브래디가 말한다.

그는 처리해야 할 일이 있다고 마음을 먹은 참이다. 더 이상 기다릴 수 없는 일이다.

호지스가 도착해 보니 제롬의 여동생과 친구 몇 명이 로빈슨의 집 앞 진입로에서 줄넘기를 하고 있다. 다들 무슨 보이밴드가 실크스크린으로 찍힌 반짝이 티를 입고 있다. 그는 사건 파일을 한 손에 들고 잔디밭을 가로지른다. 바브라가 멀리서 달려와서 하이파이브를 치고는 얼른 돌아가서 줄넘기 한쪽 끝을 잡는다. 제롬은 반바지에 소매를 자른 시티대학 티셔츠를 입고 현관 앞 계단에 앉아서 오렌지주스를 마시고 있다. 옆에는 오델이 있다. 그는 부모님이 장을 보러 가서 친구들이 갈 때까지 동생을 보고 있어야 한다고 말한다.

"이제는 보고 있을 필요도 없는데 말이죠. 우리 부모님이 생각하시는 것보다 훨씬 똑똑한데."

호지스는 그의 옆에 앉는다.

"당연히 그럴 거라고 넘겨짚지 마. 내 말 믿어, 제롬."

"그게 정확히 어떤 뜻에서 하시는 말씀인데요?"

"먼저 네가 알아낸 사실부터 듣자."

제롬은 대답 대신 노는 아이들을 방해하지 않도록 길가에 세운 호지스의 차를 가리킨다.

"저 차는 연식이 몇 년도예요?"

"2004년. 눈이 휘둥그레질 정도로 멋지지는 않지만 주행 거리는 얼마 안 돼. 사고 싶니?"

"됐네요. 문은 잠갔어요?"

"응."

이곳은 안전한 동네이고 바로 여기 앉아서 지켜보고 있는데도 잠갔다. 습관의 힘이다.

"열쇠 줘 보세요." 호지스는 주머니에서 열쇠를 꺼내 건넨다. 제롬은 열쇠 줄을 보고 고개를 끄덕인다. "PKE. 1990년대부터 처음에는 부속용품으로 쓰이기 시작했다가 21세기로 접어들면서 표준 장비가 되다시피 했죠. 뭐의 약자인지 아세요?"

호지스는 시티 센터 대학살 사건 수사를 지휘한(게다가 올리비아 트릴로니를 자주 심문한) 형사라 안다.

"패시브 키리스 엔트리의 약자지."

"맞아요." 제롬은 줄에 달린 두 개의 버튼 가운데 한쪽을 누른다. 길가에서 호지스의 도요타 주차등이 잠깐 깜빡인다. "이제 열렸어요." 그는 다른 버튼을 누른다. 주차등이 다시 깜빡인다. "이제는 닫혔고요. 열쇠 돌려드릴게요." 그는 호지스의 손바닥에 열쇠를 내려놓는다. "아무 문제없죠, 그렇죠?"

"네 말투를 보니까 아닌 것 같은데?"

"대학교 컴퓨터 동아리 회원을 몇 명 알아요. 이름은 밝히지 않을 거니까 묻지 마세요."

"물어볼 생각도 없었다."

"나쁜 사람들은 아닌데 나쁜 장난은 모르는 게 없어요. 해킹, 복사, 정보 빼내기, 그런 것들을요. 그 회원들이 말하길 PKE 시스템은 차를 훔쳐도 좋다는 허가증이나 다름없대요. 버튼을 눌러서 차를 열고 닫으면 열쇠 줄에서 저주파 무선 신호가 나와요. 암호가요. 소리를 들을 수 있다면 단축번호로 팩스를 보낼 때 나는 삑, 뿍 하는 소리하고 비슷할 거예요. 무슨 소린지 알아들으시겠어요?"

"지금까지는."

진입로에서 아이들이 「샐리 인 더 앨리」를 부르고 바브라 로빈슨은 튼튼한 갈색 다리를 반짝이고 한 갈래로 땋은 머리를 찰랑거리며 줄을 요리조리 넘는다.

"그 회원들 말로는 제대로 된 장치만 있으면 그 암호를 따는 게

식은 죽 먹기래요. 차고 개폐 장치나 텔레비전 리모컨을 개조해서 만들면 되는데 그런 장치는 바로 옆에서만 쓸 수 있대요. 한 20미터 정도? 하지만 훨씬 강력한 장치도 만들 수 있어요. 친절한 동네 전자제품매장에서 부품을 다 팔아요. 비용은 모두 합해서 100달러 정도. 사용 범위는 반경 100미터. 표적으로 삼은 차에서 운전자가 내릴 때까지 기다려요. 그런 다음 운전자가 버튼을 눌러서 문을 잠글 때 나는 *내* 버튼을 눌러요. 그러면 그 장치가 신호를 따서 저장해 놔요. 운전자가 멀리 사라지면 내 버튼을 다시 눌러요. 그럼 차 문이 열리면서 탈 수 있게 돼요."

호지스는 자기 열쇠를 쳐다보다가 제롬에게로 시선을 옮긴다.

"이것도 되니?"

"그럼요. 그 회원들이 말하길 이제는 전보다 힘들어졌지만 ─ 자동차 업체에서 버튼을 누를 때마다 신호가 바뀌도록 시스템을 바꾸었대요. ─ 그래도 불가능한 건 아니래요. 인간이 만든 시스템은 뭐든 인간이 해킹할 수 있는 거죠. 알아들으시겠어요?"

알아듣기는커녕 호지스의 귀에는 그의 말이 거의 들리지도 않는다. 그는 미스터 메르세데스가 미스터 메르세데스가 되기 이전의 모습을 그리고 있다. 그는 제롬이 이야기한 그 장치를 샀을 수도 있지만 직접 만들었을 가능성이 크다. 그리고 트릴로니 부인의 메르세데스가 그 장치를 맨 처음으로 써 본 차였을까? 아닐 것이다.

'시내 차량 도난 기록을 조회해야겠군. 그러니까…… 2007년부터 2009년 초봄까지.'

그에게 신세를 진 적 있는 말로 에버렛이 기록계에 있다. 말로라면 별 질문 없이 비공식적으로 조회해 줄 것이다. 수사관이 '고소인이 차 문을 깜빡하고 잠그지 않았을 수 있음'이라고 결론을 내린 사건이 많다면 그는 알게 될 것이다.

마음속으로는 이미 알고 있지만.

"호지스 씨?"

제롬이 약간 불안한 눈빛으로 그를 쳐다보고 있다.

"왜, 제롬?"

"시티 센터 사건을 수사할 때 차량 도난 사건 전담 경찰들이랑 이 PKE를 확인해 보지 않으셨어요? 그 경찰관들은 알고 있을 거 아니에요. 신종 수법도 아니니까. 그 회원들 말로는 심지어 별명도 있다고 했어요. 눈빛 훔치기라고."

"메르세데스 대리점의 수석 정비사한테 물었더니 열쇠로 연 거라고 했거든."

호지스 자신의 귀에도 설득력 없는 변명처럼 들린다. 한술 더 떠서 무능력한 변명처럼 들린다. 수석 정비사는 ─ 그들 모두는 ─ 열쇠가 쓰였을 거라고 추정했을 따름이다. 아무도 좋아하지 않는 얼빠진 아주머니가 꽂아 놓고 내린 열쇠가 쓰였을 거라고.

제롬은 풋풋한 얼굴에 어울리지 않는 냉소적인 미소를 짓는다.

"자동차 대리점 직원들은 그런 이야기를 하지 않죠, 호지스 씨. 엄밀히 말해서 거짓말은 아니고 그 존재를 머릿속에서 지워 버리는 거예요. 에어백을 장착하면 목숨을 건질 수 있지만 안경알이 어떤 식으로 눈에 들어가서 실명할 수 있는지 잊어버리는 것처럼 말이죠. 아니면 일부 SUV의 전복율이 얼마나 높은지. PKE 신호를 훔치기가 얼마나 쉬운지. 하지만 차량 도난 사건 전담 경찰들은 최신 정보에 빠삭하겠죠, 안 그래요? *그래야 할 거 아니에요.*"

밝히고 싶지 않은 진실이지만 호지스는 모른다. 알아야 하는데 모른다. 그와 피트는 하루에 다섯 시간 정도씩 쪽잠을 자며 교대로 거의 계속 현장을 지켰다. 서류가 쌓였다. 차량 절도범이 보낸 쪽지가 있다면 사건 파일 어딘가에 보관되어 있을 것이다. 그는 그의 짐작이 맞는지 예전 파트너에게 감히 물어보지 못하겠지만, 조만간 피트에게 모든 것을 털어놓아야 할지 모르겠다고 생각한다. 스스로 해결할 수 없는 시점에 다다르면 말이다.

한편, 제롬은 모든 것을 알아야 한다. 호지스가 상대하는 작자가 정신병자라서 그렇다.

바브라가 땀에 젖은 얼굴로 숨을 헐떡이며 달려온다.

"오빠, 힐다랑 토냐랑 같이 「레귤러 쇼」 봐도 돼?"

"봐." 제롬이 말한다.

그녀는 그를 얼싸안고 그의 뺨에 자기 뺨을 갖다댄다.

"팬케이크도 만들어 줄 거야, 사랑하는 오빠?"

"싫어."

그녀는 포옹을 풀고 뒤로 물러선다.

"오빠 *나빠*. 그리고 게으르고."

"조니스에 가서 에고(냉동 팬케이크 브랜드 — 옮긴이)를 사 오지그래?"

"돈이 없으니까 그렇지."

제롬이 주머니에서 5달러짜리를 꺼내서 준다. 이로써 다시 포옹을 번다.

"이래도 내가 나쁜 오빠야?"

"아냐, 좋은 오빠야! 최고로 좋은 오빠야!"

"친구들이랑 같이 가야 해." 제롬이 말한다.

"그리고 오델 데려가고." 호지스가 말한다.

바브라는 키득거린다.

"오델은 늘 데리고 가요."

호지스는 똑같은 티를 입고 (오델의 목줄을 번갈아 쥐어 가며 1분에 1.5킬로미터씩) 깡충깡충 뛰어가는 아이들을 상당히 불안한 눈빛으로 바라본다. 로빈슨 가족의 발을 묶어 놓을 수는 없겠지만 그 세 여자아이들은 너무 작아 보인다.

"제롬? 누가 저 애들을 건드리면 오델이……?"

"보호해 줄 수 있겠느냐고요?" 제롬은 이제 진지한 얼굴이다. "목숨을 걸 거예요, 호지스 씨. 목숨을. 무슨 생각을 하시는데요?"

"이번에도 너를 믿어도 될까?"

"*예써!*"

"알았다. 내가 너한테 많은 걸 알려 주려고 하는데, 그 대신 너는 앞으로 나를 빌이라고 부르겠다고 약속해야 해."

제롬은 고민한다.

"익숙해지려면 시간이 걸리겠지만 알았어요."

호지스는 때때로 메모지를 확인해 가며 그에게 거의 모든 전말(전날 밤을 어디서 보냈는지는 빼고)을 공개한다. 그의 이야기가 끝날 무렵, 바브라와 친구들이 에고 상자를 던져서 주고받으며 웃음소리와 함께 고마트에서 돌아온다. 아이들은 텔레비전 앞에서 오전 간식을 먹으러 들어간다.

호지스와 제롬은 현관 계단에 앉아서 귀신 이야기를 한다.

에지몬트 가는 교전지대 같은 분위기지만, 로브라이어 남쪽이고
주민들이 2차 세계대전 이후에 공장에서 일을 하러 켄터키와 테네
시에서 이주해 온 산골 출신의 자손이기 때문에 대부분 *백인*으로 이
루어진 교전 지대. 이제 공장들은 문을 닫았고, 인구의 대부분은
옥시가 너무 비싸지면 브라운 타르 헤로인으로 바꾸는 마약 중독자
들이다. 에지몬트에는 술집, 전당포, 수표 현금 교환소들이 늘어서
있지만 토요일 아침에는 모두 문을 닫았다. 문을 연 가게는 딱 두 군
데로 하나는 조니스이고 또 하나는 브래디의 목적지인 바툴스 빵집
이다.

브래디는 누구라도 사이버 순찰대 비틀의 문을 따고 들어오려고
하면 훤히 볼 수 있도록 가게 앞에 차를 세운 뒤 가방을 들고 맛있
는 냄새 속으로 들어간다. 카운터 뒤에서 개기름으로 번들거리는 인
간이 컴퓨터 고장으로 현금 결제만 가능이라고 적힌 마분지를 가리키며,
비자카드를 흔드는 손님과 옥신각신하고 있다.

파키스탄 보이의 컴퓨터는 화면 정지 상태다. 브래디는 비틀을 30초
간격으로 감시하며 화면 정지용 부기우기를 연주한다. *ctrl, alt* 그리
고 *del* 키를 동시에 누르는 것이다. 그러자 컴퓨터 작업 관리자가 뜨
고 브래디는 익스플로러 프로그램이 현재 응답이 없는 상태임을 한
눈에 알아차린다.

"못쓰게 됐나요?" 파키스탄 보이가 걱정스러운 목소리로 묻는다.

"못쓰게 된 건 아니라고 말해 줘요."

다른 날 같았으면 브래디는 바툴 같은 인간에게 팁을 바라서가 아니라 — 이런 부류는 팁을 주지 않는다. — 크리스코(쇼트닝 브랜드 — 옮긴이) 몇 방울 흘리는 꼴을 보고 싶어서 질질 끌었을 것이다. 하지만 오늘은 아니다. 몰에서 빠져나오기 위한 핑계였으니 최대한 빨리 끝낼 작정이다.

"아니에요. 책임지고 고쳐 드릴게요, 바툴 씨."

그는 작업 종료를 누르고 파키스탄 보이의 PC를 재부팅한다. 잠시 후 4개의 신용카드 아이콘이 모두 뜨면서 금전 등록기 기능이 돌아온다.

"당신은 천재예요!" 바툴이 외친다.

브래디는 향수 냄새 풍기는 이 개자식이 그를 끌어안을까 봐 잠깐 공포를 느낀다.

브래디는 마약 동산을 나서 북쪽의 공항 쪽으로 차를 몬다. 버치 힐 몰의 홈디포에서도 그가 원하는 물건을 살 수 있지만 거기가 아니라 스카이웨이 쇼핑 콤플렉스를 목적지로 삼는다. 그는 위험하고 무모하며 불필요한 짓을 하고 있다. 디스카운트 일렉트로닉스에서 복도 하나만 지나면 나오는 곳에서 그런 짓을 저질러서 상황을 악화시킬 필요는 없다. 밥을 먹는 데다 똥을 싸면 안 되는 법이다.

브래디는 스카이웨이의 가든 월드에서 볼일을 처리하는데, 도착하자마자 장소를 제대로 골랐음을 알아차린다. 가게가 어마어마하게 넓은 데다 늦봄 토요일 한낮이라 쇼핑객들로 북적거린다. 브래디는 비료, 뿌리 덮개, 종자, 자루가 짧은 정원용 갈고리와 같은 위장용 물품들로 이미 가득한 쇼핑카트에 고퍼-고 두 캔을 추가한다. 며칠 있으면 안전한 우편함에 도착할 마당에 독약을 사러 직접 나서다니 미친 짓인 줄 알지만 그때까지 기다릴 수가 없다. 절대 없다. 월요일은 되어야 — 어쩌면 화요일 아니면 수요일이 될 수도 있다. — 검둥이 가족의 애완견을 독살할 수 있을지 모르지만, *뭐라도* 하고 있지 않으면 못 견디겠다. 그는…… 셰익스피어가 뭐라고 표현했더라? 고난의 바다에 맞서 무기를 드는, 그런 기분을 느끼고 싶다.

그는 쇼핑 카트와 함께 줄을 서서, 계산대 점원(또 개기름으로 번들거리는 인간이다. 이 도시는 그런 인간들로 넘쳐난다.)이 고퍼-고 에 대해서 한마디라도 하면, *이거 정말 효과 좋아요.* 이런 식의 전혀 악의 없는 말이라도 한마디 하면 계획을 전면 포기하자고 다짐한다. 그러면 점원이 그를 기억하고 알아볼 가능성이 너무 높아진다. *네, 맞아요. 젊은 남자가 정원용 갈고리와 땅다람쥐 죽이는 독약을 들고 불안해했어요.*

'선글라스를 낄걸 그랬나? 남자들 절반이 선글라스를 끼고 있어서 눈에 띌 것 같지도 않은데.'

이미 엎질러진 물이다. 버치힐에 세워 둔 스바루에 레이밴을 두고 내렸다. 이제는 계산 줄에 서서 땀이나 흘리지 말자고 스스로 주문을 거는 수밖에 없다. 파란색 북극곰 이야기를 꺼내 놓고 그 북극곰 생각을 하지 말라고 하는 것과 마찬가지지만.

땀을 흘리고 있어서 눈에 띄었어요. 개기름으로 번들거리는 인간(아무리 봐도 빵 가게 주인 바툴의 친척이다.)은 경찰에게 이렇게 말할

것이다. 게다가 그는 땅다람쥐 죽이는 독약을 사고 있지 않았던가. 스트리크닌이 든 독약을.

그는 잠깐 도망칠까 고민하지만 이제는 앞뿐 아니라 뒤에도 사람들이 있어서 빠져나가면 *눈에 띄지 않을까?* 사람들이 의아해하지……

뒤에서 누군가가 그를 쿡쿡 찌른다.

"형씨 차례예요."

브래디는 하는 수없이 카트를 밀고 앞으로 간다. 쇼핑카트 바닥에 깔린 고퍼-고 캔은 눈에 확 띄는 노란색이다. 브래디가 보기에는 광기를 의미하는 색이고 광기를 의미하는 색이라야 한다. 여길 찾아온 것 *자체가* 미친 짓이니까.

하지만 잠시 후, 열이 난 이마를 만져 주는 차가운 손처럼 위안이 되는 생각 하나가 문득 떠오른다. 시티 센터에서 그 사람들 사이로 돌진한 것이 더 미친 짓이었는데…… 무사히 모면했잖아, 안 그래?

그렇다. 그리고 그는 이번에도 무사히 모면한다. 개기름으로 번들거리는 점원은 그를 쳐다보지도 않고 그가 산 물건들을 스캐너 아래로 통과시킨다. 현금으로 계산할 건지 카드로 계산할 건지 물을 때도 그를 올려다보지 않는다.

브래디는 현금으로 계산한다.

카드로 계산할 만큼 미치지는 않았다.

다시 비틀(형광 초록색이 거의 보이지 않도록 트럭 사이에 주차해 놓았다.)로 돌아간 그는 운전석에 앉아서 심장 박동이 정상으로 돌아갈 때까지 심호흡을 한다. 앞으로 가야 할 길을 생각하자 한결 더 마음이 차분해진다.

첫째, 오델. 그 개는 비참한 죽음을 맞이할 테고, 로빈슨 가족은 모르더라도 뒤룩뒤룩한 전직 경찰관은 자기 탓임을 알아차릴 것이다. (브래디는 퇴직 형사가 자기 탓이라고 실토할지, 순전히 과학적인 관점에서 궁금해진다. 그의 생각에는 실토하지 않을 것 같다.) 둘째, 그 형사. 죄책감에 절여지도록 며칠 동안 내버려 두면 혹시 모른다. 결국 자살을 선택할지. 하지만 그럴 가능성은 낮아 보인다. 그래서 브래디가 죽여야 하는데 방법은 아직 결정하지 않았다. 그리고 셋째는…….

원대한 작전. 100년 동안 기억될 만한 일. 문제는 그럴 만한 원대한 작전이 뭐가 있느냐는 것이다.

브래디는 열쇠를 꽂고 비틀의 뭣 같은 라디오를 주말마다 록으로 도배되는 BAM-100에 맞춘다. ZZ 탑(1969년에 결성된 미국의 록밴드―옮긴이) 시간이 끝나 가고 있길래 KISS-92로 채널을 돌리려는 순간 그의 손이 얼어붙는다. 그는 채널을 돌리는 대신 볼륨을 높인다. 운명의 여신이 그에게 이야기하고 있다.

디제이가 이 나라에서 가장 인기 있는 보이밴드가 딱 한 차례 공연을 위해 이 도시를 찾을 예정이라고 브래디에게 알린다. 라운드히어가 다음 주 목요일에 MAC에서 공연한다는 것이다.

"어린이 여러분, 표가 이미 거의 매진됐지만 BAM-100의 착한 아저씨들이 가지고 있는 열 몇 장을 월요일부터 두 장씩 배부할 예정이니까 잘 듣고 있다가 전화로 신청하라는 소리가 들리면……"

브래디는 라디오를 끈다. 생각에 잠긴 듯 그의 눈빛이 멍하고 몽롱해진다. MAC은 이 도시 사람들이 중서부 문화 예술 센터라고 부르는 곳이다. 한 블록 전체를 차지하고 거대한 강당이 있다.

'그렇게 죽으면 얼마나 근사할까. 오, 얼마나 근사한 광경일까.'

그는 MAC의 밍고 강당의 수용 인원이 정확히 몇 명일지 궁금해진다. 3000명? 4000명? 오늘 저녁에 인터넷에서 확인해 봐야겠다.

호지스는 근처 간이식당에서 점심을 해결하고(배에서는 푸짐한 햄버거를 달라고 아우성이지만 샐러드를 먹는다.) 집으로 간다. 제이니에게 전화를 해야 하지만 — 둘이서 트릴로니 부인의 슈거 하이츠 집에 가봐야 할 것 같다. — 간밤에 행복하게 힘을 쓴 여파가 아직 남아서 수사의 다음 단계를 짧은 낮잠으로 결정한다. 그는 거실의 자동응답기를 확인하지만 메시지 창에 찍힌 숫자가 0이다. 데비스 블루 엄브렐라를 들여다보아도 미스터 메르세데스가 새로 보낸 메시지가 하나도 없다. 그는 침대에 눕고 생체 알람을 한 시간으로 설정한다. 눈이 감기기 직전에, 휴대전화를 또 도요타 글로브 박스 안에 두고 내렸다는 생각이 든다.

'나가서 가지고 와야 하는데. 전화번호를 두 개 다 알려 주었지만 제이니는 구식이 아니고 신식이라 필요한 일이 있으면 그쪽으로 먼저 연락할 텐데.'

그리고 잠이 든다.

구식 전화벨 소리가 그를 깨운다. 그는 전화를 받으려고 몸을 돌린 순간, 경찰관으로 일하는 동안 한 번도 그를 실망시킨 적 없었던 생체 알람이 주인을 따라서 은퇴했음을 알아차린다. 거의 세 시간 동안이나 잔 것이다.

"여보세요?"

"메시지 확인은 절대 안 해요, 빌?" 제이니다.

휴대전화 배터리가 방전됐다고 둘러댈까 하는 생각이 그의 머릿속을 스치고 지나가지만, 아무리 한 번에 하루씩만 생각하는 사이라도 처음 시작하는 마당에 거짓말은 안 될 말씀이다. 게다가 그렇게 중요한 일도 아니지 않은가. 그녀는 목소리가 잠기고 쉬었다. 고함이라도 지른 것처럼. 아니면 울기라도 한 것처럼.

그는 일어나 앉는다.

"무슨 일이에요?"

"어머니가 오늘 아침에 뇌졸중을 일으켰어요. 나 지금 워소 카운티 기념병원에 있어요. 서니 에이케스에서 제일 가까운 병원이라."

그는 침대 밖으로 얼른 다리를 내린다.

"맙소사. 제이니, 얼마나 심각한데요?"

"심각해요. 신시내티에 사는 샬럿 이모하고 탬파에 사는 헨리 삼촌한테 연락했어요. 둘 다 오고 있는 중이에요. 샬럿 이모는 분명 사촌 홀리를 데리고 올 테고요." 그녀는 웃음을 터뜨리지만 재미있어서 웃는 게 아니다. "당연히 올 수밖에 없겠죠. 사람은 돈을 따라간다는 옛날 속담도 있잖아요?"

"나도 가 줬으면 좋겠어요?"

"당연하죠. 하지만 두 분한테 당신을 뭐라고 설명하면 좋을지 모르겠어요. 거의 만나자마자 같이 침대로 뛰어든 남자라고 소개할 수도 없고, 올리의 자살 사건을 수사하러 고용한 사람이라고 하면 오늘 자정 전에 헨리 삼촌네 아이들이 하는 페이스북에 뜰 거예요. 뒷담화로 치면 헨리 삼촌이 샬럿 이모보다 더 심한데, 둘 다 말조심하는 스타일이라고 볼 수는 없어요. 그나마 홀리는 특이하고 그만이지만." 그녀는 눈물기가 묻은 심호흡을 한다. "맙소사, 지금은 상냥한 표정을 지을 수 있기만 해도 좋겠어요. 이모와 삼촌을 얼마나 오랜만에 만나는지 몰라요. 둘 다 올리 장례식 때 오지 않았고 *내가* 어떻게 사는지 관심조차 보인 적이 없으니까요."

호지스는 심사숙고 끝에 이렇게 말한다.

"나를 그냥 친구라고 하면 되잖아요. 내가 슈거 하이츠의 비질런트 경비업체 직원이었다고 해요. 당신이 언니 유품을 정리하고 변호사와 유산 문제를 처리하려고 다시 왔을 때 나를 만났다고. 그 변호사 이름이 뭐랬죠? 첨이라고 했나?"

"슈론이에요." 그녀는 눈물기가 어린 심호흡을 한다. "그러면 되겠어요."

그러면 될 것이다. 이 세상에 경찰관보다 더 천연덕스럽게 이야기를 지어낼 수 있는 사람은 없다.

"지금 당장 갈게요."

"하지만…… 거기서 처리해야 할 일들이 있지 않아요? 수사할 일들이요."

"급한 건 없어요. 한 시간이면 도착할 거예요. 토요일이라 차가 없어서 그보다 안 걸릴 수도 있고."

"고마워요, 빌. 정말 고마워요. 내가 로비에 없으면……"

"알아서 찾아갈게요. 산전수전 다 겪은 형사잖아요."

그는 신발을 신는다.

"오려거든 갈아입을 옷을 챙기는 게 좋을 거예요. 근처 홀리데이 인에 방을 세 개 잡아 놨어요. 당신 몫으로도 하나 잡아 놓을게요. 돈이 있으니까 좋네요. 아멕스 플래티넘 카드도 그렇고."

"제이니, 여기까지 금방이면 와요."

"그렇죠. 하지만 어머니가 돌아가실 수도 있어서요. 오늘이나 오늘 저녁에 돌아가시면 정말로 친구가 필요하다고요. 그러니까……그 뭐냐……."

그녀는 목이 메어서 말을 맺지 못한다. 호지스는 듣지 않아도 그녀가 무슨 말을 하려는지 안다. 장례 준비를 하려면 친구가 있어야 한다는 것이다.

10분 뒤에 그는 길을 나서 서니 에이커스와 워소 카운트 기념병원이 있는 동쪽으로 달린다. 제이니가 중환자 보호자 대기실에 있을 줄 알았더니 주차된 구급차 범퍼에 앉아 있다. 그가 그 옆에 차를 세우자 그녀가 올라타는데, 일그러진 얼굴과 퉁퉁 부은 눈만 보아도 모든 것을 알 수 있다.

그녀는 그가 방문객용 주차장에 차를 세울 때까지 기다렸다가 참았던 울음을 터뜨린다. 호지스는 그녀를 품에 안는다. 그녀는 엘리자베스 워튼이 중부 하절기 표준시각으로 3시 15분에 숨을 거두었다고 전한다.

'내가 신발을 신고 있을 무렵이었겠군.' 호지스는 생각하며 그녀를 더욱 힘껏 끌어안는다.

리틀 리그 시즌이 한창이라 브래디는 세 군데서 정식 경기가 벌어지고 있는 맥긴스 야구장에서 그 화창한 토요일 오후를 보낸다. 날은 따뜻하고 장사는 잘된다. 남동생의 경기를 보러 온 한심한 여자애들이 많은데 아이스크림을 사려고 줄을 서서 기다리는 동안 나누는 대화가 (브래디가 듣기로는) MAC에서 열리는 라운드 히어 콘서트 이야기뿐이다. 안 가는 아이가 없는 모양이다. 브래디는 자기도 가기로 마음을 먹은 상태다. 특수 조끼—볼 베어링과 플라스틱 폭탄을 잔뜩 넣은—를 입고 들어갈 수 있는 방법만 찾으면 된다.

'내 마지막 인사야. 몇백 년 동안 기억될 헤드라인.'

그 생각을 하자 기분이 좋아진다. 트럭에 싣고 온 아이스크림을 다 판 것도 기분이 좋아진 이유다. 심지어 4시가 되자 주시 스틱스마저 다 팔린다. 그는 아이스크림 공장으로 돌아가서 (절대 자리를 비우지 않는 것처럼 보이는) 셜리 오턴에게 열쇠를 넘기고, 일요일 오후 담당인 루디 스탠호프와 근무시간을 바꿀 수 있느냐고 묻는다. 일요일은—날씨만 협조를 해 주면—로브의 세 개 트럭으로 맥기니스뿐 아니라 다른 네 군데의 대형 야구장까지 돌아야 하는 바쁜 날이다. 그는 이렇게 물으면서 셜리가 사족을 못 쓰는 보이시한 애교 미소를 곁들인다.

"그러니까 이틀 연달아서 오후에 쉬고 싶은 거네요."

셜리가 말한다.

"맞아요."

그는 어머니가 오빠네 집에 가고 싶어 해서 아무리 못해도 하룻밤 어쩌면 이틀 밤까지 자고 와야 한다고 설명한다. 두말하면 잔소리지만 어머니에게 오빠는 없고, 요즘 그의 어머니가 관심을 보이는 여행이 있다면 소파에서 술 넣어 두는 찬장까지 갔다가 다시 소파로 돌아오는 유람뿐이다.

"루디도 괜찮다고 할 거예요. 직접 전화해서 물어볼래요?"

"당신이 부탁하면 성공률 백 퍼센트잖아요."

계집년이 키득거리자 살덩이가 다소 불안하게 출렁거린다. 브래디가 평상복으로 갈아입는 동안 그녀가 전화를 한다. 루디는 기꺼이 일요일 근무를 포기하고 브래디 대신 화요일을 맡겠다고 한다. 덕분에 브래디는 이틀 동안 오후에 조니스 고마트에서 잠복근무를 할 수 있게 되었는데 이틀이면 충분할 것이다. 만약 아이들이 양일 모두 개를 데리고 나타나지 않으면 수요일에 병가를 낼 것이다. 필요하면 그러겠지만 그렇게까지 오래 걸릴 것 같지는 않다.

로브를 나선 브래디는 장을 보러 간다. 집에서 필요한 물건들 ─ 사과, 우유, 버터, 코코아 퍼프스와 같은 식료품이다. ─ 을 대여섯 개 사고 육류 코너에 잠깐 들러서 햄버거를 500그램 산다. 90퍼센트 살코기다. 오델의 마지막 식사를 최고급으로 준비한다.

집에 도착해서는 차고 문을 열고 가든 월드에서 산 것들을 모두 꺼내되 고퍼-고 캔은 챙겨서 높은 선반에 올려놓는다. 어머니가 여기 나오는 일은 거의 없지만 위험한 도박을 할 필요는 없다. 작업 테이블 아래에 미니 냉장고가 있다. 브래디가 벼룩시장에서 7달러에 득템한 물건이다. 거기다 탄산음료를 넣어 놓는다. 그는 콜라와 마운틴듀 뒤쪽에 햄버거 봉지를 넣은 다음 나머지 식료품을 들고 안으로 들어간다. 부엌에 들어서자 기분 좋은 광경이 그를 맞이한다. 어머니가 맛있어 보이는 참치 샐러드 위로 파프리카를 뿌리고 있다.

그녀는 그의 표정을 간파하고 웃는다.

"라자냐 사건 만회하려고. 미안. 그때는 정말 너무 *피곤했어*."

'너무 술에 취했던 거죠.'

그래도 그녀가 인생을 완전히 포기하지는 않았다.

그녀는 방금 전에 립스틱을 바른 입술을 뾰족하게 내민다.

"엄마한테 뽀뽀해 줘, 허니 보이."

허니 보이는 그녀를 감싸 안고 오래도록 입을 맞춘다. 립스틱에서 뭔가 달콤한 맛이 난다. 그러자 그녀가 그의 엉덩이를 찰싹 때리면서 저녁 준비가 끝날 때까지 내려가서 컴퓨터 가지고 놀라고 한다.

브래디는 경찰관에게 한 문장짜리 짤막한 메시지를 보낸다. 노인네, 조져 주마. 그런 다음 어머니가 저녁 먹으라고 부를 때까지 「레지던트 이블」 게임을 한다. 그는 참치 샐러드가 맛있어서 두 접시를 먹는다. 그녀도 마음만 먹으면 요리를 할 줄 안다. 그녀가 오후 동안 참았던 두세 잔을 보상하는 의미에서 엄청 큼지막한 잔에 그날 저녁의 첫 술을 따라도 그는 아무 소리 하지 않는다. 9시가 되자 그녀는 다시 소파에 누워서 코를 곤다.

브래디는 그 틈에 인터넷에 접속해서 곧 있을 라운드 히어 콘서트의 모든 정보를 알아낸다. 여자아이들이 키득거리며 다섯 명 가운데 누가 가장 인기 많은지 토론을 벌이는 유튜브 비디오를 본다. 「룩미 인 마이 아이스」에서 리드싱어를 맡은 캠으로 의견이 모아진다. 브래디도 작년에 라디오에서 들은 기억이 희미하게 나는, 토 나오는 곡이다. 그는 그 웃는 얼굴들이 볼 베어링 때문에 갈가리 찢기고 똑같이 생긴 게스 청바지들이 타서 너덜너덜해지는 광경을 상상한다.

나중에 그는 어머니를 부축해서 침대로 모시고 완전히 곯아떨어진 게 분명하다는 확신이 들자 햄버거를 꺼내서 그릇에 담고 고퍼-고 두 컵을 섞는다. 그 정도로도 오델이 죽지 않으면 아이스크림 트럭으로 그 빌어먹을 애완견을 치고 지나갈 것이다.

이런 생각이 들자 킬킬 웃음이 나온다.

그는 독약을 넣은 햄버거를 투명 비닐봉지에 넣은 다음 미니 냉장고에 다시 넣고 탄산음료 캔들로 다시 잘 가린다. 세제를 푼 뜨거운 물로 손과 그릇도 깨끗하게 씻는다.

그날 밤에 브래디는 단잠을 잔다. 두통도 없고 죽은 동생 꿈도 꾸지 않는다.

호지스와 제이니는 병원 로비 근처의 전화가 잘 터지는 방을 빌려서 장례 준비를 분담한다.

그가 장의업체에 연락하고(올리비아 트릴로니의 마지막 가는 길을 도맡았던 솜스다.) 영구차가 도착하면 곧바로 시신을 실을 수 있도록 병원에 조치를 취해 놓는다. 제이니는 호지스도 부러워하는 능숙한 솜씨로 아이패드를 조작해 지역 일간지 홈페이지에서 부고 양식을 내려 받는다. 그녀는 나지막이 웅얼거리며 잽싸게 부고를 작성한다. 그녀가 *조화는 사절이며* 라고 중얼거리는 소리가 호지스의 귀에 들린다. 그녀는 부고를 이메일로 다시 발송한 다음 어머니의 핸드백에서 주소록을 꺼내 몇 명 안 남은 친구들에게 전화를 돌리기 시작한다. 따뜻하고 차분하게 그들을 대하지만 한편으로는 신속하기도 하다. 거의 10년 동안 어머니를 간병하며 가장 가까운 말벗으로 지냈던 앨시어 그린과 통화할 때만 딱 한 번, 목소리가 떨린다.

6시가 되자 — 브래디 하츠필드가 집에 도착해서 참치 샐러드의 끝마무리를 하고 있는 어머니를 발견한 시각과 얼추 비슷하다. — 세세한 부분까지 대부분 끝이 난다. 6시 50분, 하얀색 캐딜락이 병원 진입로로 들어와서 후진을 한다. 뻔질나게 들락거린 곳이라 안에 타고 있는 사람들이 어디로 가면 되는지 아는 것이다.

제이니가 새하얗게 질린 얼굴로 입술을 부들부들 떨며 호지스를 쳐다본다.

"내가 할 수 있을지……"

"내가 알아서 할게요."

절차는 사실상 특별할 것이 없다. 그가 장의사와 조수에게 서명이 첨부된 사망진단서를 넘기자 그들은 영수증을 준다. 그는 생각한다. '누가 보면 차를 사는 줄 알겠네.' 병원 로비로 돌아가 보니 제이니가 또다시 바깥에 주차된 구급차 범퍼에 앉아 있다. 그는 그녀의 옆에 앉아서 손을 잡는다. 그녀는 그의 손가락을 꽉 쥔다. 그들은 시야에서 사라질 때까지 하얀색 영구차를 지켜본다. 그런 다음 그가 그녀를 데리고 가서 그의 차에 태우고 두 블록 거리에 있는 홀리데이인으로 향한다.

뚱뚱하고 손바닥이 축축한 헨리 시로이스는 8시에 등장한다. 샬럿 기브니는 짐을 잔뜩 든 벨보이를 앞세우고 한 시간 뒤에 등장해서 비행기 기내 서비스가 엉망이었다고 투덜거린다. 거기다 울어 대는 아기들까지 있었다고 한다. 궁금해하는 사람이 없는데도 아랑곳하지 않고 떠들어 댄다. 남동생이 뚱뚱하다면 그녀는 반비례해서 삐쩍 말랐는데, 의심스러워하는 축축한 눈빛으로 호지스를 쳐다본다. 샬럿 이모의 옆에서 얼쩡거리는 홀리는 제이니와 얼추 비슷한 나이의 노처녀지만 제이니를 닮은 구석이 하나도 없다. 말을 하더라도 항상 중얼거리는 수준이고, 상대방의 눈을 쳐다보는 데 문제가 있는 눈치다.

"베티 보고 싶어."

샬럿 이모는 조카딸과 무미건조하게 잠깐 포옹하고 나서 이렇게 선언한다. 워튼 부인이 머리에는 백합꽃을, 발치에는 카네이션을 드리우고 모텔 로비에 누워 있기라도 한 듯한 말투다.

제이니는 시신이 이미 시내의 솜스 장례식장으로 옮겨졌고, 화요일에 마지막으로 대면식을 하고 수요일 오전에 간단하게 무종파 예배를 드린 다음 그곳에서 수요일 오후에 화장할 거라고 설명한다.

"화장은 *야만적인 풍습이다.*"

헨리 삼촌이 선언한다. 그 둘은 무슨 말을 하건 선언 조다.

"어머니가 화장을 원하셨어요."

제이니는 조용히, 깍듯하게 대답하지만 호지스의 눈에는 달아오르기 시작하는 그녀의 뺨이 들어온다.

그는 소동이 벌어질지 모르겠다고, 그들이 매장이 아니라 화장해 달라고 명시한 서류를 보여 달라고 요구할 수도 있겠다는 생각이 들지만 그들은 아무 소리도 하지 않는다. 어쩌면 제이니가 언니에게 물려받은 몇백만 달러를, 나누어 줄 것인지 말 것인지 제이니 마음대로 결정할 수 있게 된 그 돈을 기억하기 때문인지 모른다. 심지어 헨리 삼촌과 샬럿 이모는 고통스러워하던 말년에 누나와 언니를 만나라 오지 않았던 그들의 과거를 떠올리고 있을지도 모른다. 그 시기에 워튼 부인을 찾은 사람은 올리비아뿐이었는데, 샬럿 이모는 그녀를 이름으로 부르지도 않고 '문제 있었던 아이'라고 한다. 그리고 물론 임종을 지킨 사람은 폭력을 휘두르는 남편과의 결혼생활과 모진 이혼의 상처로 아직까지도 괴로워하는 제이니였다.

그들 다섯 명은 손님이 거의 없다시피 한 홀리데이 인의 식당에서 늦은 저녁을 먹는다. 천장에 달린 스피커에서 허브 앨버트의 호른 연주가 흘러나온다. 샬럿 이모는 샐러드를 주문하고, 따로 달라고 한 드레싱에 대해 투덜거린다.

"조그만 단지에 옮겼을지 몰라도 슈퍼마켓에서 산 건 끝까지 슈퍼마켓에서 산 거지."

그녀는 이렇게 선언한다.

중얼거리는 습관이 있는 그녀의 딸은 '스니즈베이글 헬번'을 주문한다. 알고 보니 치즈버거를 웰던으로 달라는 거다. 헨리 삼촌은 페투치니 알프레도를 주문해서 고성능 스팀청소기처럼 효율적으로 흡입하는데, 결승선에 다다르자 이마에 송골송골 땀이 맺힌다. 남은 소스는 버터 바른 빵으로 청소한다.

호지스는 비질런트 경비업체 시절의 경험담을 늘어놓으며 대화를 주도한다. 직업은 가상의 설정이지만, 경험담은 대부분 경찰 시절에 겪은 일을 각색한 것이다. 그는 지하실 창문으로 꼼지락꼼지락 빠져나오다 그 와중에 바지가 벗겨진 채로 붙잡힌 빈집털이범 이야기를 한다(이 이야기를 듣고 홀리가 살짝 웃는다.). 자기 방 문 뒤에 숨어 있다가 야구방망이로 도둑을 기절시킨 열두 살짜리 이야기도 한다. 주인의 보석을 몇 점 훔쳐서 속옷에 감추어 놓았다가 저녁 시중을 드는 자리에서 떨어뜨린 가정부 이야기도 한다. 대부분 아무한테도 공개한 적 없는 비밀 이야기다.

디저트(호지스는 디저트를 생략한다. 눈치 없이 먹어 대는 헨리 삼촌이 반면교사다.)를 앞에 두고 제이니가 새로 온 3인방에게 내일부터 슈거 하이츠의 집에서 묵으라고 하고, 잠시 후 3인방은 요금이 계산된 객실로 터벅터벅 사라진다. 샬럿과 헨리는 부자들은 어떻게 사는지 직접 눈으로 확인할 수 있다는 생각에 기뻐하는 눈치다. 홀리는……누가 그 속을 알 수 있을까?

3인방의 객실은 1층에 있다. 제이니와 호지스의 객실은 3층이다. 나란히 붙은 객실 앞에 다다랐을 때 그녀가 같이 자겠느냐고 묻는다.

"섹스는 말고요. 내 평생 이렇게 성욕이 바닥인 적은 처음이거든요. 그냥 혼자 있기 싫어서 그래요."

호지스로서는 그래도 상관없다. 사실 격렬하게 나뒹굴 수 있을지 자신이 없다. 어젯밤 일로 배와 다리 근육이 아직까지 땅긴다. 어젯밤에는 그녀가 거의 다 주도를 했는데도 말이다. 이불 속으로 들어가자 그녀가 그의 품 안으로 파고든다. 그는 그녀의 온기와 실체가 믿기지 않는다. 그녀의 존재 자체가 믿기지 않는다. 지금 당장은 아무 욕구도 느껴지지 않지만, 그가 욕구를 해소하기 전이 아니라 해소한 이후에 뇌졸중을 일으켜 준 노부인이 고맙다. 칭찬할 만한 발상은 아니지만 솔직히 그렇다. 전처 코린은 남자들이 뼛속까지 저질이라고 입버릇처럼 말했다.

그녀가 그의 어깨 위에 머리를 얹는다.

"당신이 와 줘서 좋아요."

"나도 좋아요." 백 퍼센트 진심이다.

"우리가 한 침대에 누워 있는 걸 우리 친척들도 알까요?"

호지스는 곰곰이 생각한다.

"샬럿 이모님은 알겠지만 우리가 한 침대에 누워 있지 않더라도 그렇게 생각했을 거예요."

"그렇게 장담할 수 있는 이유가 경험이 많은……"

"맞아요. 이제 그만 자요, 제이니."

그녀는 잠을 청하지만, 그가 요의를 느끼고 새벽에 눈을 떠 보니 그녀가 창가에 앉아서 주차장을 내다보며 울고 있다. 그는 그녀의 어깨에 손을 얹는다.

그녀가 올려다본다.

"나 때문에 깼나 보다. 미안해요."

"아니에요. 새벽 3시가 되면 소변 동원령이 내려져서 그런 거지. 괜찮아요?"

"네. 그럼요." 그녀는 웃고, 어린애처럼 주먹으로 눈을 훔친다. "그냥 엄마를 서니 에이커스로 보낸 내가 싫어서 그래요."

"하지만 어머니가 가고 싶어 하셨다면서요."

"네. 그러셨죠. 그래도 내 심정은 마찬가지예요." 제이니는 눈물 때문에 반짝이는 쓸쓸한 눈을 들어서 그를 올려다본다. "나는 캘리포니아에 있으면서 언니한테 무거운 짐을 전부 다 떠맡긴 것도 싫고요."

"경험 많은 형사로서 추측하건대 결혼생활을 어떻게든 유지하려고 노력하느라 그랬던 거 아닌가요?"

그녀는 힘없이 미소를 짓는다.

"빌, 당신은 좋은 사람이에요. 화장실 다녀와요."

돌아와 보니 그녀가 다시 침대에 웅크리고 누워 있다. 그가 그녀를 끌어안고 그들은 아침까지 사이좋게 잠을 잔다.

일요일 이른 아침에 샤워를 하기 전에 제이니가 그에게 아이패드 쓰는 법을 가르쳐 준다. 호지스가 데비스 블루 엄브렐러로 숨어들어가 보니 미스터 메르세데스가 보낸 새 메시지가 있다. 짧고 간결하다. 노인네, 조져 주마.

"좋지. 하지만 네가 지금 어떤 기분인지 듣고 싶은데."

그는 이렇게 말하고, 놀랍게도 웃음을 터뜨린다.

제이니가 할리우드 특수효과마냥 김을 내뿜으며 수건으로 몸을 감싸고 욕실에서 나온다. 그녀는 무슨 일로 웃느냐고 묻는다. 호지스가 메시지를 보여 준다. 그녀는 그 정도로 재미있다고 생각하지 않는다.

"당신이 헛다리를 짚는 건 아니었으면 좋겠네요."

그건 호지스도 마찬가지다. 한 가지 사실만큼은 분명하다. 집에 돌아가면 현역 시절에 쓰다 침실 금고에 넣어둔 40구경 글록을 꺼내서 다시 차고 다녀야겠다는 것. 이제 해피 슬래퍼로는 부족하다.

더블 침대 옆에 놓은 전화기가 지저귄다. 제이니가 전화를 받아서 잠깐 대화를 나누더니 끊는다.

"샬럿 이모예요. 20분 뒤에 만나서 아침 먹자네요. 한시라도 빨리 슈거 하이츠에 가서 어떤 은그릇이 있는지 살피고 싶어서 좀이 쑤시나 봐요."

"알았어요."

"그리고 침대가 *너무* 딱딱했고 메모리폼 베개 때문에 알레르기 약을 먹었대요."

"그렇군요. 제이니, 올리비아의 컴퓨터가 아직 슈거 하이츠 집에 있어요?"

"그럼요. 서재로 쓰던 방에요."

"그들이 들어갈 수 없게 그 방을 잠글 수 있겠어요?"

그녀는 브래지어 호크를 채우다 말고, 팔을 뒤로 돌린 전형적인 여성의 포즈 그대로 잠깐 얼어붙는다.

"잠그기는 뭘 잠가요. 들어가지 말라고 할 거예요. 그 여자한테 *절대* 겁먹지 않을 거예요. 당신이 보기에 홀리는 어때요? 무슨 말을 하는지 한 마디라도 알아듣겠어요?"

"난 어제 저녁에 홀리가 스니즈베이글을 주문하는 줄 알았다니까."

호지스는 솔직히 털어놓는다.

제이니는 어젯밤에 앉아서 울었던 그 의자 위로 주저앉는데 이번에는 배를 잡고 웃는다.

"이런 형편없는 형사 같으니라고. 이 맥락에서는 칭찬인 거 알죠?"

"장례식이 끝나고 그들이 떠나면……"

"아무리 늦어도 목요일이면 가겠죠. 그보다 더 오래 있으려고 하면 죽여 버릴 거예요."

"그런들 당신한테 유죄를 선고하는 배심원은 없을 거예요. 그들이 가고 나면 내 친구 제롬을 데려다 그 컴퓨터를 살펴보라고 할 생각이에요. 좀 더 일찍 부르고 싶지만……"

"그들이 제롬을 붙잡고 온갖 질문 공세를 퍼붓겠죠. 나한테도 마찬가지고."

호지스는 호기심으로 반짝이는 샬럿 이모의 눈빛을 떠올리며 동의한다.

"블루 엄브렐라 자료가 없어지지는 않겠죠? 사이트에서 나오면 그때마다 지워지는 것 같던데."

"내 관심사는 데비스 블루 엄브렐라가 아니에요. 당신 언니가 밤에 들었다는 귀신 소리지."

그는 엘리베이터로 같이 걸어가면서 어제 오후에 제이니의 전화를 받았을 때부터 마음에 걸렸던 부분에 대해 묻는다.

"올리비아에 대해서 물어보는 바람에 어머니가 뇌졸중을 일으켰다고 생각해요?"

그녀는 내키지 않아 하는 얼굴로 어깨를 으쓱한다.

"모르죠. 엄마는 연세가 아주 많았고 — 샬럿 이모보다 최소한 일곱 살은 많을 거예요. — 지속적인 통증으로 심하게 고생하셨으니까요." 그러더니 머뭇거리며 덧붙인다. "그것도 일조했을 수도 있고요."

호지스는 대충 빗은 머리를 손으로 쓸어서 다시 헝클어뜨린다.

"이런 젠장."

엘리베이터에서 땡 소리가 난다. 두 사람은 엘리베이터에 탄다. 그녀가 그를 돌아보며 그의 두 손을 붙잡는다. 그러고는 다급한 목소리로 속사포처럼 쏟아낸다.

"하지만 이 말은 하고 싶어요. 나는 그때로 돌아가더라도 똑같이 할 거예요. 엄마는 천수를 누리셨어요. 반면에 올리는 몇 년 일찍 죽었고요. 언니는 미치도록 행복하지는 않았지만 그 자식이 괴롭히기 전까지는 잘 살았어요. 그…… 그 *미친놈*은 언니의 차를 훔쳐서 그걸로 여덟 명을 죽이고 몇 명인지 모를 더 많은 사람들을 다치게 만드는 정도로는 부족했던 거예요. 맞아요. 언니의 *이성*까지 훔쳐야 직성이 풀렸던 거예요."

"그래서 우리가 수사를 강행하는 것 아니겠습니까."

"그래야죠." 그녀의 손이 그의 손을 꽉 잡는다. "이건 *우리의* 임무예요, 빌. 알겠어요? *우리의 임무라고요.*"

그는 굳게 결심한 일이라 무슨 소리를 듣든 수사를 멈추지 않았겠지만 그래도 그녀의 대답이 강경해서 좋다.

엘리베이터 문이 열린다. 홀리, 샬럿 이모, 헨리 삼촌이 로비에서 기다리고 있다. 샬럿 이모는 호지스의 예전 파트너가 방금 전에 한판 뛰고 나온 분위기라고 표현했던 그런 분위기를 기대하는지, 매의 눈빛으로 그들을 쳐다본다. 그녀는 뭐하느라 그렇게 오래 걸렸느냐고 묻더니 대답을 기다리지도 않은 채 조식 뷔페가 먹을 게 정말 없어 보인다고 말한다. 오믈렛을 주문할 생각이었다면 꿈 깨라고 한다.

호지스는 아주 긴 며칠이 제이니 패터슨을 기다리고 있다는 생각을 한다.

일요일도 전날처럼 화창한 여름 날씨다. 이번에도 전날처럼 4시 전에 아이스크림이 매진된다. 저녁 시간이 다가오면서 야구장에서 사람들이 빠져나가기 시작할 때까지 최소한 두 시간이 남았다. 브래디는 집에 전화해서 엄마가 저녁으로 뭘 드시고 싶은지 여쭈어 볼까 생각하다 롱 존 실버스에서 사가지고 가서 엄마를 놀래 주기로 마음먹는다. 엄마는 랑고스티노 랍스터 바이츠라면 사족을 못 쓴다.

하지만 정작 놀란 쪽은 브래디다.

그는 차고를 거쳐서 집 안으로 들어가지만 퇴근 인사 — *엄마, 저 왔어요!* — 가 입 밖으로 떨어지지 않는다. 이번에는 그녀가 잊지 않고 오븐을 껐지만 점심으로 구워서 먹은 고기 냄새가 공기 중에 맴돌기 때문이다. 거실에서 뭔가를 두드리는 쿵쿵 소리와 꾸르륵거리며 울부짖는 이상한 소리가 들린다.

앞쪽 화구에 냄비가 얹혀 있다. 안을 들여다보니 탄 햄버거 부스러기들이 엉겨 붙은 기름막 위로 조그만 화산섬처럼 솟아 있다. 반쯤 남은 스톨리(러시아산 보드카 — 옮긴이) 병과 그녀가 햄버거에 늘 뿌려먹는 마요네즈 병이 싱크대에 있다.

기름얼룩이 묻은 음식 포장 봉투가 그의 손에서 떨어진다. 브래디는 그런 줄 알아차리지도 못한다.

'아니야. 그럴 리 없어.'

하지만 맞다. 부엌 냉장고 문을 열어 보니 맨 위 선반에 독약을 섞은 햄버거 비닐 봉투가 놓여 있다. 그런데 절반밖에 안 남았다.

그는 봉투를 멍하니 바라보며 생각한다. '엄마는 차고에 있는 미니 냉장고를 한 번도 들여다본 적이 없는데. *한 번도. 그건 내* 냉장곤데.'

그리고 또 다른 생각이 떠오른다. '네가 집에 없을 때 엄마가 들여

322

다보는지 안 들여다보는지 어떻게 알아? 너도 알다시피 엄마는 네 서랍을 뒤지고 매트리스를 들추고 그러잖아.'

꾸르륵거리며 울부짖는 소리가 다시 들린다. 브래디는 냉장고 문을 열어놓은 채 롱 존 실버스 포장 봉투를 차서 식탁 아래로 보내며 거실로 달려간다. 어머니가 소파에 꼿꼿하게 앉아 있다. 파란색의 편안한 실크 잠옷을 입고 있다. 윗도리 앞섶이 피 섞인 토사물로 뒤덮였다. 배가 불룩 솟아서 단추가 뜯길 태세다. 임신 8개월 차 임산부의 배다. 백짓장처럼 하얀 얼굴 사방으로 머리카락이 뻗쳤다. 콧구멍은 피로 막혔다. 눈은 튀어나왔다. 그녀는 그를 보지 못하는 듯하더니 이내 손을 내민다.

"엄마! *엄마!*"

그는 등을 두드릴까 생각하지만, 커피테이블 위에 놓인 얼마 안 남은 햄버거와 스크루드라이버를 보고 소용없음을 깨닫는다. 엄청난 사이즈의 잔이 바닥을 드러낸 것을 보면 햄버거가 목에 걸리지도 않았겠다. 목에 걸렸다면 좋았을 텐데.

그녀가 발을 위아래로 피스톤처럼 움직이자 그가 집에 들어왔을 때 들렸던 쿵쿵 소리가 다시 시작된다. 제자리에서 행진이라도 하는 듯하다. 그녀가 등을 활처럼 젖힌다. 두 손을 위로 똑바로 든다. 이제 그녀는 행진을 하면서 동시에 필드골이 유효하다고 신호를 보낸다. 한 발이 뻗어 나와서 커피테이블을 찬다. 스크루드라이버 잔이 굴러 떨어진다.

"엄마!"

그녀는 소파 쿠션에 몸을 던졌다가 다시 앞으로 일으킨다. 괴로워하는 눈으로 그를 빤히 쳐다본다. 그녀가 그의 이름인지 아닌지 모를 단어를 꾸르륵 내뱉는다.

독극물을 먹은 사람한테는 뭘 먹여야 하더라? 날달걀이었던가? 콜라였던가? 아니다, 콜라는 속이 안 좋을 때 마시는 것이고 그녀는 그런 것으로 해결할 수 있는 수준을 넘어섰다.

'손가락을 목구멍에 집어넣어야 해. 게워내게 해야 해.'

하지만 그 순간 그녀의 이가 나름의 행진을 시작하자 그는 조심스럽게 뻗었던 손을 거두어서 손바닥으로 그의 입을 누른다. 이미 너덜너덜해질 지경으로 씹힌 그녀의 아랫입술이 보인다. 윗도리 앞섶에 묻은 피가 거기서 나온 피다. 적어도 일부분은 그렇다.

"브애비!" 그녀는 쇳소리를 내며 숨을 들이마신다. 그 뒤로 후두음이 이어지지만 무슨 말인지 알아들을 수는 있다. "그…… 이…… 이…… 부어!"

911 불러.

그는 전화기 앞으로 가서 수화기를 집어 들지만 연락할 수 없음을 깨닫는다. 대답할 수 없는 질문들이 이어질 게 아닌가. 그는 수화기를 내려놓고 그녀를 향해 빙그르르 몸을 돌린다.

"왜 거길 기웃거렸어요, 엄마? 왜 그랬어요?"

"브애비! 그-이-이!"

"언제 먹었어요? 먹은 지 얼마나 됐어요?"

그녀는 대답 대신 다시 행진을 시작한다. 고개를 뒤로 젖히고 불룩 튀어나온 눈으로 천장을 잠깐 쳐다보다 다시 앞으로 고개를 꺾는다. 등은 전혀 움직이지 않는다. 머리가 베어링 위에 얹혀 있기라도 한 것 같다. 꾸르륵거리는 소리가 다시 시작된다. 살짝 막힌 하수구로 물이 빠지려고 할 때 나는 소리다. 그녀의 입이 떡 벌어지고 토사물이 뿜어져 나온다. 토사물이 철퍼덕 하는 소리와 함께 무릎 위로 떨어지는데 맙소사, 절반이 피다.

그는 그녀가 죽길 바랐던 순간들을 떠올린다. '하지만 이런 식은 원한 적 없어. 이런 식은 절대 원한 적 없어.'

험악한 바다 위로 밝은 불꽃 하나가 지나가듯 좋은 수가 그의 머릿속을 스치고 지나간다. 처치 방법을 인터넷에서 찾을 수 있지 않을까? 인터넷에는 없는 게 없으니까.

"내가 처리할게요. 하지만 잠깐 지하실에 내려갔다 와야 해요. 엄마는…… 여기 가만히 계세요. 마음……."

그는 하마터면 *마음* 푹 놓고 라고 말할 뻔했다.

그는 부엌으로 뛰어 들어가서 통제 센터와 연결된 문 쪽으로 달려간다. 그 아래에서 그녀를 살릴 방법을 찾을 것이다. 찾지 못하더라도 그녀가 죽는 모습을 지켜보지 않을 수 있다.

불을 켜는 단어가 통제인데 그 단어를 세 번 반복해도 지하실은 여전히 암흑이다. 그의 목소리가 평소와 다르기 때문에 단어 인식 프로그램이 작동되지 않는 건데 놀랄 일도 아니다. 절대 놀랄 일도 아니다.

그는 대신 스위치를 켜고 내려가면서 제일 먼저 문부터 닫는다. 거실에서 들리는 짐승 같은 소리부터 차단한다.

그는 줄줄이 늘어선 컴퓨터를 음성으로 켤 생각조차 하지 않고 그냥 모니터 뒤에 달린 버튼을 눌러서 3번 컴퓨터를 켠다. 완전 삭제 카운트다운이 등장하자 암호를 입력해서 끈다. 하지만 해독제를 찾아보지는 않는다. 그러기에는 너무 늦었고, 여기 이 안전한 공간에 앉아 보니 너무 늦었다는 것을 스스로 인정할 수 있다.

그는 어쩌다 이런 일이 벌어졌는지도 알고 있다. 그녀는 어제 한참 동안 술을 참고 맛있는 저녁을 차렸기에 오늘 스스로 상을 주러 나섰다. 그러다 만취 상태가 되자 허니 보이가 퇴근하기 전에 뭘 살짝 먹어서 알코올을 흡수하기로 했다. 그런데 찬방이나 냉장고에는 구미가 당기는 게 없었다. 그렇다면 차고에 있는 미니 냉장고를 뒤져볼까? 탄산음료는 관심 없지만 간식거리가 있을 수 있었다. 그런데 그녀가 발견한 것은 과자보다 더 좋은, 근사한 햄버거가 든 비닐 봉투였다.

브래디는 옛날 속담이 생각난다. 잘못될 일은 어떻게든 잘못되기 마련이라지 않는가. 그게 피터의 법칙이었던가? 그는 인터넷에서 찾아본다. 찾아보니 피터의 법칙이 아니라 머피의 법칙이다. 에드워드 머피라는 남자의 이름에서 비롯된 법칙이다. 항공기 부품을 만들었던 남자다. 아, 그야 물어보나 마나지.

그는 사이트 몇 군데를—사실 여러 군데를—서핑하고 솔리테어를 몇 판 한다. 위에서 아주 시끄럽게 두드리는 소리가 들리자 아이팟으로 노래를 듣기로 한다. 경쾌한 곡으로. 스테이플 싱어스가 어떨까.

「리스펙트 유어셀프」가 머리 한가운데서 흐르고, 그는 뒤룩뒤룩한 전직 경찰관이 보낸 메시지가 있는지 확인하러 데비스 블루 엄브렐라에 접속한다.

더 이상 미적거릴 수 없는 지경에 이르자 브래디는 살금살금 위로 올라간다. 동이 텄다. 그을린 햄버거 냄새는 거의 사라졌지만 토 냄새는 여전히 코를 찌른다. 그는 거실로 들어간다. 어머니가 뒤집힌 커피테이블 옆 바닥에 누워 있다. 천장을 올려다보고 있다. 입술이 뒤로 뒤집혀서 함박웃음을 짓는 것처럼 보인다. 손은 갈고리처럼 굳었다. 그렇게 죽었다.

'배고프다고 왜 차고까지 나간 거예요? 엄마, 어머니, 도대체 뭐에 홀려서 그랬어요?'

잘못될 일은 어떻게든 잘못되기 마련이지. 그는 생각하고, 그녀가 만들어 놓은 난장판을 보며 집에 카펫용 세제가 있는지 궁금해한다.

이건 호지스 때문에 벌어진 일이다. 전부 다 그의 탓이다.

그는 늙다리 퇴직 형사에게 조만간 본때를 보여 줄 것이다. 하지만 지금은 좀 더 시급한 문제가 있다. 그는 그녀와 가끔 텔레비전을 볼 때 쓰는 의자에 앉아서 고민한다. 생각해 보니 그녀는 이제 리얼리티 쇼를 볼 수가 없게 됐다. 슬프지만…… 재미있는 구석도 있다. 제프 프롭스트(「서바이버」 진행자 — 옮긴이)가 *서바이버 친구들로부터* 라고 적힌 카드와 함께 조화를 보내는 상상이 떠오르자 자기도 모르게 쿡쿡 웃음이 난다.

그녀를 어떻게 하면 좋을까? 그녀는 잘난 척하는 인간들이라며 이웃사람들과 절대 어울리지 않았으니 그녀가 안 보이더라도 그들은 모를 것이다. 그녀는 집에서만 술을 마셨기 때문에 그냥 친구는 물론이고 술친구조차 없다. 어쩌다 한 번씩 찾아오는 자아비판 시간에 자기처럼 술 취한 사람들로 득시글거리기 때문에 술집에 가지 않는 거라고 말한 적이 있었다.

"그래서 그거 맛이 이상한 줄도 모르고 계속 먹은 거잖아요, 그렇죠?" 그는 시신에게 묻는다. "꼭지 돌게 취해서."

그는 집에 냉동고가 있으면 얼마나 좋을까 생각한다. 냉동고가 있으면 거기다 구겨 넣으면 될 텐데. 그러는 걸 영화에서 한 번 본 적 있다. 시신을 감히 차고로 옮기지는 않는다. 그곳은 왠지 모르지만 너무 드러난 느낌이다. 양탄자로 싸 가지고 지하실로 들고 가서 계단 아래에 넣으면 딱 맞겠지만 그녀를 거기에 두고 무슨 일을 할 수 있을까? 비록 양탄자 안이라도 그녀가 두 눈을 부릅뜨고 있을 텐데.

게다가 지하실은 그의 공간이다. 그의 통제 센터다.

결국 그는 한 가지 방법밖에 없음을 깨닫는다. 그는 그녀의 겨드랑이 아래로 손을 넣어서 계단으로 끌고 간다. 도착했을 무렵에는 그녀의 잠옷 바지가 벗겨져서 그녀가 가끔 자지라고 부르는(아니, 불렀던) 부위가 드러난다. 한번은 둘이서 같이 침대에 누워 있고 그녀가 유난히 심한 그의 두통을 가라앉혀 주려고 애를 쓰고 있었을 때 그가 그녀의 자지를 만지려고 하자 그녀가 그의 손을 찰싹 때린 적이 있었다. 그것도 아주 세게. '건드릴 *생각도* 하지 마.' 그녀는 이렇게 말했다. '네가 태어난 곳이야.'

브래디는 한 번에 한 칸씩 그녀를 계단 위로 옮긴다. 잠옷 바지가 발목까지 내려가서 쭈글쭈글한 채로 그곳에 머문다. 그녀가 막판에 어떤 식으로 소파에 앉아서 행진을 했는지 기억이 난다. 얼마나 끔찍혔던가. 하지만 제프 프롭스트가 조화를 보내는 상상처럼 재미있는 구석이 있다. 남들 앞에서 입 밖에 낼 수 없는 농담이지만 일종의 선(禪)과 비슷해 보였다.

복도를 지나서. 그녀의 방으로. 그는 묵지근한 요통에 움찔하며 허리를 편다. 어휴, 무겁기도 하지. 죽으면서 정체불명의 빽빽한 고기로 속이 꽉 채워지기라도 한 걸까.

그러거나 말거나. 일이나 해치우자.

그는 바지를 올려서 그녀를 단정하게 — 토사물로 젖은 잠옷을 입은 시신의 한도 내에서 최대한 단정하게 — 만들고, 새로운 요통에 신음 소리를 내며 그녀를 침대로 올린다. 이번에는 허리를 펴자 척추에서 뚝 소리가 나는 게 느껴진다. 그는 잠옷을 벗기고 깨끗한 옷 — 가끔 잠잘 때 입는 XL 사이즈 티셔츠 — 으로 갈아입힐까 고민해 보지만, 그러려면 뼈라는 옷걸이에 말없이 걸린 살덩이로 변해버린 그녀를 들고 움직여야 한다. 그러다 허리가 나가기라도 하면 어쩔 것인가.

토사물의 대부분이 묻은 윗도리만이라도 벗길 수는 있지만, 그러면 어쩔 수 없이 그녀의 젖가슴을 보아야 한다. 어쩌다 한 번씩만 만지게 해 주었던 그 젖가슴을. 그녀는 그럴 때면 우리 잘생긴 아들이라고 했다. 머리카락을 손가락으로 쓸어 올리거나 두통이 틀어박혀서 으르렁거리는 목을 주물러주면서 그랬다. 우리 잘생긴 아들이라고.

결국 그는 침대보를 올려서 그녀를 완전히 덮는다. 특히 그 빤히 노려보는 두 눈을 덮는다.

"미안해요, 엄마." 그는 하얀 형체를 내려다보며 말한다. "엄마가 잘못한 거 아니에요."

아니다. 뒤룩뒤룩한 전직 경찰관의 잘못이다. 브래디는 개를 죽이려고 고퍼-고를 샀긴 했지만, 사실은 호지스를 괴롭혀서 머릿속을 엉망진창으로 만들려는 속셈이었다. 그런데 이제 브래디의 머릿속이 엉망진창이 되었다. 거실은 말할 것도 없고. 거기서 해야 할 일이 많지만 그보다 먼저 해야 할 다른 일이 있다.

다시 정신을 차리자 이번에는 음성 명령이 먹힌다. 그는 지체 없이 3번 컴퓨터 앞에 앉아서 데비스 블루 엄브렐라에 접속한다. 호지스에게 보내는 그의 메시지는 짧고 간결하다.

죽여 버리겠어.
너는 내가 다가오는 줄도 모를 거다.

망자의 소환

엘리자베스 워튼이 세상을 떠나고 이틀이 지난 월요일에 호지스는 디마지오스 이탈리안 리스토란테를 다시 찾는다. 지난번에 이 식당을 찾은 이유는 예전 파트너와 점심을 먹기 위해서였다. 이번에는 저녁이다. 동행은 제롬 로빈슨과 저넬 패터슨이다.

제이니는 겨우 몇 킬로그램 뺐을 뿐인데도 훨씬 잘 맞는(그리고 허리춤에 글록을 찼는데도 티가 나지 않는) 양복을 칭찬한다. 제롬은 바로 그날 제이니가 즉흥적으로 사서 호들갑스럽게 호지스에게 선물한 갈색 페도라를 마음에 들어 한다. 그녀는 그에게 이제 사립탐정이 되지 않았느냐고, 모든 사립탐정은 한쪽 눈썹 바로 위까지 푹 눌러 쓸 수 있는 페도라가 있어야 된다고 했다.

제롬이 써보겠다며 정확한 각도로 삐딱하게 머리에 얹는다.

"어때요? 보기(험프리 보가트의 별명 ― 옮긴이) 같아 보여요?"

"너를 실망시키기는 싫다만 보기는 백인이었어."

"하도 철두철미한 백인이라 희미하게 빛이 날 정도였지."

제이니가 거든다.

"됐어요."

제롬이 모자를 던지자 호지스는 받아서 의자 아래에 두며 나갈 때 깜빡하면 안 된다고 다짐한다. 깔고 앉아도 안 된다고 다짐한다.

저녁 손님 둘이 한눈에 서로를 마음에 들어 하는 것을 보고 호지스는 기분이 좋아진다. 모자를 둘러싼 허튼 장난으로 어색한 분위기가 깨지자마자 제롬 ─ 호지스는 제롬을 보면 어린애 머릿속에 할아버지가 들어앉았다는 생각이 들 때가 많다. ─ 이 제이니의 한쪽 손을 양손으로 붙잡고 상을 당한 데 조의를 전한다.

"두 분 다요. 언니께서 돌아가신 것도 알거든요. 저도 동생이 죽으면 슬퍼서 정신을 못 차릴 거예요. 바브가 귀찮기는 하지만 죽도록 사랑하니까요."

그녀는 웃으며 고맙다고 한다. 제롬이 아직 합법적으로 와인을 마실 수 없는 나이기 때문에 세 사람 모두 아이스티를 주문한다. 제이니가 대학 진학 계획에 대해서 묻고, 제롬이 하버드의 가능성을 운운하자 그녀는 눈을 굴리며 이렇게 말한다.

"하-바드라니. 우우우."

"호지스 주인님은 잔디 깎아 줄 아이를 새로 찾아야겠쥬!"

제롬이 외치자 제이니는 웃음보가 터지는 바람에 냅킨에 대고 먹던 새우를 뱉는다. 그녀는 얼굴을 붉히지만 호지스는 그녀의 웃음소리를 들어서 좋다. 그녀는 꼼꼼하게 화장을 하긴 했지만 파리한 뺨이나 눈 아래의 다크 서클을 완전히 감추지는 못했다.

샬럿 이모, 헨리 삼촌, 중얼중얼 홀리가 슈거 하이츠의 대저택에서 잘 지내고 있느냐는 그의 물음에 제이니는 핵폭탄 급 두통이 들이닥치기라도 한 것처럼 옆통수를 감싼다.

"샬럿 이모는 오늘만 전화를 여섯 번 했어요. 뻥이 아니라 진짜로 여섯 번. 홀리가 한밤중에 깼는데 거기가 어딘지 몰라서 공황발작을 일으켰다는 게 첫 번째 통화 내용이었어요. 구급차를 부르려는 찰나에 헨리 삼촌이 나스카(스톡 자동차 경주 대회 — 옮긴이) 얘기를 꺼내서 진정시켰대요. 홀리가 스톡 자동차 경주라면 사족을 못 쓰거든요. 텔레비전 중계를 절대 놓치지 않는 걸로 알아요. 제프 고든이 홀리의 우상이고요." 제이니는 어깨를 으쓱한다. "이해가 안 돼."

"그 홀리라는 분이 몇 살인데요?" 제롬이 묻는다.

"나랑 비슷한데, 뭐랄까…… 감정적인 지체 장애가 있어."

제롬은 아무 말 없이 곰곰이 생각하더니 이렇게 말한다.

"카일 부시(스톡 자동차 경주 선수 — 옮긴이)에 대해서는 다시 생각하는 게 좋을 텐데."

"누구?"

"아니에요."

제이니는 샬럿 이모가 여러 번 전화해서 한 달 전기 요금이 어마어마하다는 얘기를 하고, 동네 사람들이 아주 쌀쌀맞은 것 같다고 고자질을 하고, 그림이 엄청 많은데 전부 다 현대 미술이라 자기 취향은 아니라고 선포하고, 올리비아가 그 많은 전등이 전부 다 카니발 글라스라고 생각했다면 엄청난 사기를 당한 거라고 지적했다고

(사실은 이것 역시 선언 조였지만.) 전한다. 식당으로 출발하기 직전에 마지막으로 받은 전화가 가장 압권이었다. 헨리 삼촌이 고민해 봤는데 화장하겠다는 방침을 바꾸기에 너무 늦은 건 아니라고 제이니에게 알리고 싶어 했다는 것이다. 그녀는 화장이라는 발상 때문에 자기 남동생이 아주 심란해하고 있고 — "바이킹의 장례 방식"이라고 부르면서 — 홀리는 끔찍하다며 그 부분에 대해서 의논조차 거부하는 지경이라고 했다.

"이로써 그분들을 목요일에 보내기로 확정했어요. 나는 벌써부터 몇 분 남았는지 세고 있고요." 제이니는 호지스의 손을 쥐며 말한다. "그래도 좋은 소식이 하나 있어요. 샬럿 이모가 그러는데 홀리가 당신을 *아주* 마음에 들어 한대요."

호지스는 미소를 짓는다.

"내가 제프 고든이랑 닮아서 그런 모양이로군."

제이니와 제롬은 디저트를 주문한다. 호지스는 속으로 우쭐거리며 주문하지 않는다. 그러고는 커피를 앞에 두고 본론으로 들어간다. 들고 온 서류철 두 개를 손님들에게 하나씩 건넨다.

"내 사건 파일이에요. 최대한 깔끔하게 정리했어요. 나한테 무슨 일이 생길 경우에 대비해서 두 사람이 보관해 주었으면 좋겠어요."

제이니는 놀란 표정을 짓는다. "그 사이트에서 그 자가 또 무슨 말을 했어요?"

"전혀." 거짓말이 아무렇지도 않게 술술 나온다. "그냥 예방 차원에서 부탁하는 거예요."

"진짜예요?" 제롬이 묻는다.

"그럼. 파일에 결정적인 내용은 없지만 그렇다고 수사에 진척이 없었던 건 아니야. 이 녀석이 있는 곳으로 우리를 인도할 길이 보이는 것도 — 다시 한 번 반복하지만 그런 것도 — 같단 말이지. 그때까지 두 사람은 항상 주변 상황을 예의 주시해야 해."

"꽁지가 빠지도록 BOLO하란 말이죠." 제이니가 말한다.

"맞아요." 그는 제롬 쪽으로 고개를 돌린다. "너는 특히 뭘 조심해야 한다고?"

제롬은 잽싸고 분명하게 대답한다.

"반복적으로 등장하고 특히 스물다섯에서 마흔 살 사이의 젊은 남자가 모는 차량이요. 제가 보기에는 마흔도 상당히 많은 나이지만요. 그러니까 아저씨는 골동품이 되는 거예요."

"입만 살아 있는 녀석은 어딜 가도 환영받지 못해. 겪어 보면 알게 될 거다, 젊은 친구."

여주인 일레인이 다가와서 식사 괜찮으냐고 묻는다. 그들은 훌륭하다고 대답하고, 호지스는 커피를 세 잔 다 리필해 달라고 한다.

"당장 해드릴게요. 지난번에 오셨을 때보다 훨씬 좋아 보이네요, 호지스 씨. 제가 괜히 쓸데없는 소리를 하는 건 아닌지 모르겠지만요."

호지스는 쓸데없는 소리라고 생각하지 않는다. 그가 생각해도 지난번에 왔을 때보다 몸이 좋아진 것처럼 느껴진다. 살은 3~4킬로그램 빠졌지만 그보다 더 가벼워진 듯한 기분이다.

일레인이 가고 웨이터가 커피를 따라 주자 제이니가 테이블 위로 몸을 숙이며 그를 똑바로 쳐다본다.

"어떤 길이요? 얘기해 봐요."

그는 자기 아내뿐 아니라 중서부 고속도로선상의 여러 휴게소에서 다섯 명의 여자를 추가로 살해했다고 실토한 도널드 데이비스를 떠올린다. 미남 데이비스는 조만간 주립교도소에 수감될 테고, 분명 거기서 썩을 것이다.

호지스도 익히 알다시피 그럴 것이다.

그는 모든 살인 사건을 해결할 수 있다고 생각할 만큼 순진하지는 않지만, 미결보다 기결 사건이 많은 것은 사실이다. 단서(예를 들면 버려진 자갈 채굴장에서 발견된 아내의 시신 같은 것)가 꼭 드러난다. 서툴지만 강력한 우주만물의 힘이 잘못된 일을 바로잡으려고 계속 애를 쓰고 있기라도 한 것처럼 말이다. 살인 사건을 배정받은 형사들은 보고서를 읽고, 목격자를 면담하고, 전화를 돌리고, 법의학적인 증거를 연구한 다음…… 그 우주만물의 힘이 소임을 다하길 기다린다. 그 우주만물의 힘이 소임을 다하면 길이 등장한다. 그 길은 범인, 그러니까 미스터 메르세데스가 편지에서 perk라고 표현한 작자에게로 곧장 연결되는 경우가 허다하다.

호지스는 저녁을 같이 먹는 친구들에게 묻는다. "올리비아 트릴로니가 정말로 귀신 소리를 들었다면 어떻게 될까?"

주차장에서 제롬은 부모님께 열일곱 살 생일선물로 받은 쓸 만한 중고 지프 랭글러 옆에 서서 제이니에게 만나서 반가웠다고 인사하며 뺨에 입을 맞춘다. 그녀는 놀라면서 좋아한다.

제롬은 호지스를 돌아본다.

"준비 다 끝났어요, 빌 아저씨? 내일 뭐 필요한 거 없어요?"

"우리가 얘기했던 거 조사해 놓기나 해. 올리비아의 컴퓨터를 켰을 때 당장 확인해 볼 수 있게."

"다 끝내 놨어요."

"잘했다. 그리고 엄마, 아빠께 내 안부 전하는 거 잊지 말고."

제롬은 씩 웃는다.

"아빠한테는 안부 전할게요. 엄마는……." 타이런 필굿 딜라이트가 잠깐 카메오 출연을 한다. "다음 주 일주일 동안 그분 눈치 좀 보고 말입죠."

호지스는 눈썹을 추켜세운다.

"어머니랑 냉전 중이냐? 너답지 않게?"

"그게 아니라 요즘 엄마 심기가 불편하거든요. 그리고 저는 이유를 알고요."

제롬은 킬킬거린다.

"그게 무슨 소리야?"

"어휴. 목요일 저녁에 MAC에서 콘서트가 열려요. '라운드 히어'라는 떨빵한 보이밴드의 콘서트요. 바브라랑 친구 힐다랑 또 다른 친구들이 거기 가겠다고 난리예요. 바닐라 푸딩 같은 것들이."

"여동생이 몇 살인데?" 제이니가 묻는다.

"아홉 살이요. 조금 있으면 열 살이 돼요."

"그 또래 여자아이들은 바닐라 푸딩일 수밖에 없지. 열한 살 때 배드 시티 롤러스라면 사족을 못 썼던 사람이 하는 말이니까 믿어도 돼." 제롬이 어리둥절한 표정을 짓자 그녀는 웃는다. "네가 배드 시티 롤러스가 누군지 알았으면 너에 대한 환상이 다 깨졌을 거야."

"아무튼 다들 라이브 공연장에는 한 번도 안 가 봤거든요. 「바니」나 「세서미 스트리트 온 아이스」 이런 거 말고는요. 애들이 하도 졸라 대니까 ─ 심지어 *저한테까지* 졸라 댔어요. ─ 엄마들끼리 만나서 평일이긴 하지만 저녁 일찍 하는 공연이니까 엄마 한 명이 보호자로 따라가면 보내자고 결정을 내렸어요. 그래서 *진짜로* 제비뽑기를 했는데 우리 엄마가 당첨된 거예요."

그는 고개를 젓는다. 표정은 진지하지만 두 눈은 반짝인다.

"비명을 질러 대는 여덟 살에서 열네 살의 여자애들 3000~4000명과 함께 MAC에 있게 된 거죠. 제가 엄마를 건드리지 말아야 하는 이유에 대한 설명은 이 정도면 충분하겠죠?"

"재미있을 거야." 제이니가 말한다. "금세 마빈 게이나 앨 그린을 보고 비명을 지르시게 될걸?"

제롬은 랭글러에 올라타서 그들에게 마지막으로 손을 흔들고 로브라이어 쪽으로 나간다. 이제, 거의 여름에 가까운 이 밤에 호지스와 제이니 둘만 호지스의 차 옆에 남았다. 이 도시 최고의 부촌과 로타운을 가르는 지하도로 위에 반달이 떠 있다.

"착한 아이네요." 제이니가 말한다. "저런 아이가 옆에 있다니 당신은 참 운도 좋지."

"그럼요. 맞아요."

그녀는 그가 쓰고 있던 페도라를 벗겨서 도발적인 각도로 살짝 삐딱하게 자기 머리에 얹는다.

"다음은 어딘가요, 탐정님? 탐정님네 집인가요?"

"내가 생각하는 것과 같은 이유에서 그걸 묻는 거요?"

"혼자 자기 싫어요." 그녀는 까치발로 서서 그에게 다시 모자를 씌워 준다. "내 몸을 내줘야 혼자 자는 신세에서 벗어날 수 있다면 기꺼이 내주겠어요."

호지스는 차 문을 여는 버튼을 누르면서 이렇게 말한다.

"도움이 필요한 숙녀를 활용하지도 못하느냐는 소리를 들을 수는 없는 법."

"당신은 신사가 아니잖아요." 그녀는 이렇게 말하고 덧붙인다. "아, 고마워라. 얼른 가요."

이제 그들은 서로에 대해서 조금 알기 때문에 이번이 더 좋다. 불안감이 사라지고 열망이 그 자리를 채웠다. 정사가 끝나자 그녀는 그의 셔츠를 걸치고(하도 커서 그녀의 젖가슴이 자취도 없이 사라지고 뒷자락이 무릎 뒤편에 닿는다.) 그의 조그만 집을 탐험하러 나선다. 그는 조금 불안해하며 그녀의 꽁무니를 쫓아다닌다.

다시 침실로 돌아왔을 때 그녀가 판결을 내린다.

"남자 혼자 사는 집치고 나쁘지 않네요. 싱크대에 안 씻고 쌓아 놓은 설거지거리도 없고, 욕조에 머리카락도 없고, 텔레비전 위에 포르노 비디오도 없고. 냉장고 채소칸에 파릇파릇한 채소도 한두 개 들어 있어서 보너스 포인트를 얻을 수 있겠고요."

그녀는 냉장고에서 슬쩍한 맥주 두 캔을 꺼내 자기 캔으로 그의 캔을 건드린다.

"이 집에 다른 여자를 들일 줄은 상상도 못했는데. 물론 딸아이는 빼고 말이요. 서로 통화도 하고 이메일도 주고받지만 사실 앨리가 이 집에 발길을 끊은 지 2~3년 됐어요."

"이혼했을 때 아이가 엄마 편을 들었나요?"

"아마 그랬을 거예요." 호지스가 그 점에 대해서 정확하게 따져본 적이 없긴 하다. "그랬다 한들 그럴 만한 이유가 있었고."

"당신, 자기 자신한테 너무 엄격한 거 아니에요?"

호지스는 맥주를 홀짝인다. 맛이 정말 끝내준다. 다시 맥주를 홀짝이는 순간, 어떤 생각 하나가 떠오른다.

"샬럿 이모도 이 집 전화번호를 알아요?"

"그럴 리가요. 그것 때문에 내 아파트가 아니라 여기로 온 건 아니지만, 그런 생각이 전혀 없었다면 거짓말일 거예요." 그녀는 심각한 얼굴로 그를 쳐다본다. "수요일에 추도식에 와 줄래요? 와 줘요. 제발. 친구가 필요해요."

"당연하죠. 화요일에 대면식 때도 갈 거예요."

그녀는 놀란 얼굴이지만 행복하게 놀란 얼굴이다.

"그건 기대 이상인데요?"

호지스에게는 그렇지 않다. 그는 이제 수사 모드를 전면 발동 중이고 살인 사건에 관련된 사람 — 주변인이나마 — 의 장례식에 참석하는 것은 일상적인 경찰의 업무다. 미스터 메르세데스가 대면식이나 수요일의 추도식에 찾아올 거라고 생각하는 건 아니지만 전혀 가능성이 없는 이야기는 아니다. 호지스는 오늘자 신문을 보지 못했지만 어느 발 빠른 기자가 워튼 부인과, 자신의 차가 살인 무기로 쓰인 뒤에 자살한 그녀의 딸 올리비아 트릴로니를 한데 묶어서 기사를 내보냈을 수도 있다. 둘의 관계는 뉴스라고 할 수도 없지만 약물과 알코올로 점철된 린지 로한의 모험담도 그렇기는 마찬가지 아닌가. 적어도 관련 기사는 있을지 모른다는 게 호지스의 생각이다.

"가고 싶어서요. 유골은 어떻게 하기로 했어요?"

"장의사는 그걸 *크리메인즈*라고 부르더라고요." 그녀는 그의 그럼요를 흉내 낼 때처럼 콧잔등을 찡그린다. "역겹지 않아요? 무슨 커피에 넣어서 먹는 첨가물 같잖아요. 그래도 그걸 두고 샬럿 이모나 헨리 삼촌이랑 싸울 필요는 없을 거예요."

"그렇지, 지당하신 말씀. 다과회도 할 건가요?"

제이니는 한숨을 쉰다.

"샬럿 이모가 꼭 해야 한대요. 그래서 10시에 추도식을 하고 슈거 하이츠의 집에서 점심을 먹을 거예요. 우리가 출장 요리사가 만든 샌드위치를 먹으면서 가장 좋아하는 엘리자베스 워튼에 얽힌 일화를 이야기하는 동안 장의업체 직원들이 화장을 할 거예요. 유골을 어떻게 할지는 세 사람이 목요일에 떠난 뒤에 결정할 거예요. 세 사람이 유골 단지를 볼 필요도 없이."

"좋은 생각이네요."

"고마워요. 하지만 점심을 먹을 생각을 하니까 끔찍해요. 그린 부인이나 몇 명 안 되는 엄마의 친구들이 아니라 *그 셋* 때문에. 샬럿 이모가 흥분하면 홀리는 쓰러지기 십상이거든요. 당신도 점심 먹으러 와 줄 거죠?"

"지금 입고 있는 그 셔츠 안으로 손을 넣을 수 있게만 해 주면 뭐든 하겠어요."

"그럼 당신 단추는 내가 풀게요."

커밋 윌리엄 호지스와 저넬 패터슨이 같이 누워 있는 하퍼 가의 그 집과 그리 멀지 않은 곳에서 브래디는 자기만의 통제 센터에 앉아 있다. 오늘 저녁에는 작업 테이블이 아니라 줄줄이 늘어선 컴퓨터 앞에 앉아 있다. 하지만 아무것도 하지는 않는다.

그의 옆으로 조그만 공구들, 전선 조각, 컴퓨터 부품들이 어지럽게 널려 있고, 그 중간에 월요일자 신문이 그 얇은 비닐 콘돔에 돌돌 말린 상태 그대로 놓여 있다. 디스카운트 일렉트로닉스에서 퇴근하는 길에 들고 들어왔지만 그냥 습관적으로 그런 거였다. 뉴스에는 전혀 관심이 없다. 생각할 다른 것들이 많다. 경찰관을 어떤 식으로 처치하면 좋을지. 치밀하게 제작한 자살 조끼를 입고 어떤 식으로 MAC에서 열리는 라운드 히어 공연장에 입장하면 좋을지. 정말로 그럴 생각이 있는지 그게 관건이기는 하다. 지금 당장으로서는 모든 게 너무 번거롭게 느껴진다. 갈아야 할 고랑이 너무 길다고 할까. 올라야 할 산이 너무 높다고 할까. 또…… 또…….

다른 비유가 생각나지 않는다. 이런 건 비유가 아니라 은유라고 해야 하나?

그는 어쩌면 이쯤에서 자살로 끝내 버려야 하는 건지 모르겠다는 우울한 생각이 든다. 끔찍한 생각들을 지울 수 있도록. 지옥에서 보낸 스냅 사진들을 지울 수 있도록.

예컨대 로빈슨 가족의 애완견에게 먹이려고 고기에 독약을 넣어 놨더니 그걸 먹고 소파에서 경련을 일으킨 그의 어머니 사진. 눈은 툭 튀어나오고 잠옷 윗도리는 토사물로 뒤덮였던 어머니. 묵은 가족 앨범에 그 사진을 넣으면 어떻게 보일까?

생각을 해야 하는데, 5등급 카트리나처럼 사나운 허리케인이 그의 머릿속에 불어닥쳐서 모든 걸 날려버리고 있다.

차고에서 가져온 에어 매트리스가 지하실 바닥에 깔려 있고, 예전에 쓰던 보이스카우트 침낭이 그 위에 펼쳐져 있다. 에어 매트리스는 천천히 바람이 샌다. 앞으로 얼마나 남았을지 모르는 짧은 생애 동안 계속 여기서 자려면 매트리스를 바꿔야 할 것이다. 여기가 아니면 어디서 그가 잠을 청할 수 있겠는가? 복도만 지나면 죽은 어머니가 자기 침대에 누워서 어쩌면 시트 속으로 벌써 썩어 들어가고 있을지 모르는 2층 그의 방 침대를 쓸 수는 없다. 그 방 에어컨을 강풍으로 틀어 놓았지만 그게 얼마나 제대로 작동할지 알 수가 없다. 얼마나 오랫동안 작동할지도. 거실 소파도 대안이 될 수 없다. 열심히 닦고 쿠션을 거꾸로 돌려놓아도 토사물 냄새가 난다.

그래서 여기 이곳, 그만의 특별한 공간이라야 한다. 그의 통제 센터라야 한다. 물론 지하실에도 나름의 불쾌한 역사가 있긴 하다. 그의 남동생이 죽은 곳이니까. 다만 *죽었다*는 것은 조금 에둘러서 표현한 말인데, 이제는 그런 표현을 쓰기에 조금 늦은 감이 있다.

브래디는 데비스 블루 엄브렐라에서 올리비아 트릴로니에게 메시지를 보냈을 때 어떤 식으로 프랭키의 이름을 썼는지 생각해 본다. 프랭키가 잠시나마 다시 살아난 듯한 느낌이었다. 하지만 트릴로니 그년이 죽으면서 프랭키도 같이 죽어 버렸다.

다시 죽어버렸다.

"난 어차피 너를 좋아하지도 않았어." 그는 계단 발치를 쳐다보며 이렇게 말한다. 이상하게 어린애처럼 목소리가 높고 날카로워졌는데 브래디는 알아차리지 못한다. "그리고 나로서는 어쩔 수 없었어." 그는 잠깐 하던 말을 멈춘다. "우리로서는."

그는 어머니를 떠올리며 그 당시에 어머니가 얼마나 아름다웠는지 생각한다.

그 당시에는.

드보라 앤 하츠필드는 전직 치어리더 출신으로, 아이를 낳은 뒤에도 조명이 쏟아지는 금요일 저녁에 사이드라인 옆에서 춤추고 껑충껑충 뛰던 시절의 몸매를 그럭저럭 유지한 드문 케이스였다. 키가 크고 풍만하며 머리카락은 벌꿀 색이었다. 결혼 초기에는 저녁 반주로 와인 한 잔 이상 마시는 일이 없었다. 멀쩡한 정신으로 살아도 인생이 즐거운데 뭐하러 과음을 하겠는가? 그녀에게는 남편이 있고, 노스 사이드의 집이 있고 ―궁궐이라고 할 수는 없었지만 첫 보금자리란 원래 그런 법이다.―, 두 아들이 있었다.

어머니가 미망인이 되었을 때 브래디는 여덟 살, 프랭키는 세 살이었다. 프랭키는 평범하고 조금 느린 편이었다. 반면에 브래디는 외모가 남다르고 머리가 잘 돌아갔다. 게다가 얼마나 매력이 넘쳤던가! 그녀는 그를 애지중지했고 브래디도 그녀를 애지중지했다. 놈은 차고에서 빈둥거리고 프랭키는 새미라는 이름을 지어 줄 만큼 좋아했던 조그만 소방차나 블록을 가지고 카펫 위를 기어 다니며 노는 동안, 두 사람은 서로 끌어안고 소파에 누워서 담요를 덮고 토요일 오후 내내 옛날 영화를 보며 핫초콜릿을 마셨다.

놈 하츠필드는 센트럴 전력공사의 전선 보수 기사였다. 상당한 월급을 받고 전봇대를 오르내렸지만, 그의 시선은 항상 원대한 포부를 향해 있었다. 어쩌면 그날 51번 도로 옆에서도 하는 일에 집중하지 않고 먼 곳을 바라보거나, 살짝 비틀거리자 중심을 잡으려고 엉뚱한 곳으로 손을 내밀었을지 모른다. 이유야 어찌됐건 간에 결과는 치명적이었다. 동료의 증언에 따르면 끊긴 곳을 발견하고 보수를 거의 끝냈을 무렵에 탁탁 하는 소리가 들렸다고 한다. 센트럴 전력공사의 화력 발전소에서 송전한 2만 볼트짜리 전기가 놈 하츠필드의 몸속으로 흘러 들어가는 소리였다. 동료가 마침 고개를 들었을 때 놈이 크레인에서 12미터 아래로 추락했는데, 왼손은 녹았고 유니폼 셔츠 소매는 불에 타고 있었다.

20세기 말 미국의 거의 모든 중산층 가정이 그랬듯 하츠필드 부부도 신용카드 중독이었기에 모아 놓은 돈이 2000달러도 안 됐다. 정말 약소한 금액이었지만 든든한 보험을 들어놓았고, 드보라 앤이 노먼 하츠필드의 죽음에 대해서 회사 측에 아무 책임을 묻지 않겠다는 서류에 서명을 하자 센트럴 전력공사에서 추가로 7000달러를 지급했다. 드보라 앤이 보기에는 떼돈이 담긴 보물단지가 굴러들어 온 셈이었다. 그녀는 남은 주택융자를 갚고 새 차를 샀다. 보물단지가 바닥을 드러낼 수도 있다는 생각은 절대 하지 않았다.

그녀는 놈을 만났을 당시에 미용사로 일을 했었기에 그가 죽자 다시 예전 직업으로 돌아갔다. 그리고 미망인이 된 지 6개월 정도 지났을 때 은행에서 만난 남자와 사귀기 시작했다. 그녀가 브래디에게 말한 바로는 말단 간부에 불과하지만 전망이라는 게 있다고 했다. 그녀는 그를 집에 데려왔다. 그는 브래디의 머리칼을 헝클어뜨리며 챔프라고 불렀다. 브래디는 그를 좋아하지 않았지만(무서운 영화에 나오는 흡혈귀처럼 이가 커다랬다.) 싫은 내색을 하지 않았다. 행복한 표정을 지으며 속마음을 숨기는 법을 이미 터득했기 때문이었다.

어느 날, 드보라 앤을 데리고 저녁을 먹으러 나가기 전에 남자친구가 브래디에게 너희 엄마는 매력덩어리고 너도 마찬가지라고 한 적이 있었다. 브래디는 웃는 얼굴로 고맙다고 하면서 그 남자친구가 교통사고를 당해서 죽었으면 좋겠다는 생각을 했다. 단, 엄마가 곁에 없을 때. 무서운 이가 달린 남자친구는 아버지를 대신할 권리가 없었다.

그건 브래디의 역할이었다.

그런데 프랭키가 「블루스 브라더스」를 보던 도중에 사과가 목에 걸리는 사고가 터졌다. 「블루스 브라더스」는 재미있는 영화라고 했다. 브래디는 뭐가 그렇게 재미있는지 알 수 없었지만, 어머니와 프랭키는 배꼽을 잡고 웃었다. 어머니는 남자친구와 함께 나갈 참이었기 때문에 행복했고 예쁘게 차려입었다. 조금 있으면 베이비시터가 오기로 되어 있었다. 베이비시터는 드보라 앤이 나가면 당장 뒤룩뒤룩한 궁둥이를 뒤로 내밀고 허리를 숙여서 먹을 만한 게 있는지 냉장고를 뒤지는 덜떨어진 돼지였다.

커피테이블 위에 간식 그릇이 두 개 놓여 있었다. 한 접시에는 팝콘이, 다른 접시에는 계피가루를 뿌린 사과 조각이 들어 있었다. 사람들이 교회에서 노래를 부르고 블루스 브라더스 가운데 한 명이 통로까지 재주넘기를 하는 장면에 다다랐다. 뚱뚱한 블루스 브라더스가 재주넘기를 하자 바닥에 앉아 있던 프랭키가 깔깔대고 웃었다.

프랭키가 조금 더 웃으려고 숨을 들이쉰 순간, 계피가루를 뿌린 사과 조각이 목에 걸렸다. 그는 웃음을 멈추고 고개를 휙휙 돌리며 목을 할퀴기 시작했다.

브래디의 어머니가 비명을 지르며 프랭키를 안아 올렸다. 사과 조각을 튀어나오게 하려고 프랭키의 배를 눌렀다. 프랭키의 얼굴이 벌게졌다. 그녀는 프랭키의 목구멍 속으로 손가락을 집어넣어서 사과 조각을 꺼내려고 했다. 그런데 꺼내지지가 않았다. 프랭키의 얼굴에서 핏기가 가시기 시작했다.

"하나님 맙소사." 드보라 앤은 외치며 전화기를 향해 달려갔다. 그녀는 수화기를 집어들며 브래디에게 고함을 질렀다. "그렇게 바보처럼 가만히 앉아 있지 말고 동생 등 좀 때려!"

브래디는 고함을 듣는 게 싫었고 어머니한테 바보 소리를 듣는 게 처음이었지만, 그래도 프랭키의 등을 때렸다. 프랭키의 얼굴이 파래지기 시작했다. 브래디는 좋은 생각이 떠올랐다. 그는 프랭키의 발목을 잡고 머리가 아래로 향해서 머리카락이 카펫에 쓸리도록 거꾸로 들었다. 사과 조각은 나오지 않았다.

"짜증나게 이러지 마, 프랭키." 브래디가 말했다.

프랭키는 구급차가 도착하기 거의 직전까지 계속 숨을 쉬었다. 조그맣게 쌕쌕거리며 바람 비슷한 소리를 냈다. 그러다 멈추었다. 구급대원들이 들어왔다. 그들은 까만 옷을 입고 있었고 재킷에 노란 배지가 여러 개 붙어 있었다. 그들이 부엌에 가 있으라고 했기 때문에 브래디는 그들이 무슨 짓을 했는지 보지 못했지만, 어머니의 비명 소리가 들렸고 나중에 보니 카펫에 피가 몇 방울 떨어져 있었다.

하지만 사과 조각은 없었다.

잠시 후 브래디만 빼고 전원이 구급차를 타고 떠났다. 그는 소파에 앉아서 팝콘을 먹으며 텔레비전을 봤다. 「블루스 브라더스」는 아니었다. 「블루스 브라더스」는 사람들이 떼거리로 나와서 노래 부르고 뛰어다니는 한심한 작품이었다. 그는 스쿨버스를 타고 가던 아이들을 납치하는 정신병자가 나오는 영화를 찾아냈다. 그 작품은 상당히 흥미진진했다.

뒤룩뒤룩한 베이비시터가 등장하자 브래디가 말했다.

"프랭키 목에 사과 조각이 걸렸어. 냉장고에 아이스크림 있어. 바닐라 크런치. 먹고 싶은 만큼 먹어."

그는 그녀가 아이스크림을 너무 많이 먹으면 심장마비를 일으켜서 911을 부를 수 있을지 모른다는 생각을 했다.

아니면 저 바보 같은 년이 죽을 때까지 가만히 내버려 두는 방법도 있겠다. 그게 더 낫겠다. 구경할 수 있을 테니까.

11시에 드보라 앤이 마침내 집에 돌아왔다. 뒤룩뒤룩한 베이비시터가 브래디를 침대에 눕혔지만 그는 자지 않았고, 잠옷 차림으로 1층에 내려가자 어머니가 끌어안아 주었다. 뒤룩뒤룩한 베이비시터가 프랭키는 어떠냐고 물었다. 얼굴 가득 걱정하는 척 연극하는 표정이었다. 브래디가 그것이 연극인 줄 아는 이유는 그도 걱정하지 않는데 뒤룩뒤룩한 베이비시터가 걱정할 리 없기 때문이었다.

"괜찮아질 거야."

드보라 앤은 함박웃음을 지으며 대답했다. 그런 다음 뒤룩뒤룩한 베이비시터를 보내고 미친 사람처럼 울기 시작했다. 그녀는 냉장고에서 와인을 꺼내더니 잔에 따르지 않고 병나발을 불었다.

"아마 괜찮아지지 않을 거야." 그녀는 턱에 묻은 와인을 닦아 내며 브래디에게 말했다. "지금 혼수상태거든. 그게 뭔지 아니?"

"그럼요. 의학드라마에 나오는 그거 아니에요?"

"맞아."

그녀는 한쪽 무릎을 꿇고 앉아서 그를 마주 보았다. 그녀를 그렇게 가까이서 대하고 있었더니 ─ 하지도 못한 데이트를 위해 뿌린 향수 냄새를 맡고 있었더니 ─ 뱃속에서 어떤 느낌이 들었다. 묘하지만 기분이 좋았다. 그는 그녀의 눈꺼풀에 발린 파란색의 무언가를 계속 쳐다보았다. 섬뜩하지만 예뻤다.

"응급구조대원들이 공기가 들어갈 수 있는 공간을 만들기 한참 전부터 숨을 쉬지 않았거든. 병원 의사 말로는 혼수상태에서 깨어나더라도 뇌손상이 있을 거래."

브래디는 프랭키에게 이미 뇌손상이 있다고 생각했지만 ─ 그 소방차를 어디든 들고 다니는 바보천치였다. ─ 아무 말도 하지 않았다. 그의 어머니는 젖가슴 위쪽이 보이는 블라우스를 입고 있었다. 그걸 보자 그의 뱃속에서 또 이상한 느낌이 들었다.

"내가 지금부터 하는 이야기를 아무한테도 말하지 않겠다고 약속할 수 있니? 절대 아무한테도 말하지 않겠다고?"

브래디는 약속했다. 그는 비밀을 잘 지켰다.

"프랭키가 차라리 죽는 *게* 나을지 몰라. 깨어났는데 뇌손상이 있다면 뭘 어쩌면 좋을지 모르겠으니까."

그러고 나서 그녀가 꼭 끌어안자 그녀의 머리카락이 그의 옆얼굴을 간질였고 향수 냄새가 코를 찔렀다.

"네가 아니라서 얼마나 다행이니. 얼마나 다행이니."

브래디는 가슴을 그녀의 젖가슴에 대고 누르며 그녀를 마주 안았다. 그러자 발기가 됐다.

프랭키는 깨어났고 아니나 다를까 뇌손상을 입었다. 원래부터 똑똑하지 않았지만(드보라 앤이 "제 아빠를 닮아서 그래."라고 말한 적도 있었다.) 지금에 비하면 사과 조각이 목에 걸리기 이전에는 천재였다. 그는 원래 배변 훈련이 늦어서 거의 세 돌 반이 되어서야 기저귀를 뗐는데 이제 다시 기저귀 시절로 돌아갔다. 할 줄 아는 단어는 열 몇 마디로 축소됐다. 걸어다니지 않고 발을 질질 끌며 절뚝절뚝 집 안을 돌아다녔다. 가끔 난데없이 쓰러져서 깊은 잠을 잘 때도 있었지만 낮에만 그랬다. 밤에는 자꾸 돌아다니는 습관이 있었고 밤마실에 나서기 전에 보통 기저귀를 벗었다. 그러다 가끔 어머니의 침대속으로 들어갈 때도 있었다. 하지만 대개는 브래디의 옆으로 올라왔고, 브래디가 침대가 축축해진 것을 느끼고 깨어 보면 프랭키가 소름끼치는 애정이 담긴 멍청한 눈빛으로 그를 쳐다보고 있었다.

프랭키는 계속 병원에 다녀야 했다. 숨을 제대로 쉬지 못했다. 기껏해야 축축하게 쌕쌕거리는 소리를 냈고, 잦은 감기치레를 해서 상태가 최악일 때는 개가 귀에 거슬리게 짖는 소리를 냈다. 이제는 고형식도 먹을 수 없었다. 삶아서 블렌더에 간 것을 유아용 의자에 앉아서 먹었다. 컵을 입에 대고 뭘 마시는 것은 시도해 봐야 소용없는 일이었기에 다시 빨대컵 시절로 돌아갔다.

은행에 다니던 남자친구는 진작 꽁무니를 감추었고, 뒤룩뒤룩한 베이비시터도 오래 버티지 못했다. 미안하지만 그런 상태의 프랭키를 감당하지 못하겠다고 했다. 잠깐 동안은 간병인을 하루 종일 썼지만, 그녀에게 주는 월급이 자기가 미용실에서 버는 돈보다 많아지자 드보라 앤은 간병인을 자르고 일을 그만두었다. 이제 그들은 모아놓은 돈을 까먹으며 살았다. 그녀는 전보다 주량이 늘었고, 좀 더 효율적인 투여 시스템이라며 주종을 와인에서 보드카로 바꾸었다. 브래디는 그녀와 함께 소파에 앉아서 펩시콜라를 마시곤 했다. 두 사람은 그렇게 앉아서 한손에는 소방차를, 다른 손에는 펩시콜라가 든 빨대컵을 들고 카펫 위를 기어 다니는 프랭키를 지켜보곤 했다.

"얼음처럼 점점 작아지고 있어." 드보라 앤이 입버릇처럼 하는 말이라 브래디는 뭐가 그렇게 작아지고 있느냐고 더 이상 물을 필요도 없었다. "그게 다 없어지면 우리는 길바닥에 나앉을 거야."

그녀는 변호사(나중에 브래디가 짜증나는 바보 남자애의 목을 손가락으로 퉁긴 그 쇼핑몰에 사무실이 있었다.)를 찾아가서 100달러를 내고 상담을 받았다. 브래디도 데리고 갔다. 변호사의 이름은 그린스미스였다. 싸구려 양복을 입고 드보라 앤의 젖가슴을 계속 흘끗흘끗 훔쳐보았다.

"어떻게 된 일인지 알겠습니다. 전에도 그런 경우를 본 적이 있어요. 그 사과 조각이 기도를 완전히 막지 않았기 때문에 아이는 계속 숨을 쉴 수 있었죠. 그런데 부인이 손가락을 집어넣는 불상사가 벌어진 겁니다."

"나는 그 사과 조각을 꺼내려고 그런 거였다고요!"

드보라 앤은 화가 난 목소리로 말했다.

"알아요. 좋은 엄마라면 누구나 그러겠죠. 하지만 그 바람에 사과 조각이 더 깊숙이 들어가서 기도가 완전히 막혀 버린 거 아닙니까. 응급구조요원이 그랬다면 소송을 걸 수 있어요. 못해도 몇십만 달러 짜리는 됐을 겁니다. 150만까지 갔을 수도 있고요. 전에도 그런 경우를 본 적이 있거든요. 하지만 부인이 그러신 거 아닙니까. 그리고 어떻게 했는지 그들에게 이야기하셨을 테고요. 안 그렇습니까?"

드보라 앤은 그렇다고 시인했다.

"그들이 삽관을 했나요?"

드보라 앤은 했다고 대답했다.

"좋습니다. 그걸로 소송을 걸면 되겠네요. 기도를 확보하는 과정에서 그 못된 사과가 좀 더 깊숙이 들어가 버렸다고요." 그는 의자에 기대고 앉아서 살짝 누레진 하얀색 셔츠 위로 손가락을 펼치며, 브래지어에서 빠져나와 도망치지는 않았는지 확인이라도 하는 것처럼 드보라 앤의 젖가슴을 다시금 흘끗거렸다. "그래서 뇌손상이 생겼다고요."

"그럼 소송을 맡아 주시는 건가요?"

"기꺼이 맡아 드리죠. 법정 공방이 5년에 걸쳐 질질 이어지는 동안 비용을 감당할 수 있으시다면요. 병원과 보험사 측에서 일일이 걸고넘어질 게 분명하거든요. 전에도 그런 경우를 본 적이 있어서 알아요."

"비용이 얼마나 드는데요?"

그린스미스가 액수를 밝히자 드보라 앤은 브래디의 손을 잡고 사무실에서 나왔다. 그들은 혼다(그때만 해도 새 차였다.)에 올라탔고 그녀는 울음을 터뜨렸다. 울음이 그치자 그녀는 볼일을 하나 더 보고 올 테니 라디오를 듣고 있으라고 했다. 브래디는 볼일이 뭔지 알 수 있었다. 효율적인 투여 시스템을 한 병 사가지고 오는 것이었다.

그녀는 이후로 몇 년 동안 그린스미스와의 면담을 숱하게 재연했고, 번번이 씁쓸한 선언으로 마무리를 장식했다.

"없는 살림에 100달러나 써 가며 멘즈 웨어하우스에서 산 양복을 입은 변호사를 만나러 갔는데, 돈이 없어서 대형 보험회사를 상대로 내 몫을 챙길 수 없다는 소리만 들었지."

그 뒤로 이어진 1년은 5년 같았다. 그 집에는 생기를 빨아먹는 괴물이 살고 있었고 그 괴물의 이름은 프랭키였다. 가끔 그가 뭘 넘어뜨리거나 낮잠 자는 그녀를 깨우면 드보라 앤은 엉덩이를 때렸다. 한번은 완전히 이성을 잃고 관자놀이를 강타하는 바람에 그가 바닥에 쓰러져서 씰룩이며 눈을 희번덕거린 적도 있었다. 그녀는 그를 일으켜서 끌어안고 울며 미안하다고 했지만, 여자가 감당하는 데에도 한계가 있는 법이었다.

그녀는 기회가 닿을 때마다 보조미용사로 헤어 투데이에 출근했다. 그럴 때면 학교에 전화를 걸어서 브래디가 아프다고 하고 동생을 맡겼다. 가끔 브래디는 프랭키가 손대면 안 되는 물건(아니면 포켓용 아타리 아케이드와 같은 브래디의 물건)을 잡으려고 하면 울음을 터뜨릴 때까지 손을 때렸다. 통곡이 시작되면 브래디는 프랭키의 잘못이 아니라고, 그 우라질 아니 그 염병할 사과 조각 때문에 뇌손상을 입어서 그런 거라고 마음을 다잡았고, 죄책감과 분노와 슬픔을 주체할 수가 없었다. 프랭키를 무릎에 앉히고 흔들어 주면서 미안하다고 했지만, 남자가 감당하는 데에도 한계가 있는 법이었다. 그는 남자라고, 엄마가 그랬다. 이 집안의 가장이라고 했다. 그는 프랭키의 기저귀를 가는 데 도사가 됐지만 응가를 싸면(아니다. 응가가 아니라 똥이었다.) 가끔 프랭키의 다리를 꼬집으며 가만히 있어, 개새끼야, 가만히 있으라고, 하고 소리를 질렀다. 프랭키가 가만히 있을 때도 그랬다. 소방차 새미를 가슴에 끌어안고 뇌손상을 입은 바보의 눈으로 천장을 휘둥그레 올려다보며 가만히 누워 있을 때도 그랬다.

그 해는 가끔으로 점철된 1년이었다.

가끔 그는 프랭키를 끌어안고 입을 맞추어 주었다.

가끔 그는 프랭키를 흔들며 이건 네 탓이라고, 우리가 길거리로 나앉게 되면 네 탓이라고 말했다.

가끔 미용실 일을 마치고 퇴근한 드보라 앤이 프랭키를 재울 때 보면 아이의 팔과 다리에 난 멍 자국이 눈에 들어왔다. 한 번은 응급구조요원들이 실시한 기관 절개술 때문에 흉터가 생긴 목에 멍이 생긴 적도 있었다. 그녀는 그 멍 자국에 대해서 절대 아무 말도 하지 않았다.

가끔 브래디는 프랭키를 사랑했다. 가끔 그는 프랭키를 미워했다. 대개는 두 가지 감정이 동시에 느껴져서 머리가 아팠다.

가끔(주로 술에 취했을 때) 드보라 앤은 망가진 자기 인생을 놓고 넋두리를 늘어놓았다.

"내가 시정부, 주정부, 빌어먹을 연방정부한테서 아무 원조도 받지 못하는 이유가 뭔지 알아? 보험금과 합의금이 아직 많이 남아 있기 때문이야. 쓰는 돈만 많고 들어오는 돈은 한 푼도 없는데 아무라도 신경을 쓰는 사람이 있을까? 아니. 돈이 바닥나고 우리가 로브라이어 가의 노숙자 쉼터 신세를 지게 되면 지원금을 신청할 자격이 생길 거야. 환상적이지 않니?"

가끔 브래디는 프랭키를 쳐다보며 이렇게 생각했다. '네가 걸림돌이야. 네가 걸림돌이야, 프랭키. 네가 우라지게 염병할 엿 같은 걸림돌이라고.'

가끔──사실은 자주──브래디는 우라지게 염병할 엿 같은 세상이 싫었다. 텔레비전에서 설교하는 사람들 말처럼 신이 있다면 왜 프랭키를 데려가지 않는지 모를 일이었다. 그래야 어머니가 제대로 일을 해서 그들이 길바닥에 나앉는 사태를 막을 수 있었다. 아니면 엄마 말로는 총을 들고 다니는 검둥이 약물중독자들밖에 없다는 로브라이어 가에서 사는 사태를 막을 수 있었다. 신이 있다면 왜 애초에 그 빌어먹을 사과 조각이 프랭키의 목에 걸리도록 내버려 두었는지 모를 일이었다. 그런 다음 뇌손상을 입은 채로 깨어나게 하다니 이건 엎친 데 우라지게 염병하도록 덮친 격이었다. 이 세상에 신은 없었다. 우라질 새미를 한 손에 들고 바닥을 기어 다니다 일어나서 잠깐 절뚝거리다 그마저 포기하고 다시 기어 다니는 프랭키를 보면 신이 존재한다는 발상이 얼마나 지랄 맞은 헛소리인지 알 수 있었다.

그러다 마침내 프랭키가 죽었다. 눈 깜짝할 새 그렇게 됐다. 어떻게 보면 시티 센터에서 그 사람들을 차로 친 것과 비슷했다. 전조는 없었고 뭔가 조치를 취해야 한다는 어렴풋한 현실감뿐이었다. 거의 사고라고 볼 수 있었다. 아니면 운명이라고 볼 수도 있었다. 브래디는 신을 믿지 않았지만 운명은 믿었고, 가끔은 집안의 가장이 운명의 오른손 역할을 해야 하는 법이었다.

　그날 어머니는 저녁 때 먹을 팬케이크를 만들고 있었다. 프랭키는 새미와 놀고 있었다. 지하실 문이 열려 있었던 이유는 드보라 앤이 챕터 11에서 산 싸구려 브랜드 화장지 두 팩을 거기 두었기 때문이었다. 화장실 휴지가 다 떨어졌다며 그녀가 브래디에게 내려가서 몇 개 들고 오라고 했던 것이다. 그는 양손에 휴지를 들고 올라왔기 때문에 지하실 문을 닫지 못했다. 엄마가 나중에 닫겠거니 생각했는데 나중에 2층의 양쪽 화장실에 휴지를 채우고 내려와 보니 그때까지 지하실 문이 열려 있었다. 프랭키가 바닥에서 리놀륨 장판에 대고 새미를 밀며 르르르-르르르 소리를 내고 있었다. 삼중 기저귀를 입어서 빨간색 바지가 불룩했다. 아이가 열린 문 바로 앞에 있고 그 너머는 가파른 계단인데도 드보라 앤은 가서 문을 닫을 생각을 하지 않았다. 상을 차리는 브래디에게 문 좀 닫고 오라고 하지도 않았다.

　"르르르-르르르." 프랭키가 말했다. "르르르-르르르."

　그는 소방차를 밀었다. 지하실 입구 모서리로 굴러간 새미가 문설주에 부딪쳐 그 자리에서 멈추었다.

　드보라 앤이 가스레인지 앞을 떠나 지하실 문 쪽으로 걸어갔다. 브래디는 그녀가 허리를 숙여서 프랭키에게 소방차를 주워 줄 줄 알았는데 그러지 않았다. 오히려 소방차를 발로 찼다. 소방차는 조그맣게 덜거덕거리는 소리를 내며 바닥까지 계단을 굴러 내려갔다.

　"어머나. 새미가 굴러 떨어져서 쿵 했네?"

　그녀의 말투는 아주 무심했다.

　브래디는 그쪽으로 건너갔다. 흥미진진했다.

"왜 그랬어요, 엄마?"

드보라 앤이 허리춤에 두 손을 얹자 한손에 쥔 주걱이 삐죽 튀어 나왔다.

"그냥 얘가 그 소리 내는 게 지긋지긋해서."

프랭키는 입을 벌려서 울음을 터뜨렸다.

"그만해, 프랭키."

브래디가 말했지만 프랭키는 듣지 않았다. 계단 꼭대기로 기어가 서 어두컴컴한 지하실을 내려다보았다.

아까처럼 무심한 목소리로 드보라 앤이 말했다.

"불 켜 줘라, 브래디. 새미 볼 수 있게."

브래디는 불을 켜고 울어 대는 동생 너머를 쳐다보았다.

"그래. 저기 있네. 저기 저 바닥에. 보이지, 프랭키?"

프랭키는 계속 울부짖으며 조금 더 기어갔다. 그러고는 내려다보 았다. 브래디는 어머니를 쳐다보았다. 드보라 앤 하츠필드는 아주 살짝, 아주 보일락 말락 하게 고개를 끄덕였다. 브래디는 고민하지 않았다. 그가 삼중 기저귀를 찬 프랭키의 엉덩이를 걷어차자 프랭키 는 서툰 재주넘기를 하며 데굴데굴 굴러 내려갔고, 그 광경을 보며 브래디는 교회 통로를 따라 재주넘기를 했던 뚱뚱한 블루스 브라더 스를 떠올렸다. 프랭키는 첫 번째 재주넘기를 할 때까지 계속 울부 짖었지만, 두 번째로 접어들면서 머리가 계단 수직면에 부딪치자 프 랭키가 라디오고 누군가가 그 라디오를 꺼 버리기라도 한 것처럼 울 음을 뚝 그쳤다. 끔찍했지만 재미있는 구석도 있었다. 프랭키는 Y자 모양으로 다리를 힘없이 벌리고 다시 한 번 재주넘기를 했다. 그러더니 지하실 바닥에 머리를 부딪쳤다.

"어떡해, 프랭키가 굴러떨어졌어!" 드보라 앤이 외쳤다.

그녀는 주걱을 떨어뜨리고 계단을 달려 내려갔다. 브래디도 그 뒤를 따라갔다.

뒤로 이상하게 꺾여서 브래디도 프랭키의 목이 부러졌다는 것을 알 수 있을 지경이었지만 그래도 살아 있었다. 얕은 콧방귀를 뀌며 숨을 쉬고 있었다. 코피가 흘렀다. 관자놀이에서는 그보다 더 피가 많이 났다. 눈이 앞뒤로 움직였지만 그게 다였다. 가없은 프랭키. 브래디는 울음을 터뜨렸다. 그의 어머니도 울고 있었다.

"우리 어떻게 해요?" 브래디가 물었다. "우리 어떻게 해요, 엄마?"

"올라가서 소파 쿠션 들고 와."

그는 엄마가 시키는 대로 했다. 다시 내려와 보니 소방차 새미가 프랭키의 가슴에 얹혀 있었다.

"소방차를 잡게 하려 그랬는데 못 잡네." 드보라 앤이 말했다.

"그러게요. 마비됐나 봐요. 가없은 프랭키."

그러자 프랭키가 어머니와 형을 차례대로 올려보더니 말했다.

"브래디."

"괜찮을 거야, 프랭키."

브래디는 이렇게 말하면서 쿠션을 내밀었다.

드보라 앤은 쿠션을 받아서 프랭키의 얼굴을 덮었다. 오래 걸리지 않았다. 잠시 후 그녀는 브래디를 다시 올려 보내서 소파 쿠션을 갖다 놓고 이번에는 젖은 수건을 들고 오게 했다.

"올라가는 길에 전기레인지 꺼라. 팬케이크가 타고 있어. 냄새가 나."

그녀는 프랭키의 얼굴에서 피를 닦아 냈다. 브래디는 아주 다정하고 자애로운 처사라고 생각했다. 프랭키의 얼굴에 남았을지 모르는 쿠션 실밥이나 섬유 조직을 없애기 위한 조치이기도 했다는 것은 몇 년 뒤에서야 깨달았다.

프랭키가 깨끗해지자(그래도 머리카락에는 핏자국이 남았다.) 브래디와 어머니는 지하실 계단에 앉아서 그를 바라보았다. 드보라 앤은 브래디의 어깨를 감싸안고 있었다.

"911에 전화하는 게 좋겠다." 그녀가 말했다.

"그래요."

"너무 세게 미는 바람에 새미가 아래로 굴러떨어졌어. 그래서 애가 잡으려고 하다가 중심을 잃었어. 나는 팬케이크를 만들고 있었고 너는 2층 화장실에 휴지를 가져다 놓고 있었지. 너는 아무것도 보지 못했어. 지하실에 내려와 보니까 애가 이미 죽어 있었어."

"알았어요."

"읊어 봐."

브래디는 읊었다. 그는 학교에서 우등생이었고 암기를 잘했다.

"누가 물어도 그 이상은 아무 말도 하지 마. 아무것도 덧붙이지 말고, 아무것도 바꾸지 말고."

"알았어요. 하지만 엄마가 울고 있었다는 얘기는 해도 돼요?"

그녀는 미소를 지었다. 그녀는 그의 이마와 뺨에 입을 맞추었다. 그러더니 그의 입술에 제대로 입을 맞추었다.

"그래, 허니 보이. 그건 얘기해도 돼."

"우리 앞으로 괜찮을까요?"

"응." 그녀의 목소리는 단호했다. "괜찮을 거야."

그녀의 말이 맞았다. 사고에 대해서 몇 가지 물어보고 끝이었고 그마저도 어려운 질문은 없었다. 그들은 장례식을 치렀다. 제법 근사했다. 프랭키는 양복을 입고 알맞은 크기의 관에 누웠다. 뇌를 다친 아이가 아니라 깊이 잠이 든 아이처럼 보였다. 브래디는 관을 덮기 전에 동생의 뺨에 입을 맞추고 소방차 새미를 옆에 쑤셔 넣어 주었다. 딱 그만 한 공간이 있었다.

브래디는 그날 밤에 처음으로 지독한 두통에 시달렸다. 프랭키가 침대 아래에 있다는 생각이 들기 시작했고 그러자 두통이 더 심해졌다. 그는 엄마 방으로 가서 같이 누웠다. 프랭키가 침대 아래에 있을까봐 무섭다고는 하지 않고 머리가 너무 아파서 터져 버릴 것 같다고만 했다. 그녀는 그를 안고 입을 맞춰 주었고, 그는 그녀에게 몸을 꼭-꼭-꼭- 붙이고 꼼지락거렸다. 꼼지락거리는 기분이 좋았다. 두통이 가라앉았다. 그들은 같이 잠이 들었고, 다음 날 아침이 되자 그들 둘만 남았고 사는 게 나아졌다. 드보라 앤은 예전에 했던 일을 다시 시작했지만 남자친구는 더 이상 사귀지 않았다. 이제는 곁에 두고 싶은 남자친구가 브래디밖에 없다고 했다. 둘이서 프랭키가 당한 사고 이야기는 절대 하지 않았지만, 가끔 브래디는 꿈을 꾸었다. 어머니도 꿈을 꾸는지 알 수 없었지만, 어머니는 보드카를 너무 많이 마시는 바람에 결국 다시 실업자가 되었다. 그 무렵에는 그가 취직할 만한 나이가 되었기 때문에 그래도 괜찮았다. 그는 대학에 진학하지 못해서 아쉬운 마음도 없었다.

브래디가 이런 추억에서 깨어나 보니 — 최면처럼 느껴질 만큼 깊은 몽상이었다. — 잘게 찢긴 비닐이 무릎 가득 쌓여 있다. 처음에 그는 그게 어디서 난 조각인지 알지 못한다. 그러다 작업 테이블 위에 놓여 있는 신문을 보고 프랭키 생각을 하는 동안 신문이 담겨 있던 봉지를 손톱으로 뜯었음을 깨닫는다.

　그는 비닐 조각들을 휴지통에 버린 다음 신문을 집어서 머리기사들을 멍하니 쳐다본다. 원유가 계속 멕시코 만으로 유입되고 있고, 브리티시 페트롤리엄 간부들은 최선을 다하고 있노라며 악을 쓰고, 사람들은 그들을 괴롭히고 있다. 텍사스의 포드 후드 육군 기지에서 총기를 난사한 개 같은 정신과 군의관 니달 하산은 하루 이틀 내로 기소 심사를 받을 예정이다(아가, 메르세데스를 확보했어야지. 브래디는 이렇게 생각한다.). 브래디의 엄마가 눈이 스패니얼처럼 생겼다고 했던 전 비틀스 멤버 폴 매카트니가 백악관에서 훈장을 받는다. 브래디는 가끔 궁금해진다. 별 재주도 없는 사람들이 그렇게 많은 것을 누리는 이유가 뭘까? 이 세상이 미쳐 돌아간다는 또 다른 증거다.

　브래디는 부엌으로 신문을 들고 가서 정치란을 읽기로 한다. 신문과 멜라토닌 캡슐이면 잠을 잘 수 있을지 모른다. 그는 계단을 중간쯤 올라갔을 때 접힌 아래쪽에는 무슨 기사가 있나 싶어서 신문을 뒤집었다가 그 자리에서 얼어붙는다. 두 여자의 사진이 나란히 실려 있다. 하나는 올리비아 트릴로니다. 다른 하나는 나이가 훨씬 많지만 누가 봐도 닮았음을 알 수 있는 여자다. 특히 그 재수 없는 얇은 입술이 닮았다.

　올리비아 트릴로니의 어머니 마침내 영면하다. 제목이 이렇다. 그리고 아래로 다음과 같은 문구가 이어졌다. 딸이 겪은 '부당 처우'에 항의하고 언론 보도로 '딸의 인생이 망가졌다'고 주장했던 그녀.

그 아래로 두 단락짜리 단신이 이어지지만, 사실은 인터넷 때문에 서서히 목 졸려 죽어 가는 신문 1면에서 작년의 비극(비극이라고 표현하고 싶으면 마음대로 하시든지. 브래디는 속으로 욕을 한다.)을 재탕하려는 핑계거리에 불과하다. 26면에 부고가 실려 있다기에 브래디는 식탁에 앉아서 황급히 26면을 펼친다. 어머니가 죽은 이래 그를 감싸고 있던 몽롱하고 암울한 구름이 당장 말끔히 사라진다. 머리가 째깍째깍 빠르게 돌아가고, 온갖 아이디어들이 한데 합쳐졌다가 산산조각으로 날아갔다가 직소퍼즐 조각처럼 다시 합쳐진다. 그는 이런 과정을 수도 없이 겪었기 때문에 마지막으로 탁 하는 소리와 함께 선명한 그림이 등장할 때까지 계속 이어질 것임을 안다.

엘리자베스 시로이스 워튼이 2010년 5월 29일에 향년 87세로 워소 카운티 기념병원에서 평화롭게 눈을 감았다. 그녀는 1923년 1월 19일에 마르셀과 캐서린 시로이스 부부 사이에서 태어났다. 유족으로는 남동생 헨리 시로이스, 여동생 샬럿 기브니, 조카 홀리 기브니 그리고 딸 저넷 패터슨이 있다. 남편 앨빈 워튼과 사랑하는 딸 올리비아는 먼저 세상을 떠났다. 6월 1일 화요일 오전 10시부터 오후 1시까지 솜스 장례식장에서 대면식이 있고 6월 2일 수요일 오전 10시에는 솜스 장례식장에서 추도식이 열린다. 추도식이 끝난 뒤 슈거 하이츠 라일락 드라이브 729번지에 가까운 친구와 친지들을 위한 다과회가 마련될 예정이다. 조화는 사절이며 워튼 부인이 가장 아꼈던 미국 적십자와 구세군, 두 자선단체로의 기부를 권유하는 바이다.

부고를 꼼꼼히 읽는 동안 몇 가지 궁금증이 브래디의 머릿속을 스치고 지나간다. 뒤룩뒤룩한 전직 경찰관도 대면식에 참석할까? 수요일에 있는 추도식은? 다과회는? 브래디는 세 군데 다 참석한다는 데 내기를 건다. perk를 찾기 위해서. 그를 찾기 위해서. 경찰들이 하는 일이 그거니까.

그는 친애하는 호지스 퇴직 형사에게 마지막으로 보낸 메시지를 떠올린다. 그는 이제 미소를 지으며 큰 소리로 중얼거린다.

"너는 내가 다가오는 줄도 모를 거다."

"*절대 모르게 해.*" 드보라 앤 하츠필드가 말한다.

그는 그녀가 사실은 곁에 없다는 것을 알지만, 까만색 펜슬 스커트와 그가 특히 좋아하는 파란색 블라우스 ─ 워낙 얇아서 속옷이 아른아른하게 비치는 ─ 를 입고 식탁 맞은편에 앉아 있는 그녀의 모습이 눈에 보이는 듯하다.

"*안 그러면 그 자가 너를 찾아 나설 테니까.*"

"알아요. 걱정 마세요."

"*어떻게 걱정이 안 되겠니? 걱정이 되지. 너는 내 허니 보이인데.*"

그는 다시 지하실로 내려가서 침낭 안으로 들어간다. 바람이 새는 에어 매트리스에서 쉬이익 하는 소리가 난다. 그는 음성 명령으로 불을 끄기 전에 마지막으로 아이폰 알람을 6시 30분에 맞춰 놓는다. 내일은 바쁜 하루가 될 것이다.

잠이 든 컴퓨터에서 비치는 빨간색의 조그만 불빛 말고는 지하 통제 센터 전체가 완벽한 어둠에 잠긴다. 계단 아래에서 어머니가 말한다.

"기다릴게, 허니 보이. 하지만 너무 오래 기다리게 하지는 마."

"곧 갈게요, 엄마."

브래디는 웃으며 눈을 감는다. 2분 뒤에 그는 코를 골기 시작한다.

제이니는 다음 날 아침 8시가 조금 넘어서야 침실 밖으로 나온다. 간밤에 입었던 바지 정장을 입고 있다. 호지스는 사각팬티 차림으로 통화를 하다 그녀를 향해 한 손가락을 흔든다. 좋은 *아침*과 *1분만*, 두 가지 뜻이 담긴 손짓이다.

"별로 중요한 건 아니야." 그는 이렇게 말하고 있다. "그냥 자꾸 신경이 쓰여서. 확인해 주면 정말 고맙겠어." 그는 상대방의 말을 듣는다. "아니, 그 일로 피트를 성가시게 만들고 싶지 않아서, 자네도 그렇고. 피트는 도널드 데이비스 건 때문에 정신없잖아."

그는 조금 더 듣는다. 제이니는 소파 팔걸이에 걸터앉아서 자기 손목시계를 가리키며 입 모양으로 *대면식이요!* 하고 말한다. 호지스는 고개를 끄덕인다.

"그렇지." 그가 전화기에 대고 말한다. "2007년 여름부터 2009년 봄까지로 할까? 새로 지은 으리으리한 콘도식 아파트들이 있는 시내 레이크 가 일대." 그는 제이니를 향해 윙크한다. "고마워, 말로. 자넨 천사야. 삼촌이 되지 않겠다고 약속할게, 됐지?" 그는 상대방의 말을 듣고 고개를 끄덕인다. "응. 그럼. 이제 끊어야겠다. 필이랑 아이들한테 안부 전해 줘. 조만간 밥 한번 먹자고. 점심. *당연히* 내가 사는 거지. 맞아. 안녕."

그는 전화를 끊는다.

"얼른 옷 입어요. 당신이 나를 아파트로 데려다 줘야 빌어먹을 화장을 하고 장례식장으로 갈 수 있다고요. 속옷도 갈아입으면 좋겠고. 양복 입는 데 얼마나 걸리겠어요?"

"금방이면 돼요. 그리고 당신, 화장은 할 필요 없는데."

그녀는 눈을 부라린다.

"샬럿 이모 앞에서 그 소리해 봐요. 이모가 지금 눈가 잔주름 전면 순찰에 나섰구만. 얼른 가요. 면도기도 챙기고. 면도는 내 집에서 하면 되니까." 그녀는 손목시계를 다시 확인한다. "이렇게 늦잠을 잔 건 5년 만에 처음이에요."

그는 옷을 입으러 침실로 향한다. 그녀가 그를 문 앞에서 붙잡고 자기 쪽으로 돌리더니 그의 뺨에 손바닥을 얹고 입을 맞춘다.

"기분 좋은 섹스가 제일 좋은 수면제라는 걸 잊고 살았나 봐요."

그는 그녀를 안아서 들어 올린다. 이런 관계가 얼마나 오랫동안 지속될지 몰라도 지속되는 동안에는 맘껏 즐길 작정이다.

"그리고 모자도 써요." 그녀가 그의 얼굴을 내려다보고 웃으며 말한다. "내가 사 주길 잘했지. 그 모자는 딱 당신이야."

그들은 서로에게 너무 빠져 있었고 지옥에서 온 친척들보다 먼저 장례식장에 도착하느라 정신이 없었기 때문에 BOLO할 수 없었지만, 바짝 정신을 차렸더라도 경보를 울릴 만한 것은 전혀 발견하지 못했을 것이다. 하퍼 가와 해노버 가가 만나는 네거리의 조그만 쇼핑몰에 주차되어 있는 차가 이미 20대가 넘었고, 브래디 하츠필드의 진흙색 스바루는 그 중에서도 가장 눈에 띄지 않는 차다. 그는 뒤룩뒤룩한 전직 경찰관이 사는 일대가 백미러 정중앙에 보이도록 신경 써서 자리를 잡았다. 호지스가 노부인의 대면식에 참석할 생각이라면 언덕을 내려와 해노버 가에서 우회전을 할 것이다.

8시 30분이 막 지났을 때 드디어 그가 등장한다. 대면식이 10시에 시작되고 장례식장까지는 겨우 20분밖에 안 걸리는데 브래디가 예상했던 것보다 출발이 좀 이르다. 브래디는 차가 좌회전을 할 때 뒤룩뒤룩한 전직 경찰관 혼자가 아닌 것을 보고 더 놀란다. 조수석에 여자가 앉아 있는데, 스치듯 흘끗 본 것에 불과해도 올리비아 트릴로니의 여동생이라고 알아보기에는 충분하다. 그녀는 선바이저를 내려서 거울을 보며 머리를 빗고 있다. 누가 봐도 빤하지만, 뒤룩뒤룩한 전직 경찰관 혼자 사는 집에서 간밤을 같이 보낸 것이다.

브래디는 엄청난 충격을 받는다. 아니 도대체 왜 그랬을까? 호지스는 *나이도 많고 뚱뚱하며 못생겼다.* 그 자와 설마 같이 잔 건 아니겠지? 있을 수 없는 일이다. 하지만 그가 지독한 두통에 시달릴 때 어머니가 어떤 식으로 해소해 주었는지 떠오르자 섹스에 관한 한 세상에 있을 수 없는 조합은 없다고 — 내키지는 않지만 — 인정한다. 하지만 호지스가 올리비아 트릴로니의 동생과 그렇고 그런 사이라니 울화가 치민다(그 둘을 연결해 준 사람이 브래디라서 그런 것은 절대 아니다.). 호지스는 텔레비전 앞에 앉아서 자살을 고민하고 있어야 한다. 그는 반반한 금발은커녕 바셀린과 자기 오른손으로 욕구를 해소할 권리도 없다.

'여자가 침대를 쓰고 그는 소파에서 잤겠지.'

이것이 그나마 논리적이라고 할 수 있는 추측이라 기분이 좋아진다. 호지스도 원하면 반반한 금발과 잘 수 있지만…… 그러려면 돈을 내야 할 것이다. 매춘부가 몸무게 추가 요금도 달라고 하지 않을까 하는 생각이 들자 그는 웃으며 시동을 건다.

그는 출발하기 전에 글로브 박스에서 2번 발명품을 꺼내 조수석에 놓는다. 작년부터 그걸 쓴 적이 없는데 오늘 쓰게 될 것이다. 하지만 장례식장에서 쓰게 될 것 같지는 않다. 그들은 곧장 장례식장으로 가지 않는 듯해 보인다. 그러기에는 너무 이른 시각이다. 먼저 레이크 가의 콘도식 아파트에 들르지 않을까 싶은데, 브래디는 먼저 가 있으려고 애를 쓸 필요 없이 그들이 나오기 전에만 도착하면 된다. 그는 어떻게 하면 되는지 알고 있다.

옛날 생각이 나겠지.

시내 신호등에서 그는 디스카운트 일렉트로닉스의 톤스 프로비셔에게 전화를 걸어서 오늘 출근을 못하겠다고 전한다. 어쩌면 이번 주 내내 출근을 못할 수 있겠다고도 한다. 그는 손마디로 코를 눌러서 코맹맹이 소리를 내며 독감에 걸렸다고 한다. 그는 목요일 저녁에 MAC에서 열린 라운드 히어 콘서트와 자살 조끼를 생각하며 *다음주에는 독감에 걸린 게 아니라 죽어 있을 거야*, 라고 덧붙일까 상상한다. 그는 전화를 끊고 전화기를 2번 발명품 옆으로 떨어뜨린 뒤 웃음을 터뜨린다. 옆 차로에서 출근을 하느라 꽃단장한 여자가 그를 빤히 쳐다본다. 브래디는 눈물이 쏟아지고 콧물이 나올 정도로 깔깔대고 웃으며 여자를 향해 가운뎃손가락을 들어 보인다.

"기록계에 있는 예전 동료랑 통화한 거예요?" 제이니가 묻는다.

"맞아요, 말로 에버렛. 항상 일찍 출근하거든. 예전 파트너 피트 헌틀리는 퇴근을 하지 않아서 그런 거라고 욕을 했지."

"뭐라고 둘러댔어요? 궁금한데."

"돌아다니면서 차 문이 잠겼는지 확인하는 남자가 있다는 얘기를 동네 사람들한테 들었다고 했어요. 2~3년 전에 시내에서 차량 절도 사건이 갑자기 늘었는데 범인이 안 잡히지 않았냐고 하면서."

"아하. 그럼 삼촌이 되지 않겠다는 건 무슨 소리였어요?"

"퇴직했는데도 자기 일을 놓지 못하는 경찰관을 삼촌이라고 하거든요. 그런 사람들은 수상해 보이는 차가 있다면서 말로한테 전화해서 차량번호를 조회해 보라고 하고 그래요. 아니면 켕기는 구석이 있어 보이는 사람을 잡고 경찰 같은 분위기를 물씬 풍기면서 신분증을 보여 달라고 하든지. 그런 다음 말로한테 전화해서 현상수배범 명단을 조회해 보라고 하죠."

"그러면 그녀가 싫어해요?"

"아, 형식상 짜증을 내긴 하지만 진짜 그런 건 아닐 거예요. 몇 년 전에 케니 세이스라는 영감이 65번으로 전화를 한 적이 있어요. 65번은 수상한 행동을 가리키는 암호예요. 9·11사태 이후에 새로 생긴 암호지. 그런데 그가 붙잡아 놓은 인물이 테러리스트가 아니라 1987년에 캔자스에서 자기 일가족을 죽인 도주범이었지 뭐예요."

"와우. 그래서 훈장이라도 받았나요?"

"잘했다고 칭찬 받고 끝이었죠. 영감이 바란 것도 그게 전부였고. 그 뒤로 6개월인가 지나서 죽었어요."

케니 세이스는 간암이 기승을 부리기 전에 권총을 입에 물고 방아쇠를 당겼다.

호지스의 휴대전화가 울린다. 이번에도 글로브 박스에 방치해 놓았기 때문에 웅웅거린다. 제이니가 꺼내서 살짝 빈정거리는 미소를 지으며 그에게 건넨다.

"응, 말로. 빠르네? 찾아낸 거 있어? 아무 거라도?"

그는 그렇지, 라고 말하며 고개를 주억거리지만 빽빽한 아침 출근 차량의 흐름을 단 한 순간도 놓치지 않는다. 그가 고맙다는 말과 함께 전화를 끊고 노키아를 돌려주려고 하자 제이니는 고개를 젓는다.

"주머니에 넣어요. 누가 또 전화할지 모르잖아요. 낯설게 느껴지더라도 익숙해지려고 노력해 봐요. 뭐래요?"

"2007년 9월부터 시내에서 열 몇 건의 차량 침입 사건이 있었대요. 말로가 하는 얘기로는 그보다 더 많았을 수도 있다는군요. 사람들이 값나가는 물건을 잃어버리지 않은 이상 경찰에 잘 신고하지 않으니까. 심지어 누가 들어왔다 나갔는지 모르는 경우도 있고. 마지막으로 보고된 게 2009년 3월, 시티 센터 대학살 사건이 벌어지기 3주 전이에요. 그 자가 맞아요, 제이니. 확실해요. 우리가 지금 그 자가 남긴 흔적을 밟고 있어요. 점점 가까워지고 있다는 뜻이지."

"잘됐네요."

"잡을 수 있을 거예요. 찾으면 당신 변호사 — 슈론 — 더러 시내에 가서 피트 헌틀리에게 자초지종을 설명하게 해요. 그런 다음 나머지는 그에게 맡기는 거죠. 그러기로 합의한 거, 아직 바뀌지 않았죠?"

"네. 하지만 그 전까지는 *우리* 것이에요. 그러기로 합의한 것도 아직 바뀌지 않았죠?"

"당연한 말씀."

레이크 가를 달리는데 고인이 된 워튼 부인의 아파트 건물 바로 앞에 자리가 있다. 운이 한번 터지면 연속으로 터지는 법이다. 호지스는 후진해서 들어가며, 올리비아 트릴로니는 이 자리에 몇 번이나 차를 세웠을지 궁금해한다.

호지스가 요금기에 동전을 넣는 동안 제이니는 걱정스러운 표정으로 손목시계를 쳐다본다.

"진정해요. 시간 많으니까."

그녀가 출입문 쪽을 향해 가는 동안 호지스는 스마트키의 잠금 버튼을 누른다. 미스터 메르세데스 생각을 하느라 다른 생각은 할 겨를이 없었는데도 습관은 습관이다. 그는 주머니에 열쇠를 넣고 문을 열어주려고 얼른 제이니를 따라간다.

그는 생각한다. '내가 지금 한심한 인간이 되어 가고 있어.'

그러고 나서 생각한다. '그게 뭐 어때서?'

5분 뒤, 진흙색 스바루가 레이크 가를 따라 내려온다. 브래디는 호지스의 도요타와 나란해지자 속도를 완전히 줄인 다음 왼쪽 깜빡이를 켜고 맞은편 주차장으로 들어간다.

1층과 2층에 빈 자리가 많지만 실내이기 때문에 아무 짝에도 쓸모가 없다. 그는 거의 텅 비다시피 한 3층에서 원하던 것을 찾는다. 레이크 가가 정확하게 내려다보이는 동쪽 자리다. 그는 차를 세우고 콘크리트 방어벽으로 다가가서 길 건너편에 주차된 호지스의 도요타를 내려다본다. 거리가 5.5미터쯤 된다. 신호를 차단하는 장애물이 없으니 2번 발명품으로 그 정도는 식은 죽 먹기다.

시간을 때워야 하게 생겼으니 브래디는 다시 차에 올라타서 아이패드를 켜고 중서부 문화 예술 센터 홈페이지를 둘러본다. 가장 규모가 큰 곳이 밍고 대강당이다. 그럴 만도 한 것이 브래디가 알기로 MAC에서 돈벌이가 되는 곳이 거기뿐이다. 겨울이면 시립 교향악단이 거기서 연주회를 하고 발레나 강연 같은 예술계의 개떡 같은 행사들도 열리지만, 6월부터 8월까지는 거의 전적으로 대중음악에 할애된다. 홈페이지에 따르면 라운드 히어 콘서트에 이어서 이글스, 스팅, 존 멜런캠프, 앨런 잭슨, 폴 사이먼, 브루스 스프링스틴과 같은 올스타가 출연하는 서머 콘서트 메들리가 열린다고 한다. 근사한 얘기지만 전 공연 티켓을 산 사람들은 실망하게 될 것이다. 올 여름에 밍고에서 열리는 공연은 하나뿐이고, 그마저도 '죽어라, 쓰레기 같은 병신들아'라는 짤막한 펑크곡으로 금세 끝날 테니 말이다.

홈페이지에 따르면 대강당 수용 인원이 4500명이라고 한다.

그리고 라운드 히어 콘서트 티켓이 매진됐다고 한다.

브래디는 아이스크림 공장의 셜리 오턴에게 전화한다. 그는 다시 코를 막고 로디 스탠호프를 계속 대기시키는 게 좋겠다고 전한다. 목요일이나 금요일에는 출근해 보도록 노력하겠지만 독감에 걸렸으니 기대는 하지 말라고 한다.

예상했던 대로 셜리는 독감이라는 소리에 놀란다.

"전염되지 않는다는 의사의 진단서가 없으면 이 근처에 올 생각도 하지 마요. 독감에 걸리면 아이들한테 아이스크림도 팔 수 없어요."

"나도 알아용." 브래디는 계속 코를 막고 이야기한다. "미안해요, 셜리. 엄마한테 오른 거 가타요. 그래서 엄마도 내가 침대에 눕혔어요."

이 말이 그의 웃음보를 건드려서 입술이 실룩이기 시작한다.

"당신도 몸조리 잘하고……"

"이제 그만 끊을게요."

그는 이렇게 말하고, 웃음 발작이 터지기 직전에 전화를 끊는다. 맞다, 그가 엄마를 침대에 눕혔다. 그리고 맞다, 독감 때문이었다. 돼지독감이나 조류독감이 아니라 고퍼 독감이라는 신종이다. 브래디는 깔깔대며 스바루 계기판을 주먹으로 내리친다. 하도 세게 내리치는 바람에 손이 아플 지경이지만 아픈 손 때문에 더 웃음이 난다.

배가 아프고 토할 것 같은 기분이 느껴질 때까지 발작이 계속된다. 발작이 가라앉기 시작했을 때 길 건너편 콘도식 아파트의 로비 출입문이 열리는 게 보인다.

브래디는 2번 발명품을 낚아채서 켜짐 스위치를 누른다. 노란색 예비 램프가 켜진다. 그는 짧은 안테나를 올린다. 그는 이제 정색하고 차에서 내려서 가까운 기둥이 드리운 그림자 속으로 조심스럽게 몸을 숨기며 다시 콘크리트 방어벽 쪽으로 살금살금 다가간다. 그는 토글스위치에 엄지손가락을 올려놓고 2번 발명품을 아래로 내리지만 도요타를 겨냥하지는 않는다. 바지 주머니를 뒤지고 있는 호지스를 겨냥한다. 그 옆의 금발은 좀 전과 똑같은 정장을 입고 구두와 핸드백만 바꾸었다.

호지스가 열쇠를 꺼낸다.

브래디가 2번 발명품의 토글스위치를 누르자 노란색 예비 램프가 초록색 작동 램프로 바뀐다. 호지스의 자동차 전조등이 번쩍인다.

그와 동시에 2번 발명품의 초록색 불빛이 빠르게 한 번 깜빡인다. 트롤로니 부인의 메르세데스 암호를 땄던 것처럼 도요타의 PKE 암호를 따서 저장한 것이다.

브래디는 거의 2년 동안 2번 발명품으로 PKE 암호를 따서 차 문을 열고 들어가 귀중품과 현금을 훔쳤다. 수입은 들쭉날쭉했지만 짜릿함은 절대 사그라들지 않았다. 트릴로니 부인의 메르세데스 글로브 박스 안에서 보조키를 발견했을 때(사용 설명서, 차량 등록증과 함께 비닐봉투 안에 들어 있었다.) 처음에는 차를 훔쳐서 그걸 타고 이 도시 저 끝까지 드라이브를 할까 생각했다. 살짝 장난을 칠까 하는 생각도 했다. 시트를 찢는다든지 하는 식으로. 하지만 손대지 말고 가만히 두어야 할 것 같은 예감이 들었다. 그 메르세데스가 좀 더 큰 역할을 할 수 있을 것 같은. 그의 예감은 맞아떨어졌다.

브래디는 자기 차에 깡충 올라타서 2번 발명품을 글로브 박스에 넣는다. 오늘 아침에 거둔 성과가 아주 만족스럽지만 이게 다가 아니다. 호지스와 올리비아의 여동생은 대면식에 참석할 것이다. 브래디도 참석할 대면식이 있다. 지금쯤이면 MAC이 문을 열었을 테니 둘러보고 싶다. 어떤 보안조치를 취해 놓았는지. 카메라는 어디에 설치되어 있는지.

브래디는 생각한다. 들어갈 방법을 찾을 수 있을 거야. 지금 승승장구하고 있으니까.

그리고 인터넷에서 목요일 저녁 티켓도 구해야 한다. 바쁘다, 바빠.

그는 휘파람을 불기 시작한다.

호지스와 제이니 패터슨은 9시 45분에 솜스 장례식장의 영면실로 들어선다. 그녀가 서두르자고 한 덕분에 일등으로 도착했다. 관의 위쪽 절반이 열려 있다. 아래 절반은 파란색의 실크 천으로 감싸져 있다. 엘리자베스 워튼은 천과 똑같은 파란색의 꽃이 달린 흰색 원피스를 입고 있다. 눈은 감겼다. 뺨은 발그스레하다.

제이니가 일렬로 놓인 접이식 의자 사이 통로를 허둥지둥 달려가서 어머니를 잠깐 확인하더니 다시 허둥지둥 달려온다. 입술을 부들부들 떨고 있다.

"헨리 삼촌은 화장을 이교도의 풍습이라고 할지 몰라도 관을 열어놓는 것이야말로 진짜 이교도의 풍습이네요. 우리 엄마 같지 않고 박제한 전시품 같아요."

"그럼 왜……"

"헨리 삼촌이 화장에 대해서 뭐라고 하지 못하게 양보한 거예요. 삼촌이 천을 들추어서 철판처럼 보이게 회색으로 칠한 압축 판지를 보면 큰일 나는데. 그러면…… 음……"

"알아요." 호지스는 말하고 한 팔로 그녀를 감싸안는다.

간병인이었던 앨시어 그린과 가정부였던 해리스 부인을 필두로 고인의 친구들이 드문드문 찾아온다. 10시 20분쯤 됐을 때(호지스가 보기에는 일부러 늦게 온 거다.) 샬럿 이모가 남동생의 팔짱을 끼고 등장한다. 헨리 삼촌이 앞장서서 시신을 잠깐 확인하고 뒤로 물러선다. 샬럿 이모는 위로 향한 얼굴을 뚫어져라 쳐다보더니 허리를 숙여서 죽은 자의 입술에 입을 맞춘다. 그러고는 들릴락 말락 한 목소리로 중얼거린다. "아, 언니. 아, 언니." 호지스는 그녀를 만난 이래 처음으로 짜증이 아닌 다른 감정을 느낀다.

몇몇은 서성이고, 몇몇은 조용히 대화를 나누고, 몇몇은 나지막이 웃음을 터뜨린다. 제이니는 돌아다니면서 모든 조문객(많아야 열댓 명이고, 전부 다 호지스의 딸이 '황혼의 나이'라고 부르는 연령층이다.)에게 말을 거는 등 세심하게 배려한다. 헨리 삼촌도 합류하고 한 번 제이니의 목소리가 흔들리자 — 그런 부인을 달래는 중이었다. — 어깨를 감싸안는다. 호지스는 그 광경을 보고 뿌듯해한다. '피는 못 속이지. 이런 때는 거의 항상 그렇지.'

그는 겉도는 신세라 나가서 바람을 쐬기로 한다. 그는 잠깐 앞 계단에 서서 건너편에 주차된 차량들을 훑어보며 남자 혼자 앉아 있는 차가 없는지 확인한다. 그런 차는 없고, 생각해 보니 중얼중얼 홀리도 보이지 않는다.

방문객 주차장 쪽으로 건물을 어슬렁어슬렁 돌아가 보니 뒤 계단에 그녀가 앉아 있다. 전혀 어울리지 않는 정강이 길이의 갈색 원피스를 입고 있다. 머리도 어울리지 않게 양쪽으로 틀어 올렸다. 1년 동안 캐런 카펜터(카펜터스의 보컬. 거식증으로 인한 합병증으로 사망했다 — 옮긴이) 다이어트를 한 레아 공주(「스타 워즈」의 주인공. 양쪽으로 틀어 올린 헤어스타일이 특징이다 — 옮긴이)처럼 보인다.

그녀는 인도에 드리워진 그의 그림자를 보고 움찔하더니 뭔가를 손으로 가린다. 그가 가까이 다가가서 뭔지 확인해 보니 반쯤 피운 담배다. 그녀는 실눈을 뜨고 걱정하는 눈빛으로 그를 올려다본다. 호지스는 식탁 아래에다 쉬를 쌌다고 신문지로 너무 자주 얻어맞은 개의 눈빛이라는 생각이 든다.

"어머니한테는 비밀로 해 주세요. 어머니는 내가 끊은 줄 알아요."

"걱정 마요." 호지스는 이렇게 대답하고, 딱 하나뿐일지 모르는 나쁜 습관을 엄마가 못마땅하게 여긴다고 전전긍긍하기에는 너무 많은 나이 아닌가 생각한다. "옆에 앉아도 될까요?"

"제이니랑 같이 있어야 하는 거 아니에요?"

하지만 그녀는 옆으로 움직여서 자리를 만들어 준다.

"잠깐 쉬려고요. 제이니 말고는 아무도 모르기도 하고."

그녀는 어린애처럼 빤히 호기심을 드러내며 그를 훑어본다.

"내 사촌하고 연인 사이예요?"

그는 그 질문이 아니라 웃음이 터지려고 한다는 황당한 사실에 당황스러워진다. 담배를 몰래 피우도록 내버려 둘걸 그랬다는 생각이 든다.

"글쎄요. 우리는 좋은 친구예요. 그 정도로 해 두죠."

그녀는 어깨를 으쓱하며 콧구멍으로 연기를 내뿜는다.

"뭐 어때요? 나는 여자가 연인을 원하면 연인을 두어야 한다고 생각해요. 나는 예외지만. 남자들은 나한테 관심 없어요. 내가 레즈비언이라서 그런 건 아니에요. 그렇게 오해하지 마요. 나는 시인이에요."

"아, 그래요?"

"네." 그러더니 일말의 망설임도 없이 좀 전과 똑같이 일상적인 대화를 나누듯 툭 내뱉는다. "우리 어머니는 제이니를 좋아하지 않아요."

"그래요?"

"올리비아가 남긴 돈을 제이니가 독차지하면 안 된다고 생각하거든요. 불공평하대요. 그럴지도 모르지만 나는 상관없어요."

그녀가 입술을 깨물자 호지스는 기시감에 불안해지고 몇 초 만에 이유를 깨닫는다. 올리비아 트릴로니가 심문을 받을 때마다 그렇게 입술을 깨물었다. 피는 못 속인다. 거의 항상 그렇다.

"안에 안 다녀왔죠?" 그가 묻는다.

"네. 안 들어갈 거예요. 나는 죽은 사람을 본 적이 없고 이제 와서 죽은 사람들을 보기 시작할 생각도 없어요. 그러면 악몽을 꿀 거예요."

그녀는 담배를 끄는데, 계단 옆면에 대고 비비는 게 아니라 불똥이 튀고 필터가 너덜너덜해질 때까지 쿡쿡 쑤신다. 젖빛 유리처럼 새하얘진 얼굴로 부들부들 떨기 시작했고(무릎이 서로 부딪칠 지경이다.) 아랫입술을 계속 그렇게 깨물다가는 찢어지지 않을까 싶다.

"이게 제일 싫어." 그녀가 말하는데 이제는 중얼거리지 않는다. 사실 언성이 계속 높아져서 조만간 비명 수준에 다다를 지경이다. "이게 제일 싫어, 이게 제일 싫어, *이게 제일 싫어!*"

그는 부들부들 떨고 있는 그녀의 어깨를 팔로 감싼다. 당장 떨림이 온몸으로 번진다. 그는 그녀가 도망칠 거라고 생각한다(아니면 어느 정도 거리를 두고 그를 바람둥이라고 부르며 뺨을 때리든지.). 하지만 잠시 후 떨림이 잦아들고 그녀는 그의 어깨에 머리를 기댄다. 그런 채로 가쁜 숨을 쉰다.

"맞아요. 이게 제일 싫죠. 내일이면 괜찮아질 거예요."

"관 뚜껑을 닫을까요?"

"그럼요."

그는 사촌이 내일도 영구차와 함께 여기 앉아 있길 바라지 않는 이상 관 뚜껑을 닫으라고 제이니에게 이야기할 작정이다.

홀리가 꾸밈없는 얼굴로 그를 쳐다본다. 그녀는 좋아할 만한 구석
이 단 하나도 없다. 반짝이는 재치 한 조각, 은근한 분위기 한 자락
없다. 그는 나중에 이날의 착각을 후회하게 되겠지만 지금은 또다시
올리비아 트릴로니를 골똘히 떠올린다. 언론이 그녀를 어떤 식으로
대했는지, 그를 비롯한 경찰들이 그녀를 어떤 식으로 대했는지.

"닫아 주겠다고 약속할 수 있어요?"

"네."

"꼭이죠?"

"원하면 손가락까지 걸어 줄게요." 그는 올리비아와, 미스터 메르
세데스가 컴퓨터를 통해서 그녀에게 먹인 독약을 계속 생각하며 묻
는다. "약 먹고 있어요, 홀리?"

그녀는 눈을 휘둥그레 뜬다.

"내가 렉사프로 먹는 거 어떻게 알았어요? 엄마한테 들었어요?"

"그런 얘기한 사람 아무도 없어요. 남한테 들을 필요도 없어요. 내
가 전직 형사거든요." 그는 그녀의 어깨를 감싼 팔에 조금 힘을 주고
그녀를 다정하게 살짝 흔든다. "이제 내 질문에 대답해요."

"핸드백 안에 있어요. 오늘 먹지 않은 이유는……." 그녀는 조그맣
고 날카롭게 키득거린다. "먹으면 쉬가 마렵거든요."

"내가 물 한 잔 갖다 주면 지금 먹을래요?"

"그럴게요. 당신을 생각해서." 다시 그 어른을 평가하는 아이처럼
꾸밈없는 표정. "난 당신이 좋아요. 당신은 좋은 사람이에요. 제이니
는 운도 좋지. 나는 평생 운이 좋아 본 적이 없어요. 남자친구를 사

귀어 본 적도 없고요."

"물 갖다 줄게요."

호지스는 이렇게 말하면서 일어선다. 건물 모퉁이에 다다랐을 때 그는 뒤를 돌아본다. 그녀는 새 담배에 불을 붙이려고 하지만 몸이 다시 떨리기 시작해서 불을 붙이기가 어렵다. 경찰용 사격장에 선 사수처럼 일회용 라이터를 두 손으로 쥐고 있다.

안으로 들어가자 제이니가 어디 갔다 왔느냐고 묻는다. 그는 얘기하고 다음 날 추도식 때는 관 뚜껑을 닫을 수 있겠느냐고 묻는다.

"홀리를 들어오게 하려면 그 방법밖에 없을 것 같아요."

그가 말한다.

제이니는 어느새 신나게 조잘거리는 노부인들 한가운데 자리를 잡은 자기 이모를 쳐다본다.

"저 여자는 홀리가 여기 없는 줄도 모를 거예요. 있잖아요, 내일은 관을 여기다 들여놓지도 말아야겠어요. 장례업체 책임자더러 뒤로 숨겨달라고 할래요. C 이모가 싫어하거나 말거나 엿이나 먹으라지. 홀리한테 그렇게 전해요, 알았죠?"

조심스럽게 주변을 서성이던 장례업체 책임자가 호지스를 음료와 간식거리가 있는 옆방으로 안내한다. 그는 다사니 생수를 한 병 집어서 주차장으로 들고 간다. 그는 제이니의 메시지를 전하고 홀리가 하얀색의 조그만 행복해지는 약을 먹을 때까지 곁을 지킨다. 약이 넘어가자 그녀는 그를 보며 미소를 짓는다.

"당신이 정말 좋아요."

호지스는 거짓말을 아주 그럴 듯하게 할 수 있는 경찰 특유의 놀라운 능력을 발휘해서 이렇게 말한다.

"나도 당신이 좋아요, 홀리."

중서부 문화 예술 센터, 즉 MAC을 신문과 이 지역 상공회의소에서는 '중서부의 루브르'라고 부른다(중서부의 이 도시 주민들은 '루바'라고 부른다.). 도심의 노른자 땅을 4000제곱킬로미터 차지하고 있는 이 시설의 중심축이 원형 건물인데, 브래디의 눈에는 「미지와의 조우」 말미에 등장하는 거대한 UFO처럼 보인다. 그곳이 밍고 대강당이다.

그는 대강당을 빙 돌아서 여름날 개미둑 마냥 분주한 하역장으로 어슬렁어슬렁 다가간다. 트럭들이 부산하게 오가고 인부들이 대관람차 부품 ─ 희한하게 들리겠지만 진짜다. ─ 처럼 보이는 물건들을 비롯해서 온갖 것들을 부리고 있다. 별이 반짝이는 밤하늘과 백사장에서 손에 손을 잡고 물가로 걸어가는 커플이 그려진 플랫(배경으로 쓰이는 벽면 ─ 옮긴이)도 있다(아마 그런 것을 플랫이라고 부를 것이다). 이제 보니 인부들이 전부 다 신분증을 목에 걸거나 셔츠에 달고 있다. 좋지 않다.

하역장 입구에 보안 부스가 설치되어 있는 것도 좋지 않지만, 브래디는 그래도 위험을 감수하지 않으면 얻는 것도 없다는 생각을 하며 어슬렁거린다. 보안요원은 두 명이다. 한 명은 안에서 베이글을 먹으며 대여섯 개의 비디오 화면을 주시하고 있다. 다른 한 명은 앞으로 걸어 나와서 브래디를 막아선다. 그는 선글라스를 끼고 있다. 뭐야, 이거 재밌잖아, 하는 뜻이 담긴 함박웃음을 짓고 있는 브래디의 모습이 렌즈에 비쳐 보인다.

"무슨 일로 오셨나요?"

"그냥 이게 다 무슨 일인지 궁금해서요." 브래디는 이렇게 말하고 손가락으로 가리킨다. "저건 대관람차처럼 생겼네요!"

"목요일 저녁에 대형 콘서트가 열릴 예정이라서요. 저 밴드가 새 앨범을 발표했거든요. 제목이 「키시스 온 더 미드웨이」인가 그럴 겁니다."

"오, 정말 신경을 많이 쓰나 보네요?" 브래디는 경이로워한다.

보안요원은 콧방귀를 뀐다.

"노래를 못 부를수록 세트가 으리으리해지죠. 그거 알아요? 작년 9월에 토니 베넷 때는 그 가수 혼자 왔어요. 밴드도 없이. 시립 교향악단이 반주를 맡아 줬어요. 그런 게 진짜 공연이죠. 꺅꺅대는 아이들 없이. 오로지 음악만. 그런 발상 죽이지 않아요?"

"가서 몰래 구경하면 안 되겠죠? 휴대전화로 사진 한 장 찍는 것도 안 될까요?"

"안 됩니다." 보안요원이 그를 너무 유심히 살펴보고 있다. 브래디는 그게 마음에 안 든다. "사실 여기 이렇게 계시는 것도 안 됩니다. 그러니까……"

"알겠습니다. 알겠어요." 브래디는 더 활짝 웃어 보인다. 이제 가야 할 시간이다. 어차피 여기서 할 일도 없다. 오늘 당번이 두 명이면 목요일 저녁에는 대여섯 명으로 늘어나기 십상이다. "시간 내주셔서 고맙습니다."

"별말씀을요."

브래디는 그에게 엄지손가락을 들어 보인다. 보안요원도 엄지손가락을 들어 보이지만, 보안 부스 앞에 서서 그가 멀어져 가는 것을 지켜본다.

그는 거대한 주차장을 따라 걷는다. 지금은 거의 비다시피 했지만 라운드 히어 공연이 열리는 날 저녁에는 꽉 찰 것이다. 이제 그는 미소를 짓지 않는다. 9년 전에 제트기 두 대로 세계무역센터를 들이받은 이슬람 머저리들에 대해 생각한다. 그 자식들 때문에 우리가 설 땅이 없잖아(빈정거리는 게 아니라 진심이다.).

5분 동안 터벅터벅 걸었더니 줄줄이 늘어선 출입문이 등장한다. 목요일 저녁에 관객들이 그곳으로 입장할 것이다. 그는 5달러의 '기부금'을 내고 안으로 들어간다. 메아리가 울리는 둥근 천장이 달린 로비가 지금은 미술애호가와 학생 단체 관람객들로 가득하다. 바로 앞에 기념품점이 있다. 왼쪽에는 밍고 대강당으로 가는 복도가 있다. 2차로 고속도로만큼 넓다. 한가운데 핸드백 상자 배낭 금지라는 문구가 달린 크롬 입간판이 서 있다.

금속 탐지기는 없다. 아직 설치하지 않은 것일 수도 있지만 브래디가 장담컨대 아예 생략될 가능성이 다분하다. 4000여 명이 출입문 앞으로 밀려들 텐데 사방에서 금속 탐지기가 삑삑거리면 악몽과도 같은 정체 현상이 빚어질 수 있다. 하지만 보안요원들은 *상당히* 많을 테고, 다들 선글라스를 쓰고 있었던 저 밖의 밥맛처럼 의심스러워하며 거들먹거릴 것이다. 따뜻한 6월 저녁에 누비 조끼를 입은 남자가 나타나면 당장 그들의 이목이 집중될 것이다. 사실 머리를 하나로 묶은 십 대 딸아이를 데리고 오지 않은 이상 어떤 남자든 그들의 관심을 한눈에 받기 십상일 것이다.

잠깐 이쪽으로 와 주시겠습니까?

그러면 그 자리에서 조끼를 터뜨려서 100여 명 정도를 처치할 수 있지만, 그건 그가 원하는 바가 아니다. 그가 원하는 바는 무엇인가 하면 집에 가서 인터넷 검색으로 라운드 히어의 최대 히트곡 제목을 알아낸 다음, 노래 중간쯤에 귀여운 계집애들이 목청껏 비명을 지르며 정신줄을 놓을 때 스위치를 누르는 것이다.

하지만 그러려면 넘어야 할 산들이 어마어마하다.

브래디는 가이드북을 들고 다니는 퇴직자와 한심한 중학생들로 득시글거리는 로비 한가운데 서서 생각한다. 프랭키가 살아 있다면 좋을 텐데. 살아 있으면 공연장에 데리고 올 텐데. 바보 같아서 그런 공연을 좋아할 텐데. 심지어 소방차 새미도 들고 오게 할 텐데. 이런 생각이 들자 프랭키를 떠올릴 때 종종 느껴지는, 일말의 거짓 없는 깊은 슬픔이 그의 가슴속을 가득 채운다.

그냥 뒤룩뒤룩한 전직 경찰관이나 내 손으로 죽이고 은퇴할까 봐.

브래디는 두통이 집결하기 시작한 관자놀이를 문지르며(이제는 그걸 해소해 줄 엄마도 없는데) 로비를 가로질러서 6월은 마네의 달!이라고 선포하는 대형 현수막이 걸린 할로 플로이드 미술관으로 들어간다.

그는 마네가 누군지 잘 몰라서 반 고흐처럼 오래전에 살았던 프랑스 화가인가 보다 하지만, 몇몇 작품들은 제법 근사하다. 정물화에는 별로 관심이 없지만(도대체 시간을 들여서 멜론을 그리는 이유가 뭘까?) 다른 몇몇 작품에서는 치명적이라 할 폭력성이 느껴진다. 죽은 투우사를 그린 작품도 있다. 브래디는 그를 밀치며 지나가거나 그의 어깨 너머로 들여다보는 사람들을 무시한 채 뒷짐을 지고 거의 5분 동안 그 작품을 감상한다. 투우사는 난도질을 당하거나 그렇지 않았지만 그의 왼쪽 어깨에서 흘러내리는 피가, 폭력 영화라면 질리도록 본 브래디가 지금까지 보았던 영화 속 그 어떤 장면보다 더 실감난다. 보고 있노라니 머릿속이 차분하고 맑아져서 그는 마침내 걸음을 옮기며 생각한다. 해치울 방법이 분명 있을 거야.

그는 충동적으로 기념품점에 들어가서 라운드 히어 쓰레기를 한 아름 산다. 10분 뒤, 그는 옆면에 나는 MAC 마비에 걸렸다 라고 적힌 봉투를 들고 나오면서 밍고와 연결된 복도를 다시금 흘끗거린다. 앞으로 4일만 지나면 그곳이 깔깔대며 서로 밀치는 정신 나간 여자아이들과 인내심이 하늘을 찌르는 부모들로 득시글거리는 도축장으로 변할 것이다. 그 위치에 서서 보니 복도 오른쪽 끝에 벨벳 로프가 쳐져 있다. 격리된 그 미니 복도에 또 다른 문구가 달린 크롬 입간판이 서 있다.

브래디는 입간판에 적힌 문구를 읽고 생각한다. 오 마이 갓.

오…… 마이…… 갓.

제이니는 엘리자베스 워튼이 살았던 아파트로 들어서자 하이힐을 벗어 던지고 소파에 털썩 주저앉는다.

"드디어 끝났네. 1000년이 지난 거 맞죠? 아니면 2000년이었나?"

"2000년." 호지스가 대답한다. "한숨 자고 일어나는 게 어떻겠어요?"

"8시까지 잤잖아요."

그녀는 반항하지만 호지스의 귀에는 힘없는 반항으로 들린다.

"그래도."

"슈거 하이츠에서 친척들이랑 저녁을 먹기로 한 걸 생각하면 그러는 게 좋을 것 같기도 하네요, 경관님. 그나저나 당신, 오늘 저녁은 자유예요. 모두가 좋아하는 뮤지컬「제이니의 몇백만 달러」에 대해서 이야기하고 싶어 하는 눈치거든요."

"그럴 만도 하지."

"올리의 재산을 나눠 줄 거예요. 정확하게 반으로 갈라서."

호지스는 웃음을 터뜨린다. 그러다 농담이 아니라는 것을 알아차리고 웃음을 멈춘다.

제이니가 눈썹을 추켜세운다.

"왜요? 350만 달러라는 푼돈으로 노년을 대비하기에는 부족할 것 같아서 그래요?"

"충분하겠지만…… *당신* 돈이잖아요. 올리비아가 당신에게 물려 준."

"그렇죠. 그리고 유언장은 변경 불가라고 슈론 변호사도 딱 잘라서 말해요. 그래도 올리가 유언장을 작성했을 때 올바른 정신 상태가 아니었을 수 있잖아요. 당신도 알잖아요. 언니를 만났고 대화를 나누었으니까요." 그녀는 스타킹 신은 발을 주무르고 있다. "게다가 절반을 주면 어떤 식으로 나눌지 구경할 수 있잖아요. 얼마나 재미있겠어요."

"오늘 저녁에 내가 옆에 없어도 정말 괜찮겠어요?"

"오늘 저녁은 그렇지만 내일은 꼭 있어야 해요. 그건 나 혼자서 할 수 없는 일이에요."

"그럼 9시 15분에 데리러 올게요. 오늘밤도 내 집에서 자고 싶다면 얘기가 달라지겠지만."

"솔깃하지만 사양할게요. 오늘 저녁은 전적으로 가족들끼리 즐겁게 보내는 시간으로 할애됐거든요. 그런데 가기 전에 처리해야 할 일이 한 가지 더 있어요. 아주 중요한 일."

그녀는 핸드백을 뒤져서 메모지와 펜을 꺼낸다. 그녀는 메모지에 뭐라고 적고 찢어서 그에게 건넨다. 숫자 두 개가 적혀 있다.

제이니가 말한다.

"첫 번째 숫자는 슈거 하이츠 대문 비밀번호예요. 두 번째는 도난 경보기를 끄는 비밀번호고요. 당신이 친구 제롬이랑 목요일 아침에 올리의 컴퓨터를 살필 때 나는 샬럿 이모, 홀리, 헨리 삼촌을 공항까지 모셔다 드려야 해요. 만약 그 자가 언니 컴퓨터를 당신이 생각하는 그런 식으로 조작했고…… 그 프로그램이 아직 남아 있다면…… 나는 못 견딜 것 같아요." 그녀는 애원하는 눈빛으로 그를 바라본다. "내 말 무슨 뜻인지 알겠죠? 알겠다고 대답해 줘요."

"알겠어요." 호지스가 말한다.

그는 전처가 좋아했던 로맨스 소설에서 프러포즈를 하려는 남자처럼 그녀의 옆에 무릎을 꿇고 앉는다. 마음속 한구석에서는 어처구니없다는 생각이 들기도 한다. 하지만 많이 그런 건 아니다.

"제이니." 그가 부른다.

그녀는 그를 바라보며 미소를 지으려고 하지만 잘 되지 않는다.

"미안해요. 전부 다. 정말, 정말 미안해요."

그녀와, 문제가 많은 골칫거리였던 그녀의 언니뿐 아니라 시티 센터에서 생사를 달리한 사람들, 특히 아이 엄마와 아이까지 생각해서 하는 얘기다.

그가 형사로 승진했을 때 멘토 역할을 했던 사람이 프랭키 슬레지였다. 호지스는 그때 그를 늙은이 취급했지만, 당시 슬레지는 지금 호지스보다 열다섯 살 어렸다. *내 앞에서 그 사람들을 절대 피해자라고 부르지 마.* 슬레지는 이렇게 말했다. *그런 뭣 같은 단어는 개자식이나 날나리들한테나 쓰는 말이야. 그들의 이름을 기억해. 그들의 이름을 불러.*

'크레이 모녀.' 그는 생각한다. '그들은 크레이 모녀였지. 재니스와 퍼트리샤 크레이.'

제이니가 그를 끌어안는다. 그녀가 입을 열자 입김이 그의 귓가를 간질여서 온몸에 소름이 돋고 발기가 되려고 한다.

"이 일이 끝나면 나는 캘리포니아로 돌아갈 거예요. 여기 계속 있을 수가 없어요. 나는 빌, 당신이 참 좋고, 계속 여기 있으면 당신을 사랑하게 될지 모르지만 그러지 않을 거예요. 새 출발을 해야 하니까."

"알아요." 호지스는 몸을 떼서 그녀의 어깨를 붙잡고 다시 한 번 얼굴을 들여다본다. 예쁜 얼굴이지만 오늘은 나이를 먹은 티가 난다. "그래도 괜찮아요."

그녀는 핸드백을 뒤져서 이번에는 화장지를 꺼낸다. 그녀는 눈가를 닦은 뒤에 이야기한다.

"당신 오늘 솜씨를 제대로 발휘했던데요?"

"솜씨라니……?" 그러다 그는 알아차린다. "홀리 말이로군."

"당신이 정말 멋지대요. 나한테 그러더라고요."

"보면 올리비아가 생각나요. 대화를 나누면 또 한 번의 기회가 생기는 느낌이고."

"일을 제대로 처리할 수 있는 기회 말이에요?"

"그렇죠."

제이니는 콧잔등을 찡그리며 씩 웃는다.

"그렇죠."

브래디는 그날 오후에 장을 보러 간다. 이제는 고인이 된 드보라 앤 하츠필드의 혼다를 몰고 나간 이유는 그 차가 해치백이기 때문이다. 그런데도 산 물건 하나가 뒷좌석에 간신히 들어간다. 그는 집으로 돌아가는 길에 스피디 포스탈에 들러서 랠프 존스라는 가명으로 주문한 고퍼-고가 도착했는지 확인할까 생각하지만, 이제는 1000년쯤 지난 일처럼 느껴지는데다 확인할 필요도 없다. 그 단계는 이제 끝났다. 조만간 나머지 단계들도 모두 끝날 테니 이 얼마나 다행인가.

그는 산 것 중에서 가장 큰 물건을 차고 벽에 세워 놓는다. 그런 다음 집 안으로 들어가 부엌에서 잠깐 걸음을 멈추고 냄새를 확인한 뒤(아직까지는 썩은 내가 나지 않는다.) 통제실로 내려간다. 주문을 외워서 일렬로 늘어선 컴퓨터를 켜지만 그냥 습관상 그런 거다. 뒤룩뒤룩한 전직 경찰관에게 할 말이 더 이상 없기 때문에 이제는 데비스 블루 엄브렐라로 숨어 들어갈 생각이 없다. 그 단계도 이제 끝났다. 그는 손목시계로 오후 3시 30분이라는 것을 확인하고, 뒤룩뒤룩한 전직 경찰관의 수명이 약 20시간 정도 남았겠다고 계산을 마친다.

'호지스 형사, 그 여자랑 진짜 그렇고 그런 사이라면 따먹을 수 있을 때 따먹는 게 좋을 거야.'

그는 벽장 문에 달린 자물쇠를 열고 사제 플라스틱 폭탄의 기름 냄새가 희미하게 나는 건조한 벽장 안으로 들어간다. 그는 폭탄이 가득 든 신발상자들을 훑어보다 그가 지금 신고 있는 메피스토 워킹화 —작년 크리스마스 때 어머니에게 받은 선물이다.— 상자를 고른다. 그런 다음 옆 선반에서 휴대전화가 가득 든 신발상자를 꺼낸다. 그는 휴대전화 한 대와 폭탄 제조용 점토를 지하실 한가운데에 놓인 테이블로 들고 가서 휴대전화를 상자에 넣고 AA 건전지를 쓰는 간단한 기폭 장치로 개조한다. 그런 다음 휴대전화를 켜서 작동이 되는지 확인하고 다시 끈다. 누군가가 실수로 이 일회용 전화기의 번호를 눌러서 그의 통제실을 하늘로 날려버릴 가능성은 낮지만 굳이 모험을 감수할 필요가 없다. 그의 어머니가 독극물을 넣은 그 고기를 발견해서 점심으로 구워 먹을 가능성도 낮았지만 결과적으로 어떻게 되었는가.

이 아이는 내일 아침 10시 20분까지 꺼져 있어야 한다. 그 시간이 되면 브래디는 솜스 장례식장 뒤편의 주차장으로 어슬렁어슬렁 들어갈 것이다. 거기서 누굴 만나면 주차장을 가로질러서 버스정거장이 있는 옆길로 건너갈 수 있지 않으냐고(정말 그렇다. 그가 맵퀘스트에서 확인했다.) 물어볼 것이다. 하지만 누가 있을 것 같지는 않다. 다들 추도식에 참석해서 엉엉 울고 있을 테니까.

그는 2번 발명품으로 뒤룩뒤룩한 전직 경찰관의 차 문을 열고 운전석 뒤 바닥에 신발상자를 놓을 것이다. 그런 다음 도요타를 다시 잠그고 그의 차로 돌아갈 것이다. 기다리기 위해서. 그가 지나가는 것을 지켜보기 위해서. 그가 다음 네거리에 도착하면 브래디는 날아오는 잔해로부터 비교적 안전할 것이다. 그러면……

"콰-쾅." 브래디는 중얼거린다. "그를 묻으려면 신발상자가 또 하나 필요하겠군."

말해 놓고 보니 우스워서 그는 웃으며 자살 조끼를 가지러 다시 벽장으로 간다. 그는 오후 내내 조끼를 해체할 것이다. 이제는 그 조끼가 필요 없다.

더 좋은 생각이 있다.

2010년 6월 2일 수요일은 따뜻하고 구름 한 점 없다. 달력을 기준으로 하면 아직 봄이고 학교들은 방학 전이지만, 그렇다 한들 미국 심장부를 찾아온 완연한 여름 날씨라는 사실에는 변함이 없다.

빌 호지스는 양복만 입고 넥타이는 매지 않은 채 서재에 앉아서 말로 에버렛이 팩스로 보내 준 차량 도난사건 목록을 살핀다. 출력해 놓은 그 도시 지도를 펼쳐 놓고 도난사건이 벌어진 지점마다 빨간 점을 찍는다. 갈 길이 멀고 올리비아의 컴퓨터에서 아무것도 발견하지 못하면 그 길이 한참 더 멀어지겠지만, 일부 피해자들이 비슷한 차량을 목격했다고 진술할 가능성도 있다. 미스터 메르세데스가 목표로 삼은 차량의 차주를 감시하고 있었을 테니까. 분명 그랬을 거라고 호지스는 장담할 수 있다. 그는 차주가 사라진 것을 확인한 다음 들고 온 장치를 써서 문을 열었을 것이다.

'나를 감시했던 것처럼 그들을 감시했겠지.'

그러자 뭔가가 그의 머릿속에서 퍼뜩 떠오른다. 하지만 연상의 불꽃은 잠깐 반짝이다 그가 정체를 파악하기도 전에 사라져 버린다.

상관없다. 정말 뭔가가 있다면 다시 생각날 테니까. 다시 생각날 때까지 기다리는 동안 그는 주소를 확인하고 빨간 점을 찍는다. 넥타이를 옭아매고 제이니를 데리러 가야 하는 시간까지 20분이 남았다.

브래디 하츠필드는 통제실에 있다. 오늘은 머리가 아프지도 않고, 뒤죽박죽일 때가 많았던 머릿속도 컴퓨터에 띄워놓은 다양한 「와일드 번치」 화면보호기 마냥 깔끔하다. 그는 자살 조끼에서 플라스틱 폭탄 덩어리를 떼어내서 기폭용 전선을 분리했다. 폭탄 몇 개는 궁둥이 주차장이라는 짓궂은 슬로건이 찍힌 빨간색 시트 쿠션에 넣었다. 기폭용 전선을 달아서 원통 모양으로 개조한 두 개는 파란색 유리네스타 소변 주머니에 집어넣었다. 그런 다음 스티커를 소변 주머니에 붙였다. 어제 MAC 기념품점에서 티셔츠와 함께 산 스티커로, 라운드히어 넘버 원 남자 팬이라고 적혀 있다. 그는 손목시계를 확인한다. 거의 9시가 다 됐다. 뒤룩뒤룩한 전직 경찰관의 수명은 이제 한 시간 반 남았다. 어쩌면 그보다 짧을 수도 있다.

호지스의 예전 파트너 피트 헌틀리는 취조실에 있다. 심문할 사람이 있어서가 아니라 분주하고 시끌벅적한 오전의 집합실과 멀찌감치 떨어진 곳에서 메모를 검토하기 위해서다. 10시에 기자 회견을 열어서 도널드 데이비스가 가장 최근에 폭로한 암울한 진실들을 밝히기로 했는데 뭐 하나라도 망치면 안 된다. 시티 센터 살인범 ― 미스터 메르세데스 ― 은 안중에도 없다.

로타운의 어느 전당포 뒤에서는 아무도 모를 거라고 믿어 의심치 않는 사람들이 총을 사고팔고 있다.

제롬 로빈슨은 그의 컴퓨터 앞에서 '사운즈 굿 투 미'라는 사이트에 있는 오디오 클립 파일을 듣고 있다. 어떤 여자의 히스테릭한 웃음소리를 듣는다. 어떤 남자의 「대니 보이」 휘파람 연주를 듣는다. 어떤 남자가 물로 입 안을 헹구는 소리와 어떤 여자가 오르가슴의 절정에서 내는 소리를 듣는다. 그러다 결국 원하는 파일을 찾는다. 제목은 간단하다. 갓난아이 울음소리.

아래층에서는 제롬의 여동생 바브라가 부엌으로 뛰어 들어가고 그 뒤를 오델이 바짝 쫓는다. 바브라는 반짝이가 달린 치마에 파란색의 투박한 크록스, 섹시한 십 대 남자아이가 그려진 티셔츠를 입고 있다. 남자아이의 눈부신 미소와 조심스럽게 만진 헤어스타일 아래로 문구가 보인다. *I LUV CAM 4EVER!* 그녀는 어머니에게 콘서트에 이렇게 입고 가면 너무 유치하겠느냐고 묻는다. 그의 어머니는 웃으며(어쩌면 난생처음으로 공연을 보러 갔을 때 자기가 뭘 입었는지 추억하는지도 모를 일이다.) 완벽하다고 말한다. 바브라는 대롱거리는 V 모양 귀걸이를 엄마한테 빌려서 하고 가도 되느냐고 묻는다. 그럼, 당연하지. 립스틱은요? 음…… 그래. 아이새도는요? 미안, 그건 안 돼. 바브라는 그냥 해 본 말이라는 듯 웃음을 터뜨리고 엄마를 와락 끌어안는다.

"내일 저녁까지 못 기다리겠어요."

홀리 기브니는 슈거 하이츠 욕실 안에서 추도식도 건너뛰고 싶은데 어머니가 허락할 리 없다는 생각을 하고 있다. 몸이 안 좋다고 하면 어머니는 그 역사가 홀리의 어린시절로 거슬러 올라가는 역공을 펼칠 것이다. *사람들이 뭐라고 하겠니.* 그 말을 듣고 홀리가 사람들이 뭐라고 하든 무슨 상관이냐고, 평생 그 사람들을 두 번 다시 볼

일이 없지 않으냐고 하면 (제이니는 예외지만) 어머니는 외국어로 말하는 사람을 대하는 듯한 표정으로 그녀를 쳐다볼 것이다. 그녀는 렉사프로를 먹지만 이를 닦는 동안 속이 뒤틀려서 게워 버린다. 샬럿이 준비 거의 다 끝났느냐고 큰 소리로 묻는다. 홀리는 거의 다 끝났다고 큰 소리로 대답한다. 그녀는 변기 물을 내리며 생각한다. 최소한 제이니의 남자친구는 있겠지. 빌. 좋은 사람이야.

제이니 패터슨은 돌아가신 어머니의 콘도식 아파트에서 조심스럽게 옷을 갈아입고 있다. 짙은 색 스타킹, 까만색 치마, 아주 짙은 암청색 블라우스 위로 까만색 재킷. 그녀는 계속 여기 있으면 그를 사랑하게 될지 모른다고 빌에게 했던 말을 생각한다. 이미 사랑하고 있으면서 그런 식으로 뻔뻔하게 진실을 은폐했다. 정신과 의사는 그녀의 이야기를 들으면 웃으며 부성애를 운운할 것이다. 그러면 제이니는 웃으며 그건 프로이트식 헛소리라고 맞받아칠 것이다. 그의 아버지는 옆에 있어도 있는 것 같지 않았던 대머리의 회계사였다. 그런데 빌 호지스에 대해서 한 가지 단언할 수 있는 게 있다면 옆에 확실히 있어준다는 것이다. 그래서 그녀는 그가 좋다. 그녀가 사 준 모자도 마음에 든다. 필립 말로 페도라. 그녀는 손목시계를 보고 9시 15분이라는 것을 확인한다. 조만간 그가 도착해야 할 텐데.

늦으면 죽여 버릴지도 모른다.

그는 늦지 않았고 그 모자도 쓰고 있다. 제이니는 그에게 보기 좋다고 말한다. 그는 그녀가 더 보기 좋다고 말한다. 그녀는 웃으며 그에게 입을 맞춘다.

"이제 해치우러 갑시다." 그가 말한다.

제이니는 콧잔등을 찡그리며 말한다.

"그래요."

그들은 차를 타고 장례식장으로 향하고, 이번에도 일등으로 도착한다. 호지스가 그녀를 영면실로 에스코트한다. 그녀는 주위를 둘러보더니 마음에 든다는 뜻에서 고개를 끄덕인다. 접의식 의자 위에 추도식 안내장이 놓여 있다. 관을 치우고 그 자리에 봄꽃들이 흩뿌려진 제단 비슷한 테이블을 놓았다. 볼륨을 너무 낮추어서 들릴락 말락 한 브람스가 음향기기를 통해 흘러나온다.

"마음에 들어요?" 호지스가 묻는다.

"이 정도면 되겠어요." 그녀는 심호흡을 하고 20분 전에 그가 했던 말을 반복한다. "이제 해치워 버리자고요."

기본적으로 어제 그 얼굴들이다. 제이니는 문 앞에서 그들을 맞이한다. 그녀가 악수하고 포용하며 적절한 인사를 건네는 동안 호지스는 근처에 서서 지나가는 차량들을 살핀다. 속도를 줄이지 않고 느릿느릿 지나가는 진흙색 스바루를 비롯해서 의심스러운 차량은 한 대도 없다.

앞 유리창 옆쪽에서 허츠 스티커를 붙인 쉐보레 렌터카가 주차장으로 들어선다. 이윽고 헨리 삼촌이 부드럽게 출렁거리는 회사 간부급 배를 앞세우고 내린다. 샬럿 이모와 홀리가 뒤따라 내리는데, 샬럿이 하얀 장갑을 낀 손으로 딸의 팔꿈치를 꼭 잡고 있다. 호지스의 눈에는 C 이모가 죄수 — 아마도 약물중독자 — 를 교도소로 이송하는 여자 간수처럼 보인다. 홀리는 그럴 수도 있을까 싶게, 어제보다 얼굴이 더 하얗다. 어제처럼 갈색의 그 볼품없는 마대자루를 입었고 벌써 립스틱을 거의 다 씹어 먹었다.

그녀는 호지스를 보고 떨리는 미소를 짓는다. 호지스가 손을 내밀자 그녀는 겁에 질린 채로 꽉 쥐고 있다가 샬럿에게 망자의 전당으로 끌려간다.

워튼 부인이 외출을 할 수 있었을 때 다녔던 교회의 젊은 목사가 추도식을 집전한다. 그는 현숙한 여인을 이야기한 잠언의 뻔한 구절을 낭송한다. 호지스는 고인이 진주보다 귀하다는 데에는 기꺼이 동의할 수 있지만, 그녀가 양털과 삼을 구해서 일을 한 적이 있을지는 심히 의심스럽다(잠언 31장에 "누가 현숙한 여인을 찾아 얻겠느냐 그의 값은 진주보다 더하니라"와 "그는 양털과 삼을 구하여 부지런히 손으로 일하며"라는 구절이 있다—옮긴이). 그래도 시적이라 목사의 낭송이 끝날 무렵에는 눈물이 흘러내린다. 목사는 젊을지 몰라도 잘 알지도 못하는 사람을 칭송하려고 애를 쓸 만큼 어리석지는 않다. 그래서 고인이 된 엘리자베스에 얽힌 '소중한 추억'이 있는 사람들에게 한마디씩 이야기를 해 보라고 한다. 간병인이었던 앨시어 그린을 필두로 몇 명이 이야기하고 딸이 마지막을 장식한다. 제이니는 차분한 목소리로 짧고 간단하게 이야기한다.

그러고는 "더 많은 시간을 함께 하지 못해서 아쉽습니다."라는 말로 마무리를 짓는다.

브래디는 10시 5분에 길모퉁이에 차를 세우고, 최대한도를 의미하는 초록색 깃발이 뜰 때까지 요금기에 동전을 넣는다. 결국 샘의 아들(1970년대 연쇄살인범 데이비드 버코위츠의 별명 — 옮긴이)이 잡힌 것도 주차 딱지 때문이 아니었던가. 그는 뒷자리에서 천으로 된 장 가방을 꺼낸다. 옆면에 크로거와 재활용으로 나무를 살립시다!라고 적힌 장 가방이다. 그 안에 메피스토 신발상자와 2번 발명품이 들어 있다.

그는 모퉁이를 돌아서 아침에 볼일을 보러 나온 시민처럼 뚜벅뚜 벅 씩씩하게 솝스 장례식장을 지나간다. 표정은 차분하지만 심장은 증기 드릴처럼 쿵쾅거린다. 장례식장 앞에 아무도 없고 문이 닫혀 있지만 뒤룩뒤룩한 전직 경찰관이 다른 조문객들과 따로 있을 가능 성도 있다. 의심스러운 인물이 있는지, 다르게 표현하자면 *그가* 있 는지 뒷방에서 살피고 있을 가능성도 있다. 브래디도 그렇다는 것을 안다.

위험을 감수하지 않으면 얻는 것도 없는 법이야, 허니 보이. 그의 어머니가 중얼거린다. 맞는 말이다. 그리고 그의 판단에 따르면 위 험 부담이 많지 않다. 만약 호지스가 금발의 그 계집을 따먹고 있다 면(또는 그럴 속셈이라면) 여자의 곁을 떠나지 않을 것이다.

브래디는 저쪽 모퉁이에 도착하자 180도 턴을 하고, 갔던 길을 되 짚어서 장례식장 진입로로 주저 없이 들어선다. 희미한 음악소리가 들린다. 개똥같은 클래식이다. 뒤쪽 담벼락 앞에 댄 호지스의 도요 타가 보인다. 축제가 끝나면 잽싸게 빠져 나가려고 코를 비죽 내밀 고 있다. 늙다리 퇴직 형사의 마지막 드라이브. 브래디는 생각한다. '금세 끝날 거야, 친구.'

그는 두 대 중에서도 좀 더 큰 영구차의 뒤쪽으로 걸어가고, 장례 식장 뒤 창문으로 누가 내다보더라도 보이지 않을 만한 위치에 도착하자 장 가방에서 2번 발명품을 꺼내 안테나를 올린다. 심장이 그 어느 때보다 심하게 쿵쾅거린다. 그의 발명품이 작동이 되지 않을 때도 ─ 몇 번뿐이기는 하지만 ─ 있었다. 초록색 불은 깜빡이는데 차 문이 열리지 않았다. 프로그램상의 무작위적인 오류 아니면 마이크로 칩 때문이었다.

"작동이 되지 않으면 신발상자를 그냥 차 아래에다 넣어." 그의 어머니가 조언한다.

물론이다. 그래도 되겠지만, 그래도 *거의* 비슷하겠지만 그만큼 명쾌하지는 않을 것이다.

그는 토글스위치를 누른다. 초록색 불이 깜빡인다. 도요타의 전조등도 깜빡인다. 성공이다!

그는 자기 차인 양 뒤룩뒤룩한 전직 경찰관의 차로 다가간다. 뒷문을 열고 장 가방에서 신발상자를 꺼내 운전석 뒤쪽 바닥에 놓는다. 그런 다음 문을 닫고 천천히 똑바로 걸으려고 애를 쓰며 발걸음을 옮긴다.

그가 건물 모퉁이를 도는 순간 드보라 앤 하츠필드가 다시 입을 연다. *"뭐 깜빡한 거 없니, 허니 보이?"*

그는 걸음을 멈춘다. 곰곰이 생각한다. 그런 다음 건물 모퉁이로 돌아가서 2번 발명품의 안테나로 호지스의 차를 겨눈다.

문이 다시 닫히자 전조등이 깜빡인다.

고인을 추억하고 말없이 묵상하는 시간이 지나자("이 시간을 각자 원하는 대로 활용하세요.") 목사가 그들을 축복하고 지키고 그들에게 평화를 달라고 기도한다. 옷자락들이 부스럭거린다. 안내장이 핸드백과 재킷 주머니 속으로 들어간다. 홀리는 괜찮아 보이더니 통로 중간쯤 다다랐을 때 무릎이 꺾인다. 호지스가 그 덩치치고 놀라운 속도로 달려가서 그녀가 쓰러지기 전에 겨드랑이 아래로 팔을 넣어서 붙잡는다. 그녀는 눈자위가 뒤집혔고 완전히 정신을 잃기 직전이다. 그러다 잠시 후 눈자위가 제자리로 돌아오면서 초점을 찾는다. 그녀는 호지스를 보고 힘없이 미소를 짓는다.

"홀리, 그만해라!"

딸이 기절할 뻔한 게 아니라 익살맞고 부적절한 비속어를 중얼거리기라도 한 것처럼 그녀의 어머니가 매섭게 쏘아붙인다. 호지스는 두껍게 분칠한 샬럿 이모의 턱을 백핸드로 후려치면 얼마나 속이 시원할까 생각한다. 그러면 정신을 차릴지 모른다.

"저 괜찮아요, 어머니." 홀리가 말한다.

그러더니 호지스에게 "고마워요."라고 한다.

"아침에 뭐라도 먹었어요?"

"오트밀 먹었어요." 샬럿 이모가 선언한다. "버터랑 황설탕 넣어서. 내가 직접 만들었어요. 홀리, 너 어떨 때 보면 참 유난스럽더라." 그녀는 제이니를 돌아본다. "여기서 꾸물대고 있으면 어떡하니? 헨리는 이런 일에 전혀 쓸모가 없고 나 혼자 그 많은 사람들을 상대할 수도 없는데."

제이니는 호지스의 팔짱을 낀다.

"이모한테 맡길 생각도 없어요."

샬럿 이모는 억지 미소를 짓는다. 제이니는 눈부신 미소로 화답하

398

고, 호지스는 유산 절반을 넘기겠다는 그녀의 결정 역시 눈부신 선택이라는 결론을 내린다. 그러고 나면 이 불쾌한 여자를 두 번 다시 만날 일이 없을 것이다. 그녀의 전화를 받을 일도 없을 것이다.

조문객들이 햇살 아래로 나선다. 그들은 장례식장 앞에서 참 멋진 추도식이었죠? 어쩌고 하며 수다를 나누고, 다시 주차장 쪽으로 걸어가기 시작한다. 헨리 삼촌과 샬럿 이모도 홀리를 사이에 두고 그쪽으로 걸어간다. 호지스와 제이니도 따라간다. 장례식장 뒤편에 다다랐을 때 홀리가 갑자기 경호원들 사이에서 빠져나오더니 호지스와 제이니를 향해 빙글 몸을 돌린다.

"나도 그 차 탈래요. 그 차 타고 싶어요."

입술을 거의 안 보일 지경으로 꾹 다문 샬럿 이모가 딸의 뒤에서 불쑥 등장한다.

"오늘은 어쩌고저쩌고, 구시렁구시렁 그만하자."

홀리는 그녀의 말을 무시한다. 그녀는 얼음장처럼 차가운 손으로 호지스의 손을 잡는다.

"제발요. *제발요.*"

"나는 상관없어요." 호지스가 말한다. "제이니가 괜찮다고……"

샬럿 이모가 흐느끼기 시작한다. 옥수수 밭에서 까마귀가 쉰 소리로 우는 것처럼 귀에 거슬리는 소리를 낸다. 허리를 숙이고 워튼 부인의 차가운 입술에 입을 맞추었던 그녀의 모습이 호지스의 머릿속에 떠오르고, 달갑지 않은 가능성이 대두된다. 그는 올리비아를 잘못 판단했던 것처럼 샬럿 기브니도 잘못 판단했을지 모른다. 사람들은 겉모습이 전부가 아니다.

"홀리, 너는 이 사람을 잘 알지도 못하잖니!"

제이니가 훨씬 따뜻한 손을 호지스의 손목에 얹는다.

"당신이 이모랑 헨리랑 한 차를 타고 가면 어때요? 자리도 충분한데. 당신이 홀리랑 뒤에 타면 되잖아요." 그녀는 사촌에게로 시선을 옮긴다. "그러면 되겠어?"

"응!" 홀리는 계속 호지스의 손을 잡고 있다. "그러면 좋겠어!"

제이니는 삼촌을 돌아본다.

"괜찮으시겠어요?"

"그럼." 그는 홀리의 어깨를 명랑하게 토닥인다. "많으면 많을수록 더 재밌지."

"그렇지. 그래야 관심 가져 주는 사람이 많을 테니까." 샬럿 이모가 말한다. "저 애는 그걸 좋아하거든. 안 그러니, 홀리?"

그녀는 대답을 기다리지도 않고, 하이힐로 또각또각 분노의 모스 부호를 찍으며 주차장을 향해 걸음을 옮긴다.

호지스는 제이니를 쳐다본다.

"내 차는 어쩌고요?"

"내가 운전할게요. 열쇠 줘요." 그가 열쇠를 건네자 그녀가 말한다. "필요한 게 한 가지 더 있는데."

"뭔데요?"

그녀는 페도라를 뺏어서 자기 머리에 얹고 왼쪽 눈썹 위로 무심하게 눌러쓴다. 그러고는 콧잔등을 찡그리며 말한다.

"*이거요.*"

브래디는 쿵쾅거리는 심장을 달래며 장례식장에서 나오는 길목에 서 있다. 그는 휴대전화를 쥐고 있다. 도요타의 뒷자리에 놓인 폭탄의 기폭장치 번호가 그의 손목에 적혀 있다.

그는 장례식장 앞에 서 있는 조문객들을 구경한다. 뒤룩뒤룩한 전직 경찰관은 놓치려야 놓칠 수가 없다. 까만 양복을 입고 있는 몸집이 집채만 하다. 아니면 영구차만 하다. 머리 위에는 우스꽝스럽도록 촌스러운 모자가 얹혀 있다. 1950년대의 흑백 탐정영화에서 경찰들이 썼던 모자다.

사람들이 뒤편으로 걸어가기 시작하고 잠시 후, 호지스와 금발의 계집도 그쪽으로 향한다. 차가 폭발할 때 금발의 계집도 같이 타고 있을 것이다. 그러면 싹쓸이가 된다. 엄마 그리고 딸 둘. 모든 변수가 해결된 방정식처럼 명쾌하다.

자동차들이 빠져나오기 시작하는데 전부 다 그가 서 있는 방향으로 온다. 슈거 하이츠로 가는 길이 그쪽 방향이기 때문이다. 햇빛이 유리창 위로 반사돼서 도움이 되지 않지만, 장례식장 진입로 입구에서 잠깐 멈추었다가 그가 있는 쪽으로 방향을 트는 뒤룩뒤룩한 전직 경찰관의 도요타는 한눈에 알아볼 수 있다.

브래디는 헨리 삼촌의 쉐보레 렌터카가 지나갈 때 흘끗 쳐다보지도 않는다. 그의 관심사는 오로지 뒤룩뒤룩한 전직 경찰관의 자동차뿐이다. 그 차가 지나가자 그는 순간 실망한다. 금발의 계집이 자기 친척들이랑 갔는지 도요타에 운전자 혼자 타고 있다. 브래디는 햇빛 때문에 부신 눈으로 언뜻 보았을 뿐이지만, 뒤룩뒤룩한 전직 경찰관의 한심한 모자는 착각의 여지가 없다.

브래디는 번호를 누른다.

"내가 다가오는 줄도 모를 거라고 했지? 내가 그랬니, 안 그랬니, 이 등신아."

그는 통화 버튼을 누른다.

제이니가 라디오를 켜려고 손을 내민 순간, 휴대전화가 울리기 시작한다. 그녀가 살아생전에 남긴 마지막 소리는—누구나 그렇게 운이 좋아야 할 텐데.—웃음소리다. '바보.' 그녀는 애정을 담아서 생각한다. '또 여기다 두고 내렸네.' 그녀는 글로브 박스 쪽으로 손을 내민다. 두 번째 벨이 울린다.

이건 글로브 박스가 아니라 뒤에서 나는⋯⋯

아무 소리도 들리지 않는다. 적어도 그녀가 들은 소리는 없고, 누군가가 운전석을 세게 미는 느낌만 잠깐 느껴지고 그만이다. 그러고 나서 온 세상이 하얗게 변한다.

중얼중얼 홀리라고도 알려진 홀리 기브니는 정신적으로 문제가 있을지 모르지만, 정신과 약이나 몰래 피운 담배가 육체적인 능력에는 영향을 미치지 않았다. 헨리 삼촌이 브레이크를 밟자 그녀는 폭발음이 아직까지 귓전을 때리는 와중에 쉐보레 렌터카에서 튀어나간다.

호지스가 바로 뒤에서 열심히 달린다. 가슴을 쿡쿡 찌르는 듯한 통증이 느껴지자 심장마비에 걸릴지 모른다는 생각이 든다. 차라리 심장마비에 걸렸으면 하는 마음도 있지만 통증이 사라진다. 보행자들은 이전까지 당연하게 여겼던 세상에 폭력 사건으로 구멍이 날 때마다 보이는 행동을 취하고 있다. 몇 명은 인도에 주저앉아서 머리를 감싼다. 나머지는 동상처럼 그 자리에서 얼어붙는다. 차 몇 대는 멈추어 선다. 대부분은 속도를 높여서 일대를 당장 빠져나간다. 그 중 하나가 진흙색 스바루다.

정신적으로 불안한 제이니의 사촌을 따라 달리는 동안 미스터 메르세데스가 보낸 마지막 메시지가 의식용 북처럼 호지스의 머리를 두드린다. *죽여 버리겠어. 너는 내가 다가오는 줄도 모를 거다. 죽여 버리겠어. 너는 내가 다가오는 줄도 모를 거다. 죽여버리겠어. 너는 내가 다가오는 줄도 모를 거다.*

그는 모퉁이를 도는 순간 잘 신지 않는 정장 구두의 반질반질한 밑창 때문에 미끄러지면서 어깨를 축 늘어뜨리고 핸드백을 한 손에 대롱대롱 매단 홀리와 하마터면 부딪칠 뻔한다. 그녀는 호지스의 도요타가 남긴 잔재를 빤히 쳐다보고 있다. 차축에서 깨끗하게 떨어져 나온 차체가 이리저리 흩뿌려진 유리 조각 속에서 미친 듯이 이글거리고 있다. 뒷좌석은 6미터 멀리 튕겨져 나가서 옆으로 쓰러졌는데 갈기갈기 찢긴 시트에 불이 붙었다. 한 남자가 피가 나는 머리를 붙잡고 술에 취한 듯 비틀거리며 길을 건넌다. 쇼윈도가 박살난 카드 및 선물가게 앞 길가에 앉아 있는 어떤 여자를 보고 그는 순간 제이니인가 보다고 생각하지만, 이 여자는 초록색 원피스를 입고 있고 머리가 희끗희끗하고 당연히 제이니가 아니다. 제이니일 수가 없다.

'이건 내 탓이야. 내가 2주 전에 아버지의 총을 썼더라면 그녀가 죽을 일이 없었을 텐데.'

그의 안에 아직 많이 남아 있는 경찰의 기질이 그런 생각을 옆으로 밀쳐낸다(하지만 쉽게 밀쳐지는 않는다.). 충격으로 번쩍 눈을 뜬 차갑고 명료한 이성이 그 자리로 밀려든다. 이건 그의 탓이 *아니다.* 폭탄을 설치한 개새끼의 탓이다. 훔친 차를 몰고 시티 센터에 모인 구직자들을 향해 달려들었던 그 새끼의 탓이다.

피 웅덩이 속에 놓인 검은색 하이힐 한 짝과, 검게 그을린 소매를 달고 잘려 나와서 누가 버린 쓰레기처럼 하수구에 처박힌 팔 한 쪽이 보이자 호지스의 머리가 찰깍찰깍 돌아가기 시작한다. 헨리 삼촌과 샬럿 이모가 조만간 도착할 테니 시간이 별로 없다.

그는 홀리의 어깨를 붙잡고 돌려세운다. 레아 공주처럼 틀어 올린 머리가 풀려서 뺨에 들러붙었다. 그녀는 눈을 휘둥그레 뜨고 그를 똑바로 쳐다본다. 그는 지금 이 상태로는 그녀가 아무 소용없다는 것을 이성적으로 — 그 어느 때보다 차갑게 벼려진 이성으로 — 파악한다. 그는 이쪽 뺨을, 그리고 저쪽 뺨을 차례대로 때린다. 세게 때리지는 않지만 그녀의 눈꺼풀을 파닥이게 만들기에 충분하다.

사람들이 비명을 지르고 있다. 여기저기서 경적을 울리고, 두어 개의 도난경보기가 귀청을 때린다. 석유 냄새, 고무 타는 냄새, 플라스틱 녹는 냄새가 난다.

"홀리. 홀리. 내 말 잘 들어요."

그녀는 그를 쳐다보고 있지만 그의 말을 듣고 있을까? 모르겠지만 시간이 없다.

"나는 제이니를 사랑했지만 아무한테도 그걸 말하면 안 돼요. *내가 그녀를 사랑했다고 아무한테도 말하면 안 돼요.* 알았죠?"

그녀는 고개를 끄덕인다.

"휴대전화 번호 알려줘요. 당신이 필요할 수 있으니까."

이성적으로는 그럴 일이 없길 바라지만, 슈거 하이츠의 집이 오늘 오후에 비길 바라지만, 그렇지 않을 것이다. 홀리의 어머니와 삼촌은 당분간 집을 비워야겠지만, 샬럿이 자기 딸을 데려가고 싶어 하지 않을 것이다. 홀리는 정신적으로 문제가 있으니까. 홀리는 예민하니까. 호지스는 지금까지 그녀가 몇 번이나 신경쇠약증에 걸렸을지, 자살을 시도한 적은 있는지 궁금해진다. 이런 생각들은 별똥별처럼 그의 머릿속을 가로질러서 떠올랐는가 싶으면 이내 사라진다. 그는 홀리의 예민한 정신적 문제에 신경 쓸 겨를이 없다.

"어머니와 삼촌이 경찰서에 가면 아무하고도 같이 있지 않겠다고 해요. 혼자 있어도 된다고. 그럴 수 있겠어요?"

그녀는 고개를 끄덕이지만, 그가 무슨 말을 하고 있는지 모르는 게 거의 분명하다.

'이렇게는 안 되겠어.' 호지스는 생각한다. '불이 켜져 있긴 한데 집에 아무도 없네.' 그래도 그는 시도해 봐야 한다. 그는 그녀의 어깨를 잡는다.

"홀리, 나는 이런 짓을 저지른 남자를 잡고 싶어요. 그에게 대가를 치르게 하고 싶어요. 나를 도와줄래요?"

그녀는 고개를 끄덕인다. 얼굴에 아무 표정도 없다.

"그럼 말해요. 나를 돕겠다고 말해요."

그녀는 아무 말도 하지 않고 케이스에서 선글라스를 꺼내서 쓴다. 불길에 휩싸인 차가 길거리에 나뒹굴고 제이니의 한쪽 팔이 하수구에 있는데. 사람들이 비명을 지르고 벌써 점점 다가오는 사이렌 소리가 들리는데.

그는 그녀를 살짝 흔든다.

"휴대전화 번호 알려 줘요."

그녀는 고개를 끄덕이지만 아무 말도 하지 않는다. 핸드백을 탁소리 나게 닫고 불길에 휩싸인 자동차 쪽으로 몸을 돌린다. 지금까지 겪어 본 적 없는 엄청난 절망감이 밀려들자 호지스의 속이 메슥거리고 30~40초 동안 완벽하게 또렷했던 생각들이 이리저리 흩어진다.

샬럿 이모가 머리카락 — 대부분 까맣지만 뿌리는 하얗다. — 을 나부끼며 모퉁이를 멀찌감치 돌아 나온다. 헨리 삼촌이 뒤따라온다. 피에로처럼 뺨만 빨갛고 턱이 두 개 달린 얼굴 전체가 새하얗다.

"샬리, 멈춰!" 헨리 삼촌이 외친다. "나 심장마비 걸리겠어!"

그의 누이는 아랑곳하지 않는다. 그녀는 홀리의 팔꿈치를 잡고 홱 돌려서 작지 않은 홀리의 코를 그녀의 젖가슴 사이에 묻으며 와락 끌어안는다. "**보지 마!**" 샬럿은 현장을 쳐다보며 우렁차게 외친다. **"보지 마, 아가. 보지 마!"**

"숨을 못 쉬겠어." 헨리 삼촌이 선언한다. 그는 길가에 앉아서 고개를 숙인다. "맙소사, 이대로 죽는 건 아니었으면 좋겠는데."

사이렌 소리가 추가된다. 도로 위에서 불길에 휩싸인 잔해를 좀 더 가까이서 보려고 사람들이 조금씩 앞으로 움직이기 시작한다. 몇 명은 휴대전화로 사진을 찍는다.

호지스는 생각한다. '폭탄이 차 한 대를 날려 버리고도 남을 만큼

많았어. 녀석이 얼마나 더 가지고 있을까?'

샬럿 이모는 홀리를 계속 꼭 끌어안고 보지 말라며 고함을 지른다. 홀리는 빠져나오려고 꿈틀거리지 않지만 한 손으로 뒷짐을 지고 있다. 그 손으로 뭔가를 쥐고 있다. 호지스는 희망사항에 불과하다는 것을 알지만 그에게 주는 물건이었으면 좋겠다는 생각을 한다. 그는 그녀가 내민 물건을 받는다. 선글라스가 들어 있던 케이스다. 거기에 그녀의 이름과 주소가 금색으로 새겨져 있다.

전화번호도 있다.

호지스는 양복 재킷 안주머니에서 노키아를 꺼내서 열며, 제이니가 구박했을 때 말을 들었기 망정이지, 안 그랬으면 통구이가 된 도요타의 글로브 박스 안에서 녹은 플라스틱과 탁탁 소리를 내는 전선 뭉치로 전락했을 거라는 생각을 한다.

그는 제롬의 단축번호를 누르며 제발 전화를 받아 주길 기도하고 그의 기도는 이루어진다.

"호지스 씨? 빌 아저씨? 방금 전에 엄청난 폭탄 소리가……"

"입 다물어, 제롬. 가만히 듣기나 해."

그는 유리조각이 흩뿌려진 인도를 걷고 있다. 사이렌 소리가 좀 더 가까워진 것을 보면 조만간 경찰이 도착할 텐데 그가 믿을 것은 직감뿐이다. 하지만 무의식 선상에서 이미 연결고리를 찾는 작업이 이루어지고 있다면 이야기가 달라진다. 전에도 그런 적이 있었다. 그가 그 많은 표창장을 전부 다 크레이그리스트(전 세계 80여 개 나라에 서비스되고 있는 온라인 벼룩시장 — 옮긴이)에서 구한 것은 아니다.

"듣고 있어요."

"너는 시티 센터 사건에 대해서 아무것도 모르는 거야. 올리비아 트릴로니나 제이니 패터슨에 대해서도 아무것도 모르고."

물론 그들 셋은 디마지오스에서 저녁을 먹었지만 경찰들이 당분간은 아니면 영원히 거기까지 유추하지는 못할 것이다.

"납작 엎드려 있을게요." 일말의 불신이나 망설임도 없다. "누가 물어보는데요? 경찰이요?"

"경찰은 나중에. 맨 먼저 너희 부모님이 물어볼 거야. 네가 들은 폭탄 소리가 내 차에서 난 거거든. 제이니가 운전하고 있었어. 막판에 바꿔서. 그래서…… 죽었어."

"맙소사, 아저씨, 경찰에 알려요! 예전 파트너한테!"

호지스는 그는 우리 것이라고 했던 그녀의 말을 생각한다. *그러기로 합의한 것도 아직 바뀌지 않았죠?*

'그래요.' 그는 생각한다. '그러기로 합의한 것도 아직 바뀌지 않았어요, 제이니.'

"나중에. 아직은 내가 파헤치고 싶어서 네 도움이 필요하다. 이 버러지가 제이니를 죽였어. 이 자식을 잡고 말 테다, 반드시. 도와줄 거니?"

"네."

*그러면 제가 얼마나 난처해지는데요*가 아니다. *그랬다가는 하버드에 못 갈 수도 있어요*도 아니다. *저는 빼주세요*도 아니다. 그냥 '*네.*'다. 제롬 로빈슨에게 축복이 있으라.

"내 이름으로 데비스 블루 엄브렐라에 들어가서 이런 짓을 저지른 녀석한테 메시지를 보내. 내 아이디 알지?"

"네. kermitfrog19요. 종이를⋯⋯"

"그럴 시간 없어. 그냥 중요한 부분만 기억하면 돼. 그리고 최소한 시간은 있다가 보내라. 폭탄이 터지기 전에 보낸 메시지가 아니라는 걸 녀석에게 분명히 알려야 하니까. 내가 죽지 않았다는 걸 알려야 해."

"말씀하세요."

호지스는 얘기하고 작별인사도 없이 전화를 끊는다. 그는 휴대전화를 홀리의 선글라스 케이스와 함께 바지 주머니에 넣는다.

소방차가 휘청하며 모퉁이를 돌아 나오고 경찰차 두 대가 그 뒤를 따라온다. 그들은 장의사와 엘리자베스 워튼의 추도식을 집전한 목사가 이글거리는 태양과 불이 난 자동차의 열기를 가리느라 눈 위에다 손을 대고 인도에 서 있는 솜스 장례식장 앞을 쌩하니 지난다.

호지스는 할 말이 많지만 그보다 더 중요한 일을 먼저 처리해야 한다. 그는 양복 재킷을 벗어서 무릎을 꿇고 하수구에 나뒹구는 팔을 덮는다. 눈물이 날 것처럼 눈이 따끔거리지만 애써 참는다. 눈물은 나중에 흘려도 된다. 지금 그가 지어낸 이야기에 눈물은 걸맞지 않는다.

경찰차에서 한 명씩 젊은 경관이 내린다. 호지스는 모르는 친구들이다.

"경찰관." 그가 부른다.

"여기서 나가 주시겠습니까?" 한 경관이 말한다. "하지만 저 사건을 목격하셨다면⋯⋯" 그는 불이 난 도요타의 잔해를 가리킨다. "⋯⋯나중에 심문할 수 있도록 근처에 계셔 주셔야겠습니다."

"목격한 정도가 아니라 하마터면 내가 저 안에 타고 있을 뻔했소." 호지스는 지갑을 꺼내서 빨간색으로 퇴직 도장이 찍힌 경찰 신분증을 보여 준다. "작년 가을까지 내 파트너가 피트 헌들리였소. 피트한테 **당장** 연락해요."

"저 차가 선생님 차라고요?" 다른 경관이 묻는다.

"그래요."

"그럼 누가 운전을 하고 있었습니까?" 아까 그 경관이 묻는다.

브래디는 모든 문제를 해결하고 정오가 되기 한참 전에 집에 도착한다. 길 건너편에 사는 나이 많은 비슨 씨가 자기 집 잔디밭에 서 있다.

"그 소리 들었나?"

"무슨 소리요?"

"시내에서 폭탄 터지는 소리가 엄청 크게 나던데. 연기도 자욱했는데 지금은 다 없어졌구만."

"라디오를 크게 틀고 있었어요."

"아무래도 오래된 페인트 공장이 터졌나 봐. 자네 집 문을 두드렸는데 어머니가 주무시고 계신 모양이더군."

그의 눈이 반짝이며 하지 않은 말을 전한다. 술에 *취해서.*

"그러셨나 봐요." 오지랖 넓은 머저리 노인네가 그의 집 대문을 두드렸다니 못마땅하다. 브래디 하츠필드가 생각하는 훌륭한 이웃은 아예 없는 이웃이다. "저 이제 들어갈게요, 비슨 씨."

"어머니한테 안부 전해 줘."

그는 문을 열고 안으로 들어가서 문을 잠근다. 냄새를 맡는다. 아무 냄새도 나지 않는다. 아니…… *전혀* 아무 냄새도 나지 않는다고 볼 수는 없다. 싱크대 아래 쓰레기통에 죽은 닭을 며칠 동안 방치한 것처럼 불쾌한 냄새가 아주 살짝 나긴 한다.

브래디는 그녀의 방으로 올라간다. 침대보를 젖혀서 그녀의 핏기 없는 얼굴과 부릅뜬 눈을 드러낸다. 이제는 그 눈이 별로 신경 쓰이지 않는데, 비슨 씨가 참견쟁이라면 어쩐다? 앞으로 며칠 동안만 버티면 되니까 비슨 씨는 *씨발* 안녕이다. 부릅뜬 저 눈도 *씨발* 안녕이다. 그가 그녀를 죽인 게 아니다. 그녀가 자살한 거다. 뒤룩뒤룩한 전직 경찰관이 그렇게 자살했어야 하는데 그러지 않았어도 상관없다. 이제 죽었으니까 뒤룩뒤룩한 전직 경찰관도 *씨발* 안녕이다. 그 형사는 확실히 퇴직을 했다. 평화롭게 퇴직하시길, 호지스 형사.

"됐어요, 엄마. 내가 해냈어요. 엄마도 도움이 됐어요. 내 상상 속에서 도움을 받긴 했지만……"

과연 그런지 백 퍼센트 장담할 수는 없다. 어쩌면 뒤룩뒤룩한 전직 경찰관의 차 문을 다시 잠그라고 일깨워 준 사람이 정말 엄마였을지 모른다. 그는 전혀 생각을 못하고 있었으니 말이다.

"아무튼 고마워요." 그는 우물쭈물 말을 맺는다. "뭐가 됐든 감사해요. 그리고 엄마가 죽어서 아쉬워요."

그 부릅뜬 눈이 그를 올려다본다.

그는―조심스럽게―손을 내밀어서 영화에서 보면 사람들이 가끔 그러는 것처럼 손끝으로 그녀의 눈을 감긴다. 하지만 효과도 잠시뿐, 낡아서 지친 블라인드처럼 눈꺼풀이 위로 말려 올라가서 그

노려보는 눈빛이 되살아난다. 네가 날 죽였잖아 허니 보이, 라고 말하는 눈빛이다.

흥이 깨져서 브래디는 침대보로 그녀의 얼굴을 다시 덮는다. 그는 1층으로 내려가서 최소한 한 지방 방송사라도 사건 현장을 보도하고 있지 않을까 싶어서 텔레비전을 켜지만, 그런 방송사가 하나도 없다. 정말 짜증난다. 자기들 면전에서 자동차 폭탄이 터졌는데도 모른단 말인가. 모르는 모양이다. 레이철 레이가 만드는 우라질 미트로프가 더 중요한 모양이다.

그는 바보상자를 끄고 통제실로 달려가서 혼돈으로 컴퓨터를 켜고 어둠으로 자살 프로그램을 멈춘다. 그는 머리 위로 주먹을 들어서 흔들고 「딩동 마녀가 죽었어」 노래의 마녀를 경찰로 바꾸어 부르며 셔플 댄스를 춘다. 그러면 기분이 좋아질 줄 알았는데 그렇지가 않다. 오지랖 넓은 비슨 씨와 노려보는 어머니 때문에 좋았던 기분—그가 노력해서 얻은 기분인데, 그는 그런 기분을 느낄 만한 자격이 있는데—이 가라앉아 버렸다.

상관없다. 콘서트가 다가오고 있으니 준비해야 한다. 자살 조끼에 들어 있었던 볼 베어링들이 이제는 세 개의 마요네즈 병에 담겨 있다. 그 옆에는 갤런 사이즈의 글래드 밀폐용기가 놓여 있다. 그는 베어링으로 그 안을 (넘치지는 않게) 채운다. 일이 진정 작용을 해서 기분이 다시 좋아지기 시작한다. 그런데 막 마무리를 하고 있을 때 증기선 기적 소리가 들린다.

브래디는 눈살을 찌푸리며 고개를 든다. 그 소리는 그가 3번 컴퓨터에 설치한 알람이다. 블루 엄브렐라에서 메시지를 받으면 울리도록 되어 있는데 말도 안 되는 일이다. 그가 블루 엄브렐라에서 메시지를 주고받은 사람은 뒤룩뒤룩한 전직 경찰관 아니면 영원히 은퇴한 형사 커밋 윌리엄 호지스뿐이다.

그는 발로 바퀴 달린 의자를 밀어 가며 다가가서 3번 컴퓨터를 쳐다본다. 블루 엄브렐라 아이콘 위에 1이라고 적힌 빨간 동그라미가 떠 있다. 그는 동그라미를 클릭한다. 그러고는 휘둥그레 뜬 눈으로 입을 떡 벌리고 화면에 뜬 메시지를 쳐다본다.

kermitfrog19가 채팅을 원합니다!
kermitfrog19와 채팅하시겠습니까?
예 아니요

브래디는 호지스가 어젯밤이나 금발의 섹시녀와 함께 오늘 아침에 집을 나서기 전에 보낸 메시지라고 믿고 싶지만 그럴 수가 없다. 메시지가 도착했다는 알람 소리를 방금 전에 직접 듣지 않았는가.

그는 용기를 그러모아서 ― 죽은 어머니의 눈을 쳐다보는 것보다 이게 훨씬 더 무섭다. ― 예를 클릭하고 메시지를 읽는다.

헛방 날렸네?
☺
그런데 한 가지 기억해야 할 게 있어, 병신아. 나는 사이드 미러하고 똑같아. 거기 뭐라고 적혀 있는지 알지? 사물이 보이는 것보다 가까이 있음.
나는 네가 어떤 식으로 그녀의 메르세데스에 탔는지 알아. 발렛키가 아니었어. 그런데 너는 발렛키 어쩌고 한 내 말을 믿었지? 그랬겠지. 너는 병신이니까.

네가 2007년부터 2009년 사이에 도둑질한 다른 모든 차량의 목록도 내 수중에 있지.

다른 정보들은 너한테 지금 당장은 비밀로 할 생각이지만 이거 하나는 알려주마. 범인이라는 뜻의 단어는 PERK가 아니라 PERP야.

왜 그걸 알려 주느냐고? 이제는 너를 잡아서 경찰한테 넘겨 줄 생각이 없거든. 내가 왜 그러겠어? 이제는 경찰도 아닌데.

나는 너를 죽여 버릴 생각이다.

조만간 만나자, 마마보이.

충격과 경악의 와중에 브래디의 시선이 자꾸 향하는 곳은 맨 마지막 줄이다.

그는 죽마처럼 느껴지는 다리를 움직여서 벽장 쪽으로 걸어간다. 문을 닫고 들어가서 소리를 지르며 선반을 주먹으로 때린다. 그는 어쩌다 보니 검둥이 가족의 애완견이 아니라 그의 어머니를 죽였다. 나빴다. 그런데 이제는 어쩌다 보니 경찰이 아니라 다른 사람을 죽여버렸고 그건 더 나쁘다. 그 금발의 계집이었던 모양이다. 그 계집이 금발들만 이해할 수 있는 황당한 이유로 퇴직 형사의 모자를 쓰고 있었던 것이다.

한 가지는 분명하다. 이 집도 더 이상 안전하지 않다는 것. 호지스는 그의 정체를 거의 다 파악한 척 허풍을 치는 것이겠지만 아닐 수도 있다. 그는 2번 발명품에 대해서도 안다. 차량 절도에 대해서도 안다. 다른 것들도 안다고 한다. 그리고……

조만간 만나자, 마마보이.

그는 도망쳐야 한다. 얼른. 하지만 먼저 해야 할 일이 있다.

브래디는 다시 2층으로 올라가서 어머니의 방에 들어가지만 침대보로 덮어 놓은 형체는 쳐다보지도 않는다. 그는 화장실로 들어가 세면대 서랍 안에서 여성용 시크 면도기를 찾아낸다. 그런 다음 작업에 착수한다.

호지스는 다시 4번 취조실 — 그의 행운의 방 — 에 와 있지만, 이번에는 전과 다르게 피트 헌틀리와 피트의 새로운 파트너를 마주 보고 테이블 반대편에 앉아 있다. 그의 새로운 파트너는 빨간 머리를 길게 길렀고 눈은 옅은 회색이며 상당한 미인이다. 심문 분위기는 화기애애하지만, 그렇다고 해서 기본적인 사실이 달라지지는 않는다. 그의 차가 폭파됐고 한 여자가 죽었다. 그리고 심문은 심문이다.

"메르세데스 킬러하고 조금이라도 연관이 있지 있을까요?" 피트가 묻는다. "어떻게 생각하세요, 선배? 아무래도 그럴 가능성이 높지 않겠어요? 희생자가 올리비아 트릴로니의 여동생인 것으로 봤을 때."

또 그 단어가 나온다. 희생자. 그가 두 번 다시 여자와 섹스를 할 일이 없을 거라고 생각했던 나이에 사랑을 나눈 여인인데. 그를 웃게 만들었고 위안을 주었고, 이 마지막 수사에서 예전의 피트 헌틀리 못지않게 그의 파트너 역할을 제대로 했던 여인인데. 콧잔등을 찡그리며 그의 *그럼요*를 흉내 냈던 여인인데.

내 앞에서 그 사람들을 절대 피해자라고 부르지 마. 예전에 프랭키 슬레지는 이렇게 말했지만······ 지금은 참아야 한다.

"과연 그럴까?" 그는 부드럽게 되묻는다. "어떻게 보일지는 알겠지만, 시가도 그냥 담배일 뿐이고 우연의 일치는 우연의 일치에 그칠 때도 있는 법이지."

"어떤 경로로 그녀를······" 이사벨 제인스는 운을 뗐다가 고개를 젓는다. "그건 알맞은 질문이 아니겠네요. 그녀를 만나신 *이유*가 뭔가요? 시티 센터 사건을 단독으로 수사하고 계셨어요?"

피트의 체면을 생각해서 그런지, 삼촌 놀이에 대대적으로 심취했었느냐고 묻지는 않는다. 이러니저러니 해도 쭈글쭈글한 양복바지에 핏방울이 튄 하얀 셔츠를 입고 오늘 아침에 맨 넥타이는 널찍한 가슴 중간까지 내려온 심문 상대는 피트의 예전 파트너가 아닌가.

"시작하기 전에 물 한 잔만 마실 수 있을까? 아직까지 충격이 가시지 않아서. 좋은 여자였는데."

제이니는 그보다 훨씬 더 의미 있는 존재였지만, 차가운 이성이 ― 지금 당장은 ― 뜨거운 심장을 우리에 가두고 그 길로 가야 한다고, 좁은 진입 램프를 지나면 4차로 고속도로가 펼쳐지듯 그 길로 가야 나머지 이야기를 술술 풀어 나갈 수 있다고 속삭인다. 피트가 일어나서 나간다. 이사벨은 그가 돌아올 때까지 아무 말도 하지 않고 그 엷은 회색 눈으로 호지스를 물끄러미 쳐다보기만 한다.

호지스는 단숨에 반 컵을 마시고 말한다.

"좋았어. 이야기의 시작은 피트, 자네하고 디마지오스에서 점심을 먹은 날이야. 기억하지?"

416

"그럼요."

"그때 내가 은퇴하던 시점에 수사 중이었던 사건들—큼지막한 사건들—에 대해서 물었지만 내 진짜 관심사는 시티 센터 대학살이었어. 자네도 눈치 챘겠지만."

피트는 아무 말도 하지 않고 희미한 미소만 짓는다.

"내가 트릴로니 부인에 대해서 생각해 본 적 있느냐고 물었던 거 생각나? 특히 보조키는 없었다는 말이 사실일지 여부에 대해서."

"네."

"내가 진짜로 궁금했던 건 우리가 그녀를 공정하게 대했는지 여부였어. 그녀가 그런 식이라 눈가리개를 쓰고 있었던 건 아니었는지."

"그녀가 그런 식이었다니요?" 이사벨이 묻는다.

"태도가 가관이었거든. 손을 잠시도 가만히 두지 못하고, 거만하고, 조그만 일에도 기분 나빠 하고. 잠깐 정반대 경우로 화제를 돌려서 도널드 데이비스가 자기는 무죄라고 했을 때 그의 말을 믿었던 그 많은 사람들을 생각해 봐. 그 사람들은 왜 그랬을까? 그는 손을 잠시도 가만히 못 두지 *않았고*, 거만하지 *않았고*, 조그만 일에도 기분나빠하지 *않았기* 때문이지. 슬픔에 빠져서 수심이 가득한 남편 연기를 워낙 잘했고 잘생겼기 때문이지. 한 번 6번 채널에 출연한 걸 봤는데, 예쁘장한 금발 앵커가 그에게 허벅지를 꼭 붙이다시피 했더군."

"토 나오겠네." 이사벨은 이렇게 말하지만 웃는 얼굴이다.

"그래, 하지만 사실이야. 그는 매력이 넘쳤지. 반면에 올리비아 트릴로니는 매력이라고는 찾아볼 수가 없었고. 그래서 우리가 그녀의 증언을 제대로 평가했는지 궁금해지기 시작한 거야."

"제대로 평가했어요." 피트가 딱 잘라서 말한다.

"그랬을지도 모르지. 아무튼 내가 은퇴한 몸이라 시간이 많잖아. 아주 많잖아. 그러다 보니까 어느 날 ─ 자네한테 점심 먹자고 하기 직전에 ─ 문득 그런 생각이 든 거야. 그녀의 말이 *사실*이었다면. 그랬다면 두 번째 열쇠는 어디 있었을까? 그래서 ─ 점심을 먹은 *직후에* ─ 인터넷에서 조사를 하기 시작했지. 그러다 우연히 뭘 발견했는지 알아? '눈빛 훔치기'라는 기계 조작법을 발견했어."

"그게 뭔데요?" 이사벨이 묻는다.

"나 원 참." 피트가 말한다. "진심으로 어떤 컴퓨터 천재가 그녀의 열쇠에서 나온 신호를 훔쳤다고 생각하세요? 그런 다음 글로브 박스나 시트 아래 들어 있는 보조키를 우연히 찾았다고요? 그녀가 *깜빡하고* 안 챙긴 보조키를요? 너무 설득력이 없잖아요, 선배. 게다가 A형 성격을 설명하는 사전 항목 옆에 그 여자의 사진을 실어도 될 정도인데요?"

호지스는 세 시간 전에 사랑했던 여인의 몸에서 잘려 나온 팔을 재킷으로 덮어 준 적 없었던 사람처럼 차분하게 자기가 조사해서 알아낸 양, 제롬에게 들은 눈빛 훔치는 방법을 간단하게 요약해서 설명한다. 그리고 올리비아 트릴로니의 어머니를 만나러 레이크 가의 콘도식 아파트로 찾아갔는데("아직 살아 있으면 만나려고 했지…… 알 수가 없었거든.") 올리비아의 여동생 저넬이 거기서 살고 있더라고 얘기한다. 대답하기 곤란한 질문들로 연결될 수 있기 때문에 슈거 하이츠의 맨션에 찾아가서 비질런트 경비업체의 래드니 피플스와 대화를 나눈 것은 밝히지 않는다. 나중에 결국 들통이 나겠지만 그는 지금 미스터 메르세데스와 확실히 가까워졌다. 약간의 시간만 벌면 된다.

그가 바라는 대로 된다면 말이다.

"패터슨 부인 말로는 어머니가 여기서 50킬로미터 가면 나오는 서니 에이커스라는 요양원에 있다고 하더군. 그러면서 나를 데리고 가서 어머니한테 소개시켜 주겠다고 했어. 몇 가지 질문을 할 수 있게."

"왜요?" 이사벨이 묻는다.

"왜냐하면 그녀는 우리 때문에 언니 심사가 복잡해져서 자살한 거라고 생각했거든."

"말도 안 돼." 피트가 말한다.

"자네하고 왈가왈부하지 않겠네만 그녀의 심정은 알겠지? 칠칠치 못했다는 자기 언니의 누명을 벗기고 싶은 마음도."

피트는 계속하라는 뜻에서 손짓을 한다. 호지스는 남은 물을 다 마시고 말을 잇는다. 그는 거기서 벗어나고 싶은 심정이다. 미스터 메르세데스는 지금쯤 제롬이 보낸 메시지를 읽었을 것이다. 그렇다면 도망칠지 모른다. 그래도 상관없기는 하다. 도망치면 숨어 있을 때보다 더 잡기 쉬운 법이다.

"노부인을 만났지만 아무 소득도 없었어. 심란하게 만들기만 했을 뿐. 그리고 부인은 얼마 안 있어서 뇌졸중으로 유명을 달리했지." 그는 한숨을 쉰다. "패터슨 부인—저넬—은 상심했고."

"선배님한테도 화를 냈나요?" 이사벨이 묻는다.

"아니. 왜냐하면 그녀도 내 제안에 찬성했거든. 그런데 어머니가 돌아가시고 보니 이 도시에 아주 나이가 많은 어머니의 간병인 말고는 아는 사람이 아무도 없는 거야. 내가 준 전화번호로 나한테 연락을 했더라고. 가뜩이나 잘 알지도 못하는 친척들이 비행기를 타고 오는 중이라 도움이 필요하다길래 내가 도와줬지. 저녤이 부고를 쓰고, 내가 나머지 준비를 했어."

"폭탄이 터졌을 때 그녀가 선배님의 차에 타고 있었던 이유가 뭔가요?"

호지스는 홀리의 신경쇠약증에 대해 설명한다. 막판에 제이니가 새로 산 그의 모자를 뺏어 갔다는 이야기는 하지 않는다. 그러면 이야기의 허점이 드러나서라기보다 너무 가슴이 아프기 때문이다.

"좋아요." 이사벨이 말한다. "선배님은 올리비아 트릴로니의 여동생을 만났고, 그냥 이름으로 부를 만큼 마음에 들어 했어요. 그 여동생의 주선 아래 그녀의 어머니를 만나서 몇 가지 물어봤고요. 옛 기억을 되살리느라 너무 흥분해서 그랬는지 어머니가 뇌졸중으로 죽어요. 그 여동생이 장례식을 치른 뒤에 ― 선배님의 차를 타고 가다 ― 폭파당했는데, 그런데도 이게 메르세데스 킬러와 연관이 있는 일인지 잘 모르겠다고요?"

호지스는 손바닥을 펼쳐 보인다.

"내가 캐고 다닌다는 걸 이 작자가 어떻게 알았겠어? 신문에 광고를 내지도 않았는데." 그는 피트를 돌아본다. "나는 아무한테도 얘기하지 않았어. 심지어 자네한테도."

피트는 올리비아 트릴로니에 대한 그들의 사적인 감정 때문에 수사가 왜곡됐을 가능성에 대해서 계속 고민하느라 표정이 뚱하다. 호지스는 개의치 않는다. 사실 그랬으니까.

"그렇죠. 점심 먹는 자리에서 슬쩍 물어만 보셨지."

호지스는 그를 보며 씩 웃는다. 그러자 그의 위장이 종이접기 색종이처럼 반으로 접히는 느낌이다.

"어이. 그날 점심 내가 샀잖아, 안 그래?"

"그 자 말고도 선배님을 천당으로 날려보내고 싶어 한 사람이 있을까요?" 이사벨이 묻는다. "선배님, 혹시 산타가 싫어하는 사람 명단에 들어가 있는 거 아니에요?"

"굳이 알아내야 한다면 아바시아 조직에 돈을 걸겠어. 2004년에 그 총격전으로 쓰레기 몇 명을 집어넣었더라, 피트?"

"열댓 명 됐죠. 하지만……"

"맞아. 그리고 1년 뒤에는 갈취 및 부패 범죄조직 처벌법을 빌미로 그 두 배를 집어넣었고. 조직을 아주 그냥 박살을 냈지. 코주부 패비가 우리 둘 다 죽여 버리겠다고 했잖아."

"선배, 아바시아는 전멸이에요. 파브리지오는 죽었고, 그 동생은 정신병원에서 자기가 나폴레옹인가 뭔가 하는 착각에 빠져 살고, 나머지는 감옥에 갇혔어요."

호지스는 그를 그냥 빤히 쳐다본다.

"알아요." 피트가 말한다. "바퀴벌레에게 전멸은 없죠. 그래도 황당한 얘기예요. 이런 소리를 해서 죄송하지만 선배는 그냥 퇴직 경찰이에요. 일선에서 물러난."

"맞아. 그러니까 놈들이 후폭풍 걱정할 필요 없이 나를 추격할 수 있잖아. 반면에 자네 지갑에는 지금도 금 방패가 꽂혀 있고."

"말도 안 돼."

이사벨은 이렇게 말하고, 그 얘기는 그만하자는 듯이 가슴 아래로 팔짱을 낀다.

호지스는 어깨를 으쓱한다.

"누군가가 나를 폭파시키려고 했는데, 내가 없어진 열쇠 사건을 조사하고 있다는 것을 메르세데스 킬러가 무슨 초능력으로 감지했을 리 없잖아. 감지했다 한들 왜 내 뒤를 밟겠어? 그러면 어떤 결과로 이어지겠느냔 말이지."

"뭐, 그 녀석은 제정신이 아니잖아요." 피트가 말한다. "거기서 논의를 시작해 보면 어때요?"

"좋아. 하지만 아까 했던 말을 반복하지…… *그 자가 무슨 수로 알 수 있었겠어?*"

"글쎄요. 저기요, 선배, 뭐 숨기는 거 있어요? 사소한 거라도?"

"없어."

"있는 것 같은데요." 이사벨이 말한다. 그녀는 고개를 모로 꼰다. "혹시 그 여자분이랑 그렇고 그런 사이였던 거 아니에요?"

호지스는 그녀에게로 시선을 옮긴다.

"어땠을 것 같나, 이지? 내 눈을 보고 알아맞혀 보지."

그녀는 그의 눈을 잠깐 쳐다보다 시선을 떨군다. 하마터면 들통 날 뻔했다니 믿기지 않을 따름이다. '여자들의 직감이란. 내가 살을 많이 빼거나 머리를 염색하지 않은 게 오히려 다행일 수도 있겠군.'

"피트, 이제 그만 접지그래? 집에 가서 맥주 한 잔 마시면서 상황을 정리하고 싶은데."

"정말 숨기는 거 아무것도 없어요? 비밀 지켜 드릴게요."

호지스는 양심의 가책 없이 실토할 수 있는 마지막 기회를 날려버린다.

"전혀 없어." 피트는 그에게 연락하겠다고 한다. 내일이나 금요일에 정식으로 진술서를 써야 할 거라고 한다. "알았어. 그런데 피트, 내가 자네라면 가까운 시일 안에 자네 차를 훑어보겠어."

문 앞에서 피트는 호지스의 어깨에 팔을 두르고 끌어안는다.

"죄송해요. 그런 일이 벌어진 것도 그렇고, 이것저것 물어본 것도 그렇고."

"괜찮아. 해야 할 일을 한 건데, 뭐."

피트는 그의 어깨를 잡은 손에 힘을 주며 호지스의 귀에 대고 속삭인다.

"숨기는 거 있잖아요. 내가 바보 되는 약 먹고 있는 줄 아세요?"

호지스는 잠깐 고민에 빠진다. 하지만 그때 그는 *우리* 것이라고 했던 제이니의 말이 생각난다.

그는 피트의 팔을 잡고 얼굴을 똑바로 쳐다보며 말한다.

"나도 자네처럼 뭐가 뭔지 모르겠어. 믿어줘."

호지스는 호기심 어린 시선과 질문들을 받아넘기며 무표정한 얼굴로 형사계 불펜을 지나다 딱 한 번 표정을 바꾼다. 피트가 휴가일 때 가장 자주 한 팀으로 뛰었던 캐시 신이 "어머나. 아직 살아 있네요? 전보다 더 흉측한 몰골로."라고 말했을 때다.

그는 미소를 짓는다.

"아니 이게 누구야. 보톡스의 여왕 캐시 신 아닌가?"

그녀가 책상에 있던 서진을 집어서 휘두르자 그는 한쪽 팔을 들어서 막는 척한다. 연극이지만 어떻게 보면 진짜 같기도 하다. 여자들끼리 싸우는 오후 텔레비전 프로그램처럼.

복도로 나서자 간식과 음료수 자판기 근처에 의자들이 일렬로 놓여 있다. 그 중 두 의자에 샬럿 이모와 헨리 삼촌이 앉아 있다. 홀리는 보이지 않고, 호지스는 본능적으로 바지 주머니에 넣은 선글라스 케이스를 더듬는다. 그는 헨리 삼촌에게 진정이 됐느냐고 묻는다. 헨리 삼촌은 그렇다고, 고맙다고 대답한다. 그는 샬럿 이모 쪽을 돌아보며 좀 어떠냐고 묻는다.

"나는 괜찮아요. 홀리가 걱정돼서 그렇지. 자기 때문이라고 자책하고 있을까 봐서요. 그…… 알죠?"

호지스도 안다. 제이니가 그의 차를 운전하게 된 이유. 이러나저러나 제이니는 그 차에 타고 있었을 테지만, 그렇다고 한들 홀리의 생각이 달라질 것 같지는 않다.

"당신이 얘길 해 줬으면 좋겠어요. 둘이 서로 왠지 모르는 유대감이 있잖아요." 그녀의 눈이 불쾌하게 번뜩인다. "저넬하고도 유대감이 있었던 것처럼. 당신, 수완이 좋은가 봐요."

"알겠습니다."

호지스는 대답한다. 그는 그렇게 하겠지만, 제롬이 먼저 그녀와 통화하게 될 것이다. 그러자면 선글라스 케이스에 적힌 전화번호가 맞아야 할 텐데, 번호가 어째 일반 전화번호처럼 보인다. 신시내티일까? 아니면 클리블랜드일까?

"우리가 시신을 확인할 일은 없었으면 좋겠네요." 헨리 삼촌이 말한다. 그는 한 손에 커피가 든 스티로폼 컵을 들고 있다. 거의 입도 대지 않은 상태인데 그럴 만도 하다. 경찰서의 커피는 맛없기로 악명이 자자하다. "무슨 수로 확인을 하겠어요? 산산조각이 났는데."

"바보 같은 소리하지 마." 샬럿 이모가 말한다. "그런 거 하라고 하지 않을 거야. *못하지.*"

호지스가 말한다.

"만약 지문을 기록으로 남긴 적이 있다면 ─ 대부분의 사람들이 그렇죠. ─ 그걸로 확인할 겁니다. 경찰 측에서 옷이나 액세서리 사진을 보여드릴 수는 있어요."

"우리가 걔 액세서리에 대해서 무슨 수로 알겠어요?" 샬럿 이모가 외친다. 음료수를 뽑던 경찰관이 그녀를 쳐다본다. "그리고 걔가 뭘 입고 있었는지 제대로 보지도 않았는데!"

호지스는 그녀가 머리끝에서부터 발끝까지 얼마짜리를 걸쳤는지 파악을 끝냈을 거라고 짐작하지만 아무 소리도 하지 않는다.

"몇 가지 질문을 할 수도 있어요." 그에 대해서. "오래 걸리지는 않을 겁니다."

엘리베이터가 있지만 호지스는 계단을 선택한다. 1층 아래 층계참에 도착하자 그는 벽에 기대고 서서 눈을 감고 부들부들 떨며 심호흡을 대여섯 번 한다. 이제 눈물이 나온다. 그는 소맷부리로 눈물을 닦는다. 샬럿 이모는 홀리를 걱정했을 뿐 ─ 그 걱정은 호지스도 공감하는 바다 ─ 갈기갈기 찢긴 조카딸에 대해서는 조금도 슬퍼하는 기색이 없었다. 지금 샬럿 이모의 가장 큰 관심사는 제이니가 언니에게 물려받은 그 많은 돈의 행방일 것이다.

'우라질 동물병원을 유산 상속자로 정해 놨으면 좋겠네.'

호지스는 끙 하고 한숨을 토하며 바닥에 앉는다. 그는 계단을 책상 삼아서 선글라스 케이스를 놓고, 지갑에서 숫자 두 개가 적힌 쭈글쭈글한 메모지를 꺼낸다.

"여보세요?" 나지막하고 조심스러운 목소리다. "여보세요, 누구세요?"

"저는 제롬 로빈슨이라고 합니다. 빌 호지스 씨가 저한테서 전화가 갈 거라고 얘기해 놓은 걸로 아는데요."

정적.

"여보세요?" 제롬은 컴퓨터 옆에 앉아서 케이스에 거의 금이 갈정도로 세게 안드로이드 전화기를 움켜쥐고 있다. "기브니 양?"

"말씀하세요." 거의 한숨에 가깝다. "그분은 내 사촌을 죽인 사람을 잡고 싶다고 했어요. 폭탄이 터지는 끔찍한 사건이 있었거든요."

"압니다."

제롬이 말한다. 복도에서 바브가 라운드 히어 앨범을 천 번째 다시 틀고 있다. 「키시스 온 더 미드웨이」라는 곡이다. 아직은 그가 폭발하지 않았지만 노래가 반복되면 될수록 뚜껑이 점점 더 심하게 들썩인다.

그사이 수화기 저편의 여자는 울음을 터뜨린다.

"여보세요? 기브니 양? 고인의 죽음을 참 안타깝게 생각합니다."

"잘 알지는 못했지만 그래도 사촌이었고 나한테 잘 해 주었어요. 호지스 씨도 마찬가지였고요. 그분이 나한테 뭐라고 물어봤는지 알아요?"

"아뇨, 모르겠는데요."

"나더러 아침 먹었느냐고 했어요. 속이 깊지 않아요?"

"그러네요." 제롬이 말한다. 함께 저녁을 먹었던 그 활발하고 생기 넘치던 숙녀가 죽었다니 아직도 믿기지 않는다. 그녀가 웃으면 어떤 식으로 눈이 반짝였고, 빌의 *그럼요*를 어떤 식으로 흉내 냈는지 아직도 기억이 나는데. 그런데 지금 그는 한 번도 만난 적 없고, 목소리로 판단하건대 아주 특이한 여자와 통화를 하고 있다. 그녀와의 통화가 폭탄 해체 작업처럼 느껴진다. "기브니 양, 빌 아저씨가 저더러 거기로 가 달라고 했어요."

"그분도 같이 오나요?"

"지금은 같이 못 가요. 해야 할 다른 일이 있어서요."

잠시 정적이 흐른 뒤, 워낙 낮고 소심해서 잘 들리지도 않는 목소리로 홀리가 묻는다.

"당신, 안 위험한 사람이에요? 나는 사람들이 무섭거든요. 아주."

"네, 위험하지 않은 사람이에요."

"호지스 씨를 돕고 싶어요. 범인을 잡을 수 있게 돕고 싶어요. 분명 정신병자일 거예요, 안 그래요?"

"그렇죠." 제롬은 말한다.

복도에서 다른 노래가 시작되고, 두 여자아이 ─ 바브라와 친구 힐다 ─ 가 유리창도 깰 수 있을 만한 고음으로 기쁨의 비명을 지른다. 그는 삼사천 명의 바브와 힐다가 일제히 비명을 질러 댈 내일 저녁을 상상하며 어머니가 그 임무를 맡아 주어서 정말 다행이라고 생각한다.

"와도 되지만 내가 문 여는 법을 몰라요." 그녀가 말한다. "헨리 삼촌이 나가면서 도난 경보기를 작동시켜놨는데 내가 비밀번호를 모르거든요. 삼촌이 문도 잠근 것 같은데."

"그건 걱정 마세요." 제롬이 말한다.

"언제 올 거예요?"

"30분 안으로 갈게요."

"호지스 씨랑 연락이 되면 나 대신 말 좀 전해 줄 수 있어요?"

"그럼요."

"나도 슬프다고 전해주세요." 그녀는 잠깐 하던 말을 멈춘다. "그리고 렉사프로 먹고 있다고요."

수요일 오후 늦게 브래디는 랠프 존스의 신용카드로 공항 근처에 있는 모텔 5라는 대형 모텔에 체크인한다. 짐은 트렁크 한 개와 배낭 한 개다. 배낭 안에는 갈아입을 옷이 딱 한 벌 들어 있는데, 죽기 전까지 이십 몇 시간 동안 그 한 벌이면 충분할 것이다. 트렁크 안에는 궁둥이 주차장이라고 적힌 쿠션, 유리네스타 소변 주머니, 액자에 넣은 사진, 사제 기폭 장치 몇 개(한 개면 되지만 대비책은 많을수록 좋은 법이다.), 2번 발명품, 볼 베어링이 가득 담긴 글래드 밀폐용기 그리고 모텔과 바로 옆 주차장까지 날려 버리기에 충분한 분량의 사제 폭탄이 들어 있다. 그는 스바루로 다시 가서 좀 더 큰 준비물을 꺼내고(간신히 넣었기 때문에 꺼내는 데도 힘이 든다), 방으로 들고 들어가서 벽에 기대어 놓는다.

그는 침대에 눕는다. 머리를 베개에 대자 이상한 느낌이 든다. 벌거벗은 기분이다. 그리고 왠지 모르게 도발적인 기분도 든다.

'연달아 운이 안 따라 줬지만 잘 극복하고 여기까지 왔어.'

그는 눈을 감는다. 그리고 이내 코를 곤다.

제롬은 라일락 드라이브 792번지의 닫힌 대문을 거의 건드릴 정도로 바짝 랭글러를 대고 내려서 벨을 누른다. 슈거 하이츠 순찰대가 차를 세우고 무슨 일로 왔느냐고 물으면 둘러댈 이유가 있지만, 그것도 저 안에 있는 여자가 맞다고 해 주어야 소용이 있는데 그 여자를 믿어도 될까 싶다. 좀 전의 통화 내용으로 미루어 보면 정신이 반쯤 나간 것 같았다. 아무튼 검문을 무사히 피하고 이런 데 드나들 만한 사람인 척하며 잠깐 동안 서 있는데 ─ 그가 흑인이라는 사실을 이보다 더 피부로 실감한 적은 없었다. ─ 홀리가 대답한다.

"네? 누구세요?"

"제롬이에요, 기브니 양. 빌 호지스 씨의 친구요."

정적이 워낙 길어서 그가 다시 벨을 누르려고 하는 순간 그녀가 묻는다.

"대문 비밀번호 알죠?"

"네."

"좋아요. 그리고 호지스 씨의 친구면 나를 홀리라고 불러도 돼요."

그가 비밀번호를 입력하자 대문이 열린다. 그는 차를 몰고 통과하고 대문이 뒤에서 닫히는 것을 확인한다. 지금까지는 별문제가 없다.

현관으로 나온 홀리가, 경비가 삼엄한 시설에 갇힌 수감자처럼 측창 너머로 내다본다. 잠옷 위로 실내복을 걸쳤고 머리는 산발이다. 끔찍한 시나리오가 잠깐 제롬의 머릿속을 스치고 지나간다. 그녀가 도난 경보기 응급 버튼을 누르고(그녀가 서 있는 바로 옆에 도난경보기가 달려 있을 것이다.) 보안업체 직원들이 들이닥치면 그를 도둑으로 모는 시나리오다. 아니면 플란넬 잠옷에 집착하는 성폭행범으로 몰든지.

문이 잠겨 있다. 그가 손가락으로 가리킨다. 홀리는 배터리가 다 된 로봇처럼 그 자리에 가만히 서 있다. 그러다 잠시 후 데드볼트를 푼다. 제롬이 문을 여는 순간 삑삑거리는 날카로운 소리가 나자 그녀는 두 손으로 입을 막으며 몇 발짝 뒷걸음질을 친다.

"나 곤란하게 만들지 마요! 곤란해지는 거 싫어요!"

제롬은 자기보다 두 배 더 불안해하는 그녀를 보고 마음의 부담을 던다. 그는 도난 경보기에 암호를 입력하고 보안 해제 버튼을 누른다. 삑삑거리는 소리가 멈춘다.

홀리가 괜찮은 대학의 1년 학비만큼 비싸 보이고(하버드만큼은 아니겠지만) 화려한 무늬가 새겨진 의자에 털썩 주저앉자 머리채가 검은 날개처럼 그녀의 얼굴 양옆으로 축 늘어진다.

"내 평생 이렇게 끔찍한 날은 처음이었어요. 가엾은 제이니. 가엾고 가엾은 제이니."

"안타깝게 생각합니다."

"하지만 *내* 탓은 아니에요." 그녀가 반항조로 그를 올려다보지만, 속이 들여다보여서 측은하기 그지없다. "아무도 내 탓이라고 할 수 없어요. *나는* 아무 짓도 하지 않았으니까."

"그럼요."

말투가 부자연스럽게 들리기는 하지만, 그녀가 살짝 미소를 짓는 것을 보니 괜찮은 모양이다.

"호지스 씨는 괜찮아요? 정말, 정말, 정말 좋은 분인데. 우리 어머니는 그 분을 좋아하지 않지만요." 그녀는 어깨를 으쓱한다. "우리 어머니가 좋아하는 사람이 어디 있겠어요?"

"호지스 씨는 별일 없어요."

제롬은 이렇게 말하지만 과연 그럴지 의심스럽다.

"당신, 흑인이네요?"

그녀가 눈을 휘둥그레 뜨고 그를 쳐다보며 말하자 제롬은 자기 손을 내려다본다.

"네. 흑인 맞아요."

그녀는 깔깔대며 웃는다.

"미안해요. 내가 예의가 없었네요. 흑인이어도 괜찮아요."

"흑인이라는 것은 부적절한 단어죠."

"맞아요. 아주 부적절한 단어죠." 그녀는 일어나서 아랫입술을 물어뜯더니 누가 봐도 용기를 내는 티가 역력하게 손을 내민다. "그런 의미에서 악수해요, 제롬."

그는 손을 맞잡는다. 그녀의 손은 축축하다. 작고 겁 많은 동물의 앞발을 잡고 악수하는 느낌이다.

"서둘러야 해요. 어머니랑 헨리 삼촌이 돌아와서 당신이 여기 있는 걸 보면 내가 곤란해져요."

'당신이 곤란해진다고?' 제롬은 생각한다. '그럼 흑인 남자아이는

어떻겠어?'

"여기 살았던 분도 아주머니 사촌이었죠?"

"맞아요. 올리비아 트릴로니. 마지막으로 만난 게 대학생 때예요. 우리 어머니랑 둘이 서로 별로 안 맞았거든요." 그녀는 진지한 얼굴로 그를 쳐다본다. "나는 대학교 중퇴했어요. 문제가 있어서."

제롬은 당연히 그랬을 거라고 생각한다. 두말하면 잔소리지. 그래도 그녀를 보면 마음에 드는 구석이 있다. 뭔지는 아무도 모를 일이지만. 손톱으로 칠판을 긁는 것 같은 웃음소리는 분명 아니다.

"컴퓨터가 어디 있는지 아세요?"

"네. 보여 줄게요. 얼른 끝낼 수 있어요?"

'그럼요.' 제롬은 생각한다.

지금은 고인이 된 올리비아 트릴로니의 컴퓨터는 암호가 걸려 있지만 어이없는 조치인 게, 키보드를 뒤집어보니 네임펜으로 OTRELAW라고 적혀 있다.

홀리는 문 앞에 서서 실내복 칼라를 초조하게 위로 젖혔다 아래로 내렸다 하면서 뭔지 모를 소리를 중얼거린다.

"네?"

"뭘 찾는 거냐고 물었어요."

"찾으면 아시게 될 거예요."

그는 파일 찾기를 띄우고 검색창에 CRYING BABY라고 입력한다. 그런 파일이 없다고 한다. 그는 WEEPING INFANT를 입력한다. 역시 없다. 이번에는 SCREAMING WOMAN을 입력한다. 역시 없다.

"숨겨져 있을 수 있어요." 이번에는 그녀가 그의 귀 바로 옆에 대고 이야기하기 때문에 똑똑하게 들린다. 그는 살짝 움찔하지만 홀리는 알아차리지 못한다. 그녀는 실내복으로 덮인 무릎을 양손으로 짚고 허리를 숙여서 올리비아의 모니터를 쳐다보고 있다. "AUDIO FILE이라고 입력해 봐요."

좋은 생각이기에 그는 시키는 대로 한다. 하지만 그런 파일도 없다.

"좋아. 그럼 시스템 환경설정으로 가서 '사운드'로 들어가 봐요."

"홀리, 거긴 입력이랑 출력, 그런 걸 관리하는 곳인데요."

"누가 몰라요? 일단 들어가 봐요."

그녀는 더 이상 입술을 씹지 않는다.

제롬은 시키는 대로 한다. 출력으로 들어가면 사운드 스틱, 헤드폰, 사운드 드라이버 로그인이 있다. 입력으로 들어가면 내장 마이크와 라인 연결이 있다. 전부 다 그가 예상했던 항목들이다.

"이제 어디로 들어가요?" 그가 묻는다.

"음향효과를 열어 봐요. 저기 저 왼쪽에 있는 거."

그는 그녀를 돌아본다.

"이런 거 잘 아나 봐요?"

"컴퓨터 강의 들었어요. 집에서. 스카이프로. 재밌더라고요. 얼른 음향효과 열어 봐요."

제롬은 시키는 대로 하고 등장한 결과에 눈을 껌뻑인다. 개구리, 유리, 쨍그랑, 펑, 가르랑, 이런 빤한 파일들 속에 유령이 있다.

"저런 파일은 본 적이 없는데."

"나도." 그녀는 여전히 그의 얼굴을 똑바로 쳐다보지 못하지만 그래도 태도가 180도 달라졌다. 의자를 꺼내서 흘러내린 머리칼을 귀

뒤로 넘기며 그의 옆에 앉는다. "나는 맥 프로그램이라면 모르는 게 없는데."

"이제 막 나가자는 거죠?" 제롬이 말하면서 한쪽 손을 든다.

홀리는 계속 화면을 쳐다보며 하이파이브를 한다.

"들려줘, 샘."

그는 씩 웃는다.

"「카사블랑카」."

"맞아. 그 영화를 73번 봤어. 나는 영화 공책이 있거든. 영화를 보면 빠짐없이 거기다 적어. 어머니는 그걸 보고 강박증이래."

"인생 자체가 강박증이죠."

홀리는 웃음기 없는 얼굴로 대답한다.

"막 나가자는 거지?"

제롬은 유령을 블록 지정하고 리턴 키를 세게 친다. 올리비아의 컴퓨터 양옆에 달린 스테레오 사운드 스틱에서 갓난애가 울기 시작한다. 홀리는 그때까지만 해도 잘 버틴다. 하지만 어떤 여자가 악을 쓰자 제롬의 어깨를 붙잡는다.

"왜 그 자식더러 내 아이를 죽이게 만들었어?"

"젠장!"

제롬은 외치며 홀리의 손을 잡는다. 자기도 모르게 나온 반응인데 그녀도 손을 빼지 않는다. 두 사람은 거기서 이빨이 자라서 그들을 물기라도 한 것처럼 컴퓨터를 빤히 쳐다본다.

잠깐 정적이 흐른 뒤 갓난애가 다시 울기 시작한다. 여자도 다시 악을 쓴다. 이런 사이클이 세 번 반복되다 멈춘다.

홀리가 드디어 그를 똑바로 쳐다보는데 눈을 하도 휘둥그레 뜨고 있어서 얼굴에서 떨어져 나올 것처럼 보인다.

"그런 소리가 날 줄 알았어?"

"맙소사, 몰랐죠." 뭔가 있으니까 빌이 그를 이 집으로 보냈겠지만 그런 소리일 줄이야. "그 프로그램에 대해서 정보를 알아낼 수 있겠어요, 홀리? 예를 들면 언제 설치됐는지. 못 해도 상관 없……"

"비켜 봐."

제롬도 컴퓨터를 잘하지만 홀리는 스타인웨이 피아노라도 되는 것처럼 키보드를 두드린다. 잠깐 뒤진 끝에 그녀가 말한다.

"작년 7월 1일에 설치된 것 같은데. 그날 새로 깔린 게 많아."

"정해 놓은 시간마다 틀어지도록 프로그래밍됐을 수도 있어요, 그렇죠? 세 번 반복된 뒤에 그치도록."

그녀는 짜증난다는 듯이 그를 흘끗 쳐다본다.

"당연하지."

"그럼 지금은 안 들리는 이유가 뭘까요? 홀리네가 계속 여기서 지냈잖아요. 그러면 들었을 텐데."

그녀는 광속으로 마우스를 클릭하더니 그에게 다른 것을 보여 준다.

"좀 전에 이거 봤어. 이메일 주소록 안에 숨어 있는 슬레이브 프로그램. 올리비아는 이런 게 있는 줄도 몰랐을 거야. 루킹 글래스라는 건데, 이걸로 컴퓨터를 켤 수는 없지만 ─ 내가 알기로는 그래. ─ 컴퓨터가 *켜져* 있으면 내 컴퓨터로 뭐든 할 수 있어. 파일 열기, 이메일 읽기, 인터넷 페이지 목록 확인하기…… 아니면 프로그램 삭제까지."

"그러니까 그분이 돌아가신 뒤에 말이죠." 제롬이 말한다.

"으으윽." 홀리는 얼굴을 찡그린다.

"이걸 설치한 범인은 왜 이 파일을 그대로 남겨놨을까요? 완전히 삭제하지 않고."

"글쎄. 잊어버린 거 아닐까? 나도 늘 깜빡깜빡하거든. 우리 엄마 말로는 목에 달려 있기 망정이지, 안 그랬으면 내 머리까지 잃어버렸을 거래."

"네, 우리 엄마도 그러세요. 그런데 범인이 누굴까요? 도대체 어떤 인간일까요?"

그녀는 곰곰이 생각한다. 둘 다 곰곰이 생각한다. 약 5초쯤 지났을 때 둘이 동시에 입을 연다.

"IT 관리자." 제롬이 말하는 순간, 홀리는 "컴퓨터 전문가"라고 말한다.

제롬은 컴퓨터 서비스업체에서 보낸 청구서나 완불이라고 찍힌 영수증 아니면 명함을 찾으려고 올리비아의 컴퓨터 책상 서랍을 뒤진다. 하나라도 있어야 하는데 아무것도 없다. 무릎을 꿇고 책상 아래로 기어들어가 본다. 거기에도 아무것도 없다.

"냉장고를 확인해 보세요." 그가 말한다. "가끔 거기 자석 밑에 황당한 거 꽂아놓고 그러잖아요."

"자석은 많아." 홀리가 말한다. "하지만 냉장고 문에 붙어 있는 건 부동산 명함이랑 비질런트 경비업체 명함뿐이야. 제이니가 다른 건 전부 다 치웠나봐. 아마 버렸겠지."

"이 집에 금고 있어요?"

"아마도. 하지만 언니가 컴퓨터 수리업체 명함을 금고에 넣었겠어? 돈이 되는 것도 아닌데?"

"그렇긴 하네요." 제롬이 말한다.

"만약 명함이 있다면 컴퓨터 옆에 두었겠지. 언니가 숨겼을 리 없어. 암호도 맙소사, *키보드* 아래에다 적어 놓았는걸."

"바보처럼 말이죠."

"내 말이." 홀리는 두 사람이 얼마나 바짝 붙어 있는지 문득 깨달은 눈치다. 그녀는 일어나서 다시 문 앞으로 간다. 그러고는 실내복 칼라를 뒤집기 시작한다. "이제 어떻게 할래?"

"빌 아저씨한테 전화를 해 보는 게 좋겠어요."

그는 휴대전화를 꺼내지만 전화를 걸어 보기도 전에 그녀가 그의 이름을 부른다. 제롬은 헐렁한 실내복을 입고 멍하니 문 앞에 서 있는 그녀를 쳐다본다.

"이 도시에는 컴퓨터 전문가가 10억 명쯤 있겠지?" 그녀가 말한다.

그 정도는 아니지만 많기는 하다. 그도 알고, 그가 알려 주었기 때문에 호지스도 안다.

호지스는 제롬이 하는 이야기를 전부 다 귀담아 듣는다. 제롬이 홀리를 칭찬하자 기뻐하지만(홀리도 옆에서 듣고 있다면 기뻐하길 바라면서) 올리비아의 컴퓨터를 조작한 컴퓨터 전문가를 찾을 방법이 전혀 없다는 소리에는 몹시 실망한다. 제롬은 제이니가 컴퓨터 전문가의 명함을 버려서 그런 거라고 생각한다. 모든 것을 의심하도록 훈련이 되어 있는 호지스는 미스터 메르세데스가 올리비아의 수중에 명함이 남지 않도록 철저히 단속했을지 모른다고 생각한다. 아니면 추적이 되지 않도록. 기사의 솜씨가 좋으면 누구든 당연히 명함을 달라고 하지 않겠는가. 그리고 가까운 데 두지 않겠는가. 하지만 만에 하나……

그는 제롬에게 홀리를 바꿔 달라고 한다.

"여보세요?"

목소리가 하도 희미해서 귀에 힘을 주고 들어야 한다.

"홀리, 올리비아의 컴퓨터에 주소록 있어요?"

"잠깐만요." 희미하게 클릭하는 소리가 들린다. 다시 전화를 받은 그녀는 어리둥절해하는 목소리다. "없어요."

"이상하다는 생각이 들지 않아요?"

"네, 그러네요."

"그 귀신 소리를 심은 작자가 주소록도 지울 수 있었을까요?"

"아, 그럼요. 식은 죽 먹기예요. 나 렉사프로 먹고 있어요, 호지스 씨."

"잘했어요, 홀리. 올리비아가 컴퓨터를 얼마나 자주 썼는지 알아낼 수 있겠어요?"

"그럼요."

"그럼 알아보는 동안 제롬 좀 바꿔 줘요."

제롬이 전화를 받아서 찾은 게 많지 않아서 미안하다고 한다.

"아냐, 아냐, 잘했어. 책상을 뒤졌을 때 종이로 된 주소록은 없었니?"

438

"네. 요즘은 그런 거 안 쓰는 사람들이 많잖아요. 다들 컴퓨터와 전화기에 모든 연락처를 입력하죠. 아저씨도 아시지 않아요?"

호지스도 *알아야* 하는 거겠지만 요 근래에는 세상이 너무 빠르게 돌아가고 있다. 그는 심지어 DVR을 설정하는 법도 모른다.

"잠깐만요, 홀리가 다시 바꿔 달래요."

"홀리랑 너랑 죽이 아주 잘 맞는 모양이로구나?"

"끝내줘요. 바꿔 드릴게요."

"올리비아는 깔린 프로그램도 많고 좋아하는 웹사이트도 많았네요." 홀리가 말한다. "훌루(영화와 TV 콘텐츠를 합법적으로 공급하는 사이트 — 옮긴이)랑 허포(인터넷 신문 「허핑턴 포스트」 — 옮긴이)를 수시로 드나들었어요. 그리고 검색 목록을 보면…… 나보다 인터넷 검색을 더 많이 했던 모양이에요. 나도 *만만치* 않은데."

"홀리, 컴퓨터를 붙들고 사는 사람이 서비스 업체 명함을 근처에 두지 않은 이유가 뭘까요?"

"언니가 죽은 뒤에 그 남자가 몰래 들어와서 가져갔으니까 그렇죠."

홀리가 당장 대답한다.

"그럴 수도 있지만 위험 부담이 크잖아요. 가뜩이나 그 동네에서는 경비업체 직원들이 눈에 불을 켜고 순찰을 도는데. 그러자면 대문 비밀번호도 알아야 하고, 도난 경보기 비밀번호도 알아야 하고…… 심지어 집 열쇠도 있어야 하고……"

그는 말끝을 흐린다.

"호지스 씨? 전화 끊긴 거 아니죠?"

"아니에요. 할 말 있으면 해요. 그리고 앞으로는 빌이라고 부르고."

하지만 그녀는 그렇게 부르지 않을 것이다. 아마 그렇게 부르지 못할 것이다.

"호지스 씨, 이 남자는 범죄의 대가예요? 제임스 본드에 나오는 악당처럼?"

"그냥 정신 나간 작자예요."

어쩌면 정신 나간 작자이기 *때문에* 위험 부담은 중요한 요소가 아닐지 모른다. 시티 센터에서 그 많은 사람들 사이로 뛰어든 것을 보라.

하지만 계속 이거다, 싶은 정답이 없다.

"다시 제롬 바꿔 줄래요?"

그녀가 제롬을 바꿔 주자 호지스는 홀리와 함께 컴퓨터를 사이에 두고 부비대다 샬럿 이모와 헨리 삼촌에게 들키지 말고 이제 그만 나오라고 이야기한다.

"이제 어쩌시려고요, 빌 아저씨?"

그는 땅거미가 하늘을 짙게 물들이기 시작한 길거리를 내다본다. 7시가 다 되었다.

"오늘 밤에 자면서 생각해 봐야지."

호지스는 잠자리에 들기 전에 네 시간 동안 텔레비전 앞에 앉아서 눈에는 들어오지만 뇌에 닿기 전에 해체돼 버리는 쇼 프로그램을 계속 시청한다. 그러면서 아무 생각도 하지 않으려고 한다. 그래야 문이 열리면서 정답이 들어올 수 있기 때문이다. 항상 연결고리를 제대로 이어야 정답을 도출할 수 있는데, 지금 이어야 할 연결고리가 있다. 그는 느낄 수 있다. 어쩌면 하나 이상일 수도 있다. 제이니는 머릿속으로 들이지 않을 것이다. 나중이라면 몰라도 지금 그랬다가는 사고 장치가 고장만 날 것이다.

올리비아 트릴로니의 컴퓨터가 문제의 핵심이다. 거기에는 귀신 소리가 깔려 있었고 그녀의 컴퓨터 전문가가 가장 유력한 용의자다. 그런데 그의 명함이 없는 이유가 뭘까? 컴퓨터상의 주소록이야 그가 멀리서 지울 수 있었겠지만 — 호지스는 그랬을 거라고 본다. — 그녀가 죽은 뒤에 그 빌어먹을 명함을 훔치러 그가 집 안으로 몰래 들어갔을까?

어느 신문기자가 전화한다. 6번 채널에서도 전화한다. 세 번째로 언론에서 연락이 오자 호지스는 전화기를 꺼 버린다. 누가 그의 휴대전화번호를 유포했는지 모르겠지만 범인이 그 대가로 뭐라도 두둑이 챙겼기만을 바랄 따름이다.

뭔가가 계속 머릿속에 떠오르는데, 그 어떤 것과도 전혀 아무 상관이 없는 발언이다. *부인은 외계인들이 우리들 곁을 돌아다닌다고 생각해요.*

그는 메모를 다시금 뒤적인 끝에 누가 한 말인지 알아낸다. 카드 문구를 만드는 보우핑거 씨가 한 말이었다. 둘이 같이 마당의 접이식 의자에 앉아서 그늘을 고마워했던 기억이 난다. 그가 길거리를 천천히 돌아다니는 수상한 차량을 본 사람이 없는지 호별 방문하며 조사를 했을 때의 일이었다.

부인은 외계인들이 우리들 곁을 돌아다닌다고 생각해요.

보우핑거가 길 건너에 사는 멜번 부인을 두고 한 말이었다. NICAP 이라는, UFO광들이 모인 전미 대기현상 조사 위원회 회원인 멜번 부인.

호지스는 대중가요의 한 소절처럼, 과도한 스트레스에 시달린 머릿속에서 계속 맴도는 메아리와 같은 거라고 결론을 내린다. 옷을 갈아입고 침대에 눕자 콧잔등을 찡그리며 *그럼요*라고 하는 제이니가 떠오르고, 그는 어른이 된 이래 처음으로 울면서 잠이 든다.

그는 목요일 새벽에 깨서 볼일을 보고 다시 침대로 돌아가려다 걸음을 멈추고 눈을 휘둥그레 뜬다. 그가 찾으려던 연결고리가 갑자기 큼지막하게 눈앞에 떠오른다.

명함이 필요 없으니까 두지 않았던 거지.

만약 그가 집에다 조그마한 사무실을 차려놓고 독자적으로 움직이는 사람이 아니라 어떤 *회사* 소속이라고 치자. 그렇다면 그가 필요할 때 아무 때나 회사로 전화하면 된다. 회사 전화번호는 555-9999 아니면 영어로 COMPUTE에 해당되는 숫자, 이런 식으로 외우기 쉬우니까.

회사 소속이라면 회사 차를 몰고 AS를 다닐 것이다.

호지스는 잠이 오지 않을 거라고 확신하며 다시 침대에 눕지만 그건 그의 착각이다.

'그 자식이 내 차를 날려버리고도 남을 만한 분량의 폭탄을 동원했다면 분명 더 있을 거야.'

그리고 잠시 후, 그는 까무룩 잠이 든다.

그는 제이니 꿈을 꾼다.

그 도중에 네게 입 맞출 거야

호지스는 목요일 아침 6시에 일어나서 푸짐한 아침상을 차린다. 달걀 두 개, 베이컨 네 장, 토스트 네 장. 먹고 싶지 않지만 몸에 주는 연료라고 생각하며 마지막 한 입까지 꾸역꾸역 먹는다. 오늘 하루 동안 한 끼를 더 먹을 수도 있지만 아닐 수도 있다. 샤워를 하는 동안에도, 푸짐한 아침을 결연하게 씹어 삼키는 와중에도(이제는 그의 몸무게를 체크할 사람이 없다.) 어젯밤에 잠자기 전에 들었던 생각이 계속 떠오른다. 무슨 머릿속에서 맴도는 멜로디 같다.

폭탄이 얼마나 있을까?

그러자 다른 불쾌한 고민들이 잇따른다. 예컨대 이 자는 — 이 perk는 — 그 폭탄을 어떤 식으로 쓸 생각일까. 그리고 언제 쓸 생각일까.

그는 결단을 내린다. 오늘이 마지막 날이다. 그는 미스터 메르세데스를 그의 손으로 잡아서 대면하고 싶다. 죽일 거냐고? 아니다, 그건 아니지만(아마도) 죽도록 패 주면 기분이 *끝내줄* 것이다. 올리비아를 위해서. 제이니를 위해서. 재니스와 퍼트리샤 크레이를 위해서. 작년에 시티 센터에서 미스터 메르세데스 때문에 목숨을 잃거나 불구가 된 그밖의 모든 사람들을 위해서. 일자리를 구하겠다는 절박한 심정으로 한밤중에 일어나서 축축한 안개를 맞으며 문이 열리길 기다렸던 사람들을 위해서. 날아가 버린 삶. 날아가 버린 희망. 날아가 버린 영혼.

그러니까 맞다, 그는 그 개새끼를 잡고 싶다. 하지만 오늘 중으로 찾아내지 못하면 피트 헌틀리와 이지 제인스에게 전부 다 넘기고 결과를 달게 받아들일 것이다. 그도 알다시피 철창신세를 지게 될 가능성이 크지만 상관없다. 이미 양심의 가책을 많이 느끼고 있으니 거기에 살짝 더 추가가 된다 해도 감당할 수 있을 것이다. 하지만 집단 살인은 더 이상 용납할 수 없다. 그러면 그에게 남아 있던 얼마 안 되는 것들마저 모두 무너져 버릴 것이다.

그는 자신에게 오늘 저녁 8시까지 시간을 주기로 한다. 그게 마지노선이다. 그 열세 시간 동안 그는 피트와 이지 못지않게 많은 일을 할 수 있다. 일상적인 틀이나 절차의 제약이 없기 때문에 어쩌면 더 많은 일을 할 수 있다. 오늘은 아버지의 M&P 38구경을 들고 나갈 것이다. 그리고 해피 슬래퍼도 들고 나갈 것이다.

슬래퍼는 스포츠코트 오른쪽 앞주머니에 넣고 리볼버는 왼쪽 겨드랑이에. 그는 서재에 있던 미스터 메르세데스 파일을 집어서 — 이제는 제법 두툼하다. — 부엌으로 들어간다. 파일을 다시 한 번 읽으면서 싱크대 위에 달린 텔레비전을 리모컨으로 켜서 6번 채널의 「7시 아침 뉴스」를 튼다. 호숫가에서 크레인 한 대가 전복돼서 화학 약품을 가득 실은 바지선을 반쯤 물에 잠기게 만든 뉴스가 나오자 다행이라는 생각이 든다. 호수가 지금보다 더 오염이 되는 것은 싫지만 (지금보다 더 오염이 된다는 것이 가능한 이야기인지 모르겠지만.) 덕분에 자동차 폭발 사건이 두 번째로 밀렸다. 그건 희소식이다. 나쁜 소식은 뭔가 하면 그가 시티 센터 대학살 사건 대책반을 이끈 수사반장으로 이제는 은퇴한 형사이며, 자동차 폭발로 사망한 여인은 올리비아 트릴로니의 여동생으로 신원이 공개됐다는 것이다. 그와 제이니가 솜스 장례식장 앞에 서 있는, 누가 찍었는지 모를 사진도 방송된다.

"경찰 측에서는 작년에 시티 센터에서 발생한 집단 살인 사건과 연관성이 있는지 밝히지 않고 있습니다." 뉴스캐스터가 엄숙한 목소리로 말한다. "하지만 작년에 그 사건을 저지른 범인이 아직 체포되지 않았다는 데 주목해야겠습니다. 다른 범죄 소식을 전해 드리자면 도널드 데이비스가 기소 예정으로 밝혀진 가운데………"

도널드 데이비스는 어떻게 되거나 말거나 이제 코딱지만큼도 관심이 없다. 호지스는 텔레비전을 끄고 단상을 적어놓은 노란색 메모지로 다시 시선을 돌린다. 그가 메모지를 훑어보고 있을 때 전화—(오늘은 웬일로 들고 있던) 휴대전화가 아니라 벽에 걸린 집 전화—벨이 울린다. 피트 헌틀리다.

"꼭두새벽부터 일어나셨네요?" 피트가 말한다.

"아니 그걸 어떻게 알았지? 누가 형사 아니랄까 봐. 무슨 일이야?"

"어제 헨리 시로이스, 샬럿 기브니와의 면담이 흥미진진했어요. 저널 패터슨의 이모와 외삼촌. 아시죠?"

호지스는 가만히 기다린다.

"이모가 특히 압권이더라고요. 이지 말이 맞다고, 선배와 패터슨이 단순한 지인 이상이라고 생각해요. 둘이 아주 친한 친구라고."

"그게 무슨 소리야?"

"빠구리. 떡치기. 풍차 돌리기. 흘레……"

"그래, 알겠어. 내가 샬럿 이모에 대해서 뭐 하나 알려 줄까? 그녀는 저스틴 비버가 엘리자베스 여왕에게 말을 걸고 있는 사진을 보면 비버가 여왕을 꼬드기려고 한다고 얘기할 여자야. '두 사람 눈을 보세요.' 하면서."

"그러니까 그런 사이가 아니다?"

"아니야."

"속는 셈치고 믿어 드리겠지만 — 그것도 옛정을 생각해서 — 그래도 선배가 뭘 숨기고 있는지 그건 알고 싶은데요. 구린 냄새가 나거든요."

"내 말 똑똑히 들어. 숨기는 거…… *아무것도*…… 없어."

수화기 저편에서 정적이 흐른다. 애초에 그 수법을 가르쳐 준 사람이 누군지 잠시 잊고, 호지스가 점점 불편해져서 먼저 정적을 깨주길 기다리는 것이다.

마침내 그가 포기한다.

"선배, 내가 보기에 선배는 지금 제 무덤을 파고 있어요. 못 빠져나올 정도로 너무 깊어지기 전에 삽을 내려놓으세요."

"고마워, 파트너. 아침 7시 15분에 듣는 충고는 언제 들어도 기분이 좋단 말이지."

"오늘 오후에 선배를 다시 면담해야겠어요. 이번에는 그걸 낭송해야 할지 몰라요."

미란다 원칙을 말하는 것이다.

"좋지. 휴대전화로 연락해."

"진짜요? 은퇴한 이후에는 절대 안 들고 다니잖아요."

"오늘은 들고 다닐 거야."

진짜다. 그는 앞으로 12~14시간 동안 은퇴하고는 거리가 먼 행보를 보일 작정이다.

그는 전화를 끊고 다시 메모지 쪽으로 돌아가서 집게손가락에 침을 묻혀가며 한 장씩 넘긴다. 그는 어떤 이름에 동그라미를 친다. 래드니 피플스. 슈거 하이츠에서 대화를 나누었던 비질런트 경비업체 직원. 만약 피플스가 자기에게 주어진 역할을 반만이라도 제대로 하고 있다면 미스터 메르세데스로 향하는 열쇠를 쥐고 있을지 모른다. 하지만 호지스가 맨 먼저 사원증을 보여 달라고 해서 긴장시킨 다음 심문을 했으니 그를 기억하지 못할 리가 없다. 그리고 오늘 호지스가 얼마나 엄청난 뉴스거리로 떠올랐는지 알 것이다. 그 문제를 어떤 식으로 해결하면 좋을지 고민할 시간은 있다. 근무시간 이전에 비질런트로 연락할 생각은 없으니까. 일상적인 절차상 전화한 것처럼 포장해야 한다.

그 다음으로 받은 전화는 ─ 이번에는 휴대전화다. ─ 샬럿 이모의 전화다. 호지스는 그녀의 전화를 받고 놀라지는 않지만 그렇다고 해서 반갑다는 뜻은 아니다.

"어떻게 하면 좋을지 모르겠어요!" 그녀가 울부짖는다. "나 좀 도와줘요, 호지스 씨."

"뭘 어떻게 하면 좋을지 모르겠다는 건데요?"

"*시신! 저넬의 시신이요! 그게 어디 있는지조차 모르잖아요!*"

삐 소리가 들리자 호지스는 세컨드 콜로 걸려 온 전화번호를 확인한다.

"기브니 부인. 지금 전화가 왔는데 받아야 해서요."

"아니 왜……"

"제이니가 어디 가는 거 아니잖아요. 그러니까 가만히 계세요. 다시 전화 드릴게요."

그는 꽥꽥거리며 항의하는 그녀의 말허리를 자르고 제롬의 전화를 받는다.

"오늘 기사가 필요하지 않을까 싶어서요." 제롬이 말한다. "현재 상황을 감안했을 때."

호지스는 잠깐 동안 그가 무슨 말을 하는지 이해하지 못하다가 그의 도요타가 검게 그을린 파편 신세로 전락했음을 떠올린다. 남은 잔해도 이제는 경찰서 감식반으로 넘겨져서 조금 있다 하얀 가운을 입은 남자들이 이리저리 살피며 어떤 종류의 폭탄이 쓰였는지 검사할 것이다. 어젯밤에는 택시를 타고 왔다. 오늘 차가 필요할 것이다. 게다가 제롬이 다른 면에서 쓸모가 있을지 모른다.

"그래주면 좋기야 하지. 하지만 학교는 어쩌고?"

"제 평균 학점이 3.9잖아요." 제롬이 침착하게 말한다. "시민 연합 회원으로 불우 아동들에게 컴퓨터 그룹 수업을 하고 있고요. 하루쯤은 빼먹어도 돼요. 그리고 엄마, 아빠한테도 이미 허락 받았어요. 아저씨한테 폭탄 공격을 할 만한 사람이 또 있느냐고 물어보라고, 그 말씀만 하시던데요?"

"사실 아예 가능성이 없는 얘기는 아니야."

"잠깐만요." 제롬이 외치는 소리가 희미하게 들린다. "없대요."

이런 상황에도 호지스는 미소가 지어진다.

"쌩하니 갈게요." 제롬이 말한다.

"속도 위반은 하지 마. 9시까지만 와도 되니까. 남는 시간에 연기 연습이나 해라."

"정말요? 어떤 역할이요?"

"법무사. 그리고 고맙다, 제롬."

그는 전화를 끊고 서재로 들어가서 컴퓨터를 켜고 슈론이라는 이지역 변호사를 검색한다. 특이한 이름이라 금세 찾는다. 그는 회사와 슈론의 이름을 받아 적는데, 이름이 조지다. 그는 그런 다음에 부엌으로 돌아가서 샬럿 이모에게 전화한다.

"호지스입니다. 좀 전에 통화한."

"통화 중에 전화를 끊다니 실례 아닌가요, 호지스 씨?"

"제 예전 파트너한테 제가 부인의 조카딸과 떡을 치는 관계라고 하셨던데, 그건 실례 아닙니까?"

충격을 받아서 헉 하고 숨을 내뱉는 소리에 이어 정적이 흐른다. 그의 입장에서는 그녀가 전화를 끊어주면 환영할 일이다. 하지만 그녀는 전화를 끊지 않고, 그는 그녀에게 필요한 정보를 알려 준다.

"제이니의 유해는 휴런 군 시신 안치소에 있을 겁니다. 오늘은 인도받을 수 없어요. 부검을 해야 하거든요. 사망의 원인을 생각하면 어처구니없는 일이긴 하지만 정해진 절차라서."

"내 말은 그게 아니에요! 비행기 *예약*을 해 놨다고요!"

호지스는 부엌 창밖으로 내다보며 천천히 다섯까지 센다.

"호지스 씨? 내 말 듣고 있어요?"

"그럼 둘 중 하나를 선택하시면 되겠네요, 기브니 부인. 첫째, 여기 남아서 주어진 의무를 다한다. 둘째, 예약한 비행기를 타고 집으로 돌아가서 시 정부에 뒤처리를 맡긴다."

샬럿 이모는 칭얼거리기 시작한다.

"당신이 개를 어떤 눈빛으로 쳐다봤고 걔는 당신을 어떤 눈빛으로 쳐다봤는지 내 눈으로 확인했잖아요. 나는 여자 경찰관이 묻는 말에 대답한 잘못밖에 없어요."

"그것도 아주 민첩하게 대답하셨겠죠, 분명히."

"아주 뭐하게요?"

그는 한숨을 쉰다.

"관둡시다. 남동생과 함께 시신 안치소로 찾아가 보세요. 미리 전화하지 말고 직접 찾아가세요. 그리고 골워시 박사한테 얘기하세요. 골워시가 없으면 파텔 박사한테. 신속한 처리를 바란다고 직접 찾아가서 부탁하면 ― 예의를 갖춰서 부탁하면 ― 최대한 도와줄 겁니다. 내 이름을 대요. 그 두 사람은 나하고 90년대 초반부터 알고 지낸 사이니까."

"또 홀리를 두고 가야겠네요. 방문을 잠갔어요. 노트북만 클릭하고 나오질 않아요."

호지스는 자기가 머리카락을 잡아당기고 있는 것을 뒤늦게 알아차리고 멈춘다.

"따님이 몇 살이죠?"

한참 동안 정적이 흐른다.

"마흔다섯이요."

"그럼 베이비시터 부르지 않았다고 처벌당할 일은 없겠네요." 그는 연이어서 하고 싶은 말을 참아 보려고 하지만 잘 되질 않는다. "돈이 얼마나 절약될지 생각해 보세요."

"호지스 씨가 홀리의 상황을 이해해 주길 바랄 수는 없겠죠. 우리 딸아이는 정신적으로 불안정할 뿐 아니라 아주 예민하다고요."

호지스는 생각한다. 그래서 따님한테 유난히 까다롭게 구셨던 거로군요? 이번에는 이 말을 내뱉지 않고 잘 참는다.

"호지스 씨?"

"말씀하세요."

"저넬이 유언장을 남겼는지 어쨌는지 모르시죠?"

그는 전화를 끊어 버린다.

브래디는 불을 끈 채 모텔 욕실에서 한참 동안 샤워를 한다. 자궁 같은 온기와 꾸준히 이어지는 물방울 소리가 좋다. 그는 어둠도 좋아하는데, 조만간 원했던 것을 모두 가지게 될 테니 어둠을 좋아해서 다행이다. 모자간의 다정한 재회가 — 아니면 어머니와 연인의 재회가 — 이루어질 거라고 믿고 싶지만 마음속으로는 아니라는 걸 안다. 모르는 척할 수는 있지만…… 아니다.

그냥 어둠뿐일 것이다.

하느님을 걱정하거나 지은 죄 때문에 평생 서서히 구워지는 신세가 되지 않을까 걱정하지는 않는다. 세상에는 천국도 없고 지옥도 없다. 반편이만 돼도 그런 건 없다는 걸 안다. 세상을 이렇게 엉망진창으로 만들어 놓다니 창조주가 얼마나 잔인하다는 얘길까? 텔레비전에 나오는 전도사와 아동 성추행을 일삼는 법관들이 얘기하는 복수의 하느님이 설령 *존재한다* 한들 벼락을 던진다는 그분이 어떻게 브래디를 비난할 수 있을까? 브래디 하츠필드가 아버지의 손을 잡고 전기가 흐르는 송전선을 감아서 감전사하게 만들었나? 아니다. 그가 프랭키의 목 안으로 그 사과조각을 쑤셔 넣었나? 아니다. 돈이 다 떨어지면 노숙자 쉼터 신세를 져야 한다고 귀에 못이 박히도록 얘기한 사람이 그였나? 아니다. 그가 독이 든 햄버거를 구워서 드세요, 엄마, 맛있어요, 라고 했나?

그를 이 꼴로 만든 세상에 덤볐다고 욕을 먹어야 할까?

브래디는 아니라고 본다.

그는 세계무역센터를 쓰러뜨린 테러리스트들에 대해 생각한다(그 생각을 할 때가 많다.). 그 광대들은 자기들이 천국에 가서 젊고 아름다운 처녀들의 시중을 받으며 영생의 럭셔리 호텔 같은 데서 지낼 거라고 생각했다. 그것만으로도 우스운데, 더 우스운 부분은 따로 있다. 자기들이 오히려 놀림감이 되었는데…… 그들은 그런 줄도 몰랐다는 것이다. 그들이 누린 것이라고는 스쳐 지나간 수많은 유리창과 마지막 섬광뿐이었다. 그것을 끝으로 그들과 수천 명의 희생자들은 사라졌다. 펑 하고. 안녕, 바이바이. 죽인 자와 죽은 자들 모두 꺼져라, 외로운 파란 행성과 생각 없이 부산하게 움직이는 생물들을 감싼 우주의 공집합 속으로. 종교는 전부 다 거짓말이다. 윤리적인 규율은 전부 다 망상이다. 별들은 전부 다 신기루다. 진실은 암흑이고, 중요한 게 한 가지 있다면 어둠 속으로 들어가기 전에 성명서를 발표하는 것뿐이다. 세상의 살갗을 찢어서 흉터를 남기는 것뿐이다. 결국에는 모든 역사가 그거다. 반흔 조직이다.

브래디는 옷을 입고 공항 근처의 24시간 드러그스토어로 간다. 욕실 거울로 확인해 보니 어머니의 전기면도기 성능에 아쉬운 부분이 많다. 머리를 좀 더 다듬어야겠다. 그는 일회용 면도기와 셰이빙 크림을 집는다. 아무리 많아도 부족한 법이라 건전지도 몇 개 더 챙긴다. 회전식 선반에서 도수 없는 안경도 집는다. 학구적으로 보이는 뿔테로 고른다. 학구적으로 보인다는 게 그만의 착각일 수도 있지만.

그는 계산대로 가다 말고 라운드 히어의 말쑥한 멤버 4명으로 만든 스탠드 광고 앞에서 멈추어 선다. 광고 카피가 6월 3일 빅 콘서트에서 만나요!다. 그런데 누군가가 6월 3일을 지우고 그 아래에다 오늘 저녁이라고 적어 놨다.

원래 브래디는 M 사이즈 티셔츠를 입지만 — 어렸을 때부터 호리호리했다. — XL 사이즈를 집어서 장바구니에 추가한다. 줄을 설 필요도 없다. 이른 시각이라 손님이 그 하나뿐이다.

"오늘 저녁에 공연 가세요?" 계산대 아가씨가 묻는다.

브래디는 그녀를 향해 씩 웃는다.

"그럼요."

모텔로 돌아가는 길에 브래디는 차에 대해 생각하기 시작한다. 차에 대해 *걱정하기* 시작한다. 랠프 존스라는 가명을 여기저기서 잘 쓰고 있지만, 스바루는 브래디 하츠필드의 이름으로 등록되어 있다. 퇴직 형사가 그의 이름을 알아내서 경찰에 알리면 문제가 생길 수 있다. 모텔은 충분히 안전하지만 — 요즘은 차량 번호를 묻지 않고 면허증만 보여 달라고 한다. — 차는 그렇지가 않다.

퇴직 형사는 네 정체를 거의 파악하지 못했어. 브래디는 속으로 중얼거린다. 그냥 너를 겁주려고 그런 거야.

하지만 아닐 수도 있다. 이 형사는 퇴직하기 전에 많은 사건을 해결했고 그 당시에 썼던 기술이 일부 남아 있는 것처럼 보인다.

브래디는 모텔 6으로 곧장 가지 않고 공항으로 방향을 틀어서 보관증을 받고 스바루를 장기 주차장에 세워둔다. 오늘 저녁에 필요하겠지만 지금은 거기 두면 된다.

그는 손목시계를 흘끗 확인한다. 8시 50분이다. '쇼타임까지 11시간 남았군.' 그는 생각한다. 어둠이 내릴 때까지는 12시간 정도 남았을 것이다. 그보다 짧아질 수도 있고 그보다 길어질 수도 있다. 하지만 많이 길어지지는 않을 것이다.

그는 새로 산 안경을 끼고 휘파람을 불며 산 물건을 들고 모텔까지 800미터를 걸어간다.

호지스가 대문을 열었을 때 제롬이 가장 먼저 관심을 보인 물건은 견장에 찬 38구경이다.

"그걸로 누굴 쏘거나 그럴 건 아니죠?"

"설마. 행운의 부적이라고 생각해. 우리 아버지 유품이거든. 그리고 비밀 소지 허가증도 있어. 그걸 걱정하는 건지 모르겠다만."

"제가 걱정하는 건 뭐냐면. 거기 총알이 들어 있는지 여부예요."

"당연히 들어 있지. 내가 이걸 써야 하는 상황이 찾아오면 어떻게 하겠니? 이걸 던지겠어?"

제롬은 한숨을 쉬고 정수리를 덮은 까만 머리칼을 헝클어뜨린다.

"사태가 점점 심각해지네요."

"발 빼고 싶니? 그럼 가거라. 지금 당장. 차는 빌리면 돼."

"아뇨, 저는 괜찮아요. 아저씨가 걱정돼서 그렇죠. 아저씨 다크 서클이 무릎에 닿게 생겼어요."

"괜찮을 거야. 아무튼 오늘로 끝이야. 날이 저물 때까지 이 녀석을 찾지 못하면 예전 파트너를 만나서 전부 다 얘기할 작정이니까."

"그럼 얼마나 골치 아파질까요?"

"모르겠고 별 상관도 없다."

"저는 얼마나 골치 아파질까요?"

"전혀. 내가 그걸 장담할 수 없었다면 너는 지금 1교시 대수 수업을 듣고 있었을 거다."

제롬은 딱하다는 듯이 그를 쳐다본다.

"대수는 4년 전에 졸업했어요. 제가 어떻게 하면 되는지 알려 주세요."

호지스가 알려 준다. 제롬은 의지를 불태우지만 회의적이다.

"지난달에 — 저희 부모님한테는 절대 얘기하면 안 돼요. — 친구들이랑 '펀치 앤드 주디'라고 시내에 새로 생긴 댄스클럽에 들어가려고 했거든요. 그런데 문 앞을 지키고 있던 직원이 제가 만든 휘황찬란한 가짜 신분증은 쳐다보지도 않고 저를 줄밖으로 손짓해서 부르더니 가서 밀크셰이크나 마시라고 하던데요."

호지스가 말한다.

"그럴 만도 하지. 네 얼굴은 열일곱 살이지만 다행히 목소리는 아무리 못해도 스물다섯 살로 들리거든." 그는 제롬에게 전화번호가 적힌 종이를 내민다. "전화해."

제롬은 비질런트 경비업체에 전화를 걸어서 캔턴, 실버, 메이크피스 앤드 잭슨사의 법무사 마틴 론스베리라고 얘기한다. 조지 슈론 변호사와 함께 고 올리비아 트릴로니의 유산과 관련해서 미진한 부분들을 정리 중인데, 그 중 하나가 트릴로니 부인의 컴퓨터라고 밝힌다. 그 컴퓨터를 관리한 IT 관리자를 찾는 것이 오늘의 임무인데, 혹시 슈거 하이츠 지역 담당자 중에 그 전문가를 찾을 수 있도록 도움을 줄 수 있는 직원이 있겠느냐고 묻는다.

호지스는 잘하고 있다는 뜻에서 엄지와 집게손가락으로 동그라미를 만들어 보이고 그에게 메모를 건넨다.

제롬은 그 메모를 보고 이렇게 묻는다.

"트릴로니 부인과 한동네에 살았던 헬렌 윌콕스 부인이 로드니 피플스를 얘기하던데요." 그는 상대방의 이야기를 듣고 고개를 끄덕인다. "래드니로군요. 재미있는 이름이네요. 너무 번거로운 일이 아니면 전화 부탁드려도 될까요? 저희 변호사님이 조금 독불장군 스타일이라서 제가 지금 엄청난 스트레스에 시달리고 있거든요." 그는 상대방의 이야기를 듣는다. "그래요? 아, 다행이네요. 정말 감사합니다." 그는 접수 담당에게 그의 휴대전화 번호와 호지스의 집 전화번호를 알려 주고 끊은 다음 이마에서 땀을 닦는 시늉을 한다. "끝나서 다행이에요. 휴우!"

"잘했어." 호지스가 딱 잘라서 말한다.

"접수 담당이 캔턴, 실버, 어쩌고에 전화해서 확인하면 어쩌죠? 마틴 론스베리라는 듣도 보도 못한 인물이라는 것을 알아내면요?"

"그 직원이 하는 일은 메시지를 전달하는 거지, 메시지를 조사하는 게 아니야."

"만약 피플스라는 사람이 확인하면요?"

호지스가 생각하기에 그럴 것 같지는 않다. 헬렌 윌콕스라는 이름에 포기할 것이다. 그는 그날, 슈거 하이츠의 대저택 앞에서 피플스와 대화를 나누었을 때 그와 헬렌 윌콕스의 관계가 단순히 정신적인 수준에 머물지 않는 듯한 강한 인상을 느꼈다. 어쩌면 선을 살짝 넘었을 수도 있고 아주 많이 넘었을 수도 있다. 피플스는 마틴 론스베리를 치워 버릴 수 있도록 그에게 원하는 정보를 가르쳐 줄 것이다.

"이제 어떡해요?" 제롬이 묻는다.

이제 호지스가 경찰 인생의 최소 절반을 할애한 일을 해야 할 때다.

"기다려야지."

"얼마나요?"

"피플스나 다른 보안요원이 전화할 때까지."

지금 당장은 비질런트 경비업체가 최선의 선택처럼 보인다. 거기서 별 소득을 거두지 못하면 슈거 하이츠로 찾아가서 이웃 주민들을 상대로 탐문을 시작해야 한다. 뉴스로 일약 유명인사가 된 그의 현재 상황을 감안했을 때 달가운 일은 아니다.

기다리는 동안 보우핑거 씨와, 그의 집 맞은편에 사는 살짝 정신이 이상한 멜번 부인이 다시 생각난다. 정체 모를 까만색 SUV를 운운하고 비행접시에 관심이 많은 멜번 부인은 알프레드 히치콕 영화의 특이한 조연으로 어울릴 법한 인물이다.

부인은 외계인들이 우리 사이를 돌아다닌다고 생각해요. 보우핑거는 빈정거리듯이 눈썹을 꿈틀거리며 이렇게 말했는데, 도대체 그 말이 호지스의 머릿속을 계속 맴도는 이유가 뭘까?

9시 50분에 제롬의 휴대전화가 울린다. AC/DC의 「헬스 벨스」가 작렬하자 둘 다 움찔한다. 제롬이 전화기를 집는다.

"발신자 번호 표시 제한이라는데요? 어떡해요, 빌 아저씨?"

"받아. 그 자야. 그리고 네가 누군지 잊지 마."

제롬은 전화를 받는다.

"여보세요, 마틴 론스베리입니다." 상대방의 이야기를 듣는다. "아, 안녕하세요, 피플스 씨. 전화해 주셔서 감사합니다."

호지스가 다시 메모를 적어서 테이블 맞은편으로 민다. 제롬은 얼른 확인한다.

"네네…… 그렇죠…… 윌콕스 부인께서 아주 좋게 말씀하시던데요. 정말 좋게요. 저는 돌아가신 트릴로니 부인과 관련된 일을 하고 있어요. 컴퓨터를 들여다보아야 유산 정리를 마칠 수가 있어서…… 그렇죠, 6개월이 넘었죠. 이런 절차가 얼마나 느리게 진행되는지, 참 끔찍하죠? 작년에는 7만 달러의 유산을 앞에 두고 식료품 할인권을 신청해야 했던 고객도 있어요."

'너무 오버하지 마라, 제롬.' 호지스는 생각한다. 심장이 두방망이질 친다.

"아뇨, 그런 게 아니라 컴퓨터를 관리해 준 분의 성함만 알면 됩니다. 나머지는 저희 변호사님께서 알아서 하실 거예요." 제롬은 미간을 찌푸리고 귀를 기울인다. "안 된다고요? 이런……"

하지만 피플스가 다시 말을 한다. 제롬의 이마에 정말로 땀이 맺힌다. 그는 테이블 위로 손을 내밀어서 호지스의 펜을 잡고 뭐라고 끼적이기 시작한다. 쓰면서 계속 으흠, 네, 그렇군요, 하고 장단을 맞춘다. 마침내.

"와, 고맙습니다. 정말 고맙습니다. 그 정도면 슈론 씨가 알아보실 수 있을 거예요. 정말 도움이 많이 됐습니다, 피플스 씨. 그럼 이만……" 그는 좀 더 이야기를 듣는다. "네, 끔찍한 일이죠. 저희가 이렇게 통화하는 동안에도 슈론 씨가 그…… 뭐랄까…… 그런 측면들을 처리하고 계실 텐데 저는 사실 전혀…… 그러세요? 와우! 피플스 씨, 정말 감사했습니다. 네, 말씀 전할게요. 꼭이요. 고맙습니다, 피플스 씨."

그는 전화를 끊고 두통을 가라앉히려는 듯 손바닥의 볼록한 부분으로 관자놀이를 누른다.

"우와, *진짜* 머리 아팠어요. 어제 벌어진 사고에 대해서 자꾸 이야기하려고 그러잖아요. 그리고 제이니의 친척들한테 비질런트가 무슨 일이든 도울 준비를 갖추고 있다고 전해 달래요."

"훌륭하네. 인사 파일에 잘했어요 도장을 받을 수 있겠어. 하지만……."

"그리고 차를 폭파당한 사람이랑 얘기한 적 있다고도 했어요. 오늘 아침 뉴스에서 아저씨 사진을 봤대요."

호지스는 그럴 만도 하다고 생각하고 지금 당장은 그러거나 말거나 상관도 없다.

"이름은 들었니? 제발 들었다고 대답해 줘."

"IT 관리자 이름은 아니지만 그자가 일하는 회사 이름은 알아냈어요. 사이버 순찰대래요. 피플스 말로는 초록색 폭스바겐 비틀을 타고 다닌대요. 슈거 하이츠에 수시로 드나들어서 모를 수가 없대요. 남자하고 여자가 몰고 다니는 걸 봤고, 둘 다 이십 대 같대요. 여자는 좀 레즈비언 같다고 하고요."

호지스는 미스터 메르세데스가 사실은 미즈 메르세데스일 수도 있다고 생각해 본 적은 한 번도 없다. 원칙적으로는 가능하고 애거서 크리스티 소설이라면 깔끔한 해답이 될 수 있지만 이건 현실이다.

"남자가 어떻게 생겼는지는 이야기하던?"

제롬은 고개를 젓는다.

"서재로 가자. 네가 컴퓨터를 모는 동안 내가 부조종사 역할을 하마."

1분도 안 돼서 그들은 옆면에 사이버 순찰대라고 적힌 초록색 폭스바겐 비틀이 한 줄로 서 있는 사진과 맞닥뜨린다. 독자적인 회사가 아니라 디스카운트 일렉트로닉스라는 시내 대형 판매점의 체인이다. 매장이 버치힐 몰에 있다.

"맙소사, 나도 거기서 물건을 산 적이 있는데." 제롬이 말한다. "한두 번이 아닌데. 비디오 게임, 컴퓨터 부품, 세일로 나온 무협 영화

DVD."

비틀스 사진 아래에 전문가들을 소개합니다, 라는 문구가 있다. 호지스가 제롬의 어깨 너머로 손을 뻗어서 그 문구를 클릭한다. 세 명의 사진이 뜬다. 첫 번째는 얼굴이 좁고 지저분한 금발의 여자다. 두 번째는 존 레넌 안경을 쓰고 진지한 표정을 짓고 있는 통통한 남자다. 세 번째는 기본적으로 잘생긴 얼굴에 깔끔하게 빗은 갈색 머리를 하고 사진을 찍을 때 짓는 그 '치즈' 미소를 짓고 있는 남자다. 그 아래에 적힌 이름은 프레디 링크래터, 앤서니 프로비셔 그리고 브래디 하츠필드다.

"이제 어떡하죠?" 제롬이 묻는다.

"이제 차를 타고 나가야지. 그 전에 뭐 하나만 챙기고."

호지스는 침실로 들어가서 벽장에 달린 조그만 금고의 비밀번호를 누른다. 그 안에 몇 장의 보험증서와 기타 금융서류 말고도, 그가 지금 지갑에 넣고 다니는 것과 똑같이 생긴 라미네이트 카드를 고무줄로 묶어 놓은 묶음이 있다. 시경의 경관들은 2년마다 신분증을 새로 발급받는데, 새 신분증을 받을 때마다 묵은 신분증을 여기다 모아놓은 것이다. 이 묵은 신분증의 한 가지 결정적인 차이가 있다면 빨간색 퇴직 도장이 찍혀 있지 않다는 것이다. 그는 2008년 12월로 만료된 신분증을 집어서, 지갑에 넣고 다니던 신분증을 꺼내고 그것으로 대체한다. 그 신분증을 보여 주는 것 역시 또 다른 범죄지만—주법 190조 25항, 경찰관 사칭, E급 중범으로 2만 5000달러의 벌금 또는, 5년 징역 또는 양쪽 모두—그는 지금 그런 것을 걱정할 계제가 아니다.

그는 지갑을 뒷주머니에 넣고 금고를 닫으려다 멈칫한다. 그 안에 들어 있는 또 다른 물건이 필요할지 모르겠다는 생각이 든다. 항공사 상용 고객이 여권을 넣어서 다님직한 조그맣고 납작한 가죽 케이스다. 그것도 아버지의 유품이다.

호지스는 그 케이스를 해피 슬래퍼와 한 주머니에 넣는다.

브래디는 여기저기 뾰족하게 남은 머리칼을 정리하고 새로 산 평범한 안경을 쓴 다음 모텔 6 사무실로 가서 또 하루치 요금을 결제한다. 그런 다음 객실로 돌아가서 수요일에 산 휠체어를 편다. 비쌌지만 무슨 상관인가. 돈은 이제 고민거리가 아니다.

그는 폭탄이 든 궁둥이 주차장 쿠션을 휠체어 좌석에 얹고, 뒤에 달린 주머니 솔기를 뜯어서 사제 플라스틱 폭탄을 몇 덩어리 넣는다. 각 덩어리마다 아지드화(化)납으로 만든 뇌관이 달려 있다. 그는 연결선을 한데 모아서 금속 클립으로 집는다. 구리선이 드러나도록 끝을 벗겨놓았고 오늘 오후에 그걸 한데 꼬아서 굵직하게 한 줄로 만들 것이다.

실제 기폭 장치는 2번 발명품이 될 것이다.

그는 볼 베어링이 가득 든 밀폐용기를 하나씩 휠체어 좌석 아래에 붙인다. 필라멘트 테이프를 열십자 모양으로 붙여서 떨어지지 않게 한다. 이 작업이 끝나자 그는 침대 가에 앉아서 그의 솜씨를 진지하게 확인한다. 이 바퀴 달린 폭탄을 밀고 밍고 대강당에 들어갈 수 있을지 전혀 알 수가 없지만…… 시티 센터 때도 그 일을 저지른 뒤에 도망칠 수 있을지 전혀 알 수가 없었다. 그때 잘됐으니 이번에도 잘

될지 모른다. 게다가 이번에는 도망칠 필요가 없으니 절반은 성공한
셈이다. 그들이 알아차리고 그를 잡으려고 하더라도 콘서트를 보러
온 사람들로 복도가 빽빽할 테니 그의 성공 가능성은 8할이 훌쩍 넘
는다.

'쾅 하고 끝장나는 거지.' 브래디는 생각한다. '쾅 하고 끝장나면
너는 엿이나 먹어라, 호지스 형사. 엿이나 처먹어라.'

그는 침대에 누워서 마스터베이션을 할까 고민한다. 거시기가 아
직 남아 있을 때 해야 할지 모른다. 하지만 그는 리바이스 청바지 똑
딱 단추를 풀기도 전에 잠이 들어버린다.

침대 옆 탁자에 사진 액자가 세워져 있다. 프랭키가 무릎에 얹힌
소방차 새미를 쥐고 그 안에서 웃고 있다.

오전 11시가 다 됐을 때 호지스와 제롬은 버치힐 몰에 도착한다.
주차 공간이 많아서 제롬은 쇼윈도마다 큼지막한 SALE 광고가 나붙
은 디스카운트 일렉트로닉스 바로 앞에 랭글러를 세운다. 십 대 여
자아이 하나가 무릎을 붙이고 양발을 벌린 채 가게 앞 연석에 앉아
서 아이패드를 열심히 들여다보고 있다. 왼쪽 손가락 사이에서 담배
연기가 피어오른다. 가까이 다가갔을 때에야 여자아이의 희끗희끗한
머리카락이 호지스의 눈에 들어온다. 그의 심장이 철렁 내려앉는다.

"홀리?" 제롬이 이렇게 부르는 동시에 호지스가 묻는다. "도대체
여긴 어쩐 일이오?"

"당신이 알아낼 거라고 믿기는 했어요." 그녀는 담배를 끄고 자리
에서 일어선다. "그런데 걱정이 되기 시작하더라고요. 11시 30분까

지 오지 않으면 전화하려고 했어요. 나 렉사프로 먹고 있어요, 호지
스 씨."

"아까 들었고 다행이라고 생각해요. 이제 내가 물은 말에 대답해
요. 여긴 어쩐 일인지."

그녀의 입술이 떨리고, 처음에는 어찌어찌 그와 시선을 맞추는가
싶더니 이제는 신발을 쳐다본다. 호지스가 처음에 그녀를 십 대로
착각할 만도 했다. 그녀는 평생 감정의 줄타기를 하느라 쌓인 중압
감과 불안감 때문에 성장이 멈추어서 여러모로 아직 어른이 되지 못
했으니 말이다.

"나한테 화났어요? *제발 화내지 마요.*"

"화나지 않았어요." 제롬이 대답한다. "그냥 놀라서 그런 거예요."

'충격을 받았다고 해야 더 맞는 말이겠지.' 호지스는 생각한다.

"오전 동안 방 안에서 이 지역 IT 업체를 검색했는데 예상했던 것
처럼 수백 군데더라고요. 엄마하고 헨리 삼촌은 사람들을 만나러 나
갔어요. 제이니 일 때문이겠죠. 장례식이 또다시 열릴 텐데 관 속에
뭐가 들어갈지 생각하기조차 싫어요. 계속 눈물만 나요."

아닌 게 아니라 굵은 눈물줄기가 그녀의 뺨을 타고 흘러내리고 있
다. 제롬이 그녀의 어깨를 한 팔로 감싸안는다. 그녀는 고마워하는
눈빛으로 수줍게 그를 흘끗 쳐다본다.

"가끔 어머니가 옆에 있으면 생각이 잘 안 될 때가 있어요. 어머
니가 내 머릿속에서 훼방을 놓기라도 하는 것처럼. 무슨 헛소리인가
싶겠지만요."

"저는 헛소리라고 생각하지 않아요." 제롬이 말한다. "저도 여동생

한테 똑같은 걸 느끼거든요. 특히 그 빌어먹을 보이밴드 CD를 틀면."

"두 분이 떠나고 집 안이 조용해지니까 좋은 수가 생각났어요. 그래서 다시 올리비아의 컴퓨터를 켜고 이메일을 확인했죠."

제롬은 자기 이마를 때린다.

"젠장! 이메일을 확인할 생각을 못했네."

"걱정 마, 아무것도 없었으니까. 계정이 세 개였는데 ─ 맥메일, 지메일, AO-헬 ─ 세 폴더 모두 아무것도 없었어. 언니가 직접 삭제했을 수도 있지만 내 생각은 다른 게……"

"데스크톱과 하드드라이브에는 뭐가 가득했잖아요." 제롬이 말한다.

"맞아. 아이튠스에 「콰이 강의 다리」도 있더라. 못 본 영환데. 나중에 기회가 되면 어떤 영화인지 한번 볼까 봐."

호지스는 디스카운트 일렉트로닉스 쪽을 흘끗 쳐다본다. 쇼윈도 위로 이글거리는 햇빛이 반사돼서 그들을 쳐다보고 있는 사람이 있는지 알 수가 없다. 그는 바위에 올라간 벌레처럼 노출된 기분이다.

"잠깐 걸읍시다."

그는 말하고, 앞장서서 사보이 슈즈, 반스 & 노블스 그리고 화이트스 해피 프로거트 쇼피 쪽으로 걸어간다.

"가요, 홀리. 홀리 때문에 정말 돌아 버리겠어요." 제롬이 말한다.

이 말에 그녀가 미소를 짓자 나이 들어 보인다. 좀 더 제 나이에 가까워 보인다. 디스카운트 일렉트로닉스의 큼지막한 쇼윈도에서 멀어지자 호지스는 기분이 괜찮아진다. 제롬은 그녀를 만나서 기쁜 눈치고 그도 마찬가지지만(그의 의사와 상관없이 그렇다.) 렉사프로 의존적인 노이로제 환자에게 밀렸다면 실망스러운 노릇이다.

"그 사람이 유령 프로그램을 지우는 걸 깜빡했으니까 스팸 메일함을 비우는 것도 깜빡했을지 모르겠다 싶었는데 내 짐작이 맞았어. 디스카운트 일렉트로닉스에서 보낸 이메일이 사십 몇 통 있더라. 세일 공고도 있었고 — 지금처럼. 하지만 별로인 DVD만 남았을 거야. 한국 영화나 뭐 그런 거 — 20퍼센트 할인 쿠폰도 있었어. 다음번에 사이버 순찰대 출장 서비스를 받을 때 30퍼센트 할인을 받을 수 있는 쿠폰도 있었고." 그녀는 어깨를 으쓱한다. "그래서 여길 찾아온 거야."

제롬은 그녀를 빤히 쳐다본다.

"그게 다였어요? 스팸 메일함 열어 보기만 하고 끝이에요?"

"놀랄 일도 아니지." 호지스가 말한다. "샘의 아들도 주차딱지 때문에 체포됐잖니."

"기다리는 동안 뒤로 돌아가 봤어요." 홀리가 말한다. "홈페이지에 사이버 순찰대의 IT 전문가가 딱 세 명이라고 소개되어 있던데 초록색 비틀 세 대가 뒤에 있더라고요. 그래서 그 사람이 오늘 출근했나 싶은데. 그 사람을 체포하실 건가요, 호지스 씨?" 그녀는 다시 입술을 씹는다. "그 사람이 저항하면 어떻게 해요? 호지스 씨가 다치는 건 싫은데."

호지스는 곰곰이 생각한다. 사이버 순찰대 소속 세 명의 컴퓨터 전문가. 프로비셔, 하츠필드 그리고 비쩍 마른 금발의 링크래터. 프로비셔 아니면 하츠필드일 거라고 거의 백 퍼센트 장담하지만, 어느 쪽이든 kermitfrog19가 걸어 들어오리라고는 상상도 하지 못했을 것이다. 미스터 메르세데스가 도망치지 않더라도 그의 정체를 알게 됐을 때 충격의 표정을 감추지는 못할 것이다.

"나 혼자 들어갈게요. 둘은 여기 있어요."

"지원군도 없이 들어가겠다고요?" 제롬이 묻는다. "빌 아저씨, 그게 과연 현명한⋯⋯"

"괜찮을 거야. 기습 공격이 내 쪽에 유리하니까. 내가 10분 내로 나오지 않으면 911에 연락해라. 알았지?"

"네."

호지스는 홀리를 가리킨다.

"제롬 옆에 있어요. 더 이상 단독으로 수사하지 말고."

'얘기를 해야겠어.' 그는 생각한다.

그녀는 겸손하게 고개를 끄덕이고 호지스는 두 사람이 뭐라고 말을 걸기 전에 발걸음을 옮긴다. 그는 디스카운트 일렉트로닉스 입구로 다가가며 스포츠 재킷 단추를 푼다. 흉곽에 묵직하게 와 닿는 아버지의 총이 위안이 된다.

제롬은 전자제품 가게 안으로 들어가는 호지스를 바라보는데 한 가지 궁금증이 생긴다.

"홀리, 여기까지 어떻게 왔어요? 택시 타고?"

그녀는 고개를 젓고 주차장을 가리킨다. 제롬의 랭글러에서 세 줄 뒤에 회색 메르세데스 세단이 서 있다.

"차고에 있더라고." 그녀는 입을 떡 벌리며 놀라워하는 제롬을 보고 당장 방어적인 자세를 보인다. "나도 운전할 줄 알아. 유효기간 안 지난 운전면허증도 있고. 사고 한 번 낸 적 없어서 무사고 운전자

보험에 가입되어 있어. 올스테이트 보험사에. 텔레비전에서 올스테이트 광고하는 남자가 예전에 「24」에서 대통령이었다는 거 알아?"

"저 차는……"

그녀는 어리둥절해하며 미간을 찌푸린다.

"그게 뭐가 어때서? 차가 차고에 있었고, 열쇠가 현관 홀 바구니 안에 들어 있던데. 그게 도대체 뭐가 어때서?"

이제 보니 움푹 꺼진 데도 없다. 전조등과 앞 유리창도 교체되었다. 새 차 같다. 사람들을 죽이는 데 쓰인 차라는 걸 아무도 모를 것이다.

"제롬? 올리비아가 싫어할 것 같아?"

"아뇨. 아닐 거예요."

그는 피로 뒤덮인 라디에이터 그릴을 상상하는 중이다. 갈기갈기 찢겨서 거기 매달린 천 조각.

"배터리가 방전돼서 처음에는 시동이 안 걸렸는데 휴대용 점프 케이블이 있더라고. 아버지가 예전에 넣고 다녀서 어떻게 쓰면 되는지 알거든. 제롬, 호지스 씨가 그 사람을 체포하지 않으면 프로거트 가게에 갈 수 있을까?"

그의 귀에는 그녀의 말소리가 거의 들리지도 않는다. 그는 계속 메르세데스를 빤히 쳐다본다. 경찰에서 부인에게 돌려준 모양이다. 뭐, 당연히 그랬을 것이다. 부인의 재산이었으니까. 부인은 심지어 수리까지 했다. 하지만 장담하건대 두 번 다시 저 차를 운전하지 않았을 것이다. 세상에 유령 ─ 진짜 유령 ─ 이라는 게 있다면 저 안에서 살 테니까. 어쩌면 비명을 지르면서.

"제롬? 응답하라, 제롬."

"네?"

"모든 게 잘 되면 프로거트 먹자고. 뙤약볕 아래 앉아서 두 사람을 기다렸더니 엄청 더워. 사실은 아이스크림을 먹고 싶지만……"

그는 나머지 부분을 듣지 않는다. 아이스크림을 생각한다.

무언가가 머릿속에서 찰칵 하고 하도 요란한 소리를 내는 바람에 그는 움찔하며 놀라고, 호지스의 컴퓨터에서 본 사이버 순찰대 중에 서 한 명의 얼굴이 왜 낯이 익었는지 퍼뜩 깨닫는다. 다리에서 힘이 풀려서 그는 쓰러지지 않도록 통로 기둥에 기댄다.

"맙소사." 그가 말한다.

"왜 그래?" 그녀가 미친 듯이 입술을 씹으며 그의 팔을 잡고 흔든 다. "왜 그래? 어디 아파?"

하지만 그는 똑같은 소리를 반복하는 것 말고는 아무 말도 할 수 가 없다.

"맙소사."

호지스의 눈에 비친 버치힐 몰 디스카운트 일렉트로닉스는 살날 이 약 3개월 남은 기업 같다. 대부분의 선반이 비었고, 남은 물건들 은 암담하고 방치된 분위기다. 거의 대부분의 손님들이 와우! DVD 폭탄 세일! 전 제품 50% 할인! 심지어 블루레이까지! 라고 적힌 형광 핑 크색 광고가 있는 가정용 오락용품 코너에 몰려 있다. 계산대가 열 개지만 노란색 DE 로고가 찍힌 파란색 청소복을 입은 여직원이 세 군데에만 서 있다. 그 중 두 명은 창 밖을 내다보고 있다. 나머지 한 명은 『트와일라잇』을 읽고 있다. 다른 직원 몇 명이 별로 하는 일 없이 통로를 어슬렁거리고 있다.

호지스는 직원을 찾을 일이 없지만 *필요한 세 명* 중에 두 명을 발견한다. 존 레넌 안경을 쓴 앤서니 프로비셔는 한 손에 할인 판매하는 DVD가 가득 든 바구니를, 다른 손에는 쿠폰 뭉치를 든 어떤 손님과 이야기를 나누고 있다. 프로비셔의 넥타이를 보니 사이버 순찰대원인 동시에 점장일 수도 있겠다. 얼굴이 좁고 지저분한 금발의 아가씨는 가게 뒤편의 컴퓨터 앞에 앉아 있다. 한쪽 귀 뒤에 담배가 꽂혀 있다.

호지스는 DVD 폭탄 세일 코너의 중앙 통로를 뚜벅뚜벅 걸어간다. 프로비셔가 그를 보고 *잠시만 기다려* 달라는 뜻에서 한 손가락을 들어 보인다. 호지스는 웃으며 *괜찮다*는 뜻에서 살짝 손사래를 친다. 프로비셔는 쿠폰을 들고 있는 손님 쪽으로 다시 고개를 돌린다. 그를 알아보는 기미가 없다. 호지스는 가게 뒤편으로 걸어간다.

지저분한 금발 아가씨가 그를 올려다보더니 다시 컴퓨터 화면 쪽으로 시선을 떨군다. 그녀도 그를 알아보는 기미가 없다. 그녀는 디스카운트 일렉트로닉스 티셔츠가 아니라 내 생각을 말하고 싶으면 알려줄게, 라고 적힌 티셔츠를 입고 있다. 이제 보니 그의 딸 앨리슨이 4반세기 전에 푹 *빠졌던* 피트폴! 게임의 좀 더 잔인해진 최신판을 하고 있다. 모든 게 돌고 도는군. 호지스는 생각한다. 이런 게 선 사상이겠지?

"컴퓨터 관련 질문이 아니면 톤스한테 물어보세요. 저는 컴퓨터만 관리하거든요."

"톤스먼 앤서니 프로비셔 말인가?"

"네. 넥타이 매고 있는 깔끔이요."

"아가씨는 프레디 링크래터겠군. 사이버 순찰대의."

"네."

그녀는 그를 좀 더 자세히 들여다볼 요량으로 피트폴 해리가 똬리
튼 뱀 위로 점프하는 순간 잠시 멈춤 버튼을 누른다. 유효 기간을 엄
지손가락으로 교묘하게 가린 호지스의 경찰 신분증이 그녀의 눈앞
에 등장한다.

"우-우-우." 그녀는 나뭇가지처럼 가는 손목을 붙인 채 두 손을 내
민다. "저 같이 나쁜 여자는 수갑을 차도 싸요. 저를 채찍질하고 때
리고 부도 수표를 쓰게 하세요."

호지스는 잠깐 미소를 짓고 신분증을 치운다.

"해피 밴드의 세 번째 멤버가 브래디 하츠필드 아닌가? 그 친구
는 안 보이네?"

"독감에 걸렸대요. 그 친구 말로는요. 하지만 제 짐작을 말씀드릴
까요?"

"던져 봐요."

"사랑하는 어머니를 드디어 재활원에 넣기로 한 것 같아요. 어머
니가 술을 좋아해서 자기가 계속 뒤치다꺼리를 해야 된다고 그랬거
든요. 지금까지 여친을 한 번도 사귀지 않은 이유가 아마 그 때문일
거예요. 여친이 뭔지 아시죠?"

"알다마다."

그녀는 열띤 관심으로 눈을 반짝이며 그를 뜯어본다.

"브래디한테 무슨 문제라도 생겼나요? 그럴 만도 하긴 해요. 조금 트기이이한 편이거든요."

"그냥 할 말이 있어서 그런 거요."

앤서니 프로비셔 ─ 톤스 ─ 가 합류한다.

"무슨 일이십니까?"

"경찰이야." 프레디가 말한다. 그녀는 위생 상태가 아주 심각한 조 그만 이를 활짝 드러내며 프로비셔를 향해 함박웃음을 지어 보인다. "이 가게 뒤편에 메탐페타민(흥분제 ─ 옮긴이) 실험실이 있다는 정보 를 입수했대."

"시끄러워, 프레디."

그녀는 요란하게 입을 지퍼로 잠그는 시늉을 하고 보이지 않는 열 쇠를 돌리는 것으로 마무리 짓지만 다시 게임을 시작하지는 않는다.

호지스의 주머니에서 휴대전화가 울린다. 그는 엄지손가락으로 눌러서 끈다.

"나는 빌 호지스 형사요, 프로비셔 씨. 브래디 하츠필드에게 몇 가 지 물어볼 게 있어서 왔어요."

"독감으로 결근인데요. 무슨 일로 그러시나요?"

"톤스는 시인이라서 잘 몰라요." 프레디 링크래터가 끼어든다. "발을 보면 알 수 있어요. 왜냐하면 롱펠……"

"입 다물어, 프레디. 마지막 경고야."

"주소를 알 수 있을까요?"

"그럼요. 알려 드릴게요."

"잠깐 지퍼를 열어도 될까요?" 프레디가 묻는다.

호지스는 고개를 끄덕인다. 그녀는 컴퓨터 자판을 하나 친다. 피트폴 해리가 직원 명단이라고 적힌 스프레드시트로 바뀐다.

"짜잔." 그녀가 말한다. "엘름 가 49번지예요. 엘름 가는……"

"노스 사이드에 있죠." 호지스가 말한다. "두 분 다 감사합니다. 도움이 많이 됐어요."

프레디 링크래터가 떠나는 그의 뒤통수에 대고 외친다.

"분명 엄마한테 무슨 일이 생긴 걸 거예요. 엄마 일이라면 이상하게 굴거든요."

호지스가 눈부신 밖으로 나서자마자 제롬이 거의 태클을 걸다시피 한다. 홀리가 그 바로 뒤에 숨어 있다. 입술을 씹다 말고 손톱으로 옮겨가서 나달나달하게 만들어놓았다.

"전화했는데." 제롬이 말한다. "왜 안 받으셨어요?"

"질문을 하고 있었어. 왜 그렇게 둘 다 눈을 희번덕거려?"

"하츠필드 안에 있어요?"

호지스는 놀라서 아무 대답도 하지 못한다.

"아, 그 자예요." 제롬이 말한다. "그 자일 수밖에 없어요. 그 자가 아저씨를 주시하고 있는 것 같다고 하신 것, 맞아요. 어떤 식으로 그랬는지 알아요. 호손이 쓴 「도둑맞은 편지」, 그 작품하고 비슷해요. 빤히 보이는 데 숨어 있었어요."

홀리가 손톱을 씹다 말고 말한다.

"그건 포의 작품이야. 학교에서 도대체 뭘 가르치는 거니?"

"흥분하지 말고, 제롬." 호지스가 말한다.

제롬은 심호흡을 한다.

"그는 직업이 두 개였어요, 빌 아저씨. 두 *개요*. 여기서는 오후 2~3시 정도까지만 근무할 거예요. 그런 다음에는 로브스로 출근할 거예요."

"로브스? 그건……"

"맞아요, 아이스크림 회사요. 그는 미스터 테이스티 트럭을 몰고 다녀요. 종소리 울리는 그 트럭 말이에요. 저는 그 사람한테 아이스크림을 산 적 있고, 제 여동생도 마찬가지예요. 안 그런 애가 없을 거예요. 우리 동네에 자주 오거든요. *브래디 하츠필드는 아이스크림 장수예요!*"

호지스는 요즘 들어서 딸랑거리는 그 유쾌한 종소리가 전보다 더 자주 들렸다는 사실을 깨닫는다. 레이지보이에 쭈그리고 앉아서 오후 텔레비전 프로그램을 보며(그리고 지금 견장에 차고 있는 총을 가끔 만지작거리며) 우울증을 달랬던 지난 봄 동안 날마다 그 소리를 들은 것 같다. 아이들이나 아이스크림 트럭 소리에 귀를 쫑긋 세우는 것이기에 그는 그 소리를 듣고도 무시했다. 하지만 무의식 저 깊은 곳에서는 *완전히* 무시하지 않았다. 보우핑거와, 멜번 부인을 놓고 그가 빈정거리며 했던 말을 계속 소환한 주범이 그 무의식 깊은 곳이었다.

부인은 외계인들이 우리 사이를 돌아다닌다고 생각해요. 보우핑거 씨는 그렇게 말했지만, 호지스가 호별 방문을 했던 날 멜번 부인은 외계인들을 걱정하지 않았다. 까만색 SUV, 척추 지압원, 밤늦게 시끄러운 음악을 트는 하노버 가의 어느 집 사람들을 걱정했다.

그리고 미스터 테이스티 장수도.

그 남자는 의심스러운 구석이 있거든요. 그녀는 이렇게 말했다.

올봄에는 이 동네를 계속 돌아다니고 있는 것 같거든요. 이렇게도
말했다.

끔찍한 질문이 피트폴 해리를 기다리는 뱀처럼 그의 머릿속에서
고개를 든다. 만약 (그와 피트가 올리비아 트릴로니를 무시했던 것처럼)
멜번 부인을 악의 없는 별종으로 간주해서 무시하지 말고 그녀의 이
야기를 귀 담아 들었더라면 제이니를 살릴 수 있었을까? 그랬을 것
같지는 않지만 절대 장담할 수 없는 일이고, 앞으로 몇 주, 몇 달 동
안 잠 못 이루는 밤마다 그 질문이 그를 괴롭힐 것 같은 예감이 든다.

어쩌면 몇 년 동안.

주차장을 내다보자…… 유령이 그를 맞이한다. *회색 유령*이다.

그는 이제 나란히 서 있는 제롬과 홀리 쪽을 돌아보지만 굳이 물
어볼 필요도 없다.

"맞아요." 제롬이 말한다. "홀리가 여기까지 타고 왔어요."

"등록증이랑 번호판 스티커에 적힌 유효기간이 살짝 지나기는 했
어요." 홀리가 말한다. "제발 화내지 마요, 네? 어쩔 수 없었어요. 돕
고 싶은데 전화를 하면 오지 말라고 할 게 뻔하니까."

"화나지 않았어요." 호지스가 말한다.

사실 그는 지금 어떤 기분인지 잘 모르겠다. 모든 시계가 거꾸로
돌아가는 꿈의 세계로 들어온 느낌이다.

"이제 어쩌죠?" 제롬이 묻는다. "경찰을 부를까요?"

하지만 호지스는 아직도 손을 뗄 생각이 없다. 사진 속의 그 젊은

이의 평범한 얼굴 뒤로 미친 상상들이 부글부글 끓는 가마솥에 숨겨져 있을지 몰라도, 호지스는 사이코패스를 겪을 만큼 겪었기 때문에 그들이 기습을 당하면 대부분 먼지뭉치처럼 폭삭 무너진다는 것을 안다. 그들은 2009년 4월의 그날 새벽에 일자리를 구하러 나온 무일푼의 실직자처럼 무기가 없고 순진한 사람들에게만 위험하다.

"너하고 나는 하츠필드 씨의 집으로 찾아가자. 저걸 타고."

호지스는 회색 메르세데스를 가리킨다.

"하지만…… 우리가 차를 세우면 그 자가 알아보지 않을까요?"

호지스는 제롬 로빈슨이 지금까지 한 번도 본 적 없는 상어 같은 미소를 짓는다.

"알아봐 줬으면 좋겠어." 그는 손을 내민다. "열쇠 줄래요, 홀리?"

그녀는 너덜너덜해진 입술을 꾹 다문다.

"좋아요. 하지만 나도 갈 거예요."

"안 돼요." 호지스가 말한다. "너무 위험해요."

"나한테 너무 위험한 거면 호지스 씨한테도 너무 위험한 거잖아요." 그녀는 그를 똑바로 쳐다보지 못하고 시선을 자꾸 피하지만 목소리만큼은 단호하다. "안 데리고 가면 호지스 씨가 출발하자마자 경찰에 연락해서 브래디 하츠필드의 집 주소를 알려 줄 거예요."

"주소도 모르잖아요." 호지스가 말한다.

이 말은 그의 귀에도 설득력 없게 들린다.

홀리는 예의상 아무 대꾸도 하지 않는다. 그녀는 디스카운트 일렉트로닉스로 들어가서 지저분한 금발에게 물어볼 필요도 없을 것이다. 하츠필드라는 성을 알았으니 사악한 아이패드로 검색하면 될 것이다.

망할.

"알았어요, 같이 가요. 하지만 내가 운전할 거고, 거기 도착하면 당신이랑 제롬은 차 안에 있어야 해요. 불만 있어요?"

"아뇨, 호지스 씨."

이번에는 그녀의 시선이 그의 얼굴 위에서 꼬박 3초 동안 머문다. 한 단계 나아진 걸까? 상대가 홀리인데 아무도 모를 일이지. 그는 생각한다.

작년에 예산이 대폭 삭감됐기 때문에 시경 순찰차는 대부분 1인 1조로 운영된다. 하지만 로타운에서는 그렇지가 않다. 로타운을 도는 순찰차는 모두 2인 1조로 운영되는데, 거기에서는 소수 인종이 다수 인종이기 때문에 유색인종을 최소 한 명 이상 넣은 조합이 가장 이상적이다. 6월 3일 정오가 막 지났을 무렵 래버티 경관과 로사리오 경관이, 예전에 빌 호지스가 꼬맹이의 주머니를 털려던 트롤 몇 명을 혼쭐 낸 적 있는 고가도로에서 약 800미터 정도 더 가면 나오는 로브라이어 가를 순찰하고 있다. 래버티는 백인이다. 로사리오는 라틴계다. 그들은 CPC 54를 타고 다니기 때문에 고릿적에 방영된 시트콤 「지금은 순찰 중」에서 54번 순찰차를 타고 다닌 두 주인공 이름을 따서 투디와 멀둔이라고 불린다. 아마릴리스 로사리오는 가끔 점호 시간에 "우, 우, 투디, 좋은 생각이 떠올랐어!"라고 해서 파란 옷의 동료를 웃긴다. 특유의 도미니크 공화국 억양으로 그렇게 말하면 아주 귀여워서 늘 웃음보가 터진다.

하지만 순찰을 돌 때면 빠릿빠릿한 여순경이 된다. 둘 다 그렇다. 로타운에서는 그럴 수밖에 없다. 그녀가 말한다.

"길거리의 불량배들을 보면 예전에 에어쇼에서 본 적 있는 블루 엔젤스(미 해군의 곡예 비행팀 — 옮긴이)가 생각나."

"그래?"

"우리가 보이면 편대를 이뤄서 달아나잖아. 저기 한 명 있네."

그들이 로브라이어 가와 스트라이크 가가 만나는 네거리로 다가 가자 클리블랜드 캐벌리어스(클리블랜드가 연고지인 농구팀 — 옮긴이) 웜업 재킷(너무 크고 이런 날씨에 필요하지도 않다)을 입은 아이가 길모 퉁이에서 떠들다 말고 갑자기 자리를 뜨더니 스트라이크 가를 따라 서 빠르게 발걸음을 옮긴다. 열세 살쯤 되어 보이는 아이다.

"오늘이 학교 가는 날인 게 갑자기 생각난 모양이지." 래버티가 말한다.

로사리오는 웃는다.

"픽이나 그렇겠다."

이제 그들은 로브라이어 가와 마틴 루터 킹 가가 만나는 모퉁이로 다가간다. 마틴 루터 킹 가는 이 빈민가의 또 다른 대로라 이번에는 대여섯 명의 불량배들이 다른 데로 피한다.

"편대 비행 맞네." 래버티가 말한다. 그러고는 따지고 보면 재미있 는 일이 아닌데도 웃음을 터뜨린다. "점심 어디서 먹을까?"

"랜돌프 가에 그 스테이션왜건 나왔는지 보자. 타코가 당기네."

"세뇨르 타코 말이지? 하지만 콩은 빼고 먹어. 앞으로 네 시간 더…… 어라? 저것 좀 봐, 로지. 이상한데?"

앞에서 어떤 남자가 기다란 꽃 상자를 들고 가게에서 나오고 있다. 그런데 그 가게는 꽃집이 아니라 킹 버추 전당포다. 게다가 이곳은 로타운 중에서도 흑인 인구의 비율이 가장 높은 곳인데 남자는 백인처럼 보인다. 그는 노란색 연석에 세워 놓은 하얀색의 지저분한 이코노라인 밴으로 다가간다. 20달러 벌금감이다. 하지만 래버티와 로사리오는 배가 고파서 세뇨르 타코의 맵고 맛있는 소스 생각뿐이라 그냥 지나칠 수도 있다. 어쩌면 그냥 지나칠 수도 있었다.

하지만.

데이비드 버코위츠를 잡은 게 주차딱지였다. 테드 번디의 경우에는 깨진 미등이었다. 오늘은 조잡한 주름 덮개가 달린 꽃 상자가 세상을 바꾼다. 남자가 더듬더듬 낡은 밴의 열쇠를 찾는 동안(몽고 행성의 밍 황제(악당의 대명사 격인 만화 및 영화 주인공 ― 옮긴이)라도 로타운에서는 차 문을 참가야 한다.) 박스가 아래로 기우뚱한다. 아래쪽이 열리면서 뭔가가 살짝 고개를 내민다.

그 물건이 길거리로 떨어지기 전에 남자가 얼른 잡아서 다시 밀어넣지만, 제이슨 래버티는 이라크에서 두 번 복무한 전적이 있기 때문에 RPG(로켓 추진 수류탄 ― 옮긴이) 발사 장치를 보면 안다. 그가 사이렌을 켜고 뒤로 다가가자 남자가 깜짝 놀란 얼굴로 돌아본다.

"권총 챙겨!" 그는 파트너에게 쏘아붙인다. "내려!"

그들은 차에서 뛰어내려 글록을 두 손에 쥐고 하늘을 겨눈다.

"상자 버려!" 래버티가 외친다. "상자 버리고 두 손을 밴 위에 올려놔! 몸 앞으로 구부리고! 얼른!"

남자 ― 마흔 살쯤 됐고 올리브색 피부에 어깨가 둥그스름하다. ──는 꽃 상자를 아이처럼 더 꼭 끌어안는다. 하지만 로지 로사리오가 총구를 내려서 그의 가슴을 겨누자 상자를 떨군다. 상자가 벌어지면서 래버티 눈에 러시아제 하심 대전차 유탄 발사기로 보이는 무기가 드러난다.

"헐!" 로사리오가 외친다. "투디, 투디, 좋은 생각이……"

"경관, 총 치워요."

래버티는 유탄 발사기 소지자에게서 시선을 떼지 않지만, 로사리오는 고개를 돌린다. 희끗희끗한 머리에 감색 재킷을 입은 백인이 서 있다. 이어폰을 꽂고 글록을 들고 있다. 그녀가 뭐라고 물을 새도 없이 온 사방에서 킹 버추 전당포 앞으로 감색 재킷들이 달려온다. 한 명은 경찰들이 꼬마 문 부수기라고 부르는 스팅어 공성 망치를 들고 있다. 재킷 등판에 적힌 ATF(주류·담배·화기 단속청 ── 옮긴이)라는 단어를 본 순간, 그녀는 똥을 밟았다는 생각이 든다.

"경관, 총 치워요. ATF의 제임스 코신스키 요원이요."

래버티가 말한다.

"우리가 수갑 채울까요? 혹시나 해서 묻는 건데."

ATF 요원들이 블랙 프라이데이(추수 감사절 이후 첫 금요일. 곳곳에서 대대적인 할인 행사를 벌인다 ── 옮긴이)를 맞아서 월마트로 크리스마스 쇼핑에 나선 사람들처럼 열을 지어서 전당포 안으로 들어간다. 길 건너편에 모인 구경꾼들은 기동 타격대의 규모에 놀라서 욕을 퍼붓지 못한다. 돌을 던지지도 못한다.

코진스키는 한숨을 쉰다.

"그러시던지요. 이미 엎질러진 물이니까."

"무슨 작전이 있는 줄 몰랐어요." 래버티가 말한다. 유탄 발사기 소지자는 이미 밴 위에 올려놓았던 손을 뒤로 돌려서 양쪽 손목을 서로 붙이고 있다. 처음 당하는 일이 아닌 게 분명하다. "이 자가 밴의 문을 여는데 저 물건이 상자 밖으로 튀어나온 걸 봤어요. 그럼 어떻게 해야겠어요?"

"당연히 아까처럼 해야겠죠." 전당포 안에서 유리 부서지는 소리와 고함 소리에 이어 쿵 하고 공성 망치 동원되는 소리가 들린다. "저기, 이왕 일이 이렇게 된 김에 저 카벨리 씨를 뒷좌석에 태워 놓고 같이 들어가 볼래요? 소득도 확인할 겸."

래버티와 로사리오가 포로를 순찰차까지 호송하는 동안 코진스키가 번호를 확인한다.

"그래서, 둘 중 어느 분이 투디고 어느 분이 멀둔인가요?"

코진스키 요원이 이끄는 ATF 기동 타격대가 허름한 킹 버추 전당포 뒤편의 휑뎅그렁한 창고에서 재고 조사에 돌입할 무렵, 회색 메르세데스 세단이 엘름 가 49번지 앞 연석에 멈추어 선다. 운전석에는 호지스가 앉아 있다. 오늘은 조수석에 홀리가 앉아 있는데, 이것이 그들보다는 그녀의 차에 더 가깝다는(어느 정도 일리가 있긴 하다.) 주장을 펼쳤기 때문이다.

"집에 사람이 있네요." 그녀가 지적한다. "관리가 전혀 안 된 혼다 시빅이 진입로에 세워져 있는 걸 보면."

호지스는 바로 맞은편 집에서 어떤 노인이 다리를 질질 끌며 다가오는 기미를 느낀다.

"나는 이제 걱정하는 시민과 대화를 나눌 거요. 두 사람은 입 다물고 있도록."

그는 창문을 내린다.

"뭐, 저희가 도와드릴까요?"

"내가 그쪽을 도울 수 있을 것 같은데." 노인장이 말한다. 그는 눈을 반짝이며 호지스와 승객들을 살핀다. 그리고 차도 살핀다. 그도 그럴 것이 엄청나게 좋은 차가 아닌가. "브래디 만나러 온 거면 헛걸음했수다. 진입로에 세워져 있는 저건 하츠필드 부인 차거든. 몇 주 동안 움직이는 걸 보지 못했어. 지금도 굴러갈지 모르겠네. 하츠필드 부인도 브래디랑 같이 나갔는지 오늘 보이지가 않아. 평소에는 우편물 가지러 나올 때 보이는데 말이오." 그는 49번지 대문 바로 옆에 달린 우편함을 가리킨다. "부인이 카탈로그를 좋아하거든. 여자들은 대부분 그렇지." 그는 마디가 울퉁불퉁한 손을 내민다. "행크 비슨이오."

호지스는 짧게 악수를 하고 엄지손가락으로 유효기간을 조심스럽게 가리며 신분증을 슬쩍 보여준다.

"반갑습니다, 비슨 씨. 저는 빌 호지스 형사입니다. 하츠필드 씨는 어떤 차를 몰고 다니는지 알 수 있을까요? 연식이랑 모델명 말이에요."

"갈색 스바루요. 모델명이나 연식은 잘 모르겠소. 일본차들은 내 눈에 다 똑같아 보여서."

"그렇군요. 이제 댁으로 들어가시라고 부탁을 드려야겠는데요. 나중에 찾아가서 몇 가지 질문을 할 수도 있어서요."

"브래디가 무슨 잘못이라도 저지른 거요?"

"그냥 일상적인 방문입니다. 댁으로 들어가세요."

비슨은 집으로 들어가기는커녕 허리를 숙여서 제롬을 쳐다본다.

"자네는 경찰이 되기에 좀 어린 나이 아닌가?"

"수습입니다." 제롬이 말한다. "호지스 형사님께서 하시라는 대로 따르시는 게 좋을 것 같은데요."

"알았어요, 알았어." 하지만 그는 세 사람을 이 끝에서 저 끝까지 다시 한 번 훑어본다. "언제부터 시경이 메르세데스 벤츠를 몰고 다녔나그래?"

호지스는 대답할 방법이 없지만 홀리가 나선다.

"RICO 차량이에요. 갈취 및 부패 범죄조직 처벌기관이죠. 저희가 빌린 거예요. 경찰에서 원하는 대로 쓸 수 있거든요."

"음, 그래. 그렇겠지. 일리가 있군."

비슨은 만족스러워하는 한편으로 어리둥절해하는 표정을 짓는다. 그는 집으로 들어가지만, 금세 다시 모습을 드러내서 이번에는 앞 유리창을 내다본다.

"RICO는 연방법인데." 호지스가 조심스럽게 말한다.

홀리는 구경꾼 쪽으로 고개를 살짝 기울이는데 나달나달해진 입술에 희미한 미소를 머금고 있다.

"*저 분이* 그걸 알 거라고 생각해요?" 둘 다 아무 대꾸도 하지 않자 그녀는 사무적으로 변한다. "이제 어쩔 거예요?"

"하츠필드가 있으면 시민 체포권을 발동할 거요. 어머니만 있으면 어머니를 면담하고. 두 사람은 여기 앉아 있어요."

"그게 과연 좋은 생각일까요?"

제롬은 이렇게 말하지만 — 백미러에 비친 — 그의 표정을 보면 반항 해봐야 소용없다는 것을 이미 알고 있다.

"그 수밖에 없어." 호지스가 말한다.

그는 차에서 내린다. 그가 문을 닫기 전에 홀리가 그 쪽으로 몸을 기울이고 말한다.

"집에 아무도 없어요." 그는 아무 말도 하지 않지만, 그녀는 무슨 소리라도 들은 것처럼 고개를 끄덕인다. "못 느끼겠어요?"

사실 그도 느껴진다.

진입로를 걸어가는 호지스의 눈에 큼지막한 앞 유리창을 덮은 커튼이 들어온다. 그는 잠깐 혼다를 훑어보지만 눈여겨볼 만한 부분이 전혀 없다. 조수석 문을 당겨 본다. 열린다. 내부 공기가 후끈하고 퀴퀴한데 희미하게 술 냄새가 난다. 그는 문을 닫고 현관 앞 계단을 올라가서 초인종을 누른다. 안에서 딩-동 하는 소리가 들린다. 아무 대답이 없다. 그는 다시 한 번 초인종을 누르고 그런 다음 문을 똑똑 두드린다. 아무 대답이 없다. 그는 맞은편에서 이 모든 광경을 눈에 담고 있을 비슨 씨를 의식하며 주먹 옆면으로 세게 두드린다. 아무 대답이 없다.

그는 차고 쪽으로 걸어가서 차고 문에 달린 창문 너머를 들여다본다. 공구 몇 개와 미니 냉장고만 있을 뿐 별 다른 건 없다.

그는 휴대전화를 꺼내서 제롬에게 전화한다. 엘림 가가 하도 고요해서 연결이 되자 AC/DC의 벨 소리가 — 희미하게 — 들린다. 제롬이 전화를 받는 것이 보인다.

"홀리한테 아이패드 켜서 엘름 가 49번지 소유주 이름으로 시에 납부한 세금 기록 조회해 보라고 해. 할 수 있겠는지."

제롬이 홀리에게 묻는 소리가 들린다.

"한번 해보겠대요."

"그래. 나는 뒤로 돌아가마. 전화기 계속 들고 있어. 약 30초 간격으로 안부 전화할게. 1분이 지나도록 나한테서 소식이 없으면 911을 불러라."

"정말 저지를 작정이에요, 빌 아저씨?"

"응. 홀리한테 이름 알아내지 못해도 괜찮다고 전해. 홀리의 상태가 이상해지는 건 내가 바라는 바가 아니니까."

"지금 침착한데요? 벌써부터 자판 두드리고 있어요. 아저씨나 계속 연락하는 거 잊지 마세요."

"알았다."

그는 차고와 집 사이를 걸어간다. 뒷마당은 작지만 깔끔하다. 한가운데에 동그란 화단이 있다. 호지스는 누가 심은 꽃일지 궁금해진다. 엄마일까 아들일까. 그는 뒷문 앞에 달린 세 단짜리 나무계단을 올라간다. 알루미늄 스크린 도어가 있고 그 안으로 문이 하나 더 있다. 스크린 도어는 열려 있다. 현관문은 잠겨 있다.

"제롬? 안부 확인. 아무 일 없어."

유리창 안을 들여다보니 부엌이다. 깔끔하게 정리가 되어 있다. 싱크대 개수구에 접시와 잔이 몇 개 담겨 있다. 깔끔하게 접은 행주가 오븐 손잡이에 걸려 있다. 식탁 위에 놓인 테이블 매트는 두 개다.

아빠 곰의 매트는 없다. 그가 메모지에 끼적인 프로필과 맞아떨어진다. 그는 문을 두드리고 잠시 후에는 세게 때린다. 아무 대답이 없다.

"제롬? 안부 확인. 아무 일 없어."

그는 뒷계단 위에 전화기를 내려놓고, 잊어버리지 않고 챙긴 것을 다행스러워하며 납작한 가죽 케이스를 꺼낸다. 안에 아버지가 쓰던 자물쇠 따는 도구들이 들어 있다. 끝에 다양한 크기의 갈고리가 달린 은색 막대다. 그는 중간 크기를 고른다. 현명한 선택이다. 쉽게 들어간다. 그는 막대를 이리저리 돌리며 구조를 파악한다. 잠깐 멈추고 제롬에게 다시 확인 전화를 하려는 찰나, 막대가 걸린다. 아버지에게 배운 대로 잽싸게 힘껏 돌리자 철컥 하고 안쪽에서 잠금단추가 튀어 올라오는 소리가 들린다. 전화기가 꽥꽥 울려 댄다. 그는 전화를 받는다.

"제롬? 아무 일 없어."

"걱정했잖아요. 뭐 하시는 중이에요?"

"무단 침입."

호지스는 하츠필드의 부엌으로 들어선다. 냄새가 훅 하고 그를 덮친다. 희미하지만 분명하다. 호지스는 왼손에 휴대전화를, 오른손에 아버지의 38구경을 쥐고 냄새를 따라서 맨 처음에는 거실로 ─ 커피 테이블 위에 놓인 텔레비전 리모컨과 이리저리 흩뿌려진 카탈로그로 볼 때 소파가 하츠필드 부인의 아지트인 모양이지만 지금은 아무도 없다. ─ 그 다음에는 계단 쪽으로 걸음을 옮긴다. 다가가는 동안 냄새가 점점 강해진다. 아직 악취 수준은 아니지만 그쪽으로 진행되는 중이다.

2층으로 올라가자 오른쪽으로 문 하나가, 왼쪽으로 문 두 개가 달린 짧은 복도가 나온다. 그는 오른쪽 방부터 살핀다. 오랫동안 아무도 쓰지 않은 손님방이다. 수술실 같은 무균 상태다.

그는 다시 한 번 제롬에게 확인 전화를 걸고 왼쪽 첫 번째 방문을 연다. 그곳이 냄새의 진원지다. 그는 숨을 깊게 들이마신 뒤에 잽싸게 들어가서 웅크리고 있다가 문 뒤에 아무도 없다는 확신이 들자 허리를 편다. 벽장을 열어서 ─ 가운데 경첩이 달린 벽장이다. ─ 옷들을 뒤로 밀친다. 아무도 없다.

"제롬? 안부 확인."

"안에 사람 있어요?"

뭐…… 있다고 말할 수도 있겠다. 더블베드 침대보가 누가 봐도 알 만한 형체 위로 덮여 있는 것을 보면.

"잠깐만."

그는 침대 아래를 들여다보지만 슬리퍼, 분홍색 운동화, 하얀색 발목 양말 한 쪽, 먼지뭉치 몇 개 말고는 아무것도 없다. 침대보를 젖혀보니 브래디 하츠필드의 어머니가 누워 있다. 피부가 밀랍처럼 창백한데 희미하게 푸르스름한 기미가 돈다. 입을 떡 벌리고 있다. 생기 없이 멀건 눈은 위로 뒤집혔다. 그는 한쪽 팔을 들어서 살짝 구부렸다가 떨군다. 사후강직이 됐다가 풀렸다.

"제롬. 하츠필드 부인을 찾았어. 죽었어."

"맙소사." 평소에는 어른 같던 제롬의 목소리가 막판에 갈라진다. "도대체 지금……"

"잠깐만."

"그 소리는 아까도 하셨잖아요."

호지스는 탁자 위에 전화기를 내려놓고 하츠필드 부인의 발치까지 침대보를 내린다. 그녀는 파란색 실크 잠옷을 입고 있다. 윗도리에 토사물과 핏자국으로 보이는 흔적이 남아 있지만 총탄 구멍이나 칼로 찌른 흔적은 없다. 얼굴은 부었지만 목이 졸린 흔적이나 멍 자국은 없다. 부기는 부패라는 죽음의 행진의 소산이다. 그는 잠옷 윗도리를 충분히 올려서 복부를 확인한다. 얼굴처럼 살짝 부풀었지만 가스 때문일 것이다. 입 위로 얼굴을 바짝 갖다 대고 안을 들여다보자 예상했던 대로다. 잇몸과 볼 사이 공간과 혀에 끈적끈적한 덩어리가 엉겨 붙어 있다. 술에 취해서 마지막으로 먹은 음식을 게워내고 록스타처럼 이승과 하직한 것이다. 피는 목구멍에서 나왔을 것이다. 아니면 악화된 위궤양이 원인이든지.

그는 전화기를 집어서 얘기한다.

"그가 어머니에게 독극물을 먹였을 수도 있지만 자기 손으로 먹었을 가능성이 더 커."

"술에 취해서요?"

"아마도. 부검을 해야 확실하게 알 수 있겠지만."

"저희가 도울 일 없을까요?"

"얌전히 앉아 있어."

"경찰 부르지 말고요?"

"아직은."

"홀리가 통화하고 싶대요."

잠깐 정적이 흐르다 그녀가 또렷하게 전화를 받는다. 목소리가 차분하다. 사실 제롬보다 더 차분하다.

"이름이 드보라 하츠필드예요. 끝에 H가 들어가는 드보라."

"잘했어요. 다시 제롬 바꿔 줘요."

1초 뒤에 제롬이 말한다.

"제발 잘 생각해서 판단하시길 바랄게요."

그렇게 못하지. 그는 욕실을 둘러보며 생각한다. 난 이성을 잃었고 그 이성을 되찾으려면 여기서 손을 떼는 수밖에 없는데. 너도 *알잖아.*

하지만 그는 새 모자─산뜻한 사립탐정용 페도라─를 선물했던 제이니를 떠올리며 손을 뗄 수 없다는 생각을 한다. 손을 떼지 않겠다는 생각을 한다.

욕실은…… 거의 깨끗한 편이다. 세면대에 머리카락이 몇 올 있다. 호지스는 머리카락을 눈여겨보지는 않는다. 그는 사고사와 살인의 결정적인 차이점에 대해서 생각하는 중이다. 이게 살인이라면 조짐이 좋지 않다. 심각한 또라이가 가족들을 죽이는 것으로 마지막 질주를 시작하는 경우가 워낙 많기 때문이다. 이것이 사고나 자살이었다면 아직 시간이 있을지 모른다. 브래디는 어디 숨어서 이제 어떻게 하면 좋을지 열심히 고민하고 있을지 모른다.

'지금 나처럼 말이지.' 호지스는 생각한다.

2층에 마지막으로 남은 방이 브래디의 방이다. 침대는 이불을 정리하지 않았다. 책상 위에는 책들이 나선형으로 쌓여 있는데 대부분 SF다. 슈워제네거가 까만색 선글라스를 쓰고 미래지향적인 코끼리 총을 들고 있는 「터미네이터」 포스터가 벽에 붙어 있다.

'아 윌 비 백.' 호지스는 그 포스터를 보며 생각한다.

"제롬? 안부 확인."

"맞은편 집 주인이 계속 우리를 쳐다보고 있어요. 홀리 말로는 이제 우리도 안으로 들어가야 한대요."

"아직 안 돼."

"그럼 언제요?"

"여기가 안전하다고 내가 확신할 수 있으면."

브래디의 방에 욕실이 딸려 있다. 시찰하는 날 군 내무반 사물함만큼이나 깔끔하다. 호지스는 대충 살피고 다시 1층으로 내려간다. 거실에 조그만 벽감이 있는데, 딱 작은 책상 하나 들어갈 만한 크기다. 그 위에 노트북이 놓여 있다. 의자 등받이에는 끈 달린 핸드백이 걸려 있다. 벽에는 2층에서 본 여자와 십 대 시절 브래디 하츠필드를 찍은 큼지막한 사진이 걸려 있다. 어느 바닷가에서 서로 뺨을 댄 채 끌어안은 모습이다. 똑같이 백만 불짜리 미소를 짓고 있다. 어머니와 아들이라기보다 여자친구와 남자친구에 더 가까운 분위기다.

호지스는 철부지 시절 미스터 메르세데스의 모습을 넋을 잃고 들여다본다. 그 얼굴에서 살인마의 성향은 전혀 찾아볼 수 없지만 거의 누구나 그렇다. 두 사람은 닮은 구석이 별로 없다. 코와 머리색만 비슷하다. 그녀는 미인 소리를 듣기에 살짝 모자라는 예쁜 얼굴이지만 브래디의 아버지는 그 정도로 외모가 준수하지 않았을 것이다. 사진 속의 남자아이는…… 평범해 보인다. 길거리에서 만나더라도 두 번 쳐다보는 일 없이 그냥 지나칠 만한 아이다.

'그는 그런 걸 좋아하겠지. 투명 인간.'

다시 부엌으로 들어가자 이번에는 가스레인지 옆에 달린 문이 눈에 들어온다. 문을 열자 어둠 속으로 내려가는 가파른 계단이 나온다. 호지스는 아래에 누가 있다면 실루엣이 완벽하게 노출되었겠다는 생각을 하며 옆으로 몸을 붙이고 더듬더듬 전등 스위치를 찾는다. 스위치가 찾아지자 그는 총을 겨누며 입구로 들어선다. 작업 테이블이 보인다. 그 너머로 허리 높이의 선반이 한쪽 벽면의 이쪽 끝에서 저쪽 끝까지 달려 있다. 그 위에 컴퓨터들이 일렬로 놓여 있다. 케이프커내버럴의 우주 비행 관제 센터를 연상하게 만드는 광경이다.

"제롬? 안부 확인."

그는 대답을 기다리지도 않은 채 한손에는 총을, 다른 손에는 전화기를 들고, 기존의 수색 절차에서 얼마나 터무니없이 일탈하는 짓인지 생각하며 아래로 내려간다. 브래디가 호지스의 발목을 날려 버릴 준비를 하며 계단 아래에서 총을 들고 기다리고 있으면 어쩔 것인가? 또는 부비트랩을 설치해 놓았으면 어쩔 것인가? 그는 그러고도 남을 인간이라는 것을 호지스는 이제 너무나 잘 안다.

그는 덫으로 쳐 놓은 철사에 발이 걸리거나 하지 않고, 지하실에는 아무도 없다. 수납용 벽장이 있고 문이 열려 있는데 그 안에 아무것도 없다. 빈 선반들만 보인다. 한쪽 구석에 신발상자들이 흐트러져 있다. 그 상자들도 비어 있는 듯하다.

브래디가 어머니를 살해했거나 집에 와 보니 그녀가 죽어 있었거나, 둘 중 하나다. 어느 쪽이건 그는 황급히 줄행랑을 놓았다. 폭탄이 있었다면 이 벽장 선반에 보관했을 텐데 (아마도 신발상자에 넣어서) 그걸 들고 갔다.

호지스는 1층으로 올라간다. 새로운 파트너들을 불러들일 시간이다. 그들은 더욱 깊이 끌어들이고 싶지는 않지만 지하실에 컴퓨터가 여러 대 있다. 그는 컴퓨터라면 젬병이다.

"뒤쪽으로 돌아와. 부엌 문이 열려 있어."

홀리는 안으로 들어서더니 코를 킁킁거린다.

"우웩. 드보라 하츠필드 냄새예요?"

"맞아요. 생각하지 마요. 지하로 내려갑시다. 두 사람한테 보여 주고 싶은 게 있으니까."

지하실로 내려가자 제롬은 작업 테이블을 손으로 훑는다.

"다른 건 몰라도 엄청 깔끔한 성격이네요."

"경찰에 연락할 거예요, 호지스 씨?" 홀리는 다시 입술을 씹고 있다. "아마 그러실 테고 저는 말릴 수 없겠지만 어머니가 나한테 무지 화를 낼 거예요. 그리고 불공평한 것 같아요. 그의 정체를 알아낸 사람은 우린데."

"앞으로 어떻게 할지 아직 결정하지 못했어요." 호지스는 말하지만 사실 그녀의 말이 맞다. 정말 불공평하다. "하지만 이 컴퓨터 안에 뭐가 들어 있는지 알아내고 싶어요. 그러면 결정을 내리는 데 도움이 될지 모르니까."

"이 사람은 올리비아 같지 않을 거예요." 홀리가 말한다. "*엄청난 암호를 걸어 놨을 거예요.*"

제롬은 아무 컴퓨터나 선택해서(6번 컴퓨터인데 그 안에는 별 게 없다.) 모니터 뒤에 달린 오목한 버튼을 누른다. 맥 컴퓨터인데 특유의 차임 소리가 없다. 브래디가 그 명랑한 소리를 싫어해서 전부 다 죽여 놓았다.

6번 컴퓨터 화면이 회색으로 변하고 동그라미가 빙글빙글 돌아가며 부팅이 시작됐다고 알린다. 5초 정도 지나자 회색이 파란색으로 바뀐다. 이게 암호를 입력하는 화면이라는 것을 심지어 호지스도 아는데 입력창 내신 20이라는 숫자가 큼지막하게 뜬다. 잠시 후 숫자가 19, 18, 17로 바뀐다.

그와 제롬은 당황한 얼굴로 서로 쳐다본다.

"안 돼, 안 돼!" 홀리는 거의 비명을 지른다. "얼른 꺼!"

둘 다 굼뜬 반응을 보이자 그녀가 앞으로 달려나가서 화면이 까만색으로 변할 때까지 모니터 뒤에 달린 전원 버튼을 누른다. 그녀는 한숨을 토하고 미소를 짓는다.

"맙소사! 하마터면 큰일 날 뻔했네!"

"왜요?" 호지스가 묻는다. "폭발하도록 설정이 돼 있을까 봐서요?"

"아마 락이 걸려 있는 정도일 거예요." 홀리가 말한다. "하지만 자살 프로그램인 게 분명해요. 카운트다운이 끝나면 데이터를 지우는 프로그램이에요. *전부 다.* 켜져 있는 컴퓨터만 지우겠지만, 만약 서로 연결이 되어 있다면 모든 컴퓨터의 데이터를 지워요. 그런데 아마 서로 연결이 되어 있을 거예요."

"그럼 어떻게 멈춰요?" 제롬이 묻는다. "키보드 명령어로?"

"아마. 아니면 보이스 액(voice-ac)으로."

"보이스 뭐요?" 호지스가 묻는다.

"음성 인식 명령(voice-activated command)이에요." 제롬이 가르쳐

준다. "브래디가 *우유공장*이나 *팬티*라고 말하면 카운트다운이 멈추는 거예요."

홀리는 입을 가리고 키득거리다 제롬의 어깨를 소심하게 민다.

"너 웃긴다."

그들은 환기가 되도록 뒷문을 열어놓고 식탁에 앉는다. 호지스는 한쪽 팔꿈치를 식탁 매트 위에 얹고 손바닥으로 눈썹을 덮는다. 제롬과 홀리는 그가 충분히 고민할 수 있도록 입을 다물고 기다린다. 마침내 그가 고개를 든다.

"경찰을 불러야겠어. 솔직히 내키지 않고 이게 하츠필드와 나만의 일이었다면 부르지 않았을 거야. 하지만 두 사람을 생각해야 하고 하니……"

"저는 신경 쓰지 마세요." 제롬이 말한다. "수사를 강행할 방법을 찾으시면 계속 함께 할게요."

'너야 그러겠지.' 호지스는 생각한다. '너는 어떤 부담이 따르는지 안다고 생각할지 모르지만 아니야. 열일곱 살에게 미래는 전적으로 이론상으로 존재하니까.'

그리고 홀리는…… 좀 전까지만 해도 누가 그에게 물으면 그녀는 인간 영사막이나 다름없다고, 무슨 생각을 하는지 표정으로 고스란히 드러난다고 대답했겠지만 지금 이 순간만큼은 속을 전혀 알 수가 없다.

"고맙다, 제롬. 그런데……"

그런데 힘들다. 이 사건에서 손을 떼려니 힘들다. 두 번째로 미스터 메르세데스를 포기하는 셈이 된다.

하지만.

"우리들만의 문제가 아니야. 폭탄을 더 가지고 있을지 모르는데 그걸 사람들한테 쓰면……" 그는 홀리를 똑바로 쳐다본다. "…… 당신의 사촌 올리비아의 메르세데스를 몰고 사람들을 덮쳤을 때처럼 그런 식으로 폭탄을 쓰면 내 책임이에요. 그런 위험 부담을 감수할 수는 없어요."

홀리는 중얼거려 왔던 평생의 시간을 보상이라도 하는 것처럼 조심스럽게 말을 골라 가며 한 단어, 한 단어 또박또박 힘주어 말한다.

"당신 말고는 아무도 그 사람을 잡을 수 없어요."

"말은 고맙지만 아니에요." 그는 다정하게 말한다. "경찰들은 정보가 있거든요. 먼저 BOLO하고 그의 차부터 수배할 거예요. 번호를 알아내서. 나는 그럴 수가 없어요."

그럴 듯한 변명처럼 들리지만 사실은 아니다. 시티 센터에서처럼 정신 나간 짓을 저지르면 모를까, 그렇지 않은 이상 브래디는 똑똑한 녀석이다. 그는 차를 어디 숨겨놓을 것이다. 시내 주차장이나 공항 주차장이나 끝이 보이지 않는 대형 쇼핑몰 주차장에. 그가 타고 다니는 차는 메르세데스 벤츠가 아니다. 눈에 띄지 않는 똥색 스바루이고 오늘이나 내일 중으로 찾을 수 없을 것이다. 다음 주까지 찾지 못할 가능성도 있다. 그리고 찾는다 한들 그 근처에 브래디는 없을 것이다.

"당신이어야 해요." 그녀는 거듭 강조한다. "그리고 우리 도움을 받아야 해요."

"홀리……"

"어떻게 포기할 수 있어요?" 그녀가 소리를 지른다. 한 손으로 주먹을 쥐고 빨간 자국이 남을 만큼 세게 자기 이마 한가운데를 때린다. "어떻게 그럴 수 있어요? 제이니는 당신을 *좋아했어요!* 심지어 당신의 여자친구 비슷한 존재였어요! 그런데 죽었어요! 2층에 있는 그 여자처럼! 둘 다 *죽었다고요!*"

그녀가 다시 자기 이마를 때리자 제롬이 그녀의 손을 잡는다.

"그러지 마요. 그렇게 때리지 마요. 보고 있기 괴로워요."

홀리는 울음을 터뜨린다. 제롬이 어색하게 그녀를 안는다. 그는 흑인이고 그녀는 백인이며, 그는 열일곱 살이고 그녀는 사십 대지만, 호지스의 눈에는 제롬이 학교 갔다 돌아와서 봄맞이 댄스에 같이 가주겠다는 사람이 없다고 말하는 딸을 달래는 아버지처럼 보인다.

호지스는 작지만 깔끔한 하츠필드의 뒷마당을 내다본다. 그도 괴롭기는 마찬가지인데, 제이니가 끔찍한 일을 당하기는 했어도 그녀 때문에 그런 것만은 아니다. 시티 센터의 그 사람들을 생각하면 괴롭다. 경찰에서 믿어 주지 않고 언론에서 욕을 먹다가 이 집에 사는 인간에 의해 자살의 길로 내몰린 제이니의 언니를 생각하면 괴롭다. 심지어 멜번 부인의 말에 귀를 기울이지 않았던 것을 생각해도 괴롭다. 그 건에 관해서는 피트 헌틀리가 그의 책임을 면제해 주겠지만 그래서 더 문제가 심각해진다. 왜냐고? 피트의 실력은 호지스의 지금 실력에 미치지 못한다. 아무리 컨디션이 좋은 날이라도 그럴 것이다. 착하고 열심히 하는 친구이기는 하지만……

하지만.

하지만 하지만 *하지만.*

그런다고 달라지는 것은 없다. 그는 죽을 것 같더라도 경찰에 연락해야 한다. 다른 걸 전부 다 떼어버리면 딱 한 가지 진실이 남는다. 커밋 윌리엄 호지스는 막다른 골목에 다다랐다는 것. 브래디 하츠필드가 조만간 무슨 일을 저지르려 한다는 것. 컴퓨터에 단서가 있을지 모르지만 ─ 그가 지금 어디에 있고 어쩔 계획인지 ─ 호지스는 단서에 접근할 방법이 없다. 시티 센터 대학살 사건을 저지른 범인의 이름과 인상착의를 계속 숨기기에 합당한 이유도 없다. 어쩌면 홀리의 말마따나 브래디 하츠필드가 체포를 모면하고 극악무도한 범행을 다시금 저지를 수도 있지만, kermitfrog19는 선택의 여지가 없다. 제롬과 홀리를 힘닿는 데까지 보호하는 것만이 유일한 길이다. 지금 이 시점에서는 그마저도 불가능할 수 있다. 맞은편에 사는 오지랖쟁이가 그들을 보았으니.

그는 계단으로 나가서 노키아를 연다. 은퇴한 이래 모든 날을 합친 것보다 오늘 사용한 횟수가 더 많은 듯하다.

그는 참 뭣 같은 일이라는 생각을 하며 피트의 단축번호를 누른다.

피트는 두 번째 신호음에 전화를 받아서 "*파트너!*" 하고 우렁차게 외친다. 뒤에서 왁자지껄한 사람들 목소리가 들려서 처음에는 피트가 어느 술집에서 고주망태가 되어가고 있는 중인가 하는 생각이 든다.

"피트, 할 얘기가 있는데⋯⋯"

"네, 네, 실컷 들어 드리겠지만 지금은 안 돼요. 누구한테 연락 받으셨어요? 이지한테?"

"헌틀리!" 누군가가 큰 소리로 부른다. "서장님이 5시에 오신대! 기자들이랑! 빌어먹을 PIO 어딨나?"

PIO, 공보관. 피트는 술집에 있는 것도 아니고 술에 취한 것도 아니다. 행복해서 미칠 지경인 거다.

"아무 연락 못 받았는데? 무슨 일이야?"

"모르셨어요?" 피트는 웃는다. "무기 단속으로 이 도시 역사상 가장 엄청난 성과를 거두었어요. 미국 역사상 가장 엄청난 성과일 수도 있어요. M2와 HK91 기관총, 로켓탄 발사포, 우라질 *레이저 대포* 수백 대, 아주 깨끗한 라티 L-35와 기름이 마르지도 않은 러시아제 AN-9 몇 상자⋯⋯. 동유럽 민병대 수십 부대에 무기를 지급할 수 있을 만큼 많아요. 거기다 탄약은 또 어떻고요! 맙소사! 2층 높이로 쌓여 있어요! 이 우라질 전당포에 불이 났더라면 로타운 전체가 날아갔을 거예요!"

사이렌. 사이렌 소리가 들린다. 고함도 들린다. 누군가가 누군가에게 톱질 모탕 좀 들어 보라고 소리를 지르고 있다.

"무슨 전당포?"

"마틴 루터 킹 남쪽에 있는 킹 버추 전당포요. 어딘지 아시죠?"

"응⋯⋯."

"그런데 주인이 누군지 아세요?" 피트는 너무 흥분해서 그에게 생각할 기회도 주지 않는다. "알론조 모레티예요! 누군지 아시죠?"

호지스는 모른다.

"파브리지오 아바시아의 손자요! 코주부 패비! 이제 그림이 그려져요?"

여전히 오리무중이다. 그는 피트와 이사벨에게 심문을 받았을 때 머릿속에 담긴 묵은 사건 파일 중에서 그에게 원한이 있을 만한 인물을 아무나 둘러대느라 아바시아의 이름을 꺼낸 거였고…… 세월이 세월이다 보니 묵은 사건 파일이 수백 개였다.

"피트, 킹 버추 주인은 흑인이잖아. 그 일대는 전부 다 그렇잖아."

"그렇죠. 간판에는 버턴 로렌스의 이름이 걸려 있지만 임대를 주어서 로렌스는 얼굴 마담 격인데 지금 술술 불고 있어요. 그런데 제일 끝내주는 건 뭔지 알아요? 우리한테도 일부 공로가 있다는 거예요. ATF에서 녀석들을 잡아들이기 1주일 전쯤에 순찰을 돌던 경찰 둘이 먼저 터뜨렸거든요. 전 부서 형사들이 여기로 출동했어요. 서장님도 오고 있는 중인데, 메이시스 백화점의 추수감사절 퍼레이드보다 더 규모가 큰 기자단을 거느리고 올 거예요. 연방 기관에서 공로를 독차지하게 내버려 둘 수는 없죠! 절대로!"

이번에는 그가 정말 정신병자처럼 웃는다.

'모든 부서의 형사들이라.' 호지스는 생각한다. '그렇다면 미스터 메르세데스 몫으로 누가 남았을까? 떨거지들이 남았겠군.'

"선배, 이제 끊어야겠어요. 이건 정말이지…… *어마어마해요.*"

"그래. 그런데 끊기 전에 이 사건이 나하고 무슨 상관인지 가르쳐줘."

"선배 입으로 얘기했잖아요. 차량 폭파가 복수극이었다고. 모레티가 할아버지의 원수를 갚으려고 했던 거예요. 소총, 기관총, 수류탄, 권총, 기타 여러 가지 총기류 말고도 헨드릭스 케미컬스 데타시트가 최소 마흔 몇 상자였어요. 그게 뭔지 알죠?"

"고무를 씌운 폭탄이지." *이제 그림이 그려진다.*

"맞아요. 그런 폭탄은 아지드화(化)납으로 만든 뇌관으로 터뜨리는데, 선배의 차에 쓰인 폭탄이 그런 종류였잖아요. 아직 화학 분석을 실시하지 않았지만 해보면 데타시트로 밝혀질 거예요. 확실해요. 선배는 운이 우라지게 좋은 후레자식이라니까요?"

"맞아." *호지스가 말한다.* "그렇지."

킹 버추 앞 광경이 머릿속에 그려진다. 경찰과 ATF 요원들이 곳곳에 포진했는데(어쩌면 관할권을 놓고 벌써부터 옥신각신하고 있을지 모른다.) 그 숫자가 점점 더 늘고 있다. 로브라이어는 봉쇄됐을 테고 어쩌면 마틴 루터 킹 가도 마찬가지일 것이다. 구경꾼들이 모여든다. 경찰서장과 기타 거물급 인사들이 건너오고 있다. 시장도 연설할 기회를 놓치지 않을 것이다. 거기다 수많은 기자, TV 보도진, 실황 방송용 밴까지. 흥분해서 헛소리를 늘어놓는 피트 앞에서 시티 센터 대학살, 데비스 블루 엄브렐라라는 컴퓨터 채팅 사이트, 술에 취해서 죽은 것처럼 보이는 엄마, 달아난 컴퓨터 수리기사에 얽힌 길고 복잡한 이야기를 시작할 수 있을까?

아니. 그는 결단을 내린다. 그럴 수 없지.

그는 피트에게 행운을 빌고 통화 종료 버튼을 누른다.

.

다시 부엌으로 들어가 보니 홀리의 얼굴은 보이지 않고 소리만 들린다. 중얼중얼 홀리가 부활 전도사로 변신한 모양이다. 적어도 지금 이 순간만큼은 오 전능하신 주님을 외치는 특유의 억양이다.

"지금 호지스 씨랑 호지스 씨 친구 *제롬*이랑 같이 있어요. 내 친구들이기도 해요, 엄마. 같이 맛있는 *점심*도 먹었어요. 이제 *구경* 좀 하고 오늘 *저녁*에는 맛있는 *저녁* 같이 먹을 거예요. *제이니* 얘기하고 있어요. 나도 *마음만* 먹으면 잘한다고요."

상황이 이렇게 혼란스럽고 제이니 생각을 하면 계속 슬프지만, 그래도 호지스는 홀리가 샬럿 이모에게 맞서는 소리를 들으니 기운이 난다. 이번이 처음인지 알 수는 없지만 아마 처음일 것이다.

"어느 쪽에서 전화한 거야?"

호지스는 그녀의 목소리가 들리는 쪽을 턱으로 가리키며 제롬에게 묻는다.

"홀리가 걸었지만 제 아이디어였어요. 어머니하고 연락이 안 되게 전화기를 꺼 놓고 있었거든요. 제가 그러면 어머니가 경찰에 신고할지도 모른다고 했더니 고집을 꺾더라고요."

"그래서 *뭐요*." 홀리는 이제 그렇게 말하고 있다. "*올리비아의* 차고 내가 훔친 것도 아니잖아요. 오늘 중으로 돌아갈게요, 엄마. 그때까지 *그냥 좀 내버려 둬요!*"

그녀는 벌게진 얼굴로 당당하게 다시 부엌으로 돌아오는데, 전보다 몇 살 어려지고 예뻐진 것처럼 보인다.

"끝내줬어요, 홀리."

제롬이 말하고 하이파이브를 하려고 손을 든다.

홀리는 무시한다. 아직까지 불꽃이 튀는 그녀의 눈은 호지스에게 붙박여 있다.

"경찰에 연락해서 내가 난처한 상황에 놓인다고 해도 상관없어요. 하지만 아직 연락하지 않았다면 하지 *마요.* 그들은 이 사람을 찾을 수 없어요. 우리는 찾을 수 있어요. 그렇다는 걸 난 알아요."

호지스는 미스터 메르세데스를 잡는 데 자기보다 더 혈안이 돼 있는 사람이 이 지구상에 한 명이라도 있으면 바로 홀리 기브니라는 사실을 깨닫는다. 지금 그녀는 어쩌면 난생처음 의미 있는 일을 하고 있다. 그녀를 좋아하고 존중해 주는 사람들과 함께.

"좀 더 두고 보려고 해요. 오늘 오후에는 경찰들이 다른 사건에 정신 팔려 있어서. 그런데 우습게도 — 어쩌면 아이러니하다고 해야 할지 모르겠지만 — 그 사건이 나랑 연관이 있다고 생각하는 눈치예요."

"그게 무슨 소리예요?" 제롬이 묻는다.

호지스가 손목시계를 확인해 보니 2시 20분이다. 그 정도로 이 집에 있었으면 충분하다.

"일단 내 집으로 돌아가자. 가는 길에 설명해 줄 테니까 다시 한번 방법을 고민해 보자. 아무것도 생각이 나지 않으면 파트너한테 다시 전화하는 수밖에 없어. 또 다른 호러쇼가 벌어질 위험 부담을 감수할 수는 없으니까."

하지만 위험한 상황은 이미 시작됐고 표정을 보건대 제롬과 홀리도 아는 눈치다.

"거실 옆에 딸린 그 조그만 서재에 들어가서 어머니한테 전화를 했어요." 홀리가 말한다. "거기에 하츠필드 부인의 노트북이 있더라고요. 당신 집으로 옮길 거면 그걸 들고 가고 싶어요."

"왜요?"

"그의 컴퓨터 안으로 들어가는 방법을 알아낼 수 있을지 모르니까요. 부인이 키보드 명령어나 음성 인식 암호를 적어 놨을 수도 있잖아요."

"홀리, 그럴 가능성은 없어요. 브래디처럼 정신적으로 문제가 있는 사람들은 자기 정체를 숨기려고 무척 공을 들이니까."

"나도 알아요. 당연히 알죠. *나도* 정신적으로 문제가 있고 *나도* 그걸 숨기려고 하니까요."

"에이, 홀리, 왜 그래요."

제롬이 그녀의 손을 잡으려고 한다. 하지만 그녀는 거부하고 대신 주머니에서 담배를 꺼낸다.

"맞는 말이고 나도 그게 맞는 말이라는 걸 알아. 어머니도 알기 때문에 나한테서 눈을 떼지 않는 거고. 어머니는 나를 염탐하지. 나를 보호해 주고 싶으니까. 하츠필드 부인도 마찬가지였을 거야. 이러니 저러니 해도 자기 *아*들이었으니까."

"디스카운트 일렉트로닉스에서 들은 링크래터라는 여직원의 말이 사실이라면 하츠필드 부인은 떡이 될 지경으로 술에 취한 날이 많대요."

홀리가 대꾸한다.

"*고기능* 알코올중독자였을 수도 있잖아요. 아니라는 증거 있어요?"

호지스는 포기한다.

"알았어요. 노트북 챙겨요. 될 대로 되라지."

"조금 있다가요." 그녀가 말한다. "5분 뒤에. 담배 피우고 싶어서요. 계단에서 피울게요."

그녀는 밖으로 나간다. 계단에 앉는다. 담배에 불을 붙인다.

스크린 도어 너머로 호지스가 외친다.

"언제부터 그렇게 자기주장이 강한 사람이 됐어요, 홀리?"

그녀는 고개를 돌리지도 않고서 대답한다.

"아마 갈기갈기 찢긴 내 사촌이 길바닥에서 불에 타는 걸 본 다음
부터일 거예요."

그날 오후 2시 45분에 브래디는 바람을 쐬러 모텔 6에서 나온 길
에 고속도로 저편에 있는 치킨 쿱을 발견한다. 그는 길을 건너서 지
상에서의 마지막 식사를 주문한다. 그레이비소스와 콜슬로를 추가
한 클러커 딜라이트다. 식당 쪽이 거의 비어 있다시피 해서 그는 쟁
반을 들고 햇볕이 잘 드는 창가 자리로 간다. 조만간 모든 기회가 사
라질 테니 누릴 수 있을 때 조금이나마 누리는 편이 좋을 것이다.

그는 치킨 쿱에서 포장해 갔던 음식과 항상 콜슬로를 추가한 클러
커를 부탁했던 어머니를 떠올리며 천천히 먹는다. 어머니 몫을 주문
할 때는 고민의 여지가 없었다. 그런 생각이 나자 눈물이 나서 냅킨
으로 닦는다. 가엾은 엄마!

햇볕이 좋긴 하지만 혜택을 누릴 수 있는 시간이 얼마 되지 않는
다. 브래디는 좀 더 장시간 동안 계속될 어둠의 혜택에는 뭐가 있는
지 생각해 본다. 레즈비언 페미니스트인 프레디 링크래터의 장광설
을 듣지 않아도 된다. 사실은 하드드라이브에 빽이 났다는 게 뭔지
도 모르기 때문이면서 **매장을 지킬 의무가 있기 때문에** 출장 서비스
를 나갈 수 없다고 하는 톤스 프로비셔의 핑계를 듣지 않아도 된다.
8월마다 콩팥이 얼어 버릴 것 같은 느낌을 달래며 풀가동한 냉동고
를 싣고 미스터 테이스티 트럭을 몰고 다니지 않아도 된다. 라디오
가 먹통이 될 때마다 스바루의 계기반을 때리지 않아도 된다. 어머

니의 레이스 팬티와 길고 긴 허벅지를 떠올리지 않아도 된다. 무시당하고 대수롭지 않은 인간으로 간주되는 데 분노하지 않아도 된다. 두통에 시달리지 않아도 된다. 그리고 불면의 밤을 겪지 않아도 된다. 오늘 이후에는 영원히 잠이 들 테니까.

꿈도 꾸지 않고.

식사가 끝나자(한 입, 한 입 꼭꼭 씹어서 먹는다.) 브래디는 테이블을 치우고, 튄 그레이비소스를 냅킨으로 닦고, 쓰레기를 버린다. 카운터 여직원이 불편한 점 없었느냐고 묻는다. 브래디는 없었다고 대답하며, 폭발로 그의 위장이 터져서 남은 음식물이 뿜어져 나오기 전까지 치킨과 그레이비소스와 비스킷과 콜슬로가 어느 정도 소화될지 궁금해한다.

'사람들은 나를 기억할 거야.' 그는 고속도로 가장자리에 서서 차량의 흐름이 끊기길 기다리며 생각한다. '나는 역사에 기록될 거야.' 뒤룩뒤룩한 전직 경찰관을 죽이지 않은 게 다행이라는 생각이 든다. 호지스는 오늘 저녁에 그 사건이 벌어질 때까지 살아 있어야 한다. 그걸 기억해야 한다. 그 기억과 더불어서 살아야 한다.

그는 다시 모텔로 돌아가서 폭탄이 잔뜩 든 궁둥이 주차장 쿠션 위에 놓인 폭탄이 잔뜩 든 소변 주머니와 휠체어를 쳐다본다. 일찌감치 MAC에 가고 싶지만(하지만 *너무* 일찍은 안 된다. 13세 이상의 남자라는 이유 하나만으로 눈에 띌 텐데 그 이상 눈에 띄는 것은 바라는 바가 아니다.) 아직 시간이 조금 있다. 그는 딱히 이유가 있어서라기보다 습관적으로 노트북을 들고 왔는데 이제 와 생각해 보니 들고 오길 잘했다. 그는 노트북을 열고 모텔 와이파이로 데비스 블루 엄브렐라에 접속한다. 그리고 일종의 보험 삼아서 마지막 메시지를 남긴다.

메시지를 보낸 다음 공항의 장기 주차장까지 걸어가서 스바루를 회수한다.

호지스와 두 명의 수습 형사는 3시 30분이 되기 조금 전에 하퍼 가에 도착한다. 홀리는 집 안을 대충 훑어보고는 고인이 된 하츠필 드 부인의 노트북을 부엌으로 들고 가서 전원을 켠다. 제롬과 호지 스는 옆에 서서 암호창이 뜨지 않길 기도하지만…… 암호창이 뜬다.

"이름을 넣어 봐요." 제롬이 말한다.

홀리가 시키는 대로 한다. 맥의 화면이 흔들린다. 틀렸어.

"좋아. 그럼 데비를 넣어 봐요." 제롬이 말한다. "ie로 끝나는 거랑 i로 끝나는 거, 둘 다."

홀리는 눈을 덮고 있던 갈색 머리카락을 쓸어 넘겨서 짜증난 눈빛 을 똑똑히 보여 준다.

"다른 일거리 찾아봐, 제롬. 응? 내 어깨 너머로 들여다보지 말고. 그러는 거 질색이야." 그녀는 호지스 쪽으로 시선을 돌린다. "집 안 에서 담배 피워도 돼요? 되면 좋겠는데. 그러면 생각이 잘 나거든요. 담배 피우면 생각이 잘 나요."

호지스는 컵 받침을 갖다 준다.

"흡연 허가등을 켭니다. 제롬하고 나는 서재에 있을게요. 뭐라도 찾으면 큰 소리로 불러요."

'그럴 가능성은 희박하겠지만.' 그는 생각한다. '무슨 가능성이든 희박하겠지만.'

홀리는 들은 척도 하지 않는다. 그녀는 불을 켠다. 부활 전도사 같은 말투를 버리고 다시 중얼거린다.

"부인이 힌트를 남겼으면 좋겠는데. 나는 힌트를 희망함. 힌트 희망이 지금 홀리의 상태."

어이쿠. 호지스는 생각한다.

서재에서 그는 그녀가 어떤 힌트를 의미하는지 아느냐고 제롬에게 묻는다.

"암호가 세 번 틀리면 힌트를 주는 경우가 있거든요. 잊어버렸을 경우에 기억을 자극하기 위해서. 하지만 그런 프로그램이 깔려 있어야 해요."

부엌에서 중얼거림이라고 할 수 없는 우렁찬 고함소리가 들린다.

"망할! 또 망할! 또또 망할!"

호지스와 제롬은 서로 쳐다본다.

"안 깔려 있나 봐요." 제롬이 말한다.

호지스는 자기 컴퓨터를 켜고 제롬에게 원하는 바를 전달한다. 앞으로 7일 동안 열릴 대규모 행사 목록을 만들어 달라는 것이다.

"그건 일도 아니죠. 하지만 이것부터 확인해 보시는 게 좋겠는데요."

"뭔데?"

"메시지요. 블루 엄브렐라에서 온 거예요."

"클릭해 봐."

호지스는 주먹을 쥐지만 merckill의 마지막 성명을 읽는 동안 주먹이 천천히 펴진다. 메시지는 짧고 당장은 아무 도움이 안 되지만 한 줄기 희망이 보인다.

이만 안녕, 병신아.
추신: 주말 잘 보내라. 나는 잘 보낼 테니까.

"이건 무슨 절교장 같은데요, 빌 아저씨." 제롬이 말한다.

호지스도 같은 생각이지만 상관없다. 그의 관심사는 추신이다. 연막작전일 수 있지만 그게 아니라면 아직 시간이 좀 있다는 뜻이다.

부엌에서 담배 연기와 우렁찬 *젠장* 소리가 흘러 들어온다.

"아저씨. 방금 전에 끔찍한 생각이 떠올랐어요."

"무슨 생각?"

"오늘 저녁에 하는 공연 말이에요. 라운드 히어라는 보이 밴드요. 밍고에서. 여동생이랑 어머니가 거기 가기로 되어 있거든요."

호지스는 곰곰이 생각해 본다. 밍고 대강당의 좌석 수는 4000석이지만 오늘 저녁 관람객의 80퍼센트가 여성일 것이다. 어머니와 사춘기 직전의 딸들일 것이다. 남자들도 있겠지만 거의 대부분이 딸과 딸의 친구들을 데리고 온 아버지일 것이다. 브래디 하츠필드는 인상이 좋은 삼십 대라서 그 공연장에 출현하면 당장 눈에 띌 것이다. 21세기 미국에서 기본적으로 어린 여자아이들을 겨냥한 행사에 독신 남자가 등장하면 주목을 받고 의심을 사기 마련이다.

게다가. **주말 잘 보내라. 나는 잘 보낼 테니까.**

"엄마한테 전화해서 애들을 집에 데리고 있으라고 할까요?" 제롬은 경악하는 얼굴이다. "그러면 바브가 두 번 다시 저하고 말을 섞지 않으려고 할 텐데. 게다가 친구 힐다에 다른 아이들까지……"

부엌에서 소리가 들린다.

"야 이 망할 놈아! *집어치울 테다!*"

호지스가 뭐라고 대답하기도 전에 제롬이 말을 잇는다.

"하지만 이 사람은 주말에 무슨 계획을 세운 눈친데 지금은 기껏 해야 목요일이란 말이죠. 아니면 그런 식으로 생각하도록 우리를 유도하려는 작전일까요?"

호지스는 비웃음이 진짜라고 생각하는 쪽이다.

"그 사이버 순찰대의 하츠필드 사진 다시 찾아봐, 알았지? 전문가들을 소개합니다를 클릭하면 나오는 그거."

제롬이 찾는 동안 호지스는 경찰 기록계의 말로 에버렛에게 전화한다.

"안녕, 말로, 또 빌 호지스야. 내가…… 그래, 로타운이 시끌벅적하다고 피트한테 들었어. 병력 절반이 거기로 갔다며? ……음 ……어, 통화 길게 하지 않을게. 래리 윈덤이 아직도 MAC 보안실장인가? 그래, 맞아, 그 양은 냄비. 응, 기다릴게."

그는 기다리는 동안 제롬에게 래리 윈덤은 MAC에서 연봉이 두 배인 일자리를 제안 받고 조기 퇴직한 형사라고 알려준다. 20년 만에 일을 그만둔 또 다른 이유가 있다는 이야기는 하지 않는다. 잠시 후에 말로가 다시 전화를 받아서 맞다고, 래리가 지금도 MAC에서 근무한다고 전한다. 심지어 MAC의 보안실 전화번호까지 알고 있다. 그가 작별인사를 미처 하기 전에 그녀가 무슨 문제가 있느냐고 묻는다.

"왜냐하면 오늘 저녁에 거기서 대형 콘서트가 열리거든요. 우리

조카도 가는데. 그 머저리들이라면 사족을 못 써서요."

"아냐, 말로. 그냥 옛날 일로 할 얘기가 있어서."

"래리한테 오늘 우리대신 힘 좀 써 달라고 전해 주세요." 말로가 이야기한다. "집합실이 텅 비었어요. 형사들이 한 명도 안 보여요."

"그럴게."

호지스는 MAC 보안실로 전화해서 빌 호지스 형사라고 신원을 밝히고 원덤을 바꿔 달라고 한다. 그러고는 기다리는 동안 브래디 하츠필드를 뚫어져라 쳐다본다. 제롬이 화면 가득 채우도록 사진을 확대해 놓았다. 호지스는 그의 눈에 넋을 잃는다. 조그만 사진으로 다른 동료들과 나란히 있었을 때는 그의 눈매가 제법 서글서글해보였다. 하지만 화면 가득 사진을 확대해 보니 인상이 달라진다. 입은 웃고 있지만 눈은 그렇지가 않다. 눈빛에 생기가 없고 무표정하다. 거의 죽은 자에 가깝다.

'헛소리하고 있네.' 그는 속으로 중얼거린다(자기 자신을 꾸짖는다.). 최근에 습득한 정보를 토대로 있지도 않은 것을 보았다고 하는 전형적인 증상이다. 범인이 그 총을 꺼내기 전부터 뭔가 찔리는 데가 있는 눈치였어요, 라고 말하는 은행 강도 목격자와 다를 게 뭔가.

그럴 듯하게 들리지만, 전문가적인 의견처럼 들리지만 호지스는 믿지 않는다. 화면에서 보이는 눈은 바위 아래 숨어 있는 두꺼비의 눈이라고 생각한다. 아니면 버려진 파란 우산 아래에 숨어 있는 두꺼비의 눈이든지.

그때 원덤이 전화를 받는다. 그는 목소리가 하도 쩌렁쩌렁 울려서 통화를 하다 보면 수화기를 귀에서 5센티미터쯤 떼고 싶어지는

데 수다가 여전하다. 그날 오후의 엄청난 불시 단속에 대해 시시콜콜 알고 싶어 한다. 호지스는 초특급 히트라고 듣긴 했지만 그 이상은 자기도 모른다고 이야기한다. 자기는 은퇴한 몸이라고 상기시켜 준다.

하지만.

"그런 일이 있다 보니 피트 헌틀리가 나를 차출 비슷한 것을 해서 자네한테 연락해 달라고 하더군. 내 전화 받고 마음 상하지 않았으면 좋겠네만."

"아이고, 아니죠. 언제 만나서 술한잔 해요, 빌리. 우리 둘 다 일선에서 물러났고 하니 옛날이야기 하면서. 뭐, 말 그대로 수다 떠는 거죠."

"좋지." 지옥이 따로 없을 것이다.

"어떻게 도와드릴까요?"

"피트 말로는 거기서 오늘 저녁에 콘서트가 열릴 거라던데. 인기 만점의 보이 밴드. 꼬마 숙녀들이 너도나도 좋아하는."

"아이고, 아이고, 아이고, 말도 마세요. 벌써부터 줄서서 목청 가다듬고 있어요. 누가 한 멤버 이름을 외치면 다 같이 비명을 지르려고요. 주차장에서 걸어오면서부터 비명을 질러요. 그 옛날 비틀스 광팬들 비슷한데, 내가 들어 보니까 이 밴드는 비틀스가 아니에요. 여길 폭파하겠다는 협박이라도 들으신 거예요? 제발 아니라고 대답해 주세요. 그랬다가는 내 몸이 병아리들 손에 갈기갈기 찢기고, 남은 건 그 어미들에게 씹어 먹힐 테니까요."

"내가 입수한 건 오늘 저녁에 아동 성추행범이 등장할지 모른다는 정보야. 그 녀석 아주, 아주 악질이거든, 래리."

"이름하고 인상착의요."

민첩하고 군더더기가 없다. 주먹이 너무 쉽게 나가서 옷을 벗은 친구. 지서 전담 정신과 의사 말로는 분노 조절 장애라고 했다. 그래서 동료 사이에서 별명이 양은 냄비였다.

"이름은 브래디 하츠필드. 사진을 이메일로 보내 줄게." 호지스가 흘끗 쳐다보자 제롬이 엄지와 집게손가락으로 동그라미를 만들어 보인다. "서른 살쯤 됐어. 그 자가 보이면 나한테 먼저 연락한 다음에 잡아. 조심해. 반항하려고 하면 조져 버려."

"나야 좋죠. 다른 직원들한테도 전달할게요. 혹시⋯⋯ 수염을 붙이고 올 가능성도 있을까요? 십 대나 그보다 더 어린 여자아이를 데리고 오거나?"

"가능성이 낮긴 하지만 아예 없진 않아. 인파 속에서 그 자가 보이면 기습 공격을 해야 해. 무기를 소지했을 수도 있으니까."

"그 자가 공연장에 나타날 가능성이 얼마나 돼요?"

래리 윈덤답게 기대하는 목소리다.

"높진 않아." 호지스는 진심으로 그렇게 생각하는데, 하츠필드가 블루 엄브렐라에서 주말을 운운해서 그런 것만은 아니다. 여자아이들로 가득한 관람객 사이에 섞이면 눈에 띌 수밖에 없다는 것을 그도 알 게 분명하기 때문이다. "아무튼 지서에서 경찰을 파견하지 못하는 이유가 뭔지는 알지? 로타운에서 그런 일이 있어서 말이야."

"경찰 필요 없어요. 오늘 저녁에 동원되는 인원이 서른다섯 명인데 대부분 전직 경찰이에요. 어떻게 해야 하는지 알아요."

"그렇겠지. 나한테 먼저 연락하는 거 잊지 마. 우리 같은 퇴직자들한테 넘기는 임무도 별로 없는데 맡겨 주는 임무나마 열심히 해야지."

윈덤은 웃는다.

"명심할게요. 이메일로 사진이나 보내 줘요." 그가 이메일 주소를 불러주자 호지스는 받아 적어서 제롬에게 건넨다. "보이면 잡을게요. 그런 다음 넘길 테니 마음대로 하세요…… 빌 삼촌."

"엿이나 드셔, 래리 삼촌."

호지스는 전화를 끊고 제롬을 돌아본다.

"사진 보냈어요." 제롬이 말한다.

"좋아." 그런 다음 호지스는 평생 후회하게 될 말을 내뱉는다. "만약 하츠필드가 내가 생각하는 만큼 머리가 좋다면 오늘 저녁에 밍고 근처에는 가지도 않을 거야. 그러니까 너희 엄마랑 여동생은 공연을 보러 가도 돼. 그 자가 공연장을 폭파하려고 하면 공연장 안으로 발을 들여놓지도 못하고 래리의 부하들에게 잡힐 테니까."

제롬은 미소를 짓는다.

"잘됐네요."

"다른 거 뭐 없는지 찾아봐라. 토요일과 일요일에 집중하되 다음 주도 빼먹지 마. 내일도 빼먹지 말고. 왜냐하면……"

"주말이 금요일부터 시작되니까요. 알겠어요."

제롬은 바빠진다. 호지스는 홀리가 어쩌고 있는지 알아보러 부엌으로 나간다. 그러다 어떤 광경을 목격하고 그 자리에서 얼어붙는다. 빌려온 노트북 옆에 빨간 지갑이 놓여 있다. 드보라 하츠필드의 신분증, 신용카드 그리고 영수증들이 식탁 위에 어지럽게 널려 있다. 이미 세 번째 담배를 입에 문 홀리가 마스터 카드를 들고 푸르스름한 연기 사이로 열심히 들여다보고 있다. 그녀는 겁에 질린 듯하면서도 반항하는 표정으로 그를 쳐다본다.

"시답잖은 비밀번호 알아내려고 그러는 거예요! 핸드백이 그 서재 의자 뒤에 걸려 있는데 지갑이 맨 위에 얹혀 있길래 주머니에다 넣었어요. 비밀번호를 지갑에 넣어서 다니는 사람들도 있으니까요. 특히 여자들. 돈이 필요해서 그런 거 아니었어요, 호지스 씨. 돈은 나도 있어요. 용돈 받는다고요."

'용돈이라니.' 호지스는 생각한다. '아, 홀리.'

그녀의 눈가에 눈물이 맺히고 다시 입술을 씹기 시작한다.

"도둑질은 내 평생 한 번도 한 적이 없어요."

"알았어요." 그가 말한다. 그는 그녀의 손을 토닥일까 하다가 지금은 오히려 역효과가 나겠다고 판단한다. "이해해요."

게다가 젠장, 무슨 상관일까. 그 빌어먹을 편지가 편지함에 배달된 이래 그가 저지른 온갖 뭣 같은 짓거리에 비하면 죽은 여자의 지갑을 가지고 온 것쯤은 새 발의 피다. 이 모든 게 들통나면 ─ 당연히 들통 나겠지만 ─ 호지스는 자기가 들고 왔다고 할 것이다.

그런데 홀리의 이야기는 아직 끝나지 않았다.

"나는 내 이름으로 된 신용카드도 있고 돈도 있어요. 심지어 당좌예금 계좌도 있어요. 나는 비디오 게임이랑 아이패드용 앱도 사요. 옷도 사요. 귀걸이도 사요. 귀걸이를 좋아해서 56개나 있어요. 그리고 담배도 내 손으로 사요. 이제는 아주 많이 비싸졌지만. 궁금해하실까 봐 알려 드리자면 이제 뉴욕에서는 담배가 한 갑에 *11달러*예요. 나는 일을 할 수 없어서 짐 같은 존재가 되지 않으려고 하는데, 어머니는 나더러 아니라지만 나는 내가 그렇다는 걸 알기 때문에……"

"홀리, 그만해요. 그런 이야기는 정신과 의사 앞에서 해요. 다니는 정신과가 있을지 모르겠지만."

"당연히 있죠." 그녀는 없어질 줄 모르는 하츠필드 부인의 암호창을 보며 음울한 미소를 번뜩인다. "나는 망가진 인생이잖아요. 몰랐어요?"

호지스는 못 들은 척하기로 한다.

"암호가 적힌 쪽지를 찾고 있었어요." 그녀가 말한다. "그런데 없더라고요. 그래서 사회보장번호를 처음에는 순서대로, 그 다음에는 거꾸로 입력해 봤어요. 신용카드 번호도 똑같이 해 봤고요. 심지어 신용카드 보안코드번호까지 입력해 봤어요."

"또 넣어볼 만한 거 없어요?"

"몇 가지 더 있어요. 나 좀 혼자 있게 내버려 둬요." 부엌을 나서는 그의 등 뒤에 대고 그녀가 외친다. "담배 연기 미안해요. 하지만 정말 생각하는 데 도움이 되거든요."

홀리는 부엌에서 자판을 두드리고 제롬도 서재에서 똑같이 자판을 두드리는 가운데 호지스는 거실의 레이지보이에 앉아서 꺼진 텔레비전을 멍하니 쳐다본다. 그 자리는 그에게 좋지 않다. 어떻게 보면 가장 좋지 않다. 그는 이성적으로는 지금까지 벌어진 모든 일이 브래디 하츠필드의 탓이라는 것을 알지만, 현역으로 뛰던 시절에는 당연하게 여겼던 그의 본질적인 부분과 단절된 폐물이 된 심정으로 텔레비전만 보며 무기력한 날들을 보냈던 레이지보이에 앉아 있노라면 이성이 힘을 잃는다. 끔찍한 생각이 이성을 밀어내고 스멀스멀 고개를 든다. 커밋 윌리엄 호지스는 부당한 수사라는 범죄를 저질렀고 그럼으로써 미스터 메르세데스의 범행을 방조했다는 생각이다. 그들이 「빌과 브래디, 몇 명의 숙녀를 살해하다」라는 리얼리티 프로그램의 주인공이다. 돌이켜보면 여자 희생자들이 많았던 것처럼 느껴진다. 제이니, 올리비아 트릴로니, 재니스 크레이와 그녀의 딸 퍼트리샤…… 거기다 자살이 아니라 독살당했을 가능성이 있는 드보라 하츠필드까지. '홀리는 넣지 않았는데도 그 정도야.' 그는 생각한다. 이 일이 끝나면, 암호를 알아내지 못하면, 아니 알아*내더라도* 엄마의 컴퓨터에 아들을 찾는 데 도움이 될 만한 정보가 전혀 없는 것으로 밝혀지면 전보다 더 망가질지 모르는 그녀. 솔직히 그런 정보가 있을 가능성이 얼마나 되겠는가.

호지스는 여기 이렇게 앉아서 — 일어나야 한다는 것을 알지만 아직 움직일 수가 없다. — 여자들과 잘 맞지 않았던 그의 오랜 전적을 더듬는다. 그의 아내가 이젠 전처가 된 데에는 이유가 있다. 오랫동안 알코올중독자에 가까운 생활을 했던 것도 있었지만, (술을 좋아했고 아마 지금도 그럴) 코린에게는 그것이 결정적인 이유는 아니었다. 금이 간 결혼생활 속으로 슬그머니 파고들어서 결국 그 틈새를 단단하게 얼려 버린 것은 그의 무정한 성격이었다. 그가 하는 일이 워낙 끔찍하고 우울하다보니 그녀를 위한 선택이라며 얼마나 열심히 그녀를 차단했던가. 일과 그녀 중에서 하나를 선택하라면 코린 호지스는 뒷전이라고 얼마나 다양하게 — 어떤 때는 심각하게, 또 어떤 때는 가볍게 — 못을 박았던가. 그리고 딸아이로 말할 것 같으면……

516

뭐. 쩝. 앨리는 그의 생일이나 크리스마스마다 꼬박꼬박 카드를 보내고(밸런타인 데이 카드는 10년 전쯤에 끊겼지만) 토요일 저녁마다 거의 어김없이 안부전화를 하지만, 그를 만나러 온 지는 2~3년이 됐다. 그들의 관계가 그로 인해 얼마나 망가졌는지 단적으로 알 수 있는 대목이다.

그 주근깨하며 빗자루 같은 빨간 머리하며 어렸을 때 딸아이가 얼마나 예뻤는지 생각이 난다. 그의 빨간 머리 아가씨였다. 그가 퇴근하면 복도를 달려와서 겁도 없이 그에게로 점프했다. 아빠가 손에 뭘 들고 있던 내동댕이치고 자기를 잡아줄 것임을 알기 때문이었다. 제이니는 베이 시티 롤러스(스코틀랜드 팝밴드 ─ 옮긴이)라면 사족을 못 썼다고 얘기한 적이 있었는데, 앨리도 좋아하던 십 대 취향의 보이 밴드가 있었다. 용돈을 모아서 한가운데가 뻥 뚫린 조그만 음반을 샀다. 멤버가 누구였더라? 기억이 나지 않는다. 당신의 몸짓마다, 당신의 걸음마다, 이런 가사가 계속 반복됐던 그 노래만 생각난다. 바나나라마였나 아니면 톰슨 트윈스였나? 모르겠지만 그가 앨리를 공연장에 데리고 간 적이 한 번도 없었던 건 안다. 어쩌면 코린이 신디 로퍼 공연은 보여 줬을지 모르겠지만.

앨리와, 팝송이라면 사족을 못 썼던 그녀의 성격을 추억하고 있다 보니 퍼뜩 어떤 생각이 떠올라서 그는 눈을 휘둥그레 뜨고 패드가 달린 레이지보이의 팔걸이를 움켜쥐며 벌떡 일어나 앉는다.

그라면 앨리에게 오늘 저녁 공연을 보러 가도 좋다고 허락했을까? 절대 허락하지 않았을 것이다. 절대.

손목시계를 확인해 보니 4시가 가까워지고 있다. 그는 서재로 건너가서, 제롬에게 집으로 전화해서 아이들이 아무리 화를 내고 투덜거려도 MAC에 데려가지 말라고 이야기하라고 시킬 생각에 자리에서 일어난다. 래리 윈덤에게 전화해서 신신당부하기는 했지만 개뿔. 그러면 양은 냄비의 손에 앨리의 목숨을 절대 맡기지 않을 것이다. 절대.

그가 서재로 두 걸음 옮겼을 때 제롬이 큰 소리로 외친다.

"빌리 아저씨! 홀리! 이리 와 봐요! 뭘 찾았어요!"

둘 다 제롬의 뒤에 서서 호지스는 왼쪽 어깨 너머로, 홀리는 오른쪽 어깨 너머로 들여다본다. 호지스의 컴퓨터 화면에 보도 자료가 떠 있다.

시너지 기업, 시티뱅크, 3개 레스토랑 체인점이 엠버시 스위트에서 개최하는 중서부 최대의 하계 채용박람회

속보. 경력자와 퇴역 장병들을 위한 올해 최대 규모의 채용 박람회가 불황 타개책의 일환으로 2010년 6월 5일 토요일, 시너지 광장 1번지 엠버시 스위트에서 개최된다. 사전 등록은 권장 사항이지만 필수는 아니다. 시티뱅크 홈페이지, 가까운 맥도널드, 버거킹, 치킨 쿱 또는 www.synergy.com을 방문하면 수백 가지의 흥미진진한 고보수 직업 관련 정보를 만날 수 있다. 모집 분야는 고객 서비스, 소매, 보안, 배관, 전기, 회계, 금융 분석, 텔레마케팅, 캐셔다. 모든 회의실에서 선택에 도움이 되는 직무 소개와 유익한 세미나가 열린다. 참가비는 없다. 시작 시간은 오전 8시. 단정한 옷차림으로 이력서

를 지참할 것. 사전 등록시 절차가 간단해지며 원하는 직업을 발견할 가능성
이 높아진다.

다 같이 힘을 합쳐서 불황을 이겨내자!

"어때요?" 제롬이 묻는다.

"제대로 짚은 것 같다." 엄청난 안도감이 파도처럼 호지스를 덮친
다. 오늘 저녁 공연이나 사람 많은 시내 댄스 클럽이나 내일 저녁에
열리는 그라운드호그스 대 머드헨스의 마이너리그 경기가 아니다.
엠버시 스위츠에서 열리는 이 행사다. 그럴 수밖에 없는 것이, 너무
나 완벽하게 모든 조건을 두루 갖추고 있다. 브래디 하츠필드의 광
기에는 체계성이 있다. 그에게는 알파가 곧 오메가다. 하츠필드는
이 도시의 실업자들을 살해하는, 처음과 똑같은 방식으로 대량살인
범의 이력에 마침표를 찍으려는 것이다.

호지스는 홀리의 생각을 알아보려고 고개를 돌리지만 홀리는 이
미 나가고 없다. 부엌으로 돌아가 드보라 하츠필드의 노트북 앞에
앉아서 암호창을 물끄러미 바라보고 있다. 어깨가 축 늘어졌다. 옆
에 놓인 받침 접시 위에서 담배가 완벽한 잿덩이를 남기며 필터까지
타들어가고 있다.

그가 이번에는 과감하게 스킨십을 시도한다.

"괜찮아요, 홀리. 이제 장소를 알아냈으니까 암호를 몰라도 돼요.
두세 시간 뒤에 이 로타운 사건이 좀 가라앉으면 내가 예전 파트너
를 찾아가서 전부 다 이야기할 생각이에요. 그러면 경찰 측에서 하
츠필드와 그의 차를 추적하겠죠. 토요일 오전까지 잡지 못하면 채용

박람회장 앞에서 잡으면 되고."

"오늘 저녁에 할 일은 없어요?"

"생각 중이에요."

한 가지 있긴 한데 워낙 승산이 없는 일이라 성공 가능성이 제로에 가깝다.

홀리가 말한다.

"채용 박람회일 거라는 당신의 짐작이 틀리면 어떻게 해요? 그 사람이 오늘 *저녁*에 영화관을 폭파하면 어떻게 해요?"

제롬이 부엌으로 들어온다.

"오늘은 목요일이잖아요, 홀리. 그리고 여름을 노린 대작이 상영되기에는 아직 이르고요. 대부분의 영화관에 관객이 열댓 명밖에 안 될걸요?"

"그럼 공연은요?" 그녀가 묻는다. "여자아이들만 보러오는 공연이라는 걸 그 사람이 모를 수도 있잖아요."

"알 거예요." 호지스가 말한다. "즉흥적인 위인이기는 해도 멍청하지는 않으니까. 최소한 사전 계획은 세워 놨을 거예요."

"좀 더 암호를 알아보면 안 돼요? 네?"

호지스는 손목시계를 흘끗 확인한다. 4시 10분이다.

"그래요. 4시 30분까지 어때요?"

홀리는 눈을 반짝이며 협상을 시도한다.

"4시 45분."

호지스는 고개를 젓는다.

홀리는 한숨을 쉰다.

"담배도 다 떨어졌는데."

"그렇게 피워 대다가는 제명에 못 죽을 거예요." 제롬이 말한다.

그녀는 아무 감정 없는 눈빛으로 그를 쳐다본다.

"맞아! 그게 담배의 매력이기도 하지."

호지스와 제롬은 홀리에게 담배도 사다 주고 그녀가 간절히 원하는 혼자만의 시간도 선물할 겸 차를 몰고 하퍼 가와 하노버 가가 만나는 네거리의 조그만 쇼핑센터로 향한다.

다시 회색 메르세데스에 올라탄 제롬은 윈스턴 담뱃갑을 이 손에서 저 손으로 던지며 말한다.

"이 차에 타고 있으니까 소름이 돋아요."

"나도." 호지스도 시인한다. "그런데 홀리는 전혀 아무렇지 않은 눈치지? 그렇게 예민한 성격인데도 말이다."

"홀리가 괜찮을까요? 이 일이 끝난 다음에 말이에요."

1주일 전, 아니 이틀 전 같았으면 적당히 둘러댔겠지만, 그와 제롬은 지난 이틀 동안 많은 일을 함께 겪었다.

"당분간은." 호지스는 이렇게 대답한다. "하지만 어느 정도 시간이 지나면…… 아니겠지."

제롬은 막연한 짐작이 사실로 판명 났을 때 사람들이 그렇듯 한숨을 쉰다.

"젠장."

"그러게 말이다."

"그럼 이제 어떻게 해요?"

"돌아가서 홀리에게 암 덩어리 던져 주고 한 대 피우게 해야지. 그런 다음 하츠필드네 집에서 홀리가 슬쩍 들고 온 물건들을 챙겨야지. 내가 두 사람을 버치힐 몰까지 태워다 주마. 그러면 너는 네 차로 홀리를 슈거 하이츠에 데려다준 다음 집으로 돌아가."

"엄마하고 바브하고 바브 친구들은 그냥 공연장에 가게 하고요."

호지스는 한숨을 쉰다.

"그렇게 해야 네 마음이 편할 것 같으면 어머니더러 가지 마시라고 해."

"그러면 전부 다 들통이 날 텐데." 제롬은 계속 담뱃갑을 이 손에서 저 손으로 던지고 있다. "오늘 우리가 어떤 일을 했는지 전부 다요."

제롬은 똑똑한 아이라서 호지스가 맞는 말이라고 확인 도장을 찍어 줄 필요가 없다. 결국에는 들통이 날 수밖에 없다고 일깨워 줄 필요도 없다.

"아저씨는 뭐 하시려고요?"

"노스 사이드에 가야지. 만전을 기하는 차원에서 메르세데스는 하츠필드네 집에서 한두 블록 떨어진 곳에 주차하고. 하츠필드 부인의 노트북과 지갑을 제자리에 갖다 놓고 근처에서 잠복근무를 할 거야. 그가 집으로 돌아올 경우에 대비해서."

제롬은 미심쩍어한다.

"그 지하실을 보니까 깨끗하게 털고 나간 것 같던데. 돌아올 리 있겠어요?"

"가능성이 거의 없긴 하지만 달리 할 일이 없잖니. 이 사건을 피트한테 넘기기 전까지는 말이다."

"정말로 그 자를 잡고 싶으신 모양이네요."

"응." 호지스는 대답하고 한숨을 쉰다. "맞아."

돌아가 보니 홀리가 식탁 위에 고개를 묻고 두 팔로 감싸고 있다. 드보라 하츠필드의 지갑에서 나온 내용물들이 그녀의 주변으로 소행성대를 이루었다. 노트북이 여전히 켜져 있고, 그 없어질 줄 모르는 암호창도 여전하다. 벽시계 기준으로 4시 40분이다.

호지스는 집으로 돌아가라는 말에 홀리가 반발하지 않을까 걱정이 되지만, 그녀는 일어나 앉아서 담뱃갑을 뜯고 천천히 담배를 한 대 꺼내고는 그만이다. 울지는 않지만 피곤하고 의기소침해 보인다.

"최선을 다했잖아요." 제롬이 말한다.

"나는 항상 최선을 다해, 제롬. 그런데 항상 부족해."

호지스는 빨간색 지갑을 집어서 신용카드들을 다시 구멍에 꽂는다. 하츠필드 부인이 정리해 놓은 순서와 다르겠지만 어느 누가 알아차릴 수 있을까? 최소한 부인은 아니다.

쭈글쭈글한 투명 봉투 안에 사진이 몇 장 들어 있길래 그는 천천히 넘겨본다. 하츠필드 부인이 어깨가 넓고 건장하며 파란색 작업복을 입은 남자 — 지금은 곁에 없는 남편일 것이다. — 와 팔짱을 끼고 있다. 통통한 남자아이가 — 서너 살 무렵 브래디일 것이다. — 소방차를 쥐고 있다. 그리고 마지막으로 브래디와 엄마가 서로 뺨을 맞대고 있다. 하츠필드 부인의 서재에도 걸려 있는 사진을 지갑 크기로 축소한 것이다.

제롬이 그 사진을 톡톡 두드리며 말한다.

"이 사진 보니까 그 커플이 생각나지 않아요? 데미 무어랑 그 뭣이냐, 애슈턴 커처."

"데미 무어는 머리가 까만색이야." 홀리가 사무적인 투로 말한다. "「G. I. 제인」 때만 빼고. 거기선 특수부대 훈련을 받느라 빡빡 밀다시피 했으니까. 그 영화 세 번 봤어. 한 번은 극장에서, 한 번은 비디오로, 한 번은 아이튠스로. 정말 재밌어. 그런데 하츠필드 부인은 금발이잖아." 그녀는 잠시 생각하다가 덧붙인다. "금발이었지."

호지스는 더 자세히 들여다보려고 사진을 봉투에서 꺼내 뒤집는다. 뒷면에 *엄마와 허니 보이, 2007년 8월, 샌드포인트 해변*이라고 또박또박 적혀 있다. 그는 손바닥 옆면에 대고 사진을 한두 번 톡톡 치고 봉투에 다시 집어넣으려다 말고 뒷면을 위로 뒤집어서 홀리 쪽으로 민다.

"그걸 넣어 봐요."

그녀는 눈살을 찌푸린다.

"뭘요?"

"허니 보이."

홀리는 허니 보이라고 입력하고 리턴 키를 치더니…… 그녀답지 않게 기쁨의 탄성을 지른다. 컴퓨터가 열린 것이다. 그렇게 갑자기.

바탕화면에는 별다른 게 없다. 주소록, 좋아하는 요리법 폴더, 저장된 이메일 폴더, 온라인 영수증 폴더(대부분의 청구서를 온라인으로 납부한 모양이다.) 그리고 사진 앨범(대부분 다양한 시기의 브래디 사진이다.). 아이튠스에 텔레비전 프로그램은 많지만 음악앨범은 하나뿐이다. *앨빈과 슈퍼밴드의 크리스마스 캐럴.*

"맙소사." 제롬이 말한다. "죽어도 할말 없는 분이었다고 매도하고 싶지는 않지만……"

호지스는 아서라는 눈빛으로 그를 쳐다본다.

"재미없다, 제롬. 거기까지."

그는 손을 든다.

"죄송합니다. 죄송합니다."

호지스는 저장된 이메일들을 잽싸게 훑지만 눈에 띄는 것은 없다. 대부분 그녀를 데브스라고 부르는 고등학교 친구들이 보낸 것들이다.

"브래디하고 연관 있는 건 없네." 그는 말하고 벽시계를 흘끗 쳐다본다. "이제 출발해야 하는데."

"그렇게 금세 포기하면 안 되죠."

홀리가 이렇게 말하고 검색창을 연다. 그녀는 브래디를 입력한다. 파일이 몇 개 검색되지만(대부분 요리법 파일이고 어떤 경우에는 제목이 *브래디가 좋아하는 음식들*이다.) 주목할 만한 것은 없다.

"허니 보이로 찾아봐요." 제롬이 의견을 내놓는다.

그녀가 제롬이 시킨 대로 하자 파일이 한 개 검색된다. 하드드라이브 깊숙이 숨겨진 문서 파일이다. 홀리는 그 파일을 클릭한다. 브래디의 옷 치수와 지난 10년 동안 크리스마스와 생일에 준 선물 목록이 적혀 있다. 똑같은 걸 다시 선물하지 않도록 기록해 놓은 모양이다. 그의 사회보장번호도 적혀 있다. 그의 차량 등록증, 자동차 보험증, 출생 신고서를 스캔한 사진도 있다. 디스카운트 일렉트로닉스와 로브스 아이스크림 공장의 동료들 명단도 있다. 셜리 오턴이라는 이름 옆에는 브래디가 보았더라면 배꼽을 잡고 웃었을 내용이 적혀 있다. 여친인가?

"이 헛소리들이 다 뭐래요?" 제롬이 묻는다. "다 큰 어른이잖아요. 맙소사."

홀리는 험악한 미소를 짓는다.

"내가 말했잖아. 이 엄마는 자기 아들이 정상이 아니라는 걸 알았던 거야."

허니 보이 폴더 맨 아래에 지하실이라고 된 폴더가 있다.

"이거야." 홀리가 말한다. "분명해. 열어 봐! 열어 봐! 열어 봐!"

제롬이 지하실 폴더를 클릭한다. 안에 든 문서에 적힌 단어는 다 합쳐 봐야 열 개가 안 된다.

통제 = 불
혼돈?? 어둠??
나는 왜 안 될까????

그들은 아무 말 없이 화면을 멍하니 바라본다. 이윽고 호지스가 입을 연다.

"무슨 소린지 모르겠네. 제롬?"

제롬도 고개를 젓는다.

죽은 여인이 남긴 메시지에 최면이라도 걸린 듯했던 홀리가 들릴락 말락 하게 한 단어를 내뱉는다.

"어쩌면……" 그녀는 입술을 씹으며 망설이다 똑같은 말을 반복한다. "어쩌면……"

브래디는 오후 6시가 되기 직전에 중서부 문화 예술 센터에 도착한다. 공연이 시작되려면 한 시간도 더 남았는데 거대한 주차장의 벌써 4분의 3이 찼다. 로비와 연결된 몇 개의 출입문 앞으로 긴 줄이 늘어섰고 시간이 지날수록 점점 길어지고 있다. 여자아이들이 목이 찢어져라 비명을 질러 댄다. 아마 행복하다는 뜻일 텐데 브래디의 귀에는 폐가에 사는 귀신들 소리처럼 들린다. 점점 더 불어나는 사람들을 보면 4월, 그날의 시티 센터를 떠올리지 않으려야 떠올리지 않을 수가 없다. 브래디는 생각한다. 내 차가 일본제 똥차가 아니라 험비(군용 지프차 — 옮긴이)면 시속 65킬로미터로 돌진해서 쉰 몇 명을 죽인 다음 스위치를 켜서 나머지를 성층권으로 날려버릴 텐데.

하지만 그의 차는 험비가 아니고 그는 잠깐 동안 이제 어떻게 하면 좋을지 자신이 없어진다. 남들이 보는 앞에서 마지막 준비를 할 수는 없다. 그때 주차장 저 끝에 놓여 있는 견인 트레일러 화물칸이 그의 눈에 들어온다. 트레일러는 없고 화물칸만 잭 위에 얹혀 있다. 옆면에 대관람차와 함께 라운드 히어 지원팀이라고 적혀 있다. 그가 정찰 나왔을 때 하역장에서 보았던 트럭이다. 나중에 공연이 끝나면 트레일러를 연결해서 짐을 실으러 강당 뒤편으로 끌고 가겠지만, 지금은 안에 아무도 없는 것 같다.

그가 반대편에 차를 대보니 화물칸의 길이가 아무리 못해도 1.5미터는 돼서 북적거리는 주차장 쪽에서 스바루가 완벽하게 가려진다. 그는 글로브 박스에서 도수가 없는 안경을 꺼내서 쓴다. 그런 다음 차에서 내려 화물칸에 정말 아무도 없는지 얼른 한 바퀴 돌아본다. 없는 것으로 확인이 되자 다시 스바루로 돌아가서 뒷좌석에서 휠체어를 꺼낸다. 쉽지 않은 작업이다. 혼다였으면 좀 더 수월했을 테지만 혼다 차는 엔진 관리가 허술해서 믿을 수가 없다. 그는 궁둥이 주차장 쿠션을 휠체어의 좌석에 얹고 주차장의 주를 뚫고 나온 전선을 옆 주머니 밖으로 대롱대롱 고개를 내민 전선에 연결한다. 옆 주머니에도 플라스틱 폭탄이 몇 덩어리 들어 있다. 뒷주머니에 든 폭탄과 연결된 전선은 등받이에 뚫어 놓은 구멍 밖으로 대롱대롱 고개를 내밀고 있다.

브래디는 땀을 뻘뻘 흘리며 마지막 합체 작업에 돌입해서 구리선을 땋고 겉으로 드러난 접합 지점을 보호 테이프로 감싼다. 보호 테이프는 미리 잘라서 그날 아침에 드러그스토어에서 산 XL 사이즈 라운드 히어 티셔츠 앞면에 붙여놓았다. 셔츠에도 트럭 옆면처럼 대관람차 로고가 찍혀 있다. 그 위에 키시스 온 더 미드웨이, 라고 적혀 있다. 그 아래에는 캠, 보이드, 스티브, 피트 사랑해요! 라고 적혀 있다.

10분 정도 작업을 하자(가끔 작업을 멈추고 화물칸 모서리 너머를 흘끗거려 주차장 이쪽 끝을 독차지하고 있는 게 분명한지 확인을 해 가며) 거미줄처럼 얽힌 전선이 휠체어 좌석을 덮는다. 폭탄으로 꽉 채운 유리네스타 소변 주머니를 연결할 방법이 지금 당장은 생각이 나지 않지만 상관없다. 다른 녀석들이 기폭제 역할을 충분히 할 수 있을 것이다.

충분히 했는지 못했는지 나중에 확인할 길은 없겠지만.

그는 다시 스바루로 돌아가서 호지스가 본 적 있는 사진이 담긴 20×25센티미터 크기의 액자를 꺼낸다. 프랭키가 소방차 새미를 쥐고 바보처럼 여기가 도대체 어디야 미소를 짓고 있는 사진이다. 브래디는 유리에 입을 맞추고 이렇게 얘기한다.

"사랑해, 프랭키. 너도 나를 사랑하니?"

그는 프랭키에게서 그렇다는 대답을 들은 척한다.

"나를 도와주고 싶어?"

그는 프랭키에게서 그렇다는 대답을 들은 척한다.

브래디는 다시 휠체어로 돌아가서 궁둥이 주차장 위에 앉는다. 이제 보이는 것은 휠체어 앞쪽으로 늘어뜨려져서 쫙 벌린 그의 허벅지 사이에서 대롱거리는 마스터 전선 하나뿐이다. 그는 그것을 2번 발명품에 연결하고 심호흡을 한 다음 전원 스위치를 켠다. AA 건전지에서 전류가 아주 조금이나마 새어 나오기라도 한다면⋯⋯

하지만 그런 일은 벌어지지 않는다. 노란색의 예비 램프가 켜지고 그것으로 끝이다. 어디에선가, 멀지는 않지만 여기와 다른 세상에서 여자아이들이 행복한 비명을 지른다. 조만간 많은 아이들이 연기처럼 사라질 것이다. 그보다 더 많은 아이들이 팔과 다리를 잃고 진짜 비명을 지르게 될 것이다. 그래도 대폭발이 벌어지기 전에 좋아하는 밴드의 음악을 조금은 들을 수 있을 것이다.

어쩌면 아닐 수도 있다. 그도 이것이 얼마나 조잡하고 급조된 계획인지 안다. 할리우드에서 가장 멍청하고 무능한 시나리오 작가도 이보다 나을 것이다. 브래디는 대강당과 연결된 복도에 핸드백 상자 배낭 금지라고 적힌 입간판이 있었던 것을 기억한다. 그에게는 셋 다 없지만, 예리한 보안요원에게 겉으로 드러난 전선 한 줄을 들키기만 해도 그의 작전은 물거품으로 돌아간다. 그런 일이 없다한들 누군가가 휠체어에 달린 주머니를 대충 들여다보기만 해도 그것이 바퀴 달린 폭탄이라는 사실이 들통 날 것이다. 한쪽 주머니에 라운드 히어 펜던트를 꽂기는 했지만 은폐를 위해 취한 조치는 그게 전부였다.

그렇더라도 그는 동요하지 않는다. 자신만만해서 그런 건지 단순히 운명론자라서 그런 건지 알 수 없지만 상관도 없다. 결국에는 자신감과 운명론이 거의 비슷한 것 아닐까? 그가 시티 센터에서 그 많은 사람들을 치고 무사히 달아났을 때도 계획이라고는 없었다. 가면과 머리 망과 DNA를 지우는 표백제가 전부였다. 그때도 속으로는 도망칠 수 있을 거라고 생각하지 않았는데, 지금은 기대치가 제로다. '뭔 상관이야' 세상에서 그가 궁극의 '뭔 상관이야'가 되려는 찰나다.

그는 2번 발명품을 XL 사이즈 티셔츠 아래로 넣는다. 티셔츠가 살짝 불룩해지고 얇은 면 아래로 노란색의 예비 램프 불빛이 희미하게 비쳐 보이지만, 프랭키의 사진을 무릎 위에 올려놓자 불룩한 부분과 희미한 불빛이 모두 가려진다.

도수 없는 안경이 땀으로 미끈거리는 콧잔등을 타고 내려온다. 브래디는 안경을 밀어서 다시 올린다. 목을 살짝 빼자 스바루의 조수석 백미러에 비친 그의 모습이 보인다. 민머리에 안경을 써서 예전과 닮은 구석이 전혀 없다. 일단 아파 보인다. 창백한 얼굴로 땀을 흘리고 있고 눈 아래에 다크 서클이 달렸다.

브래디는 까칠하게 머리칼이 자랄 기회가 없을 반질반질한 정수리를 만져 본다. 그런 다음 그의 차를 세워 놓은 자리에서 휠체어를 후진해서 점점 더 불어나는 인파를 향해 천천히 주차장을 가로지른다.

호지스는 퇴근 시간 교통 체증에 발이 묶이는 바람에 6시가 조금 넘어서야 노스 사이드에 도착한다. 제롬과 홀리도 계속 같이 있다. 둘 다 어떤 결과로 이어지건 끝까지 함께 하길 원하기 때문인데, 그들이 어떤 결과로 이어질지 아는 눈치이기에 호지스는 말리지 않기로 한다. 선택의 여지가 많지도 않다. 데리고 오지 않으면 홀리가 뭘 알아차렸는지, 아니 뭘 알아차렸다고 생각하는지 가르쳐 주지 않을 것이다.

호지스가 올리비아 트릴로니의 메르세데스를 하츠필드의 진입로에 아직 세우지도 못했을 때 행크 비슨이 집 밖으로 나와서 길을 건너온다. 호지스는 한숨을 쉬고 운전석 창문을 내린다.

"댁들이 무슨 일로 이러는지 알아야겠소만." 비슨이 말한다. "로타운에서 벌어진 그 소란스러운 사건이랑 연관이 있는 거요?"

"비슨 씨." 호지스가 말한다. "관심은 감사하지만 집으로 들어가서……"

"아니, 잠깐만요." 홀리가 말한다. 그녀는 비슨의 얼굴을 올려다보려고 메르세데스의 중앙 콘솔 위로 몸을 내밀고 있다. "하츠필드 씨의 목소리가 어땠는지 알려 주세요. 목소리를 알아야 하거든요."

비슨은 당황한 표정을 짓는다.

"남들이랑 똑같았던 것 같은데. 왜?"

"낮았나요? 바리톤이었어요?"

"뚱뚱한 오페라 가수 같은 목소리 말이오?" 비슨은 웃음을 터뜨린다. "전혀 아닌데. 무슨 그런 질문이 다 있나그래."

"높고 갈라지는 목소리도 아니었고요?"

비슨이 호지스에게 묻는다.

"당신 파트너, 정신이 이상한 거 아니오?"

'아주 살짝요.' 호지스는 생각한다. "질문에 대답해 주시기 바랍니다."

"낮지도 않고, 높고 갈라지지도 않았어요. 평범했다고! 왜 그러는 거요?"

"억양도 없었고요?" 홀리는 끈질기게 물고 늘어진다. "이를테면…… 음…… 남부 억양이요. 아니면 뉴잉글랜드. 아니면 브루클린."

"없다고 했잖소. 남들이랑 똑같았다고."

홀리는 만족스러워하며 뒤로 기대앉는다.

호지스가 말한다.

"다시 집 안으로 들어가 주십시오, 비슨 씨. 부탁드립니다."

비슨은 콧방귀를 뀌지만 물러난다. 하지만 자기 집 계단 발치에서 걸음을 멈추고 어깨 너머를 흘끗 돌아본다. 호지스도 숱하게 목격한 바 있는 '내가 낸 세금에서 너희들 월급이 나가잖아, 이 등신들아'라고 말하는 눈빛이다. 그는 그들이 그의 생각을 읽을 수 있도록 문을 쾅 소리 나게 닫고 들어간다. 하지만 이내 팔짱을 끼고 또다시 창문 너머로 등장한다.

"저 할아버지가 경찰서에 전화해서 우리가 무슨 일로 온 거냐고 물어보면 어쩌죠?"

제롬이 뒷좌석에 묻는다.

호지스는 미소를 짓는다. 기운이 없어 보이기는 하지만 진짜 미소다.

"그러거나 말거나. 들어가자."

그는 두 사람을 일렬로 거느리고 앞장서서 집과 차고 사이의 좁은 통로를 지나며 손목시계를 본다. 6시 15분이다. 그는 생각한다. '재미있는 일을 하고 있으면 시간이 정말 쏜살같이 지나간단 말이지.'

　　그들은 부엌으로 들어간다. 호지스가 지하실로 향하는 문을 열고 전등 스위치를 향해 손을 뻗는다.

　　"아니에요." 홀리가 말한다. "건드리지 마요."

　　그는 묻는 눈빛으로 그녀를 쳐다보지만 홀리는 이미 제롬에게로 고개를 돌린 뒤다.

　　"네가 해야 해. 호지스 씨는 나이가 너무 많고 나는 여자니까."

　　제롬은 잠깐 어리둥절해하지만 이내 알아듣는다.

　　"통제는 불?"

　　그녀는 고개를 끄덕인다. 긴장해서 굳은 얼굴이다.

　　"네 목소리가 그 사람 목소리랑 비슷해야 효과를 볼 수 있어."

　　제롬은 입구로 들어가서 쑥스러워하며 헛기침을 한 다음 말한다.

　　"통제."

　　지하실은 여전히 어두컴컴하다.

　　호지스가 말한다.

　　"너는 원래 목소리가 낮아. 바리톤 정도는 아니지만 낮아. 그래서 네가 전화를 하면 실제보다 나이 들게 느껴지는 거야. 목소리 톤을 살짝 높여 봐."

　　제롬이 똑같은 단어를 반복하자 지하실 전등이 켜진다. 지금까지 시트콤 같은 인생을 살아왔다고 할 수 없는 홀리 기브니가 웃으며 손뼉을 친다.

타냐 로빈슨이 MAC에 도착한 시각은 6시 20분이고, 그녀는 진입 차량의 행렬에 합류하며 아이들이 끈질기게 조를 때 한 시간 일찍 출발할걸 그랬다고 생각한다. 이미 주차장의 4분의 3이 찼다. 주황색 조끼를 입은 남자들이 깃발을 흔들며 차량을 정리하고 있다. 그중 한 명이 그녀에게 왼쪽으로 가라고 수신호를 보낸다. 그녀는 좌회전을 해서 천천히 조심스럽게 움직인다. 오늘 저녁 나들이를 위해서 지니 카버에게 타호를 빌렸는데 접촉 사고라도 내면 큰일이다. 뒤에서는 아이들 — 힐다 카버, 벳시 드위트, 다이나 스코트 그리고 그녀의 딸 바브라 — 이 흥분에 겨워서 말 그대로 방방 뛰고 있다. 타호의 CD 체인저를 라운드 히어의 CD로 채우고(넷이 합쳐서 여섯 장을 가지고 있다.) 새로운 곡이 나올 때마다 "아, 이 노래 *진짜* 좋아!" 하며 꺅꺅거린다. 시끄럽고 스트레스 쌓이는 상황인데, 놀랍게도 타냐는 제법 즐기고 있다.

"장애인 조심하세요, 로빈슨 아주머니."

벳시가 손가락으로 가리키며 이야기한다.

그 장애인은 비쩍 말랐고 안색이 창백하며 민머리인데 헐렁한 티셔츠 안에 거의 떠 있다시피 하다. 사진 액자로 보이는 물건을 무릎에 얹어서 붙잡았고 소변 주머니도 보인다. 휠체어 옆 주머니에 꽂힌 구슬픈 라운드 히어 페넌트가 의기양양하게 고개를 내밀고 있다.

"도와드려야 하는 거 아니야?" 바브라가 말한다. "아주 느릿느릿 갈 텐데."

"착하기도 하지." 타냐가 말한다. "주차한 다음에 강당까지 걸어갔는데 저분이 아직 도착하지 않았으면 그때 도와드리자."

그녀는 빈 자리에 빌려온 타호를 세우고 안도의 한숨을 쉬며 시동을 끈다.

"얘들아, 저 줄 좀 봐." 다이나가 말한다. "백만 명은 왔나 보다."

"그 정도는 아닐걸?" 타냐가 말한다. "그래도 많긴 하네. 그런데 좀 있으면 문이 열리겠다. 우리는 좋은 자리를 맡아놨으니까 걱정할 필요는 없지만."

"표 잘 챙겼죠, 엄마?"

타냐는 요란하게 핸드백을 들여다본다.

"여기 얌전히 들어 있어."

"우리, 기념품 사도 돼요?"

"한 사람당 하나씩. 10달러 넘지 않는 걸로."

"저는 돈 챙겨가지고 왔어요, 로빈슨 아주머니."

다 같이 내리는데 벳시가 말한다. 점점 불어나는 MAC 앞의 인파를 보고 아이들은 살짝 긴장한 표정을 짓는다. 아이들이 서로 바짝 몸을 붙이자 네 개의 그림자가 강렬한 초저녁 햇살 아래에서 한 개의 시커먼 웅덩이로 뭉쳐진다.

"그래, 그랬겠지, 벳시. 하지만 오늘은 내가 사줄 거야." 타냐가 말한다. "이제 얘들아, 내 말 잘 들어. 돈이랑 전화기는 나한테 맡겨라. 이렇게 많은 사람들이 모이는 데에는 가끔 소매치기들이 있기도 하거든. 무사히 자리에 앉으면 전부 다 돌려줄게. 하지만 일단 공연이 시작되면 문자나 통화는 하기 없기다. 알겠지?"

"먼저 사진부터 찍으면 안 돼요, 로빈슨 아주머니?" 힐다가 묻는다.

"그래. 일인당 한 장씩."

"두 장씩!" 바브라가 애원한다.

"알았어, 두 장씩. 하지만 서둘러."

아이들은 각자 두 장씩 사진을 찍고, 완벽한 세트를 완성할 수 있도록 나중에 이메일로 보내 주기로 약속한다. 아이들을 한데 모아서 어깨동무를 하게 하고 타냐도 자기 전화기로 사진을 몇 장 찍는다. 아이들이 예뻐 보인다는 생각이 든다.

"좋아. 이제 돈이랑 *꼬꼬댁* 상자 나한테 줘."

아이들은 다 합쳐서 30달러 정도 되는 돈과 사탕색 전화기를 건넨다. 타냐는 전부 다 챙겨서 핸드백에 넣고 스마트키에 달린 단추를 눌러서 지니 카버의 밴을 잠근다. 문이 턱 하고 잠기는 소리가 들린다. 이제 안전하니까 안심해도 된다는 뜻이 담긴 소리다.

"이제 내 말 잘 들어, 이 정신 나간 아가씨들아. 자리에 앉을 때까지 다 같이 손잡고 있는 거야, 알았지? 알았다고 대답해."

"알았어요!"

아이들은 고함을 지르고 손을 잡는다. 하나같이 제일 예쁜 스키니진에 제일 예쁜 운동화로 치장했다. 하나같이 라운드 히어 티셔츠를 입었고 힐다는 빨간색으로 I LUV CAM이라고 적힌 하얀색 실크 리본으로 머리를 묶었다.

"그리고 우리, 신나게 노는 거야, 알았지? 최고로 신나게! 알았다고 대답해."

"알았어요오오오!"

타냐는 만족스러워하며 MAC을 향해 앞장선다. 이글거리는 쇄석 도로 위를 한참 걸어야 하지만 어느 누구도 아랑곳하지 않는 눈치

536

다. 타냐는 두리번거리며 휠체어에 탄 민머리 남자를 찾다가 장애인
용 줄 맨 뒤편으로 천천히 다가가고 있는 그를 발견한다. 그 줄이 훨
씬 짧긴 하지만 몸이 불편한 사람들이 그렇게 많다니 슬퍼진다. 잠
시 후 휠체어들이 움직이기 시작한다. 장애인들을 먼저 입장시키는
건데, 그녀가 보기에는 훌륭한 방법이다. 사람들이 우르르 밀려들어
가기 전에 장애인들이 전부 다 아니면 대부분 착석하는 것이 좋다.

타냐의 일행은 비장애인용 줄 중에서도 가장 짧은 줄의 맨 뒤에
가서 서고(그래도 아주 길다.) 그녀는 비쩍 마른 민머리의 남자가 휠
체어를 밀고 장애인용 경사로를 올라가는 것을 보면서 자동 휠체어
라면 얼마나 더 수월하게 올라갈 수 있을까 생각한다. 그가 무릎에
올려놓은 사진은 뭘지 궁금해진다. 세상을 떠난 피붙이일까? 아마
그럴 것이다.

딱하기도 하지. 그녀는 다시금 생각하며 그녀의 두 아이는 멀쩡하
게 태어났다는 것에 대해서 짤막하게 감사 기도를 드린다.

"엄마?" 바브라가 부른다.

"응, 왜?"

"최고로 신나게, 맞죠?"

타냐 로빈슨은 딸의 손을 꼭 쥔다. "당연하지."

한 아이가 맑고 감미로운 목소리로 「키시스 온 더 미드웨이」를 부
르기 시작한다.

"햇빛, 베이비, 네가 나를 바라보면 햇빛이 비쳐……. 달빛, 베이
비, 네가 내 옆에 있으면 달빛이 어려……."

다른 아이들도 따라 부른다.

"너의 사랑, 너의 손길, 살짝으로는 항상 부족해⋯⋯. 나는 내 방식대로 너를 사랑할 거야⋯⋯."

이내 1000명에 달하는 인파의 노랫소리가 따뜻한 저녁 공기 속으로 피어오른다. 타냐도 즐겁게 자기 목소리를 더하는데, 지난 2주 동안 바브라의 방에서 주야장천 흘러나온 노래이기 때문에 가사를 전부 다 안다.

그녀는 충동적으로 허리를 숙여서 딸의 정수리에 입을 맞춘다.

'최고로 신나게.' 그녀는 생각한다.

호지스와 왓슨 수습생들은 브래디의 지하 통제 센터에 서서 일렬로 말없이 놓여 있는 컴퓨터들을 쳐다본다.

"먼저 혼돈." 제롬이 말한다. "그 다음에 어둠. 맞죠?"

호지스는 생각한다. 무슨 요한계시록에 나오는 구절 같군.

"아마도. 부인이 적어 놓은 순서로는 그랬어." 홀리가 이번에는 호지스에게 말한다. "부인이 듣고 있었던 거예요. 아들이 생각한 것보다 훨씬 많은 걸 듣고 있었을 걸요?" 그녀는 다시 제롬 쪽으로 고개를 돌린다. "한 가지. 아주 중요한 주의 사항. 혼돈으로 켜겠답시고 너무 시간을 끌면 안 돼."

"알아요. 자살 프로그램 때문에. 그런데 떨려서 미키 마우스처럼 목소리가 갈라지면 어떡해요?"

그녀는 뭐라고 대꾸를 하려다 그의 눈빛과 맞닥뜨린다.

"아이고 웃겨 죽겠네." 하지만 그녀는 자기도 모르게 미소가 지어진다. "시작해, 제롬. 브래디 하츠필드가 되는 거야."

혼돈은 딱 한 번 내뱉고 그것으로 끝이다. 컴퓨터들이 켜지고 카운트다운이 시작된다.

"어둠!"

카운트다운이 계속된다.

"소리 지르면 어떡하니?" 홀리가 말한다. "으이구."

16. 15. 14.

"어둠."

"이번에도 너무 낮은 것 같은데."

호지스가 긴장한 티를 내지 않으려고 애를 쓰며 말한다.

12. 11.

제롬은 입가를 훔친다.

"어-어둠."

"너무 웅얼거렸어."

홀리가 평가한다. 별로 도움이 되지는 않을 법한 평가다.

8. 7. 6.

"어둠."

5.

카운트다운이 사라진다. 제롬은 안도의 한숨을 내뱉는다. 숫자 대신 고릿적 서부 영화의 주인공과 차림새가 비슷한 남자들이 총격전을 벌이는 컬러 사진이 줄줄이 등장한다. 그 중 하나는 말과 함께 판유리창을 뚫고 지나가다 그대로 멈추었다.

"무슨 화면보호기가 이래요?" 제롬이 묻는다.

호지스는 브래디의 5번 컴퓨터를 가리킨다.

"저 사람은 윌리엄 홀든이거든. 그러니까 영화 속 한 장면인가 본데?"

"「와일드 번치」예요." 홀리가 말한다. "감독은 샘 페킨파. 한 번밖에 못 봤어요. 보고 난 다음에 악몽을 꿔서."

영화 속 한 장면이라. 호지스는 찡그린 얼굴과 총격전을 보며 생각한다. 브래디 하츠필드의 상상 속 한 장면이기도 하겠지.

"이제 어쩐다?"

제롬이 말한다.

"홀리, 맨 첫 번째부터 살펴요. 난 맨 끝부터 살필 테니까. 중간에서 만나는 거예요."

"그거 괜찮네. 호지스 씨, 이 안에서 담배 피워도 돼요?"

"안 될 리가 있나."

호지스는 이렇게 말하고 지하실 계단에 앉아서 그들을 구경한다. 그러는 동안 왼쪽 쇄골 아래 움푹한 부분을 멍하니 문지른다. 짜증나게 다시 욱신거리기 시작한다. 차가 폭발한 뒤에 달려가느라 근육이 삐끗한 모양이다.

MAC 로비의 에어컨이 뺨을 때리듯 브래디를 강타하자 땀으로 축축했던 목과 팔에 소름이 돋는다. 일반 관객들이 아직 입장하기 전이라 복도의 주요 부분은 비어 있지만, 벨벳 로프와 장애인 출입구 입간판이 놓인 오른쪽에는 검색대와 그 너머의 대강당을 향해 천천히 움직이는 휠체어들이 일렬로 포진해 있다.

브래디는 이런 식의 진행이 마음에 들지 않는다.

그는 열여덟 살에 클리블랜드 인디언스 경기를 보러 갔을 때 그랬던 것처럼 관객들이 일제히 우르르 입장하면 보안요원들은 그 기세에 눌려서 누구든 대충 훑어보고 통과시킬 줄 알았다. 공연 스태프가 불구와 병신들을 먼저 입장시키다니, 미리 예상했어야 하는데 놓친 부분이다.

파란색 유니폼 어깨에 MAC 보안요원이라고 적힌 갈색 견장을 붙인 남녀 직원들이 못해도 열댓 명은 되는 듯한데, 지금은 천천히 지나가는 장애인들을 살피는 것 말고는 하는 일이 아무것도 없다. 브래디는 그들이 모든 휠체어의 주머니를 체크하지는 않지만 서너 대마다 한 번씩, 가끔은 두 대 연속으로 체크하는 것을 보고 점점 커져가는 한기를 느낀다. 불구들이 보안 검색을 통과하면 라운드 히어 티셔츠를 입은 안내원들이 대강당의 장애인 구역으로 안내한다.

그는 보안 검색대 앞에서 저지당할 수 있다는 것을 알았지만, 그렇더라도 라운드 히어의 어린 팬들을 여럿 처치할 수 있을 줄 알았다. 하지만 그것 역시 당치 않은 억측이었다. 유리가 튀어서 출입문 가까이 있던 몇 명이 죽을 수는 있겠지만, 그들의 몸이 폭탄을 막는 방패 역할을 할 것이다.

'젠장. 그래도…… 시티 센터 때는 여덟 명밖에 못 죽였잖아. 이번에는 그보다 더 좋은 성적을 거두고 말 테다.'

그는 프랭키의 사진을 무릎에 얹고 앞으로 움직인다. 액자 가장자리가 토글스위치 위에 놓여 있다. 보안요원이 휠체어 옆 주머니를 들여다보는 순간 브래디가 사진을 누르면 노란색 램프가 초록색으로 바뀌고, 사제폭탄 속에 들어 있는 아지드화(化)납 뇌관으로 전류가 흐를 것이다.

이제 열 몇 대만 지나면 그의 차례다. 싸늘한 공기가 그의 뜨거운 피부를 타고 흐른다. 그는 시티 센터를 생각한다. 트릴로니 그 년의 차로 사람들을 쳐서 쓰러뜨린 다음 그 위로 달렸을 때 어떤 식으로 덜커덩덜커덩 흔들렸는지 생각한다. 꼭 오르가슴을 느끼는 기분이었다. 그는 가면의 고무 냄새를 기억하고, 환희와 승리감에 겨워서 어떤 식으로 비명을 질렀는지 기억한다. 하도 비명을 지르는 바람에 말이 잘 안 나올 정도로 목이 쉬어서 어머니와 디스카운트 일렉트로닉스의 톤스 프로비셔에게 후두염에 걸렸다고 둘러대야 했을 정도였다.

이제 그와 검색대 사이에 남은 휠체어가 열 대뿐이다. 보안요원 한 명 — 나이가 제일 많고 유일하게 모자를 쓰고 있는 것을 보니 두목인 모양이다. — 이 브래디처럼 민머리인 여자아이에게서 배낭을 수거한다. 그는 뭐라고 설명하고 보관증을 준다.

'나는 들킬 거야. 그럴 거야, 그러니까 죽을 준비를 해야지.'

그는 준비가 되어 *있다*. 아까부터 그랬다.

이제 그와 검색대 사이에 남은 휠체어는 여덟 대. 일곱 대. 여섯 대. 그의 컴퓨터에 뜨는 카운트다운과 비슷하다.

그 때 밖에서 노랫소리가, 처음에는 웅얼웅얼 들린다.

"*햇빛, 베이비, 네가 나를 바라보면 햇빛이 비쳐……. 달빛, 베이비, 네가 내 옆에 있으면 달빛이 어려…….*"

노래가 코러스 부분에 다다르자 대성당의 성가대만큼이나 소리가 커진다.

"나는 내 방식대로 너를 사랑할 거야……. 우리는 바닷가 고속도로를 달릴 거야……."

그 순간 메인 출입문들이 열린다. 몇몇 아이들이 환호성을 지른다. 나머지는 계속 전보다 더 우렁차게 노래를 부른다.

"새로운 날이 될 거야……. 나는 그 도중에 네게 입 맞출 거야……."

라운드 히어 티셔츠를 입고 난생 처음 화장을 한 아이들과, 애새끼를 놓치지 않으려고 버둥거리는 부모들(대부분 엄마다.)이 쏟아져 들어온다. 복도의 주요 부분과 장애인 구역을 나눈 벨벳 로프가 쓰러져서 짓밟힌다. 엉덩이가 아이오와 주 만큼 넓고 뚱뚱한 열두세 살짜리 여자아이가 떠밀려서 브래디 바로 앞 휠체어에 부딪치자 다리 대신 막대기를 달고 휠체어에 앉아 있던 제법 예쁘장한 여자아이가 하마터면 넘어질 뻔한다.

"얘, 조심해야지!"

휠체어 소녀의 어머니가 외치지만, 남들보다 폭이 두 배로 넓은 청바지를 입은 뚱녀는 이미 이쪽 손으로는 라운드 히어 페넌트를, 저쪽 손으로는 표를 흔들며 사라지고 보이지 않는다. 누군가가 브래디의 휠체어에 부딪치자 무릎 위에 놓여 있던 사진이 움직이고, 이러다 하얀 빛이 번뜩이고 강철 베어링이 우박처럼 쏟아지는 가운데 다 같이 폭발하는 게 아닌가 싶어서 잠깐 등골이 서늘해진다. 사진을 살짝 들고 들여다보니 예비 램프가 아직 노란색이다.

하마터면 큰일 날 뻔했잖아. 브래디는 생각하며 씩 웃는다.

복도에서 행복한 소동이 벌어지자 장애인 관객을 체크하던 보안요원들이 한 명만 남고, 나머지는 미친 듯이 노래를 부르며 물밀 듯

밀려오는 아이들을 상대하러 이동한다. 장애인 구역에 남은 직원은 여자인데, 휠체어들을 거의 쳐다보지도 않고 지나가라는 수신호를 보낸다. 브래디가 여직원에게 가까이 다가가 보니 모자를 쓴 두목이 복도 저쪽, 거의 맞은편에 서 있다. 키가 187센티미터쯤 돼서 아이들 위로 우뚝 서 있으니 눈에 확 들어오는데 끊임없이 시선을 움직이고 있다. 한 손에 들고 있는 종이를 이따금씩 흘끗흘끗 확인한다.

"표 보여 주고 들어가세요." 여직원이 예쁘장한 장애인 아이와 어머니에게 말한다. "오른쪽 문이에요."

브래디는 흥미로운 광경을 포착한다. 모자를 쓴 그 키다리가 혼자 온 것처럼 보이는 스무 살 정도 되는 남자를 줄 밖으로 끌어낸 것이다.

"다음 분!" 여직원이 그에게 외친다. "빨리빨리 이동해 주세요!"

브래디는 앞으로 움직이며, 그녀가 휠체어 주머니에 일말의 관심이라도 보이면 2번 발명품의 토글스위치에 대고 사진을 누를 마음의 준비를 한다. 이제 복도가 이쪽 벽에서 저쪽 벽까지 앞 사람을 밀며 노래를 부르는 아이들로 가득해서 득점이 30점을 훌쩍 넘길 것이다. 복도로 만족해야 한다 하더라도 괜찮을 것이다.

보안요원이 사진을 가리킨다.

"누구예요?"

"동생이에요." 브래디는 특유의 미소를 지으며 대답한다. "작년 그 사고 때 죽었어요. 그 사고로 나도……" 그는 휠체어를 가리켜 보인다. "라운드 히어를 좋아했는데 새 앨범을 듣지 못했거든요. 이제 들을 수 있게 됐네요."

그녀는 시간의 압박에 시달리지만 연민을 전하지 못할 정도로 시달리지는 않는다. 그녀의 눈빛이 부드러워진다.

"마음이 아프네요."

"고마워요." 브래디는 이렇게 대답하고 생각한다. '이 멍청한 년아.'

"앞으로 쭉 가서 우회전하시면 돼요. 강당 중간쯤에 장애인용 통로가 두 개 있을 거예요. 무대가 아주 잘 보여요. 램프 내려가는 데도움이 필요하면 — 경사가 제법 되거든요. — 노란 완장을 차고 있는 안내원을 찾으세요."

"괜찮을 거예요." 브래디는 그녀를 향해 미소를 지어 보이며 대답한다. "이 아이는 브레이크가 아주 훌륭하거든요."

"다행이네요. 공연 잘 보세요."

"고마워요. 그럴게요. 프랭키도 좋아할 거예요."

브래디는 메인 출입문 쪽으로 움직인다. 보안 검색대 앞에서는 래리 윈덤 — 경찰 동료들 사이에서 양은 냄비로 알려진 인물 — 이 여동생이 선열로 드러눕자 충동적으로 동생의 표를 들고 나온 젊은 남자를 놓아주고 있다. 그는 빌 호지스가 보낸 사진 속의 그 변태새끼와 전혀 닮은 구석이 없다.

대강당은 좌석 배치가 스타디움 형식인 게 브래디의 마음에 쏙 든다. 사발 모양이라 폭발 집중도가 높아질 것이다. 그는 좌석 아래에 테이프로 붙여 놓은 볼 베어링들이 사방으로 날아가는 광경을 상상한다. 운이 좋으면 관객 절반과 더불어 밴드까지 해치울 수 있을지모른다.

천장에 달린 스피커에서 노래가 흘러나오지만 좌석을 채우고 통로를 메운 아이들의 젊고 열띤 목소리에 묻혀서 들리지 않는다. 스포트라이트가 앞뒤로 움직이며 인파를 비춘다. 프리스비들이 날아다닌다. 특대형 비치볼도 몇 개 튀어다닌다. 브래디가 놀랍게 느낀 부분이 딱 하나 있다면 대관람차와 그 도중에 어쩌고 하는 소품이 코빼기도 보이지 않는다는 것이다. 쓰지도 않을 거면 뭐 하러 힘들게 들여왔을까?

노란색 완장을 찬 안내원이 다리 대신 막대가 달린 예쁘장한 여자아이의 안내를 마치고 브래디를 도와주러 오지만 그는 손사래를 친다. 안내원은 씩 웃고, 다른 사람을 도와주러 그의 옆을 지나가면서 어깨를 토닥인다. 브래디는 장애인용으로 따로 마련된 두 구역 중에서 첫 번째 구역으로 움직인다. 그는 다리 대신 막대가 달린 예쁘장한 여자아이 바로 옆에 자리를 잡는다.

그녀가 웃는 얼굴로 그를 돌아본다.

"진짜 신나지 않아요?"

브래디는 웃는 얼굴로 화답하며 생각한다. '너는 진짜 신나는 게 어떤 건지 알지도 못하잖아, 이 병신 계집아.'

타냐 로빈슨은 무대를 보며 그녀가 난생처음 보러 갔던 공연 — 템프테이션스 공연이었다. — 과, 바비 윌슨이 「마이 걸」 중간에 그녀에게 어떤 식으로 입을 맞추었는지를 떠올린다. 아주 로맨틱했다.

그녀는 이런 상념에 젖어 있다가 딸아이가 팔을 잡고 흔들자 정신을 차린다.

"봐요, 엄마, 아까 그 장애인이에요. 휠체어에 탄 다른 사람들이랑 저기 있어요."

바브라가 왼쪽으로 두세 줄 아래를 가리킨다. 휠체어로 두 줄씩 앉을 수 있도록 좌석을 치워 놓았다.

"보인다, 바브. 그런데 빤히 쳐다보면 못 써."

"저 아저씨도 공연 재미있게 봤으면 좋겠다. 엄마도 그렇죠?"

타냐는 딸을 보며 미소를 짓는다.

"그럼."

"전화기 돌려주면 안 돼요? 공연 시작하면 있어야 하는데."

타냐 로빈슨은 사진을 찍으려나 보다고 생각하지만…… 그건 그녀가 밴드 공연에 다녀온 지 하도 오래돼서 하는 착각이다. 그녀는 핸드백을 열고 사탕색 전화기를 나누어 준다. 놀랍게도 아이들은 전화기를 가만히 들고 있다. 눈을 휘둥그레 뜨고 쳐다보는 데 바빠서 전화를 하거나 문자를 보낼 정신이 없다. 타냐는 바브의 정수리에 얼른 입을 맞추고 의자에 기대고 앉아서 바비 윌슨의 입맞춤을 떠올리며 추억에 젖는다. 첫 키스는 아니었지만 느낌이 좋은 키스는 그때가 처음이었다.

그녀는 때가 되면 바브도 그만큼 운이 따라 주었으면 좋겠다는 생각을 한다.

"할렐루야, 기뻐서 손뼉이 절로 나오네."

홀리가 외치면서 손바닥 볼록한 부분으로 자기 이마를 때린다. 그녀는 브래디의 1번 컴퓨터 조사를 마치고 — 별것 없었다. — 2번으로 옮긴 참이다.

제롬은 비디오 게임, 특히 「그랜드 세프트 오토」와 「콜 오브 듀티」에 전적으로 할애된 것처럼 보이는 5번 컴퓨터를 살피다 말고 고개를 든다.

"왜요?"

"가끔 머릿속이 나보다 더 심하게 망가진 사람과 마주칠 때가 있거든." 그녀가 말한다. "그러면 기분이 좋아져. 악취미라는 건 알지만 그래도 어쩔 수가 없어."

호지스는 끙끙거리며 계단에서 일어나서 구경하러 간다. 조그만 사진들이 화면을 가득 메우고 있다. 언뜻 보기에는 멀쩡한 각선미 사진이다. 그와 친구들이 1950년대 중반에 「아담」과 「스파이시 레그 아트」에서 넋을 잃고 쳐다보았던 사진들과 크게 다르지 않다. 홀리가 그 가운데 세 장을 확대해서 일렬로 늘어놓는다. 첫 번째 사진에서는 드보라 하츠필드가 얇은 가운을 입고 있다. 두 번째 사진에서는 드보라 하츠필드가 인형옷 같은 잠옷을 입고 있다. 세 번째 사진에서는 드보라 하츠필드가 프릴이 달린 분홍색 브래지어와 팬티 세트를 입고 있다.

"맙소사, 자기 *어머니*잖아요." 제롬이 말한다. 혐오감과 놀라움으로 넋을 잃은 표정이라는 게 어떤 건지 보여 주는 얼굴이다. "게다가 부인이 포즈를 취한 것처럼 보여요."

호지스가 보기에도 그렇다.

"맞아." 홀리가 말한다. "프로이트 박사, 호출입니다. 왜 계속 어깨를 문지르고 있어요, 호지스 씨?"

"근육이 삐끗한 모양이에요."

그가 말한다. 하지만 과연 그럴까 의구심이 들기 시작한다.

제롬은 3번 컴퓨터 화면을 흘끗 쳐다보고 브래디 하츠필드의 사진이 있는지 다시 확인하기 시작하다 잠시 멈칫한다.

"헉." 그가 말한다. "이것 좀 보세요, 빌 아저씨."

3번 컴퓨터의 왼쪽 아래 귀퉁이에 블루 엄브렐라 아이콘이 있다.

"열어 봐." 호지스가 말한다.

제롬이 열어 보지만 파일 안에 아무것도 없다. 보내지 않은 메시지도 없고, 그들도 이제 알다시피 데비스 블루 엄브렐라에서 주고받은 메시지들은 전부 다 데이터의 천국으로 직행한다.

제롬은 3번 컴퓨터 앞에 앉는다.

"이게 그 자의 주력 컴퓨터일 거예요, 홀리. 거의 백 퍼센트 확실해요."

그녀도 합류한다.

"나머지는 전시용인 것 같아. 자기가 엔터프라이즈 우주선 함교에 서 있는 듯한 착각에 젖기 위한 장치인 거지."

호지스는 2009라고 된 폴더를 가리킨다.

"저거 열어 보자."

마우스로 클릭하자 시티 센터라는 서브폴더가 뜬다. 제롬이 폴더를 열고, 그들은 2009년 4월의 그 사건을 다룬 기사들이 길게 이어지는 목록을 빤히 쳐다본다.

"이 새끼가 신문 기사를 스크랩한 거야." 호지스가 말한다.

"이 컴퓨터를 샅샅이 뒤져 봐." 홀리가 제롬에게 말한다. "먼저 하드드라이브부터."

제롬이 하드드라이브를 연다.

"맙소사, 이것 좀 보세요."

그는 폭탄이라는 제목이 달린 폴더를 가리킨다.

"열어!" 홀리가 그의 어깨를 잡고 흔든다. "열어, 열어, 열어!"

제롬이 그 폴더를 열자 또 뭐가 잔뜩 든 서브폴더가 뜬다. 서랍 속에 서랍이 들어 있는 셈이로군. 호지스는 생각한다. 사실 컴퓨터는 비밀 공간들이 따로 마련된, 빅토리아 시대풍의 뚜껑 달린 책상이나 다름없다.

홀리가 말한다.

"이것 좀 봐요." 그녀는 무언가를 가리킨다. "비트토렌트에서 『무정부주의자의 요리책』(폭탄과 불법 마약 제조법 등을 소개한 책이다 ─ 옮긴이)을 통째로 다운받았어요. 불법인데!"

"암요." 제롬이 말하자 그녀가 그의 팔을 주먹으로 친다.

호지스의 어깨 통증이 더 심해진다. 그는 다시 계단으로 가서 힘겹게 앉는다. 3번 컴퓨터 앞에 옹송그리고 있던 제롬과 홀리는 그가 자리를 옮긴 줄도 모른다. 그는 허벅지에 손을 올려놓고('비대한 내 허벅지.' 그는 생각한다. '지나치게 비대한 내 허벅지'라고.) 천천히 길게 숨을 쉬기 시작한다. 미성년자와 제정신에서 적어도 1킬로미터쯤 벗어난 여자를 데리고 불법침입한 집에서 심장마비를 일으키는 것만큼 심각한 결정타도 없을 것이다. 게다가 이 집 2층에는 단단히 미친 살인범의 편업 걸이 시체로 누워 있지 않은가.

'주님, 제발이지 심장마비는 안 됩니다. 제발.'

그는 좀 더 길게 숨을 쉰다. 트림이 나오려는 것을 참자 통증이 가라앉기 시작한다.

고개를 숙이자 계단과 계단 사이가 보인다. 그 안에서 무언가가 천장에 달린 형광등 불빛을 받고 반짝인다. 그는 무릎을 꿇고 계단 아래로 기어 들어간다. 알고 보니 스테인리스스틸 볼 베어링인데, 해피 슬래퍼에 든 것보다 더 커서 손바닥에 얹으니 묵직하다. 둥그스름한 표면에 비친 그의 일그러진 모습을 바라보는데 어떤 생각 하나가 자라기 시작한다. 아니, 자란다기보다 익사한 사체처럼 *떠오르기* 시작한다.

계단 아래, 더 깊숙한 곳에 초록색 쓰레기봉투가 있다. 호지스는 한손에 볼 베어링을 쥐고, 계단 밑면에 달린 거미줄이 점점 뒤로 물러나는 머리칼과 점점 넓어져가는 이마에 스치는 것을 느끼며 그쪽으로 기어간다. 제롬과 홀리가 흥분한 목소리로 조잘거리지만, 뭐라고 하는지 신경 쓰지 않는다.

그는 빈손으로 쓰레기봉투를 쥐고 계단 아래에서 뒷걸음질을 시작한다. 왼쪽 눈에 땀방울이 들어가서 따끔거리자 눈을 깜빡인다. 그는 다시 계단에 앉는다.

"이메일 열어." 홀리가 말한다.

"참 나, 진짜 이래라저래라 하는 성격이네요?" 제롬이 말한다.

"열어, 열어, 열어!"

지당하신 말씀. 호지스는 생각하며 쓰레기봉투를 연다. 전선 쪼가리와 망가진 회로판처럼 보이는 물건이 들어 있다. 그 아래에는 셔츠처럼 보이는 카키색 옷이 들어 있다. 그는 전선 쪼가리를 옆으로 치우고 옷을 꺼내서 들어 본다. 셔츠가 아니라 주머니가 많이 달린 등산용 조끼다. 안감에 대여섯 군데 칼자국이 나 있다. 그는 베어진 틈새로 손을 넣고 더듬어서 볼 베어링을 두 개 더 꺼낸다. 이 옷은 더 이상 등산용 조끼가 아니다. 다른 옷으로 개조됐다.

이제는 자살 조끼다.

아니, 자살 조끼였다. 무슨 이유에서인지 몰라도 브레디가 안에 넣었던 볼 베어링들을 꺼냈다. 토요일에 있을 채용 박람회로 계획이 변경됐기 때문일까? 그럴 것이다. 폭탄은 그가 다른 차를 이미 훔치지 않은 이상, 아마 그의 차 안에 있을 것이다. 그는……

"안 돼!" 제롬이 외친다. 그러다 이번에는 비명을 지른다. "*안 돼! 안 돼, 안 돼, **하느님, 안 돼요!**"

"제발 아니길." 홀리가 훌쩍인다. "제발 아니길."

호지스는 조끼를 떨구고 뭘 보고 그러는지 알아보러 황급히 컴퓨터 앞으로 달려간다. 판타스틱이라는 사이트에서 브래디 하츠필드 씨에게 보낸 주문 감사 이메일이다.

e티켓은 지금 바로 다운받을 수 있습니다. 본 행사는 핸드백이나 가방의 반입이 금지됩니다. 모든 대형 공연의 가장 훌륭한 좌석을 클릭 하나로 주문할 수 있는 판타스틱을 이용해 주서서 감사합니다.

그 아래로: 라운드 히어 중서부 문화 예술 센터 밍고 대강당 2010년 6월 3일, 저녁 7시.

호지스는 눈을 감는다. 결국 빌어먹을 콘서트였군. 우리가 이해할 수는 있지만…… 용서할 수는 없는 실수를 저질렀어. 오, 주여, 그가 안으로 들어가지 못하게 해 주소서. 양은 냄비의 부하들에게 입구에서 잡히도록 하소서.

하지만 그래도 악몽인 것이, 래리 윈덤은 미치광이 폭파범이 아니라 아동 성추행범을 찾는 줄 알고 있다. 만약 그가 브래디를 발견하고 특유의 우악스러운 손길로 그를 체포하려고 한다면······

"6시 45분이에요." 홀리가 브래디의 3번 컴퓨터 화면의 디지털시계를 가리키며 말한다. "아직 줄을 서고 있을 수도 있지만, 이미 입장이 시작됐을 거예요."

호지스도 그녀의 말이 맞다는 것을 안다. 아이들이 그렇게 많이 갔으니 아무리 늦어도 6시 30분부터 입장이 시작됐을 것이다.

"제롬." 그가 부른다.

아이는 대답이 없다. 컴퓨터 화면에 뜬 티켓 영수증만 빤히 쳐다보고 있다. 호지스가 제롬의 어깨에 손을 얹었지만 돌을 건드리는 거나 다름없다.

"제롬."

천천히 제롬이 고개를 돌린다. 눈이 휘둥그렇다.

"우리가 너무 바보 같았어요." 그가 속삭인다.

"엄마한테 전화해라." 호지스의 목소리는 여전히 침착하다. 충격이 워낙 심해서 많이 애를 쓰지 않아도 그런 목소리가 나온다. 그는 계속 볼 베어링을 쳐다본다. 그리고 칼집이 난 조끼를 쳐다본다. "얼른. 엄마한테 전화해서 바브라랑 다른 애들 데리고 당장 뛰쳐나오라고 말씀드려."

제롬은 허리띠에 클립으로 꽂아 놓은 전화기를 꺼내서 어머니의 단축번호를 누른다. 홀리는 가슴 위로 바짝 팔짱을 끼고 씹어서 너덜너덜해진 입가를 늘어뜨려 우거지상을 지으며 그를 빤히 쳐다본다.

제롬은 기다리다 욕을 중얼거리고 나서 이렇게 얘기한다.

"거기서 나와요, 엄마. 애들 데리고 얼른요. 저한테 다시 전화하거나 이유 묻지 마시고 그냥 *나와요*. 뛰지는 말고요. 하지만 빠져나와야 해요!"

그는 전화를 끊고 그들도 이미 알고 있는 사실을 이야기한다.

"음성사서함으로 넘어갔어요. 수십 번 울렸으니 통화 중도 아니고 전화기를 끈 것도 아닌데. 이해가 안 되네."

"동생은?" 호지스가 묻는다. "동생도 전화기 들고 갔을 거 아니냐."

그의 말이 끝나기도 전에 제롬이 단축번호를 누른다. 제롬이 전화기를 들고 기다리는 시간이 호지스에게는 천 년처럼 느껴지지만 그도 알다시피 10초에서 15초에 불과하다. 잠시 후 제롬이 말한다.

"바브! 도대체 왜 전화를 안 받는 거야? 너하고 엄마하고 다른 애들 거기서 얼른 빠져나와야 해!" 그는 전화를 끊는다. "이해가 안 되네. 몸에 접붙이기라도 한 것처럼 늘 들고 다녀서 최소한 진동이라도……"

홀리가 말한다.

"아, 우라질. 망할." 하지만 그 정도로는 부족하다. "아, *씨발!*"

두 사람은 그녀를 돌아본다.

"공연장 크기가 어느 정도예요? 몇 명이나 들어갈 수 있어요?"

호지스는 밍고 대강당에 대해서 알고 있는 정보를 애써 환기한다.

"좌석 수가 4000개예요. 입석도 허용하는지 그건 모르겠네. 소방법규집에 그 부분은 어떻게 규정되어 있는지 기억이 나질 않아서."

"이번 공연 같은 경우에는 관람객들이 대부분 어린 여자애들이잖아. 몸에 휴대전화를 접붙이기라도 한 듯한 여자애들. 대부분 공연이 시작되길 기다리는 동안 수다를 떨겠지. 아니면 문자를 보내든지." 그녀는 낭패감에 눈이 접시만 해졌다. "회선 때문이야. 과부하가 걸려서. 제롬, 계속 전화해 봐. 연결될 때까지 계속 해야 해."

그는 멍하니 고개를 끄덕이지만 호지스를 쳐다보고 있다.

"친구한테 전화하세요. 보안실에 근무하는 그 분한테요."

"그래. 하지만 여기서는 말고 차에서 하자." 호지스는 다시 손목시계를 확인한다. 6시 50분이다. "MAC으로 가야지."

홀리는 얼굴 양옆으로 주먹을 쥔다.

"맞아요."

그녀가 말하자 호지스는 몇 시간 전에 그녀가 했던 말이 생각난다. 그들은 이 사람을 찾을 수 없어요. *우리는* 찾을 수 있어요.

호지스는 하츠필드와 대면하고 싶은 — 그의 손으로 하츠필드의 목을 쥐고 숨이 멎는 순간 그 자식의 눈이 튀어나오는 것을 보고 싶은 — 마음이 있지만 그녀의 말이 틀렸기를 바란다. 그들의 손에 달렸다면 이미 너무 늦었을지 모른다.

이번에는 제롬이 운전대를 잡고 호지스가 뒤에 탄다. 올리비아 트릴로니의 메르세데스는 시동이 늦게 걸리지만 일단 12기통 엔진이 돌아가기 시작하자 로켓처럼 진주하고…… 제롬은 어머니와 여동생의 목숨이 걸린 상황이니 만큼 사방에서 울려대는 경적 소리를 무시하며 차선을 넘나든다. 호지스의 계산에 따르면 20분 안으로 MAC에 도착할 수 있다. 이 아이 때문에 연쇄 추돌 사고가 벌어지지만 않는다면.

"보안실장한테 전화하세요!" 홀리가 조수석에서 외친다. "전화! 전화! 전화!"

호지스는 재킷 주머니에서 노키아를 꺼내며 제롬에게 우회도로 쪽으로 가라고 지시를 내린다.

"뒤에서 이래라저래라 하지 말고 전화나 하세요." 제롬이 말한다. "얼른요."

하지만 최근 통화 기록으로 들어가려는 순간 빌어먹을 노키아가 힘없이 삑 하는 소리를 내더니 꺼져 버린다. 마지막으로 충전을 한 게 언제였더라? 기억이 나지 않는다. 보안실 전화번호도 기억이 나지 않는다. 전화기에 의지하지 말고 수첩에다 적어 놨어야 하는 건데.

빌어먹을 기술문명. 그는 생각하지만…… 따지고 보면 누구 잘못이겠는가.

"홀리. 555-1900으로 전화한 다음에 나한테 전화기 줘요. 내 전화기는 죽어 버려서."

"알았어요. 그런데 여기 지역번호가 몇 번이에요? 내 전화기는……"

제롬이 상향등을 깜빡이고 "비켜!" 하고 고함을 지르며 소형 밴뒤에서 핸들을 확 하니 꺾어서 옆 차선의 SUV에게 똑바로 달려들자 그녀의 말이 중간에서 끊긴다. SUV가 방향을 틀고 제롬은 페인트한 겹 차이로 그 옆을 스치고 지나간다.

"……신시내티로 되어 있어서요."

홀리는 말을 맺는다. 목소리가 아주 침착하기 그지없다.

호지스는 그녀가 먹는 약을 자기도 먹어 봐야겠다고 생각하며 지역번호를 읊어 준다. 그녀가 번호를 누르고 좌석 너머로 전화기를 건넨다.

"경찰서입니다. 어디로 연결해 드릴까요?"

"기록계의 말로 에버렛하고 통화해야 하는데요, 지금 당장."

"죄송하지만 에버렛 씨는 30분 전에 퇴근했는데요."

"혹시 휴대전화 번호 아십니까?"

"죄송하지만 사적인 정보는……"

그가 헛수고일 게 분명한 입씨름으로 시간을 낭비하느니 전화를 끊는 순간, 제롬이 시속 100킬로미터로 달리며 우회도로 쪽으로 핸들을 꺾는다.

"뭣 때문에 그래요, 빌 아저씨? 왜……"

"입 다물고 운전이나 해, 제롬. 호지스 씨는 지금 최선을 다하고 있으니까."

사실 홀리는 아무한테도 연락이 안 되길 바라겠지. 호지스는 생각한다. 반드시 우리라야 하니까. 홀리가 초자연적인 심령술을 동원해서 그들의 사건으로 묶어 놓고 있는 거라는 말도 안 되는 발상이 그의 머릿속에 떠오른다. 가능성이 아예 없는 것도 아니다. 제롬의 운전 솜씨로 보건대 *아무* 관계자한테라도 연락이 닿기 전에 MAC에 도착할 기세다.

냉정하게 따졌을 때 어쩌면 그게 나을지 모른다. 누구와 연락이 닿건 밍고의 책임자는 래리 윈덤인데 호지스는 그를 믿지 못한다. 양은 냄비는 가서 깨부수자는 식의 행동파였는데 그 성격이 과연 변했을까 싶다.

그래도 노력은 해 보아야 한다.

그는 홀리의 전화기를 돌려주며 말한다.

"이 빌어먹을 전화기는 어떻게 쓰는 건지 모르겠네. 전화번호 안내 서비스에 연락해서……"

"먼저 제 여동생한테 전화해 보세요."

제롬이 말하고 번호를 속사포처럼 쏟아낸다.

홀리가 엄지손가락으로 바브라의 번호를 누르는데 하도 빨라서 잘 보이지도 않을 지경이다.

"음성사서함이야."

제롬은 욕을 하고 속도를 높인다. 호지스는 그의 어깨에 천사가 앉아 있기만을 바랄 따름이다.

"*바브라!*" 홀리가 고함을 지른다. 이제는 더 이상 중얼거리지 않는다. "*너랑 같이 있는 친구들이랑 당장 거기서 나와! 얼른! 빨리!*" 그녀는 전화를 끊는다. "또 어디라고요? 전화번호 안내 서비스?"

"네. MAC 보안실 번호 알아내서 전화 걸고 전화기를 다시 나한테 줘요. 제롬, 4A로 나가라."

"3B로 나가야 MAC인데요."

"앞문으로 들어가려면 그렇고. 우리는 뒷문으로 갈 거야."

"빌 아저씨, 만약 우리 엄마랑 동생이 다치면……"

"그럴 일 없어. 4A로 나가." 홀리가 전화번호 안내 서비스 직원과 너무 한참 동안 통화를 하고 있다. "홀리, 왜 그래요?"

"보안실 직통 번호가 없대요." 그녀는 다른 번호를 누르고 듣더니 그에게 전화기를 건넨다. "대표번호를 통해서 연결해 달라고 해야 해요."

그는 홀리의 아이폰을 귀에 대고 아플 정도로 세게 누른다. 신호가 간다. 간다. 또 간다.

2A와 2B 출구를 지나자 MAC이 보인다. 주크박스처럼 불을 밝혔고 주차장은 차량의 바다다. 드디어 전화 연결이 되지만 그가 뭐라고 내뱉기도 전에 기계가 여자 목소리로 일장 연설을 시작한다. 영어가 외국어라서 잘 하지 못하는 사람을 상대하듯 천천히 또박또박 읊는다.

"안녕하십니까. 더 나은 삶을 지향하며 모든 것이 가능한 중서부 문화 예술 센터에 전화해 주셔서 감사합니다."

호지스는 두 뺨과 목을 타고 흐르는 땀방울을 느끼며 홀리의 전화기를 으스러져라 붙잡고 가만히 듣는다. 7시 6분이다. 그 자식은 공연이 시작된 다음에야 일을 저지를 거라고, 록 공연은 늘 늦게 시작한다고 그는 속으로 중얼거린다(사실상 기도를 한다.).

기계가 다정하게 속삭인다.

"저희 센터는 여러분의 관심으로 유지되며, 현재 시립 교향악단과 올가을 소극장 공연의 시즌권을 판매 중입니다. 50퍼센트 할인을 받을 수 있을 뿐 아니라……"

"왜 그래요?"

3A와 3B 출구를 지나며 제롬이 큰 소리로 묻는다. 다음 표지판에 EXIT 4A 스파이어 대로 800m라고 적혀 있다. 제롬이 홀리에게 자기 전화기를 던져 주어서 홀리가 먼저 타냐에게, 그 다음으로 다시 바브라에게 전화를 하지만 소용이 없다.

"기계에 녹음된 우라질 광고가 나와." 호지스가 말한다. 그는 다시 어깨의 움푹 들어간 부분을 문지르고 있다. 통증이 꼭 치통 같다. "램프가 끝나는 지점에서 좌회전해. 그런 다음 한 블록쯤 가서 우회전해야 할 거다. 아니면 두 블록일 수도 있고. 아무튼 맥도널드 앞이야."

시속 130킬로미터로 달리고 있는데도 메르세데스의 엔진 소리는 최면 효과가 있는 부릉부릉 소리보다 살짝 시끄러운 수준이다.

"폭탄 터지는 소리가 들리면 저는 미쳐 버릴 거예요."

제롬이 무미건조한 목소리로 말한다.

"운전이나 해." 홀리가 말한다. 불을 붙이지 않은 담배가 그녀의 잇새에서 달랑거린다. "네가 교통사고만 내지 않으면 우린 아무 일 없어." 그녀는 다시 타냐의 번호를 누른다. "우리가 그 자를 잡을 거야. 우리가 그 자를 잡을 거야. 우리가 그 자를 잡을 거야."

제롬은 그녀를 흘끗 쏘아본다.

"홀리, 지금 제정신 아닌 거 알죠?"

"운전이나 하라니까." 그녀는 했던 말을 반복한다.

"또한 MAC 회원카드로 엄선된 고급 음식점과 이 지역 소매점에서 10퍼센트 할인을 받을 수 있습니다."

기계가 호지스에게 알려 준다.

그러고 나서 드디어 본론으로 들어간다.

"현재 사무실에서는 전화를 받을 수가 없습니다. 내선번호를 아시면 도중에 언제든 번호를 누르시면 됩니다. 모르시는 경우에는 선택항목이 바뀌었으니 잘 들어주시기 바랍니다. 애버리 존스 드라마 사무실은 10번. 벨린다 딘 매표소는 11번. 시립교향악단은……"

'오, 맙소사.' 호지스는 생각한다. '이건 빌어먹을 시어스 카탈로그랑 비슷하잖아. 거기다 알파벳 순서라니.'

제롬이 4A 출구로 빠져나가서 곡선 램프를 쌩하니 내달리자 메르세데스가 차체를 낮추며 방향을 튼다. 램프 아래 신호등이 빨간색이다.

"홀리. 그쪽 어때요?"

그녀는 전화기를 귀에 댄 채로 확인한다.

"서두르면 괜찮아. 우리를 죽이고 싶으면 천천히 가고."

제롬은 액셀러레이터를 밟는다. 올리비아의 메르세데스가 끼이익하는 소리를 내며 4차로를 가로질러서 급좌회전을 한다. 콘크리트분리대를 타고 넘자 쿵 소리가 난다. 사방에서 현란한 경적 소리가 불협화음을 연출한다. 호지스가 흘끗 확인한 바로는 소형 밴이 그들을 피하느라 인도로 올라갔다.

"공예와 무대 디자인은……"

호지스는 메르세데스 지붕을 주먹으로 때린다.

"우라질 인간들은 다 어디 간 거야?"

오른쪽 앞에서 맥도널드의 금색 아치가 등장했을 무렵, 기계가 MAC의 보안실은 32번을 누르면 된다고 알려준다.

그는 32번을 누른다. 신호가 네 번 떨어졌을 때 누군가가 전화를 받는다. 수화기 너머에서 흘러나오는 소리를 들었을 때 그는 자기가 혹시 실성한 게 아닌가 하는 의심을 한다.

"안녕하십니까." 기계가 여자 목소리로 다정하게 이야기한다. "더 나은 삶을 지향하며 모든 것이 가능한 중서부 문화 예술 센터에 전화해 주셔서 감사합니다."

"왜 공연이 시작되지 않는 거예요, 로빈슨 아주머니?" 다이나 스코트가 묻는다. "벌써 7시 10분인데."

타냐는 그녀가 고등학생 때 갔었던 스티비 원더 공연은 8시에 시작하기로 되어 있었는데 결국 9시 30분이 되어서야 막을 올렸다는 이야기를 해줄까하다 역효과를 낳을지 모른다는 결론을 내린다.

힐다는 자기 전화기를 보며 얼굴을 찡그린다.

"게일한테 계속 연락이 안 돼." 그녀는 투덜거린다. "모든 회선이 통화 중이라……"

그녀가 말을 채 끝내기도 전에 조명이 어두워지기 시작한다. 그러자 격렬한 환호성과 박수갈채가 터진다.

"어떡해. 엄마, 진짜 가슴이 두근거려요!"

바브라가 속삭이고, 타냐는 딸의 눈에 고인 눈물을 보고 가슴이 뭉클해진다. BAM-100 GOOD Guys라고 적힌 티셔츠를 입은 남자가 거들먹거리며 걸어나온다. 스포트라이트가 무대 중앙까지 그를 따라서 움직인다.

"안녕하세요!" 그가 외친다. "만나서 반갑습니다!"

새로운 소음의 물결이 그에게 매진 관객들의 인사를 전한다. 타냐가 보니 두 줄로 앉은 휠체어 장애인들도 박수를 치고 있다. 민머리 남자만 예외다. 사진을 떨어뜨릴까봐 그러나 보다. 타냐는 생각한다.

"보이드, 스티브, 피트 만날 준비됐나요?"

진행을 맡은 DJ가 묻는다.

다시 환호성과 비명이 터진다.

"그리고 캠 놀스 만날 준비도 됐나요?"

(우상을 실제로 만나면 놀라서 벙어리가 될) 아이들이 열광적으로 비명을 지른다. 준비가 되다마다요. 암요, 준비가 됐죠. 이대로 죽어도 좋아요.

"몇 분 있으면 눈이 휘둥그레질 세트가 등장하겠지만, 하지만 신사숙녀 여러분 ─ 특히 소녀팬 여러분 ─ 지금은 이분들을 위해서 잠깐만 참아 주세요. 소개합니다…… 라운드…… 히어어어어!!!"

관객들이 벌떡 일어나고, 무대 조명이 꺼지면서 완벽한 어둠으로 덮이자 타냐는 아이들이 왜 전화기가 필요하다고 했는지 이해한다. 그녀의 시절에는 다들 성냥 아니면 빅 라이터를 켜서 들었다. 이 아이들이 휴대전화를 들자 그 조그만 화면에서 나온 불빛이 사발 모양의 대강당을 창백한 달빛처럼 비춘다.

이런 걸 얘들이 어떻게 알았을까? 그녀는 궁금해진다. 도대체 누구한테 들었을까? 그러고 보니 우린 누구한테 들었을까?

기억이 나지 않는다.

용광로처럼 눈부신 빨간색 조명이 무대를 비춘다. 그 순간 전파가 꽉 막힌 통신망을 뚫자 바브라 로빈슨의 전화기가 그녀의 손 안에서 진동한다. 그녀는 무시한다. 걸려 온 전화를 받는 것이야말로 지금 이 순간 가장 하고 싶지 않은 일일 뿐더러(길지 않은 그녀의 인생사상

처음 있는 일이다.) 받은들 상대방 ─ 아마 오빠일 것이다. ─ 의 목소리가 들리지도 않을 것이다. 지금 밍고는 소음으로 귀가 먹먹할 지경인데…… 바브는 그게 좋다. 그녀는 진동으로 울리는 전화기를 머리 위로 들고서 천천히 큼지막한 포물선을 그리며 왔다갔다 흔든다. 모두들, 심지어 그녀의 엄마까지 그러고 있다.

라운드 히어의 리드 싱어가, 타냐 로빈슨이 지금까지 본 중에서 가장 타이트한 청바지를 입고 무대로 걸어나온다. 캠 놀스가 구불구불한 금발을 뒤로 휙 넘기고「유 돈 해브 투 비 론리 어겐」을 부르기 시작한다.

대부분의 관객들이 휴대전화를 들고 계속 서 있다. 공연이 시작됐다.

메르세데스는 스파이어 대로에서 벗어나 MAC 물품 배달과 직원 전용이라고 적힌 입간판이 서 있는 지선 도로로 들어선다. 400미터 앞에 바퀴 달린 문이 보인다. 닫혀 있다. 제롬은 인터컴이 달린 기둥 옆에 차를 세운다. 여기에는 진입시 호출 요망이라고 적혀 있다.

"경찰이라고 해." 호지스가 말한다.

제롬은 창문을 내리고 버튼을 누른다. 아무 반응이 없다. 그가 이번에는 좀 더 오랫동안 버튼을 누른다. 호지스는 끔찍한 생각이 떠오른다. 또 그 기계가 등장해서 수십 개의 번호를 나열하면 어떻게 하느냐는 것이다.

이번에는 인간이 받는다. 하지만 응대가 친절하지는 않다.

"뒷문 잠겼는데요."

"경찰입니다." 제롬이 말한다. "문 여세요."

"무슨 일인데요?"

"얘기했잖아요. 당장 문 열어요. 긴급 상황이에요."

문이 느릿느릿 열리기 시작하지만 제롬은 전진하지 않고 다시 버튼을 누른다.

"보안요원인가요?"

"관리실장이에요." 상대방이 치직거리는 소음 사이로 대답한다. "보안요원을 만나고 싶으면 보안실로 연락하세요."

"거긴 아무도 없어." 호지스가 제롬에게 이야기한다. "전부 다 대강당으로 출동해서. 얼른 *가자*."

제롬은 출발한다. 문이 다 열리지 않은 상태라 수리한 메르세데스의 양면이 긁힌다.

"어쩌면 보안요원들이 그 자를 잡았을지 몰라요. 인상착의를 아니까 어쩌면 이미 잡았을지 몰라요."

"아니야." 호지스가 말한다. "그 자는 지금 저 안에 있어."

"어떻게 알아요?"

"들어 봐."

아직 음악 소리를 들리지 않지만, 운전석 쪽 창문을 열어 놓아서 쿵쿵대는 베이스 소리가 들린다.

"공연이 시작됐잖아. 만약 원덤의 직원들이 폭탄을 들고 온 남자를 잡았다면 당장 건물을 폐쇄하고 사람들을 대피시켰을 거야."

"무슨 수로 들어갔을까요?" 제롬이 물으며 핸들을 때린다. "무슨 수로?"

호지스는 아이의 목소리에 깃든 공포를 느낄 수 있다. 다 그 때문이다. 모든 게 그 때문이다.

"전혀 모르겠다. 그들이 사진을 가지고 있었는데."

하역장으로 향하는 넓은 콘크리트 램프가 전면에 등장한다. 당분간 할 일이 없는 대여섯 명의 로드매니저들이 앰프 상자에 앉아서 담배를 피우고 있다. 대강당 뒤쪽으로 들어가는 문이 열려 있고, 그 문을 통해 베이스를 중심으로 어우러진 음악 소리가 들린다. 다른 소리도 들린다. 핵폭탄이 터지는 제로 지점에 앉아 있는 수천 명의 여자아이들이 지르는 행복한 비명이다.

하츠필드를 찾는 데 도움이 되지 않는 이상, 그가 무슨 수로 입장했는지는 더 이상 중요한 문제가 아니다. 그런데 수천 명이 운집한 어두컴컴한 대강당 안에서 도대체 무슨 수로 그를 찾을 수 있을까.

제롬이 램프가 끝나는 지점에 차를 세우자 홀리가 말한다.

"드 니로는 모호크족으로 변신했잖아요. 그 수법을 썼을지 몰라요."

"그게 무슨 소리요?"

호지스가 뒷좌석에서 끙끙대고 내리며 묻는다. 카키색 칼하트 작업복을 입은 남자가 그들을 맞이하러 열린 문 앞으로 나온다.

"「택시 드라이버」에서 로버트 드 니로가 트래비스 비클이라는 사이코 역을 맡았거든요." 다 같이 관리실장을 향해 서둘러 발걸음을 옮기는 가운데 홀리가 설명한다. "정치인을 암살하기로 결심했을 때 정체를 들키지 않고 가까이 접근할 수 있도록 머리를 밀어요. 모호크족처럼 한가운데만 남기고. 브래디 하츠필드는 그러지는 않았겠죠. 그러면 너무 희한하게 보일 테니까."

호지스는 욕실 세면대에 남아 있던 머리카락을 떠올린다. 죽은 여자의 밝은 색(아마도 염색한 것이겠지만) 머리카락이 아니었다. 홀리가 제정신이 아닐지 몰라도 이 부분에 있어서만큼은 제대로 짚었다는 생각이 든다. 하츠필드는 머리를 민 것이다. 그렇다 하더라도 어떻게 그 방법으로 충분할 수 있었는지……

관리실장이 앞으로 걸어나와서 그들을 맞는다.

"무슨 일이죠?"

호지스는 신분증을 꺼내고 이번에도 엄지손가락을 전략적으로 활용해서 슬쩍 보여준다.

"빌 호지스 형삽니다. 성함이 어떻게 되시죠?"

"제이미 갤리슨입니다."

그의 시선이 제롬과 홀리에게로 흘끗 옮겨간다.

"저는 파트너예요." 홀리가 말한다.

"저는 수습이고요." 제롬이 말한다.

로드매니저들이 지켜보고 있다. 몇몇은 담배보다 약간 강한 성분이 들어 있을지 모르는 연초를 허둥지둥 끈다. 열린 문 너머로, 소품과 캔버스 배경막이 가득 쌓인 창고를 비추는 전등이 보인다.

"갤리슨 씨, 심각한 문제가 생겼습니다." 호지스가 말한다. "래리 윈덤을 당장 여기로 호출해 주세요."

"그러지 마요, 빌."

호지스는 스트레스가 점점 가중되는 와중에도 홀리가 처음으로 그의 이름을 불렀다는 것을 알아차린다.

그는 그녀의 말을 무시한다.

"휴대전화로 연락 부탁합니다."

갤리슨은 고개를 젓는다.

"보안요원들은 근무 중에 휴대전화를 들고 다니지 않아요. 대형 공연 — 그러니까 대형 아이들 공연 말이죠. 어른들 공연은 달라요. — 이 있을 때마다 회선이 마비되거든요. 근무 중에는 뭘 들고 다니느냐면……"

홀리가 호지스의 팔을 잡아당긴다.

"그러지 마요. 그러면 겁에 질려서 빵 터뜨릴 거예요. 분명해요."

"맞는 말일 수 있어요." 제롬은 이렇게 말하고 나서 (수습 경찰인 자신의 신분을 떠올리고) 살짝 덧붙인다. "반장님."

갤리슨은 놀란 얼굴로 그들을 쳐다본다.

"겁에 질리다니요? 빵 터뜨리다니요?"

호지스의 시선은 계속 관리실장에게 박혀 있다.

"그러면 뭘 들고 다닌다는 겁니까? 워키토키? 무전기?"

"네, 무전기요. 그리고……" 그는 자기 귀에서 뭔가를 꺼낸다. "보청기처럼 생긴 이런 걸 귀에 꽂죠. FBI나 첩보요원처럼. 무슨 일입니까? 설마 폭탄은 아니겠죠?" 그러더니 새하얗게 질린 얼굴로 땀을 흘리는 호지스가 마음에 걸리는지 이렇게 되묻는다. "맙소사. 맞아요?"

호지스는 그를 지나쳐서 동굴 같은 창고 안으로 들어간다. 소품, 플랫, 악보대가 다락방처럼 쌓여 있고 거길 지나면 목공소와 옷가게다. 음악 소리가 전보다 더 시끄럽게 들리고 호지스는 숨을 쉬기가 힘들어진다. 통증이 왼팔을 타고 흐르고 가슴이 너무 묵직하게 느껴지지만 머릿속은 맑다.

브래디는 머리를 밀거나 짧게 쳐서 염색을 했다. 피부색이 짙어 보이도록 화장을 했거나 칼라 렌즈나 안경을 꼈을 수도 있다. 하지만 그렇더라도 여자아이들로 가득한 공연장에 혼자 온 남자라는 사실에는 변함이 없다. 그가 윈덤에게 경고한 게 있으니 하츠필드는 어느 정도 주목을 받고 의심을 샀을 것이다. 그리고 폭탄. 홀리와 제롬도 폭탄의 존재를 알지만 호지스는 아는 게 한 가지 더 있다. 볼 베어링이 엄청나게 많다는 것. 그가 문 앞에서 잡히지 않았다 치더라도 무슨 수로 그 많은 볼 베어링을 들고 입장할 수 있었을까? 이 건물의 보안이 그 정도로 형편없는 걸까?

갤리슨이 그의 왼팔을 잡고 흔들자 통증이 호지스의 관자놀이까지 전해진다.

"제가 갈게요. 아무 보안요원이라도 보이면 윈덤에게 무전을 쳐서 여기로 오라고 전해 달라고 할게요."

"아뇨." 호지스가 말한다. "그건 안 됩니다."

그들 중에서 전후 상황을 제대로 파악하고 있는 사람은 홀리 기브니뿐이다. 미스터 메르세데스가 안에 있다. 그는 폭탄을 가지고 있고, 하느님이 보우하사 아직 그것을 터뜨리지 않았다. 경찰이 개입하기에도 너무 늦었고 MAC의 보안요원이 개입하기에도 너무 늦었다. 그가 개입하기에도 너무 늦었다.

하지만.

호지스는 빈 상자에 앉는다.

"제롬. 홀리. 이리 와."

두 사람이 건너온다. 제롬은 공포를 감당하지 못해서 눈의 흰자위만 보인다. 홀리는 안색이 창백하기는 하지만 겉보기에는 침착하다.

"머리를 미는 정도로는 부족했을 거야. 해코지를 하지 않을 만한 사람으로 보여야 했겠지. 무슨 수로 그랬는지 알 것 같은데, 내 짐작이 맞다면 지금 어디 앉아 있는지 알겠어."

"어디요?" 제롬이 묻는다. "알려 주세요. 우리가 가서 잡을게요. 우리가 잡을게요."

"쉽지 않을 거야. 지금쯤 주변을 계속 살피면서 경계 태세를 갖추고 있을 테니까. 그리고 그 자는 너를 알아, 제롬. 그 빌어먹을 미스터 테이스티 트럭에서 네가 아이스크림을 산 적이 있잖니. 네 입으로 얘기했잖아."

"아이스크림을 산 사람이 수천 명은 될 거예요."

"그렇겠지. 하지만 웨스트 사이드에 사는 흑인이 몇이나 되겠니?"

제롬은 아무 말도 하지 않는다. 이제는 그가 입술을 씹고 있다.

"폭탄 크기가 얼마나 되는데요?" 갤리슨이 묻는다. "화재경보를 울릴까요?"

"사람들을 떼로 죽이고 싶으면 그렇게 하세요." 호지스가 말한다. 말을 하기가 점점 힘들어지고 있다. "그 자는 위험을 감지한 순간 폭탄을 터뜨릴 테니까. 그러길 바라십니까?"

갤리슨은 아무 대꾸도 하지 않는다. 호지스는 하늘에서 — 아니면 운명의 장난으로 — 오늘 저녁에 그에게 점지한, 파트너 같지 않은 두 파트너 쪽으로 다시 고개를 돌린다.

"속는 셈치고 너한테 맡길 수는 없어, 제롬. 그리고 내가 나설 수도 없지. 그는 내가 그의 존재를 알아차리기 훨씬 전부터 나를 스토킹하던 작자니까."

"뒤에서 접근할게요. 안 보이는 쪽에서 기습할게요. 무대 조명밖에 없고 어두컴컴해서 저를 보지 못할 거예요."

"만약 그가 내가 예상한 그 자리에 있다면 성공 확률이 기껏해야 50퍼센트밖에 안 돼. 그 정도로는 부족하지."

호지스는 머리가 희끗희끗하고 얼굴은 십 대 노이로제 환자처럼 생긴 여자 쪽으로 고개를 돌린다.

"홀리, 당신이 맡아 줘야 해요. 그 자는 지금쯤 도화선 위에 손을 얹어 놓고 있을 텐데 정체를 들키지 않고 접근할 수 있는 사람이 당신밖에 없어요."

그녀는 너덜너덜한 입술을 한 손으로 막고, 그것으로는 부족해서 다시 한 손을 그 위에 얹는다. 눈이 접시만 하고 축축하다. '주여, 굽어 살피소서.' 호지스는 생각한다. 홀리 기브니와 관련해서 이런 생각을 한 것이 처음도 아니다.

"당신이 같이 가 준다면요." 그녀가 입을 막은 채로 말한다. "그러면……"

"안 돼요." 호지스가 말한다. "내가 지금 심근경색이 와서."

"아이고 맙소사." 갤리슨이 신음 소리를 낸다.

"갤리슨 씨, 여기 장애인 구역이 있죠? 그렇죠?"

"그럼요. 강당 중간이에요."

폭탄만 잘 감춰서 들고 들어간 게 아니라 사상자 숫자를 극대화하기에 완벽한 자리를 잡았군. 호지스는 생각한다.

"두 사람 잘 들어. 두 번 얘기하게 하지 말고."

MC의 소개 멘트를 듣고 브래디는 살짝 긴장이 풀린다. 그가 정찰하러 왔을 때 트럭에서 옮기는 것을 목격한 허접한 축제 세트는 무대 뒤에 있거나 위에 걸려 있는 모양이다. 처음 네댓 곡은 그냥 워밍업이다. 조만간 세트가 양옆에서 등장하거나 천장에서 떨어질 것이다. 이 밴드의 주요 목적이자 이 강당을 찾은 이유가 최근에 공개한 쓰레기 같은 음원을 파는 것일 테니까. 눈부시게 반짝이는 조명과 대관람차와 해변을 연상시키는 배경을 보면 아이들 ─ 대부분 가수의 공연을 처음 보는 아이들 ─ 은 정신을 잃을 것이다. 그때, 바로 *그때* 그는 2번 발명품에 달린 토글스위치를 눌러서 행복이라는 황금빛 비눗방울을 타고 어둠 속으로 날아갈 것이다.

머리가 긴 리드싱어가 무릎을 꿇고 달짝지근한 발라드를 마무리하고 있다. 고개를 숙이고 꼴사납게 오버해 가며 마지막 음을 길게 뺀다. 노래 실력이 형편없고 약물중독으로 이미 유통기한이 지났을 수도 있는데, 그가 고개를 들고 *"여러분, 안녕하세요?"* 하고 우렁차게 외치자 관객들은 예상대로 광분한다.

브래디는 몇 분마다 한 번씩 주위를 둘러보는데 ─ 호지스가 예상한 대로 주변을 살피는 중이다. ─ 이번에는 오른쪽으로 두세 줄 위에 앉은 흑인 여자아이가 그의 눈에 들어온다.

내가 아는 앤가?

"누구 찾으세요?"

첫 곡에서 다음 곡으로 넘어갈 때, 다리 대신 막대가 달린 예쁘장한 여자아이가 큰 소리로 묻는다. 뭐라고 하는지 거의 들리지도 않는다. 브래디는 환하게 웃고 있는 그 아이를 보며, 다리 대신 막대가 달린 아이가 웃을 일이 있다니 어이가 없다는 생각을 한다. 세상이 그녀를 국물도 없이 야작 냈는데 어떻게 그냥 미소도 아니고 달덩이처럼 함박웃음을 지을 수 있을까? 그는 약에 취했나 보다고 생각한다.

"친구!" 브래디가 큰 소리로 대답한다.

친구가 있기라도 한 것처럼.

그런 것처럼.

갤리슨이 앞장서서 홀리와 제롬을…… 어디론가 데려간다. 호지스는 상자 위에 앉아서 고개를 숙이고 양손을 허벅지 위에 올려놓는다. 로드매니저 한 명이 머뭇머뭇 다가와서 구급차를 불러주느냐고 묻는다. 호지스는 고맙지만 됐다고 한다. 라운드 히어의 소음에 가려서 구급차가 (아니면 다른 뭐라도) 달려오는 소리가 브래디의 귀에 들릴 리 없겠지만 그래도 만전을 기해야 한다. 설마하다 제롬의 어머니와 여동생을 비롯해서 밍고 대강당의 모든 관객의 목숨이 위험에 처하는 이 지경에 이르지 않았는가. 그는 또다시 무리수를 두느니 죽는 편이 낫고, 이 엿 덩어리의 자초지종을 설명할 필요없이 죽을 수 있기를 바라는 마음이다.

하지만…… 제이니. 웃으며 그에게 빌린 페도라를 딱 알맞은 각도로 삐딱하게 쓰던 제이니를 떠올리면 그때로 돌아가더라도 똑같이 할 거라는 생각이 든다.

뭐…… 전부 다는 아니다. 다시 한 번 기회가 주어진다면 멜번 부인의 말을 좀 더 귀담아 들을 것이다.

부인은 외계인들이 우리 사이를 돌아다닌다고 생각해요. 보우핑거는 이렇게 말했고 두 남자는 빙그레 웃었지만, 비웃음을 당해 마땅한 쪽은 그들이었다. 멜번 부인의 말이 맞았으니까. 브래디 하츠필드는 정말 외계인이었고 줄곧 그들 사이에서 컴퓨터를 고치고 아이스크림을 팔았다.

홀리와 제롬은 떠났고, 제롬은 호지스의 아버지가 쓰던 38구경을 들고 갔다. 미성년자의 손에 장전이 된 총을 쥐여 주고 인산인해를 이룬 강당으로 보낸 것에 깊은 회의가 든다. 평상시에는 아주 침착한 아이지만, 엄마와 여동생이 위험한 상황에서는 평정심을 잃을 가능성이 크다. 하지만 홀리를 보호할 사람이 필요하다. *너는 지원군이라는 걸 잊으면 안 돼.* 호지스는 두 사람이 갤리슨과 출발하기 전에 못을 박았지만, 제롬은 알았다고 하지 않았다. 제롬이 그의 말을 제대로 들었는지도 모르겠다.

아무튼 호지스는 할 수 있는 일을 다 했다. 이제 남은 것은 여기 앉아서 고통과 싸우고 숨을 고르며 폭탄이 터지는 소리가 들리지 기만을 기도하는 것뿐이다.

홀리 기브니는 십 대 때 한 번, 이십 대 때 한 번, 이렇게 두 번 보호 시설 신세를 진 적이 있었다. 나중에(이른바 성인이 되고 나서) 만난 정신과 의사는 강제로 주어진 그 휴식기를 현실과의 단절이라고 표현하면서 좋지는 않지만 그래도 많은 사람들이 극복하지 못하는 정신적인 단절보다는 낫다고 했다. 홀리는 그런 단절을 좀 더 간단한 이름으로 불렀다. 그녀가 평소에는 경미한 또는 적절한 멘붕 상태로 지낸다면 그것은 완전 멘붕에 해당한다.

그녀가 이십 대에 완전 멘붕을 일으킨 이유는 프랭키 미첼 파인 부동산이라는 신시내티 부동산업체에서 같이 일한 상사 때문이었다. 상사인 프랭키 미첼 2세는 얼굴이 똑똑한 송어처럼 생긴 멋쟁이였다. 그는 그녀의 업무 능력이 수준 미달이고 동료들이 그녀를 모두 싫어하기 때문에 자기가 계속 뒷감당을 해 주어야 그녀가 회사에 남을 수 있다고 주장했다. 그러면서 자기랑 자 주면 계속 뒷감당을 해주겠다고 했다. 홀리는 프랭키 미첼 2세와 자기도 싫고 회사에서 잘리기도 싫었다. 회사에서 쫓겨나면 아파트에서도 쫓겨날 테고, 그러면 집으로 들어가서 비실비실한 아버지와 고압적인 어머니와 함께 살아야 했다. 그녀는 결국 어느 날 일찍 출근해서 프랭키 미첼 2의 사무실을 엉망으로 만들어 놓는 것으로 갈등을 해결했다. 사람들에게 발견됐을 때 그녀는 자기 자리 한쪽 구석에 웅크리고 앉아 있었다. 손끝에서 피가 났다. 덫에서 빠져나오려는 동물처럼 하도 물어뜯었기 때문이었다.

그녀가 태어나서 처음으로 완전 멘붕을 일으킨 원인은 마이크 스터드번트였다. 그는 옹알옹알이라는 전염성 강한 별명을 만들어 낸 원흉이었다.

그 당시 홀리는 이제 막 솟아나기 시작한 젖가슴을 책으로 가리고 군데군데 여드름이 난 얼굴을 머리카락으로 덮은 채 여기서 저기로 허둥지둥 옮겨 다니는 것 말고는 아무 데도 관심이 없는 고등학교 1학년생이었다. 하지만 그녀에게는 여드름보다 훨씬 심각한 문제가 있었다. 불안 장애. 우울 장애. 수면 장애.

그 중에서도 가장 심각한 것이 자기 자극이었다.

자기 자극은 언뜻 자위 행위와 비슷하게 들릴 수 있지만 그게 아니다. 종종 혼잣말이 수반되는 강박적인 동작이다. 손톱을 물어뜯거나 입술을 씹는 것이 가벼운 자기 자극이다. 그보다 정도가 심한 사람들은 손을 흔들고, 자기 가슴과 뺨을 때리며, 보이지 않는 무거운 물건을 드는 것처럼 몸을 웅크리고 다닌다.

홀리는 약 여덟 살 때부터 양팔로 어깨를 감싸고 온몸을 부들부들 떨며, 찡그린 얼굴로 혼잣말을 중얼거리기 시작했다. 5초에서 10초 동안 그러고 난 다음 하던 일 — 책 읽기, 바느질, 아버지와 함께 집 앞 진입로에서 농구하기 — 을 계속했다. 어머니가 그걸 보고 얼굴 찡그리면서 부들부들 떨지 말라고, 그러면 사람들이 발작을 일으키는 줄 알 거라고 하기 전에는 자기가 그러는 줄도 몰랐다.

마이크 스터드번트는 나중에 고등학교 시절을 돌아보며 그때가 인생의 황금기였다고 자평할, 덜떨어진 인간이었다. 3학년이었고 신이 내린 외모 — 캠 놀스와 많이 닮았다. — 를 자랑했다. 어깨는 떡 벌어졌고 골반은 좁았고 다리는 길었고 머리는 하도 금발이라 꼭 후광 같았다. (당연히) 미식축구팀이었고 (당연히) 치어리더 단장과 사귀었다. 그는 고등학교 위계 체제상 홀리 기브니와 계급이 전혀 달라서 평소 같았으면 그녀가 그의 눈에 띌 일이 없었다. 그런데 어느 날, 그녀가 식당으로 가는 길에 자기 자극을 일으킨 게 발단이었다. 마이크 스터드번트와 같이 미식축구를 하는 친구들 몇 명이 그때 우연히 그 옆을 지나가고 있었던 것이다.

그들은 걸음을 멈추고 그녀 ─ 자기 몸을 끌어안고 부들부들 떨며, 입가를 늘어뜨려 우거지상을 짓고 실눈을 뜬 여학생 ─ 를 빤히 쳐다보았다. 꽉 다문 그녀의 잇새에서 뭔지 모를 조그만 소리 ─ 단어일 수도 있고 아닐 수도 있는 ─ 가 연거푸 흘러나왔다.

"너 지금 뭐라고 옹알거리는 거냐?" 마이크가 그녀에게 물었다.

홀리는 어깨를 잡고 있던 손을 놓고 깜짝 놀란 얼굴로 그를 쳐다보았다. 그가 무슨 소리를 하는 건지 알 수가 없었다. 그가 그녀를 빤히 쳐다보고 있다는 것만 알 수 있을 따름이었다. 그의 친구들까지 전부 다 그녀를 빤히 쳐다보고 있었다. 그러면서 씩 웃고 있었다.

그녀는 멍하니 되물었다.

"뭐가?"

"옹알거린다고!" 마이크는 버럭 고함을 질렀다. "옹알옹알 어쩌고 저쩌고!"

그녀가 고개를 숙이고 사람들과 부딪쳐가며 식당으로 뛰어가는 동안 다른 아이들까지 그의 말을 따라했다. 그때부터 홀리 기브니는 월넛힐스 고등학교 학생들 사이에서 '옹알옹알이'라고 불리기 시작해서 크리스마스 방학 이후까지 그랬다. 그리고 그 무렵, 그녀는 욕조에 알몸으로 웅크리고 앉아 있는 자신을 발견한 어머니에게 월넛힐스에 다시는 가지 않겠다고 했다. 억지로 가게 하면 죽어 버리겠다고 했다.

짜잔! 이것이 바로 완전 멘붕!

상태가 (조금) 나아지자 그녀는 스트레스가 (조금) 적은 다른 학교로 전학했다. 그 뒤로 두 번 다시 마이크 스터드번트를 볼 일이 없었지만 그녀는 지금도 사람들이 그녀를 손가락질하며 웃고 웅얼웅얼이라고 놀리는 가운데 끝없는 복도를 달리는 — 어떨 땐 속옷 차림으로 — 꿈을 꾼다.

그녀는 제롬과 함께 관리실장을 따라서 밍고 대강당 지하의 빽빽한 방들을 지나며 그 소중했던 고등학교 시절을 떠올린다. 그녀는 브래디 하츠필드가 머리만 밀었을 뿐 마이크 스터드번트와 똑같은 인간일 거라고 결론을 내린다. 마이크가 지금 어디 살고 있는지 몰라도 똑같이 대머리였으면 좋겠다는 생각이 든다. 대머리에…… 뚱뚱하고…… 당뇨병 위험군으로…… 잔소리 심한 아내와 고마워할 줄 모르는 아이들에게 시달리는……

옹알옹알. 그녀는 생각한다.

'원수를 갚아 주마.'

갤리슨은 목공소와 옷가게와 옹기종기 모인 분장실을 지나서 플랫과 완성된 세트를 옮길 수 있을 만큼 넓은 복도로 그들을 안내한다. 복도 저편에 문이 열린 화물용 엘리베이터가 있다. 행복한 노랫소리가 통로를 타고 흘러 내려온다. 지금 노래는 주제가 사랑과 춤이다. 둘 다 홀리하고는 전혀 상관없는 분야다.

"엘리베이터는 탈 수 없어요." 갤리슨이 말한다. "무대 뒤편으로 연결돼서 무대를 관통하지 않는 한 강당으로 건너갈 방법이 없으니까요. 아까 그 분, 진짜로 심근경색인가요? 두 분, 진짜 경찰이에요? 그쪽은 경찰 같아 보이지 않는데." 그는 제롬을 흘끗 쳐다본다. "너무 어려서." 그러더니 좀 전보다 더 미심쩍어하는 얼굴로 홀리를 돌아본다. "그리고 그쪽은……"

"너무 비정상 같아요?" 홀리가 거든다.

"누가 그렇대요?"

말로는 아니라고 할지 몰라도 속으로는 그렇게 생각하고 있을 것이다. 홀리는 안다. 한때 옹알옹알이라고 불렸던 아이는 알 수밖에 없다.

"경찰을 부르겠어요." 갤리슨이 말한다. "*진짜* 경찰을. 그리고 이게 만약 무슨 장난이라면……"

"마음대로 하세요."

제롬은 대꾸하며 안 될 게 뭐냐고 생각한다. 원하면 주 방위군을 불러도 된다. 이런 식으로든 저런 식으로든 몇 분 안으로 끝날 테니까. 제롬은 그렇다는 것을 알고, 표정을 보면 홀리도 알고 있다. 호지스에게 받은 총이 주머니에 들어 있다. 묵직하고 묘하게 따뜻하다. 열 살인가 열한 살 때 생일선물로 (어머니는 내키지 않아 했다.) 공기총을 받은 이래 총을 지녀 본 적이 없었는데, 이 총은 *살아* 있는 것처럼 느껴진다.

홀리가 엘리베이터 왼쪽을 가리킨다.

"저 문은 뭐죠?" 갤리슨은 얼른 대답을 하지 않는다. "도와주세요. 부탁할게요. 어쩌면 우리는 진짜 경찰이 아닐 수 있고 당신의 짐작이 맞을지 모르지만, 아주 위험한 인물이 오늘 저녁 객석에 앉아 있는 건 사실이에요." 그녀는 심호흡을 하고, 사실이기는 하지만 그녀조차 잘 믿기지 않는 말을 한다. "우리가 유일한 희망이에요."

갤리슨은 고민을 하고 나서 대답한다.

"올라가면 강당 왼쪽이 나와요. 계단이 길어요. 끝에 문이 두 개 있어요. 왼쪽은 밖으로 나가는 문이에요. 오른쪽이 무대 옆쪽으로 나가는 문이고요. 무대하고 워낙 가까워서 음악 소리 때문에 고막이 찢어질 거예요."

제롬은 주머니에 넣은 권총 손잡이를 만지작거리며 묻는다.

"장애인 구역은 정확히 어딘데요?"

브래디가 *아*는 아이다. 분명 *아*는 아이다.

처음에는 혀끝에서 단어가 맴돌 듯 누군지 생각이 나지 않는다. 그러다 밴드가 댄스플로어 위에서 사랑을 나누는 노래를 시작하자 생각이 난다. 호지스가 아끼는 아이가 사는, 백인 이름을 쓰는 검둥이들이 사는 티베리 가의 그 집. 물론 애완견은 예외다. 애완견은 오델이라는 검둥이 이름으로 불리는데, 브래디가 그 녀석을 죽이려다…… 어머니를 죽이고 말았다.

브래디는 그 검둥이가 뒤룩뒤룩한 전직 경찰관의 집 잔디를 깎느라 발목에 파란 잔디를 묻히고 미스터 테이스티 트럭으로 달려왔던 날을 기억한다. 아이의 여동생은 이렇게 외쳤다. *나는 초콜릿 사 줘! 부탁할게에에에.*

여동생의 이름이 바브라인데, 여기서 만나니 두 배로 못생겨 보인다. 바로 그 아이가 오른쪽으로 두 줄 뒤에 친구들과 어머니일 수밖에 없는 여자와 앉아 있다. 제롬은 보이지 않고, 브래디는 잔인한 기쁨을 만끽한다. 제롬은 살려 두자. 그래도 괜찮다.

하지만 여동생 없이 살게 하자.

아니면 어머니 없이.

그게 어떤 기분인지 느끼게 하자.

그는 계속 바브라 로빈슨을 쳐다보며 손가락을 슬금슬금 프랭키의 사진 아래로 넣어서 2번 발명품의 토글스위치를 찾는다. 어머니가 — 어쩌다 한 번씩 운 좋게 — 허락했을 때 젖꼭지를 쓰다듬었던 것처럼 얇은 티셔츠 위로 그 스위치를 쓰다듬는다. 무대 위에서는 라운드 히어의 리드싱어가 그렇게 타이트한 청바지를 입고 그러면 불알이 쭈그러들지 않을까 싶은데(불알이 있긴 하다는 가정 아래) 다리를 찢고, 벌떡 일어나서 무대 가장자리로 다가간다. 계집애들이 비명을 지른다. 계집애들이 그를 만지기라도 하려는 것처럼 손을 내밀고, 풋라이트에 손톱을 반짝여 가며 — 온갖 유치한 색깔들로 칠해 놓았다. — 손을 흔든다.

"여러분, 놀이공원 좋아해요?" 캠이 외친다.

아이들은 좋아한다고 비명을 지른다.

"축제 좋아해요?"

아이들은 축제 사랑한다고 비명을 지른다.

"도중에 키스 받아 봤어요?"

이번에는 광란의 비명 소리다. 관객들이 다시 자리에서 일어서자 이동식 스포트라이트가 다시 한 번 그들을 훑는다. 브래디는 이제 밴드를 볼 수 없지만 그래도 상관없다. 트럭에서 꺼낼 때 봐서 어떤 세트일지 안다.

캠 놀스가 다정하게 속삭이는 투로 목소리를 낮추고서 말한다.

"오늘 저녁에 그런 키스를 받게 될 거예요."

축제 음악이 시작된다. 코르그 신서사이즈가 증기 오르간 소리를 낸다. 빙글빙글 돌아가는 주황색, 파란색, 빨간색, 초록색, 노란색 불빛이 느닷없이 무대를 적신다. 세트가 내려오기 시작하자 다들 헉 하고 감탄사를 터뜨린다. 회전목마와 대관람차가 이미 돌아가고 있다.

"이번 노래는 새 앨범의 타이틀곡이에요. 여러분도 좋아해 주셨으면 해요!"

캠이 외치고 다른 악기들이 신서사이즈를 중심으로 정렬한다.

"온 사방에서 사막이 울부짖고." 캠 놀스가 읊조리기 시작한다. "나는 네게 영원처럼 감염돼." 브래디의 귀에는 전두엽 절제수술을 받은 짐 모리슨의 노래처럼 들린다. 이내 그가 환성을 지른다. "무엇이 나를 치료할 수 있을까요, 여러분?"

관객들은 알기 때문에 볼륨을 끝까지 올린 밴드의 반주에 맞춰서 목청껏 가사를 외친다.

"베이비, 베이비, 너의 사랑이 나는 필요해…… 너와 나, 우리는 지독한 병에 걸렸지…… 지금까지 한 번도 걸린 적 없는……"

브래디는 미소를 짓는다. 고통 속에서 헤매다 마침내 평화를 찾은 사람의 아름다운 미소다. 그는 예비 램프의 노란 불빛을 내려다보며 이 불빛이 초록색으로 변할 때까지 목숨이 붙어 있을지 궁금해 한다. 그런 다음 일어나서 땋은 머리를 흔들며 손뼉을 치고 있는 검둥이 여자아이를 돌아본다.

'나를 봐. 나를 봐, 바브라. 네가 맨 마지막으로 보는 사람이 나였으면 좋겠으니까.'

바브라는 눈이 휘둥그레지는 무대에서 시선을 떼고 휠체어에 탄 민머리 남자도 자기만큼 공연을 즐기고 있는지 확인한다. 왠지 모르겠지만 그는 *그녀만의* 휠체어에 탄 남자가 되었다. 그녀가 아는 누굴 닮아서 그럴까? 분명 그럴 리는 없는데. 그녀가 아는 장애인은 같은 학교에 다니는 더스틴 스티븐스뿐이고, 그는 아직 2학년밖에 안 된 꼬맹이다. 그래도 저 민머리 장애인은 *어딘지 모르게 낯이 익다.*

오늘 저녁 자체가 꿈같아서 지금 그녀의 눈앞에서 펼쳐지는 광경도 꿈처럼 느껴진다. 처음에는 휠체어에 탄 남자가 그녀에게 손을 흔드는 줄 알았더니 그게 아니다. 웃는 얼굴로…… 가운뎃손가락을 들어 보이고 있다. 처음에는 믿기지 않았는데 진짜다.

어떤 여자가 계단을 두 칸씩 오르며 거의 달리는 속도로 그에게 다가가고 있다. 그 바로 뒤를 누군가가 바짝 쫓아가고 있는데…… 정말로 꿈을 꾸고 있는 건지 생김새가 꼭……

"오빠?" 바브라는 무대를 보고 있는 타냐의 소매를 잡아당긴다. "엄마, 저 사람 혹시……"

그리고 많은 일이 벌어진다.

맨 처음에 홀리가 한 생각은 뭔가 하면 제롬이 앞장서도 됐을 뻔했다는 것이다. 안경을 쓰고 휠체어에 앉은 민머리 남자가 — 적어도 지금 이 순간만큼은 — 무대가 아닌 다른 곳을 쳐다보고 있다. 고개를 돌리고 관객석 중간 부분에 앉은 누군가를 빤히 쳐다보고 있는데, 그 개자식이 그 누군가에게 퍽큐 사인을 날리고 있는 것처럼 보인다. 하지만 제롬이 리볼버를 들고 있긴 해도 이제 와서 서로 자리를 바꾸기는 늦었다. 남자는 사진이 담긴 액자 아래에 손을 넣고 있는데, 일을 저지를 준비가 됐다는 뜻인가 싶어서 무서워진다. 그렇다면 남은 시간이 몇 초밖에 안 된다.

그녀는 그나마 남자가 통로 쪽에 앉아서 다행이라고 생각한다.

그녀는 아무 계획도 없다. 홀리의 계획이라는 것은 보통 저녁에 영화를 보면서 어떤 간식을 먹을까 정하는 수준에 머문다. 하지만 심란했던 머릿속이 맑아지고 그들이 찾던 남자의 곁에 다다르자 딱 알맞게 느껴지는 대사가, *거룩하리만치* 알맞게 느껴지는 대사가 그녀의 입에서 흘러나온다. 앰프를 울리는 밴드의 휘몰아치는 연주와 객석에서 여자아이들이 지르는 광란의 비명을 뚫으려면 허리를 숙이고 고함을 질러야 한다.

"*마이크? 마이크 스터드번트 맞지?*"

바브라 로빈슨을 뚫어져라 처다보던 브래디는 깜짝 놀라서 고개를 돌리고, 그 순간 홀리는 아드레날린의 힘을 빌어서 빌 호지스에게 받은 매듭진 양말 — 해피 슬래퍼 — 을 힘껏 휘두른다. 양말은 짧은 포물선을 그리며 날아가서 브래디의 관자놀이 바로 위를 맞힌다. 밴드와 팬들이 연출하는 불협화음 때문에 소리는 들리지 않지만, 머리 일부분이 작은 찻잔만큼 움푹 꺼지는 게 보인다. 그가 두 손을 휘젓자 아래에 숨겨져 있던 손이 프랭키의 사진을 쳐서 사진이 바닥으로 떨어지고 유리가 산산조각이 난다. 그가 그녀를 처다보고 있기는 하지만, 눈동자가 위로 뒤집혀서 검은자위가 절반밖에 안 보인다.

브래디의 옆자리에서 다리 대신 막대가 달린 여자아이가 충격을 받은 얼굴로 홀리를 빤히 처다본다. 바브라 로빈슨도 마찬가지다.

하지만 다른 사람들은 아무도 신경을 쓰지 않는다. 다들 일어나서 박수 치고 몸을 흔들며 노래를 따라 부르느라 여념이 없다.

"나는 내 방식대로 너를 사랑할 거야……. 우리는 바닷가 고속도로를 달릴 거야……."

브래디가 강물 밖으로 끌려나온 물고기처럼 입을 뻐끔거린다.

"새로운 날이 될 거야……. 나는 그 도중에 네게 입 맞출 거야……."

제롬이 홀리의 어깨에 손을 얹고 큰 소리로 외친다.

"홀리! 저 사람 셔츠 아래에 뭐가 있어요?"

그녀는 그가 하는 말을 듣지만 ─ 하도 입을 바짝 대고 소리를 질러서 한 단어씩 내뱉을 때마다 뿜어져나오는 입김이 느껴질 정도다. ─ 늦은 밤, 전파가 잘 안 잡히는 라디오 속에서 DJ나 복음 전도사가 외치는 소리처럼 느껴진다.

"옹알옹알이 주는 선물이다, 마이크."

그녀는 말하고 똑같은 자리를 이번에는 좀 더 세게 때려서 머리에 더욱 움푹한 골을 만든다. 얇은 피부가 찢기면서 피가 나오는데, 처음에는 방울방울 흐르다 홍수처럼 쏟아져서 목을 타고 흘러내린 피가 파란색 라운드 히어 티셔츠 윗부분을 검은 보라색으로 물들인다. 이번에는 브래디의 머리가 오른쪽 어깨까지 돌아가고, 그는 몸을 부들부들 떨며 발을 질질 끌기 시작한다. 그녀는 생각한다. 토끼를 사냥하는 꿈을 꾸는 개 같네.

홀리가 그를 또 한 대 때리기 전에 ─ 그녀는 또 한 대 때리고 싶은 마음이 간절하다. ─ 제롬이 그녀를 붙잡고 돌려세운다.

"기절했어요, 홀리! 기절했다고요! 뭐하는 거예요?"

"심리치료."

이렇게 말하는 순간, 그녀의 다리에서 힘이 풀린다. 그녀는 통로에 주저앉는다. 매듭이 달린 해피 슬래퍼 끝자락을 꼭 쥐고 있던 그녀의 손가락이 풀리면서 해피 슬래퍼가 한쪽 운동화 옆으로 떨어진다.

무대 위에서는 밴드의 연주가 계속된다.

누군가가 그의 팔을 잡아당긴다.

"제롬? 제롬!"

제롬이 홀리와 축 늘어진 브래디 하츠필드를 보다 말고 고개를 돌리자 여동생이 놀라서 동그래진 눈으로 그를 쳐다보고 있다. 그 바로 뒤에 엄마가 서 있다. 워낙 흥분한 상태라 제롬은 조금도 놀라지 않지만 위험이 아직 끝나지 않았음을 안다.

"이게 무슨 짓이에요?" 여자아이가 외친다. "이 사람한테 이게 무슨 짓이에요?"

제롬이 반대 방향으로 고개를 휙 돌려보니 통로 반대편 휠체어에 앉아 있는 여자아이가 하츠필드를 향해 손을 내밀고 있다. 제롬이 외친다.

"홀리! 저 여자애 막아요!"

홀리는 비틀거리며 일어서려다 휘청하는 바람에 하마터면 브래디의 위로 쓰러질 뻔한다. 그길로 그녀의 인생이 마감될 수 있었지만 간신히 일어나서 휠체어에 탄 여자아이의 손을 잡는다. 힘이라고는 거의 없는 손이라 순간 연민이 느껴진다. 그녀는 허리를 숙여서 큰 소리로 외친다.

"*건드리지 마! 저 사람, 폭탄을 들고 왔고 폭탄이 아마 켜져 있을 거야!*"

휠체어에 탄 아이는 움찔하며 피한다. 홀리가 한 말을 알아들어서 그런 것일 수도 있고, 그냥 홀리가 무서워서 그런 것일 수도 있다. 그녀가 지금 평소보다 훨씬 더 제정신이 아닌 것처럼 보이니 있을 수 있는 일이다.

브래디가 점점 더 심하게 몸을 떨고 움찔거린다. 홀리는 그게 영 못마땅하다. 그의 셔츠 아래로 희미한 노란색 불빛이 보이기 때문이다. 노란색은 골치 아픈 일을 의미하는 색이다.

"제롬?" 타냐가 부른다. "너 지금 여기서 뭐하는 거니?"

안내원이 다가온다.

"통로에서 비켜 주세요!" 안내원이 음악 위로 고함을 지른다. "통로를 막으시면 안 돼요!"

제롬은 어머니의 어깨를 붙잡고 둘의 이마가 닿을 때까지 끌어당긴다.

"여기서 나가셔야 해요, 엄마. 애들 데리고 나가세요. 지금 당장. 안내원한테 앞장서 달라고 하세요. 아이가 아프다고. 더 이상 아무것도 묻지 마시고요."

그녀는 그의 눈빛을 보더니 아무것도 묻지 않는다.

"엄마?" 바브라가 입을 연다. "도대체……"

그 뒷부분은 밴드가 내는 굉음과 관객이 부르는 합창에 묻혀 버린다. 타냐는 바브라의 팔을 잡고 안내원에게 다가간다. 그러면서 힐다, 다이나, 벳시에게 따라오라고 손짓한다.

제롬은 홀리 쪽으로 고개를 돌린다. 그녀는 뇌에서 시작된 폭풍이 머릿속을 난타하자 계속 몸서리를 치고 있는 브래디 위로 허리를 숙이고 있다. 그의 발은 무의식적으로 라운드 히어의 리듬을 느끼기라도 하는 것처럼 계속 탭댄스를 추고 있다. 두 손은 정처 없이 이리저리 움직이는데, 그러다 한쪽 손이 티셔츠 아래에서 은은하게 반짝이는 노란 불빛 쪽으로 향하자 제롬이 골밑 슛을 막는 농구팀의 가드처럼 손을 쳐서 멀리 보낸다.

"여기서 나갈래요." 휠체어에 탄 아이가 끙끙거린다. "무서워요."

제롬도 그녀의 심정을 이해하지만 — 그도 나가고 싶고 무서워서 죽을 것만 같다. — 그녀는 아직 그 자리에 가만히 있어야 한다. 브래디가 그녀를 막고 있는데 감히 옆으로 옮길 수가 없다. 아직은.

홀리가 종종 그렇듯 선수를 친다.

"아직은 거기 가만히 있어야 해." 그녀가 휠체어에 탄 아이에게 말한다. "긴장하지 말고 공연 봐."

그녀는 이 사이코의 머리를 페루 중간까지 날려 버리는 대신 아예 죽여 버렸더라면 일이 얼마나 더 간단해졌을까, 그런 생각이 든다. 하츠필드를 쏘라고 하면 제롬이 쏠 수 있을지 궁금해진다. 아마 쏘지 못할 것이다. 안타까워라. 이렇게 시끄러우니까 무사히 도망칠 수 있을 텐데.

"아줌마 *미쳤어요?*" 휠체어에 탄 아이가 놀란 목소리로 묻는다.

"사람들이 계속 그렇게 물어보긴 해." 홀리는 말하고 — 아주 조심스럽게 — 브래디의 티셔츠를 위로 벗기기 시작한다. "이 사람 손 잡고 있어."

그녀가 제롬에게 말한다.

"놓치면 어떻게 해요?"

"그럼 이 개자식을 죽여 버리든지."

강당을 가득 메운 관객들은 일어서서 몸을 좌우로 흔들며 박수를 치고 있다. 비치볼들이 다시 날아다닌다. 제롬이 뒤를 흘끗 확인해 보니 어머니가 아이들을 데리고 직원의 안내를 받으며 출구로 향하고 있다. 그는 그나마 다행이라고 생각하며 다시 당면과제에 집중한다. 그는 이리저리 움직이는 브래디의 양손을 한데 모아서 잡고 있다. 땀 때문에 손목이 미끈거린다. 꼭 꿈틀거리는 물고기를 두세 마리 잡고 있는 느낌이다.

"뭘 하려는 건지 모르겠지만 서둘러요!"

그는 홀리에게 고함을 지른다.

노란 불빛의 근원지는 텔레비전 리모컨을 개조한 것처럼 보이는 플라스틱 장치다. 숫자가 적힌 채널 버튼 대신 거실 불을 켤 때 쓰는 것과 비슷하게 생긴 하얀색 토글스위치가 달려 있다. 그 스위치가 똑바로 서 있다. 플라스틱 장치에서 나온 전선이 남자의 엉덩이 아래로 이어진다.

브래디가 끙끙거리는 소리를 내고 갑자기 시큼한 냄새가 진동한다. 방광의 긴장이 풀려 버린 것이다. 홀리는 그의 무릎 위에 놓인 소변 주머니를 쳐다보지만 어디에도 연결되어 있지 않은 것처럼 보인다. 그녀는 주머니를 집어서 휠체어에 탄 옆자리 아이에게 건넨다.

"이것 좀 잡고 있어."

"으웩, 오줌이잖아요." 휠체어에 탄 아이는 이렇게 말하고 나서 잠시 후에 다시 말한다. "오줌 아니에요. 안에 뭐가 들어 있어요. 진흙처럼 생긴 게."

"내려놔." 제롬은 음악 소리 때문에 고함을 지른다. "바닥에 내려놔. 살금살금." 그러고 이번에는 홀리에게 말한다. "제발 빨리 좀 끝내줘요!"

홀리는 노란색 예비 램프를 들여다보고 있다. 그리고 하얀색의 조그만 토글스위치도 들여다보고 있다. 그 스위치를 앞이나 뒤로 움직일 수 있지만, 어느 쪽이 *꺼짐*이고 어느 쪽이 *폭발*인지 모르기 때문에 감히 어느 쪽으로도 움직일 수 없다.

그녀는 2번 발명품을 브래디의 배 위에서 빼낸다. 독을 품고 있는 독사를 집어 드는 것과 마찬가지라 있는 용기, 없는 용기를 모두 그러모아야 한다.

"손 꼭 잡고 있어, 제롬. 손 꼭 잡고 있어야 해."

"자꾸 *빠지려고* 한단 말이에요." 제롬은 툴툴거린다.

이 자가 그런 인간인 줄 우리 둘 다 알고 있었잖아. 홀리는 생각한다. 요리조리 잘 빠져나가는 개새끼. 요리조리 잘 빠져나가는 *후레자식.*

그녀는 손이 떨리질 않길 간절히 기도하고, 자기들 목숨이 정신적으로 문제가 있는 가엾은 홀리 기브니의 손에 달린 줄 전혀 모르는 4000명에 대해서 생각하지 않으려고 애를 쓰며 장치를 뒤집는다. 건전지 커버를 쳐다본다. 그런 다음 숨을 참고 커버를 밀어서 바닥으로 떨어뜨린다.

안에 AA 건전지가 두 개 들어 있다. 홀리는 손톱을 한쪽 건전지 모서리에 걸고 생각한다. '하느님, 정말 그 위에서 보고 있다면 제발 이 방법이 먹히게 해 주세요.' 처음 얼마 동안 그녀의 손가락이 꿈쩍도 하지 않는다. 바로 그때 브래디의 손이 제롬의 손아귀에서 스르르 빠져나오면서 그녀의 머리를 후려친다.

홀리가 움찔하자 문제의 건전지가 밖으로 튕겨져 나온다. 그녀는 세상이 폭발하길 기다렸다가 잠잠한 걸 느끼고 리모컨을 뒤집는다. 노란색 불이 꺼졌다. 홀리는 울음을 터뜨린다. 2번 발명품에 달린 마스터 전선을 잡아당겨서 뽑는다.

"이제 손 놔도……"

그녀가 입을 열지만 제롬은 이미 손을 놓고 있다. 그가 어찌나 세게 끌어안는지 숨을 쉬기 힘들 정도다. 그래도 상관없다. 홀리도 그를 꼭 끌어안는다.

관객들이 미친 듯이 환호성을 지른다.

"저 사람들, 자기들은 노래를 듣고 환호성을 지르는 줄 알지만 사실은 우리를 위해서 환호성을 지르는 거야." 그녀는 제롬의 귀에 대고 이렇게 속삭인다. "아직은 그런 줄 모르지만. 그나저나 이제 놔줘, 제롬. 너무 꼭 끌어안고 있잖아. 기절하기 전에 놔줘."

호지스는 계속 창고 상자 위에 앉아 있지만 혼자가 아니다. 그의 가슴 위에 코끼리가 앉아 있다. 무슨 일인가가 벌어지고 있다. 이 세상이 그에게서 멀어지고 있든지 그가 이 세상에서 멀어지고 있든지, 둘 중 하나다. 그는 후자가 낫다고 생각한다. 그가 카메라 속에 들어와 있는데 카메라가 달린 트랙 위에서 뒤로 조금씩 움직이는 듯한 느낌이다. 세상이 그 어느 때보다 밝은데 점점 작아지고, 세상을 둘러싼 검은 동그라미가 점점 커진다.

그는 온힘을 다해 버텨 가며 폭탄이 터지거나 터지지 않길 기다리고 있다.

로드매니저 하나가 그의 위로 허리를 숙이고 괜찮으냐고 묻는다.

"입술이 파래요." 로드매니저가 알린다.

호지스는 손사래를 친다. 그는 귀를 기울이고 들어야 한다.

음악 소리와 환호성과 행복한 비명 소리. 그것 말고는 아무것도 들리지 않는다. 아직까지는.

버텨. 그는 그에게 말한다. 버텨.

"뭐라고요?" 로드매니저가 다시 허리를 숙이며 묻는다. "뭐라고요?"

"버텨야 한다고."

호지스는 속삭이지만 이제는 숨도 잘 쉬어지지 않는다. 세상이 눈부시게 빛나는 은화 크기로 좁아졌다. 그러다 그마저도 덮이는데, 그가 의식을 잃어서가 아니라 누군가가 그를 향해 걸어오기 때문이다. 제이니가 천천히, 절뚝절뚝 걸어오고 있다. 그녀는 그의 페도라를 삐딱하게 기울여서 섹시하게 한쪽 눈을 가리고 있다. 호지스는 자기가 어쩌다 그녀와 사랑을 나누는 행운을 잡았는지 모르겠다고 했을 때 그녀가 뭐라고 대답했는지 기억이 난다. *후회 없어요……설명은 이 정도로 됐어요?*

'그럼요.' 그는 생각한다. '그럼요.'

그는 눈을 감고, 험프티 달걀처럼 상자에서 굴러 떨어진다.

로드매니저가 그를 잡지만 충격을 줄일 뿐, 떨어지는 것을 아예 막지는 못한다. 다른 로드매니저들이 몰려든다.

"심폐소생술 할 줄 아는 사람?" 호지스를 붙잡은 매니저가 묻는다.

희끗희끗해져가는 긴 머리를 하나로 묶은 매니저가 앞으로 나선다. 빛바랜 주다스 코인 티셔츠를 입었고 눈이 시뻘겋다.

"아는데 지금 완전 취해서."

"그래도 해 봐."

머리를 하나로 묶은 매니저가 무릎을 꿇는다.

"이미 가망 없는 것 같은데."

그는 이렇게 말하면서도 심폐소생술을 한다.

위에서 라운드 히어가 새로운 노래를 시작하자 소녀 팬들이 비명과 환호성을 지른다. 이 아이들은 이날 저녁을 평생 기억할 것이다. 그 음악을. 그 열기를. 몸을 흔들며 춤을 추는 관객들 위로 떠다니던 비치볼을. 그들은 불발로 끝난 폭탄 기사를 신문에서 접하겠지만, 젊은 층에게 벌어지지 않은 비극은 꿈일 뿐이다.

기억. 그것이 현실이다.

병실에서 눈을 뜬 호지스는 자기가 살아 있다는 데 놀라지만, 침대 옆에 앉아 있는 예전 파트너를 보고는 놀라지 않는다. 맨 처음에 든 생각은 피트─눈은 퀭하고 수염은 더부룩하며 칼라 끝이 뒤집혀서 목구멍을 찌를 기세인─가, 호지스가 느끼는 지금 자신의 모습보다 더 추레해 보인다는 것이다. 두 번째로 든 생각은 제롬과 홀리다.

"두 사람이 막았나?" 그는 쉰 목소리로 묻는다. 목구멍이 바짝 말랐다. 그는 일어나 앉으려고 한다. 그를 에워싼 기계들이 삑삑거리며 나무란다. 그는 다시 눕지만 시선은 피트 헌틀리의 얼굴을 떠날 줄 모른다. "막았어?"

"막았어요. 여자 말로는 자기 이름이 홀리 기브니라는데, 내가 보기에는 정글의 여왕 시나 같아요. 그 남자, 그 perp는……"

"perk야. 그는 자기가 perk라고 생각해."

"지금은 자기가 아무것도 아니라고 생각하고, 의사들 말로는 생각할 수 있는 시절이 끝났대요. 기브니한테 제대로 얻어터져서. 심한 혼수상태예요. 뇌의 기능이 거의 다 마비됐어요. 다시 일어날 수 있게 되거든 내키면 병문안 가서도 돼요. 옆옆옆 병실에 누워 있으니까."

"여기 어디야? 카운티 병원?"

"키너요. 중환자실이에요."

"제롬하고 홀리는?"

"시내에서 쏟아지는 질문에 대답하고 있어요. 그러는 동안 시나의 어머니가 이리저리 뛰어다니면서 자기 딸 계속 괴롭히면 자기 손에 다들 죽을 줄 알라면서 협박하고 있고요."

간호사가 들어와서 피트에게 면회 시간이 끝났다고 알린다. 그러면서 호지스 씨의 바이탈 사인과 의사의 오더를 운운한다. 호지스는 간호사를 향해 손을 들어 보이지만 그것조차 힘이 든다.

"제롬은 미성년자고 홀리는 좀…… 문제가 있어. 전부 다 내 책임이야, 피트."

"아, 저희도 알죠. 알다마다요. 이로써 옷을 벗는다는 것의 의미가 전혀 달라졌다고요. 도대체 무슨 생각으로 그런 거예요, 선배?"

"최선을 다할 생각이었지."

그는 대답하고 눈을 감는다.

정신이 몽롱해진다. 그는 노래를 따라 부르던 아이들의 목소리를 생각한다. 그 아이들은 오늘 집에 있다. 무사하다. 그는 잠의 늪 속으로 빠져들 때까지 그 생각만 한다.

공표

시장실

홀리 레이철 기브니와 제롬 피터 로빈슨은 중서부 문화 예술 센터 부설 밍고 대강당의 폭탄 테러 계획을 적발하였으나,

MAC의 보안실에 통지할 경우 상기의 테러리스트가 상당한 폭발력을 지닌 폭발물과 수 킬로그램에 달하는 금속 파편으로 이루어진 폭발물을 터뜨릴 수 있음을 인지한 바,

상당한 위험을 무릅쓰고 상기의 테러리스트를 직접 상대,

상기의 테러리스트를 제압하고 엄청난 인명 손실을 방지하여,

이 도시를 위해 영웅적인 활약을 보여 주었으므로,

이에 리처드 M. 투키 시장은 홀리 레이철 기브니와 제롬 피터 로빈슨에게 이 도시에서 가장 영예로운 공로훈장을 수여하고, 이 도시의 모든 공공 시설을 향후 10년 동안 무료로 사용할 수 있음을 공표하며,

보상할 길이 없는 공로가 있기에 이에 진심을 담아서 감사의 뜻을 전합니다.

서명과 날인으로
상기 내용을 증명함.

리처드 M. 투키
시장

파란색 메르세데스

2010년 10월말의 어느 따뜻하고 화창한 날, 얼마 전까지만 해도 브래디 하츠필드가 리틀 리그 가족들을 상대로 아이스크림을 팔았던 맥기니스 야구장의 거의 비다시피 한 주차장 안으로 메르세데스 세단이 들어선다. 한때 회색이었던 메르세데스는 이제 연한 파란색으로 변신했고, 제롬이 문도 다 열리기 전에 밍고 대강당 뒤편의 하역장으로 돌진하느라 운전석 쪽을 길게 긁히는 바람에 두 번째로 수리를 받았다.

오늘은 홀리가 운전대를 잡고 있다. 그녀는 전보다 열 살은 어려 보인다. 타냐 로빈슨이 추천한 A급 미용실에 다녀온 덕분에 예전에는 길었던 — 거기다 희끗희끗하고 지저분했던 — 머리가 이제는 까맣게 반짝이는 숏커트로 변신했다. 그녀는 리틀 리그 경기장에서 멀지 않은 피크닉 테이블에 앉아 있는 프리우스 차주에게 손을 흔든다.

제롬이 메르세데스에서 내려서 트렁크를 열고 피크닉 바구니를 꺼낸다.

"맙소사, 홀리. 이 안에 뭐 들어 있어요? 추수감사절 만찬?"

"모자라지 않게 챙겨오느라고."

"저 분이 지금 철저하게 식이요법 중인 거, 알고는 있는 거죠?"

"너는 아니잖아. 너는 한창 클 나이잖아. 안에 샴페인도 한 병 들어 있으니까 떨어뜨리지 마."

홀리는 주머니에서 니코렛 상자를 꺼내서 한 알을 입 안에 털어 넣는다.

"그건 어떻게 돼 가고 있어요?" 비탈길을 내려가며 제롬이 묻는다.

"거의 성공했어. 껌보다 최면 치료가 훨씬 도움이 돼."

"그 남자가 당신은 닭이니까 꼬꼬댁거리면서 상담실 안을 돌아다니라고 하면 어떻게 돼요?"

"첫째, 내 담당의는 여자야. 둘째, 그녀는 그런 짓을 하지 않아."

"그걸 무슨 수로 장담해요? 아줌마는 최면에 걸려 있을 텐데."

"제롬, 너 바보로구나? 하긴 이 많은 음식을 들고 *버스*를 타고 오겠다는 건 바보들이나 할 법한 발상이지."

"공표 덕분에 공짜로 탈 수 있잖아요. 나는 공짜가 좋다고요."

그날 아침에 입었던 양복을 그대로 입고 나온 호지스는 (그래도 넥타이는 주머니에 넣었다.) 그들을 맞이하러 천천히 움직인다. 가슴 속에서 째깍거리는 심박 조율기가 느껴지지는 않지만 — 병원에서 말하길 요즘은 많이 작아졌다고 한다. — 그 기계가 몸속에서 열심히 제 일을 하고 있다는 것은 안다. 가끔 상상해 볼 때도 있는데, 항상 하츠필드가 만든 장치의 축소판처럼 그려진다. 그의 장치는 폭발을 유도하는 게 아니라 멈추는 게 주어진 역할인데도.

"젊은이들."

홀리는 젊은이가 아니지만, 그보다 거의 스무 살이 어리기 때문에 호지스가 보기에는 젊은이나 다름없다. 그가 피크닉 바구니를 향해 손을 내밀지만 제롬이 멀찍이 치운다.

"안 돼요. 제가 들게요. 심장에 무리가 가면 안 돼요."

"이제 괜찮아." 호지스는 말한다.

마지막 정기검진 때 들은 바로는 괜찮다고 하는데, 사실 그도 잘 믿기지 않는다. 관상 동맥 질환 환자라면 누구나 다 비슷한 심정이지 않을까 싶다.

"좋아 보이시네요." 제롬이 말한다.

"그러게요." 홀리도 맞장구친다. "고마워라, 새 옷을 사서 입으셨네. 지난번에 만났을 때는 꼭 허수아비 같았는데. 살이 얼마나 빠진 거예요?"

"15킬로그램."

곧바로 제이니가 지금 이 모습을 볼 수 있다면 얼마나 좋을까, 하는 생각이 들자 전자기기로 심박이 조절되는 심장이 아파 온다.

"다이어트는 그 정도면 충분해요." 제롬이 말한다. "홀리가 샴페인 들고 왔대요. 샴페인을 마실 이유가 있는지 궁금한데. 오늘 아침에 가신 일은 어떻게 됐어요?"

"지방 검사가 아무것도 기소하지 않겠대. 모든 고소를 취하했어. 빌 호지스는 가도 좋다는군."

홀리가 그의 품속으로 뛰어들어서 그를 끌어안는다. 그도 그녀를 안고 뺨에 입을 맞춘다. 머리를 짧게 잘라서 얼굴을 완전히 드러내자 — 그는 모르지만 어린 시절 이래 처음이다. — 제이니와 닮은 부분이 보인다. 그래서 가슴이 아픈 동시에 기분이 좋다.

제롬은 가슴이 뭉클해서 타이런 필굿 딜라이트를 소환한다.

"호지스 주인님, 마침내 자유의 몸이 되셨구면요! 드디어 자유의 몸이 되셨어! 아이구, 고마우신 하느님, 주인님이 마침내 자유의 몸이 되셨네!"

"그런 말투 이제 그만 써라, 제롬." 홀리가 말한다. "유치해."

그녀는 피크닉 바구니에서 샴페인과 플라스틱 잔 세 개를 꺼낸다.

"지방검사의 호위를 받으면서 대니얼 실버 판사실로 들어갔지. 경찰 시절에 내 증언을 숱하게 들었던 판사야." 호지스가 말한다. "내 무모한 행동 때문에 4000명의 목숨이 위태로웠다며 10분 동안 호되게 야단을 치더라."

제롬은 분개한다.

"말도 안 돼요! 아저씨 덕분에 그 사람들이 목숨을 건졌는데!"

"아니지." 호지스는 조용히 말한다. "너하고 홀리 덕분이지."

"애초에 하츠필드가 아저씨한테 접근하지 않았더라면 경찰에서는 그 자의 정체를 전혀 몰랐을 거 아니에요. 그러면 그 사람들은 죽었을 테고요."

그럴 수도 있고 아닐 수도 있지만, 밍고 사건이 그런 식으로 끝난 것에 대해서 호지스는 아무 후회가 없다. 그가 후회하는 — 그리고 죽을 때까지 후회할 — 부분은 제이니다. 실버는 그가 그녀의 죽음에

'결정적인 역할'을 했다고 비난했는데, 맞는 말일 수도 있다. 하지만 하츠필드는 분명 공연장이나 엠버시 스위츠에서 열리는 채용 박람회가 아니라 다른 데서라도 살인을 자행했을 인물이다. 그는 그런 성향이 있는 녀석이었다. 따라서 대충 이런 등식이 성립된다. 제이니의 목숨을 가상의 인명 피해와 맞바꾸었다고. 만약 공연장이 가상(이지만 가능성이 농후했던) 현실의 무대였다면 피해자 가운데 두 명이 제롬의 어머니와 여동생이었을 것이다.

"그래서 뭐라고 대꾸했어요?" 홀리가 묻는다. "그 판사한테 뭐라고 대꾸했어요?"

"아무 말도 안 했어요. 욕을 먹으면 입 다물고 야단이 끝나기만을 기다리는 게 상책이니까."

"그래서 당신은 우리랑 같이 공로훈장을 못 받은 거예요? 그래서 공표에 이름도 안 올라가고. 그 바보들이 그런 식으로 벌을 준 거예요?"

"아마도 그럴 거예요." 호지스는 대답한다.

하지만 관계당국에서 그걸 처벌이라고 생각했다면 단단히 착각한 거였다. 훈장을 목에 걸고 명예 시민상을 받고 싶은 생각은 꿈에도 없었으니까. 그는 40년 동안 경찰로 근무했다. 그것이 그의 명예 시민상이다.

"안타까워라." 제롬이 말한다. "아저씨는 절대 공짜 버스 못 타겠네요?"

"레이크 가는 어때요, 홀리? 정리 좀 됐어요?"

"많이요." 그녀는 외과 의사처럼 섬세하게 샴페인 코르크 마개를 뽑는다. "다시 밤새 푹 자고 있어요. 리보비츠 박사님을 1주일에 두 번씩 만나고 있거든요. 도움이 많이 돼요."

"어머니하고는 어때요?" 그는 이것이 민감한 문제라는 것을 알지만, 그래도 이번 한 번만큼은 건드려야 할 것 같은 느낌이 든다. "지금도 하루에 다섯 번씩 전화해서 신시내티로 돌아오라고 애원해요?"

"이제는 하루에 두 번으로 줄었어요." 홀리가 말한다. "아침에 일어나자마자 한 번, 그리고 밤에 잠자기 직전에 한 번. 외로우신 거예요. 그리고 나보다는 당신 걱정이 되는 거고. 나이가 들면 생활 방식을 바꾸기 힘들잖아요."

'누가 아니랍니까.' 호지스는 생각한다. "아주 중요한 깨달음을 얻었네요, 홀리."

"리보비츠 박사님이 말하길 습관은 버리기 힘들대요. 나도 담배를 끊기 힘드니까 엄마도 혼자 사는 데 익숙해지기 힘들겠죠. 내가 욕조에 웅크리고 있던 그 열네 살짜리로 평생 남지 않아도 된다는 사실을 받아들이기도 힘들고."

그들은 잠시 아무 말도 하지 않는다. 까마귀 한 마리가 리틀 리그 제3경기장 투수석을 차지하고 앉아서 의기양양하게 깍깍거린다.

홀리는 저넬 패터슨의 유언장 덕분에 어머니와 헤어질 수 있었다. 그녀의 유산 ― 브래디 하츠필드의 또 다른 희생자가 그녀에게 남긴 ― 은 대부분 헨리 시로이스 삼촌과 샬럿 기브니 이모에게 넘어갔지만, 제이니가 홀리 앞으로 남긴 50만 달러가 있었다. 제이니가 올리비아에게 물려받은 조지 슈론 변호사가 관리하는 신탁기금 형식으로 남긴 유산이었다. 호지스는 제이니가 언제 그런 유언장을 썼는지 알 길이 없었다. 왜 그런 유언장을 썼는지도. 그는 예감을 믿지 않지만…….

하지만.

샬럿은 딸이 혼자 살 준비가 되지 않았다며 홀리의 이사를 결사적으로 반대했다. 오십에 가까운 홀리의 나이를 감안했을 때 그건 죽을 때까지 그럴 준비가 되지 않을 거라는 소리나 다름없었다. 홀리는 혼자 살 수 있다고 생각했고 호지스의 도움을 받아서 슈론을 설득했다.

영웅으로 온갖 대형 언론에 인터뷰가 실린 것도 슈론의 결정에 분명 일조한 면이 있었다. 하지만 그녀의 어머니는 그렇지 않았다. 어떻게 보면 영웅이 된 홀리의 신분 상승에 가장 경악한 사람이 그녀였다. 샬럿은 위태로워 보이는 자기 딸이 무고한 시민들의 대학살 사건을 막는 데 결정적인(어쩌면 가장 결정적인) 역할을 했다는 사실을 죽을 때까지 전적으로 받아들이지 못할 것이다.

제이니의 유언으로 호수가 내려다보이는 근사한 전경을 자랑하는 콘도식 아파트는 샬럿 이모와 헨리 삼촌의 공동 소유가 되었다. 홀리가 당분간 거기서 살아도 되느냐고 했을 때 샬럿은 단칼에 안 된다고 했다. 남동생도 누나의 마음을 돌릴 수 없었다. 그녀의 마음을 돌린 사람은 홀리였다. 계속 이 도시에서 살 생각인데, 그 아파트를 못 내주겠다면 로타운에 집을 얻겠다고 한 것이다.

"로타운 중에서도 제일 후진 데다 얻을 거예요. 거기서 살면서 뭐든 현금으로 사야지. 돈 많다고 자랑하고 다니면서."

그러자 그녀의 작전은 적중했다.

홀리의 이 도시 생활은 ─ 어머니와 그렇게 오랫동안 떨어져 지낸

게 처음이다. — 쉽지 않지만, 정신과 의사가 많은 도움이 되어 주고 있고 호지스도 그 집에 자주 놀러 간다. 제롬도 자주 놀러 가고, 홀리는 그보다 더 자주 티베리 가에 있는 로빈슨네 집에 놀러 간다. 호지스는 리보비츠 박사의 지도가 아니라 그 집에서 진정한 힐링이 이루어지고 있다고 생각한다. 바브라는 그녀를 홀리 이모라고 부른다.

"아저씨는 어때요?" 제롬이 묻는다. "무슨 계획 있어요?"

"글쎄." 그는 웃으며 대답한다. "비질런트 경비업체에서 일을 해 달라는데 어떻게 생각하니?"

홀리는 어린애처럼 두 손을 모으고 피크닉 벤치 위에서 깡충깡충 뛴다.

"그래서 할 거예요?"

"못 해요." 호지스가 대답한다.

"심장 때문에요?" 제롬이 묻는다.

"아니. 거기서 일하려면 보증인이 있어야 하는데, 실버 판사와 내가 오늘 아침에 동의했다시피 누가 내 보증을 서 줄 가능성은 유대인과 팔레스타인인들이 한데 뭉쳐서 사상 최고로 이교도 간 우주 정거장을 건설할 가능성과 비슷하거든. 그러니까 사립탐정 자격증을 취득하려던 내 꿈도 날아가 버린 거지. 하지만 몇 년 전부터 알고 지냈던 보석 보증업체 사장이 행방불명된 채무자 수색하는 일을 파트타임으로 맡아 달라는데, 그건 보증인이 없어도 할 수 있어. 대부분 집에서 컴퓨터로 처리할 수 있는 일이기도 하고."

"제가 도와드릴게요." 홀리가 말한다. "컴퓨터 쪽으로요. 누구 쫓는 건 안 할래요. 한 번이면 충분해요."

"하츠필드는 어때요?" 제롬이 묻는다. "새로운 소식 있어요, 아니면 그대로예요?"

"그대로야." 호지스가 대답한다.

"그래도 상관없어." 홀리가 말한다. 말투는 반항조지만 맥기니스 야구장에 도착한 이래 처음으로 입술을 씹고 있다. "나는 똑같이 할 테니까." 그녀는 주먹을 불끈 쥔다. "몇 번이고 몇 번이고 몇 번이고!"

호지스가 한쪽 주먹을 잡아서 살살 펴 준다. 저쪽 주먹은 제롬이 맡는다.

"당연하지." 호지스가 말한다. "그래서 시장님한테 훈장을 받은 거잖아요."

"버스랑 미술관을 무료로 이용할 수 있게 된 건 말할 것도 없고요." 제롬도 거든다.

그녀는 조금씩 긴장을 푼다.

"내가 왜 버스를 타겠니, 제롬? 신탁기금도 많고 사촌 올리비아가 타던 메르세데스도 있는데! 차가 끝내줘. 얼마 타지도 않았고!"

"귀신도 없고요?" 호지스가 묻는다.

농담을 하는 게 아니라 정말 궁금해서 묻는 것이다.

그녀는 한참 동안 아무 대답도 하지 않고, 호지스의 조그마한 일본제 수입차 옆에 주차된 큼지막한 독일제 세단을 쳐다보기만 한다. 마침내 그녀가 입술 씹던 것을 멈춘다.

"처음에는 있었어요. 그래서 팔까 했어요. 하지만 파는 대신 다른 색으로 칠했어요. 그건 리보비츠 박사님이 아니라 *내* 생각이었어요." 그녀는 뿌듯해하는 얼굴로 두 사람을 쳐다본다. "박사님한테 물어보지도 않았다고요."

"그랬더니 지금은요?"

제롬은 계속 그녀의 손을 잡고 있다. 그녀가 가끔 까다롭게 굴 때도 있긴 하지만, 그는 그녀를 사랑하게 되었다. 두 사람 모두 그녀를 사랑하게 되었다.

"파랑은 망각의 색이야. 예전에 어느 시에서 읽었어." 그녀는 잠깐 말을 멈춘다. "빌, 울어요? 제이니 생각하는 거예요?"

그렇기도 하고 아니기도 하다.

"우리가 여기 이렇게 있을 수 있어서 우는 거예요." 그가 말한다. "여름처럼 느껴지는 아름다운 가을날을 즐길 수 있어서."

"리보비츠 박사님이 그러는데 울면 좋대요." 홀리가 무심한 투로 이야기한다. "눈물이 감정을 씻어 준대요."

"맞는 말일지 몰라요." 호지스는 제이니가 어떤 식으로 그의 모자를 썼는지 생각하는 중이다. 그녀가 어떤 식으로 제대로 삐딱하게 썼는지. "그나저나 그 샴페인 마실 거예요, 안 마실 거예요?"

제롬이 따르고 홀리가 받는다. 그들은 잔을 높이 든다.

"우리를 위하여." 호지스가 말한다.

그들은 복창한다. 그리고 마신다.

비로 흠뻑 젖은 2011년 11월의 어느 날 저녁, 간호사 하나가 이 도시에서 손꼽히는 존 M. 카이너 기념병원의 레이크 리전 외상성 뇌손상 병동 복도를 총총히 달린다. 그 병동에는 악명 높은 그 자를 비롯해서 무료 환자가 대여섯 명쯤 되는데…… 시간이 지나면서 그의 악명도 빛이 바래기는 했다.

간호사는 이 병동의 수석 신경과 전문의가 퇴근했을까 봐 그게 걱정인데, 아직 의료진 휴게실에서 환자 기록을 뒤적이고 있다.

"같이 가 주시겠어요, 배비노 박사님?" 간호사가 부른다. "하츠필드 씨요. 깨어났어요." 이 말에 그는 고개를 들고 그만이었지만, 간호사가 다음으로 한 말에 벌떡 일어선다. "저한테 말을 걸었어요."

"17개월 만에? 놀라운 일이로군. 확실해?"

간호사는 흥분해서 얼굴이 벌겋다.

"네, 박사님. 확실해요."

"뭐라고 했는데?"

"머리가 아프대요. 그리고 어머니를 찾아요."

〈끝〉

작가의 말

실제로 (스마트키) '눈빛 훔치기'라는 수법이 있기는 하지만, 스마트키가 사용되는 시대에 생산된 메르세데스 벤츠 SL500을 비롯해서 이 책에 등장한 다른 차량들을 상대로 그런 범행은 불가능하다. 모든 벤츠 시리즈가 그렇듯 SL500도 고성능 보안 시스템을 갖춘 고성능 차량이다.

고맙게도 러스 도어와 데이비드 히긴스가 자료 조사를 도와주었다. 나보다 휴대전화에 대해서 더 잘 아는 아내 태비사도 도움이 되었고, 소설가인 아들 조 힐은 태비가 지적한 문제점들을 해결할 방법을 함께 고민했다. 만약 내가 제대로 해결했다면 지원 병력 덕분이다. 제대로 해결하지 못했다면 알아듣지 못한 내 탓이다.

스크리브너 출판사의 낸 그레이엄은 눈부신 편집 능력을 평소처럼 유감없이 발휘해 주었고, 내 아들 오언이 그녀의 뒤를 이어서 2교를 맡아 주었다. 내 에이전트 척 베릴은 양키스 팬이지만 그래도 나는 그를 사랑한다.

옮긴이 | 이은선

연세대학교 중문과와 같은 학교 국제학대학원 동아시아학과를 졸업했다. 편집자와 저작권 담당자로 일했으며, 현재는 전문 번역가로 활동 중이다. 옮긴 책으로는 『탐정 아리스토텔레스』, 『통역사』, 『포의 그림자』, 『몬스터』, 『딸에게 보낸 편지』, 『노 임팩트 맨』, 『셜록 홈즈 실크 하우스의 비밀』, 『11/22/63』, 『닥터 슬립』, 『셜록 홈즈 모리어티의 죽음』 등이 있다.

미스터 메르세데스

1판 1쇄 펴냄 2015년 7월 17일
1판 15쇄 펴냄 2021년 7월 29일

지은이 | 스티븐 킹
옮긴이 | 이은선
발행인 | 박근섭
책임편집 | 김준혁, 장은진, 장미경
펴낸곳 | 황금가지

출판등록 | 2009. 10. 8 (제2009-000273호)
주소 | 135-887 서울 강남구 신사동 506 강남출판문화센터 5층
전화 | 영업부 515-2000 편집부 3446-8774 팩시밀리 515-2007
홈페이지 | www.goldenbough.co.kr

도서 파본 등의 이유로 반송이 필요할 경우에는 구매처에서 교환하시고
출판사 교환이 필요할 경우에는 아래 주소로 반송 사유를 적어 도서와 함께 보내주세요.
135-887 서울 강남구 신사동 506 강남출판문화센터 6층 민음인 마케팅부

한국어판 ⓒ ㈜민음인, 2015. Printed in Seoul, Korea
ISBN 978-89-6017-675-1 04840
㈜민음인은 민음사 출판 그룹의 자회사입니다.
황금가지는 ㈜민음인의 픽션 전문 출간 브랜드입니다.